CORNELIA HALLER

Das Herz der Alraune

CORNELIA HALLER

Das Herz der Alraune

BODENSEE-
ROMAN

GMEINER

Immer informiert

Spannung pur – mit unserem Newsletter informieren wir Sie
regelmäßig über Wissenswertes aus unserer Bücherwelt.

Gefällt mir!

Facebook: @Gmeiner.Verlag
Instagram: @gmeinerverlag
Twitter: @GmeinerVerlag

MIX
Papier | Fördert
gute Waldnutzung
FSC® C083411

Besuchen Sie uns im Internet:
www.gmeiner-verlag.de

© 2023 – Gmeiner-Verlag GmbH
Im Ehnried 5, 88605 Meßkirch
Telefon 0 75 75 / 20 95 - 0
info@gmeiner-verlag.de
Alle Rechte vorbehalten
1. Auflage 2023

Lektorat: Claudia Senghaas, Kirchardt
Herstellung: Mirjam Hecht
Umschlaggestaltung: U.O.R.G. Lutz Eberle, Stuttgart
unter Verwendung der Bilder von: © The J. Paul Getty Museum
Digital image courtesy of the Getty's Open Content Program.
Joris Hoefnagel (Flemish / Hungarian, 1542–1600)
Butterflies, Moth, Spider, and English Daisies; Ms. 20 (86.MV.527), fol. 96
Speckled Wood, Talewort, Garden Pea, and Lantern Plant;
Ms. 20 (86.MV.527), fol. 16
Pheasant's-Eye, Cricket or Grasshopper, and Wireworm;
Ms. 20 (86.MV.527), fol. 26
Druck: CPI books GmbH, Leck
Printed in Germany
ISBN 978-3-8392-0461-0

Für Andreas, Jacqueline und Victoria

In dunkler Nacht

SCHWARZ UND BEÄNGSTIGEND lag die Dunkelheit vor Luzius und drohte, ihn zu ersticken. Im schwachen Schein der Pechfackel tanzten dunkle Schatten über den uralten Stein. Schwärze floss ineinander und malte unheimliche Fratzen. Begierige Flammenzungen leckten über Wand und Boden. Auf der ewigen Suche nach der Angst kamen sie immer näher. Kalt und seelenlos hallte eine Stimme durch die einsamen Gänge. Ein Hauch von Tod streifte seine Wange. Angst kroch ihm, eisigen Händen gleich, über den Rücken und ließ ihn erstarren. Luzius wusste, dort in der Finsternis lauerte die tödliche Gefahr!

Das schwarze Gefieder des Raben glänzte im hellen Feuerschein fast silbern. Seine klugen Augen forderten Luzius auf, ihm in die Freiheit zu folgen. Der Schwarze spannte seine Flügel, doch er fand keinen Ausweg. Sie waren von Feuer umgeben. Rot, heiß und hungrig kam es beständig näher. Der schöne Rabenvogel – er war zu spät gekommen. Die züngelnden Flammen leckten bereits an Luzius' Füßen und fraßen sich brennend und heiß in seine Haut. Zischend erfasste das Feuer sein rotes Haar, das sich in einen glühenden Funkenregen verwandelte. Schreie drangen an sein Ohr. Sie kündeten von Entsetzen. Erzählten von Qual und Verzweiflung. In seiner Hilflosigkeit presste Luzius die Fäuste gegen die Ohren, doch das Wehklagen wurde immer lauter. Denn die Schreie drangen aus seinem eigenen Mund.

Dort, wo alle Hoffnung vergebens ist, stirbt das Herz und wird zu Eis …

1

Montpellier, im Erntemond
im Jahre des Herrn 1492

DIE SANFTE GRAUBLAUE HELLIGKEIT des herannahenden
Tages sickerte durch die breiten Ritzen der Klappläden, als
Luzius mit einem Schrei auf den Lippen erwachte. Diese
Hölle verfolgte ihn nun schon seit acht langen Jahren, immer
derselbe Traum, der ihn beinahe jede Nacht aus dem Schlaf
riss. Müde streckte Luzius seine Glieder. Er fühlte sich zer-
schlagen. Geradeso als habe er die Nacht saufend unter einer
Brücke zugebracht. Die Vergangenheit hing ihm wie Pech
am Leib und hatte ihn nie losgelassen. Er atmete sie noch
jede Nacht. Sie verfolgte ihn auf Schritt und Tritt bis in seine
Träume. Doch wer wohnte schon gerne in einer sterblichen
Hülle, die Tag für Tag ihr wahres Sein verleugnete? Die ihr
wahres Wesen mit Füßen trat und bis zur Unkenntlichkeit
verstümmelte?

Gähnend öffnete er die Fensterläden und blinzelte auf die
enge Gasse hinunter. Babette, eine der Hübschlerinnen aus
der Nachbarschaft, eine dralle Frau mit üppigen Brüsten und
aufgeworfenen Lippen, wünschte ihm einen guten Morgen.
Nachdem sie den Inhalt ihres Nachttopfs auf die Gasse geleert
hatte, sah sie mit einem unzüchtigen Blick zu Luzius herüber.
Verführerisch ließ sie ihre rosige Zunge über die Lippen gleiten, ehe ihr Zeigefinger in der Tiefe ihres rot geschminkten
Mundes verschwand. Das Rot wirkte billig und verschmiert.

Ohne Zweifel hatte sie das Lippenrot aus zerriebenen Schildläusen bereits am Vortag aufgetragen.

»Mein Angebot gilt auch heute«, hauchte sie durch die Morgenluft herüber, bevor sie mit geschickten Fingern ihre rosigen Brustwarzen umkreiste, die sich bald keck dem Wind entgegenreckten.

»Großer Gott, Weib, wann wirst du endlich einsehen, dass du nur deine Zeit mit mir verschwendest? Wie oft habe ich dir schon gesagt, dass ich deine Dienste nicht bezahlen kann?«

»Bei dir würde ich eine Ausnahme machen und dir zeigen, wie es geht«, flötete die Hure.

Luzius winkte ab und zog rasch den Kopf zurück. Aus den Augenwinkeln sah er, wie Miguel Alvarez dort unten neben einem kleinen Mauervorsprung wartete, bis er sicher sein konnte, dass Luzius ihn gesehen hatte. Luzius fühlte seine hinterhältigen Blicke auf sich ruhen. Erst das laute Krächzen der Raben brachte ihn auf andere Gedanken und erlöste ihn aus Alvarez' Gegenwart. Rasch zerkrümelte er das letzte Brot vom Vortag und streute es auf den breiten Fenstersims. Die klugen Vögel ließen nicht lange auf sich warten. Sie grüßten Luzius mit einem leisen Krächzen und pickten die Bröckchen auf. Bevor die Raben wieder im weiten Blau des Himmels entschwanden, betrachteten sie ihn einen Moment aus wissenden Augen. Für die Dauer eines Herzschlags glitzerten sie wie schwarze Turmaline und erzählten von den einsamen Hügeln der Cevennen und der endlosen Weite des Meeres.

Über die Nacht hatte der Wind trockene Rosenblätter in die Waschschüssel geweht. Das Wasser aus dem Krug belebte das trockene Rot, wie der Regen es mit dem Land tat oder ein Lächeln mit einer verdurstenden Seele. Bald lag die Wasseroberfläche glatt und eben wie ein Spiegel vor ihm. Er betrachtete sich. Seine Haut war ebenmäßig und weiß. Das lichte Weiß erinnerte an Elfenbein – »Mädchenhaut« nannten es seine Freunde. Missmutig tauchte er das raue Leinen in das kalte Wasser und rieb die weiße Haut, bis sie glühte.

Luzius fühlte sich kraftlos. Kraftlos und müde wie ein entwurzelter Baum, dessen grünes Blattwerk vom nährenden Lebensstrom abgeschnitten wurde und dem jetzt einzig ein einsames und stilles Sterben blieb. Wäre doch wenigstens Nepomuk bei ihm. Seitdem der alte Kater vor einem halben Jahr gestorben war, fehlte er Luzius an jedem Tag und in jeder Stunde.

Rasch zog er das lange Hemd über den Kopf. Der bodenlange Talar, der folgte, erstickte jedes Gefühl, jede Regung und alles, was nach all den Jahren noch atmete. Sein fuchsfarbenes Haar kämmte er nachlässig mit den Fingern hinter die Ohren. Schließlich klemmte Luzius seinen ledernen Ranzen unter den Arm. Verließ die kleine, schäbige Kammer in der Rue de Bain Juif und eilte zur Medizinschule.

Das weithin sichtbare Mutterhaus der *Johanniter* auf der Insel Rhodos glich einer mächtigen, mit Zinnen bewehrten Festung aus gelbem Sandstein. Während die Abendsonne die Mauern in ein tiefes Orange tauchte, schimmerte das Meer so intensiv blau, wie lediglich die Ägäis zu schimmern vermochte. Durstig goss sich Rudolf von Baden einen Becher stark verdünnten Wein ein, leerte ihn in einem Zug und stellte das Trinkgefäß zurück auf den Tisch. Nachdenklich strich er über die Intarsien, das getatzte achtspitzige Johanniterkreuz, welches den schweren Tisch aus hellem Pinienholz zierte, und trat zum Fenster. Müde rieb er sich die Augen, verschränkte die Arme hinter dem Rücken und blickte auf das endlose Wasser hinunter. Die tosenden Wellen rollten von weit draußen heran und brachen sich an der zerklüfteten Mauer unter ihm. Von hier oben im

Turm sah es aus, als verbinde sich das tiefblaue Wasser direkt mit den unendlichen Weiten des Himmels.

Großmeister Pierre d'Aubusson hatte ihn eingeladen, bis auf Weiteres sein Gast zu sein. Nun weilte er bereits seit einer Woche im Palast des Ordens zum *Spital des heiligen Johannis zu Jerusalem*. Fra Pierre, Kardinal d'Aubusson, hatte ihn in den innersten Kreis berufen, um den Orden zu straffen und einen weiteren Kreuzzug gegen die Osmanen zu planen. Rudolf von Baden, Komtur zu Überlingen am Bodensee, sah nachdenklich aus dem Fenster und fuhr sich durch das silbergraue Haar, bevor er die Treppen nahm, die hinunter in die Halle führten.

Noch immer teilte er nicht die Meinung des Kardinals, was Johannes von der Wehr anging. Der Großmeister hatte nie aufgehört, in dem Medicus aus der Freien Reichsstadt Überlingen am Bodensee einen möglichen Nachfolger in der Reihe der Großmeister zu sehen. Ohne Zweifel eine Aufgabe, welcher der junge Medicus in ein paar Jahren gewachsen sein würde. Doch obwohl auch Rudolf von Baden den besonderen Menschen in Johannes sah, kannte er dessen Nöte und all die Ängste, die ihn des Nachts umtrieben und ihm das Herz schwermachten. Selbstredend wusste er, welch unglaublich bedeutsame Aufgabe dem nächsten Großmeister zukam, denn die Welt befand sich in Zeiten des Umbruchs. Die Zeichen dafür waren überdeutlich.

In den spürbaren Verschiebungen der Jahreszeiten mit ihren teils dramatischen Wetterumschwüngen erkannte er die nahe Endzeit. Zunehmend legte sich in den kurzen Sommermonaten eine trockene, brütende Hitze über die einst so fruchtbaren Landstriche Europas. Bis die mageren Früchte des Ackers und der Bäume von sintflutartigen Regenfällen, Hagelschlägen und Sturmwinden, einem Schnitter gleich, gefällt wurden. Dazu kamen die langen, eisigen Winter mit ihrer stetig zunehmenden Kälte, die selbst dem Bodensee Jahr um Jahr eine dicke Haut aus Eis wachsen ließ. Zudem fraß die klirrende Kälte die noch unreifen Gaben und brachte neben auszehrenden Hungersnöten Verderben und Unfruchtbarkeit über Mensch und Tier. Die Welt befand sich auf einer brüchigen Stiege. Der wiederkehrende Schweifstern, die schwankende Erde und die blutroten Monde kündeten bereits heute von den Offenbarungen des Johannes.

In der Ordensburg hoch über der Stadt Überlingen ging es Johannes von der Wehr gut, und so sollte es nach Rudolfs Dafürhalten auch bleiben. Als der Medicus vor Jahren, mutlos und enttäuscht von einer großen Liebe, sein Leben den Ordensrittern der Johanniter weihen wollte, hatte er dies zu verhindern gewusst. Ein Gelübde durfte niemals das Ergebnis einer Enttäuschung sein! Die tiefe Liebe zu Gott musste den Ausschlag für diese lebenslange Bindung geben. Als Confrater war Johannes von der Wehr mittlerweile ein vollwertiges Mitglied seiner Ritterschaft zu Überlingen. Seine Seele hatte eine Heimat gefunden, und darüber hinaus war es ihm möglich, im Hospital der Stadt das Leben eines Medicus zu führen.

Luzius folgte der Judengasse bis zum Ende. Bevor er in die Rue de Marché einbog, zwang ihn der Durst, ein paar Hände Wasser am Brunnen des Heiligen Rochus zu schöpfen. Das Wasser in seiner Kammer schmeckte immer brackig und stumpf. Unauffällig sah er sich um, bevor er den ausgetretenen Gassen zum großen Marktplatz hinunter folgte. Obwohl der Morgen noch jung war, vernahm man bereits die ersten Geräusche der Handwerker wie auch das monotone Klackern der Mühlräder, die durch das Wasser des Lez angetrieben wurden und niemals schliefen.

Seit Luzius die Gasse betreten hatte, fühlte er sich verfolgt. Zahlreiche Augen starrten ihn an, geradeso als wüssten sie um sein Geheimnis. Entschlossen schob er den Gedanken beiseite und hörte nicht auf die Stimme, die aus den Tiefen seiner Seele zu ihm sprach, um ihn zu warnen …

Zum Sechsuhrläuten nahmen die Schmiede und Kesselflicker ihre Arbeit auf. Kurz darauf hing ihr beständiges Hämmern wie ein eherner Gesang aus vielen Stimmen über den Gassen und scheuchte auch die letzten Bewohner Montpelliers aus ihren Betten. Wenn früh am Morgen alle ihren Unrat der Nacht auf die Gasse leerten, mischten sich die durchdringenden Flüche der Abtrittkehrer und das Bellen der wilden Hunde unter den Lärm des anbrechenden Tages. Ein kühler Wind wehte aus den nahen Cevennen herüber und brachte eine frische Brise.

Dicht neben Luzius rumpelte ein voll beladener Eselskarren vorüber, den er erst im letzten Augenblick bemerkte. Mit einem wüsten Fluch auf den Lippen sprang er zur Seite. Erst der freundliche Gruß des grauhaarigen Bauern versöhnte ihn. Zwischen dem Gestank, den feuchte Wolle und ungewaschene Menschen verströmten, wehte der herbe Duft von Lavendel und Rosmarin heran. Obwohl das Meer zwei Wegstunden entfernt war, konnte Luzius neben dem Aroma der wilden Kräuter einen Hauch von Salz ausmachen. Seine Sinne waren schon immer schärfer als die der anderen gewesen. So scharf, dass er sogar die Stimme des Windes und das Murmeln des Wassers vernahm, die manchmal zu ihm sprachen.

Der streng dreinblickende Marktaufseher im blauen Kittel läutete seine Glocke zum Zeichen, dass der Markt für den heutigen Tag eröffnet war. Bald strömten die ersten Frauen herbei. Jede wollte in ihrem Korb die besten Stücke heimtragen. Dabei scheuten sie sich nicht, lautstark mit den Händlern zu feilschen.

Die allerwenigsten Mietkammern verfügten über eine eigene Feuerstelle. So trat auch Luzius oft den Weg zu den winzigen Garküchen am Rand des buchengesäumten Marktplatzes an. Aus den Garstuben, die zumeist winzige Kaschemmen waren, stieg bereits zur Zeit des Morgenläutens der Duft von Knoblauch, frischem Brot und Lavendelhonig. Doch nicht einmal die sinnlichste Verlockung vermochte das Eis in seinen Adern zum Schmelzen zu bringen. Zu groß war die Einsamkeit in seinem Herzen, die es über die Jahre in einen roten Kristall verwandelt hatte.

Das Angebot der Marktstände reichte von kleinen Artischocken und grünen Linsen aus Le Puy en Velay bis hin zu Lorbeer, Safran und Anis. Ein Meer aus Duft und Farbe erstreckte sich über den gesamten Platz. Wespen zankten sich um die blauen Feigen. Ein paar Ziegen meckerten, weil der Bauer sie an einen Pflock gebunden hatte, während er goldgelbe Kürbisse von einem Karren lud und sie zu hohen Türmen aufstapelte. Dazwischen schnatterten Gänse und Enten in ihrem hölzernen Verschlag. An den Fischbänken standen vierschrötige Fischweiber beieinander und schwatzten, während sie die ersten Kundinnen erwarteten. Auf den nassen Holzplanken vor ihnen lagen Wittlinge, Drachenköpfe und ein großer Seeteufel, dessen riesiges Maul weit offenstand. Glänzende Oktopusse warteten auf die Kochtöpfe der Hausfrauen. Gleich daneben pries ein Fischer seine Austernernte an. Die zerklüfteten Schalen der wilden Austern erinnerten an ein wunderliches Wesen. Doch das Innere, das zarte Fleisch der Auster, schmiegte sich frisch und seidig an den Gaumen und schmeckte nach Salz und Meer und Leben.

»Bonjour, Monsieur le Docteur!«, grüßte ein kräftiger Mann mit dunklem Haar. Er war im Begriff, Körbe voll blauer Feigen von seinem Ochsengespann zu laden. Eilig zog er seine Kappe vom Kopf und lächelte, wobei er eine lückenhafte Zahnreihe entblößte. Seine von der Sonne gebräunten Arme wirkten, als trüge er Baumstämme und nicht die wunderbaren Leckereien, die er nebeneinander auf einem wackeligen Holzgestell anordnete. Die verblichene Zeltplane, die das Dach des Marktstandes bildete, blähte sich im ersten Lüftchen des Tages und erinnerte Luzius an ein Segelschiff, welches den Ozean überquerte, wie die *Santa Maria* dieses wagemutigen Seefahrers Columbus eines war.

»Ich wünsche Euch auch einen schönen Tag«, gab Luzius leise zurück und zwang sich zu einem Lächeln. »Aber wie oft habe ich Euch schon gesagt, dass ich noch kein Medicus bin!«

»Oh, ich weiß!«, winkte der Bauer ab. »Aber schon sehr bald werdet Ihr einer sein.«

Monsieur Robin war ein oft gesehener Patient im Hospital, und Luzius kannte ihn gut. Er hatte ihm schon viele Male, wenn Robin mit feuerroten und schmerzenden Gelenken im Hospital erschienen war, eine Tinktur der Herbstzeitlosen verabreicht. Das Colchicum bewirkte bei einem Gichtanfall wahre Wunder. Außerdem hatte der lebenslustige Mann Luzius' schnellem Eingreifen zu verdanken, dass er sein linkes Bein behalten hatte. Andernfalls wäre er jetzt ein Krüppel und müsste seinen Lebensunterhalt bettelnd bestreiten.

Als Luzius sich umwandte, sah er aus den Augenwinkeln Miguel mit einer jungen Frau am Nachbarstand flüstern. Obwohl seine Worte ganz der hübschen Bauerstochter galten, hielt er seine stechenden Augen stetig auf Luzius gerichtet. Als das Mädchen nickte und kicherte und ebenfalls zu Luzius herübersah, hätte er Miguel am liebsten ins Gesicht geschlagen. Er spürte bereits das Kribbeln in seiner Handfläche. Ein höchst unangenehmes Gefühl ließ ihn aber innehalten. Er war sich sicher, dass Miguel etwas im Schilde führte. Einen Augenblick später war Miguel Alvarez verschwunden.

Ein Blick zum Himmel verriet Luzius, dass ihm noch ein wenig Zeit blieb, bevor Professor Lavals Vorlesung begann. Der unduldsame Lehrer hatte es Luzius in der Vergangenheit nicht gerade leichtgemacht, und Luzius fürchtete gar, Laval habe sich wie manch anderer von Miguel kaufen lassen. Anstatt sich schützend auf die Seite seines Scholaren zu stellen, hatte Laval nichts unternommen, als Miguel mit purer Absicht Luzius' anatomische Zeichnungen vernichtet hatte. Seit Luzius dieses für einen Lehrer unglaubliche Verhalten beim Rektor der Universität vorgetragen hatte, war ihm Laval noch weitaus weniger zugetan. Zumindest hatte die ehrwürdige Magnifizenz Levevre Lavals Versäumnis aufs Äußerste missbilligt.

»Hier, nehmt von meiner wunderbaren Eselwurst und ein kleines Krüglein Anis!«, forderte ihn der heitere Robin auf und reichte ihm beides. »Und ein paar Feigen noch dazu, dann fällt Euch das Denken leichter. Wenn der Magen knurrt, bleibt auch das Oberstübchen leer!«, belehrte er Luzius und rieb sich genüsslich den gewaltigen Bauch.

»Ja, so kann man's auch sehen! Aber Ihr solltet es lieber etwas maßvoller angehen. Feigen sind gut für Eure Gesundheit! Genießt sie, wann immer Ihr wollt. Aber«, fuhr Luzius mit weitaus strengerer Miene fort, »die Wurst und den Wein solltet Ihr lieber des Öfteren durch Gemüse und Wasser aus dem Brunnen ersetzen.«

Robin winkte ab und blinzelte. »Was weiß ein junger Spund, wie Ihr einer seid, schon vom Leben eines alten Mannes?«, fragte er.

Luzius hob die Schultern. »Wahrscheinlich nicht allzu viel«, gab er zu. »Aber ich kann Euch sagen, welche Maßnahmen Ihr befolgen könnt, damit das Zipperlein an der Leine bleibt und Euch nicht so häufig zwickt.«

Das leidige Thema, wie sich die Gicht besser im Zaum halten ließ, hatte er schon oft angeschnitten, doch er wusste, es wurde auch dieses Mal weder gehört noch befolgt, und langsam sollte er sich nun doch auf den Weg zur Universität machen.

Bevor Robin darauf antworten konnte, gab sein Maultier einen jämmerlichen Schmerzenslaut von sich und keilte mit beiden Hinterhufen aus. Dabei trafen sie den Wagen, der mit all den Lebensmitteln umkippte, und versetzten Robins Kopf einen harten Schlag. Die Prellung über dem rechten Auge schwoll augenblicklich an und verfärbte sich tiefblau.

»Setzt Euch einen Augenblick, ehe Ihr ohnmächtig werdet«, empfahl Luzius und half dem schweren Mann auf eines der Weinfässer, die sein Nachbar feilbot. Während er den anderen Marktbestellern beim Einsammeln der Waren zur Hand ging, sah er, wie sich die Bauerstochter vom Nachbarstand eilig zurückzog. Ihr bestürzter Gesichtsausdruck verriet, dass sie Robins Maultier misshandelt und so zum Auskeilen gebracht hatte. Mit diesem Ausgang hatte sie aber sicher nicht gerechnet. Dumme Gans!, dachte Luzius missmutig und sammelte rasch die heil gebliebenen Feigen ein. Über den Rest würden sich in wenigen Minuten die Bettler hermachen, die bereits mit hungrigen Augen herübersahen.

Luzius tunkte einen leeren Leinensack in den nahen Marktbrunnen und legte das kühle Nass vorsichtig über Robins Verletzung.

»Es hätte noch schlimmer kommen können«, tröstete er den schimpfenden Mann. Die Beule würde wieder verheilen, aber das Loch in der Geldkatze würde bleiben. Dennoch hätte Robin sein Auge verlieren können. Luzius hatte gute Lust, dem Mädchen die Leviten zu lesen, aber der wahre Schuldige saß bereits in Lavals Unterricht und freute sich über sein Zuspätkommen.

Als Luzius auf dem Weg ins Universitätsviertel eine der reifen blauen Früchte kostete, die Robin ihm als Dank in die Hand gedrückt hatte, kamen ihm längst vergangene Tage in den Sinn. Süß und körnig hatten die Feigen damals geschmeckt, doch seit langer Zeit hinterließen sie einen bitteren Geschmack und schmerzvolle Erinnerungen. Sie schmeckten nach all den Tränen, die er sich verwehrte. Tränen um eine Liebe, die einst so vollkommen war, als hätte Gott sie selbst gestiftet.

Der Unterricht an der Medizinschule wurde oft schon mit der Prim um 6 Uhr eröffnet. Obwohl der heutige Unterricht erst zur siebten Morgenstunde begann, damit die Studenten die Gelegenheit bekamen, an der Frühmesse teilzunehmen, hatten Professor Lavals Vorlesungen zur Krankheitslehre bereits angefangen. Als sich Luzius auf leisen Sohlen in den kleinen Lehrsaal am Ende des Cuprum-Korridors schlich, fühlte er Miguels hämischen Blick auf sich ruhen. Er spürte die Niedertracht des anderen fast körperlich. Noch bevor er einen Platz in der Nähe der Wand erreichte, räusperte sich Laval laut und vernehmlich. Obwohl die Luft hinter den hohen, meterdicken Mauern zu allen Zeiten kühl war, hatte Luzius das Gefühl, als brenne sie in diesem Augenblick. Nichts hasste Professor Laval so sehr wie verspätete Studenten, die es wagten, seine Ausführungen zu unterbrechen. Doch obwohl Luzius frei von jedem schlechten Gewissen war, wusste er, dass er sich Erklärungen sparen konnte. Laval wollte sie nicht hören.

Niemand sagte auch nur ein einziges Wort. Lediglich Miguel Alvarez vollführte eine Handbewegung, die den Kopf vom Hals trennte. Sein schadenfrohes Grinsen wirkte böse und hinterhältig. Luzius spürte die großen Quader des rauen Sandsteins im Rücken. Langsam, als habe ihn eine Schlange im

Visier, legte er die verschwitzten Hände auf den Rücken und beruhigte sie am kühlen Stein.

Lavals verhärmte Züge wirkten streng und unduldsam.

»Luzius Gassner!«, schnappte der Lehrer. »Wenn Ihr schon zu spät kommt und uns alle in unserer Konzentration stört, werdet Ihr uns nun etwas über die unterschiedlichen Qualitäten des Pulses erläutern.« Laval lehnte sich in seinem Scherenstuhl zurück und bildete mit den Fingern eine Pyramide. In seinen dunklen Augen funkelte der ganze Unmut über Gassners Zuspätkommen. »Nun, junger Mann, ich höre!«, schnaubte er, als Luzius nicht im selben Atemzug antwortete.

Luzius schluckte. Er atmete die Gedanken all jener, die froh waren, dass sie sich ducken und unauffällig im Hintergrund verschwinden konnten. Luzius' Blick suchte die grobe Mauer auf der anderen Seite des Raums. Im Stillen zählte er anhand der Sandsteinquader die verschiedenen Pulsarten auf. Sein Mund fühlte sich trocken und ausgedörrt an. Genau wie die lederartigen Birnen, die daheim am Bodensee zum Christfest in ein Brot eingebacken wurden. Einmal atmete er noch tief durch, damit seine Stimme nicht dem schrillen Quieken einer verängstigten Maus glich.

»Wir unterscheiden acht große Ordnungen des Pulses«, begann er schließlich. »Den schnellen, den großen, den regelmäßigen, den vollen, den gesunkenen, den leeren, den fadenförmigen und den ameisenförmigen Puls.«

Laval erhob sich, legte die Hände auf den Rücken und wanderte zum Fenster. Eine Weile sah er schweigend hinaus, bevor er sich zu einem Nicken herabließ. »Welche Pulsart ist die gefürchtetste?«

»Wir gehen davon aus, das sich der gesunkene, der ameisenförmige und der leere Puls für den Patienten am gefährlichsten auswirken.«

»Und wie wird behandelt?«, presste der Lehrer mit säuerlicher Miene hervor, während er Luzius nicht aus den Augen ließ. Bevor Luzius weitersprach, trocknete er seine verschwitzten Hände am Stoff des Talars. »Mit einer herzwirksamen Pflanzenverordnung wie *Digitalis purpurea*«, entgegnete Luzius mit fester Stimme. Er wollte dem Professor keinen Grund zum Tadel geben, weil er all die Straf- und Extradienste verabscheute, die dieser ihm allzu gerne auferlegte. In Luzius' Augen dienten sie allenfalls der Schikane und hielten ihn nur unnötig lang von den Krankensälen fern, wo zu allen Stunden jede Hand gebraucht wurde.

»Der Rote Fingerhut also! Eine Möglichkeit«, gab der Lehrer zurück und legte die Stirn in Falten. »Was noch?«

»Eine andere Möglichkeit wäre eine Zubereitung aus Maiglöckchen, Meerzwiebeln oder Adonisröschen.«

Laval sah ihn lange an. »Dem ist fürs Erste nichts hinzuzufügen.« Inzwischen hatte er sich vor seinem Lesepult positioniert. Dort nahm er seine Augengläser ab und musterte die Schüler mit zusammengekniffenen Augen.

Der Rest der Stunde verlief nun ruhig, und die Scholaren zeichneten auf, was der Professor vortrug.

In der kurzen Pause, welche den Studenten zum Anspitzen ihrer Gänsekiele gewährt wurde, stieß Claude Luzius den Ellenbogen in die Seite. »Mann, du bist ganz blass«, kicherte er neckend. »Lass dich von dem alten Ekel nicht ins Bockshorn jagen.«

Luzius nickte. Das hatte er nicht vor. Laval war nicht der Grund seiner Sorge.

Obwohl der Rektor die Lesegeschwindigkeit so festgelegt hatte, dass die Studenten das gesprochene Wort protokollieren konnten, las Professor Laval seine Texte so schnell, dass die elf Scholaren bald ihre liebe Not hatten, das Gehörte auf

Pergament zu bringen oder in Wachstäfelchen zu ritzen. So ging es bis zur Terz um 9 Uhr.

Von 9 Uhr bis zur Sext um 12 Uhr hörten sie Pharmazie. Die Mittagspause endete um 3 Uhr nach dem Mittagsläuten. Bis zum Vespergebet, zu dem sich Lernende wie Lehrende um sechs in der Kirche trafen, arbeiteten die Schüler im Hospital. Danach fanden bis um 9 Uhr abends weitere Vorlesungen statt, und später traten zwei Scholaren ihre Nachtwache in den Krankensälen an.

Der Ruf der Eule hallte bereits durch die engen Gassen Montpelliers, als Luzius das kleine schäbige Haus im Judenviertel verließ und zur Medizinschule eilte. Die Schule und das Hospital lagen die Rue des Jardines hinunter, ein großes, wehrhaftes Sandsteingebäude inmitten des Universitätsviertels. Freilich legte er jeden Tag ein ordentliches Stück Weg bis zur Universität zurück, doch er wohnte gern in der Nähe des Jüdischen Bades. Die Leute waren freundlich und der Mietzins billig. Die Mikwe lag in völliger Dunkelheit neben den anderen hohen Stadthäusern. Die teils baufälligen Gebäude wirkten in der Dunkelheit gebrechlich und körperlos. Lediglich die Mauervorsprünge bildeten in der Finsternis ein paar hervortretende Schatten.

Luzius achtete darauf, dass der Saum seines Talars nicht in die Schmutzlöcher geriet, denn die Lehrer sahen es nicht gerne, wenn der sandgebürstete Boden des Hospitals mit Schlieren von Matsch und Unrat verunreinigt wurde. Luzius' Schritte zeugten von Eile. Sie erzählten von der leisen Furcht, die ihn jedes Mal beschlich, wenn er nach Sonnenuntergang allein durch die fast unbeleuchteten Straßen Montpelliers hastete. Nur hier und da qualmte eine Pechfackel einsam vor sich hin und warf ihren trüben Schein auf den schmierigen Weg.

Ein kurzer Blick zum Himmel versprach einen gelungenen Vortrag im Fach Astronomie. Luzius liebte die Astronomie, und Professor Ezra Rosenzweig zählte neben Professor Ibn Faris zu seinen bevorzugten Lehrern.

Rosenzweig hatte Luzius oft zum Pessachmahl eingeladen. Sein Haus lag ebenfalls in unmittelbarer Nähe zum Jüdischen Bad. Luzius liebte das ungesäuerte Brot und das für die Schabbatfeier typische Eintopfgericht aus Fleisch, Zwiebeln und Bohnen, das traditionell mit gekochten Eiern serviert wurde. Genau wie Professor Ibn Faris hatte ihm Rosenzweig außergewöhnlich viel Zeit auch außerhalb des Unterrichts geschenkt.

Zwei Katzen schrien in ihrem Liebesrausch, ehe sie sich wieder voneinander lösten und dicht an Luzius vorbeisprangen. Er kam ins Stolpern, fing sich aber wieder. Als er sich umdrehte, um den beiden etwas nachzurufen, erkannte er plötzlich, dass ihm jemand folgte. Die Fackel hatte ihr Licht nur einen Augenblick auf die finstere Gestalt geworfen, die genau wie er den Talar des Lernenden trug. Das dunkle Haar fiel dem Unbekannten auf die breiten Schultern, und sein Gesicht mit der geraden Nase erinnerten Luzius sofort an Miguel Alvarez. War ihm der Spanier schon wieder gefolgt? In der unheimlichen Stille der finsteren Gasse schwoll sein Herzschlag an und trommelte gegen die Rippen.

Luzius ahnte wohl, warum Miguel ihn verabscheute. Dennoch fühlte er sich keiner Schuld bewusst. Claude vertrat ohnehin die Meinung, dass es keiner besonderen Gründe bedurfte, sondern dass Miguel einfach ein durch und durch schlechter Mensch war. Er hatte sein Examen an der Universität von Bologna nicht bestanden und erhoffte sich nun an der medizinischen Universität zu Montpellier mehr Erfolg. In der Medizinschule machte Miguel im Beisein ihrer Studienbrüder gern und oft schlechte Witze auf Luzius' Kosten.

Leider war es Miguel in letzter Zeit immer häufiger gelungen, die gemeinsamen Kameraden auf seine Seite zu locken. Es verging keine Woche, ohne dass Alvarez zu einem Saufgelage einlud, das ohne Ausnahme im Hurenhaus endete. Und genau dort, so vermutete Luzius, hatte er sich Miguels Feindschaft zugezogen.

Luzius fühlte sich bereits nach wenigen Bechern Wein unwohl. Deshalb trank er, im Gegensatz zu seinen Studienbrüdern, meist nur mäßig. Er hasste es, wenn ihm der Alkohol den Verstand vernebelte und seine Sinne täuschte. Und ein Hurenhaus hatte er bislang lediglich im Auftrag der Medizinschule von innen gesehen. All das missfiel dem Spanier offensichtlich so sehr, dass er Luzius bereits mehrfach verprügelt hatte. Obwohl Miguel ihn um mehr als eine Haupteslänge überragte und ihn, was die Schlagkraft betraf, leicht in die Tasche steckte, war es Luzius bisher immer gelungen, mit einem blauen Auge davonzukommen.

Nun aber schlug ihm das Herz bis zum Hals, denn Luzius spürte, wie sein Verfolger immer näherkam, und fast war ihm, als streiften Miguels Finger seinen Talar. »Lauf!«, mahnten ihn seine Sinne, und Luzius begann zu rennen. Die Häuser zogen wie schwarze Riesen an ihm vorüber. Er achtete weder auf den Boden vor sich noch auf irgendetwas anderes. War der Weg denn immer so lang? Luzius fühlte seine Beine müde werden, und bald war ihm, als klebten seine Sohlen in zähem Harz.

Endlich lichtete sich die schmale Gasse, und vor ihm erhoben sich das mächtige Schulgebäude und die angrenzende Cathédrale Saint-Pierre mit ihren beherrschenden Rundsäulen, die das Dach über dem Hauptportal trugen. Mit letzter Kraft riss Luzius das knarzende Tor auf und hetzte ins Innere der Kirche.

Kerzenlicht und ein vielstimmiger Gesang nahmen ihn in Empfang. »Gloria in excelsis Deo et in terra pax hominibus bonae voluntatis. Laudamus te …«, sangen die kleinen Knaben in ihren weißen Chorgewändern. Eigentlich war die Abbaye de Sainte-Marie de Valmagne ihr Zuhause, aber der Blitz hatte in die alte Klosterkirche eingeschlagen und das Gebäude stark beschädigt. Schwer atmend ließ sich Luzius auf die knarrende Bank fallen und schloss erschöpft die Augen. Er wollte Atem holen und einen Moment zur Ruhe kommen, keiner sollte ihm ansehen, wie entkräftet er war.

Die kleinen Sänger hatten Luzius nicht bemerkt, und so gelang es ihm, die Kirche wieder ungesehen zu verlassen. Jetzt war es höchste Zeit, die letzten Meter zum Universitätsgebäude anzutreten. Draußen war alles still, und obwohl Luzius ahnte, dass Miguel ihn nicht mehr verfolgte, saß ihm noch immer die Angst in den Knochen.

Er betrat die Medizinschule unter den wachsamen Augen zweier überlebensgroßer Löwen. Hier vertrat der in Stein gehauene Leu die Schlange des Asklepios. Der griechische Gott der Heilkunst wachte im Inneren des mächtigen Gebäudes. Unter den zuckenden Flammen der beiden Feuerschalen wirkte die Gestalt des griechischen Gottes kühl und überlegen, und der weiße Marmor, aus dessen Tiefen der Bildhauer ihn geschaffen hatte, unterstrich diesen Eindruck. Über zahlreiche, teils halsbrecherisch steile Stufen gelangte Luzius schließlich zum Astronomieturm hinauf. Dort standen die Scholaren in schwindelnder Höhe auf dem schmalen Balkon, der den Turm von allen Seiten umschloss. Von Miguel Alvarez aber fehlte jede Spur …

Keiner der Schüler konnte sich der besonderen Stimmung des Astronomieunterrichts entziehen, denn Professor Rosenzweig war ein begnadeter Lehrer, der es verstand, den Geist seiner Schüler am Licht der Sterne zu entzünden.

Ezra Rosenzweig hegte immer die Hoffnung, irgendwann einen neuen Stern zu entdecken. »Heute wäre eine geeignete Nacht«, brummte er leise vor sich hin, während er in der Mitte des übergroßen runden Tisches eine gewissenhaft gezeichnete Himmelskarte ausbreitete. Als er sich umsah, bemerkte er, dass Miguel Alvarez nicht zugegen war. Ganz offensichtlich hatte der faule Grobian es vorgezogen, sein Wissen in einem verlotterten Hurenhaus der Stadt zu erweitern. Rosenzweig sollte es nur recht sein. Seine Schüler wirkten gelassener, wenn der aufgeblähte Spanier es vorzog, den Vorlesungen fernzubleiben.

Seitdem der stolze spanische Pfau das Gerücht verbreitete, Luzius Gassner trage ein dunkles Geheimnis unter seinem Talar, wurde Luzius von seinen Kameraden zunehmend gemieden, manche seiner Studiengenossen verabscheuten ihn sogar. Als Miguel dann noch behauptete, Gassner sei ein Sodomit, hatte er dafür gesorgt, dass er von der Gemeinschaft fast völlig ausgeschlossen wurde. Rosenzweig atmete jeden Abend auf, wenn er sah, dass das Licht in Luzius' Kammer brannte. Oder wenn er wusste, dass der fleißige junge Mann seinen Nachtdienst im Hospital aufgenommen hatte. Einen Lichtblick gab es unter all der Schwärze allerdings noch, und das war Claude Mercier.

Bislang hatte sich der junge Franzose nicht von den boshaften Gerüchten beeindrucken lassen. Ihn sah man nach wie vor häufig an Luzius' Seite. Über all seine anderen Scholaren konnte Rosenzweig nur den Kopf schütteln. War das nicht die gleiche vernichtende Feindschaft, welche die Juden zu einem verfolgten Volk hatte werden lassen? Als Brunnenvergifter hatte man sie verschrien. In ihnen die Auslöser der Pest gesehen. Man dichtet uns Ritualmorde an Christenkindern und Hostienfrevel an, dachte Rosenzweig bitter. Gerüchte, die aus Mitmenschen Bestien werden ließen … Im Stillen bat er den Ewigen um Hilfe. Auf dass er die Verblendung von diesen jungen Ochsen nehmen möge.

Das Astrolabium ermöglichte den Scholaren nach der Einstellung von Datum und Uhrzeit eine exakte Positionsbestimmung der Planeten. Umgekehrt war es ihnen möglich, mithilfe der Standpunkte eines Sterns das Datum seiner Wiederkehr vorauszusagen. Im Laufe der letzten Jahre hatte diese sehr anspruchsvolle Arbeit eine umfangreiche Himmelskarte sowie ein eindrucksvolles Modell des geozentrischen Weltbilds hervorgebracht.

Heute überspannte der Nachthimmel die Welt mit einem samtenen Mantel, dessen geheimnisvolles Muster Gott allein kannte. Professor Rosenzweig wollte wissen, welche ungewöhnlichen Monde es am Himmel zu unterscheiden galt.

»Den blauen Mond und den Blutmond«, gab Luzius zur Antwort.

Es war eine Freude mitanzusehen, wie der gelehrige junge Mann das Wissen wie ein ausgedörrter Schwamm in sich aufnahm. Sicher würde aus ihm einmal ein hervorragender Medicus werden, dachte Rosenzweig und nickte. »Und nun seid so gut und erklärt, was bei diesen Monden zu beachten ist«, bat der Lehrer, während seine Hand den Handlauf des Balkons umschloss.

»Wenn der vierte Vollmond innerhalb dreier Monate vom Himmel leuchtet, wird der Mond blau. Zu dieser Zeit sollen alle Wasseranwendungen unterbleiben. Also Wickel, Bäder, Trinkkuren. Aber auch Klistiere und Waschungen«, sagte Luzius, während Claude die Planeten auf dem Tischmodell so anordnete, dass der blaue Mond aufzog.

»Und während des Blutmondes? …«, fragte Rosenzweig und verschränkte die Hände auf dem Rücken.

»… gelten andere Regeln. Schon Trota di Ruggiero von Salerno und Hildegard von Bingen betonten, dass ein Aderlass allenfalls während der ersten sechs Tage nach dem Vollmond angebracht sei. Weil allein der Mond die Gezeiten im Leib des Menschen beeinflusst. Beide warnten aber ausdrücklich vor dem Blutmond. Seine Kräfte sind schwer vorhersehbar. Sie künden oft von großem Unheil in der Welt. Jeder Eingriff, der nicht unbedingt sofort durchgeführt werden muss, sollte in jedem Fall auf die Tage nach dem Blutmond verschoben werden.«

Vor einiger Zeit hatte das französische Königshaus von Professor Rosenzweig verlangt, einen geeigneten Tag zur Entfernung eines tiefsitzenden Geschwürs bekanntzugeben, welches den Monarchen seit Langem quälte. Diesen zu ermitteln, verlangte neben dem fachgerechten Umgang mit dem Astrolabium auch weitreichende medizinische Kenntnisse. Selbstredend hatte Ezra Rosenzweig die Daten bereits errechnet. Doch zur Freude seiner Scholaren betraute er nun auch sie mit der Ermittlung des geeigneten Tages und der rechten Stunde. Mit den genauen Angaben zur Geburt Charles VIII. reichte Professor Rosenzweig das scheibenförmige Messinstrument dem ersten Scholaren. Wollte man ein korrektes Messergebnis erzielen, galt es, eine Reihe komplizierter Einstellungen zu beherrschen. Die zehn Studenten waren sich selbst nach langer Diskussion nicht einig. Erst Claude Mercier und Luzius Gassner brachten ein wenig Licht ins Dunkel der widersprüchlichen Empfehlungen.

»Wir sollten notieren, dass der geeignetste Tag in die Zeit des abnehmenden Mondes fällt.«

Claude nickte zustimmend zu Luzius' Berechnung. »Allerdings sollte der Mond weder im Zeichen des Krebses noch im Zeichen der Zwillinge und auf keinen Fall im Löwen stehen«, ergänzte er.

»Da wir wissen, dass sich das Geschwür seiner Majestät am Kopf befindet, wäre es nahezu unverantwortlich, wenn der Mond im Zeichen des Widders stünde«, fügte Luzius hinzu und suchte nach Rosenzweigs bestätigendem Blick.

»Weil ich in offene Münder und leere Denkblasen blicke, bitte ich euch zu erläutern, weshalb der Widdertag am wenigsten geeignet ist«, ermunterte Professor Rosenzweig seine tüchtigsten Schüler.

Luzius straffte seinen Rücken. »Nun, weil jedes Tierkreiszeichen einem bestimmten Organ oder einer Region des menschlichen Leibes zugeordnet wird«, begann er. »Und das Sternbild des Widder beherrscht nun einmal die Kopfregion. Ebenso wie dem dunklen Skorpion die Geschlechtsorgane zugeordnet werden«, erklärte Luzius belustigt und tat einen großen Schritt in Alberts Richtung, der entsetzt zurückwich. »Schon einmal was davon gehört?«, fragte er seinen Studienbruder mit belustigter Miene.

Albert nickte knapp und trat einen weiteren Schritt zurück. Dabei stolperte er über seine eigenen Füße, was seinen Kameraden ein höhnisches Lachen entlockte. Er wollte nicht in der Nähe dieses Sodomiten sein. Immerhin galt die körperliche Liebe unter Männern als widerwärtig und abartig. Die Priester verteufelten jede Art der Sexualität, die nicht der Zeugung von Nachkommen diente, und bezeichneten sie als Sodomie. Alberts Miene sagte mehr als 1.000 Worte. Er selbst wollte das Schauspiel nicht versäumen, wenn Miguel den Hinterlader endlich beim Kirchengericht zur Anzeige brachte und mit den Bütteln in die Judengasse kam. Verbrennen würden sie den Widerling!, dachte Albert. Verbrennen!

2

NOCH LAG DER TAU auf dem silbrigen Grün der alten Olivenbäume. Ihre ehrwürdigen Kronen, die im morgendlichen Zwielicht wie knorrige Wächter aus einer anderen Zeit wirkten, raschelten im Wind. Die elf Scholaren hatten sich schon vor dem ersten Morgenlicht im Jardin des Plantes, dem Heilpflanzengarten der Medizinschule, getroffen, um die Kräuterbeete zu wässern und die letzten Heilpflanzen des Jahres zu ernten. Im Schutz der Zypressengänge wollte jede duftende Pflanzenseele gehegt und gepflegt werden. So bescherte der auf unterschiedlichen Ebenen angelegte Garten den jungen Männern zu allen Jahreszeiten viel Arbeit. Neben den gängigen Heilpflanzen aus ganz Europa beherbergte die grüne Lunge von Montpellier auch ungewöhnliche und exotische Pflanzen, wie etwa den Arabischen Jasmin oder die Hand Buddhas. Mit ihren fingerartigen Fruchtständen war die Zitronatzitrone ein Gast aus dem fernen Indien. Gemeinsam mit anderen seltenen Gewächsen verströmte sie einen schweren, fast animalischen Duft.

Zur Morgenbesprechung hockten die Schüler zu Füßen Professor Rosenzweigs, der seinen schwarzen Talar mit einer derben Gartenschürze schützte und erste Anweisungen erteilte. »Claude und Luzius, ihr beschneidet den Laurus und erntet die letzten Beeren des Sambucus, bevor ihr euch ins Gartenhaus begebt, wo bereits all die stumpfen Sicheln und Messer darauf warten, dass ihr ihnen zu neuer Schärfe verhelft«, ordnete er mit ruhiger Stimme an.

Der sanfte, stille Mann unterrichtete neben Astronomie und Astrologie auch Botanik. Er fügte sich beinahe nahtlos in die Umgebung des Gartens, und Luzius würde sich nicht wundern, wenn er eines Tages als Faun zwischen den Beeten entschwinden würde.

In der Kühle ging die Arbeit leicht von der Hand, und so beeilten sie sich, bis zum Mittagsläuten fertig zu werden. Die Scholaren arbeiteten zügig und unterhielten sich leise. Ezra Rosenzweig, der Maître Botanicus, hasste jeden Lärm und liebte die Stille.

»Steht da, als hätte er nichts zu tun!«, raunte Claude Luzius zu und deutete in Richtung der arabischen Wasserläufe, die links und rechts neben der prächtigen Zypressenallee verliefen und dem Garten mit ihren filigranen Springbrunnen eine fast spielerische Leichtigkeit verliehen. »Miguel beobachtet dich. Ist er dir heute etwa schon wieder gefolgt?«

»Nein, ich glaube nicht«, erwiderte Luzius und setzte seine Arbeit mit einem unguten Gefühl fort. Als er selbst unauffällig über die Schulter blickte, war der Spanier bereits verschwunden.

Claude beschnitt den Lorbeer sorgfältig und verlieh den ausladenden Büschen geometrische Formen. So stand bald eine große Kugel zwischen Pyramiden und einem etwas missglückten Kegelstumpf. Indessen überlegte Luzius, ob sie auch dieses Jahr die letzten schwarzen Beeren des Holunders zu Wein verarbeiten würden. Im Winter hatte ihnen das aromatische Gebräu gute Dienste geleistet, sie hatten damit ein kaltes Lungenfieber niedergekämpft. Der Holunder wärmte den ausgekühlten Leib und regte zum Ausschwitzen der krank machenden Säfte an. Neben der Weidenrinde brauchten sie im Hospital auch die weißen, nach Honig duftenden Blüten für einen lindernden Aufguss.

»Und? Hast du dich entschieden?«, unterbrach Claude nach einer Weile die geschäftige Stille.

Luzius beschattete die Augen vor der Sonne, die inzwischen etwas höher stand. So konnte er den schmalen Franzosen, dessen Gesichtszüge immer leicht übernächtigt wirkten, besser sehen. »Ja«, sagte er und nickte. »Ich habe mich entschlossen, die Heimreise anzutreten, vorausgesetzt, ich bestehe auch das letzte Examen. Weißt du, ich möchte nicht mehr in dieser Angst leben, ständig verfolgt zu werden. Selbst wenn ich liebend gerne noch eine Weile hier im Hospital bleiben würde.«

Claude nahm den Strohhut ab, den sie während der Gartenarbeit gegen das Barett tauschten, und fächelte sich Luft zu. »Du hast doch mich!«, sagte er entrüstet, setzte den Hut wieder auf und stemmte die Fäuste in die Seiten. »Miguel tut dir nichts. Er ist einfach ein Marktschreier und neidet dir deinen Erfolg bei den Hebammen. Außerdem wird er nie ein Medicus werden. Das heißt, er wird dich mit seinem Anblick schon bald nicht mehr behelligen.«

Luzius nickte zustimmend. Dennoch wollte er sich endlich wieder frei bewegen können.

»Vielleicht kann sich Alvarez mit seinem medizinischen Wissen als Henker versuchen«, spottete Claude.

»Da hast du recht«, entfuhr es Luzius lachend. »Das Wissen um den menschlichen Leib ist bei etlichen Henkern besser ausgebildet als bei den Medici.«

»Aber du kannst es trotzdem nicht erwarten, in deine kalte, neblige Heimat zurückzukehren, was? Und das alles nur wegen dieses Hurensohns?«

Luzius nickte abwesend. »Am Bodensee ist es nicht neblig und kalt«, gab er nach einer Weile leise zurück und schob die Unterlippe vor. »Zumindest nicht immer. Und die lichtweißen Nebelfrauen gehören einfach dazu. Unter ihren schimmernden

Netzen, die sie im Herbst aus Wasser und Luft weben, bewahren sie unsere ältesten Geheimnisse. Es ist schön dort, weißt du«, er sah einen Augenblick ins Leere, »sehr schön sogar«, flüsterte er dann mehr zu sich selbst.

»Ich glaube dir ja!«, beschwichtigte ihn Claude. »Und so stürmisch wie in meiner Heimat ist es am Lac de Constance sicher nicht«, fügte er mit einem freundschaftlichen Lachen hinzu.

Luzius hob die Schultern und versetzte der Luft einen leichten Tritt. »Wessen Heimat wird schon das ›Ende der Welt‹ genannt?«, fragte er mit einem Zwinkern.

Claude war am äußersten Rand des Frankenreichs daheim. Dort, wo der Atlantik von allen Seiten gegen das schroffe Land peitschte und als nächster Halt das Land der Angelsachsen gegenüberlag.

»Finis Terrae ist nicht das Ende der Welt. Es ist der Anfang«, parierte Claude und verzog sein Gesicht zu einer Grimasse.

»Vielleicht im Bretonischen. Aber im Lateinischen bedeutet ›Finis Terrae‹ nun mal ›das Ende der Welt‹, und daran wirst auch du nichts ändern«, gab Luzius erheitert zurück. Doch in seiner Heiterkeit schwang ein Hauch von Trauer mit. Jedes Gewässer barg eine große Gefahr. Jakob, sein Onkel, hatte während des letzten Christmonds den Tod in den Fluten des Bodensees gefunden. Wenn die Herbststürme darüber hinwegrasten, wurde aus dem sanften blauen Saphir eine reißende Bestie. Einem gefährlichen Raubtier gleich, schlugen die tückischen kurzen Wellen ihre Reißzähne dann in das Ufer und fraßen alles, was sich ihnen in den Weg stellte: Steine, Erde, Bäume und manchmal auch Menschen.

Während Luzius die glänzenden Dolden des Holunders in seinen Korb legte, spürte er, wie seine Wangen ganz warm wurden. Normalerweise verwehrte er sich jeden Gedanken an die alte Heimat am Bodensee. Doch nun versetzte ihm das Heimweh einen schmerzhaften Stich.

»Dann wirst du bald wieder in Seefelden sein. Und was tust du dort?«

Luzius stutzte. Daran hatte er noch gar nicht gedacht. Seefelden war seine Heimat. Aber war er dort überhaupt noch willkommen?

Als Luzius wenige Wochen später an der Seite seiner Studienbrüder den großen Innenhof der Medizinschule betrat, wärmten die letzten Strahlen der Herbstsonne den ockerfarbenen Sandstein. Es war ihr letzter Prüfungstag, und ihnen blieb noch reichlich Zeit.

»Lass den Unsinn!«, brummte Claude, als Luzius im Vorbeigehen ein paar grüne Nadeln von einer der mächtigen Zypressen abstreifte. Sie bewachten den hohen Eingang zum Theatrum Anatomicum wie eine Reihe mahnend erhobener Finger.

»Unsinn? Wer von uns beiden ist denn der närrische Kindskopf? Ich liebe eben ihren besonderen Duft. Er tröstet mich und erzählt ein wenig von zu Hause. Ihr himmelstrebender Wuchs erinnert mich an die Eiben im Pfarrgarten zu Seefelden. Die Eiben gehörten zu meinen Lieblingsplätzen.«

Claude schenkte ihm ein Lächeln, das irgendwo zwischen Mitgefühl und Bewunderung schwebte.

Nun schlenderten sie in den steinernen Innenhof, der die Krankensäle vom Anatomiesaal trennte. Luzius setzte sich neben einen alten, knorrigen Ölbaum, dessen Wurzeln durch eine Trockensteinmauer begrenzt wurden, und drehte das Gesicht zur Sonne.

Die fiebrige Atmosphäre der Krankensäle hatte es Luzius besonders angetan. Im Umkreis der vielen Elenden vergaß er manchmal sogar seine eigenen Kümmernisse. Auch Claude wusste, dass sein Gefährte die leicht Übelkeit erregende Mischung aus alkoholischer Lösung und menschlichem Leid liebte. Was ihm und seinen Kameraden tagtäglich eine neue Herausforderung war, bedeutete für Luzius Trost und Hingabe. In Claudes Augen war der schmächtige Mann der geborene Medicus. Im Hospital fühlte er sich gebraucht, und sein Herz wog weniger schwer, wie auch in der knapp bemessenen Zeit, die er mit Claude verbrachte. Immer wieder hatte sich der Bretone gefragt, was der Grund für Luzius' tiefe Traurigkeit sein mochte. Er hatte es ihm nie verraten, und Claude hatte seinen Kameraden nicht weiter bedrängt.

Ein großer gelb-schwarzer Feuersalamander flüchtete und verbarg sich im lichten Schatten der hohen Zypressen.

»Sieh nur, ein Feuersalamander!«, rief Claude begeistert. »Wusstest du, dass der Feuersalamander in Alchimistenkreisen als höchstes Wesen verehrt wird?«

Luzius nickte.

»Die Mythologie bezeichnet ihn sogar als Elementargeist, und böse Zungen behaupten, er könnte sich ganz nach Belieben in ein rothaariges Weib verwandeln und die Lenden der Männer verbrennen«, wisperte Claude geheimnisvoll.

Luzius' Blick verdüsterte sich unmerklich. »Eine Rothaarige also, hm?«, entgegnete er kühl.

»Hattest du schon mal eine?«, wollte Claude wissen und sah auf Luzius' kupferfarbenes Haar, das dem Freund in weichen Wellen bis zum Kinn reichte.

Der blieb ihm die Antwort schuldig. Stattdessen kickte er einen Stein über den Boden, den Claude geschickt abfing und zurückschoss. »Langsam wird es Zeit«, sagte Luzius nach einem prüfenden Blick zum Stand der Sonne.

»Fürchtest du dich vor unserem letzten Examen?«

Luzius schüttelte den Kopf. »Wir haben unzählige Stunden mit Professor Ibn Faris im anatomischen Unterricht zugebracht, weshalb sollte ich mich also heute fürchten?« Alles, was mir Angst macht, ist Miguel, dachte er. Wenn Luzius diese letzte Prüfung bestand und sich fortan Medicus nennen durfte, würde er dennoch bis zum nächsten Frühjahr in Montpellier bleiben müssen. Die letzte Reisegruppe vor dem Winter hatte die Stadt an diesem Morgen verlassen.

»Und heute Abend feiern wir!«, sagte Claude überschwänglich und klopfte seinem kleineren Kameraden freundschaftlich auf die Schulter.

Luzius spürte die erwartungsvolle Freude seines Studienbruders wie ein heiteres Sonnenrad, dessen wärmende Strahlen ihn berührten. Dahinter spürte Luzius aber auch Beklemmung und leichte Sorge über ein mögliches Scheitern.

Seit seiner Kindheit war Luzius mit scharfen Sinnen ausgestattet. Diese Hellsichtigkeit hatte sich im Lauf der Jahre noch mehr verstärkt. Allein durch eine einfache Berührung vermochte er die Gefühle und Gedanken seines Gegenübers zu erspüren. Daneben besaßen seine Hände die Gabe, den Schmerz zu lindern und das Gefängnis der Angst zu durchbrechen. Schon immer war ihm, als könnten seine Hände hören. Was während seiner Kindheit wie ein Fluch gewesen war, hatte sich später als ein Geschenk Gottes erwiesen. Zumindest hatte Tante Elisabeth das immer behauptet. Immerhin stellte diese besondere Gabe die beste Voraussetzung für den Beruf des Medicus dar.

»Auch wenn du nichts verträgst und bereits nach einem einzigen Krüglein Gebranntem unter dem Tisch liegst, wirst du heute mitkommen, oder?«

Luzius nickte zögernd.

»Das Saufen wirst du nie lernen, dafür fehlt dir einfach die Masse. Aber den Doktorschmaus musst du trotzdem mit uns feiern. Wann bekommt man schon die Gelegenheit, die Welt davon zu unterrichten, dass das Lernen ein Ende hat, dass wir uns jetzt Medici nennen dürfen und uns von all den Quacksalbern, Steinschneidern und Scharlatanen unterscheiden? Sicher begleiten uns auch einige Wehmütter beim Umzug durch die Stadt!«, neckte er mit einem Zwinkern.

Claude schenkte den Gerüchten, die Miguel über Luzius verbreitete, keinen Glauben. Selbst wenn dem so wäre, dass Luzius Männer liebte, störte er sich nicht daran. Im Gegenteil, er kannte einige Männer, die ihrem eigenen Geschlecht zugetan waren. Manchmal fühlte er sich selbst in einer Art und Weise zu Luzius hingezogen, die er sich nicht erklären konnte und die sicher alles andere als schicklich zu nennen war.

Luzius schüttelte den Kopf. »Du und deine ewigen Weibergeschichten!«, spottete er.

Claude war ein großer Weiberheld vor dem Herrn, aber im Grunde seines Herzens war der sehnige Franzose mit dem dunklen Haar ein warmherziger Kamerad, der sich stets um ihn sorgte und gern noch viel mehr Anteil an seinem Leben gehabt hätte, als er ihm gestattete.

»Im Ernst, was wäre das Leben ohne dralle Weiber. Ihre rosigen Schenkel sind doch geschaffen, uns Männern bereits auf Erden das Paradies zu zeigen. Und was wäre das Leben erst ohne süßen Wein? Er ist es doch, der den Leib in seinem Inneren zusammenhält!«

»Du bist ein Esel, und ein dummer obendrein! Aber in deinen wenigen lichten Momenten bist du ein passabler Freund«, konterte Luzius und lachte. Der einzige, fügte er im Stillen hinzu.

Claude grinste und vollführte einen übertriebenen Kratzfuß. Obwohl er der Einzige war, den Luzius in seiner Nähe duldete, verzichtete er nun auf eine Berührung, wusste er doch, wie sehr Luzius jeglichen Körperkontakt verabscheute. Der kleine Mann, dessen Heimat der Bodensee war und der hier im Land der Franken lebte, um die wahre Medizin zu erlernen, hatte im Lauf der Jahre eine Mauer aus Wissen und Unnahbarkeit um sich errichtet. Nur an besonderen Tagen konnte Claude sie an wenigen Stellen durchbrechen. Manchmal fragte sich der Bretone, was er eigentlich wirklich von Luzius wusste. Er musste sich eingestehen, dass das nicht viel war.

Als die schwere Tür des Anatomischen Theaters mit einem scharfen Ächzen ins Schloss fiel, entstieg den eisernen Feuerschalen ein geheimnisvolles Brausen, und die Flammen erhoben sich. Der warme Feuerschein hüllte die elf Scholaren in zart schmelzendes Licht und erweckte den ockerfarbenen Sandstein zum Leben. Doch selbst das lebendige Licht vermochte die Sinne nicht von dem alles durchdringenden, süßlich-schweren Geruch abzulenken, der ihnen bereits auf der Schwelle in die Nase stieg.

Die Säle der Anatomie lagen inmitten des Innenhofs, der das Zentrum der Medizinschule zu Montpellier bildete. Heute, am Tag der Herbst-Tagundnachtgleiche, schwoll das Feuerrad noch ein letztes Mal mit hitziger Glut über die Stadt, bevor die Tage endgültig wieder kürzer wurden. Heute gelang es nicht einmal den wehrhaften Mauern im Inneren der ehemaligen Klosteranlage, die Kühle der Nacht zu bewahren. Mit dem Vorraum bildete das Anatomische Theater einen Korridor, der in einem komplex gestalteten, sehr hohen Raum endete. Entlang der Wände standen mehrere mannshohe Regale. Auf den massiven Brettern ruhten eine Vielzahl dickwandiger Gläser, deren Inhalt einem empfindsamen Gemüt ein Schaudern bescherte. Einzelne Gefäße beherbergten in einer alkoholischen Lösung ganze Augäpfel, menschliche Herzen, ein Gehirn oder Teile eines Lungenflügels. In einigen befanden sich Ungeborene in den unterschiedlichen Phasen ihrer Entwicklung. Mit ihren knospenden Gliedern und der Nabelschnur erinnerten sie an Wesen aus einer anderen Welt. Bottiche bargen abgetrennte Gliedmaßen und wieder andere menschliche Gewebe. Im flackernden Licht schimmerten die Präparate bleich und wächsern.

Doch in der ganzen Medizinschule war man sich einig, dass Joseph das schaurigste Präparat darstellte. Joseph, so nannten sie den abgetrennten Kopf, der in einem weiteren Glasgefäß ruhte. Als der Henker von Montpellier den mehrfachen Dieb enthauptet hatte, durfte die Medizinschule den Kopf für Studienzwecke behalten. Josephs Augen traten ein wenig aus den Höhlen, und noch immer war sein Mund zum Schrei geöffnet. Der Legende nach stimmte Joseph von Zeit zu Zeit ein schauriges Lied an. Wer es hörte, dem blieb angeblich nicht mehr viel Zeit.

»Na, hört ihn einer von euch singen?«, wollte Claude wissen und sah in die Runde.

»Wenn Joseph seine Stimme erhebt, singt er vielleicht für dich!«, presste Miguel hervor und drängte Luzius grob an die Wand. Hastig eilte er dann an seinen Studienbrüdern vorbei in den Lehrsaal.

»Großmaul!«, brüllte ihm Luzius nach.

Ihre bodenlangen Talare wirbelten den Staub der vergangenen Jahre auf, und bevor sie zu ihrem allerletzten Examen antraten, glitt so mancher ihrer Gedanken noch einmal zurück zum Anfang ihrer Lehrzeit. Wie rasch die Jahre vergangen waren. Sicher dachten jetzt einige an einen Lieblingssatz Professor Ibn Faris': »Inschallah! Oder, wie ihr Christen zu sagen pflegt: Ohne Gottes Wille vermag der Mensch nichts!«

Luzius hoffte, dass es Gottes Wille war, dass er heute diese Prüfung bestand.

Als Professor Ibn Faris in die Gesichter seiner elf Scholaren sah, erkannte er in jedem etwas anderes. Jedem war ein anderer Weg vorherbestimmt. Wenn er noch heute, im Namen Allahs, elf neue Medici von den Ordnungen und Richtlinien der Medizinschule entband, so war er auf einen ganz besonders stolz: Luzius Gassner, den kleinen Mann aus dem Heiligen Römischen Reich Deutscher Nation. Ihn hätte er gerne noch ein Weile hierbehalten. Schon vom ersten Tag an hatte sich der schmächtige rothaarige Mann als äußerst geschickt erwiesen. Geschickter als all die anderen, die er jemals unterrichtet hatte. Allem voran hatte es Gassner die Frauenheilkunde angetan, was an sich schon etwas Besonderes war. Dabei war ihm gelungen, was vorher noch keinem Scholaren gelungen war: Die Wehmütter duldeten ihn nicht nur während der Geburt, sie schickten sogar nach ihm, wenn sich eine Niederkunft lange hinzog.

»Als angehende Medici werdet ihr alle ein letztes Mal die Gelegenheit erhalten zu zeigen, was ihr im Lauf der letzten Jahre gelernt habt und welche Art Anatom aus euch geworden ist.« Ein erwartungsvolles Lächeln umspielte das kantige Gesicht des Professors, als sich alle Studenten in dem Oval eingefunden hatten. Ihr Wissen war bereits in den Fächern Astronomie und Astrologie geprüft worden. Des Weiteren hatten sich die angehenden Medici in Botanik, Pharmazie und Krankheitslehre bewähren müssen und war ihr Wissen in den zwölf Traktaten, den *Summulae logicales* von Petrus Hispanus abgefragt worden. Nun folgte noch das Examen in Anatomie und Chirurgie. Ihren Eid auf Hippokrates und die Dekrete der Lehranstalt würden sie erst später während des mehrtägigen Doktorschmauses leisten. Dann zogen sie in einem bunten Umzug durch die Stadt und feierten ihren Erfolg.

In der Mitte des Raumes lagen nun auf hochbeinigen Tischen die Leichen zweier Menschen: ein Verbrecher, der die gerechte Strafe in der Hinrichtung gefunden hatte, und eine Frau aus dem Hurenhaus. Die junge Hübschlerin war in ihrer Kindsnot gestorben.

Miguel stand Luzius gegenüber. Die bevorstehende Prüfung bereitete ihm die allergrößte Sorge. Wäre diese verdammte Befragung nicht gewesen, er hätte bereits in der Frühe begonnen, sich zu besaufen. Miguel rieb sich das Kinn. Nur ein einziges Mal würde er Luzius gerne auf der Seite der Versager sehen! Doch aller Wahrscheinlichkeit nach würde ihm der Allmächtige diesen Wunsch nicht erfüllen, denn allem Anschein nach sah Luzius den folgenden Stunden völlig gelassen entgegen. Zumindest seine Haltung strahlte eine Ruhe aus, von der Miguel nur träumen konnte. Aber wovor sollte sich dieser Hurensohn auch fürchten? Schließlich fielen Luzius sämtliche Antworten, die Professor Ibn Faris ihnen stellte, immer in den Schoß.

In Miguels Kopf tobte ein rasender Stier, der sich nur mit äußerster Mühe bändigen ließ. Er fand die Anatomie scheußlich, und er konnte sich weitaus Besseres vorstellen, als hier in Montpellier zu hocken! Er hasste es abgrundtief, bis zu den Ellenbogen in den widerlich stinkenden Eingeweiden irgendwelcher Leichen zu stecken, und er hasste seinen Vater, der darauf bestand, einen Medicus in der Sippe zu haben.

Auf den Tischen und Ablageflächen lagen, sorgsam geordnet, die Instrumente für das nachfolgende Examen bereit. Neben Sägen und Messern in allen Größen warteten grobe Zangen, gebogene Haken und spitze Nadeln darauf, von kundiger Hand in das leblose Fleisch getrieben zu werden. All diese Instrumente zerteilten den menschlichen Leib, bis nur noch eine ausgeweidete Hülle übrig blieb, die nach abgeschlossener Untersuchung wieder mit den Organen befüllt und mit Nadel und Faden verschlossen wurde. Miguel sah den folgenden Stunden mit Grauen entgegen. Sollte er das Examen abermals nicht bestehen, blieb ihm nur noch Salerno, um ein Medicus zu werden.

Die allermeisten Universitäten wurden von der heiligen katholischen Kirche zu Rom getragen. Diese Lehranstalten verwendeten für den anatomischen Unterricht, wenn es ihn denn gab, ausschließlich Schweine- oder Hundekadaver. Sie befolgten auch die eherne Regel, wonach ein Medicus niemals in das Fleisch eines lebenden Menschen schneiden durfte. Für diese blutige Arbeit gab es Steinschneider, Feldscher und Bader. Der Papst hatte für all seine Lehranstalten ein Edikt erlassen, wonach es den Scholaren bei schwerer Sünde verboten war, den Leib zu zerschneiden. Denn am Tag des Jüngsten Gerichts durfte nur derjenige auf das ewige Leben hoffen, dessen Leib unversehrt war.

Die Medizinschulen zu Montpellier, Salerno und Bologna waren indessen von den Städten selbst errichtet worden. Sie unterrichteten ihre Scholaren neben der *Viersäftelehre* nach Galenos und weiteren medizinischen Standardwerken auch in Anatomie und Chirurgie, was ihnen die Welt mit einem besonderen Ansehen dankte. Selbstverständlich ging es auch in Montpellier nicht ganz ohne kirchliche Erlässe. Aber Rom war weit weg und der Bischof von Tours, dem Montpellier verpflichtet war, kein allzu bigotter Mann. So gestattete er der Medizinschule die Untersuchung einiger weniger Leichname im Jahr, wenn es sich bei den Toten um Selbstmörder oder Hingerichtete handelte. Manchmal besprach sich Professor Ibn Faris aber auch mit dem Henker und bat um weitere Leichname, die er anschließend auf Kosten der Stadt beisetzen ließ.

Voller Abscheu betrachtete Miguel die grausigen Instrumente, die in seiner Hand so schwer wogen, als wären sie aus Stein. In seinen Augen glichen sie den Werkzeugen des Satans. Als Miguel in Luzius' Richtung sah, bemerkte er in dem glatten Gesicht keinen Anflug von Widerwillen, ja nicht einmal den Hauch von Ekel. In diesem Moment hasste er ihn mehr denn je, allein schon wegen seines Gleichmuts. Sicher glänzt der kleine Bastard in den nächsten Stunden wieder mit seinem Wissen, dachte Miguel voller Unmut. Wenn Luzius nicht in den Krankensälen zu finden war, trieb er sich im Jardin des Plantes herum. Den »Seelenleser« nannten ihn die Patienten im Hospital. Seelenleser, pah!, dachte Miguel zornig und ballte die Hand zur Faust. Dabei war Luzius einfach nur ein Günstling seiner Lehrer. Dieser widerwärtige Sodomit!

Heute Abend würde Miguel den unumstößlichen Beweis dafür erbringen. Denn nicht einmal Luzius würde sich heute Abend der ausgelassenen Feierlaune entziehen können. Und dann würde Miguel dafür sorgen, dass der Rotschopf tiefer als sonst in den Becher sah. Für alles Weitere hatte Miguel bereits einen besonderen Freund eingeladen. Einen Freund, der es griechisch mochte …

3

Als Professor Ibn Faris das Leinen entfernte und den kalten Leib des Hingerichteten freilegte, erhoben sich wohl annähernd 100 Fliegen in einer lebenden Wolke. Ihr Summen glich einer nervtötenden Melodie. Die Zersetzung des Leichnams hatte bereits deutlich begonnen und sämtliche Stadien der Verwesung durchlaufen, von der Gluthitze dieses Herbsttages noch vorangetrieben. Der alles durchdringende, widerwärtig süßliche Geruch war unvergleichlich. Er haftete wie Pech am Haar, an den Händen und den schweren Talaren.

Auf dem geblähten Leib der Leiche zeichnete sich bereits das Netz der einzelnen Gefäße ab. Grünblau schimmerte das Geflecht der Adern durch die wächserne Haut. Die Totenflecke an den Füßen leuchteten in dunklem Lila. Sie sahen aus wie ein Strumpf, der dem Toten bis zum Oberschenkel reichte. Die Hände wirkten wie mit einem Handschuh bekleidet. Auch sie hatten eine tiefdunkle lila Farbe angenommen, die immer heller wurde und schließlich knapp unter den Ellenbogengelenken endete. Die erloschenen Augen des Mannes starrten an die rußgeschwärzte Decke.

Ibn Faris hatte seinen Unterricht immer äußerst temperamentvoll gestaltet. Während seine dunkle Bassstimme durch die hohen Räume hallte, wanderte er häufig im Lehrsaal auf und ab. Dann schossen seine Fragen wie Pfeile durch die Luft und trafen jene, deren Blick leer und vom Saufgelage der vergangenen Nacht noch immer verhangen waren. Auf diese Weise nahm er jetzt auch die letzte Prüfung seiner Scholaren ab. Die

Frage nach der Todesart sowie dem Zeitpunkt des Todes hatte er bereits gestellt und blickte nun in die Runde seiner Studenten.

»Allem Anschein nach haben wir es hier mit einer missglückten Leibesstrafe zu tun. Das Eisen des Henkers war offensichtlich nicht heiß genug, sodass es die Blutung nicht gestillt hat«, begann Miguel.

Das Gesicht des Spaniers erinnerte Luzius an weißen Käse. Den Ekel, den er nach wie vor angesichts eines Leichnams empfand, suchte er mit seiner aufgekratzten, vorlauten Art zu überspielen.

»Offensichtlich handelt es sich um einen Langfinger«, fügte Miguel spöttisch hinzu und sah in die Runde seiner Kameraden, wo er sich Unterstützung erhoffte. Doch sie blieben stumm und regungslos. »Nachdem ihm der Henker die Hand abgeschlagen hat, ist er wohl elendig verblutet«, referierte Miguel weiter. Dabei verschränkte er die Arme vor der Brust, als könnte ihn das vor einer falschen Antwort bewahren. »Sicher hat er die Strafe verdient«, mutmaßte er weiter, »schließlich ist es nicht mehr als recht …«

»Genug jetzt!«, unterbrach ihn Ibn Faris barsch. »Als Medicus steht es dir nicht zu, über das Strafmaß zu urteilen, und schon gar nicht, solang du nicht die Vorgeschichte kennst. Nichts als Vermutungen, und die haben in meinem Anatomiesaal nichts verloren! Verstanden?«

Dieser dreckige Perser!, dachte Miguel voller Ingrimm. In Gedanken spie er ihm vor die Füße. Er wagt es, untadelige Christenmenschen zu dieser Schandtat zu zwingen! Doch immerhin war er Luzius und allen anderen mit seiner Antwort zuvorgekommen. Ein Gefühl der Genugtuung durchströmte ihn und minderte für einen Augenblick seine Übelkeit.

Luzius stand ihm gegenüber auf der rechten Seite des Toten. Miguel betrachtete ihn aus den Augenwinkeln. Während Luzius' weiße Haut einem Laken von den Bleichwiesen glich, erinnerte sein welliges Haar an flüssiges Metall. Es betonte sein mädchenhaftes Gesicht, das nicht einmal den Schatten eines Bartes zeigte, und einer Kappe aus Fuchspelz glich. Miguel hatte sich schon oft gefragt, wie ein Bursche eine so ebenmäßige Haut haben konnte? In seinem weibischen Gesicht störte nicht eine einzige Narbe, die verweichlichten Züge wirkten wie aus einem Guss. Sicher verteilte er regelmäßig den Samen der Knaben, die ihm zu Willen waren, auf seinem bleichen Gesicht, dachte Miguel voller Abscheu. Oh, er wünschte sich nichts mehr, als Luzius in flagranti mit einem Burschen zu erwischen …

Dann sah er in Luzius' Augen. Selten war er ihm so nah gewesen. Diese Augen, dachte er angestrengt. Sie wirkten … Er überlegte. Ja, wie wirkten sie? Als der Perser eine Frage an ihn richtete, schob er den Gedanken, der sich ihm aufdrängte, eilig beiseite.

»Schließt ihr euch Miguels Meinung an, oder vertritt einer von euch eine andere Ansicht?«, wollte der Hakim mit strenger Miene wissen.

Miguels Gedanken rasten weiter: In all den Monaten ihres gemeinsamen Lernens hatte Luzius seines Wissens nach nicht eine einzige Wehmutter gevögelt, dabei lagen sie ihm reihenweise zu Füßen. Und wenn sie ihm im Hospital begegneten, schwatzten und lachten sie, als wäre Luzius der begehrenswerteste unter allen Studenten, dabei wirkte er neben den anderen Scholaren wie ein blutleerer Schwächling, wie ein Knabe.

Luzius war nervös. Sein Lampenfieber – der Zustand völliger Wachheit, gepaart mit einer Prise Angst vor dem zeitweiligen Verlust seines gesamten Wissens und Könnens – steigerte sich ganz allmählich ins Unerträgliche. Er fühlte, wie Miguel mit einem einzigen Blick seiner sezierenden Augen seinen Talar zerschnitt. Für gewöhnlich ging er ihm aus dem Weg, doch heute war Luzius dazu verdammt, die Nähe dieses Grobians zu ertragen. Er hatte das Gefühl, als verbrenne die Kraft der üblen Gedanken die Luft zwischen ihnen.

Luzius schloss die Augen und atmete ein paar Mal tief, erst dann betrachtet er den Toten eingehend. Bevor er schließlich seine Stimme erhob, klemmte er seine roten Locken hinter die Ohren und räusperte sich. »Ich denke, der Mann starb durch Erhängen. Die Strangmale am Hals deuten darauf hin, dass es sich um einen kurzen Fall handelte. Das heißt, weder die Länge des Seils noch die Fallhöhe war ausreichend, um ihm durch einen Genickbruch einen schnellen Tod zu bescheren. Ich fürchte, dass er qualvoll erstickt ist.«

Der Hakim befragte weitere Studenten. Die meisten schlossen sich Luzius' Erklärung an, weil sie sich meist als die richtige erwies.

Miguels letzter Gedanke ließ ihn nicht mehr zur Ruhe kommen. Er betrachtete Luzius' schmale Hände. Sie wirkten wie die kleinen Hände eines Kindes. Und Luzius' feine Stimme – sie erinnerte ihn an …

»Wer möchte noch etwas zu der fehlenden Hand des Toten sagen?« Professor Ibn Faris' Blick streifte die Gesichter seiner Studenten. Doch alle blieben stumm.

»Sehr wahrscheinlich handelt es sich bei der fehlenden Hand um eine sogenannte Totenhand. Der Henker verkauft sie gerne gegen ein paar Münzen«, begann Luzius schließlich. »Totenhände werden oft als heilmagischer Talisman gehandelt. Bei einem anderen weit verbreiteten Aberglauben spielen sie ebenfalls eine große Rolle.«

»Was verstehst du unter Aberglauben?« Miguel verspürte

neben der ungeheuren Lust, Luzius zu ärgern, ein nie gekanntes Interesse an ihm.

Bevor Luzius antwortete, trat er einen Schritt zurück und verschränkte die Arme wie ein schützendes Schild vor der Brust. Luzius fühlte die scharfen Messer, die der Spanier nach ihm warf. Hitze nistete in seiner Halsbeuge und eroberte von dort die sonst so blassen Wangen.

»Dieser besondere Aberglaube besteht in der Überzeugung, Blut und Körperteilen hafte eine besondere Kraft an. Demnach befinden sich die Kraft, die Stärke, ja selbst die Seele in jedem einzelnen Tropfen Blut und in jedem Körperteil eines Menschen. Feuermale, Aussatz, Geschwüre, aber auch eiternde Zähne und das Gliederreißen sollen sich mithilfe von Totenhänden oder Totenfingern heilen lassen. Zu diesem Zweck berührt man den Ort der Krankheit mit dem Talisman.«

Ibn Faris nickte und fuhr mit dem Examen fort. »Lasst uns noch einmal gemeinsam überlegen, welche Geschichten uns der Tod erzählt, denn gleichgültig, an welchen Platz Allah euch später einmal stellt, wird es vonnöten sein, die *vita reducta* einwandfrei zu diagnostizieren. Die Angst vor dem Zustand des Scheintodes beschäftigt in besonderem Maße die Wohlhabenden. Seiner Majestät Charles VIII. bereitet dieser Gedanke ebenfalls allergrößtes Unbehagen. Und da der Leibarzt des Königs seine Ausbildung stets im undogmatischen Montpellier erhält und nicht in Paris, haben meine Kollegen und ich die *vita minima* als Teil des Examens festgelegt. Also, unter welchen Umständen kann es zum Scheintod kommen, und wie lässt er sich erkennen?«

»Vorsicht ist geboten, wenn eine Patientin an Hysterie erkrankt ist. Auch die Fallsucht führt häufig zur *vita minima*. Der tiefe Schlaf nach einer schweren Niederkunft, sämtliche Vergiftungen. Besonders jene durch Mohnsaft«, ratterte

Etienne herunter. Die Aufregung ließ sein ohnehin bleiches Gesicht, das durch unzählige Pockennarben entstellt war, noch bleicher aussehen.

»Ein Scheintoter lässt sich mit Salmiak ins Leben zurückholen«, sprudelte es aus Yves heraus.

»Oder durch Stiche in die Fußsohlen!«, wusste Frederik.

»Oder durch ein Klistier mit Eiswasser!«

»Puls und Atemkontrolle reichen sicher auch«, fuhr Claude dazwischen und schüttelte den Kopf.

»So ist es«, bestätigte der Perser. »Alles andere mögt ihr versuchen. Es schadet nicht. Dennoch sollte sich eure Diagnose ausschließlich auf die absolut sicheren ersten Todeszeichen stützen. Und diese sind?«, fragte Ibn Faris, während er seinen Blick auf Claude ruhen ließ.

»Die Livores oder Leichenflecken«, zählte Claude auf. »Bereits nach einer halben Umdrehung des Stundenglases, nachdem der Tod eingetreten ist, beginnen sie, der Schwerkraft des Blutes folgend, den Leichnam zu verfärben. Und die Leichenstarre oder *rigor mortis*.«

Jetzt warfen auch die anderen Studenten Antworten in den Raum. Ein Blick des Lehrers genügte, um jedem ein paar Worte zu entlocken.

»Die Totenstarre beginnt etwa zur gleichen Zeit, in der die ersten Flecke auftreten, im Nacken und im Kiefer. Nach und nach breitet sie sich aus, bis sich nach etwa neun Stunden der ganze Leib in einer Starre befindet, die sich nach ungefähr einem Tag wieder löst.«

Der Professor schien mit den Antworten zufrieden, denn er nickte und teilte die Scholaren in zwei Gruppen, was eine gewisse Unruhe unter ihnen auslöste.

»Lasst uns nun beginnen! Miguel, du wirst bei dem Hingerichteten das Skalpell führen. Doch zuvor wenden wir uns noch dem zweiten Leichnam zu. Bei ihm handelt es sich um eine Frau. Eine Frau aus dem städtischen Hurenhaus.«

»Um eine Frau?«, riefen die Scholaren überrascht und sahen sich verwundert an. Für gewöhnlich durften sie ihre Studien nur an männlichen Leichen ausführen.

Das Gesicht der jungen Frau zeigte noch immer den Schmerz, unter dem sie versucht hatte zu gebären und unter dem sie gestorben war. Auch ihre Verwesung hatte bereits begonnen, wenn auch die Zeichen noch nicht so ausgeprägt waren wie bei der männlichen Leiche. Ihr Leib war stark gewölbt und die Haut zum Bersten gespannt.

»Mutter und Kind sind während der Geburt gestorben«, begann der Professor. »Hier werdet Ihr das Messer führen!«, forderte er Luzius auf.

Eine schwangere Frau!, dachte Luzius. Er hatte sich oft gefragt, weshalb manche Frauen ihre Kinder nicht auf einfachem Weg gebären konnten. Am letzten Tag seines Examens sollte er also endlich die Gelegenheit bekommen, eine schwangere Frau in ihrem Inneren zu betrachten …

»Dreckiger Maure!«, zischte Miguel plötzlich zwischen den Zähnen hervor. »In meiner Heimat hätte man diesem Araberfurz längst seine dreckige Zunge herausgeschnitten und sie an die Geier verfüttert. Dieser Perser zwingt uns, eine Leichenöffnung durchzuführen, obwohl sie der Papst bei harter Strafe verbietet!«

Luzius war gewillt, so manches zu ertragen, was dem Mund des unflätigen Spaniers entwich, doch diese Boshaftigkeit konnte er einfach nicht hinnehmen.

»Gib dir keine Mühe! Jeder in diesem Raum weiß, dass dich lediglich die Übelkeit quält und du dir im Anschluss wieder die Seele aus dem Leib kotzen musst. Wenn Gott wahrhaft so groß ist, wird er einem jeden von uns am Tag der Auferstehung einen unversehrten Leib geben«, zischte Luzius zurück.

Der Angriff auf den Perser hatte seine Leidenschaft und eine glühende Streitlust geweckt. In einem sehr kleinen Winkel seines Herzens hegte allerdings auch er leise Zweifel. Wieder und wieder setzten sie sich über das Gesetz des Heiligen Stuhls hinweg. Doch dann erinnerte er sich daran, was die Medizinschule zu Montpellier in der Welt repräsentierte. Annahmen wurden hier durch Forschung und Wissen begründet oder widerlegt, alte Grund- und Lehrsätze auf ihre Wahrheit und ihre Anwendbarkeit hin überprüft.

»Merkt euch: Nur wer sich die Mühe macht, die Geheimnisse des Todes zu entschlüsseln, befindet sich in der Lage, die Leiden der Lebenden zu verstehen!«, warf Professor Ibn Faris in den Saal. »Nun, Señor Miguel Alvarez, so still? Wollt Ihr nun den Leichnam öffnen und die Organe entnehmen, oder fühlt Ihr Euch dazu nicht imstande?« Ibn Faris' Stimme durchschnitt die drückende Luft wie ein scharfes Rasiermesser. Sein Blick ließ jede Freundlichkeit vermissen. Ohne Zweifel hatte er einen Teil von Miguels Worten gehört.

Der Professor musste Miguel Alvarez nur in die Augen sehen, um zu wissen, dass er nach all den Jahren in Bologna und einigen wenigen Monaten in Montpellier immer noch einem leeren Gefäß glich. Das allein bedeutete für den Hakim noch keinen Weltuntergang. Von diesen gab es viele. Zwar hielt er den Spanier nicht für ungebildet, dennoch fehlte ihm das, was einen wahrhaft guten Medicus ausmachte: Die Finger eines Medicus mussten sehen und seine Ohren zuhören können. Doch bei dem jungen Aragonesen mischten sich Einfalt und Stolz mit einer rohen Art, sich seiner Umgebung mitzuteilen, die nicht alle Tage vorkam.

Ibn Faris' Augen zogen sich eine winzige Spur zusammen. »Auch Ihr seid ein Diener Allahs, und jeder Medicus dient gleichzeitig den Menschen. Seine Pflicht muss dabei ganz unten beginnen. Dort, wo das Leben schmutzig und voller Unrat ist. Wo das tägliche Brot aus Gestank und Ungeziefer besteht und das Dasein einer Hure gleicht, die, wenn sie nicht verhungern will, keine Wahl hat, welchen Freier sie empfangen will. Ein verwöhnter Einfaltspinsel wie Ihr besitzt vom wahren Leben keinerlei Kenntnis. Weder von den Nöten noch von den Ängsten der Menschen, die ihr Leben voller Hoffnung in Eure Hände legen.«

Für einen Augenblick wich jegliche Farbe aus Miguels scharf geschnittenem Gesicht. Dann drehte er sich um und schnaubte: »Ich werde mich über Euch beschweren, und wenn erst mein Vater davon erfährt, wird es Euch noch leidtun! Dann werdet Ihr Euch entweder taufen lassen und diesem ganzen Dreck hier abschwören oder …« Seine Hand vollführte eine eindeutige Geste, die den Kopf vom Hals trennte. Miguels Unterlippe zitterte, und er presste die Knöchel seiner Hand dagegen.

Ibn Faris' dunkle Augenbrauen wirkten wie zwei schwarze Gewitterwolken, die bereit waren, Allahs Zorn über den Köpfen der Menschen zu entladen.

Unterdessen konnten die restlichen Scholaren die Spannung im Anatomiesaal kaum noch ertragen.

»Miguel, fang endlich an!« Luzius verlor allmählich die Geduld.

»Gassner, halt dein elendes Maul, oder ich stopfe es dir!«, zischte Miguel scharf. Dabei funkelte er seinen Studienbruder zornig an. »Misch dich nicht in meine Angelegenheiten!« Seine Hand zitterte leicht, als er schließlich nach dem gebogenen Messer griff und schlampig über dem Brustbein ansetzte.

Die säbelnden Schnitte bis unterhalb des Bauchnabels waren eine Beleidigung. Die Empörung in Ibn Faris' Blick war unübersehbar.

Obwohl das Blut längst einer geleeartigen Masse glich, warf Miguel nach kurzer Zeit das Messer von sich und verließ den Saal mit zahlreichen Flüchen. Kommentarlos registrierte Ibn Faris sein Verschwinden.

Ohne viele Worte übernahm Claude die Aufgabe des Spaniers.

Auf Anweisung des Hakims begann Luzius, den Leib der Frau zu öffnen. Dafür setzte er, von den Schlüsselbeinen ausgehend, schräg nach unten zwei tiefe Einschnitte Richtung Brustbein. Von dort führte er einen glatten Schnitt bis hinunter zum Schambein. Luzius zog die dicke ledrige Haut unter Zuhilfenahme einiger gebogener Haken auseinander. Er entfernte gelbliches Fettgewebe, das vermehrt im Bauchraum vorkam, bevor er schließlich die darunterliegende rotbraune Muskulatur freilegte und durchtrennte. Nachdem er das Brustbein durchgesägt hatte und die Rippen öffnete, lag das Innere frei.

Die weit fortgeschrittene Schwangerschaft hatte alle Bauchorgane in den Oberbauch gedrängt. Selbst der Dickdarm hatte der alles beherrschenden Gebärmutter weichen und sich mit einem winzigen Raum im Oberbauch zufriedengeben müssen. Luzius achtete peinlich genau darauf, den Darm nicht zu verletzen. Denn sowohl der Darm als auch der Magen stellten die größte Gefahr für das Gelingen der anatomischen Untersuchung dar.

Und irgendwann lag das Wunder dann vor ihm. Luzius vermochte es noch immer nicht recht zu glauben. Die Gebärmutter war bereit, ihm ihre Geheimnisse zu enthüllen. Sein Mund fühlte sich an, als hätte er seit Tagen nicht getrunken, die Zunge klebte ihm wie ein Stück Pergament am Gaumen. Er zitterte leicht, als er den glatten, glänzenden Muskel öffnete. Sogleich spritzte ihm trübes Fruchtwasser entgegen und durchtränkte seinen Talar.

Der Fetus schien unverhältnismäßig groß und schwer zu sein. Er war tiefblau und glich kaum einem ungeborenen Menschen. Der Kopf befand sich bereits weit im knöchernen Becken. Alles wies auf eine ganz normale Entbindungssituation hin. Erst das Missverhältnis vom Kopf zum knöchernen Becken der Frau ließ Luzius erahnen, dass eine Geburt niemals hätte stattfinden können. Der Kopf des Kindes hatte sich verkeilt, und das Ungeborene war, genau wie die Frau, nach einem grausamen Wehensturm und einem aussichtslosen Todeskampf verstorben.

»Professor«, meldete er sich zu Wort, »wäre es nicht denkbar, das Kind durch einen Bauchschnitt ans Licht der Welt zu holen?«

Die Frage traf Ibn Faris völlig unvorbereitet. Doch Luzius las im Gesicht des Hakim, dass auch er schon mehrfach mit dem Gedanken gespielt hatte.

»Nur wenn die Frau im Sterben liegt oder bereits tot ist, dürfen Bauchhöhle und Gebärmutter geöffnet werden. Laut der Historie soll bereits Julius Cäsar durch eine Schnittentbindung zur Welt gekommen sein, und der heilige Raimund, der den Zusatznamen ›non natus‹ getragen hat, soll ebenfalls durch einen Schnitt in die Leibeshöhle seiner Mutter überlebt haben. Die Bezeichnung ›der Nichtgeborene‹ deutet allerdings darauf hin, dass dieser Art Entbindung ein fast unheimlicher Mythos anhaftet. Und mir selbst ist bislang kein einziger Fall bekannt, in dem die Frau diese riskante Operation überlebt hätte. Sie ist ein sehr gewagtes Unterfangen.«

»Was haltet Ihr dann von der Meinung Trotas von Salerno?«

»Trota war eine kluge Frau, die ihrer Zeit weit voraus war. Viele ihrer fortschrittlichen Ansätze werden seit Jahrhunderten an dieser Universität gelehrt. Selbst wenn wir in unserem Wissen der Medizinschule von Salerno eine Nasenlänge voraus sind, beneide ich sie um ihre Trota. Ich bin mir sicher, der Tag wird kommen, an dem diese besondere Operation gelingt. Vielleicht wird es einem von euch vergönnt sein, dieses Wunder zu vollbringen, aber vorerst solltest du mit deiner Arbeit fortfahren.«

Luzius nickte. Er spürte, wie sich entlang seiner Wirbelsäule ein dünner Schweißfilm bildete. Die winzigen Härchen des groben Stoffes, aus dem der Talar geschneidert war, stachen durch das dünne Unterhemd und verursachten einen Juckreiz, dem er nur schwer Herr wurde.

Als er das Kind aus seiner schützenden Höhle heben wollte, schlieferte die oberste Hautschicht in großen Flächen ab. Die Verwesung des Kindes befand sich in einem sehr viel fortgeschritteneren Zustand als die der Mutter. Luzius fragte sich, weshalb das wohl so war.

Selbst der Hakim hatte keine Erklärung dafür.

Schließlich entnahm Luzius neben der Gebärmutter auch die Eierstöcke, bevor er sich allen weiteren Organen widmete.

In wohlgeordneter Enge befanden sich weiter oben die bläulichen Lungenflügel, dazwischen zeigte sich ein kleiner Teil des Herzens. Weiter unten sahen sie die rotbraune Leber mit der Gallenblase. Magen und Leber schmiegten sich in dieser Ebene an den grauen aufgeblähten Dickdarm. In der inneren Begrenzung durch den Dickdarm lag in einem Gewirr aus vielen Schlingen und Schleifen der viele Meter lange Dünndarm. Am unteren Ende des Rumpfes befand sich die ebenfalls von der Gebärmutter verdrängte Harnblase.

Nachdem alle Organe dieser Ebene entfernt waren und in Schalen und Eimern darauf warteten, genauer untersucht zu werden, ging der Blick auf die unterste Ebene des menschlichen Leibes. Die beiden bohnenförmigen Nieren, die Milz und die großen Bauchgefäße lagen nun frei. Während das Haupt-

gefäß im Bereich des Herzens den Durchmesser eines Wein-
schlauchs aufwies, verjüngte sich die lebensspendende Ader
im Bauchbereich ein wenig.

Der Leib eines jeden Lebewesens glich einem wunderbaren
Mysterium. Er offenbarte die Schöpfung auf vornehmste Weise
und trug, eingebettet in wundersame Rätsel und Geheimnisse,
den Beginn und das Ende allen Lebens.

Das dünne Licht, welches durch zahlreiche Öllichter unterstützt wurde, wich bereits einer milchigen Dämmerung, als
Ibn Faris in die Hände klatschte und damit die Prüfung endlich für beendet erklärte.

Alle, mit Ausnahme von Miguel Alvarez, hatten das Exa-
men bestanden und durften den Anatomiesaal als rechtmäßige
Medici verlassen. Vor Begeisterung warfen sie ihre Barette in
die Höhe und lagen sich in den Armen, waren ausgelassener
und gelöster Stimmung. Der untersetzt wirkende Frederik
aus Lyon wischte sich ein paar Tränen von der Wange, und
Camille aus Toulouse, dessen Handflächen das Ausmaß eines
Riesen hatten, schnäuzte sich verstohlen in den Ärmel seines
Unterhemds. Beide hatten es nicht leicht gehabt und bis zum
Schluss kämpfen müssen.

Allein Luzius zog sich ein wenig zurück und nahm lediglich
ein paar zugerufene Gratulationen entgegen, die er nur knapp
erwiderte. Schon seit Stunden schob er das scharfe Ziehen im
Leib beiseite, und sein Gesicht wirkte grau und angespannt.
Die steile Falte zwischen den Brauen trat nun deutlich hervor.
Rasch packte er seinen Lederranzen. Ein eisiges Gefühl von
Angst schob sich vor seine Gedanken und löschte alle Emp-
findungen. Er musste fort, fort von hier, sonst konnte es ihn
den Kopf kosten …

4

MIT LANGEN SCHRITTEN eilte Luzius dem Abtritt entgegen. Sein Atem ging schnell, kleine Schweißtröpfchen hatten sich auf seiner Oberlippe gebildet. Während der Examina hatte er dem Mond keine Beachtung geschenkt und die Zeit des Blutes völlig vergessen. Jetzt nässte die rote, heiße Spur bereits seine Schenkel und rann in rasender Geschwindigkeit abwärts. Das Blut würde ihn verraten, wenn er nicht augenblicklich den Abort erreichte.

In dem mächtigen Gebäude mit den langen, düsteren Korridoren zogen sich die Wege endlos dahin. Vom Hauptkorridor, der die gesamte Medizinschule durchmaß, zweigten finstere Seitengänge ab, die alle nach einem Metall oder einem Gestirn benannt waren. Bereits nach wenigen Schritten schienen sie in der Dunkelheit zu enden, dabei führten sie labyrinthartig durch das Innere des wehrhaften Sandsteinbaus. Plinius, Isidor von Sevilla und die heilige Hildegard von Bingen hatten bereits vor ihnen gewarnt.

Endlos kam ihm die Zeit vor, bis er endlich den Nordflügel erreichte, wo der kleine Abtritt am Ende des Argentum-Korridors wie ein luftiger Adlerhorst an einer Wand klebte. Wie in allen Gängen erhellten auch hier Feuerschalen den dunklen Weg. Die großen Kelche ruhten auf Asklepios-Stäben, und die Schlangen, die sich züngelnd an den Stäben emporwanden, waren im Argentum-Flur gänzlich aus Silber. Als Luzius vorübereilte, schien sich eine der Schlangen zu bewegen. Deutlich erkannte er ihr Züngeln … »Nimm dich in Acht!«, schien sie leise zu zischen. Dann war wieder alles still, und Luzius vernahm lediglich den Hall seiner Schritte und das Keuchen seines Atems.

Hatte sich da nicht gerade ein Schatten aus einer der Mauernischen weiter vorn gelöst? Er spürte, wie sein Herz, einer immer schneller werdenden Trommel gleich, gegen die Rippen schlug und das Blut aufpeitschte. Kurz blieb er stehen und sah sich um. Einen Herzschlag lang erhellten die tanzenden Flammen einen schwarzen Talar. Doch gleich darauf verlor er sich wieder im Dunkel des abzweigenden Aurum-Korridors.

Kalter Schweiß überzog mittlerweile seinen gesamten Leib, und das schmerzhafte Ziehen im Unterleib mahnte ihn zu noch größerer Eile. Die ersten Blutstropfen bemalten bereits den Knöchel seines rechten Fußes mit einem rubinroten Geflecht, und auch die linke Sandale hatte das verräterische Zeichen seiner Weiblichkeit inzwischen erreicht.

Eine dunkel gekleidete Gestalt trat plötzlich aus dem schwarzen Schatten der Mauernische, und eine Hand packte unerbittlich zu.

Luzius erstarrte. Dem eisernen Griff des anderen war er machtlos ausgeliefert. Voller Entsetzen blickte er auf und sah in Miguels siegessicheres Gesicht. Sein höhnisches Grinsen verriet nichts Gutes, und für den Bruchteil eines Augenblicks erkannte er Alvarez' abscheuliche Gedanken und seine schmutzigen Fantasien. Sie lagen vor ihm wie ein offenes Buch und drohten ihn zu ersticken.

»Du blutest!«, spie ihm Miguel ins Gesicht und deutete auf die rote Blutspur, welche sich auf Luzius' Füßen gebildet hatte.

Für einen Augenblick setzte sein Herz aus, als wäre es auf dem endlosen Weg zwischen Zeit und Raum verloren gegangen. Er weiß es!, schoss es ihm durch den Kopf. Er weiß es! Die Angst kroch ihm den Rücken hinauf und biss ihn in den

Nacken. Panik ergriff ihn, doch an Flucht war nicht zu denken, Alvarez war beinahe doppelt so breit wie er, und er machte keine Anstalten, ihn entkommen zu lassen.

Miguel sah ihm in die Augen. Luzius biss sich auf die Unterlippe. Er schluckte und wich langsam einen Schritt zurück.

Wie die Krallen eines gewaltigen Greifs packten Miguels Hände sein schwarzes Gewand. Und während das Geräusch von reißendem Tuch in Luzius' Ohren wie ein Todesurteil klang, lachte der andere laut.

Das laute Knarren der schweren Tür, die zum Astronomieturm führte, hallte durch den Hauptkorridor. Urplötzlich ließ Miguel von ihm ab, und Luzius taumelte gegen die raue Sandsteinwand. Miguel versetzte ihm einen harten Stoß vor die Brust und rannte mit großen Schritten davon, den düsteren Gang hinunter.

Während sich Luzius benommen aufrappelte, vernahm er Claudes Stimme: »He, du Schlafmütze, wach auf! Schlafen kannst du ein andermal, jetzt wird erst einmal ausgiebig gefeiert! Bei Madame Latour gibt es jede Menge Wein und ein Essen, das uns den Magen und die Seele wärmt.«

Luzius spürte, wie der lebenslustige Bretone seine Wangen mit ein paar sanften Schlägen traktierte. Hastig erhob er sich und starrte auf seinen Talar, der einen langen Riss aufwies. Das kleine rote Rinnsal hatte mittlerweile den Boden erobert.

»Brauchst du Hilfe? Hast du dich verletzt?«, fragte Claude besorgt und deutete auf die Blutspur.

»Es ist nichts! Nur ein Kratzer«, krächzte Luzius heiser. »Ich bin gestolpert.«

»Komm und setz dich einen Augenblick!«

»Ich sagte doch, es ist nichts! Jedenfalls nichts, was dich kümmern müsste«, gab Luzius scharf zurück und entwand sich Claudes helfender Hand. Die Angst, entdeckt zu werden, kroch ihm abermals in die Glieder. »Und nun entschuldige mich!«, presste er hervor und deutete auf den Abtritt, der lediglich eine Armlänge von ihm entfernt war und der sein gut gehütetes Geheimnis bewahren würde.

Mit einem dumpfen Schlag zog Luzius die Tür hinter sich zu, und noch während er sich erschöpft auf den Holzdeckel fallen ließ, brannten die ersten Tränen in seinen Augen. Seine zitternden Hände bargen das erhitzte Gesicht und suchten die Glut zu kühlen, welche die Angst auf seinen Wangen hinterlassen hatte. Nach und nach fiel alles Männliche von ihm ab und gab das Weibliche und Weiche frei.

Nun war es Luzia, die auf dem runden Deckel kauerte, der das ausgesägte Loch über der Latrine bedeckte. Nicht einmal der üble Gestank, der ihr den Aufenthalt in dem kleinen Kämmerchen stets zur Qual werden ließ, störte sie. Genauso wenig spürte sie den harten Knauf, mit dem man den Deckel hob und der sich gerade in ihr Gesäß bohrte. Luzia wollte einfach nur ihren Tränen freien Lauf lassen, auf dem heilenden Strom von Salz und Erlösung davonsegeln.

Die Welt der Medizin war eine Welt, die ausschließlich Männern vorbehalten war. Um ihr anzugehören, hatte sie das Leben eines Mannes führen müssen. Im Lauf der Jahre war eine unüberwindliche Mauer aus Freudlosigkeit und kühler Zurückhaltung um ihr Herz gewachsen, die ihr jedoch zugleich Schutz bot. Und niemand sollte es je wagen, diesen Wall zu durchbrechen, denn es gab noch einen weiteren Grund für ein Leben in Einsamkeit und Herzenskälte. Es hatte eine Zeit gegeben, in der ihr Herz einem Mann gehört hatte. Doch in dieser Zeit hatten die Schergen der Inquisition sie als Hexe verfolgt und ihr qualvolle Tage im Kerker bereitet. Diese Pein, die sie bis heute nicht losließ, hatte einen anderen Menschen aus ihr gemacht. Die endlose Marter hatte sie ausgehöhlt, ihre Seele verbrannt und ihr Herz gefrieren lassen.

Trotz Johannes' liebevoller Pflege war es Luzia nicht mehr möglich gewesen, menschliche Nähe zu ertragen. Damals war ihr bewusst geworden, dass sie nie wieder ganz und heil werden, niemals wieder eine Frau sein würde. Die Kleidung eines Mannes hatte ihr Sicherheit und Schutz vor weiteren Angriffen und Verfolgung geboten. Lediglich die Menstruation erinnerte sie allmonatlich daran, dass sie einmal auf der anderen Seite gestanden hatte, auf der Seite der Schwachen, der Verlierer.

Schweren Herzens hatte sie Johannes von der Wehr ihr Eheversprechen zurückgegeben und ihn gebeten, sie freizugeben. Er hatte ein Recht auf ein Leben ohne Schmerz und Angst. Ein Leben ohne die schwarzen Schatten, welche die heilige Kirche auf ihre Seele gemalt hatte. Und ein Recht auf eine Frau, die ihm in jeder Hinsicht eine Gefährtin war. Obwohl Johannes ihre Einwände und ihr Verhalten nicht verstanden hatte, hatte er die Verlobung auf ihr Drängen hin gelöst. Nie würde sie die Qual in seinen Augen vergessen. Starr vor Schmerz und schiefergrau wie eisiger Rauchquarz hatten sie gewirkt.

Erst viele Atemzüge später kehrten Luzias Gedanken in die Gegenwart zurück und sie überlegte, wie sich so unvorbereitet das verräterische Monatsblut verbergen ließ. Schließlich bediente sie sich der Blätter der Pestwurz, die, breit und flaumig behaart, neben dem Sitz für die menschlichen Bedürfnisse bereit lagen. Sie zog den schwarzen Talar über den Kopf und löste das handbreite Tuch, mit welchem sie ihre Brüste bezwang. Mit einer energischen Geste riss sie den Stoff entzwei. Unter der einen Hälfte des Tuchs verschwanden abermals ihre Brüste, die andere knotete sie sich mit den Blättern zwischen die Schenkel. So würde es für eine Weile gehen. Schließlich ordnete sie ihre Kleidung und verließ den Abtritt.

Inzwischen lag über den Korridoren eine fast unheimliche Stille. Luzia atmete auf, die Studienbrüder vergnügten sich sicher schon in der Stadt. So konnte sie in aller Ruhe in ihre Kammer in der Rue de Bain Juif zurückkehren, um das Blut mit getrockneten Mooskissen zu bändigen. Im Anschluss wollte sie ihren Kameraden folgen, um das Ende ihrer gemeinsamen Studierzeit mit dem traditionellen Besäufnis und dem tagelang dauernden Doktorschmaus zu begehen, bevor sich ihre Wege für immer trennten.

Und dann ging alles so schnell, dass ihr nicht einmal die Zeit blieb zu schreien. Aus der undurchdringlichen Dunkelheit der Mauernische löste sich eine Gestalt, grobe Hände packten sie und pressten sich auf Mund und Nase. Wie eine Marionette, deren Schnüre durchtrennt waren, hing sie in der groben Umklammerung ihres Peinigers und rang nach Atem. Mit aller Kraft stieß er sie vorwärts. Eine Tür fiel ins Schloss, und dann fand sie sich von bekannten Gerüchen umhüllt. Die Aromen von Bertram, Galgant und Zitwer erfüllten den dunklen Raum, in den der Mann sie gestoßen hatte. Also bin ich in der Trockenkammer, dachte Luzia. Denn vor nicht allzu langer Zeit hatten sie mit all diesen Pflanzen noch gearbeitet.

In der Schwärze konnte Luzia nicht ausmachen, wer ihr Gesicht gegen die raue Sandsteinmauer drückte und ihr die Arme auf den Rücken riss, sodass helle Blitze vor ihren Augen zuckten. Aber sie wusste, dass es Miguel war, der ihr den Atem aus den Lungen presste. Diese Erkenntnis trieb ihr die Tränen in die Augen. Allmächtiger!, flehte sie in Gedanken. Bitte lass nicht zu, dass er mir Gewalt antut! Der bloße Gedanke daran weckte Erinnerungen, die so schrecklich waren, dass ihre Knie nachgaben. Ein dumpfer Schlag auf den Kopf riss sie in raumlose Schwärze.

Als sie wenig später die Augen aufschlug, konnte sie sich zunächst nicht bewegen. Inzwischen erhellten ein paar qualmende Öllichter den niedrigen Raum, der nicht ein einziges Fenster besaß. Mit rußendem Pinsel malte das flackernde Licht gespenstische Schatten auf die gekalkten Wände. Ihre Handgelenke waren mit Fesseln gebunden. Die rauen Taue, die sich bei der geringsten Bewegung mit bissiger Wut in ihre Glieder schnitten, führten zu den zahlreichen Trockenhaken, die überall aus den Wänden ragten. Unzählige Kräuterbüschel baumelten zum Trocknen von der niedrigen Decke. Im Licht der Öllampen wirkten sie wie ein dürrer Wald, der seine Finger nach Atem und Leben ausstreckte. An der stirnseitigen Wand befand sich ein langer, schmaler Tisch, und auf dem Hocker, der vor dem Tisch stand, fläzte sich Miguel Alvarez und betrachtete sie mit einer Mischung aus Sieg und Gier. Während er offensichtlich darauf gewartet hatte, dass sie ihr Bewusstsein wiedererlangte, kaute er auf dem trockenen Stiel einer Schafgarbe.

Mit einem einzigen langen Schritt trat er an ihre Seite. Seine Anwesenheit und der Geruch, der ihm entströmte, umfingen sie wie schwarzes Pech, klebrig und erstickend.

»Oh, ich dachte, ich warte auf dich, damit du das kleine Schauspiel nicht verpasst, dessen Hauptdarsteller du jetzt sein wirst. Oder sollte ich besser sagen, dessen Hauptdarstellerin?«, flüsterte er mit einem kalten Lächeln. Seine Stimme klang weich und schmierig, fast wie das Gurren eines Täubchens. Seine Augen hingegen waren von einem gefährlichen Glitzern erfüllt, schimmerten in dieser feuchten Gier, die sich an der Angst ihrer Opfer weidete. Miguels Begehren würde sich rasch in rasende Besessenheit verwandeln. Diese Erkenntnis ließ Luzias Herz aussetzen.

Schließlich nahm Miguel ein sichelförmiges Messer vom Tisch. Es war eine der silbernen Sicheln, mit welchen sie selbst viele Male im Jardin des Plantes Heilpflanzen geerntet hatte. Quälend langsam beschrieb er damit einen Schnitt entlang ihres Halses. Allein der Gedanke war ein Sakrileg. Wer die heilige Sichel der Mondgöttin mit Blut tränkte, war auf ewige Zeiten verdammt. Doch das schien Miguel nicht zu kümmern.

»Und nun sagst du mir, wer du wirklich bist, sonst schneide ich die Wahrheit aus dir heraus!«

Luzia biss sich auf die Lippen, bis sie bluteten. Der metallene Geschmack schürte ihren Widerstand, und so blieb sie ihm trotzig die Antwort schuldig.

»Also gut!«, fuhr er mit kühlem Lächeln fort. Seine Stimme klang noch immer weich und ölig, und während seine Zunge über die aufgeworfenen Lippen glitt, versteifte sich in Luzias Leib jeder einzelne Muskel.

Als sein Messer in Höhe des Risses langsam Luzias Talar zerschnitt, wusste Miguel, dass er sich nicht getäuscht hatte. Wie der Jäger die Furcht seiner Beute wahrnimmt, witterte er inzwischen den Angstschweiß, der sich in dem kleinen Tal zwischen ihren Brüsten und in der Vertiefung am Ende des Rückgrats sammelte. Er wollte sich Zeit lassen, um jeden einzelnen Augenblick auszukosten. Und die hatte er, denn bevor die Stadt nicht Sankt Kleophas beging, würde sich keine Menschenseele hierher verirren, und Kleophas war erst in vier Tagen.

Luzius war immer schon zu gut gewesen. Zu glatt. Selbst Wind und Wasser schienen unter seinen Händen bezähmbar, und das Feuer hatte sich schlafen gelegt, bis dieser Bastard es wieder zum Leben erweckt hatte. Er selbst hatte ihn viele Male dabei beobachtet, wie er die Elemente befehligte.

Endlich fiel der schwarze Talar zu Boden. Während Miguel, beim Saum beginnend, das dünne Leinenhemd zerschnitt, welches Luzias Nacktheit noch verbarg, lachte er laut auf. Belustigt trat er einen Schritt zurück und deutete auf das kleine Strohbündel, welches bei unvermeidlichem Körperkontakt das männliche Geschlecht vermuten ließ. Luzia hatte das Päckchen auf Höhe des Schritts in ihr Hemd genäht.

»Bescheiden bist du ja! Das muss man dir lassen. Sehr bescheiden sogar!«, wieherte Miguel und schlug sich auf die Schenkel. »Ganz im Gegensatz zu mir«, flüsterte er mit einem wölfischen Grinsen.

Sein Spott kroch ihr unter die Haut und brachte ihre Wangen zum Glühen. Luzia fühlte, wie die Scham ihr das Gesicht zerstach. Doch als Miguel ihr Kinn anhob und sie seinem Blick nicht mehr ausweichen konnte, spuckte sie ihm zornig ins Gesicht. Was dachte sich dieser Widerling eigentlich? Neben der Angst und der Scham fühlte Luzia einen Sturm in sich aufsteigen, der in einem verborgenen Winkel ihres Herzens darauf gewartet zu haben schien, endlich gehört zu werden. »Was willst du eigentlich?«, schrie sie und zerrte an den Fesseln, die sich gefräßig in ihre Haut bissen.

»Nun, ich schlage dir einen Handel vor«, sagte er und lachte selbstgefällig.

»Mit dir gehe ich keinen Handel ein!«, gab sie entschlossener zurück, als ihr zumute war.

»Oh, nicht so voreilig!«, flüsterte er und beschrieb mit der Fingerkuppe eine unsichtbare Linie um ihren Mund. »Was, glaubst du, wird geschehen, wenn alle Welt erfährt, dass du in Wahrheit ein Weib bist, das alle, Scholaren wie Lehrer, jahrelang an der Nase herumgeführt hat? Keine verlockende Vorstellung, oder? Dein ganzes Streben, dein Lernen und alles Schaffen wäre vergebens gewesen, nicht zu reden von der Gefahr, in der du dann schwebst. Weiber haben in Montpellier keinen Zutritt zu den Wissenschaften. Weder zu den Gärten der Medizinschule noch zu den Lehrsälen. Nicht zu reden von der Leichenfledderei. Sicher interessiert sich auch Vater Estienne für dein wahres Geschlecht. Wenn ihm zu Ohren kommt, dass du ein Weib bist, wirst du brennen«, versprach Miguel und streichelte ihre Wange. »Willst du dir das Geschäft, das ich dir vorschlagen will, nicht doch lieber anhören?«, fragte er, während sein Zeigefinger vom Kinn abwärts in das Tal zwischen ihre Brüste glitt.

Diese Berührung raubte Luzias fast den Verstand. »Nein!«, zischte sie und funkelte ihn wütend an. »Ich weiß, dass du mich ohnehin verraten wirst, so kannst du es auch gleich tun.«

»Wahrscheinlich hast du recht«, sagte er lächelnd und streichelte abermals über ihre Wange.

»Schwein! Du bist ein dreckiges Schwein!« Hitze schoss Luzia in die Wangen und kochte den Hass, den sie für Miguel empfand, bis unter die Schädeldecke. »Aber es tröstet mich unendlich, dass dir auch diese feige und zutiefst hinterhältige Tat nicht dabei helfen wird, diese geheiligten Hallen aufrecht und als rechtmäßiger Medicus zu verlassen. Weißt du, niemals in deinem ganzen verdammten Leben wirst du ein Medicus sein!«

Miguel indes empfand keinerlei Kränkung, sondern Genugtuung über die nun erlangte Gewissheit, den Sieg über eine Ahnung, welche er tief in seinem Inneren schon lange genährt hatte. Auch wenn er die Fuchsschöpfe nicht sonderlich mochte, gestand er sich ein, dass dieser seine Fantasie durchaus beflügelte, was ihm seine schwellende Rute mit Nachdruck zeigte. Dass ihm dieses halb nackte Weib hilflos ausgeliefert war, steigerte seine Begierde nochmals, und der Hass in ihren Augen spornte ihn an, sich ein erregendes Spiel auszudenken. Für diesen Betrug würde sie bezahlen! Und dafür, dass sie immer besser war als er, erst recht. Zuerst hier vor ihm und später vor einem weltlichen Gericht. Dafür wollte er Sorge tragen, selbst wenn dies seine letzte Handlung sein sollte.

Der Gedanke, dass sich dieses teuflische Weib in der Verkleidung eines Mannes den Titel des Medicus erschlichen hatte, der ihm abermals verwehrt geblieben war, trieb die Böswilligkeit seiner Gedanken ins Unermessliche. Welche Art Strafe stand auf einen Betrug dieses Ausmaßes? Ein inneres Lächeln erhellte sein gedemütigtes Gemüt, als er an die Hinrichtung jenes Mannes dachte, der sich für einen hochgestellten Adeligen ausgegeben und die halbe Stadt betrogen hatte. Nachdem ihm der Henker die Zunge herausgerissen hatte, wurde er unter dem Geschrei der Leute zum Galgenberg getrieben, wo er sein Ende durch den Strick fand. Und diese wird brennen, dachte er. Die Priester hatten wenig Humor, wenn es um wissbegierige Weiber ging. Und wer weiß, am Ende hatte ihr der Teufel die Macht verliehen, alle Augen zu täuschen. Überall loderten bereits die Scheiterhaufen …

Längst war ihr Hemd nur noch am Hals unversehrt. Schließlich fiel auch der letzte Rest des weißen Stoffes. Miguel durchtrennte den engen Leinenstreifen um ihre Brüste mit einer einzigen Bewegung der scharfen Klinge. Gleiches tat er mit dem Leinen, welches sie sich zwischen ihre Beine geknotet hatte.

Die Vorstellung, dass sie nun nackt und völlig schutzlos Miguels gierigen Blicken ausgeliefert war, steigerte Luzias Furcht ins Grenzenlose. Das Monatsblut quoll aus ihrem Schoß und rann in einem scharlachroten Bach die Schenkel hinunter. Was kam nun? Würde er ihr wirklich Gewalt antun?

Luzia spürte, wie Miguels Blicke nach ihr griffen und in sie eindrangen. Sie fühlte jeden einzelnen wie einen Finger auf ihrer Haut, und sie spürte seinen gierigen Atem an ihrer

Wange. Ihr Herz setzte aus, einmal, zweimal, und die grausigen Fratzen ihrer Vergangenheit kicherten und erfüllten sie mit böser Vorahnung.

Plötzlich warf Miguel mit zornigem Schwung die Sichel auf den kleinen Tisch. In seinem Gesicht spiegelten sich Überraschung, Unsicherheit und grenzenloser Ekel.

Luzia erkannte, dass er zögerte, und inmitten ihrer Angst keimte Hoffnung. Schließlich reichten die wilden Befürchtungen der Männer, sollte ihr Geschlecht mit dem Mondblut einer Frau in Berührung kommen, von der Angst vor Kastration und Krankheit bis hin zur Furcht vor dem Tod. Vielleicht hatte sie Glück und die große Mutter hielt als Herrin über Blut und Wasser ihre schützende Hand über sie. Die nun herrschende Stille trieb sie fast zur Verzweiflung.

Miguel legte gereizt die Hände auf den Rücken und zwang sich zu ein paar Schritten durch den Raum. Beim Anblick des klebrigen Blutes fielen ihm alle Warnungen ein, die er jemals über eine menstruierende Frau gehört hatte. Warum musste dieses elende Weib gerade jetzt bluten?, schoss es ihm durch den Kopf. Zornig trat er nach dem Schemel, der mit einem lauten Krachen zu Boden ging.

Als sich ein kichernder Laut aus seiner Kehle stahl, rechnete Luzia mit dem Schlimmsten. Und als sie seine groben Hände auf ihren Brüsten spürte, bat sie den Heiland um einen raschen Tod. Wenig später verband ihr Miguel die Augen, und Schwärze nahm sie gefangen. Das Gefühl des Ausgeliefertseins steigerte sich ins Unermessliche, und sie fürchtete, dem Wahnsinn anheimzufallen. Seit jeher hatte sie die Dunkelheit gehasst, weil mit der Schwärze die Sinne heimatlos wurden. Und nun musste sie das Schwarz ertragen, welches auch in ihre Seele drang.

Lange Zeit geschah nichts, und Luzia spürte einzig das warme Blut, das in einem steten Rinnsal ihre Beine netzte. Irgendwann kitzelte der vage Duft von Geräuchertem ihre Nase. Ein gluckerndes Geräusch verriet ihr, dass Miguel in aller Seelenruhe aß und trank, während sie schutzlos und nackt seinen Blicken ausgeliefert war. Wie ein Zunderschwamm klebte ihre Zunge am Gaumen, und die trockene Luft, die in ihre Kehle strömte, hatte einen brennenden Durst entfacht. Sie hätte getötet, um nur einen einzigen Schluck aus Miguels Weinschlauch zu erhalten. Fast glaubte sie wahrzunehmen, wie der kühle, feuchte Traubensaft durch ihre wunde Kehle rann und sie mit köstlicher Süße salbte.

Dann kehrte abermals Ruhe ein. Luzia spürte, dass Miguel ihr jetzt ganz nah war. Sie roch seinen Schweiß, und der kühle Luftzug, den sein Talar auf ihrer nackten Haut erzeugte, verursachte ihr eine Gänsehaut. Ihre Gedanken rasten. Was würde er tun?

Sein schwerer Atem drang in Luzias Ohr, er zeugte von Erregung und löste ein furchtbares Ekelempfinden in ihr aus. Jede Faser ihres Leibes wollte sich diesem machtbesessenen Spanier entziehen. Genauso hatte sie ihn eingeschätzt: feige und hinterlistig, mit einem ausgeprägten Hang zum Sadismus. Was hatte er nur vor? Diese Frage kreiste unaufhörlich in Luzias Kopf und ließ sie vor Angst erzittern. Der Boden unter ihr wankte, oder war es sie, die ins Wanken geriet, bevor sie brach?

Der brutale Schlag auf ihre Hinterbacken kam aus dem Nichts und ließ sie aufschreien. Miguels Hand hinterließ auf ihrem ungeschützten Fleisch einen Kreis aus Feuer. Abermals schlug er zu, diesmal weitaus fester. Nach weiteren Schlägen, mit welchen Miguel ihr Gesäß marterte, brannte ihre Haut, als bestünde sie aus Feuer.

Er lachte leise, und Luzia hätte ihm ein Messer in die Brust rammen mögen. Fast sah sie das kalte Eisen in ihrer Hand, wie es sich seinen mörderischen Weg zwischen Miguels Rippen suchte und das Herz dieses Spaniers auf ewig zum Schweigen brachte …

Nach scheinbar endloser Stille, in der Miguel lediglich um ihren nackten Körper schlich, spürte sie den Rücken der Sichel auf ihrer Haut. Das eisige Metall hinterließ ein grausiges Gefühl, kratzte wie spitze Dornen über ihre Haut und kostete ihre Angst. Bald zeichnete die Kälte einen Kreis um ihre Brustwarzen, bald biss die Klinge zwischen ihren Schenkeln und über ihren Schamlippen. Luzia hielt den Atem an. Wann hatte er endlich genug von diesem grausamen Spiel?

Irgendwann löste Miguel das Seil von der Decke und riss ihr jäh die Arme auf den Rücken. Ihre Gelenke knackten, und helle Sterne tanzten vor ihren Augen. Er knotete das Tau um ihre Hände und versetzte ihr einen Stoß, der sie bäuchlings über den schmalen Tisch warf. Alle Luft wich aus ihren Lungen, und das Atmen wurde zur Qual. Die Reste der trockenen Kräuter, die noch immer auf der Tischplatte lagen, reizten sie zum Niesen. Erst das Nesteln seines Talars brachte sie wieder an den Ort ihrer Pein zurück. In ihren Ohren klang es wie ein Sterbegebet: *Proficiscere, anima christiana, de hoc mundo!* – Brich auf, christliche Seele, von dieser Welt!

»Du wolltest doch all die Jahre ein Mann sein«, flüsterte Miguel und schlug ihr abermals auf das nackte Hinterteil. Inzwischen klang seine Stimme wieder gefährlich ruhig. »Also nehme ich dich nun, als wärst du einer!«

Miguel spie aus, und Luzia spürte, wie sein Speichel auf ihre Hinterbacken tropfte. Der scharfe Schmerz kam so plötzlich, dass sich ein schriller Schrei aus ihrer Kehle löste. Luzias Muskeln verschlossen sich ihm zornig. Doch das schien ihn nur zu ermutigen, seine abscheuliche Tat fortzusetzen. Übelkeit stieg aus ihrem Magen empor und sammelte sich in einem bitteren Schluck hinter dem Gaumen. Großer Gott, er zerreißt mich!, dachte sie in Todesangst. Der glühende Speer spießte sie wieder und wieder auf, durchwühlte sie, wie die Pflugschar den widerspenstigen Acker nach dem Winter aufreißt.

Glühender Schmerz breitete sich in Wellen bis in ihren Rücken aus und weit hinab bis zu ihren Füßen. Irgendwann bestand sie nur noch aus Schmerz ... Ihre Erinnerung glitt weit zurück, und plötzlich befand sie sich wieder in einem düsteren Kerker. Der Wachmann über ihr ... Jemand hatte ihr das schon einmal angetan – und sie hatte überlebt. Sie würde auch heute überleben! Sie wollte schreien, doch Miguel stopfte ihr mit grober Gewalt einen der Leinenstreifen in den Mund und brachte sie so zum Schweigen. Zuerst spürte sie die dumpfe Enge nur in ihrem Hals, doch bald erfasste sie auch den Brustraum, der ihre Atemnot zur Angst vor dem Ersticken steigerte. Gnädig teilte die samtene Dunkelheit ihren Mantel und ließ sie ein.

Als der Schock lange Zeit später seine Klauen einzog und Luzia in die Wirklichkeit entließ, benötigte sie eine Weile, bis sie begriff, was geschehen war. Sie fand sich auf dem Rücken liegend. Noch immer verschloss ein Knebel ihr den Mund, aber ihr Atem floss nun ruhiger dahin und glich nicht mehr jenem tobenden Sturm, der ihr die Brust zu zersprengen drohte. Als über lange Zeit alles still blieb, regte sich in ihr die vage Hoffnung, Miguel habe sie allein zurückgelassen. Mit aller Kraft zerrte sie an dem rauen Seil, mit dem noch immer ihre Hände auf den Rücken gefesselt waren. In ihrem Leib wütete der Schmerz, der sich aus der empfindlichen Mitte ihrer angeschwollenen Hinterbacken erhob und alles verzehrte. Die

Dunkelheit zog sie an einem düsteren Band ohne Anfang und ohne Ende in die Tiefe. Erstickte jeden Lebensfunken und tötete jeden hellen Hoffnungsschimmer. Tränen der Verzweiflung brannten hinter ihren Augäpfeln. Brennender Durst quälte sie, und der Knebel in ihrem ausgedörrten Mund machte das Schlucken unmöglich.

Was, wenn Miguel nicht zurückkam und sie niemand in der Abgeschiedenheit der Trockenkammer fand? Dann würde sie hier sterben! Aber was, wenn sie wider Erwarten doch jemand fand? Ein Weib, das sich eines derartigen Betruges schuldig gemacht hatte, durfte nicht auf Milde hoffen. Selbst Professor Rosenzweig und Professor Ibn Faris würden sich von ihr abwenden, wenn sie erst wussten, dass sie in Wahrheit eine Frau war. Zahlreiche Bilder von überführten Lügnern, Betrügerinnen und anderen Gaunern kamen ihr in den Sinn. Ohne Ausnahme hatten sie den Tod gefunden! Doch der Weg dorthin war die Hölle gewesen. Oft hatten die Büttel den Betrügerinnen auf dem Weg zur Richtstatt mit glühenden Zangen die Brüste abgerissen. Anderen fehlten die Hände, die Ohren oder die Zunge …

Hatte sie dafür beinahe Tag und Nacht über ihren Büchern und Schriftrollen zugebracht? Oder bis zum Umfallen im Hospital gearbeitet? Und alle, die versuchten, sich ihr in Freundschaft zu nähern, zurückgewiesen?

Zuerst war es nur ein winziges Licht am Rande des Abgrunds. Wie eine Kerze, die den Weg aus der Dunkelheit weist. Ein warmer Schein sickerte in Luzias wunde Seele und wärmte ihr erstarrtes Herz. Sie fühlte, wie das Dunkel zögernd zurückwich und etwas Großes und Mächtiges hervorbrachte: den Gedanken an eine Liebe, die stärker war als der Tod!

Die Düsternis gebar ein Licht, und dieses Licht brachte ihr

die Erinnerung an Johannes. Zwar hatte sie ihn zurückgewiesen, doch nun war er hier in diesem Verlies und kämpfte mit ihr gegen die Dunkelheit. Jetzt sah sie Johannes deutlich vor sich. Seine ruhigen grauen Augen, die über dem ebenmäßigen Gesicht mit der geraden Nase wachten. Einzelne dunkelblonde Strähnen hatten sich aus dem Lederband gelöst, mit dem er sein Haar zusammenhielt. Wie Sonnenstrahlen, die die Finsternis am Ende der Nacht durchbrachen, drang sein Bild in ihr Herz und nährte das kleine Lebensflämmchen. Sie musste überleben! Denn nun wusste Luzia, dass sie in die Heimat zurückkehren wollte. Sie wollte Johannes wiedersehen!

Schließlich begann sie, auf dem Rücken liegend umherzurobben. Jede Bewegung kostete ihren zerschlagenen und wunden Leib unendlich viel Kraft. Schmutz und getrocknete Pflanzenstiele kratzten über ihren wehen Rücken. Mühsam zog sie sich Elle für Elle weiter. Zuerst stieß sie gegen den kleinen Tisch. Daneben lag der umgestoßene Schemel, gegen den sie mit dem Kopf stieß. Doch irgendwann, als sie selbst schon nicht mehr daran glaubte, war sie an die niedrige Tür gelangt. Das Blatt klemmte für gewöhnlich und ließ immer einen Spalt zum Boden hin frei. Luzia spürte den schwachen Luftzug, der auf ihre Haut traf. Diese winzige Orientierung gab ihren Sinnen neuen Halt und machte ihr Mut. Obwohl ihre Arme und Beine längst taub waren, zog sie die Beine an und stemmte sie gegen das wackelige Türblatt. Immer wieder ließ sie ihre nackten Füße gegen das Holz poltern.

Wie lange war sie nun schon gefangen in dieser Kammer? Stunden, Tage? Die staubtrockene Luft wurde mit jedem Atemzug dünner und legte sich wie Sand in ihre Lungen. Daneben fühlte sie, wie eine nie gekannte Müdigkeit, eine bleierne Erschöpfung sich ihrer bemächtigte. Die getrockneten Heilpflanzen verströmten einen leicht berauschenden Duft. Luzia war, als atmeten all die Pflanzenseelen Frieden aus ihren verdorrten Leibern.

Der Tod hatte längst seine Flügel über sie gebreitet. Dort an der Tür stand er bereits und wartete geduldig, bis ihr Herz seinen allerletzten Schlag tat. Als das Leben unaufhaltsam aus ihrem verdurstenden Leib herausströmte und wie ein silberner Wasserfall ihr Herz verließ, galt ihr letzter Gedanke Johannes.

5

IRGENDWANN GAB DAS HOLZ NACH und splitterte unter Claudes wuchtigen Schlägen. Die halbe Stadt hatte er nach Luzius abgesucht. Hatte beim Treidler gefragt, der mit seinem alten Klepper auf Kundschaft wartete, ob er in den vergangenen drei Tagen einen Leichnam aus dem Lez gefischt hatte. Jeder Weg, jede Frage, jede Suche hatte sich letztlich als vergeblich erwiesen. So war er, einer inneren Unruhe folgend, drei Tage später in die Räume der Medizinschule zurückgekehrt. Nachdem er das ganze Gebäude abgesucht hatte, schien ihm der Raum am Ende des Argentum-Korridors die allerletzte Möglichkeit zu sein. Gleichzeitig schwand seine Hoffnung, denn das Klima in der Kammer war heiß und trocken und Luzius nicht gerade ein Bär von einem Mann.

Während er das gesplitterte Holz beiseiteschob, verschlang ihn die barbarische Hitze bereits auf der Schwelle. Das warme Licht seiner Öllampe floss über den Boden und traf auf eine nackte Gestalt. Claude zögerte nicht eine Minute. Seine Finger flogen, als er den Mund des reglosen Wesens aus den scharfen Klauen des Knebels befreite und die Augenbinde wegriss. Während er die Stricke an Handgelenken und Fußknöcheln durchtrennte, die sich bis ins rohe Fleisch geschnitten hatten, hoffte er, dass die Frau, die dort lag und die er als Luzius kannte, noch lebte.

Ihr Puls war kaum noch fühlbar und die Atmung flach und von vielen Pausen unterbrochen. Obwohl Claude nach den ersten Eindrücken nur wenig Hoffnung hatte, ihr Leben zu retten, ließ er nichts unversucht. Nachdem er eines der Gaze-tücher aus den Trockenregalen gerissen und getrocknete Wasserlinsen und Diptam auf den Boden geleert hatte, barg er ihre reglose Gestalt darin. Bald erfüllte zartes Zitronenaroma die kleine Kammer und legte sich mit seiner frischen Kühle wie Labsal über das Entsetzen, das sich hier ereignet hatte.

Weil er hier nichts mehr für die Kameradin tun konnte, beschloss er, sie in die Krankensäle hinüberzutragen.

Entlang der gekalkten Wände standen auf beiden Seiten grob gezimmerte Bettkästen. Die Strohmatratzen gaben unter dem Gewicht der Kranken ein flüsterndes Rascheln von sich. Es roch nach menschlichen Ausdünstungen, gegen die der heilende Rauch von Adlerholz und Drachenblut ankämpfte. Der kühle Nachtwind trug das laute Gegröle ein paar Betrunkener durch die geöffneten Fenster. Sie torkelten durch die dunkle Gasse und fluchten laut und unflätig. Dann folgten ein paar ziemlich laute Fürze und schließlich ein befreites Grunzen.

Im Saal der Frauen brannten zu dieser Zeit nur einzelne Öllichter, und bis auf die Atemgeräusche und das leise Stöhnen der Patientinnen lag der lang gestreckte Raum in nächtlicher Stille. Claude beauftragte eine der Mägde damit, Professor Ibn Faris zu suchen und ihn hierher in den Krankensaal zu bitten. Er wusste nicht, wie der Lehrer auf Luzius' Geheimnis reagieren würde. Hoffentlich rief der Hakim nicht die Büttel. Claude sandte ein paar stumme Gebete zu einem Gott, der ihn bisher nie erhört hatte. Vielleicht schenkte er ihm ja heute sein Ohr.

Bis zum Eintreffen des Professors kühlte Claude den überhitzten Leib der Frau mit nassen Tüchern und flößte ihr löffelweise mit Wasser verdünnten Wein ein, dem er die Tinktur von Sauerrauch und Maiglöckchen beigemischt hatte. Fürs Erste wagte er nicht, etwas anderes zu verabreichen, und während er neben Luzius auf das Eintreffen des Hakims wartete, hielt er die Hand jenes Menschen, der ihm mit einem Mal fremd und zugleich so vertraut vorkam.

Der herbe Kamerad, der bocksbeinige und widerborstige Luzius, der ihn viele Jahre hindurch begleitet hatte, war in Wahrheit also eine Frau! Mon ami, nun kenne ich den Grund deiner steten Zurückweisung! Und ich war so ein blinder Hund, dachte Claude und rieb sich über die gefurchte Stirn.

Sein Blick streifte das bleiche, leblos wirkende Gesicht. Er fand die Frau, deren Namen er nicht kannte, gleichermaßen geheimnisvoll und anziehend. Wäre ihr Haar länger gewesen, hätte Claude sie sicher schön gefunden. Doch selbst mit kurzem Haar wirkte sie weiblich und sehr weich, was nicht zuletzt an ihrem herzförmigen Gesicht lag, das ihm erst jetzt an ihr auffiel. Ihre Verletzlichkeit erinnerte ihn an einen kleinen Vogel, dessen erster Flug in einem Sommerregen geendet hatte.

Nach und nach kamen Claude einige Erlebnisse mit Luzius in den Sinn, die ihn verstört hatten, aber nun überhaupt nicht mehr seltsam anmuteten. So hatte er den Kameraden wegen seiner strikten Abneigung gegen die öffentlichen Badehäuser der Stadt des Öfteren geneckt. Freilich hätte ihre Nacktheit sie in einem Raum mit vielen unbekleideten Männern, die sich einen Badezuber teilten, verraten. Aber die Räume der Frauen waren ihr ebenfalls verschlossen gewesen. Claude erahnte all die Entbehrungen, die diese mutige Frau auf sich genommen hatte, um den Alltag und das Studium zu bestehen. Er versuchte, sich vorzustellen, wie sie sich all die Jahre gefühlt haben mochte, und er erinnerte sich an zahlreiche Momente, in denen er sich zu diesem Menschen hingezogen gefühlt hatte.

Wie blind ich doch gewesen bin!, dachte er noch einmal. Allein an der Art, wie Luzius ging oder wie er sein Haar von

Nässe befreite, wenn sie auf dem Weg durch die Stadt von einem Regenguss überrascht wurden, hätte ihm die Augen öffnen müssen. Dazu das zarte Gesicht ...

Sanft und vorsichtig berührte er ihre Wange. Sie durfte nicht sterben!

Viele Stunden später, als der herannahende Morgen mit seinem graublauen Licht durch die Ritzen der Läden sickerte, wussten Ibn Faris und Claude, dass die Frau überleben würde. Claude versuchte, mit einer Handbewegung ein paar Raben vor dem Fenster zu verscheuchen. Zwei der schwarzen Vögel schritten den breiten Fenstersims ab und stimmten ein lautes Gezeter an.

»Lass die Raben in Frieden!«, mahnte der Professor sanft.

»Für Unglücksboten gibt es hier keinen Platz!«, entgegnete Claude und schwenkte abermals die Arme.

»Du bist ein Narr«, tadelte ihn der Hakim mit einem milden Lächeln, während er eine Mischung aus Amber, Benzoe und Sandelholz in den kleinen Räucherkessel legte. Der Duft wirkte wie eine salbende Hand, die allen Anwesenden den Segen der Genesung spendete. »Und du musst in deinem Leben noch viel lernen. Der Rabe ist ebenso wenig ein Unglücksbote wie die Nachtigall. Erinnerst du dich? Noch bevor die Mitte der Nacht überschritten war, hast du dich vor ihrem anrührenden Gesang gefürchtet und geglaubt, dass eine Seele ihren irdischen Leib verlässt.«

Claude nickte.

Und dann erzählte ihm der weise Perser die Geschichte von der Nachtigall. »Es stimmt, der kleine, unscheinbare Vogel singt für den Tod, aber nur weil er eine Abmachung mit ihm hat, die älter ist als die Zeit selbst. Immer dann, wenn die Nachtigall dem Tod eine Träne entlockt, erhält sie die Erlaubnis, die Seele in den sterblichen Leib zurückzubringen.«

Claude nickte abermals und reichte dem Hakim einen Becher Honigwasser. »Bitte trinkt und ruht Euch ein wenig aus!«, bat Claude und rückte seinen Stuhl dicht neben das Bett der Frau.

Mit all seinem Wissen und mit Handlungen, die weit mehr an Magie erinnern mochten als an die Arbeit eines Medicus hatte der Hakim Luzias Herzen wieder Leben eingehaucht und sie zum Bleiben überredet. Er hatte nicht eher geruht, bis all ihre Wunden versorgt und mit Salbe bestrichen waren. Dann sank der alte Lehrer auf einen Schemel und legte die Hände in den Schoß. Inschallah! Ihre Verletzungen würden heilen. Doch die Wunden auf ihrer Seele vermochte allein Allah von ihr zu nehmen. Dafür wollte er nun beten.

Er war sich mit Claude darin einig, dass einzig Miguel zu solch einer abscheulichen Tat fähig war. Er war neben Luzius auch der Einzige, der nicht den Eid des Hippokrates abgelegt hatte.

Als Claude am darauffolgenden Tag die Tür schloss, welche die kleine Kammer von den weitläufigen Krankensälen trennte, blinzelte Luzia zum ersten Mal dem Leben entgegen.

»Ich weiß, dass du wach bist«, quittierte Claude den Anblick der tanzenden Augäpfel hinter den geschlossenen Lidern. »Du kannst deine Augen auch weiterhin geschlossen halten, aber du sollst wissen, dass du mir eine ebenso gute Kameradin bist, wie es einst Luzius gewesen ist. Und wenn du mir die Ehre erweist und mir deinen Namen verrätst, füttere ich dich sogar mit Suppe.« Die letzten Worte waren von Claudes munterem Lachen begleitet. Während der Franzose den Holznapf mit der duftenden Suppe vor ihrem Gesicht auf und ab schwenkte, atmete Luzia mit den lebensspendenden Aromen, die der gerösteten Dinkelsuppe entströmten, auch die Kraft seiner wohlwollenden Gedanken und seiner aufopfernden Pflege. Dennoch hatte sich etwas verändert.

Mit größter Vorsicht flößte Claude ihr nun ein paar Löffel des Lebenselixiers ein, das jeden Tag eigens für die Kranken gekocht wurde.

»Luzia«, flüsterte sie zwischen zwei Schlucken mit geschlossenen Augen. Sie konnte ihm jetzt nicht ins Gesicht sehen. »Mein Name ist Luzia, Luzia Gassner, und alles, was ich dir sonst erzählt habe, entspricht der Wahrheit.«

»Dann ist es ja nur halb so wild«, gab er zurück. »Mann oder Frau, was macht das schon für einen Unterschied? Und deinen Namen sollte selbst ich mir merken können.« Er scherzte, aber Luzia ahnte, dass es ihn unendlich viel Mühe kostete, seinem drängenden Verlangen nicht nachzugeben und Luzia in den Arm zu nehmen. Als Claude sie berührte, während er ihr das Wollkissen unter den Kopf stopfte, konnte Luzia seine Verwirrung spüren.

Vorsichtig balancierte Claude einige weitere Löffel in ihren Mund. Als sie genug hatte und Claude ihr in wenigen Sätzen erzählt hatte, was sich zugetragen und wie der Perser die ganze Nacht um ihr Leben gekämpft hatte, rollten ihr ein paar Tränen über die Wangen.

»Danke!«, flüsterte Luzia leise, während sie ihm zum ersten Mal als Frau ins Gesicht sah. Erleichtert sank sie in die Kissen zurück, als sie in seinen Augen die alte Freundschaft erkannte. Doch da war auch noch das brennende Verlangen eines Liebenden, welches sie in der Tiefe seiner blauen Augen erahnte. Über all die Jahre war neben Freundschaft noch etwas anderes gewachsen, und ein wenig davon schlug nun auch in ihrer Brust.

Claude schüttelte den Kopf und strich ihr die freche Haarsträhne zurück, die sich immer in ihre Stirn stahl. »Professor Ibn Faris solltest du danken. Er ist ein wahrer Alchimist. Ein Magier, der zwischen den Welten wandelt. Wenn ich dich irgendwann einmal am Lac de Constance besuche, erzähle ich dir, was der Meister alles veranstaltet hat, damit du schon heute Abend in deine Heimat zurückkehren kannst. Ibn Faris wird später selbst noch nach ...«

Schon heute Abend!, dachte Luzia und kämpfte ihre Enttäuschung nieder. Sie fühlte sich noch nicht bereit zu gehen.

»Ich hingegen habe dich lediglich gefunden und dich mit der rohen Gewalt einiger Fußtritte gegen die Tür des Trockenkämmerchens befreit.« Und ich bin mir nun sicher, dass mein Herz mir schon vom allerersten Tag an den rechten Weg gewiesen hat, dachte Claude.

Luzia schüttelte den Kopf. »Unsinn! Ohne dein Gespür wäre ich jetzt tot.« Sie presste die Lippen fest aufeinander. »Weißt du ... ich habe den Tod schon gespürt. Er hatte mich bereits in seinen Armen«, flüsterte sie und schluckte hart.

Claude streichelte ganz vorsichtig ihre Wange und trocknete die einsame Träne, bevor sie ihren Weg in Luzias Haar fand. »Schlaf jetzt noch ein bisschen. Du brauchst deine Kraft für die Heimfahrt.«

»Aber Ihr ... seit wann wisst Ihr ...?«, hörte Luzia sich sagen.

Der Blick des Hakims wurde sanft. »Schon sehr, sehr lange.« Mit fliegenden Fingern nahm der Perser das Medaillon ab, das er an einem einfachen Lederband um den Hals trug. »Das ist der Heilige Pantaleon. Er ist der Schutzheilige des Medicus und der Hebamme. Pantaleon ist Griechisch ...«

»...und bedeutet ›der mit allen Mitleidende‹«, vervollständigte Luzia den Satz.

Der Perser antwortete mit einem anerkennenden Lächeln. »Einst bedachte mich mein Lehrer damit, und Pantaleon hat mich ein Leben lang begleitet. Stets schenkte er meinen Händen die nötige Ruhe, um das Skalpell sicher zu führen. Nun soll er dir gehören. Und vielleicht lernst du irgendwann jemanden kennen, dem du ihn wiederum gibst.« Er legte ihr das Lederband um den Hals und sprach weiter. »Und bedenke immer: Nur der Medicus, der mit dem Herzen sieht und mit der Seele hört, ist der wahrhaft brillante unter uns!«

Luzia betrachtete liebevoll das Abbild des heiligen Mannes, der mit einer Reihe von Arzneiflaschen an der Seite eines Löwen dargestellt war.

»Und nun sprich mir nach«, forderte Ibn Faris sie auf. »Ich, Luzia Gassner, schwöre und rufe Apollon, den Arzt, und Asklepios und Hygeia und Panakeia und alle Götter und Göttinnen an, dass ich diesen Eid und diesen Vertag nach meiner Fähigkeit und nach meiner Einsicht erfüllen kann ...«

Wissend, dass die anderen ihren Eid bereits vor Tagen abgelegt hatten, wiederholte Luzia die wenigen Worte des Hippokratischen Eids, der sie zur rechtmäßigen Medica machte. Ein feierliches Gefühl durchströmte ihre Brust.

»Allah schütze dich auf all deinen Wegen, Luzia!«, sagte der Meister und segnete sie. »Mit dem Angelusläuten bricht deine Reisegruppe Richtung Nordosten auf. Claude hat all deine Habseligkeiten hierhergebracht und er wird dich, als Frau gekleidet, zum Tour de la Babote begleiten.«

»Aber ich fühle mich noch krank und schwach!«, protestierte Luzia. »Warum schickt Ihr mich noch heute fort?«

Professor Ibn Faris schüttelte den Kopf und legte ihr die Hand auf die Schulter. Luzia spürte die tröstende Wärme seiner Hände. »Du musst dich noch eine Weile schonen, aber hierzubleiben wäre viel zu gefährlich. Es käme deinem Todesurteil gleich, das weißt du selbst, oder? Einzig in Salerno wäre es dir möglich gewesen, als Frau zu studieren.«

»Aber es ist bereits zu spät im Jahr. Es gibt keine Reisegruppe mehr, die Montpellier vor dem nächsten Frühjahr verlässt. Die Fahrt über die Alpen ist im Herbst viel zu gefährlich«, warf Luzia mit letzter Hoffnung ein.

»Du hast recht«, sagte er und nickte. »Dennoch ist das Glück auf unserer Seite. Die letzte Reisegesellschaft hat Montpellier noch nicht verlassen. Sie mussten ihren Aufbruch um einige Tage verschieben, weil ein paar ihrer Söldner an heftigem Durchfall litten. Inzwischen sind alle Männer wieder wohlauf und in der Lage, die Reisenden vor etwaigen Wegelagerern zu beschützen. Heute Abend setzt der Handelszug seinen Weg an den Bodensee fort, und ich habe dir einen guten Platz gekauft. Auch für deine Sicherheit habe ich bezahlt. Du wirst also deine Ruhe haben, und in drei Wochen, wenn du deine Heimat erreichst, ist dein Leib wieder gesund.«

Luzia wusste, dass Ibn Faris bereits alles arrangiert hatte und dass sie seinem Rat besser folgte.

»Nun musst du mir ein allerletztes Mal vollkommen vertrauen«, flüsterte er. »Lass dich von niemandem beirren oder von deiner Richtung abbringen.« Ein Lächeln huschte über sein Gesicht, als er Luzia zur Tür schob. »Inschallah! Dir wird nichts geschehen, und nun geh und vergiss nie, Allah akbar! Er wird seine schützende Hand über dich halten, bis du deine Heimat wohlbehalten wiedersiehst.«

»Ich danke Euch … für alles«, sagte sie leise und senkte den Blick, während sie Halt an der Türklinke suchte. Sie wollte auf keinen Fall, dass der Meister sah, wie sehr sie mit den Tränen kämpfte. Luzia öffnete die schwere Tür zum Lehrsaal, deren lautes Ächzen sie zum letzten Mal in ihrem Leben vernahm.

Die Glocken von Saint-Pierre läuteten zum Abendgebet, als Claude den kleinen Karren, vor den ein kräftiger Eselhengst mit struppigem grauem Fell gespannt war, durch Montpellier lenkte. Auf den Gassen wurde es bereits still. Wer nicht in die Messe ging, melkte seine Tiere oder saß zu Hause beim Nachtmahl. Ein letztes Mal atmete Luzia ganz bewusst den Duft dieser großartigen Stadt und prägte sich ein einzigartiges Gedankengemälde aus Blau und Ocker mit einer Spur Grün ein. Ein paar wilde Hunde setzten einander kläffend nach, bevor sie in der geöffneten Tür eines Pferdemetzgers verschwanden. Der Metzger, ein beleibter Mann mit wachen Augen und einem lichten Kinnbärtchen, trieb sie mit einem Knüppel zurück auf die Gasse und schimpfte ihnen laut fluchend hinterher. Dass seine Worte nicht unbedingt gottgefällig waren, störte ihn erst, als er in den schleiertragenden Frauen Novizinnen der Abbaye de Sainte-Marie de Valmagne erkannte. Auf dem Weg zur Cathédrale Saint-Pierre bekreuzigten sie sich rasch und sahen zu Boden, bevor sie ihren Weg entlang der stattlichen Patrizierhäuser fortsetzten.

Wie Professor Ibn Faris ihm aufgetragen hatte, war Claude bereits vor vielen Stunden in der Judengasse gewesen, um Luzias Habseligkeiten in einen Reisekorb zu packen. Um in der Stadt nicht zu viel Aufsehen zu erregen, hatte ihn der Hakim angehalten, die Tour de la Babote auf direktem Weg anzufahren. Als sie das mächtigste aller Stadttore erreichten, das Teil einer wehrhaften Mauer war, die die ganze Stadt wie eine behandschuhte Hand umschloss, wog Luzias Herz noch schwerer als zuvor. Ihr Leib hatte noch mit den Nachwirkungen der Trockenkammer und der Vergewaltigung zu kämpfen, und mit jedem Atemzug wog der schiefergraue Schleier, der sie zu Boden drückte, schwerer. Bald darauf schien er ein Mantel aus Blei zu sein, unter dessen Gewicht sogar das Atmen schmerzte. Er bedeckte die brennende Scham für eine Tat, an der sie selbst keine Schuld trug, mit schwerem grauem

Tuch, das sich sogar über die spitzen Dornen ihres Zorns legte. Dennoch hatte sie einen Handel mit sich selbst geschlossen. Sie würde nicht zulassen, dass Miguel sie zerstörte! Und sie wollte Johannes wiedersehen. Dort draußen wollte sie endlich wieder leben!

»Ich werde dich ganz sicher bald in deiner Heimat besuchen«, versicherte Claude mit einem aufmunternden Lächeln.

Luzia war ihm dankbar für die Ablenkung. Mit Schrecken sah sie den nächsten Tagen entgegen. Zu dem unentwegten Gerumpel in den unbequemen Fuhrwerken und Reisewagen würde sich die Furcht vor Ungeziefer und dem steten Mangel an sauberem Wasser gesellen. Wochenlang unter fremden Menschen und ohne Arbeit zu sein, glich eher einem Albtraum denn einer vergnüglichen Fahrt zurück in die Heimat.

»Seit Luzius nicht mehr ist, pfeifst du allem Anschein nach auf deinen alten Freund!«, neckte Claude. Doch seine Worte klangen ernster als beabsichtigt.

Luzia schüttelte den Kopf und zog eine empörte Grimasse. »Du bist jederzeit herzlich willkommen!«, versprach sie mit einem wehmütigen Lächeln.

»Allerdings wirst du dann nicht drum herumkommen, mir deine Heimat und den Lac de Constance zu zeigen.«

»Versprochen!«, flüsterte Luzia und schluckte das Verlangen hinunter, sich an Claudes Schulter zu schmiegen. Weil sie sich jahrelang vor seinen kameradschaftlichen Zärtlichkeiten gefürchtet hatte, erschreckte sie diese Erkenntnis. Luzia fürchtete sich beinahe vor diesem Wunsch. »Dann zeige ich dir auch Überlingen, Konstanz und Lindau und vielleicht das Kloster zu Sankt Gallen. Dort kannst du dann eine der ältesten Klosterbibliotheken der ganzen Welt besuchen. Das heißt, natürlich nur, wenn du fromm genug bist«, sagte sie und rang sich ein Lächeln ab.

Erst jetzt erkannte Luzia, welch guten Freund sie jahrelang an ihrer Seite gehabt hatte. Lautlos wie ein aufmerksamer Schatten hatte er sich stets in ihrer Nähe aufgehalten. Claudes Verhalten ihr gegenüber hatte sich zuletzt ebenfalls verändert. Auf dem nahrhaften Boden von Freundschaft war etwas Neues gewachsen. Immer, wenn Claude sie ansah, fühlte sie nun ein sanftes Prickeln. Und sie war ihm dankbar, dass er sie nicht ein einziges Mal nach Luzius gefragt hatte.

Luzius war während der Stunden in Miguels Gewalt gestorben. Doch in der Trockenkammer war noch etwas anderes geschehen. Ihr Herz hatte einen Ruf vernommen, der aus der Heimat kam. Hin- und hergerissen zwischen dem freien Leben in der Heimat und den vielen verpassten Momenten mit Claude hoffte Luzia, dass sich der nun folgende Abschied an der Tour de la Babote nicht ewig hinzog. Ihre Hände waren inzwischen schweißnass und ihr Mund so trocken, dass sie glaubte, nie wieder sprechen zu können.

Fußvolk kam ihnen entgegen. Die Leute gehörten der Reisegruppe an, in deren Schutz Luzia in die Heimat reisen sollte. Bald erkannten sie die ersten Pferde, Maultiere und Wagen. Als sie beim Sammelplatz bei der Tour de la Babote erstmals ein paar Handelswagen sowie die Fahnenschwinger, Pfeiffer und Spießknechte sah, die ihren Schutz gewährleisteten, erstarrte sie. Die Erde stand still, als Luzia in den blauen Türmen auf weißem Grund das Wappen Ravensburgs erkannte. Ihr Herz setzte einen Schlag aus. Mit dieser Fernhandelsgruppe konnte sie niemals in die Heimat reisen!

Claude sah sie verwundert an, als sich ein verzweifelter Laut aus ihrer Kehle auf die Lippen stahl. »Was ist, geht es dir nicht gut?«, fragte er besorgt. Luzia wirkte völlig verstört, und ihr Gesicht war weiß wie das Mondlicht, das nachts auf den Lez fiel. Er erschrak, als er ihre Hände sah, die sich ineinander verkrallt hatten, als suchten sie Halt und Trost beieinander.

Rasch zog sie ihre Haube ins Gesicht und verbarg sich hinter ihm auf dem Kutschbock. »Rasch, bring mich weg von hier!«, stieß Luzia hervor. Ihre Stimme klang, als hätte sie den Leibhaftigen selbst gesehen, und die nackte Angst darin bereitete selbst ihm eine Gänsehaut. In Windeseile wendete er den Wagen und lenkte den Grauen die Gasse hinauf vor die Schenke mit Blick auf das Stadttor. »Chez Antoine« stand auf dem roten Schild, das an einer geschmiedeten Kette über dem Eingang pendelte. Der aufkommende Wind entlockte den rostigen Gliedern eine traurige Melodie.

Die finstere Taverne umfing sie mit Kühle und dem Geruch von altem Fisch. Claude bestellte bei dem schmierigen Wirt ein Krüglein Anis. Bald saßen sie nahe des einzigen Fensters in der entlegensten Ecke und hielten sich an den Händen.

»Weißt du, meine Erinnerungen an Ravensburg sind nicht die besten«, eröffnete Luzia das Gespräch. »Und die von Professor Ibn Faris gewählte Reisegruppe ist der Fernhandelszug der *Ravensburger Handelsgesellschaft Salzmann, Zainer und Hofmeister.*« Nach und nach erzählte sie ihm ihre Geschichte, zunächst von ihrer Mutter, die sie als unerwünschtes Andenken an eine flüchtige Nacht bereits während ihrer Kindheit nach Seefelden zu Elisabeth und Jakob gebracht hatte. »Als Mutter starb, wandte ich den glücklichen Tagen bei Tante und Onkel den Rücken und kehrte nach Ravensburg zurück. Doch der Kaplan der Liebfrauenkirche, Eusebius Grumper, wartete dort bereits auf mich, um das zu beenden, was er schon während meiner Kindheit begonnen hatte. Ihm war ich seit jeher ein Dorn im Auge.«

Luzia nahm einen Schluck aus dem Becher und spürte dem brennenden Gefühl des Anis nach, bevor sie sich auf der unbequemen Holzbank zurücklehnte und weitererzählte. Als sie in schaurigen Farben ausführte, wie Kaplan Grumper den Großinquisitor von ganz Oberdeutschland nach Ravensburg gerufen hatte, weil er sie der Hexerei bezichtigte, wich auch Claude nach und nach die Farbe aus dem Gesicht. Obwohl Luzia von der Folter erzählte, ohne allzu sehr ins Detail zu gehen, sah sie, wie sich Claude bekreuzigte.

Er erinnerte sich an die bangen Stunden im Krankensaal. Während er mit Ibn Faris um ihr Leben gekämpft hatte, waren ihnen die feinen Narben auf ihrer Haut nicht verborgen geblieben. Ein wirres Geflecht aus Striemen, die sich tief in Luzias zarte Haut geschnitten hatten. Peitschenstriemen hatten sie nicht zum ersten Mal gesehen, aber zum ersten Mal in dieser Menge. Daneben kam Claude das Kreuz in den Sinn, welches einst eine Verbrennung gewesen war, die noch heute perlmuttartig auf ihrer Brust schimmerte. Ketzer erhielten diese Strafe, bevor man sie auf dem Scheiterhaufen verbrannte, hatte Claude voller Entsetzen gedacht. Wie nah er damit der Wahrheit gekommen war, erschreckte ihn über die Maßen. In den Jahren ihrer Lehrzeit waren sie auch ein paarmal im Kerker gewesen. Die verdrehten Glieder und die schwärenden Wunden der gequälten Menschen würden ihn auf alle Zeit verfolgen. Dass Ketzer Menschen wie Luzia waren, daran hatte er nicht einen Gedanken verschwendet.

»Herr Wirt, seid so gut und bringt uns etwas aus Eurem Kessel, wir haben Hunger«, rief Claude, nachdem Luzia von ihren Erlebnissen in Ravensburg erzählt hatte.

»Wenn mich jemand erkennt, legen sie mich in Eisen und verbrennen mich in Ravensburg auf dem Scheiterhaufen. Als verurteilte Hexe habe ich jegliches Recht auf Leben verwirkt! Verstehst du, was ich meine?«

Claude nickte stumm. Erst jetzt fiel ihm auf, dass er schon wieder Luzias Hand hielt.

Der Pot au Feu schmeckte furchtbar. Das gekochte Fleisch, welches in der dünnen Brühe des Feuertopfs schwamm, glich dem einer Ratte. Kein anderes Lebewesen verfügte über derart zarte Knochen und derart zähes dunkles Fleisch. Dagegen wirkte selbst das Skelett eines Eichhörnchens geradezu grob. Nach ein paar Bissen schob Luzia angewidert die schmierige Holzschale von sich. Andere Köche versuchten, ihren Gästen das Rattenfleisch wenigstens dadurch schmackhaft zu machen, dass sie es mit Lorbeer, Petersilie und Pfeffer würzten. Diesem Wirt, der außerdem der Koch war, schien das völlig gleichgültig zu sein. Er stand mit einem Kittel, der die Spuren vieler Mahlzeiten trug, hinter dem Tresen und kippte große Mengen sauren Weins in sich hinein.

Claude öffnete seinen Lederbeutel und kramte nach dem Schreiben, das ihm der Hakim gegeben hatte. Langsam entrollte er das dünne Pergament, das Luzia als Elsa Dörr auswies. »Ich kann mir nicht vorstellen, dass dich nach so langer Zeit noch jemand kennt«, entschied Claude. »Bitte versteh mich nicht falsch! Aber niemand rechnet damit, dass du dich einer aus dem Land der Franken kommenden Reisegruppe angeschlossen hast, um dorthin zurückzukehren, wo sie dir das angetan haben.« Mit einer zornigen Bewegung deutete er auf ihren Leib.

Plötzlich wurde die Tür aufgerissen, und zwei Büttel polterten herein. »Wir sind auf der Suche nach einer Betrügerin. Ein Weib in der Kleidung eines Mannes. Womöglich im Talar des Medicus! Habt Ihr ein derartiges Luder gesehen?«, fragte einer der Häscher scharf.

Der Wirt sah ihn aus glasigen Augen an und schüttelte gelangweilt den Kopf. »Vielleicht ist es die da«, sagte er und sah dabei zu Luzia und Claude herüber. »Die beiden sind die einzigen Gäste. Knöpft euch diese vor oder verschwindet«, setzte er hinzu und nahm einen tiefen Schluck aus seinem Becher.

Luzia wagte kaum zu atmen, als die Wächter an ihren Tisch traten. Die Angst schnürte ihr die Kehle zu, und während sie ihren Herzschlag an der Schädeldecke spürte, glaubte sie, ohnmächtig zu werden. Großer Gott!, dachte sie, als die Beamten Claude befragten. Hört das denn niemals auf?

»Ich bin Claude Mercier, und das ist die ehrenwerte Elsa Dörr, die Frau eines langjährigen Freundes. Madame Dörr hat für ein paar Monate ihre kranke Base gepflegt, die nun zu ihrem Schöpfer gerufen wurde. Gott hab sie selig«, log Claude mühelos. »Elsa Dörr reist noch heute mit der Ravensburger Fernhandelsgesellschaft in ihre Heimat an den Lac de Constance zurück. Wir müssen uns sputen, denn der Zug setzt sich jeden Augenblick in Bewegung, und Ihr wollt doch nicht die teure Passage bezahlen, wenn die Reise ohne Frau Dörr losgeht?«

Die Büttel ließen sich den von der Handelsgesellschaft gesiegelten Reiseschein zeigen und prüften ihn kritisch.

Luzia war sich ziemlich sicher, dass keiner der beiden lesen konnte, denn sie drehten das Dokument hin und her und reichten es schließlich seiner Besitzerin.

»Und Ihr?«, fragte der kleinere der beiden Stadtdiener Claude gewissenhaft. »Seid Ihr am Ende gar selbst ein Weib?«

Claude riss die Augen auf, bevor er laut lachend ein paar Schritte zurücktrat. »Ich?«, entgegnete er immer noch grinsend und legte die Hand auf den Bauch.

»Euch wird das Lachen noch vergehen!«, mahnte der dicke Büttel mit saurer Miene, ein älterer Mann mit farblosem Haar und trüben Augen.

»Nun«, überlegte Claude laut. »Ich könnte für Euch die Hosen herunterlassen, dann könnt Ihr selbst nachsehen.«

Davon sahen die Büttel dann doch ab und zogen ihrer Wege.

Nun blieb Luzia und Claude allerdings keine Zeit mehr, denn die Suchmannschaft hatte sich bereits zwischen dem Stadttor und der Reisegruppe postiert.

Luzia trug ein einfaches Kleid, das ganz sicher nicht mehr der Mode entsprach, in welcher sich die feinen Handelsherren präsentierten. Wenigstens trugen die Berittenen sowie die Gruppe der bewaffneten Söldner einfache und schmucklose Uniformen. Ihr kurzes Haar versteckte sie unter einer schlichten Haube, denn kurz geschnittenes Frauenhaar wirkte auf vielerlei Arten verdächtig.

So strafte der Ammann die Weiber, die wegen ihrer Klatschsucht am Pranger stehen mussten, mit einer Kurzhaarfrisur. Die Geistlichen griffen regelmäßig zur Schere, wenn sie eine ledige Mutter züchtigen wollten, und bürdeten ihr so für jeden sichtbar das Mal der Sünde auf.

Obwohl das Kleid um Luzias mageren Leib schlotterte, beengte es sie. Allein der Gedanke, dass jemand sie wiedererkennen würde, versetzte sie in Angst und Schrecken. Zudem fühlte sie sich in der ungewohnten Frauenkleidung fremd und fast ein wenig verkleidet.

Es kostete Luzia viel Mühe, ihre Schritte neben Claude möglichst zierlich und klein zu halten. Ihr Blick schweifte zu der Reisegruppe, die nur darauf wartete, dass die Handelsherren zur Abfahrt riefen. War auch wirklich niemand unter ihnen, den sie aus der alten Heimat kannte? Da bemerkte sie drei Trosshuren, deren bunte Kleider allesamt mit den senfgelben Hurenbändern versehen waren. An eine der Frauen glaubte sie sich zu erinnern. Als sich die Frau mit den welken

Gesichtszügen neugierig nach dem Neuankömmling umsah, kehrte ihr Luzia rasch den Rücken zu.

»Alles einsteigen!«, rief der Kommandeur der Handelsgesellschaft, dem es oblag, den Tross beisammenzuhalten.

»Luzia«, sagte Claude und zog sie unter die alte Olive, die direkt neben dem mächtigen Durchlass wuchs. Zögernd legte er seine Arme um sie. »Bitte versprich mir zu schreiben, sobald du daheim bist. Und bis zu unserem Lebensende wenigstens zweimal im Jahr. Vielleicht pilgerst du ja irgendwann einmal zum Grab des Apostels Jakobus, dann kommst du ganz sicher in meiner Heimat vorbei und kannst mich besuchen.«

Luzia sah überrascht auf.

»Vom Cap Finis Terrae bist du der Insel der Seelen am nächsten. Deshalb ist das Ende des Pilgerwegs auch das Ende der Welt«, flüsterte Claude.

Luzia spürte seine schützenden Arme und das Prickeln, das ihr seine Nähe seit Neuestem bereitete. Ein kleiner Windstoß bauschte ihr Kleid und schob sie noch enger an seine Brust. Mit einem Mal lagen seine Lippen auf ihrem Mund. Wie Verdurstende schenkten sie sich ein wenig Wärme und Zärtlichkeit, bevor sich ihre Wege für lange Zeit trennten. Luzia ließ sich einfach fallen. Sie spürte Claudes warmen Mund und fühlte seinen Atem an ihrem Ohr.

»Ma Chérie!«, flüsterte er und küsste sie ein letztes Mal.

Mit weichen Knien wankte sie zum Reisewagen.

Claude half ihr beim Besteigen des Wagens und drückte zum Abschied noch einmal ihre Hand. Sein letzter Blick sprach davon, wie sehr er sie schon jetzt vermisste.

6

Es war bereits dunkel, als Luzia in ihrem rumpelnden Reisewagen Montpellier verließ. Das Sitzen fiel ihr schon jetzt schwer, und ihr weher Leib schmerzte bei jedem Atemzug. Die beiden grauhaarigen Männer, mit denen sie den Wagen teilte, legten gottlob ein äußerst zurückhaltendes Verhalten an den Tag. Nach einem kurzen Gruß fand Luzia die beiden recht bald in ein reges Gespräch vertieft, das sie aber rücksichtsvoll im Flüsterton miteinander führten.

Luzia kämpfte bereits jetzt mit ihrer Haube. Seit jeher hatte sie diese alberne Kopfbedeckung gehasst, und im Leben eines Mannes existierte dieses völlig unnötige Kleidungsstück nicht. Das kann ja heiter werden, dachte sie und schob die Haube, die während der nächsten Wochen ihr ständiger Begleiter sein würde, unwillig auf dem Kopf herum. Zum einen begab sich eine verheiratete Frau nicht ohne eine angemessene Kopfbedeckung aus dem Haus, zum anderen sollte sie tunlichst ihr kurzes Haar bedeckt halten.

Durch die verzögerte Abfahrt der Fernhandelsgesellschaft hatte Salzmann entschieden, die erste Nacht durchzufahren. Deshalb hatten Knechte die großen Laternen entzündet, die während der Fahrt den Weg erhellten, und selbst die Fahnenschwinger hatten ihre Wimpel durch Laternen ersetzt und leuchteten voraus. Die Fahrt bei Dunkelheit galt als äußerst gefährlich und kam lediglich bei äußerster Zwangslage infrage. Diese war nun eingetreten, denn der Weg über die Alpen konnte so spät im Jahr lebensgefährlich sein.

Während die schützenden Arme der Nacht Luzia sanft wiegten, fühlte sie noch immer das leichte Brennen, das Claudes Lippen auf ihrem Mund hinterlassen hatten. Sie zog die weiche Decke aus Rotwerk höher und hüllte sich in den Pelz. Während die Wärme sie beruhigte, streichelte der Duft, der dem Fehpelz entstieg, ihre Seele. Die weiche Decke war ein Abschiedsgeschenk von Claude. Im Winter hatte er sich den Pelz oft um die Schultern gelegt, und Luzia hatte ihn immer darum beneidet. Nun würde er sie für alle Zeiten an Claude, an die Medizinschule und an Montpellier erinnern.

Sandstein, trocken und rau, und heiße Erde, deren wilde Glut schon durch ein paar kühle Regentropfen besänftigt werden konnte. Wilde Austern, die sich glatt und seidig an den Gaumen schmiegten, während der kühle Meeresschluck salzig die Kehle hinunterrann. Lavendel, blau wie der Himmel und das Meer, dessen sanfter Äthergeist mit dem hitzigen Feuer der Mittagssonne dem Himmel entgegenströmte. Rosmarin, wild und heiß und holzig, erhitzte er das Blut. Sie zog die Felldecke höher und vergrub ihre Nase darin. Ihre Gedanken kamen und gingen wie Wolken, die den Himmel bereisten. Irgendwann hörte sie fremde Stimmen ...

Aus den Tiefen ihrer Träume stiegen bunte Bilder empor. Plötzlich befand sie sich wieder daheim bei ihrer Tante Elisabeth und ihrem Onkel Jakob in Seefelden. Dort, in dem kleinen Fischerort am Ufer des Bodensees, hatte sie seit ihrem zwölften Lebensjahr gelebt. Unter den gütigen Augen ihrer Pflegeeltern war sie über die Jahre zu einer jungen Frau gereift, und Elisabeth hatte sie alles gelehrt, was eine gute Wehmutter wissen musste. In dem kleinen Fischerhaus, das inmitten eines blühenden Gartens nahe des Wassers stand, war Luzia glücklich gewesen. Hier war das Leben leicht gewesen. Leicht wie eine Feder im Wind und fröhlich wie ein Sommertag im Weidemond.

Hand in Hand rannte sie mit ihrer Freundin Magdalena den mit Raureif überzuckerten Weg zum Ufer hinunter. Die knorrigen Weiden wirkten im Glanz der roten Abendsonne verzaubert und wie vom Himmel geküsst. Die letzten Blätter der wilden Brombeerhecken, die den Weg säumten, trugen genau wie die Gräser und Zweige entlang des Uferwegs lange Zacken aus gefrorenem Himmelsatem. Unten am Wasser hatte der Allmächtige eine Brücke aus Eis wachsen lassen, der weiße Teppich reichte bis weit in die Mitte des Sees. Der Säntis als ewiger Wächter aus Eis und Schnee gab auf die Menschen acht. An manchen Tagen im Winter war die Stille so allgegenwärtig, dass man das Schlagen des eigenen Herzens hörte. Nur dann und wann war ein leises Knacken zu vernehmen. Es kam aus dem Eis und klang wie das Singen der Wassergeister, die hier in den Fluten wohnten.

Im Traum sah Luzia die Sonne wie einen glutroten Ball zuerst das Wasser berühren und schließlich in einem täglich wiederkehrenden Tod in die Unterwelt wandern, roch sie den Heimatduft von Wasser und Tang, von warmer Milch und von Holzfeuer.

Während die Wagenkolonne über die ausgefahrenen Wege holperte und über große Steine polterte, wurden Luzias Traumbilder immer dünner. Nachdem sie sich den Schlaf aus den Augen gerieben hatte, vernahm sie die leisen Schnarchgeräusche der beiden Herren. Nach ihrem endlosen Meinungsaustausch waren ihre Reisebegleiter nun doch vom Schlaf übermannt worden. Luzia blickte in ihre offenen Münder und lächelte. Durch das winzige Fensterchen sah sie, dass sich am östlichen Horizont der schwarze Vorhang der Nacht öffnete und den jungen Tag hereinließ.

In der darauffolgenden kurzen Rast wurde eilig eine dicke Morgensuppe gekocht, die bald in einem verbeulten Kessel über dem Feuer blubberte. Nach und nach verließen alle Reisenden ihre Wagen. Auch die beiden Herren kletterten mühsam aus dem Gefährt und streckten ihre eingerosteten Glieder. Freundlich boten sie Luzia Hilfe beim Aussteigen an, die sie jedoch dankend ablehnte. Ihre Lust, das Gebüsch mit allen anderen zu teilen, hielt sich in Grenzen, so beschloss sie, noch eine Weile sitzen zu bleiben.

Während sich die Reisenden in kleinen Grüppchen versammelten, um sich über die nur wenig erholsame Nacht auszutauschen, verließ Luzia ihren Reisewagen lediglich für eine Schale Suppe. Zuvor zog sie ihre Haube so weit ins Gesicht, dass sie beinahe den Weg nicht mehr sah. Während ihr der Feldkoch eine Kelle der dampfenden Flüssigkeit in die mitgebrachte Schale goss, sah sie ebenfalls zu Boden und gab sich mundfaul und mürrisch. Auf diese Weise entging sie dem Gespräch, in das der mitteilsame Mann mit der vor Dreck starrenden Schürze die Mitreisenden verwickelte.

Nach der Mahlzeit löschten die Knechte das Feuer, packten das Dreibein ein und schrubbten den Kessel mit Sand. Während der Rast hatte sich Luzia ständig beobachtet gefühlt, eine der Trosshuren schien ein besonderes Interesse an ihr zu haben. Deshalb war sie auch froh, als die Wagen wenig später ihren Weg endlich fortsetzten.

Im Laufe der Fahrt stellten sich die beiden Kaufleute als August Färber und Korbinian Weber vor, und zu Luzias Erleichterung schliefen sie am liebsten oder besprachen während langer Gespräche Geschäftliches. Deshalb blieben ihr bis auf wenige, der Freundlichkeit halber geführte Unterhaltungen lästige Plaudereien erspart. Und sie hatte viel Zeit, ihren eigenen Gedanken nachzuhängen.

Bereits wenige Stunden später vernahmen sie ein aufgeregtes Durcheinander von Stimmen. Die Kolonne stoppte abrupt, und eine kurze Stille trat ein. Dann war das harte Klingen von Stahl zu hören.

»Eine Achse ist gebrochen!«, rief einer von draußen.

»Wenn das nur kein Überfall ist«, murmelte August Färber ängstlich, während er versuchte, durch das kleine Fensterchen zu spähen. »Frau Dörr«, wandte er sich an Luzia. »Vielleicht tätet Ihr gut daran, Euch unter meinem Mantel zu verbergen, bis die Fahrt weitergeht.«

»Aber ein Achsbruch ist noch lange kein Überfall«, entgegnete Luzia.

August Färber schüttelte den Kopf. »Oft ist das eine List der Räuber. Mithilfe einer ausgehobenen Grube bringen sie eine Achse oder ein Rad zu Bruch. Manchmal kippt ein ganzer Wagen dabei um. Und während die Leute ihre Güter ausladen, damit der Schaden repariert werden kann, wird die Reisegesellschaft aus dem Hinterhalt überfallen.«

Bei Färbers Worten erstarrte Luzia. Sie wusste, wie ein von Wegelagerern verheerter Handelszug aussah und was die Räuber den Menschen antaten, um die wertvollen Güter in ihren Besitz zu bringen. Fürs Erste wollte sie hoffen, dass Färber mit seiner Befürchtung falschlag. Dennoch sagten ihr die Geräusche, die von draußen an ihr Ohr drangen, etwas anderes. Sie erzählten von roher Gewalt. Von brutalen Schlägen, von Messerstichen und Schwerthieben. Sie raunten ihr Dinge ins Ohr, die ihr Herz mit eiserner Hand zusammenpressten.

»August, merkst du nicht, dass du die arme Frau zu Tode ängstigst? Und während eines Überfalls ist Angst ein schlechter Berater. Dennoch finde ich Augusts Vorschlag nicht den schlechtesten«, sagte Korbinian Weber, an Luzia gewandt. »Wenn Ihr Euch unter die Bank legt, schieben wir die Reisekörbe und den Mantel davor. Uns alten Männern werden sie nichts tun.«

»Vor allem nicht, wenn du den Schuften gleich deine Geld-katze aushändigst!«, ergänzte Färber.

Weber nickte. »Im Zweifelsfall würde ich den Banditen alles überlassen. Allein das Leben ist unersetzbar.«

Noch ehe Luzia etwas erwidern konnte, schoben die Män-ner sie unter die breite Bank und türmten die Gepäckstücke davor auf. Dort unten war es dreckig, und es stank nach Pfer-deäpfeln und ungewaschenen Füßen. Das Blut rauschte ihr in den Ohren, und Luzia spürte, wie ihr der Schweiß ausbrach. Bald klebte ihr das dünne Unterhemd feucht und klamm am Leib und ließ sie frösteln. Um es in der dunklen Enge ihres Verstecks halbwegs auszuhalten, bettete sie ihren Kopf auf die Hände.

Laute Befehle drangen an ihr Ohr. Abermals hörte sie das Klirren von Stahl und einen lang gezogenen Schrei. Waren sie tatsächlich Opfer eines Überfalls geworden? Großer Gott!, dachte Luzia, kannst du nicht einfach dafür sorgen, dass wir heil nach Hause kommen? Die Vorstellung, was ihr die Wege-lagerer antun könnten, verstärkte ihre Angst zusätzlich. Sie tas-tete nach dem kleinen Dolch, den ihr Claude zugesteckt hatte und den sie neben den Münzen in eine Tasche ihres Kleides eingenäht hatte. Als sie das kalte Metall zwischen ihren Fingern spürte, war es, als flüsterte ihr das geschmiedete Eisen etwas zu. Luzia spürte seine Kraft. Die Macht des Feuers und die Kraft des Erzes wurden in ihrer Hand zu Entschlossenheit und Stärke. Die beiden alten Männer meinten es zwar gut mit ihr, aber im Notfall würden sie ihr keinerlei Schutz bieten können.

Ohne auf die mahnenden Worte ihrer Reisegefährten zu ach-ten, befreite sich Luzia wieder aus ihrem Versteck und packte den Dolch wie eine Waffe. Die gut 15 Zentimeter lange Klinge vermochte, einen Menschen zu töten. Luzia war wild entschlos-sen, sich keine Gewalt mehr antun zu lassen. Sie würde sich zur

Wehr setzen! Nie mehr sollte ein Vergewaltiger sich an sie heranwagen! Nie mehr!

Letztlich blieb ihr der Griff zur Waffe aber erspart. Ohne allzu große Mühe gelang es den Söldnern, das Gesindel in die Flucht zu schlagen. Die Achse indessen war bald repariert, und so konnte die Fahrt schon kurze Zeit später weitergehen.

Allen saß die Aufregung noch in den Knochen, aber Luzia war froh, dass die Reise endlich weiterging. Zuerst suchte sie ein wenig Ablenkung, indem sie durch das kleine Fensterchen sah. Doch diese Art der Zerstreuung wurde auf die Dauer anstrengend, denn sie war beständig gezwungen, den Hals zu recken, um überhaupt etwas zu sehen. Als sich ihr Herz beruhigt hatte, stahlen sich ihre Gedanken in ihr glückliches Leben in Seefelden zurück. Ein warmes Gefühl von Heimat streifte sie, als sie an ihre Tante Elisabeth dachte. Luzia sehnte sich wie lange nicht mehr in die schützenden Arme ihrer Pflegemutter. Mit Wehmut dachte sie an all die wunderbaren Speisen ihrer Kindheit – Äpfel in Sirup, Aalpastete in Senftunke oder das Hutzelbrot, welches mit getrockneten Birnen, Zimt und Ingwer nach Herzenswärme und Trost schmeckte.

Bevor die Tränen, die bereits hinter ihren Augäpfeln pochten, ihre Wangen netzten, schluckte sie rasch und angelte nach Pater Wendelins letztem Brief.

Meine liebe Luzia,

ich hoffe, dir geht es wohl und du bist gesund! Der Grund meines Briefes ist leider kein erfreulicher …
Mein liebes Kind, selbst wenn es mich noch so sehr in der Seele schmerzt, muss ich dich davon unterrichten, dass deine Tante Elisabeth zu ihrem Schöpfer heimgekehrt ist. Die Trauer um Jakob hat ihre Seele über

die Monate in ein dickes graues Tuch gehüllt. Nicht einmal die Stimme des Allmächtigen war in der Lage, durch die immerwährende Nacht ihrer Gedankenwelt zu dringen. Bis sie während einer Nacht im Eismond Jakob in den Bodensee gefolgt. Obwohl man ihren Leichnam nie gefunden hat, wollten ein paar Fischer gesehen haben, wie sie in den eisigen Fluten versank, als sie dabei waren, ihre Netze für die Nacht auszubringen. Ach, Luzia, es tut mir so leid! Zu meinem Leidwesen weilte ich ausgerechnet zu diesem Zeitpunkt im Kloster zu Sankt Gallen. So war es auch mir nicht möglich, das Unglück zu verhindern. Meine Gedanken sind in diesen Stunden bei dir und ich hoffe sehr, dass es mir vergönnt ist, dich in diesem Leben wiederzusehen.

Herzlichst grüßt dich Pater Wendelin

Seefelden zum Tag der Heiligen Walburga im Eismond des Jahres 1492

Bittere Vorwürfe marterten nicht zum ersten Mal Luzias Herz. Wie schwer musste die Seele wiegen, wenn der Tod die einzige Lösung sein konnte? Wenn die Flucht aus einer Welt, die zu Stein geworden war, besser schien als die ewigen Qualen der Hölle, die einen Selbstmörder erwartete? Zum wiederholten Male fragte sich Luzia, ob sie das furchtbare Ende ihrer Tante hätte verhindern können, wenn sie in Seefelden gewesen wäre? Rasch bedeckte sie ihr Gesicht mit den Händen. Auf keinen Fall wollte sie riskieren, dass die älteren Herren Zeuge ihrer Tränen wurden. Obwohl ihre Gedanken unentwegt um das furchtbare Unglück kreisten, ermüdete sie der scharfe Schmerz in ihrem Unterleib schon bald wieder. Die Strapazen des Über-

falls und das monotone Rattern des Wagens legten einen blei-
schweren Mantel um Luzias Schultern und zogen sie bald in
einen unruhigen Schlaf.

»Folge deinem Herzen. Es kennt den Weg!«, mahnte Elisabeth mit erhobenem Zeigefinger.

Obschon Luzia sogar im Traum wusste, dass die Tante
bereits vor einem halben Jahr verstorben war, berührten ihre
eindringlich gesprochenen Worte ihr Innerstes und brachten
dort etwas zum Klingen. Beim anschließenden Gang über den
Marktplatz sah sie das prächtige Rathaus der Ravensburger
und die feinen Häuser der Patrizier. Die schmalen Gassen und
die Liebfrauenkirche, die in der Nähe des Frauentors thronte.
Mit langen Schritten eilte sie die feine Marktstraße hinauf, und
dort am Brunnen begegnete sie endlich Johannes! Als habe
ihr Herz allein auf diese Begegnung gewartete, war ihr, als
setze es im Traum ein paar Male aus. Johannes von der Wehr,
der Stadtmedicus – Luzia sah ihn, wie sie ihn vor vielen Jahren zum allerersten Mal getroffen hatte. Sein glattes bartloses
Gesicht mit der geraden Nase wirkte ernst und verschlossen,
seine grauen Augen trugen Spuren von Trauer und Schmerz.

Mit einem Mal veränderten sich die Farben um sie. Es war,
als wäre die Welt nicht mehr bunt, sondern grau und kalt.
Gott hatte zugelassen, dass seine Diener einen Vorhang aus
Missgunst, Neid und Hass über die farbenfrohe Bühne legten,
die einst ihr Leben gewesen war. Schwarze Wolken schoben
sich immer dichter vor das blaue Himmelsfenster. Fast streiften sie den Kirchturm. Unter der Last der bösen Gedanken
erstickten sie jeden Funken Hoffnung und erstarrten zu scharfen Eiskristallen, die den mörderischen Weg in ihre Seele fanden. Erneut sah Luzia den feuchten, dunklen Kerker, in dessen Tiefe sich selbst der Tod fürchtete, und aus dem es kein
Entrinnen gab. In den endlos scheinenden Tagen und Näch-

ten der Folter, während ihr Leib allein aus Schmerz bestand, die ihr Heinrich Kramer im Namen der Heiligen Inquisition zugefügt hatte, sehnte sie sich nach einer Tür.

Johannes, dachte sie im Traum. Allein dir habe ich mein Leben zu verdanken. Doch nach alledem, was mir die Schergen der Inquisition angetan haben, wurde meine Furcht, deine Nähe nicht zu ertragen, übermächtig. Und die Angst, dich zu enttäuschen, war mächtiger als der Wunsch, mit dir zu leben. Nun habe ich kein Recht mehr auf dich …

Als Johannes von der Wehr die Nikolauskirche betrat, war er der einzige Besucher. Außerhalb der Messen, die mehrmals am Tag stattfanden, blieb es in der großen Hallenkirche völlig still. Jetzt, um die Mittagszeit, ruhten selbst die Hämmer der Steinmetze, die dem weitläufigen Chorraum weitere Seitenaltäre hinzufügten.

Während er gemessenen Schrittes das Langhaus durchmaß und dem fertiggestellten rechten Seitenschiff zustrebte, hallten seine Schritte laut und wie die eines Eindringlings. Der schwere Geruch von Weihrauch und ranzigem Fett vernebelte ihm die Sinne. Johannes' Blick wanderte zum Altar, bevor er über das prächtige Kreuzrippengewölbe der Decke und die majestätischen Säulen zum bunten Westwerk glitt. Die stille Marktkirche Sankt Nikolaus wirkte erhaben und weitläufig.

Vor dem Marienaltar entzündete er eine echte Wachskerze, die er, wie all die Jahre zuvor, bei den Franziskanern gekauft hatte. Am Jahrestag dankte er Gott, dass er ihm in jener Nacht die Kraft gegeben hatte, Luzia zu retten. Während er den jungfräulichen Docht an eine flackernde Flamme hielt, lächelte die Madonna milde und gütig auf ihn herab. Er fragte sich, ob es Gott überhaupt gab. Doch weshalb entzündete er sonst jedes Jahr diese verdammte Kerze? Freilich stand ihm als Confrater der Johanniter eine solche Frage überhaupt nicht zu, dennoch war sein Herz von tiefem Zweifel erfüllt, wenn es um den Allmächtigen ging.

Müde barg er sein Gesicht in den Händen. Ob es ihm je vergönnt sein würde, Luzia wiederzusehen? Pater Wendelin hatte lange Zeit keinen Brief mehr von ihr erhalten. Wo war Gott jetzt? Warum antwortete er nie auf seine Fragen? Warum schenkte ihm der Allmächtige weder Trost noch Hoffnung?

Zum Teufel!, dachte er unwillig, erhob sich von dem unbequemen Betstuhl und eilte hinaus.

7

DIE WAGENKOLONNE der *Ravensburger Fernhandelsgesell-schaft* war zuerst der Rhône gefolgt und hatte nach ein paar Tagen Lyon erreicht. Entlang des träge dahinplätschernden Flusses hatte sich langsam auch die Landschaft verändert. Wenn Luzia aus der winzigen Fensterluke nach draußen blickte, sah sie nicht mehr die knorrigen Olivenbäume, deren Laub weithin silbern leuchtete, und auch die großblättrigen Feigenbäume wichen mehr und mehr den Buchenwäldern, den Eichen und Birken. Die Wiesen wirkten grüner und schienen weit weniger verbrannt als das gelbbraune Stroh ganz im Süden des Landes. Wenn ihnen Handelszüge entgegenkamen, tauschten sich die vorausreitenden Söldner über lauernde Gefahren und den Zustand des bereits zurückgelegten Weges aus.

In Lyon kauften die Fernhändler Silber und Wachs. Daneben führte der Handelszug, dessen Reise in Spanien begonnen hatte, Reis, Datteln, Zitronen und Zuckerhut. In Genf wollten die Handelsherren ihre Ladung mit einigen Ballen Hanfleinwand vervollständigen. Ab Lyon folgten die Wagen zeitweise dem Jakobsweg und den um einiges prachtvolleren Hellwegen. Die großen Königsstraßen erwiesen sich als weitaus bequemer und ungefährlicher als die holprigen Pilgerwege, die vom Grab des Heiligen Jakob in Santiago de Compostela in alle Welt führten.

Wann immer sich die Reisenden müde und hungrig vor dem Versorgungszelt versammelten, um einen Napf heiße Suppe und einen Kanten Brot zu erhalten, erklang die vertraute Muttersprache, die ein wohliges Kribbeln in Luzias Bauch hervorrief.

Sie selbst sprach mit den anderen Reisenden nur das Allernötigste, und die Männer, mit welchen sie den Wagen teilte, hatten sich längst an ihre Schweigsamkeit gewöhnt. Bald richtete niemand mehr das Wort an sie.

Lediglich der Fernhändler, dem der Wagenzug gehörte, ein greiser, schwergewichtiger Mann, dessen fahles Gesicht auf ein inneres Gebrechen hindeutete, schien Luzias Gesellschaft zu suchen. Aber Luzia erwiderte seine Bemühungen nicht, sondern gab sich still und verschlossen. Erst recht ging sie ihm aus dem Weg, als sie schließlich entdeckt hatte, dass dieser Fernhändler Egidius Salzmann war! Das Herz war ihr stehen geblieben. Denn was würde geschehen, wenn Salzmann in ihr die von der Inquisition zum Feuertod verurteilten Hexe Luzia Gassner erkannte?

Die Nächte verbrachten sie oft in einfachen Zelten, deren Wachstuchplanen Wind und Regen nur mäßig abhielten. Manchmal mieteten sich die Reisenden auch in billigen Gasthäusern ein. Hier wie dort teilte Luzia das enge Nachtlager mit den Trosshuren, die die abweisende Luzia größtenteils in Ruhe ließen, weil sie sich so abweisend präsentierte, dass sie sich bald selbst nicht mehr mochte.

Nach einem dramatischen Wetterumschwung in den Alpen war es in den höheren Lagen zur ersten geschlossenen Schneedecke des Winters gekommen. Entsprechend mühsam und äußerst gefährlich gestaltete sich der Alpabstieg. Die Kälte, das Eingesperrtsein und der Mangel an Wasser bereiteten Luzia zunehmend Verdruss. Das enge Kleid und erst recht die verflixte Haube raubten ihr gar den letzten Nerv. Sie war das Frausein nicht mehr gewohnt und ertrug die begehrlichen Blicke der Männer nicht. In einen Talar gekleidet, wäre ihr das niemals passiert. Ein Talar bedeutete Macht, Respekt und Einfluss. An einer Frau wetzten sich die Männer lediglich die Zähne.

Eines Abends, als sich Luzia müde und gerädert von der Fahrt auf ihrem Lager ausstrecken wollte, empfing Lilli, die jüngste der drei Huren, einen ihrer Freier auf Luzias Fehpelzdecke.

Luzia konnte ihren Widerwillen nicht mehr bändigen und schrie die andere an: »Mach, dass du fortkommst! Hinaus!« Ungehalten warf sie Lillis Beutel, ihre Kleidung und die restliche Unordnung aus Kämmen, Haarbändern und Döschen hinterher. Keine der beiden Hübschlerinnen achtete auf Sauberkeit, und allein beim Anblick des Schmutzes verspürte Luzia zunehmende Übelkeit. Überall klebten die zerquetschten Läuse, mit welchen sie sich Lippen und Wangen färbten. Außerdem mochte Luzia ihr unentwegtes Gekicher nicht mehr hören. Ihre glucksenden Laute gingen ihr ebenso auf die Nerven wie die zahlreichen Floh- und Wanzenbisse. Aufgebracht schleuderte sie die Decke an den Rand der Flammen.

»Gute Frau«, rief der Wachmann beruhigend, »was hat Euch die wertvolle Decke denn getan, dass sie ein solch elendes Ende verdient?«

»Was?«, fauchte Luzia böse und drehte sich in die Richtung des Hüters.

Der Wachmann zog die Decke aus der Reichweite der Flammen und reichte sie Luzia. »Legt sie in den Schnee. Das macht sie wieder sauber und nimmt sogar die Flecke, die Euch am meisten stören.«

Sein Ratschlag und sein kameradschaftliches Zwinkern besserten Luzias Laune nicht unbedingt. Seit 19 Tagen war sie nun schon gezwungen, bei Tag und während der Nacht diese lästige, eng anliegende Haube zu tragen. Das Maß dessen, was sie ertragen konnte, war eindeutig überschritten! Luzia ließ ihre aufgestaute Wut am Fehpelz aus, zog ihn durch den Schnee und walkte ihn mit Eisbrocken, bis ihre Hände blau gefroren waren und schmerzten.

Doch weitaus größere Sorgen bereitete Luzia das, was vor ihr lag. Schließlich befand sie sich auf dem Weg in ein Leben, das sie nicht mehr kannte. Und sie hatte keine Ahnung, was sie am Bodensee erwartete. Zu ihrer düsteren Stimmung gesellte sich mehr und mehr die Angst, in der Heimat nicht mehr willkommen zu sein.

Inzwischen waren sie mehr als 20 Tage unterwegs. Allein der Alpabstieg hatte sie fünf Tage gekostet. Sofern nun nichts mehr dazwischenkam, würden sie den Bodensee in weiteren 14 Tagen erreichen.

Als die Schatten wieder länger wurden, lag wie aus dem Nichts kommend die grüne Perle des Lac Léman zu ihren Füßen. Luzia spürte ihr wehes Herz bei jedem Atemzug, und doch konnte sie nicht leugnen, dass sie beim Anblick des schimmernden Gewässers Freude empfand. Die Landschaft des Genfer Sees glich ihrer Heimat am Bodensee so sehr, dass ihr die Tränen kamen. Ganz wie der Bodensee lag der Genfer See in einem mächtigen Bett aus hohen Bergmassiven und ewigem Eis. Hier wie dort schlummerten unter den spiegelnden Wassertropfen uralte Geschichten, die schon seit Menschengedenken ihre spannende Reise von Mund zu Mund antraten.

Während die Handelsherren den Mautnern an der Zollstation Château de Chillon Rede und Antwort standen und das Wegegeld entrichteten, vertrat sich Luzia die Füße und bewunderte den wehrhaften Bau des Wasserschlosses, das keck auf einer Felsnase stand. Seine Bauweise erinnerte sie an die massive Wehranlage der Meersburg. Schnell warf sie die Schuhe von sich und löste die fleckigen Fußlappen von den völlig verdreckten Füßen. Das eiskalte Wasser umschloss ihre Haut mit glasklaren Gletscherperlen. Während Luzia die spitzen Nadeln der Kälte genoss, entzündete die untergehende Herbstsonne ein glühendes Feuer am Horizont und tauchte die Landschaft in Purpur und Gold.

»Ihr kamt mir vom ersten Tag an bekannt vor, und nun weiß ich endlich, wo ich Euch das erste Mal gesehen habe.«

Luzia fuhr herum und ruderte mit den Armen, weil der Schreck sie aus dem Gleichgewicht gebracht hatte. Josie, die ältere der Trosshuren, stand mit gelöstem Haar dicht neben ihr und stemmte die Hände in die Hüften.

Bereits zuvor hatte die ältere Frau Luzias Nähe gesucht. Lebhaft hatte sie ihr erklärt, welche Mittel sie anwandte, um eine ungewollte Empfängnis zu verhindern. Mit Schaudern dachte Luzia an das getrocknete Herz einer Maus und das abgetrennte Bein eines Wiesels, welches Josie, mit durchbohrten Steinen, Kinderzähnen und Haaren zu einer Kette gebunden, um den Hals trug. Luzia hatte ihr allerdings geraten, lieber den feuchten Samen aus ihrem Leib zu spülen und einen essiggetränkten Schwamm in die Vagina einzuführen, bevor sie den nächsten Freier empfing.

»Ihr seid die Wehmutter, die mich im Antoniterspital zu Ravensburg wieder zusammengeflickt hat. Unser Handelszug wurde überfallen, und diese dreckigen Straßenräuber haben mich geschändet. Erinnert Ihr Euch?«

Luzia vernahm Josies Worte nur am Rand. Grauen befiel sie und eröffnete ihr das ganze schreckliche Ausmaß dieses Wiedererkennens. Wenn Josie sie verriet … Noch immer war sie eine zum Feuertod verurteilte Hexe. Was sollte sie nun tun? Etwa auf das Wohlwollen der Hübschlerin hoffen oder eine noch eisigere Maske der Unnahbarkeit zur Schau tragen?

»Mag sein. Sicher ist das schon lange her, und ich erinnere mich nicht an jedes Gesicht …« Luzia wollte sich abwenden, doch die andere hielt sie am Arm fest.

»Dann lebt Ihr also? Die Leute haben sich die schaurigsten Geschichten erzählt. Nachdem die Büttel bereits Euren Scheiterhaufen aufgeschichtet hatten, seid Ihr urplötzlich verschwunden. Der Teufel habe Euch geholt und sei mit einem schwarzen Rauch geradewegs aus dem Grünen Turm entschwunden. In derselben Nacht fiel Kaplan Grumper einer abscheulichen Bluttat zum Opfer. Denkt nur, am Abend zuvor hat er noch die Messe gelesen. Als ihn die Büttel wenige Stunden später fanden, war er aufgespießt, und das Rabenvolk hatte ihm bereits Herz und Augen herausgepickt. Ist das nicht unheimlich?«, schwatzte sie munter weiter.

»Nein«, flüsterte Luzia mehr zu sich selbst und ließ die verwunderte Josie stehen. Die düsteren Schatten der Vergangenheit hatten sie eingeholt, und das lange bevor sie ihre Heimat erreicht hatte.

Nachdem die Zollabfertigung und das Entrichten der Wegegelder unmäßig viel Zeit beansprucht hatte, beschlossen die Handelsherren kurzerhand, die Zelte am Ufer des Genfer Sees aufzubauen. So errichteten die Männer des Geleits ein kleines Zeltdorf, in dessen Mitte schon bald ein wärmendes Feuer knisterte. Die Zelte, deren lebendige Farben durch Sonne und Regen verblasst waren, wirkten wie graue Schneckenhäuser, die das nun nebelverhangene Ufer säumten.

Luzia ertappte sich bei dem Gedanken, froh zu sein, wieder einmal eine Nacht ohne die eilfertigen Bemühungen eines schmierigen Gastwirts verbringen zu können. Letztlich hofften die Besitzer der Schankstuben immer darauf, dass Luzia ihnen, genau wie die Trosshuren, das Bett wärmte. In all den Jahren in Montpellier hatte sie die feisten, teils klebrig-feuchten Hände nie vermisst, die wie zufällig in ihren Ausschnitt griffen, um ihre Brüste zu befühlen. Noch abstoßender fand Luzia allerdings jene, die den Frauen ungefragt unter die Röcke griffen, wo sich ihre gierigen Finger sogleich zwischen ihre nackten Schenkel drängten und nach einer willigen Spalte suchten. Luzia hasste die verwanzten Strohsäcke, die ihr die Wirte zuwiesen, weil sie sich kalt und unnahbar gezeigt und auch schon den einen oder anderen geohrfeigt hatte, nachdem er zudringlich geworden war. Wie viel besser würde die Nacht allein in einem der winzigen Zelte werden!

Nachdem sich die Reisenden mit einer dünnen Brotsuppe den Magen gewärmt hatten, trieb sie die kühle Nachtluft in die schützenden Unterkünfte. Als es dunkel wurde, erfüllten zotige Trinklieder und die Geräusche der Lust die feuchtkalte Luft. Aus zwei Zelten drangen neben lustvollem Stöhnen und wohligen Grunzlauten schwülstige Liebeschwüre, welche die Freier in ihrer Verzückung gegen die Zeltwände schleuderten.

Luzia erwachte, als die Dunkelheit von den Schmerzensschreien eines Mannes erfüllt wurde. Müde sah sie zum wolkenverhangenen Nachthimmel. Durch die schwarze Wolkendecke war der Stand des Mondes nicht erkennbar. Ihr Gefühl sagte ihr jedoch, dass die Nachtmitte bereits überschritten war und sie sich in den frühen Morgenstunden befanden. Unflätige Flüche wechselten bald mit lautem Stöhnen. Der Lärm hatte auch ein paar Männer aufgeschreckt, die ihren Gang zum See antraten, um sich dort zu erleichtern.

»Verdammt, Damian, so hilf mir doch, ich kann nicht mehr pissen!« Egidius Salzmanns Stimme zitterte vor Schmerz und Zorn.

Zwei Männer rannten mit eiligen Schritten herbei. Sie trugen ein Nachtgeschirr in das Zelt des Handelsherrn. Nach einer kurzen Stille erhob sich das schmerzerfüllte Geschrei des Kaufmanns erneut. In seiner Not schimpfte und fluchte er in einer Weise, die selbst einem lang gedienten Seemann die Schamröte in die Wangen getrieben hätte.

Luzia überlegte kurz, ob auch sie ihr Zelt verlassen sollte. Schließlich nahm ihr Josie die Entscheidung ab.

»Hört Ihr mich, bitte lasst mich ein!«, rief sie und klopfte gegen die ausgebleichte Zeltplane. Luzia erschrak bis ins Mark. Was sollte sie nur tun? Jedenfalls konnte sie nicht vorgeben, sie habe geschlafen und das Geschrei nicht gehört. Schließlich zog sie ihr abgewetztes Wolltuch enger um die Schultern und trat aus der Wärme in die feuchte Nacht.

»Jungfer ... Frau Dörr, bitte verzeiht! Ich störe Euch nur ungern.«

»Was willst du?«, fragte Luzia bissig.

Josie blinzelte gegen das Licht der Tranfunzel, die Luzia in die Höhe hielt.

»Ich weiß, dass Ihr vorgebt, mich nicht zu kennen, und ich verstehe Euch wirklich gut, aber der Herr benötigt dringend die Hilfe eines Kundigen. Er hat starke Schmerzen im Unterleib und ...«

»Und wieso glaubst du, dass ich ihm helfen kann?«, schnitt Luzia ihr das Wort ab und funkelte Josie wütend an.

»Aber ihr seid doch Wehmutter, da kennt Ihr Euch doch sicher aus ...« Josies Redefluss kam ins Stocken, als sie in Luzias unduldsames Gesicht sah.

»Nun, als Hebamme habe ich es in der Regel mit den Frauen zu tun.«

Josie nickte schwach.

»Was schaust du so entsetzt?«, fuhr Luzia sie an.

»Euer Haar ...«, stotterte Josie.

»Was ist damit? Es ist kurz, und nun?«

»Oh, nichts ... Ich dachte nur, Ihr solltet es besser bedecken, sonst ziehen die Herren am Ende noch falsche Schlüsse.«

Luzia wusste, dass Josie recht hatte, und in Gedanken war sie der zierlichen Frau mit dem erloschenen Gesicht fast dankbar. Nachdem sie ihr kurzes Haar unter der einfachen Haube verborgen hatte, folgte sie Josie zu Salzmanns Zelt. Mochte ihre Angst auch noch so groß sein, sie brachte es nicht fertig, einen Leidenden seinem Schicksal zu überlassen.

Überall lagerten bewaffnete Söldner, die die Frauen aus glasigen Augen musterten und es nicht versäumten, ihnen eindeutige Absichten nachzurufen. Luzia schauderte. Sie hoffte inständig, dass die Betrunkenen sie zufriedenließen, und dass es noch ein paar nüchterne Männer gab, die ihr Lager im Falle eines Angriffs verteidigen konnten.

»Was ist passiert?«, fragte Luzia auf dem Weg zu Salzmanns Zelt.

»Nun, er hat nach mir gerufen und …«

»Erzähl mir einfach nur das Wichtigste«, bat Luzia ungeduldig. »Am besten beginnst du, nachdem ihr beieinander gelegen seid.«

Josie nickte dankbar. Während sie ihrer Arbeit nachging, gab sie sich nicht so verschämt, aber bei einer ehrbaren Frau war das etwas anderes. »Als er sich erleichtern wollte, konnte er keinen einzigen Tropfen von sich geben«, erklärte Josie besorgt. »Später, als er erneut sein Glück versuchte, kam wieder nichts. Nicht ein einziger Tropfen. Stattdessen hat er geflucht, dass Gott erbarm, und behauptet, ich habe ihm die Schmerzen angehext und den Harnfluss versiegen lassen.«

Großer Gott!, dachte Luzia. Bei Josies Worten lief es ihr eiskalt den Rücken hinunter. Hexerei! Weshalb musste bei allem, was sich die Menschen nicht erklären konnten, Hexerei im Spiel sein? Selbstverständlich gehörten Verwünschungen und dergleichen zum ganz gewöhnlichen Alltag der Menschen. Dennoch hatte sie während ihres Studiums eine andere Sicht der Dinge erlangt. Gerade im menschlichen Leib ging nicht alles, was man nicht sehen konnte, mit Teufelswerk einher. Für zahlreiche Erkrankungen gab es eine Erklärung, selbst wenn sie nicht alle heilbar waren.

Nachdem sie das große Zelt des Handelsherrn erreicht hatten, klopfte Josie vorsichtig gegen die wettergegerbten Zeltbahnen. Als sie eintraten, saß Egidius Salzmann mit schmerzverzerrtem Gesicht auf einem Hocker in der Ecke. Eine gut gefüllte Kohlenpfanne wärmte ihn.

Der wohlhabende Fernhändler glaubte, sein letztes Stündlein hätte geschlagen. Er stöhnte laut vor sich hin, aber das half auch nichts. Nie hatte er einen Schmerz als so vernichtend empfunden wie diese brennend scharfe Marter, die ihm fast den Verstand raubte. Und alles hatte erst begonnen, nachdem ihm das schnurrende Kätzchen zu wunderbaren Freuden verholfen hatte. Seitdem beherbergte er einen Unhold, der sein scharfes Messer quer durch den Unterleib und in die edlen Mannesteile trieb. Dazu beschlich ihn mehr und mehr die Angst, er könnte einfach platzen.

Schuhe, Hose und Wams lagen verstreut neben dem Feldbett. Während er die Hände auf den entblößten Unterleib presste, schaukelte er wie ein Kind vor und zurück. Von Zeit zu Zeit versetzte er Damian, der zwischen seinen Beinen hockte und ein blechernes Gefäß hielt, einen zornigen Tritt. »Verdammt noch mal, Damian, so tu doch was! Ich halte diesen verfluchten Schmerz nicht mehr aus! Die Pisse steigt mir bis ins Hirn und lässt mir Würmer wachsen!«, brüllte Salzmann in seiner Verzweiflung und krallte seine Finger in das Wams des jungen Mannes.

»Herr, vielleicht kann Euch Frau Dörr ja helfen. Schließlich ist sie … Wehmutter und hat sicher schon vieles behandelt«, begann Josie vorsichtig.

Salzmann war zu schwach, um gegen die Anwesenheit dieser fremden Frau zu protestieren. Im Grunde war es ihm völlig gleichgültig, was diese Weibsperson von ihm dachte, solang sie ihm eine Medizin gab, die sein Leiden linderte.

Sie stellte ein paar Fragen, die allesamt von Damian und dem Leibdiener beantwortet wurden, während Salzmann abwechselnd fluchte und jammerte.

»Also!«, richtete Salzmann schließlich das Wort an sie. Die spitze Welle des Schmerzes ebbte gerade ein wenig ab, sodass er Luft bekam. »Gebt mir Euer Pulver oder was immer mir aus dieser verdammten Misere helfen soll, und steht nicht nur herum und haltet Maulaffen feil!«

Luzia schüttelte den Kopf. »Ich fürchte, dass es mit einem Pulver nicht getan ist«, gab sie ruhig zurück. »Genaueres kann ich allerdings erst sagen, nachdem ich Euch untersucht habe.«

Salzmann glaubte, sich verhört zu haben. So etwas Dreistes war ihm bislang noch nicht untergekommen. Was bildete sich diese Weibsperson eigentlich ein? War sie doch um vieles jünger als die Hure aus dem Frauenhaus, die ihm dieses Elend erst eingebrockt hatte. »Nie und nimmer!«, brüllte er entrüstet. »Oder glaubt Ihr allen Ernstes, ich lasse mein bestes Stück von einer Hebamme untersuchen?«

In diesem Augenblick kam der Schmerz zurück. Schlimmer noch als die Wellen davor trieb er ihm die Tränen in die Augen und versetzte ihn in einen Zustand der Verzweiflung. Vielleicht sollte er einfach ins Wasser gehen, wenn es schon nicht aus ihm herausfloss. Salzmann raufte sich die spärlichen grauen Haare, die ihm noch geblieben waren.

»Dann kann der Schmerz nicht allzu schlimm sein!«, gab die Frau achselzuckend zurück und war im Begriff, das Zelt zu verlassen.

Salzmann schnappte nach Luft. Kruzitürken! Es musste doch einen anderen Weg geben, der ihm Erleichterung verschaffte, als ausgerechnet die Hilfe dieser verdammten Weibsperson. »Wartet!« Er musste innehalten, bis der feuerspeiende Drache in seinem Unterleib selbst Atem schöpfte. »Ich … ich habe nicht gesagt … dass Ihr gehen könnt. Oder wollt Ihr etwa den Rest der Reise ohne … Begleitschutz antreten?«

Luzia hob die Schultern. Ihr Blick verriet, dass sie nicht bereit war, sich mit ihm herumzuärgern.

»Nun, soviel ich weiß, hat Euch Professor Ibn Faris für meine Reise fürstlich entlohnt. Ich schulde Euch, was dies anbelangt, nicht das Geringste! Solltet Ihr allerdings meiner Hilfe bedürfen, so werde ich sie Euch gerne gewähren. Doch dann stelle ich Euch einen Batzen und drei Kreuzer in Rechnung, merkt Euch das! Solltet Ihr es Euch anders überlegen, schickt nach mir. Ihr wisst ja, wo Ihr mich findet. Und nun empfehle ich mich. Ich wünsche Euch eine geruhsame Nacht!«

Nicht sehr viel später, als Luzia sich wieder auf ihrem unbequemen Lager herumwälzte, klopfte es erneut. Sie erkannte Damians Stimme und eine gewisse Dringlichkeit darin, da sie sich beim Vortragen seiner Bitte fast überschlug.

»Ich fürchte, mein Herr stirbt unter seiner Qual«, beschwor er Luzia mit ängstlicher Miene.

»Glaub mir, so schnell stirbt es sich nicht. Zuvor hat Gott noch ein Meer an Leid befohlen. Und durch ein Harnverhalten ist bislang noch nie jemand zu Tode gekommen.«

»Wie meint Ihr?«, fragte er.

Luzia strich sich die frechen roten Locken aus dem Gesicht und klemmte sie hinter die Ohren. »Mir ist nie zu Ohren gekommen, dass jemand gestorben ist, nur weil er nicht pinkeln konnte.«

Damian nickte dankbar, drängte aber nun zur Eile.

Als sie das überhitzte Zelt betraten, spürte Luzia die Angst und den Schmerz des schwergewichtigen Mannes fast körperlich.

»Euer Haar ist unbedeckt. Das ist viel zu gefährlich!«, flüsterte Josie und zog Luzia in eine Ecke des Zeltes, wo sich Salzmann für gewöhnlich hinter einem kleinen Wandschirm umkleidete. »Hier, nehmt meine Haube.«

Luzia durchströmte ein Gefühl von Dankbarkeit, als sie sich das große Ungetüm aus Leinen über das Haar zog. »Ihr habt es Euch also anders überlegt?«, fragte sie kühl, als sie an Salzmanns Stuhl trat.

Der Fernhändler nickte und presste die Finger auf die Lippen, bis diese blutleer waren. »Wir … wir sollten einen Pfarrer kommen lassen. Ein schrecklicher Dämon hat sich meiner bemächtigt, der mich nun langsam zu Tode martert«, brüllte er aus Leibeskräften und versank gleich darauf in ein Wimmern. Mittlerweile wirkte sein gedunsenes Gesicht bleich wie weißer Käse. Auf seinen wulstigen Lippen hatten sich kleine Scheißtropfen gebildet, und sein umherirrender Blick suchte nach Linderung.

Luzia schüttelte den Kopf. »Unsinn! Es gibt keinen Dämon, der Euch schadet.«

»Verdammt noch mal … und wieso … wieso … kann ich dann nicht pissen?«

»Sollte meine Rechnung stimmen, durchwandert der Mond heute und morgen das Sternbild des Skorpions. Die Kälte und Feuchte des Skorpions beherrschen unter anderem die Harnwege. Und wenn mich mein Gefühl nicht täuscht, befinden wir uns gegen die fünfte Morgenstunde, oder?«

Damian sah zur Stundenkerze, die in einer Ecke tapfer gegen die Dunkelheit ankämpfte, und nickte.

»Zwischen 3 und 5 Uhr ist die Blase besonders empfindlich. Oft machen sich um diese Zeit Blasensteine auf den Weg, um die Harnwege zu verengen und den Urinfluss zum Erliegen zu bringen. Ich kann Euch Erleichterung verschaffen, indem ich versuche, den Weg freizumachen«, erklärte Luzia so ruhig wie möglich.

Wie ein Keulenschlag durchströmte sie die Erkenntnis, dass sie nicht ein einziges chirurgisches Instrument besaß und keine schmerzlindernde Medizin dabeihatte. Was im Hospital kein allzu großes Problem darstellte, gestaltete sich hier in der freien Natur als unüberwindbares Hindernis. Um dem Fernhändler helfen zu können, benötigte sie einen Blasenkatheter. Doch ein solcher musste erst vom Schmied in Form eines dünnen, leicht gebogenen Röhrchens anfertigt werden.

Luzia spürte, wie ihr der Schweiß ausbrach und in einem dünnen Rinnsal den Rücken hinunterlief. Was sollte sie tun? Wo fand man unter Gottes freiem Himmel ein glattes, stabiles Röhrchen? In welch missliche Lage war sie hier nur geraten? Ihre angstvollen Gedanken drehten sich in einem wilden Kreis. Sie hätte es schon Stunden zuvor in der Hand gehabt, nach einer Lösung zu suchen. Sie als Medica hätte wissen müssen, dass sich der Schmerz des Mannes ins Unerträgliche steigern würde.

Luzia spürte Damians fragende Blicke auf sich ruhen und wusste genau, was der Knecht in diesem Augenblick dachte. Sie wandte sich ab, weil sie nicht wollte, dass auch er in ihren verzweifelten Zügen las, dass sie nicht weiterwusste. Sie schloss einen Atemzug lang die Augen.

»Selbst wenn es scheint, der Sand der Zeit rinne durch eure Finger, kommt erst zur Ruhe! Dies soll stets der Anfang eures Handelns sein!«, hallte Ibn Faris' Stimme in ihrer Erinnerung. Schließlich ging sie ein paar Schritte und überlegte, was sie über das Katheterisieren wusste. Dass Salzmann entsetzliche Schmerzen litt, war unbestritten, und dass lediglich dieser Eingriff ihn davon befreien konnte, stand ebenfalls fest. Blieb also die Frage, woher sie auf die Schnelle einen Katheter bekam?

Luzia spürte ihren Mund trocken werden. Herrgott, irgendetwas musste sich doch finden lassen, was sie, ohne die Harnröhre zu verletzen, bis zur Blase vorschieben konnte! Während ihr langsam die Zeit davonlief, brüllte sich Salzmann die Seele aus dem Leib. Großer Gott, dachte Luzia, wieso konnte sie jetzt nicht Ibn Faris um Rat fragen oder wenigstens Professor Rosenzweig? Sie musste einen Gegenstand zweckentfremden, um Salzmanns Blase zu entleeren. In ihrem Kopf hämmerte ein ganzes Bergwerk. Luzia zwang sich zur Ruhe und atmete tief. Langsam formte sich eine Idee. Eine äußerst gewagte zwar, aber einen Versuch war es allemal wert …

»Damian«, wandte sie sich an den Diener, »seid so gut und sucht mir ein paar sehr schlanke Schilfrohre. Sie sollen sowohl stark als auch biegsam sein. Bringt mir bitte die zartesten, die Ihr finden könnt. Dazu einen Eimer Wasser und ein sauberes Tuch.«

Damian wirkte verwirrt, machte sich aber auf, das Gewünschte zu besorgen.

»Und Ihr stellt einen Kessel Wasser aufs Feuer. Und bringt mir jedes verfügbare Licht«, verlangte sie von Salzmanns Leibdiener.

Während Damian mit Branntwein versetzten Wein erhitzte und seinem Herrn zu trinken gab, bettete der Leibdiener den schwer atmenden Mann auf das Feldbett, um das Luzia mittlerweile alle verfügbaren Lichtquellen hatte aufstellen lassen. Anschließend ließ sie warme Steine bringen. »Die Wärme wird Euch guttun.«

Salzmann sah sie aus glasigen Augen an, als sie ein sehr dünnes und doch stabiles Schilfrohr wählte, welches sie mit einem scharfen Messer aus dem Küchenzelt von jeder Unebenheit befreite. »Was um Gottes willen habt Ihr vor? Ihr wollt doch nicht etwa …«, stammelte er.

»Habt keine Sorge! Ich mache das nicht zum ersten Mal.« Aber zum allerersten Mal mit einem Stück Schilfrohr, dachte

Luzia und schluckte die Panik hinunter, die sich hinter ihrem Herzen gebildet hatte. Gleichzeitig bedachte sie die Konsequenzen, sollte dieser Eingriff misslingen. Salzmann war kein Mensch, dem man langes Federlesen nachsagte. Aber sie konnte den Leidenden nicht einfach seinem Schicksal überlassen. Der dicke Mann wand sich unter dem immer stärker werdenden Schmerz und weinte leise.

Es glich einem ernsten und stillen Ritus, als Luzia im flackernden Licht der Tranlampen ihre Hände und Arme bis hinauf zu den Ellenbogen wusch. Ibn Faris hatte die Waschung dem islamischen Glauben entliehen, sie vor jede seiner Handlungen gestellt und sie gleichfalls von seinen Studenten verlangt. »Das saubere und reine Wasser reinigt nicht nur die Hände, es reinigt auch den Geist und bringt Klarheit in all euer Handeln!«, vernahm sie die leise Stimme des weisen Lehrers und fühlte sich durch seine Anwesenheit gesegnet.

Luzia erklärte in einfachen Worten, wie sie nun vorgehen würde, und forderte Damian und den etwas älteren Leibdiener auf, ihren Herrn gut festzuhalten. Luzia fürchtete, der Kaufmann würde um sich schlagen, sobald sie sein Glied berührte.

Luzias Hände zitterten leicht, als sie das glatte Schilfrohr ganz vorsichtig in die Harnröhre schob. Ihr Herz trommelte wie der Hammer eines Schmieds gegen ihre Rippen. Und während ihr das Blut in den Kopf stieg und ihre Ohren flutete, schob sie das Schilfrohr Gran für Gran weiter. Schließlich traf sie auf den kleinen Widerstand, von dem sie annahm, dass es sich um den Harnstein handelte. Nun galt es, besondere Vorsicht walten zu lassen, denn sie musste versuchen, den Stein zurück in die Blase zu schieben, ohne dass dieser die Harnröhre verletzte. »Von nun an müssen deine Finger sehen!«, hörte sie Ibn Faris' Stimme.

Schließlich quollen einige Tropfen Blut aus der Harnröhre, und wenige Herzschläge später begann endlich der Harn zu tröpfeln, bis er schließlich als nicht enden wollender Fluss herausströmte.

Salzmann spürte den nachlassenden Druck und die Erleichterung wie ein Gottesgeschenk. Er glaubte, im Himmel zu sein. Sein befreites Stöhnen erfüllte das gesamte Zelt.

Bereits wenige Augenblicke später sank er, seiner Erschöpfung nachgebend, in einen todesgleichen Schlaf, aus dem ihn sein Leibdiener erst am Tag darauf weckte.

Luzia indes fand noch lange keine Ruhe. Sie stand am Wasser, wo sie das Sternbild Orion und den Mond betrachtete, der in einer breiten Sichel hinter einem dunklen Wolkenband hervorkam.

Nachdem am nächsten Morgen die Zelte verpackt waren und die Männer des Geleits den Reisezug endlich für marschbereit erklärt hatten, bestand Egidius Salzmann darauf, Luzia in seinen Reisewagen einzuladen. Erleichtert stellte sie fest, dass sie in ihm einen glühenden Befürworter der Heilkunst und einen neuen Freund gewonnen hatte. Seine Bewunderung steigerte sich nochmals, als sie ihm erklärte, dass diese Behandlung im Hospital mithilfe eines geeigneten Instruments durchgeführt wurde.

»Und Ihr habt mir ausschließlich mit einem Schilfrohr geholfen!«

Luzia nickte. Auch sie wirkte erleichtert.

»Das muss man Euch lassen, Ihr seid ein kluges Mädchen! Und auf den Mund gefallen seid Ihr wahrlich auch nicht. Wenn Ihr nicht bereits andere Pläne hättet, würde ich Euch mit Freuden eine Hebammenstellung in unserem schönen Ravensburg antragen. Ich bin sicher, der Rat würde meine Empfehlung mit Freude aufnehmen.«

Luzias Herz krampfte sich zusammen. Alles, wenn es sein muss, auch die Hölle, nur das nicht!, dachte sie und spürte, wie ihr jegliche Farbe aus dem Gesicht wich. Um ein wenig Zeit zu gewinnen, räusperte sie sich umständlich. »Ich danke Euch für das Vertrauen, welches Ihr in mich setzt, aber ich muss ablehnen. Zu Hause erwartet man mich bereits.«

Sie kamen zügig voran, und im noblen Reisewagen der *Fernhandelsgesellschaft* verging die Zeit wie im Fluge. Luzia schickte etliche Stoßgebete zum Himmel, Salzmann möge nicht noch einmal von einer Anstellung sprechen oder sie letztlich doch noch erkennen. Denn in scheinbar unbeobachteten Momenten spürte sie seinen forschenden Blick auf sich ruhen. Der Fernhändler unterhielt sie gut, und so erfuhr Luzia auch, dass Egidius Salzmann einige stattliche Anwesen in Überlingen sein Eigen nannte.

»Immerhin ist Überlingen eine der wohlhabendsten Städte im gesamten Bodenseegebiet. Was man leider Gottes auch an den hohen Steuern ersehen kann.« Er seufzte und rieb sich den grauen Bart. »Ihr müsst wissen, ich habe längst beschlossen, meinen Alterssitz dort zu beziehen. Die Geschäfte überlasse ich schon in wenigen Wochen meinem Sohn. So bin ich Euch doppelt dankbar, denn dies war meine letzte Handelsfahrt nach Saragossa und die vorletzte überhaupt. Nicht auszudenken, wenn mir dieser Blasenstein die Freude auf ein paar geruhsame Jahre genommen hätte.«

»Ich wünsche Euch von Herzen, dass der Blasenstein Euch keine Schwierigkeiten mehr bereitet«, erklärte Luzia. »Andernfalls müsst Ihr ihn entfernen lassen. Ich rate Euch, genießt Bier und Fleisch nur in Maßen und trinkt viele Male am Tag Steinbrech und Goldrute, gesotten in weißem Wein. Vielleicht löst sich der Störenfried dann auf und lässt Euch für den Rest Eurer Tage in Ruhe.«

Salzmann nickte ergeben. »Alles!«, gab er zurück und legte die Hand zum Schwur auf sein Herz. »Ich trinke die scheußlichsten Mixturen. Esse, wenn Ihr wollt, auch Krötenaugen oder das noch schlagende Herz einer Ratte, solang ich fortan von diesem Schmerz verschont bleibe.«

Luzia lachte. »Na, so speziell werden meine Verordnungen wohl niemals sein.«

Salzmann hob die Schultern und fiel in ihr Lachen ein. »Nun, ich bin immer noch überwältigt, über welch weitreichendes Wissen eine Hebamme verfügt! Oder seid Ihr am Ende eine Medica? Während meiner Fahrten nach Italien hörte ich von solch wunderlichen Frauen. In Salerno bleiben ihnen nicht einmal die Hochschulen verschlossen. Aber Ihr seid ja in Montpellier gewesen. Dort ist es meines Wissens anders. Oder habt Ihr andere Wege gefunden, Euch das Wissen einer Medica anzueignen?«

Luzia spürte, wie sich ihre Wangen röteten.

»Also doch!« Salzmann freute sich, dass er mit seiner Vermutung richtig lag. »Potz Blitz! Dann habt Ihr etwa in Montpellier studiert? Ihr könnt es mir ruhig anvertrauen. Ich bin ein Mann, der Neuerungen gegenüber aufgeschlossen ist, und nach dem, was Ihr für mich getan habt, würde ich glatt meinen rechten Arm verwetten, dass ich mit meiner Annahme richtig liege.«

Luzia zögerte, doch dann nickte sie. Mittlerweile hatte sich eine Art Verbundenheit zwischen ihnen entwickelt, und sie hatte Vertrauen zu Salzmann gefasst. Sie würde ihm bald von ihrer Zeit in Montpellier erzählen.

Nachdem der Handelszug Zürich passiert hatte, legte er Rast in Winterthur ein. Man brachte die Pferde in einen Mietstall, und die Reisenden kamen in einfachen Gasthäusern unter. Ein Wirt, dessen Gesicht vor Feuereifer glühte, bat sie in seine Gaststube, die große Behaglichkeit ausstrahlte.

An die mit etlichen Holzschindeln verkleidete Wand schmiegte sich eine breite, mit Fellen und Wollkissen bedeckte Bank. Die Tische trugen allesamt kleine Decken aus blütenweißem Leinen, und aus der angrenzenden Küche wehten die verlockenden Düfte von frisch gebackenem Brot und geschmolzenem Käse herein. Salzmann bat Luzia an seinen Tisch. Nachdem sie ihren Durst mit einer Art Kräuterbier gelöscht und der Wirt eine wunderbare Mahlzeit gereicht hatte, erzählte Luzia ein wenig von der Medizinschule zu Montpellier. Erleichtert stellte sie fest, dass Salzmann weit mehr an den Behandlungsmethoden und dem Krankenhaus interessiert schien, denn an der Medizinschule selbst. Was Luzia unternommen hatte, um als Frau Zugang zu den Wissenschaften zu erlangen, sprach der Kaufmann mit keiner Silbe an. Wofür ihm Luzia dankbar war.

»Ihr seid bei Gott die erste Ärztin, die ich kenne.« Salzmann rieb sich das Kinn. »Ach!«, seufzte er und kreuzte die Arme über seinem gewaltigen Bauch, »mir wäre es eine Freude, wir könnten eine ebenso begabte Ärztin auf der Gemarkung Ravensburg begrüßen.«

Bald erreichten sie Konstanz. Das prachtvolle und mit allen Weihen versehene Conciliumsgebäude, in dem im Jahr 1417 das Konklave zur Wahl von Papst Martin V. stattgefunden hatte, thronte für alle sichtbar am Ufer des Bodensees. Daneben spannte sich zwischen den Rheintortürmen die mächtige Rheinbrücke. Über die Rheingasse, am Pulverturm vorbei, passierte der schwere Handelszug den träge dahinfließenden Seerhein. Luzia sah ein Mühlrad, das die grünblauen Fluten in die Höhe schaufelte und die Kornmühle antrieb.

Als die Wagenkolonne auf der anderen Seite endlich zum Stehen kam, öffnete sie voller Ungeduld die Tür und sprang aus dem dunklen Reisewagen. Sie wollte die Gelegenheit nutzen, um ihre eingeschlafenen Glieder zu wecken und sich ein wenig die Füße vertreten. Eine Zeit lang blickte sie auf die schöne und geschäftige Stadt am anderen Ufer. Während Luzia ihre Hände in die herbstkalten Fluten tauchte und das gurgelnde

Wasser ihre Haut umschloss, durchströmte sie ein seltsames Prickeln, ein Gefühl von Heimat.

»Frau Dörr!«, erklang Salzmanns aufgeregte Stimme hinter ihr. Der beleibte Kaufmann war Luzia schwer atmend den kleinen Hügel hinunter gefolgt. »Jetzt weiß ich es genau!«, sagte er voller Stolz und wischte sich den Schweiß von der Stirn.

»Was wisst Ihr so genau?«, entgegnete Luzia vorsichtig. Irgendetwas in Salzmanns Gesicht sagte ihr, dass sie den Grund für seine Freude nicht teilen würde.

»Wir sind uns schon einmal begegnet. Jetzt erinnere ich mich wieder an Euch. Ihr wart es, die zusammen mit diesem tüchtigen Medicus …«, Salzmann legte die Stirn in Falten, »… zum Teufel mit dem Alter, mir fällt sein Name nicht mehr ein. Aber das ist auch egal. Jedenfalls geht die Rettung unserer besten Kaufleute, einiger Spießgesellen und Reitknechte größtenteils auf Euer Konto! Ihr erinnert Euch?«, hakte er nach.

Luzia erstarrte.

»Zuerst wurde unser Handelszug durch einen kapitalen Überfall geschwächt, um dann während der Ankunft im Schussental in einen Hagelsturm zu geraten. Das Unwetter gilt bis auf den heutigen Tag als die verheerendste Wetterkatastrophe, seit es die *Fernhandelsgesellschaft* gibt.«

Luzia nickte zögernd. Sie hatte sich längst daran erinnert, dass Salzmann sie mit Friko Hofmeister und Julius Zainer im Antoniterspital besucht hatte, wo er ihr zum Dank für ihre Hilfe die Hand gereicht hatte.

»Wisst Ihr, ich bin froh, dass wir uns, durch welchen Zufall auch immer, wieder getroffen haben. Ich hatte seit jeher das Bedürfnis, Euch um Verzeihung zu bitten, und war immer davon überzeugt, dass Ihr noch lebt. Wisst Ihr«, fuhr Salzmann fort, »ich habe schon damals an Eure Unschuld geglaubt, und nach dem Gottesurteil …« Er stockte und rieb sich mit beiden Händen das Gesicht. »Das Gottesurteil, es überzeugte jeden von Eurer Unschuld.«

»Herr Salzmann«, sagte Luzia scharf, »Eure Entschuldigungen kommen reichlich spät. Damals hätte ich Eurer Fürsprache bedurft, heute hingegen ist sie …«

»Bitte hört mich trotzdem an«, unterbrach Salzmann sie. »Was geschehen ist, ist unverzeihlich. Diese Schuld wird niemals ausgelöscht. Selbst der Gang zum Grab des Apostels Jakobus nach Santiago hat mir keine Erleichterung beschert. Ich nehme meine Schuld an und werde mich dereinst vor meinem himmlischen Richter dafür verantworten. Heute weiß ich, dass ich alles Menschenmögliche hätte unternehmen müssen, um Euch vor einer Verurteilung zu bewahren. Aber die Inquisition ist vor allem eine kirchenpolitische Angelegenheit. Da das Vermögen der Verurteilten zu gleichen Teilen der Kirche und der Stadt zufällt, so erlaubt mir, wenn sich das Rad der Zeit schon nicht zurückdrehen lässt, Euch wenigstens die geschätzte Hälfte des Vermögens zu ersetzen. Euer Onkel war ein kluger Mann und hat noch vor seinem Tod sein gesamtes Vermögen dem jungen Medicus vermacht. Auf diese Weise hat er es vor den gierigen Mündern in Sicherheit gebracht.«

Als Luzia seinen flackernden Blick sah, ahnte sie, welch schwere Schuld auf seinen Schultern lastete. Obwohl sein Vergehen nicht schwerer wog als das der gesamten Stadt, rührte seine Reue Luzias Herz.

»Beim Allmächtigen«, begann Salzmann und presste die Hand auf den Mund, »gebe Gott, dass Ihr mir einmal verzeihen könnt!«

8

NACH DEM ELFUHRLÄUTEN kam der Handelszug in Seefelden
an. Ibn Faris hatte Salzmann das Versprechen abgenommen,
Luzia sicher in ihren Heimatort zu geleiten. Von einem erhöh-
ten Wiesenstück aus, das im Sommer einer bunten Blütenter-
rasse glich, erblickte Luzia den nebelverhangenen Bodensee.
Die lichtweißen Farben des Sommers schliefen bereits. Sie
waren einer sanften Herbstglut gewichen, welche die Luft
feucht und klar werden ließ. Während die weißgrauen Nebelfrauen ihre zartseidenen Netze einholten, brachen sich die ersten Sonnenstrahlen des Tages in den glitzernden Tropfen aus
Wasser und Luft. Nur der schneebedeckte Säntis trug noch
immer seinen eleganten Schleier aus Feengespinst. Die anderen Berge bildeten eine atemberaubende Kulisse und legten
Luzia ihre teils schneebedeckte Schönheit und strahlendes Blau
zu Füßen. Das silberne Laub der uralten Weiden raschelte im
kühlen Herbstwind und flüsterte Luzia ihre Wiedersehensfreude ins Ohr.
  Die Ankunft der voll beladenen Wagen und der damit ver-
bundene geschäftige Lärm trieb die Leute auf die Gassen. Die
meisten kannte Luzia noch von früher. Einige waren jedoch
erst zur Welt gekommen, nachdem Luzia Seefelden verlassen hatte, und auf andere wartete sie vergeblich. Aus all den
Gesichtern, die ihr mit verhaltener oder offenkundiger Freude
und mit Neugierde begegneten, stach ein Gesicht jedoch heraus. Pater Wendelin. Er stand neben der Mauer aus unregel-
mäßigen Flusssteinen, die den Pfarrhof begrenzten, und öff-

nete die Hände. Die honigfarbenen Astern, die er im Garten geschnitten hatte, glitten zu Boden.

Während Luzia dem Pater entgegenrannte, spürte sie, dass sich ihr Herz so leicht und froh anfühlte wie schon seit Jahren nicht mehr. Es breitete die Flügel aus und schwebte heim. Für einen Augenblick vergaß Luzia jegliche Etikette, sie schlang die Arme um Pater Wendelin und fand sich ihrerseits in einer festen Umarmung wieder. Sie spürte die herzliche Freude des Paters, die sie wie ein sonniger Frühlingstag umgab.

Obwohl Pater Wendelin sich über all die Jahre nur wenig verändert hatte, war er doch älter geworden, was das schüttere eisgraue Kränzchen auf seinem Kopf eindeutig bewies. Seine freundlichen braunen Augen wirkten aber noch immer wach und neugierig auf das Leben. Auch seine Leibesfülle, die sein gemütliches Wesen unterstrich, war über die Jahre eher gewachsen.

»Luzia?«, fragte Wendelin ungläubig. Doch dann nickte er und strahlte in seiner Wiedersehensfreude. »Luzia, mein Kind, dass du endlich heimgekehrt bist!« Mehr brachte er zunächst nicht über die Lippen. Ungläubig berührte er ihr kurzes Haar, welches ihr vor ihrer Abreise wie ein roter Wasserfall bis weit über den Rücken gefallen war. »Dass ich den heutigen Tag noch erlebe …«, presste er sichtlich gerührt hervor und wischte sich mit einem Taschentuch über die Augen.

Als Luzia sich wenig später von Egidius Salzmann verabschiedete, war es fast wie der Abschied von einem Freund. Schließlich drückte ihr der wohlhabende Mann eine kleine Geldkatze in die Hand. Fassungslos und gekränkt warf Luzia ihm die Münzen vor die Füße. »Glaubt Ihr, das könnte Euer Gewissen entlasten?«

Salzmann schüttelte den Kopf und sah zu Boden. »Ich bitte Euch«, begann er stockend, »ich stehe so tief in Eurer Schuld.

Zuerst die Rettung meiner Männer, und nun habt Ihr auch noch mich von diesem mörderischen Schmerz befreit! Bitte nehmt das Geld und betrachtet es als Euren ersten Lohn als Medica. Es wird sicher nicht Euer letzter sein.«

Luzia schüttelte den Kopf. »Ihr solltet jetzt gehen, bis Ravensburg ist es noch ein weiter Weg«, erklärte sie entschieden.

Salzmann nickte resigniert. »Solltet Ihr es Euch wider Erwarten doch noch anders überlegen«, erklärte er mit leiser Stimme, »seid Ihr in Ravensburg jederzeit willkommen. Ihr stündet dort selbstverständlich unter meinem persönlichen Schutz!«

Sie nickte, aber auf diese Art Schutz wollte sich Luzia keinesfalls verlassen, sie gab nicht einen Pfifferling darauf. Aber sie schenkte ihm ein Lächeln und winkte zum Abschied.

Das kleine Pfarrhaus oberhalb der Riedgasse hatte sich überhaupt nicht verändert. Noch immer trotzte es, nur wenige Schritte vom See entfernt, dem Wetter und dem Wind, der sich in den alten Eiben verfing, welche die kleine Steinbank, Luzias Lieblingsplatz, bewachten. In diesem Moment erinnerte sich Luzia auch an die unzähligen Übungen in Latein und Griechisch und an so manche Botanikstunde, die sie hier in der Ecke des Kirchhofs von Pater Wendelin erhalten hatte.

Wenig später betraten sie die niedrige Stube des Pfarrhauses. Der warme Duft von Bienenwachs und Staub kitzelte ihre Nase und weckte weitere Erinnerungen an ihre Kindheit. Hier hatte sie Stunden und Tage mit Übersetzungsarbeiten aus dem Lateinischen zugebracht, die ihr der Pater zuhauf aufgetragen hatte. Während sich Luzia umsah, stellte sie fest, dass sich alles noch an seinem angestammten Platz befand. Noch immer wurde der niedrige Raum von dem großen gemauerten Ofen beherrscht. Die glasierten Kacheln glänzten moosgrün, und in der Mitte prangte ein buntes Mosaik, das den heiligen Martin darstellte. Entlang der Wände standen schwere Bücherregale, die bis unter die Decke reichten und unter der Last der unzähligen Bände fast zusammenbrachen. Weitere Bücher und Schriftrollen, die auf den Brettern keinen Platz gefunden hatten, türmten sich kniehoch auf dem Boden. Selbst auf dem Tisch und auf der Ofenbank stapelten sich Pergamente, Notizzettel und auf Leder gezeichnete Landkarten.

»Setz dich doch bitte!«, forderte der Pater sie auf, der gerade ein kleines Tablett auf einem der Bücherstapel platzierte.

Schnell räumte Luzia Wendelins bequemen Scherenstuhl und die Ofenbank frei, bevor sie einen dampfenden Becher mit warmem Wein entgegennahm.

»Ja, ich weiß, hier sieht es wieder einmal ganz furchtbar aus«, bemerkte der Pater entschuldigend, als er auf dem Scherenstuhl Platz genommen hatte. »Aber du kennst ja meine Angewohnheiten.« Luzia kostete den Wein, der nach Brombeeren und warmer Erde roch, und lächelte. Freilich wusste sie um seine Sammelleidenschaft und seine Eigenart, alles aufzubewahren. Obwohl es nach all den Jahren viel zu erzählen gab und Luzia es kaum erwarten konnte, etwas über Johannes zu erfahren, wagte sie nicht, das Gespräch zu beginnen. Und Pater Wendelin schwieg ebenso hartnäckig.

»Matthias und Ida sind bereits in dem Jahr nach ihrer Hochzeit an den Blattern gestorben«, brach Pater Wendelin schließlich das Schweigen.

Matthias war Luzia stets ein guter Freund gewesen, und auch Ida hatte sie gemocht. Wendelin hatte von diesem Unglück bereits in seinen Briefen geschrieben, aber sie wollte ihn nicht daran erinnern und an seiner Vergesslichkeit rühren. Stattdessen stellte sie Fragen zu diesen schwarzen Wochen, die Seefelden in Atem gehalten hatten.

»Vielleicht hätten sie überlebt, wenn sich jemand ihrer angenommen hätte«, sagte Wendelin gedankenverloren.

Mit einem Mal wusste Luzia wieder, warum sie all diese lebensgefährlichen Jahre auf sich genommen hatte. Sie wollte den Hilfe Suchenden der Stern sein, der selbst dann noch in der Dunkelheit leuchtete, wenn alle anderen Feuer längst erloschen waren. Der eine Funke Hoffnung, den sie ab und an in den Augen derer gesehen hatte, die alles verloren geglaubt hatten. Jeder Einzige, der die Pest, die Blattern oder auch nur ein eitriges Lungenfieber überlebte, war die Gefahr, in die sie sich begeben hatte, wert gewesen … war jeden Augenblick wert gewesen!

»Komm, lass alles liegen und lass uns zum Ufer hinuntergehen«, schlug Pater Wendelin Luzia vor, nachdem er die Glocken von Sankt Martin zur Vesper geläutet hatte.

Noch immer führte der Weg zum Wasser an den stillen, alten Bäumen vorbei. Weißer Nebel stieg über dem See auf und verwandelte das Schilf, welches das Ufer säumte, in eine geheimnisvolle Welt. »Nebelfrauen« nannten die Seebewohner ehrfürchtig die grauen Schleier. Die feuchte Luft roch nach Holzfeuer und dem ersten Frost, der den Bodensee schon bald in eine graue Weite verwandeln würde, die im Osten mit dem Horizont verschmolz. Luzia hatte aus zarten Weidenruten einen kleinen Kranz gewunden, den sie mit den letzten leuchtend roten Früchten der Hundsrose zierte.

Während sich einige Herbstblätter wie goldene Boote auf der spiegelnden Oberfläche niederließen, sprach Pater Wendelin ein Gebet für Elisabeth und Jakob. Luzia setzte den Weidenkranz vorsichtig auf die Wellen und weinte leise.

»Die roten Früchte hätten Elisabeth und Jakob sicher gefallen, und die alten Weiden hier am Ufer haben sie sowieso schon immer geliebt«, sagte Pater Wendelin.

Luzia nickte und sah in die klaren Fluten. Ein paar silberne Fische zogen direkt unter der Wasseroberfläche vorbei, und Luzia glaubte, ihr Flüstern aus der Wasserwelt zu hören. Der Gedanke, dass ihre Zieheltern nun wieder vereint waren, tröstete sie auf eigenartige Weise, und sie wurde ganz ruhig.

Mit vereinten Kräften schleppten Luzia und Pater Wendelin die Reisetruhe in die Kammer, welche der Pater für Luzia vorgesehen hatte. In dem kleinen Fischerhaus ihrer Stiefeltern konnte sie nicht unterkommen, denn Pater Wendelin hatte das Häuschen ganz in Luzias Sinn an einen Seiler vermietet. Doch das Stübchen, welches ihr der Pater zur Verfügung stellte, war eines der bequemsten des ganzen Pfarrhauses, und Luzia fühlte sich dort sofort wie daheim.

Nach wenigen Handgriffen entsprach die kleine Kammer ihren Vorstellungen. Nun standen das schmale, noch von Jakob getischlerte Bett und die feine Truhe aus Birnbaum seitlich an den Wänden. Wenn sie am Schreibtisch vor dem kleinen Fenster saß, eröffnete sich ihr der freie Blick auf den Bodensee. Pater Wendelin hatte ihr sogar ein paar ihrer Lieblingsbücher überlassen, die Luzia nun auf die breiten Regalbretter stellte. Zwischen den Seiten entdeckte sie Blüten von Akelei und Storchschnabel, welche sie während ihrer Zeit in Seefelden selbst gepresst hatte.

Nachdem Pater Wendelin ein Schaffell für die Nacht gebracht hatte, packte Luzia endlich ihre Habseligkeiten aus, darunter auch die vielen Aufzeichnungen und Entwürfe, die sie über all die Jahre in Montpellier angefertigt hatte. Ganz unten in der Reisetruhe stießen ihre Finger auf ein dickes Pergament. Vorsichtig entrollte Luzia die knisternden Tierhäute.

Hiermit verleihe ich, Ahmad Ibn Faris al-Hakim,
Luzia Gassner, die am Stephanstag, dem 2. Tag des
elften Monats im Jahre der Fleischwerdung des Herrn
1464 geboren wurde, den Titel einer Medica. Darü-
ber hinaus hat sie ihr Examen in der Chirurgie abge-
legt, weshalb sie ebenfalls den Titel einer Chirurga
führen darf.

Salerno, zu Sankt Leodegar im Jahre des Herrn 1493.
Gezeichnet Ahmad Ibn Faris al-Hakim, Schola Medica
Salernitana

Das gleiche Pergament war noch einmal auf den Namen
Luzius Gassner ausgestellt. Beide Dokumente trugen Lorbeer, Eichenlaub und die Krone Salernos. Als Luzia das Blatt
anhob, fand sie weitere Schriftstücke, nur waren sie dieses Mal
mit der Madonna im Schatten der Kathedrale Saint-Pierre versehen, und dies war das Wappen Montpelliers. Darüber hinaus fand sie noch einen langen Brief.

Liebe Luzia,

wenn du diese Zeilen liest, bist du hoffentlich wohlbe-
halten in deiner Heimat am Lac de Constance ange-
kommen.
Sicher interessiert es dich zu erfahren, seit wann ich
wusste, dass es nicht Luzius Gassner ist, der meinem
Unterricht so aufmerksam folgt, sondern die Weh-
mutter Luzia. Nun, für eine Erklärung blieb während
deiner überstürzten Abreise leider keine Zeit mehr, des-
halb möchte ich dieses Versäumnis jetzt nachholen.
Die ersten Wochen waren bereits vergangen, und ihr

wart eifrig dabei, den Wissenschaften ihre Geheimnisse zu entlocken, als mich Johannes' Nachricht erreichte. Einst durfte ich auch sein Lehrer sein und ihm mein Wissen vermitteln. Er macht mich zu einem unsterblichen Mann!

Johannes von der Wehr bat mich, dich unter allen Umständen anzuhören, was ich ja längst getan hatte. Er hat mir deine ganze Geschichte erzählt, und er teilte seine Befürchtungen und Ängste mit mir. Schließlich wusste auch er, auf welch dünnes Eis du dich mit deinem Vorhaben begibst. Da du ihm untersagt hattest, auf dein Wohlergehen zu achten, bat er mich um diesen Dienst. Nicht zum ersten Male gereichten die alten Bande zum Vorteil!

Leider konnte ich mein Versprechen nicht bis zu deiner sicheren Abreise einhalten. Mit diesem schrecklichen Vorfall habe ich nicht gerechnet. Man hat mir zugetragen, dass Miguel, der wohl niemals aufrechten Hauptes eine Hochschule absolvieren wird, die Stadt verlassen hat. Nun bleiben ihm lediglich noch die Medizinschule zu Salerno und die Universität in Toledo. Beide Hochschulen haben eine eingehende Schilderung seines abscheulichen Verhaltens erhalten. Weiterhin wurde ich davon unterrichtet, dass es einen gab, der Miguels überstürzte Abreise durch den Gebrauch seiner Fäuste vorangetrieben hat. Obwohl ich ein Mensch des Friedens bin, danke ich jenem Mutigen im Stillen! Folge nun deinem Herzen, es kennt den Weg!

Die unterzeichneten und gesiegelten Pergamente ermöglichen dir, deiner Arbeit nachzugehen, ohne dass du im Verborgenen bleiben musst. Das Siegel von Salerno ist zusammen mit Trotas Büchern ein Abschiedsgeschenk *von mir. Mit diesen Dokumenten stehen dir nun alle Türen offen. Doch setze sie mit Umsicht ein.*

Luzia, ich wünsche dir bei allem, was du tust, ein gutes Urteilsvermögen und den Mut, die richtigen Entscheidungen zu treffen! Ich spüre, dass Allah noch Großes mit dir vorhat, denn du besitzt eine Begabung, die ER unter Tausenden ein einziges Mal vergibt. Sie ist ein Zeichen vom Himmel. Ein glänzender Diamant unter lauter Kohlen.

Trotas Werke haben dir schon immer viel bedeutet, und nun sollen sie dir gehören. Ich sehe es vor mir, dieses besondere Glühen in deinen Augen beim Studieren der Bücher. Zeitzeugen wollen in Trotas Augen ein Feuer gesehen haben, und dieses Leuchten und diese Kraft habe ich auch bei dir gespürt. In der Tat war Trotula di Ruggiero eine ganz besondere Frau. Und sie war die allererste Ärztin für die Frauen. Ihre beiden Werke, die sie in den vielen Jahren ihres Schaffens geschrieben hat, sind bereits heute durch nichts auf der Welt zu ersetzen. Es gibt eine Legende, wonach sich zwischen Trotas Zeilen ein Geheimnis verbergen soll. Auch wenn ich derartigen Mutmaßungen nicht allzu viel Glauben schenke, bin ich sicher, dass dir Trotas Wissen große Dienste erweisen wird.

Aber bedenke immer: Auch Trota war nur eine Hälfte, und erst mit der anderen Hälfte wurde ihr Wirken zu einem Ganzen. Ein Ganzes, das weder Anfang noch Ende kennt und das sogar den Tod überdauert! Trota lebte bis zu ihrem Tod mit ihrem Ehemann, Johannes Platearius, zusammen. Ihnen offenbarte sich das helle Licht der Wissenschaft, zu dessen Gipfel sie zeit ihres Lebens gemeinsam strebten.

Wann immer du meiner Unterstützung bedarfst, wende
dich, ohne zu zögern, an mich, an die Hochschule und
an Allah!
Er schütze dich auf all deinen Wegen.

Ahmad Ibn Faris al-Hakim
Montpellier, im Jahre des Herrn 1492

Luzia schloss die Augen. Dankbar presste sie die Zeilen des
Meisters an ihre Brust und trat voller Rührung zum Fenster, wo sie die Tränen in ihren Augen mühsam wegblinzelte.
Johannes!, dachte sie und schluckte. Also war er es, der Professor Ibn Faris von mir erzählt hat!

Auf dem Boden der Truhe stießen ihre Finger auf braunes,
weiches Leder. Nacheinander hob sie das *Passionibus Mulie-*
rum Curandorum, welches das Kompendium der Frauenkrank-
heiten darstellte, und das *De ornatu mulierum*, welches über
die Hautkrankheiten berichtete, aus dem Verborgenen. Während ihrer Studien in Montpellier hatten sie sich lediglich einer
Abschrift bedient. Einer recht guten zwar, aber eben einer Kopie.

Mit allergrößter Vorsichtig schlug sie das Leder zurück.
Beide Werke wurden von schweren Buchdeckeln aus Holz
und metallbeschlagenen Schließen zusammengehalten. Ihre
Hände zitterten, als sie mit größter Achtsamkeit die Beschläge
öffnete. Allein das Betrachten der gut 400 Jahre alten Perga-
mentseiten bereitete ihr eine prickelnde Gänsehaut, und sie
wurde sich des großartigen Geistes, der zwischen diesen Buchdeckeln bewahrt wurde, bewusst. Wie gerne wäre Luzia auf
der Stelle der Spur der alten Ärztin gefolgt. Aber Pater Wendelin rief nach ihr, und so schloss Luzia seufzend die Buch-
deckel und wickelte den Schatz wieder in die mit zahlreichen
Wasserflecken bedeckte Lederhülle.

Die Messe später fiel besonders feierlich aus. Pater Wendelin las aus dem Evangelium des Lukas und sprach vom verlorenen Sohn, der nach langen Jahren endlich den Weg nach Hause gefunden hatte.

Luzia lächelte zu Wendelins Worten. Ein gelungener Vergleich, dachte sie im Stillen. In Seefelden wusste niemand außer ihm, dass Luzia lange in der Kleidung eines Mannes gelebt hatte.

Zur Feier von Luzias Heimkehr lud Wendelin kurzerhand ins Pfarrhaus. Die kleine Gemeinde folgte der Einladung mit Freude, und es dauerte auch nicht lange, bis sich helfende Hände fanden, um das Brot aufzuschneiden und es mit dicken Scheiben eines Hammelbratens zu belegen. Dazu gab es Käse und ein paar Äpfel und Birnen aus dem Keller.

Luzia hatte sich verändert. Wendelin bemerkte das, wann immer sein Blick auf die junge Frau fiel. Sie war über die Jahre gereift und erwachsen geworden. Obwohl sie nach den Strapazen der Reise ein wenig müde wirkte, spürte er ihre wilde Entschlossenheit, ihr Durchsetzungsvermögen und ihren Stolz. Nicht ein einziges Mal senkte sie ihren Blick, wie es sich für eine züchtige junge Frau geziemte, die bald einen Ehemann finden wollte. Eine Medica war sie nun – nicht dass ihn dies nicht mit Stolz erfüllt hätte, dennoch hatte sie sich bei der Durchsetzung ihres Willens wie die Axt im Walde verhalten. Freilich wusste er nicht viel über die Geschehnisse von damals, aber es war klar, dass Luzia längst verheiratet sein sollte.

Es war bereits dunkel, als die letzten Gäste in ihre Häuser zurückkehrten. Wendelin rückte seinen Scherenstuhl dicht an den Ofen und bat Luzia zu sich. Dass Luzia bereits gähnte, kümmerte ihn nicht. Seine Stimme klang streng, als er mit ernster Miene in Luzias Vergangenheit eintauchte und auf die

Jahre in Montpellier zu sprechen kam. Pater Wendelin gelang es nicht, seine gereizte Stimmung zu verbergen, als er sich erkundigte, weshalb sie damals die Verlobung mit Johannes so leichtfertig gelöst hatte. »Lange schon könntest du eine angesehene Ehefrau sein, aber stattdessen hast du bei den Franken dein Leben aufs Spiel gesetzt! Weißt du eigentlich, was du uns allen angetan hast?«, bellte Wendelin ungehalten.

Bei Gott, so hatte Luzia den Pater noch nie erlebt. Aber was wusste er schon von ihren Qualen und Ängsten, die sie bis heute verfolgten? Und Johannes – seine Liebe hatte sie auf immer verspielt! Langsam regte sich Widerwillen in ihr. Schließlich hatte sie sich all die Jahre in einem fremden Land durch ein Leben gebissen, das voller Gefahren war. Selbst wenn Pater Wendelin mit seinen Vorwürfen recht hatte, wollte sich Luzia auf keinen Fall wie ein kleines Mädchen behandeln lassen. Mittlerweile fühlte sie sich beherzt genug, auch Pater Wendelin die Zähne zu zeigen. Im Stechschritt eilte sie zum Fenster und spähte durch die bleigefassten Butzenscheiben auf die dunkle Gasse. Wind war aufgekommen. Er rüttelte an den Fensterläden und heulte laut durch den Kamin. Als sie sich wieder gefangen hatte, hatte sich ein harter Zug um ihren Mund und eine steile Falte zwischen ihren Augenbrauen gebildet. »Ich möchte, dass Ihr mich versteht«, begann sie. »Aber seid gewiss, wenn Ihr es nicht tut, wird es an meiner Haltung nichts ändern!«

Wendelins Augen rundeten sich. Freilich war Luzia stets ein äußerst eigensinniges Mädchen gewesen, welches seine Geduld so manches Mal auf eine harte Probe gestellt hatte, aber mit einem derart kämpferischen Verhalten hatte er dann doch nicht gerechnet. »Herrgott, Luzia, du hast nicht recht daran getan, dich zu verkleiden und als Mann unter Männern zu leben. Du hast dich wider die Natur verhalten und hast die von Gott bestimmte Ordnung mit Füßen getreten, und zu allem …«

»Ein Talar ist keine Verkleidung, und er ist keinesfalls einzig den Männern vorbehalten!«, unterbrach ihn Luzia gereizt.

Wendelin erhob sich aus seinem Stuhl und kam mit energischen Schritten auf sie zu. Er packte sie an den Schultern und schüttelte sie leicht. »Herrgott, Luzia! Du weißt genau, was ich damit meine. Einer Frau ist es nicht gestattet, eine Medica zu sein. Baderin ja. Meinetwegen Steinschneiderin. Oder Hebamme. Aber das bist du ja bereits und eine sehr gute obendrein. Warum nur hat dir das nicht genügt?« Wendelin senkte seine Stimme wieder und schüttelte den Kopf. »Aber für eine Medica gibt es in unserer Welt einfach keinen Platz.«

Luzia war, als rückten unter der stetig wachsenden Erregung die Wände der Stube immer dichter heran. Für einen Moment schloss sie die Augen und atmete tief, bevor sie mit bebender Stimme sagte: »Das ist falsch!« Sie hatte nicht vor nachzugeben. In all den Jahren war sie so häufig gezwungen gewesen, sich gegen ihre Mitscholaren zu behaupten, dass sie nun nicht anders konnte. »In Salerno wird die Medizin von Männern und Frauen gleichermaßen studiert«, stieß sie ungehalten hervor, während sie unentwegt in der kleinen Stube umherwanderte. »Die bekannteste Frau war sicher Trotula de Ruggiero, die ihr Wissen bereits im 12. Jahrhundert in der Medizinschule von Salerno erworben hat.«

Pater Wendelins Blick verriet, was er von Luzias letzten Worten hielt. Doch selbst wenn sie gewollt hätte, jetzt konnte sie nicht mehr zurück. »Ihre Niederschriften sind ebenso brillant wie die Werke der Heiligen Hildegard von Bingen«, fuhr sie fort. »Allerdings war Trota keine Ordensfrau. Ganz im Gegenteil, sie war mit einem Medicus verheiratet und widmete ihr Leben vor allem der Frauengesundheit. In dieser frühen Zeit war es ihr bereits möglich, etwas über die fruchtbaren und die weniger fruchtbaren Tage der Frau zu berichten. Über die

Zeit der Schwangerschaft sowie die Niederkunft mit all ihren Gefahren und Absonderheiten. Sie wusste außerordentlich viel über das Wochenbett zu berichten. Aus all ihren Erfahrungen schuf sie Werke von unvorstellbarer Größe. Auch in Montpellier arbeiteten wir nach ihren Empfehlungen.«

Als Luzia schließlich von gewagten Operationen und ungewöhnlichen Behandlungsmethoden berichtete, bemerkte sie, wie sich ein winziger Funke ihrer Begeisterung in Wendelins Brust stahl. Mit wachsendem Interesse lauschte er den ausführlichen Beschreibungen der Arbeit im ältesten botanischen Garten Frankreichs, dem Jardin des Plantes.

»Ihr müsstet ihn sehen! Er würde Euch gefallen«, schwärmte sie und nahm einen tiefen Schluck aus ihrem Becher. Seit sie den Garten zum ersten Mal erwähnt hatte, hatte Wendelins Stimmung sich deutlich verändert. »Dort gibt es Gewächse und Heilpflanzen aus der ganzen Welt. Wie etwa die *Thapsia garganica*, die auch unter der Bezeichnung ›Gelbrübe des Todes‹ in den Pflanzenbüchern zu finden ist. Oder der wundersame Wurzelspross der *Valeriana jatamansi*.«

»Mein Gott«, entgegnete Pater Wendelin mit einem seligen Lächeln und legte die Hand über sein Herz. »Die Indische Narde wird bereits im Hohelied Salomos erwähnt. Ich kenne sie lediglich aus Abbildungen. Was tatet ihr mit diesem sakralen Gewächs?«, fragte er leidenschaftlich und rückte in seinem Stuhl vor.

»Oh, sie findet zahlreiche Anwendungsmöglichkeiten. Sie dient etwa der Entspannung des Herzens bei Schlafstörungen und allgemeiner Unruhe. In erster Linie wird aber das heilsame Öl verwendet. Unter Professor Rosenzweigs Anleitung haben wir es aus der Wurzel destilliert und daraus einen ganz besonderen Balsam bereitet.«

Wendelin rieb sich vor Begeisterung die Hände. »Die Füße

Jesu wurden schon mit dem weihevollen Öl der Narde gesalbt«, erklärte er atemlos und fuhr sich durch den grauen Haarkranz.

»Das ist ja interessant!«, entgegnete Luzia. »Professor Rosenzweig lehrte uns, dass die Heimat der Narde das Dach der Welt ist.«

Wendelin nickte. »Siehst du, und so gibt es wieder ein Ganzes«, sagte er und vollführte mit beiden Händen eine kreisförmige Bewegung. »Berge sind seit jeher heilige Orte. Dort, wo der Atem des Himmels die Stein gewordene Ewigkeit berührt, vermuteten die Menschen schon immer den Sitz Gottes.«

Luzia nickte zustimmend. Ganz allmählich ließ die Spannung in ihrer Brust nach, und sie fühlte sich wieder in der Lage, sich zu setzen. Als sie Wendelin betrachtete, erkannte sie in seinen altersweisen Augen Respekt und Anerkennung.

»Erzählst du mir noch ein wenig vom Hospital im Frankenland?«

Luzia trank einen Schluck Wein und nickte. »Nach arabischem Vorbild durfte sich jeder, der krank war, im Hospital behandeln lassen. Manchmal genügte die Verabreichung einer Medizin, ein andermal musste der Kranke Tage oder gar Wochen im Krankensaal bleiben.«

Wendelin nickte. »Ja, so ist es im Sankt-Gallus-Hospital auch. Johannes leitet die Einrichtung, zusammen mit diesem … Ach … mit diesem Bader. Achmüller ist sein Name.«

Johannes!, dachte Luzia. Allein sein Name klang wie eine Verheißung in ihren Ohren. Rasch erhob sie sich von ihrer gemütlichen Ofenbank und brachte eine weitere Talgkerze, die sie in einem schweren Leuchter auf den runden Tisch mit den Löwenpranken stellte.

Gedankenverloren rieb sich Wendelin das Kinn. »Dann habt ihr also genau wie Johannes die eherne Regel gebrochen, wonach ein Medicus niemals ins Gewebe schneiden darf?«

Als Luzia in Wendelins gespanntes Gesicht sah, breitete sich ein amüsiertes Lächeln über ihre Züge.

»Erzähl mir davon«, bat Wendelin und rutschte aufgeregt auf seinem Stuhl umher.

»Inzwischen ist es uns oft gelungen, die Seitenkrankheit zu heilen. Mit dieser Operation haben wir viele Leben gerettet. Oder nehmen wir das alterstrübe Auge. Ein wahrhaft guter Medicus weiß, wie man ihm zu neuer Sehkraft verhilft. Auch Euch könnte so geholfen werden.«

»Ich habe bereits davon gehört«, bestätigte Wendelin. Seine Augen litten seit vielen Jahren an dieser Eintrübung, die mit jedem Jahr schlimmer wurde. Selbst seine Augengläser brachten keine Besserung mehr. Der Schleier des Alters zog sich immer mehr zu, sodass irgendwann lediglich die Erinnerung an Gottes weite Welt bleiben würde. Er räusperte sich. »Ich bringe diesen Okulisten, die ihre Dienste zumeist auf Jahrmärkten anbieten, jedoch nur wenig Vertrauen entgegen.«

»Zu Recht«, gab Luzia zurück. »Ihnen solltet Ihr Euer Augenlicht nicht anvertrauen.«

»Im Land der Franken wird diese komplizierte Operation mit Erfolg durchgeführt?«

»Oh, es handelt sich um einen eher einfachen Eingriff. Genau genommen kam die Operation bereits im alten Babylon zur Anwendung. Wenn die getrübte Linse auf den Grund des Augapfels gepresst wurde, kann das Licht wieder ungehindert in das Augeninnere fallen. Jedoch bedarf das verletzte Auge nach dem Eingriff einer wohltuenden Pflege. Um es ruhigzustellen, muss es mit Scharpie verbunden werden. Danach folgen Augenbäder mit *Euphrasia*. Der Augentrost verhindert das Wundfieber, das zur völligen Erblindung und im schlimmsten Fall zum Tode führt.« Luzia hatte wohlweislich verschwiegen, dass die Operation mit einer eigens dafür angefertigten Nadel aus Bronze erfolgte. Nun sah sie Wendelin an, dass sich seine Gedanken überschlugen.

»Ein einfacher Eingriff also?«

Luzia nickte.

»Und du könntest ihn durchführen?«

Luzia nickte abermals. »Nicht ohne Vorbereitung, aber in ein paar Wochen auf jeden Fall.« Bis dahin musste sie einen kunstfertigen Schmied ausgemacht haben, der nach ihren Angaben eine Starnadel anfertigte. Notfalls musste sie sich einer Reisegruppe nach Ulm anschließen. Dort, im Schatten des Münsters, wurde mit solchen Instrumenten gehandelt.

»Nun komm erst einmal richtig an, und für alles andere bleibt später noch genug Zeit«, brummte Wendelin nachdenklich, bevor er Wein nachschenkte und sich in seinem Scherenstuhl zurücklehnte.

9

Johannes von der Wehr marschierte, vom Franziskanertor kommend, mit großen Schritten zum Markt hinunter. Mit
jedem kraftvollen Schritt versetzte er dem gefrorenen Weg
einen zornigen Tritt. Im Sankt-Gallus-Hospital gab es kein
Gran Fett mehr, welches die Grundlage für zahlreiche Sal-
benzubereitungen bildete. An anderen Tagen hätte der Medicus einen Knecht damit beauftragt, Fett zu beschaffen. Doch
heute verlangte sein Leib nach frischer Luft und Ablenkung,
und so hatte er sich an diesem eisigen Wintertag selbst auf
den Weg zum Markt gemacht. Ottilia Allgaiers stete Präsenz,
vielmehr ihre Aufdringlichkeit, kostete ihn manchmal mehr
Kraft, als er aufbringen konnte, und dann lechzte sein matter
Geist geradezu nach einer Erfrischung.

Das Sankt-Gallus-Hospital befand sich in verkehrsgünsti-
ger Lage im oberen Teil der Freien Reichsstadt Überlingen. In
unmittelbarer Nähe verlief die Wiestorgasse, welche eine der
Hauptverbindungen ins angrenzende Hinterland darstellte.
Auf einer Seite grenzte das Hospital an den Blatterngraben, der
erst knapp unterhalb des Klotzentores endete. Innerhalb dieser Einfriedung fristeten die an Aussatz und Blattern Erkrank-
ten ihr Dasein. Auch der Weg zum Gefängnis war nicht weit.
Bisweilen musste Johannes nämlich einem Delinquenten nach
der Hochnotpeinlichen Befragung wieder Leben einhauchen,
bevor dieser endlich mit seiner Hinrichtung Erlösung fand.

Während Johannes auf seinem Weg in die Unterstadt die
Entgegenkommenden grüßte und zahlreiche Hände drückte,

zankte sich der eisige Wind mit den ersten Schneeflocken. Selbst wenn er es nur ungern zugab, war Johannes froh, dass er Ottilias Rat gefolgt war und sein samtenes Barett aufgesetzt hatte. Dennoch ärgerte er sich über ihr bemutterndes Verhalten, das nicht einmal vor seiner Kleidung haltmachte. Schnaubend trat er nach ein paar trockenen Blättern, die der Winterwind aus den hintersten Ecken auf die Gasse gepustet hatte.

Missmutig sah Johannes zum Himmel, wo sich dicke graue Schneewolken auftürmten. Auch dieser Winter würde so hart und streng werden wie die Winter der letzten Jahre. In der eisigen Kälte suchten seine Hände den Schutz der Manteltaschen. Wenig später förderte er ein seltsam anmutendes Gebilde daraus hervor, eine *Mandragora*. Die bräunliche Wurzel des hochgiftigen Nachtschattengewächses, die in ihrer Form einem Menschen ähnelte, fand nicht nur in der Medizin ihre Anwendung. Vielmehr wurde sie mit Vorliebe in Zaubertränken oder als Liebesamulett verwendet. Und genau um eine solche handelte es sich bei diesem Alraunenmännchen, welches ihm Ottilia heimlich in die Tasche gesteckt hatte. Es trug auf der Herzseite ein tief in die Wurzel geschnittenes Muster aus Kreuzen und Sternen.

Johannes seufzte und in dem Wissen, eine kostspielige Medizin achtlos wegzuwerfen, schleuderte er die Wurzel voller Abscheu in die Steinhausgasse. Ottilia!, dachte er mit saurer Miene, wann werdet Ihr endlich begreifen, dass ich Euch niemals lieben werde? Als Tochter und einzige Erbin des wohlhabenden und einflussreichsten Stadtrats Urban Allgaier sah sich Ottilia bereits als Frau an Johannes' Seite. »Großer Gott, trotz ihrer 25 Sommer gleicht sie noch immer einem trotzigen Kind!«, flüsterte er dem Wind zu, der ihn als Einziger hören konnte.

Obwohl Ottilia mit ihren blonden Locken und ihren großen blauen Augen jedes Männerherz im Sturm eroberte, fehlte es ihr an Herz und ein wenig auch an Verstand. Wann genau er

Ottilias Aufmerksamkeit erregt hatte, wusste Johannes nicht. Aber er wusste, dass er sie niemals zu ihrem Werben ermutigt, geschweige denn es erwidert hatte.

Eigentlich besaß Ottilia alles, wonach einem jungen Mann der Sinn stand: Sie war jung, schön und kam aus sehr gutem Hause. An Geldmitteln mangelte es der Familie Allgaier nicht. Ottilias Mutter war während der Geburt gestorben, aber Urban, ihr Vater, ließ es seiner einzigen Tochter an nichts fehlen. Dabei sah er seinem Lämmchen jedes Versäumnis und jede noch so große Nachlässigkeit großzügig nach. Das hatte sie zu einer herrschsüchtigen jungen Dame werden lassen, die keinen Widerspruch duldete. »Schließlich hat die Ärmste schon früh ihre Mutter verloren und auch sonst kein Amüsement«, pflegte Urban Allgaier im Kreise seiner Ratsfreunde zu sagen, wenn ihn diese von Zeit zu Zeit mit seinem gluckenhaften Verhalten aufzogen.

Urban Allgaier und der Bürgermeister hatten Johannes, als er vor acht Jahren mit einem Herzen voller Schmerz und einem Kopf voller Wut in Überlingen eingetroffen war, angeboten, Gründungsherr des Sankt-Gallus-Hospitals zu werden. Doch obwohl die Hoffnung, dass die anspruchsvolle Aufgabe seine Gedanken zum Schweigen brächten, verlockend war, hatte er damals noch andere Pläne gehabt. Er war wild entschlossen gewesen, sein Leben dem *Ritterlichen Orden Sankt Johannis vom Spital zu Jerusalem* zu weihen und bei den Johannitern das Gelübde abzulegen. Heute war er Rudolf von Baden dankbar, dass er nach der Ausbildung zum Ritter auf der Insel Rhodos keine Gelübde von ihm gefordert hatte. Als er nach fünf Jahren, an Körper und Geist gefestigt und kampferprobt, von Rhodos zurückgekehrt war, nahm ihn der Komtur als Confrater in die Mitte seiner Ritter auf. So konnte Johannes schließlich der Bitte des Bürgermeisters folgen und die Leitung des Gallushauses übernehmen.

Als Medicus hatte er seine Aufgabe immer in der Versorgung der Kranken gesehen. Und weil die Johanniter in Überlingen außer einem winzigen Infirmarium keine Krankenpflege betrieben, bot sich für Johannes mit dem Hospital eine einmalige Gelegenheit.

Anfangs – das musste sich Johannes jetzt wohl oder übel eingestehen – hatte er gedacht, dass es gut wäre, wenn es mit Ottilia Allgaier eine Frau gab, welche die Schlüsselgewalt des Hospitals übernahm. Zumindest musste er sich dann nicht selbst um Küche und Keller kümmern. Bald aber steckte sie ihre über die Maßen neugierige Nase auch in alle anderen Bereiche und versuchte, ihren Einfluss täglich ein wenig mehr auszudehnen. Jeder Versuch Johannes', Ottilia in die Schranken zu weisen, endete mit einem bedrückenden Streit, in welchem sie ihm vorwarf, grausam, herzlos und undankbar zu sein. Johannes war, als hörte er Ottilias herzzerreißendes Schluchzen. Ihrem hilflosen Blick aus großen wasserblauen Kinderaugen begegnete er mit wachsendem Widerwillen und bisweilen sogar mit hitzigem Zorn, wofür er sich wiederum selbst zürnte. Ottilia wich ihm oft stundenlang nicht von der Seite und verfolgte ihn durch das gesamte Hospital. Oft riss ihm dann der Geduldsfaden, und er brauchte dringend frische Luft.

Johannes straffte den Rücken, bis die Wirbel wie eine Reihe Soldaten übereinanderstanden, und bemühte sich um Gleichmut. Ottilia saß wie eine fette Laus im Pelz des Hospitals, aber im Grunde konnte er nicht klagen. Immerhin ließ ihm die wohlhabende Reichsstadt Überlingen überwiegend freie Hand. Und das war mehr, als er erwartet hatte.

Aber da war noch etwas anderes, welches sein Gemüt mit Ingrimm erfüllte. Bei der Wahl der Behandlungsmethoden geriet er immer häufiger in einen heftigen Streit mit Bader Achmüller. Dieser Quacksalber forderte ihm regelmäßig eine

Eselsgeduld ab, und Johannes war immer seltener gewillt, dem geckenhaften Bader nachzugeben. Der hielt nur dann seinen Mund, wenn sich Johannes' Behandlung als erfolgreich erwies und seine eigenen veralteten Maßnahmen fehlschlugen.

Während Johannes die Steinhausgasse rechter Hand hinter sich ließ, biss ihm der Wind in die Wangen und zerrte an seinem dunkelblonden Haar, welches an vielen Stellen bereits silbern schimmerte. Rasch zog er den schwarzen Mantel, der links über dem Herzen das leuchtend weiße Kreuz der Johanniter trug, vor der Brust zusammen. Schon weilten seine Gedanken bei den vielen Fieberkranken, deren Anzahl mit dem Beginn des Martinimondes schlagartig explodiert war. Das Winterfieber, dachte Johannes, bläst zum Angriff, und er hoffte, dass sein Arsenal an Arznei sowie sein Wissen reichten, um dem gnadenlosen Angreifer die Beute streitig zu machen …

Während Johannes seinen Gedanken nachhing, stach ihm plötzlich ein Haarschopf von der Farbe eines Fuchspelzes ins Auge. War die Frau dort oben etwa Luzia? Großer Gott! Er hielt so abrupt inne, dass es ihn auf der seifigen Gasse fast umgerissen hätte. Auf der Hälfte der Stufen, die zur Marktkirche des Heiligen Nikolaus hinaufführten, warf die Frau einen kurzen Blick in die Menge, ehe sie in Begleitung eines wohlbeleibten Mannes den Rest der Stufen emporstieg und gleich darauf in der lärmenden Masse der Marktbesucher verschwand. Dieser seltene Gegensatz von Haut und Haar, jener fast schmerzhafte Kontrast zwischen heißem, loderndem Feuer und kühlem, frisch gefallenem Schnee!

Johannes presste das harte Hammelfett, welches ihm die Marktfrau nur nachlässig in ein Leinentuch eingeschlagen hatte, so dicht an den Leib, dass ihm der ranzige Geruch empfindlich in die Nase stieg. War es möglich, dass Gott aus einer Laune heraus zwei Menschen erschaffen hatte, die sich glichen wie eine Schneeflocke der anderen? Johannes schüttelte den Kopf und schalt sich einen Narren. Allenfalls eine kleine Ähnlichkeit, nichts weiter. Eine Ähnlichkeit, die seine ohnehin überreizten Sinne verführte.

Bevor er seinen Weg zögerlich fortsetzte, kniff er die Augen zusammen und beschirmte sie mit der freien Hand gegen das dichter werdende Schneetreiben. Menschen, so weit sein Auge reichte. Die meisten trugen eine wärmende Kopfbedeckung, eine Kappe aus Wollstoff oder eine Gugel. Die Frauen trugen Hauben oder ein wollenes Tuch, welches sie sich zum Schutz vor dem Schnee um den Kopf geschlungen hatten. Doch keine glich Luzia. Dennoch schwor er, dass sie noch vor wenigen Atemzügen dort auf der Treppe gestanden hatte ...

Dicht an dicht schmiegten sich die Häuser wie die Zähne eines Riesen in die Gasse. Einige trugen bereits eine durchbrochene Haube aus weißen Flocken, unter deren Last sich die Dächer schon bald neigen würden. Davor hatten die Bauern und Marktleute ihre Verschläge aufgebaut. An Markttagen reichte die Schlange der Stände vom Unteren zum Oberen Markt oder bis zum Barfüßertor hinauf. Obwohl der scharfe Westwind die dicken Schneeflocken mit eisigem Atem vor sich hertrieb und es dazu noch ausnehmend früh am Tage war, eilten die Überlinger schon geschäftig zwischen den Ständen umher. Das Christfest war nicht mehr allzu weit, und zur Geburt des Herrn wollte jede Hausfrau eine köstliche Mahlzeit auf den Tisch bringen. Selbst die Frauen aus dem Dorf, welches mit seinen ärmlichen Häusern Überlingens Vorstadt bildete, trugen schwere Buckelkörbe nach Hause.

»Gott zum Gruße, Herr Medicus!«

Johannes zog die freie Hand aus der Tasche seines langen Mantels und erwiderte den säuerlichen Gruß Achmüllers. Sein kleiner Kopf, welcher kinnlos in einem dürren Hals endete, erinnerte Johannes stets an eine Schildkröte. Obgleich Schildkröten recht selten Augengläser tragen, dachte er belustigt. Der Bader war in einen aufwendig gearbeiteten Mantel aus royalblauem Wolltuch gekleidet mit einem Kragen aus seidig-dunklem Zobelfell. Die Augen der beiden Tiere bestanden aus kostbaren Rubinen, die Johannes an Blutstropfen erinnerten. Nichts war Johannes in diesem Moment so zuwider wie diese völlig unnötige Unterhaltung mit Achmüller. Seine Gedanken kreisten unaufhörlich um die Frau mit dem fuchsroten Haar, die so plötzlich auf den Stufen zur Nikolauskirche gestanden hatte.

Jede Woche sehnte sich Johannes nach den drei Tagen, in denen Achmüller in seiner Badestube in der Christophstraße weilte, welche allein den wohlhabenden Bürgern der Stadt offenstand. An diesen Tagen blieben ihm die raffgierigen und betrügerischen Machenschaften des geldschweren Baders erspart.

»Eigentlich wollte ich Euch schon lange einen Besuch abstatten. Bei einem guten Becher Wein und einem Nachtmahl ließe es sich weitaus bequemer plaudern, doch bislang vernahm ich keine Einladung aus Eurem Munde! So packe ich nun die Gelegenheit beim Schopfe.«

»Was gibt es denn so Dringliches, das nicht bis morgen warten könnte, bis Ihr wieder im Hospital weilt?« Und mich durch Euren bloßen Anblick in den Wahnsinn treibt!, dachte Johannes bitter.

»Ihr wisst ebenso gut wie ich, dass Ihr mir dort niemals auch nur einen Augenblick Eurer Zeit schenkt«, gab Achmüller schnippisch zurück und betupfte seine gerötete Nase mit einem Schnupftuch.

»Nun, vielleicht liegt es daran, dass Ihr stets nur jammert und recht selten etwas Bedeutendes über Eure Lippen kommt. Meine ohnehin knapp bemessene Zeit widme ich meinen Patienten. Doch wenn Ihr Euch nun sputet, höre ich Euch gerne für einen Augenblick zu.« Johannes wandte sich zur großen Turmuhr, welche das Barfüßertor schmückte.

»Spart Euch den Blick auf die Uhr. Ihr hört Euch nun an, was ich Euch zu sagen habe«, stieß Achmüller leise hervor. In seiner Stimme schwang jener drohende Unterton, welchen Johannes nur allzu gut kannte. »Es wäre doch schade, wenn Ihr Euch zum nächsten Martinimond ein anderes Amt suchen müsstet?«

»Ihr droht mir?«, entgegnete Johannes erheitert und klopfte dem Bader auf die Schulter. »Glaubt Ihr ernsthaft, dass mir dann die Arbeit ausgeht?« Achmüller blieb ihm die Antwort schuldig. »Nun denn, worüber wolltet Ihr mit mir sprechen?«, fragte Johannes und breitete seine Arme aus.

Achmüller räusperte sich umständlich. »Nun, mir ist aufgefallen, dass Ihr die Mittellosen während der Wintermonde länger als nötig im Hospital beherbergt. Ihr tut nicht gut daran, denn je eher sie wieder in ihre Kaschemmen zurückkehren, desto besser. Denkt an die Sparmaßnahmen, die der Stadtrat dem Hospital auferlegt hat. Oder wollt Ihr es sein, der bald kein Auskommen mehr hat?«

»Es ist schön, dass Ihr Euch um mein Wohlergehen sorgt«, sagte Johannes und zwinkerte dem Bader rasch zu.

Achmüller überging Johannes' Worte geflissentlich. »Und weshalb versorgt Ihr die Aussätzigen im Blatternhaus beinahe den ganzen Winter hindurch unentgeltlich mit Medizin?«, erkundigte er sich mit weinerlicher Stimme. »Glaubt Ihr, der Geldsäckel unsrer Stadt ist unerschöpflich?« Um seinen Worten Nachdruck zu verleihen, ergriff der Bader nun sogar Johannes' Arm. »Was bezweckt Ihr damit? Es ist an Euch, dafür zu sorgen, dass sie beizeiten in das Armenhaus umsiedeln und dass auch sie für ihre Medizin bezahlen. Noch dazu erlaubt Ihr ihnen, auf die Gassen zu gehen, wo sie dann ihre Seuchen verbreiten. Dabei ist allein schon ihr jämmerlicher Anblick geradezu beleidigend für die wohlhabenden Bürger. Die Frau des Hutmachers erntete bereits den bösen Blick und hat jüngst einem verwachsenen Krüppel das Leben geschenkt. Stellt Euch einmal diese Katastrophe vor! Und das alles in unserer wohlhabenden Stadt. Den Aussätzigen kann ohnehin niemand mehr helfen.«

»Dann wollt Ihr die Aussätzigen also elendig in ihrem eigenen Dreck verrecken lassen?«, fragte Johannes scharf und musterte sein Gegenüber unerbittlich. »Vielleicht könnten wir sie ja in den Blatterngraben treiben und bei lebendigem Leibe verbrennen. Dann würden sie unser liebliches Stadtbild nicht länger stören!«

»Redet keinen solchen Blödsinn!«, fuhr ihn Achmüller an.

Johannes trat einen Schritt zurück, bevor er, um Selbstbeherrschung bemüht, fortfuhr. »Achmüller, Ihr tätet gut daran, mich bei meiner Arbeit zu unterstützen, anstatt mir Steine in den Weg zu legen!«

Die überzogenen Vorstellungen des Baders, der das Sankt-Gallus-Hospital in ein florierendes Heilbad wie das in der Christophstraße verwandeln wollte, brachten Johannes regelmäßig an den Rand seiner Geduld. Freilich war die Gegend unweit der Gerbereien nicht gerade die allerbeste Lage für Achmüllers Badestube, wo er massierte, purgierte und die Wohlhabenden des Überlinger Bürgertums zur Ader ließ. Dabei beschränkte er sich nicht nur auf das Öffnen der Blutgefäße, sondern zapfte mit Vorliebe die Geldkatzen der wohlgenährten Bevölkerung an, was ihm ein Leben in Reichtum und Sorglosigkeit bescherte. Seine Patienten litten allenfalls an Hysterie oder an Prunksucht.

Inzwischen bot Achmüller in seiner Badestube auch noch andere Dienste an. Der Hurenwirt aus der Hafengasse hatte

Johannes mehr erzählt, als ihm lieb gewesen war. Seinen Huren entgehe jedes Geschäft, das Achmüller im Schutz seiner dampfenden Badezuber zwischen den Gästen und den jungen Mädchen von der Gasse arrangiere, hatte er Johannes anvertraut. Dabei störe es den Bader keineswegs, dass die Mädchen manchmal noch halbe Kinder seien.

»Ich rate Euch bei der Wahl Eurer Worte zu äußerster Vorsicht«, schnappte Achmüller mit steinerner Miene. »Schließlich gibt die Stadt jährlich ein Vermögen für den Tempel dort oben aus. Doch seht zu, dass Eure hoffärtigen Bestrebungen nicht wie der Turmbau zu Babel enden«, lästerte er und setzte Johannes seinen gestreckten Zeigefinger auf die Brust. »Die Stadt steckt diesem armseligen Gesindel schon genug Münzen in den Hals. Stopft es Jahr um Jahr wie Weihnachtsgänse, deren Tage bereits gezählt sind, wenn sie aus dem Ei schlüpfen.« Bevor Achmüller weitersprach, lachte er hart. »Wisst Ihr, das ist wahrhaftig ein gelungener Vergleich. Das Gesindel, das bis Martini nicht in seine Bleibe zurückkehren kann, wird das Frühjahr ohnehin nicht überleben. Da helfen Euch auch die Lehren sämtlicher Professoralen aus dem Land der Ungläubigen nichts, die Euch den Unfug beigebracht haben, den Ihr Medizin und ich Geldverschwendung nenne.«

Johannes streifte die Hand, die seinen Ärmel festhielt, ab und entgegnete kühl: »Die Aussätzigen bewegen sich lediglich innerhalb des Blatterngrabens. Selbst wenn Euch das nicht passt, wohnen sie bis zu ihrer Genesung im Blatternhaus oder im Hospital. Und wenn ihr letzter Gang auf den Friedhof ist, so ist es Gottes Wille. Seid zufrieden, dass Euer geringes Wissen zur Heilung der überspannten Gemüter ausreicht. Sonst könntet Ihr Euch wohl keinen Platz auf der Sonnenseite des Lebens kaufen. Nicht jeder bestreitet sein Auskommen mit überteuerter Medizin, die sich bei genauerer Untersuchung als Gänsedung und Schafspisse herausstellt. Und nicht jeder besitzt so wenig Kenntnis vom wahren Leben wie ihr.«

Johannes trat abermals einen Schritt zurück und senkte seine Stimme wieder. »Ach, und ehe ich es vergesse: Jedem, der Anstoß am Aussehen der vom Aussatz Gezeichneten nimmt, rate ich zu einer Spende in die Armenkasse. Sie erleichtert nicht nur den zum Bersten gefüllten Beutel ungemein, sie schenkt auch Zufriedenheit, woran es gerade den überspannten Weibspersonen fehlt.«

»Apropos Weibspersonen«, ergriff Achmüller wieder das Wort. »Zur Mehrung Eures eigenen Besitzes ist Euch ja wahrlich jedes Mittel recht. Wie es scheint, schreckt selbst Ihr dann nicht vor überspannten Weibern zurück.«

Johannes wusste nicht, wovon der Bader sprach. »Wenn Ihr schon üble Nachrede betreibt, so drückt Euch wenigstens genauer aus. Auf diesen Unsinn, den Ihr da verbreitet, kann ich mir keinen Reim machen.«

Achmüller lachte laut auf und stützte sich auf seinen Gelehrtenstock mit dem Silberknauf, der ihm eigentlich gar nicht zustand. Genauso wenig wie das samtene Barett, welches auf seinem Kopf thronte. »Ich spreche von Urbans Tochter. Nun, für mein Dafürhalten habt ihr die schöne Ottilia überhaupt nicht verdient. Und wenn man es genau nimmt, zählt auch sie zu den Weibern, die Ihr überspannt nennt. Doch sie ist die Erbin des mit Abstand größten Vermögens der Stadt und geht nicht gerade sparsam mit den Reichtümern ihres Vaters um. Wisst Ihr, vielleicht sollte ich der Schönen einmal aufwarten, bevor Ihr sie bald heiratet.«

Johannes benötigte einen Augenblick, um seine Sprachlosigkeit zu überwinden. »Wo, um Gottes willen, habt Ihr denn diesen Unsinn gehört?«

»Nun, die Spatzen pfeifen es bereits von den Dächern.«

Johannes kämpfte seine aufkommende Empörung nieder. »Dann lasst Euch von mir sagen, dass sie sich irren. Die Spatzen. Selbstverständlich könnt Ihr Ottilia jederzeit Eure Aufwartung machen, und nun gehabt Euch wohl.«

Johannes drehte sich um, zog das samtene Barett tiefer in die Stirn und kümmerte sich nicht mehr um die Worte des Baders. Nachdem er ein paar Schritte gegangen war, hielt er plötzlich inne. Aber dieses Haar, dachte er, dieses besondere Haar! Die Farbe hatte ihn an flüssiges Kupfer erinnert und lockte die Hände zu einem Bad in den seidigen Flechten. Zögernd ging er den Rest der steilen Gasse hinauf. Am Franziskanerkloster überquerte er die Wiestorstraße und das Brückchen, welches den Überlingern erlaubte, trockenen Fußes über den Kesselbach zu gelangen. In der bissigen Kälte murmelte das Wasser still vor sich hin und verschluckte die vorwitzigen Schneeflocken, die sich auf seiner Oberfläche niederließen. Über das weiter oben gelegene Wiestor, welches zur Stadtbefestigung gehörte, rumpelten noch immer Fuhrwerke und Ochsenkarren heran. Johannes hörte die schrillen Pfiffe der Fuhrmänner und das Knallen ihrer Peitschen. Die meisten kamen aus dem Salemer Tal oder vom nahen Heiligenberg zum Markt nach Überlingen, das in der Gred den größten Markt im Umkreis von vielen Meilen betrieb. Was sich hier nicht gegen harte Münze eintauschen ließ, gab es einfach nicht!

Inzwischen blieb der Schnee auf den gefrorenen Wegen liegen. Gnädig bedeckte der blütenweise Flaum die schlammigen Löcher und Fahrspuren, die sich in den morastigen Boden gegraben hatten. Die weiche weiße Decke verschluckte sogar den Gestank, der von ausgekippten Nachtgeschirren und dem überall gegenwärtigen Schweinemist herrührte. Ein paar Hühner scharrten auf der Suche nach einem Leckerbissen den Schnee beiseite. Sie flüchteten, als sie den knurrenden

Hund entdeckten, der neben einem abgestellten Handkarren hockte und schiss.

Mit steifen Fingern erreichte Johannes schließlich das große Eichenportal des Hospitals. Der junge Knecht, der ihm öffnete, bedachte ihn mit einem gemurmelten Gruß und machte Anstalten, ihm den nassen Mantel abzunehmen. Gedankenverloren winkte Johannes ab. Noch immer weilten seine Gedanken bei der Frau auf den Stufen der Nikolauskirche. Was, wenn es tatsächlich Luzia gewesen war? Seine Brust schmerzte vor Freude, doch gleich darauf ermahnte ihn sein Verstand, nicht töricht zu sein. War Luzia tatsächlich in die Heimat zurückgekehrt? Im Kopf überschlug er die Jahre und kam zu dem Schluss, dass sie das Studium der Medizin inzwischen beendet haben konnte. Während er das Hammelschmalz in die große Küche trug, beschloss er, schon morgen nach Seefelden zu fahren, um Pater Wendelin einen Besuch abzustatten. Ob Luzia Gassner wieder am Bodensee weilte, wusste niemand besser als er.

»Johannes, da seid Ihr ja! Hattet Ihr ein paar schöne Stunden?«, flötete Ottilia Allgaier, während sie fürsorglich nach seinen Händen griff. Ihr kindlicher Blick aus großen blauen Augen hätte selbst einen Eisberg zum Schmelzen gebracht. »Eure Hände sind ja eiskalt. Kommt und wärmt Euch in der Küche. Annelie hat heißen Würzwein auf dem Feuer. Und die ersten Nonnenfürzchen backen bereits schwimmend im Fett. Sie sind süß und knusprig.« Ottilia leckte sich gekonnt über die vollen Lippen.

Johannes schüttelte den Kopf. »Später vielleicht. Mir ist noch etwas eingefallen, deshalb muss ich gleich noch einmal in die Stadt hinunter.«

Die blonde Frau, deren goldenes Haar bis weit auf den schmalen Rücken reichte, überschüttete ihn mit Fragen, auf die er jetzt nicht antworten wollte, ja, deren Antworten er nicht einmal kannte. Eifrig rieb sie seine eiskalten Finger und redete ohne Unterlass weiter. Erst als Johannes seine Hände vorsichtig aus Ottilias Umklammerung befreite, hielt sie inne, schob die Unterlippe vor und sah in treuherzig an. »Die Pfannenschmiedin verlangt schon seit einer Stunde nach Euch. Sie redet wirres Zeug und wirft sich unentwegt umher«, plapperte sie weiter.

»Fiebert sie noch?«

Ottilia hob ihre Schultern. »Geht doch selbst hinein und seht nach ihr«, antwortete sie. »Ihr könnt jetzt nicht schon wieder in die Stadt hinuntergehen!«

»Beruhigt die Pfannenschmiedin und bereitet ihr eine Medizin aus Fieberklee und Weide.« Als Johannes in Ottilias fragendes Gesicht sah, änderte er seinen Plan. »Schickt nach Schwester Ansgard. Sie möge sich um die Pfannenschmiedin kümmern. Sie wird wissen, was zu tun ist. Nach den Patienten sehe ich, nachdem ich aus der Stadt zurück und nicht in einen Mantel gehüllt bin, dessen Saum mit dem Schmutz der Straße beschmiert ist. Außerdem wisst Ihr ganz genau, dass ich mir immer zuerst die Hände wasche, bevor ich mich auch nur in die Nähe der Krankensäle begebe.«

Ottilia nahm seinen schwarzen Mantel in Augenschein, bevor sie mit einem lieblichen Lächeln versicherte: »Was Ihr in dieser Medizinschule so alles gelernt habt. Selbst in 100 Jahren werde ich mich an die fremden Lehren dieser Ungläubigen nicht gewöhnt haben. Und auch nicht an all die seltsamen Dinge in der Medizinkammer.«

»Das werde ich auch niemals von Euch erwarten«, versicherte Johannes.

Ottilias Lächeln verschwand. »Ich verspreche Euch, selbst wenn die Hände der Araber sauber sind«, Ottilia verschränkte trotzig die Arme vor der Brust, »ihre Seelen sind es mit Sicherheit nicht. Das jedenfalls sagt Bruder Donatus, der unten auf der Hofstatt vom nahen Weltuntergang predigt. Dann werden die Ungläubigen fallen, während jene, die ein gottesfürchtiges Leben führen und an den Erlöser glauben, in das ewige Leben erhoben werden. Oder glaubt Ihr etwa nicht, dass das Ende der Welt nahe ist?«

Johannes schüttelte lediglich den Kopf, bevor er sie stehen ließ. »Ich bin bald zurück.«

Ottilia nickte. Aber noch bevor er die Tür erreichte, holte sie ihn ein. »Soll ich Euch nicht begleiten?« Dann schob sie die Unterlippe vor und fragte: »Weshalb nehmt Ihr mich nicht mehr in den Arm?«

Aus Johannes' Gesicht wich jede Farbe. »Ottilia, Ihr wisst, wie sehr ich Eure Hilfe schätze. Aber Ihr wisst ebenso gut, dass ich Euch noch niemals im Arm hielt«, entgegnete er bestimmt und sah sie eindringlich an. »Unsere Beziehung beschränkte sich zu allen Zeiten einzig auf die Arbeit im Hospital.« Johannes benötigte einen Augenblick, ehe er weitersprach. »Wenn Ihr es anders seht, so tut es mir leid. Dennoch wird sich an meinen Gefühlen für Euch niemals etwas ändern.«

Da gab Ottilia mit einem milden Lächeln auf den Lippen endlich den Weg frei.

Als Johannes den Weg zurück zum Markt nahm, fühlte er sich leichter. Die kalte Luft befreite seine Brust endgültig aus Ottilias Umklammerung. Die vergessene Besorgung war eigentlich nicht so dringlich. Aber Ottilia hätte ihm keine ruhige Minute gegönnt, und er brauchte etwas Zeit, um seine Gedanken zu ordnen.

Die Gassen und Plätze hatten sich ein wenig geleert, denn inzwischen sank der Schnee in einem dichten Vorhang aus weißen Kristallen auf die Erde. Ein paar Buben, deren Wangen so rot waren wie die der Weihnachtsengel, setzten einander mit wildem Gejohle nach und bewarfen sich lachend mit Schneebällen. Ein paar Marktfrauen hoben drohend den Zeigefinger und schimpften der lärmenden Jungenbande laut hinterher. Zwei Katzen schlichen um die Fischbänke auf der Hofstatt. Für einen stattlichen Kater im roten Pelz hatte sich das Warten ganz offensichtlich gelohnt, denn er jagte mit einem respektablen Fischkopf im Maul davon. Eine Horde Gänse schnatterte in ihrem Verschlag aus Weinstecken, als Johannes den Weg zu Elouan Kasts windigem Verschlag einschlug.

Die Kastin war eine Frau mittleren Alters, wirkte durch ihr graues Haar aber älter, als sie tatsächlich war. Zusammen mit ihrem Sohn Rudwin, der bereits ein junger Mann war, bewohnte sie abseits von Überlingen eine kleine Kate bei den Heidenhöhlen. Dort, ganz dicht am Wasser, wo der Wald regelmäßig nasse Füße bekam, suchte sie Schutz vor den Blicken der Menschen. Denn Rudwin glich in seiner geistigen Entwicklung einem Kind von sieben oder acht Jahren. Elouan vertrat die Ansicht, dass Gott nicht jedem eine leuchtende Laterne in den Kopf stellen konnte. Dafür holte er bisweilen ein paar Sterne vom Himmel und legte sie ihrem Rudwin, ihrem »Sternenstäubchen«, ins Herz.

Elouan Kast, die von den meisten nur Lu genannt wurde, kam jeden Mittwoch und jeden Samstag auf ihrem Esel zum Markt nach Überlingen, wo sie allerlei getrocknete Kräuter verkaufte, die sie den Sommer über gesammelt hatte. Rudwin begleitete sie regelmäßig auf seinem Maultier. Elouans einfacher Stand duckte sich an die Mauer, als suchte er Schutz im Schatten der mächtigen Marktkirche Sankt Nikolaus und des angrenzenden Gottesackers.

»Gott zum Gruße, Lu!«

»Ach, der Herr Medicus«, grüßte die Kastin freundlich. »Gottes Segen auch für Euch. Ein schönes Wetter habt Ihr da bestellt. Man könnte Bruder Donatus fast beim Wort nehmen, wenn er von Gottes Zorn und dem nahen Weltuntergang predigt.«

Elouan war viel zu klug, um diesen Unheilstiftern Glauben zu schenken. Aber das Reden davon, dass das Ende aller Tage kurz bevorstehe, galt als gottesfürchtig und vorbildlich. Die Sünden der Menschen schienen so gewaltig, dass ihre elenden Seelen allenfalls durch einen teuren Ablass, eine fette Schenkung an einen Kirchenfürsten oder durch eine Pilgerreise Erlösung fanden. Dieser ganze Weltuntergangsmist diente letztlich sogar als Grund für die stetig zunehmende Hexenverfolgung, dachte Johannes. Und von diesem Becher hatte er wahrlich bereits genug gekostet …

»Was habt Ihr auf dem Herzen?«, fragte Elouan, von der die Überlinger behaupteten, sie habe das zweite Gesicht.

»Seid so gut und packt mir je ein Lot Storchschnabel, Aronwurzel und Hirschzunge ein.«

Die Kastin, deren graues Haar nur nachlässig mit einer Haube bedeckt war, nickte knapp, während ihre verwachsenen Finger in die Kräuter griffen, um das Gewünschte herauszusuchen. »In diesem Jahr sind die Kräutlein nicht so schön wie in all den Jahren zuvor!«

Johannes schüttelte den Kopf und winkte ab. »Elouan, seid nicht so bescheiden! Ihr würdet Euch wundern, was die anderen Kräuterweiber so alles feilbieten. Selbst die Apotheker könnten sich eine dicke Scheibe von Euch abschneiden.«

»Wenn Ihr zufrieden seid, soll es mir recht sein«, entgegnete Elouan mit einem scheuen Lächeln. »Habt Dank für Eure Treue.«

Johannes nickte und verbeugte sich leicht. »Immer wieder gerne.« Dann wandte er sich Rudwin zu, der aus kleinen Steinchen das Muster einer einfachen Schneeflocke gelegt hatte und leise summte. »Geht es dir auch gut, Rudwin?«

Der junge Mann nickte und legte seine Faust in Johannes'
Hand.

»Du möchtest mir etwas zeigen?«, fragte Johannes interessiert.

Rudwin nickte und führte ihn zu seiner Figur im Schnee.

»Ist das eine Schneeflocke?«

Rudwin fing eine der Flocken mit der Hand und eine weitere mit der Zunge, lachte und drehte sich im Kreis.

»Die Schneeflocke ist schön geworden, sie gefällt mir, und
weißt du, was das Beste ist?«

Rudwin schüttelte den Kopf.

»Dass du die Flocke später einsammeln und sie daheim
neben dem warmen Ofen wieder auslegen kannst, ohne dass
die Wärme ihr schadet.«

Rudwin nickte und umarmte Johannes.

»Lass den Herrn Medicus am Leben«, mahnte Elouan leise.

»Lasst ihn nur, wir beide verstehen uns gut.«

Ein seltsames Flackern huschte über Elouans Augen, die
immer klar und wissend in die Welt blickten. »Wisst Ihr schon
das Neueste?«, fragte sie, als sich ihr Sohn wieder seinen Steinen widmete.

Johannes schüttelte den Kopf. »Ich komme doch so selten
in die Stadt. Aber ich sehe, dass Ihr darauf brennt, es mir zu
erzählen.«

Elouan nickte und rieb sich die missgestalteten Finger.

»Luzia Gassner ist wieder da«, flüsterte sie geheimnisvoll.

Luzia ist wieder da!, dachte Johannes. Also hatten ihn seine
Sinne nicht getäuscht. »Woher … ich meine, seit wann …«

»Oh, sie wohnt schon seit ein paar Wochen wieder in Seefelden. Heute war sie hier und hat bei mir eingekauft. Außerdem hat sie mir für die nächste Woche ihren Besuch zugesagt.«

Luzia ist wieder da!, hallte es in Johannes' Kopf. Luzia ist
wieder da!

»Sie ist nicht mehr die Gleiche. Und ihr Haar, das trägt sie nun kurz«, fuhr Elouan fort und deutete in die Höhe seiner Schulter. »Und mager ist sie geworden, viel zu mager. Pater Wendelin erzählte, dass sie viele Jahre fort war und dass sie nun eine Medica ist.«

Johannes nickte. Er spürte, wie ihm die aufsteigende Freude beinahe die Brust sprengte. Doch dann ballte er die Hände zu Fäusten, bis die Knöchel weiß hervortraten. Weshalb nur hatte er Luzia damals geglaubt und sich von einer gemeinsamen Zukunft abbringen lassen? Weil ich ein Narr bin!, dachte er bitter. Wie hatte er nur so blind sein können? Oder so grenzenlos dumm. Als sie ihn am dringendsten brauchte, hatte er die Wunden seines verletzten Stolzes geleckt und sich nach Rhodos schicken lassen. Auch danach war er ihr nicht nach Montpellier gefolgt, wo sie sich Tag für Tag in die wölfische Welt der Männer geschlichen hatte. Jetzt hätte er sich dafür ohrfeigen mögen … Sie hatte ihn glauben gemacht, dass sie ihn nicht in ihrer Nähe ertrug. Dass sie niemanden ertrug. Dabei hatte sie einfach nur Angst gehabt, dass er sich vor den tiefen Wunden auf ihrer Seele fürchtete …

»Stattet ihr einen Besuch ab. Sie wohnt bei Pater Wendelin, weil das Häuschen in der Riedgasse doch vermietet ist.«

Johannes nickte. Er nahm Elouans Hand und drückte sie für einen Moment. »Ich danke Euch von Herzen.«

10

»WEISST DU, wer heute nach dir gefragt hat?«, wollte
Pater Wendelin mit einem vielsagenden Lächeln wissen, als
Luzia aus dem Dorf zurückkam.

Luzia spürte, wie ihr ein warmer Schauer über den Rücken
rieselte. Und noch bevor Wendelin weitersprach, wusste sie,
wer hier im Pfarrhaus gesessen hatte, während sie Besorgungen gemacht und sich noch eine Weile mit den Frauen aus dem
Dorf unterhalten hatte.

Wendelin berührte Luzia vorsichtig am Arm. »Johannes
war hier und hat nach dir gefragt. Und da er dich nicht antraf,
hat er einen Brief für dich hinterlassen.«

Johannes war hier!, dachte Luzia. Ihr Herz setzte für einen
Augenblick aus, und Wärme eroberte ihre Wangen. Was allein
sein Name in ihrem Inneren bewirkte. »Was wollte er?«, fragte
sie vorsichtig.

Pater Wendelin hob die Schultern. »Immerhin habt ihr euch
viele Jahre nicht gesehen. Er wollte wissen, wie es dir geht. Ist
das so unverständlich?« Als Luzia ihm die Antwort schuldig
blieb, fuhr er fort: »Ich habe Johannes erzählt, wie gerne du
im Hospital arbeiten würdest.«

Luzia glaubte, sich verhört zu haben. Wie konnte ihr
Pater Wendelin so in den Rücken fallen? Sie wollte Johan-
nes' Hilfe nicht! Sie hatte die Urkunde ihrer Ernennung zur
Medica bereits selbst dem Rat vorgelegt.

»Für Johannes ist die Arbeit ohnehin zu viel, und Bader

Achmüller kümmert sich allenfalls um die eingebildeten Kranken, die sich ihr Leiden ordentlich was kosten lassen.«

Luzia dachte nach. Noch hatte sich der Rat nicht entschieden und sie für einen weiteren Termin einbestellt. Der Bader werde einen Fragenkatalog für sie vorbereiten, welchen sie beantworten müsse, hatte man sie wissen lassen. Aber jetzt kamen ihr doch Zweifel, ob es richtig gewesen war, beim Rat wegen einer Stelle als Medica vorzusprechen. Nach allem, was sie Johannes zugemutet hatte, konnte sie nicht Tag für Tag an seiner Seite arbeiten. Andererseits stellte diese Aussicht auch eine große Verlockung dar. Luzia fühlte, wie die Wärme ihre Wangen kitzelte. »Wer ist dieser Bader Achmüller eigentlich?«, fragte sie neugierig.

»Wenzel Achmüller ist ein selbstsüchtiger Mann, der allenfalls an seiner Geldkatze interessiert ist. Urban Allgaier und der Bürgermeister haben ihm an einigen Tagen in der Woche ein paar Stunden im Hospital eingeräumt. Seither bietet Achmüller seine Baderdienste gegen bare Münzen auch dort oben an. Die wirklichen Leiden kümmern ihn allerdings nicht«, gab Pater Wendelin zurück. »Aber bist du eigentlich nicht neugierig, was Johannes dir geschrieben hat?«

Luzias Herz tat einen Sprung, als sie Johannes' Brief in Händen hielt. Sie zog sich in ihre Kammer zurück, setzte sich aufs Bett und öffnete ihn.

Liebe Luzia,

viel Zeit ist vergangen, seitdem wir uns das letzte Mal gesehen haben, und ich weiß nicht, ob du mich nicht bereits vergessen hast. Jedenfalls hoffe ich, dass es dir gut geht. Leider war es mir heute nicht möglich, auf deine Rückkehr zu warten, denn ich kann dem Hos-

pital nicht allzu lange den Rücken kehren. Die Arbeit
verschlingt mich Tag für Tag ein wenig mehr.
Pater Wendelin hat mir verraten, dass du die Stadt
um eine Anstellung im Sankt-Gallus-Hospital bitten
möchtest. Bitte tu das! Ich würde mich freuen, denn die
Zahl der Patienten steigt von Monat zu Monat. Wenn
uns die Pest auch bislang verschont hat, das Winter-
fieber, die Rote Ruhr, das Antoniusfeuer und die Blat-
tern lassen uns nie zur Ruhe kommen.

Es grüßt dich Johannes von der Wehr
Zum Christmond, im Jahre des Herrn 1492

Luzia ließ den Brief sinken und legte sich in die Decken und Felle
ihres Bettes zurück, bevor sie ihren Tränen freien Lauf ließ. Vergessen? Wie konnte er annehmen, sie hätte ihn vergessen? Dennoch hatte sie sich Johannes' Zeilen anders vorgestellt. Nichts
deutete auf die Liebe von damals hin. Luzia bedeckte ihr Gesicht
mit den Händen und fragte sich, ob sie wirklich damit hatte rech-
nen können, dass er sie noch liebte. Schließlich hatte sie nie ein
Wort des Bedauerns geäußert. Und nie hatte sie gewagt, ein paar
Zeilen zu schreiben und Johannes um Verzeihung zu bitten.

Wenig später legte sie ihren blauen Umhang um und verließ
das Haus.

Nachdem Luzia eine Weile der Stille am Seeufer zugehört
hatte, trieb sie die eisige Kälte zurück in die Fischergasse. Wie
gerne wäre sie jetzt zu Magdalena gegangen! In diesen Augenblicken sehnte sich Luzia heftig nach der Freundin. »Was nur
würde sie mir nun raten?«, flüsterte sie dem Wind zu und schloss
das Gartentor.

Luzias Blick verfing sich in den leblosen Zweigen des
Holunders, der in einer Ecke des Gartens in den Armen von

Mutter Natur schlief. Die uralte Erdenmutter Perchta wachte über den Hollerbusch, dessen Äste mit dem weißen Atem des Frostes überhaucht waren und im letzten Licht des Tages geheimnisvoll glitzerten. Die Raben liebten den Baum der Perchta, und ein paar von den schwarzen Vögeln hatten sich in den Zweigen des Holunders niedergelassen. Der größte von ihnen drehte den Kopf, klopfte mit dem Schnabel gegen einen dicken Ast und sah Luzia mit klugen Augen an. »Was soll ich denn tun?«, fragte sie, an den Schwarzen gewandt. »Schließlich ist es meine Schuld!«

Als sich das Rabenvolk wenig später wieder in die warme Röte des Abendhimmels erhoben hatte, fand Luzia eine große schwarze Feder auf dem vom Frost überzuckerten Beet. Als sie die seidige Feder zum Licht drehte, glänzte sie mitternachtsblau. Luzia befestigte sie an der einfachen Fibel, die das blaue Wolltuch zusammenhielt, und öffnete die schwere Eichentür des Pfarrhauses.

Pater Wendelin saß noch immer in seiner Schreibstube und brütete über der Abendpredigt. »Setz dich, du bist ja völlig durchgefroren!«, sagte er mit strenger Miene und eilte in die Küche. Bald kam er mit zwei dampfenden Bechern zurück und reichte Luzia den einen.

Der honigsüße Most schmeckte nach sommerwarmem Gras, nach Blüten und ein klein wenig nach Zimt, und er vertrieb die Kälte aus Luzias Gliedern.

»Wollt Ihr mir die Beichte abnehmen?«, fragte Luzia. Sie hatte viele Jahre ihre Seele nicht mehr erleichtert.

Überraschung stand in Wendelins Gesicht, aber er nickte. »Ja, natürlich, aber hat das nicht Zeit bis nach der Abendmesse?«

»Nein«, entgegnete Luzia mit ernster Miene und schüttelte den Kopf.

»Na, dann komm!«, sagte Wendelin und begleitete Luzia in die kleine Kirche hinüber.

Dort war es ganz still. Als Luzia niederkniete, knarrte das Holz des Beichtstuhls, als wollte es ihr Furcht einflößen und das Herz schwer machen. Eigentlich erhoffte sie sich von der Beichte Klarheit und Trost.

»Im Namen des Vaters, des Sohnes und des Heiligen Geistes. Vater, ich habe gesündigt. Meine letzte Beichte liegt bereits so lange zurück, dass ich weder den Tag noch das Jahr benennen kann.«

Wendelin räusperte sich. »Gott, der unser Herz erleuchtet, schenke dir wahre Erkenntnis deiner Sünden. Wessen hast du dich schuldig gemacht, meine Tochter?«

Da erzählte Luzia von ihren Ängsten und Befürchtungen, sollte sie eine Anstellung im Hospital bekommen. Zögernd sprach sie über die Furcht, Johannes zu begegnen, und über ihre Angst, dass er ihr niemals werde verzeihen können.

Nach einer Weile entgegnete Wendelin vorsichtig: »Deine Buße sollen zwei *Ave Maria* sein, denn was dein Herz im eigentlichen Sinn belastet, ist keine Sünde. Vielleicht Starrköpfigkeit und weibliches Aufbegehren, aber keine Sünde. Und nun komm mit mir ins Pfarrhaus! Denn es ist an der Zeit, dass ich dir berichte, was aus Johannes geworden ist, während du im Land der Franken weiltest. Johannes gehört nämlich nun dem Orden der Johanniter an …«

Ein Johanniter!, durchfuhr es Luzia, als sie Pater Wendelin ins Haus folgte. Ein Ritterlicher Ordensbruder! Dann war es ohnehin zu spät. Viel zu spät! Die Johanniter waren dem Gelübde der Armut, des Gehorsams und der Keuschheit verpflichtet. Luzias winziger Hoffnungsschimmer verblasste. Allmächtiger, wäre ich doch nur nicht heimgekommen!, dachte sie verzweifelt und atmete geräuschvoll aus.

»Erzähl mir von Johannes und den Johannitern«, bat Luzia leise, nachdem sie sich auf den Stuhl gesetzt hatte, den Wendelin für sie herangezogen hatte.

Wendelin nickte und lehnte sich in seinem Scherenstuhl zurück. »Die Johanniter stellen den größten und bedeutendsten geistlichen Ritterorden unserer Zeit dar. Sie versehen ihren Dienst im Militär und in der Pflege der Kranken. Was im 12. Jahrhundert im Heiligen Land mit einem Hospital für Kreuzfahrer begann, wurde später von den rechtmäßigen Erben der Tempelritter fortgeführt. Die Templer sind es, die in den Rittern des Ordens Sankt Johannis weiterleben.« Wendelin beugte sich zur Tischmitte, wo er unter einem Bücherstapel eine Karte zutage förderte. Achtsam entfaltete er das brüchige Leder, das Europa, das Heilige Land und die Standorte der Johanniter zeigte.

Luzia folgte Wendelins Finger, der eine spannende Reise auf dem Leder unternahm.

»Nachdem König Philipp IV. von Frankreich die Templer blutig niedergeschlagen hatte, erklärte Papst Clemens V. auf dem Konzil von Vienne im Jahre 1312 den Orden der Tempelritter für erloschen und unwiederbringlich zerstört.« Wendelins Finger zeigte auf eine Stadt links der Rhône-Alpen. »Mit der Bulle *Ad providam* übertrug der Papst sämtliche Besitztümer und alles, was die Templer besaßen, den Rittern zum Orden Sankt Johannis. In Wahrheit wechselten mit dem Erlass des Papstes nicht nur die Güter ihre Besitzer. Auch sämtliche Ritterprivilegien sowie die Freiheiten und Schutzzusagen des Großmeisters gingen auf die Johanniter über. Außerdem standen die Ritter des Ordens Sankt Johannis unter dem unmittelbaren Schutz des Heiligen Stuhls. Im 14. Jahrhundert nahm der Orden die Insel Rhodos ein und organisierte sich von Grund auf neu.«

Luzia nickte. »Und was ist nun mit Johannes?«, fragte sie und biss sich aufgeregt auf die Unterlippe.

»Nun, in Rudolf von Baden hat Johannes einen äußerst weitblickenden Komtur gefunden. Er schickte ihn eine Zeit lang in den Mutterkonvent auf die Insel Rhodos, wo er seine Ausbildung zum Ritter erhielt. Doch Rudolf hatte Bedenken, Johannes die Gelübde ablegen zu lassen. Sehr wahrscheinlich erkannte der weise Komtur den Mangel an Demut in seinen Augen. Dennoch hat Rudolf von Baden einen Narren an Johannes gefressen und den Großmeister bekniet, Johannes als Confrater in ihre Mitte aufzunehmen.«

»Confrater klingt nicht nach einem freien Leben«, sagte Luzia nach einer Weile des Schweigens und schluckte schwer. War es ihre Schuld, dass Johannes diesen Weg für sich gewählt hatte?

»Ein Confrater ist ein weltlich lebender Mitbruder, dessen geistige Versorgung für alle Zeiten durch einen Komtur oder einen Prior gesichert ist. Als Confrater ist es Johannes sogar möglich, sich in jedes Amt – mit Ausnahme das des Großmeisters – wählen zu lassen. Rudolf von Baden wurde ihm in allen geistigen Fragen ein Mentor und wahrhaft guter Freund. Sicher begegnest du ihm einmal. Er ist ...«, Wendelin suchte nach dem passenden Wort, »er ist ein sehr scharfsinniger Mann.«

»Wie meint Ihr das?«

»Genau wie ich es sage. Wenn du ihn kennenlernst, wirst du ihn sicher mögen.«

»Erzählt mir noch ein wenig von Johannes. Wie kam es denn, dass er im Sankt-Gallus-Hospital arbeitet?«

»Nun, sehr zu Johannes' Leidwesen umfasste die Komturei in Überlingen keine Krankenpflege, welche über die Pflege der Ritterbrüder hinausging. Deshalb brachte er dem Vorschlag der Stadt großes Interesse entgegen und übernahm die Schutzherrschaft sowie den Aufbau des Hospitals.«

Luzia schloss die Augen und rieb sich die Schläfen. »Also hat Johannes die Gelübde des Gehorsams und der Armut nicht abgelegt?«

Wendelin schüttelte den Kopf. Ein kleines Lächeln huschte über sein Gesicht. »Auch das Gelübde der Keuschheit nicht. Er lebt als weltlicher Ritter und ist seinem Orden dennoch ein vollwertiges Mitglied.«

Luzia spürte, wie sich ihr Herz ein klein wenig aus der Umklammerung ihrer Befürchtungen löste. »Und wo wohnt er, wenn er nicht gerade im Hospital arbeitet?«

»In der Kommende oben auf dem Sankt Johannberg. Aber das Haus im Unteren Markt hat er nie aufgegeben.«

Luzia ging zum Fenster, wo in diesem Augenblick der volle Mond wie ein großer blutroter Ball über die dunklen Alpenkämme stieg.

Als sich Luzia und Pater Wendelin am nächsten Tag auf den Weg nach Überlingen machten, war der Himmel mit dicken grauen Wolken verhangen. Bereits während sie Seefelden über die kleine Anhöhe verließen, jagte der eisige Wind grafitgraue Wellen ans Ufer, die alles verschlangen, was auf Wegen und Gassen lag oder sich ihnen in den Weg stellte. Über dem Bodensee zog ein wütender Wintersturm auf. Mit Schaudern beobachteten sie, wie sich die weiße Gischt von den tobenden Wellen losriss und weit übers Land sprühte.

Der bitterkalte Wind biss sie in die Wangen und wehte ihnen scharfe Eiskristalle in die Augen. Luzia zog ihr dickes Wolltuch dicht um den Leib und hoffte im Stillen, der Sturm möge nicht noch bedrohlichere Ausmaße annehmen. Doch sie ahnte bereits, dass das Wetter erst Atem schöpfte. Schon jetzt stellten herabbrechende Äste eine größere Gefahr dar. Pater Wendelins Gesicht wirkte angespannt, als er den Wagen an den Feldern vorbei Richtung Wald lenkte. Auch er schien sich Sorgen wegen des Wetters zu machen. Der Kutscher eines entgegenkommenden Karrens hatte es sehr eilig, er schnalzte mit der Zunge und knallte mit der Peitsche, um den vorgespannten Eselhengst anzutreiben.

Im Schatten des Waldes verlor sich der Wind ein wenig. Der kurze Fahrweg führte sie an abgeernteten Weinbergen vorbei, die ihre kahlen Zweige gespenstisch in den Himmel reckten, und weiter durch lichte Mischwälder über eine Aue, deren Grün bereits den Wintergeistern gehörte. Während der kleine Braune den leidlich bequemen Wagen entlang der Schiffsanlegestelle Kloster Salem zog, frischte der Wind wieder auf.

»Wir benötigen dringend Bienenwachs und Dochte, sonst wird es zur Heiligen Christnacht keine Kerzen geben«, sagte Luzia und verschränkte gegen die Kälte ihre Arme vor der Brust.

Wendelin schüttelte den Kopf und vergrub die Rechte in der Tasche seines abgewetzten Mantels, den er über der schwarzen Soutane trug. »Wir müssen die Kerzen nicht mehr selbst ziehen. Stattdessen statten wir den Franziskanern einen Besuch ab und erleichtern Bruder Camillus um ein paar wunderbare Lichter«, entgegnete der Pater mit einem verschmitzten Lächeln auf den Lippen. Camillus, der Bruder Cellerar, werde sich bestimmt über ihren Besuch freuen, erklärte er Luzia. Außerdem spreche nichts dagegen, sie mit den Franziskanern bekannt zu machen. Frauen, die zerhauene Glieder amputierten und in Augen stachen, um das Licht wieder einzulassen, seien den wenigsten geheuer. Da könne jedes beizeiten geknüpfte Band der Freundschaft von Vorteil sein.

»Seht nur, ist das ein Uhu?«, rief Luzia plötzlich, während sie den tollkühnen Flug des ungewöhnlich großen Vogels verfolgte. Ungeachtet des Tageslichtes und des starken Windes zog er weite Kreise über ihren Köpfen, bevor er neben ihrem Wagen in die Tiefe stürzte, um sich gleich darauf erneut in die Lüfte zu erheben.

»Das ist Horatius. Er ist fast schon eine Tageule«, verriet Wendelin, während auch er dem schönen Vogel nachsah. »Nun, dann wird auch Rudolf von Baden in der Nähe sein.«

»Horatius?«, fragte Luzia erstaunt und pustete warmen Atem in ihre eiskalten Hände. »Ein ungewöhnlicher Name.«

Wendelin nickte. »Rudolf von Baden hat dem Vogel das Leben gerettet, als er das von der Mutter verlassene Eulenküken aufzog. Seither stellt der Komtur es dem Vogel frei, die Gegend zu verlassen, doch bisher ist er geblieben. Die Überlinger wollen darin ein gutes Omen erkennen.«

»Ist er das?«, fragte Luzia unvermittelt. »Ich meine Rudolf von Baden«, fügte sie hinzu und deutete auf einen älteren Herrn mit grauem Haar, der sich mit den Klosterbrüdern der Schiffsanlegestelle Kloster Salem unterhielt. Alle drei trotzten mit aufgestellten Krägen dem Wind.

Luzia hatte den Mann, dessen Haar an Silber erinnerte, bereits von Weitem gesehen. In den schwarzen Waffenrock und den blutroten Mantel der Johanniter gewandet, konnte man den Komtur nicht übersehen. Er war eine stattliche Erscheinung, aber sein kurzes Haar und der graue Bart verliehen ihm etwas Väterliches. Auf den Gesichtern der beiden Zisterziensermönche spiegelte sich neben Hochachtung und Respekt jedoch fast ein wenig Furcht.

Luzias Blick blieb an den klugen Augen hängen, denen offenbar nichts entging. Oder war es nur ihr Gefühl, das sie glauben machte, Rudolf von Baden hätte sie bereits von Weitem beobachtet? »Seid so gut und haltet den Wagen an«, bat sie aufgeregt. Dies war also der Mann, dem sie zu verdanken hatte, dass Johannes kein Gelübde abgelegt hatte.

Seit Wendelins Ausführungen über die Johanniter hegte Luzia den sehnlichen Wunsch, Rudolf von Baden persönlich kennenzulernen, denn insgeheim brachte sie dem Komtur große Dankbarkeit entgegen. Und dieses Gefühl der Dankbarkeit machte ihr nun bewusst, dass sie nie aufgehört hatte, Johannes zu lieben!

Wendelin lenkte den Wagen geschickt neben eine kleine Baumgruppe, wo der Braune sogleich die letzten dürren Halme abzupfte. »Gott zum Gruße, Brüder, ehrwürdiger Komtur«, sagte er und stieg vom Wagen.

»Pater Wendelin, welch eine Freude!«, entgegnete Rudolf von Baden, während er dem Priester entgegeneilte. »Wir haben uns lange nicht gesehen«, sagte der Komtur und lachte herzlich. »Und heute seid Ihr in angenehmer Begleitung. Wollt Ihr mir die Dame nicht vorstellen?«

Wendelin nickte und begleitete den Komtur zum Wagen, wo sie Luzia beim Absteigen behilflich waren. »Euer Exzellenz, darf ich Euch Luzia Gassner vorstellen«, sagte Wendelin und neigte sein Haupt.

Euer Exzellenz!, dachte Luzia und lächelte still. Sie war Pater Wendelin dankbar, hätte sie doch die rechte Anrede eines Komtur nicht gekannt.

»Luzia, darf ich dich mit seiner Exzellenz, dem Komtur des Ritterlichen Ordens Sankt Johannis zu Jerusalem, Rudolf von Baden, bekannt machen.«

Als Rudolf von Baden ihr die Hand reichte, wich Luzia ein wenig zurück. Obgleich ihr seine Nähe nicht unangenehm war, schien er sie etwas zu verwirren. Sicher ist es meine gespannte Erwartung gegenüber dem Herrn von Baden, dachte sie und schob ihre Bedenken rasch beiseite.

»Ich freue mich sehr, dass wir uns nun endlich kennenlernen«, sagte Rudolf von Baden und verneigte sich leicht.

Luzia nickte und wusste nicht so recht, was sie erwidern sollte.

Als von Baden ihre Zurückhaltung bemerkte, erklärte er: »Johannes ist die Quelle meines Wissens. Er hat mir viel von Euch erzählt. Unter anderem, dass Ihr zum Studium der Medizin lange Jahre fort wart. Umso erfreulicher ist es, Euch nun wieder in der Heimat zu wissen.«

Luzia schluckte. Johannes!, dachte sie und spürte, wie sich ihre Wangen röteten und ihr Mund trocken wurde. Wenn er Rudolf von Baden ihre Geschichte erzählt hatte, konnte sein Groll nicht allzu groß sein.

»Dann darf ich Euch nun Frau Medica nennen?«, fragte der Komtur rasch.

Luzia nickte und lächelte.

»Obwohl die Krankenpflege im Orden des heiligen Johannis an erster Stelle steht, ist mir bislang nie eine Ärztin begegnet. Umso erfreuter bin ich nun, dass mir die Ehre zuteilwurde, Euch kennenzulernen«, bekannte er mit einem warmen Lächeln. »Sicher werdet Ihr schon recht bald an der Seite von Johannes sein und das Sankt-Gallus-Hospital um einen strahlenden Stern bereichern. Oder täusche ich mich?«

Obwohl von Baden ein angenehmer Mensch war, fühlte sich Luzia ertappt und ein wenig durchschaut.

»Das ist übrigens Horatius«, sagte er beiläufig und deutete auf die große Eule, die inzwischen würdevoll auf seinem behandschuhten Arm ruhte.

»Der König der Nacht«, entgegnete Luzia nachdenklich und ließ ihren Blick über das in Braun und Weißtönen gemusterte Federkleid der Eule schweifen.

»Er scheint Euch zu mögen«, erklärte der Komtur mit einem Lächeln. »In der Regel kehrt er nicht auf meinen Arm zurück, solang ich mich mit Fremden unterhalte.«

Der große Vogel wirkte gelassen, während er seine kraftvollen Schwingen öffnete und wieder schloss. Luzia war, als beobachte sie das erhabene Tier sehr sorgsam, ebenso wie es sein Besitzer tat.

»Bevor ich es vergesse«, begann Rudolf von Baden, an Pater Wendelin gewandt. »Ist Euch dieses Traktat des Dominikaners Heinrich Kramer bekannt?« Er winkte einen der beiden Zisterzienser herbei, der ihm die Blätter, die von zwei Buchdeckeln aus Holz gehalten wurden, reichte. »*Malleus Maleficarum, der Hammer der Hexen* nennt der Inquisitor sein Traktat. Er schreibt, dass er allein in der Diözese Konstanz 48 Frauen der Hexerei überführen konnte. Die meisten fanden den Tod auf dem Scheiterhaufen, und weitere sollen folgen …«

Luzias Beine drohten beim Klang dieses Namens nachzugeben. Nur mühsam konnte sie ihr Entsetzen verbergen. Plötzlich spürte sie nicht einmal mehr die eisige Kälte.

»Ich habe es gerade druckfrisch aus Speyer erhalten. Sogar der hochgestellte Theologe und Philosoph Lambertus de Monte von der theologischen Fakultät zu Köln hat mit seiner Unterschrift die Glaubhaftigkeit des Werks bekundet.«

»Lasst uns ein andermal darüber sprechen«, bat Wendelin rasch und rieb sich die Hände.

Rudolf von Baden führte die Hand zum Herzen. Sein Gesicht wirkte betroffen und schuldbewusst. »Bitte verzeiht! Es war unbedacht und nicht meine Absicht, Euch zu ängstigen«, bedeutete er, an Luzia gewandt. »Es ist in der Tat unverzeihlich, im Beisein einer Dame von solch grauenvollen Dingen zu sprechen, wie es die Hexen sind.« Er verneigte sich.

Luzia nickte. Von Hexen hatte sie wahrlich genug gehört!

Bevor sie ihre Fahrt fortsetzten, reichte ihr der Komtur nochmals die Hand. »Ich habe mich sehr gefreut, Eure Bekanntschaft zu machen, und ich hoffe sehr, Ihr habt meine unbedachten Worte gleich wieder vergessen!«, sagte er zum Abschied und schenkte ihr ein Lächeln. »Versprecht mir, dass Ihr mich mit Johannes schon bald auf der Ordensburg besuchen werdet.«

Luzia schluckte. »Wisst Ihr, ein Besuch auf der Burg ist ein lang gehüteter Kindheitstraum«, bekannte Luzia ein wenig verlegen. »Ich habe mich oft gefragt, wie es wohl wäre, dort oben einen Ritter zu wissen, der mein seidenes Tuch als Wimpel im Turnier trägt.«

Rudolf von Baden lächelte. »Nun, eine Dame seid Ihr ganz gewiss, und ein Ritter wartet dort oben schon lange auf Euch. Außerdem kann ich Euch versichern, dass er Euer Andenken stets bei sich trägt.« Rudolf von Baden senkte die Stimme. »Ich spüre, Gott hat noch Großes mit Euch vor, und wenn Ihr erlaubt, begleite ich Euch ein kleines Stück Eures Weges. Schreitet an seiner Seite mutig voran und bedenkt stets: Die Zukunft ist noch nicht geschrieben!«

Luzia hielt den Atem an. Selbst wenn sie nicht alles verstanden hatte, klangen von Badens Worte fast wie eine Prophezeiung. Eine Prophezeiung, die ihr eine Gänsehaut bereitete.

11

B ALD NACH DEM AUSGEDEHNTEN W ALDSTÜCK kam die doppelte Wehranlage der Stadt Überlingen in Sicht. Auf der Brücke am Mantelhafen drängten sich zahlreiche Fuhrwerke. Wenig später erreichten sie das massige Hölltor, welches die Besucher in die Stadt einließ.

»Wohin soll die Reise denn gehen?«, wollte die Torwache wissen und musterte sie von oben herab.

Fast alle Torwachen gehören doch demselben Schlag an, dachte Luzia und zwang sich zur Ruhe.

»Zu Bruder Camillus. Der Franziskaner erwartet uns bereits. Oder ist das etwa verboten?«, fragte Wendelin mürrisch.

Luzia war froh, den Priester an ihrer Seite zu haben. Für Angehörige des geistlichen Standes verlief eine Passage in der Regel ohne Schwierigkeiten.

»Gott segne dich!«, murmelte Wendelin und achtete nicht weiter auf die geöffnete Hand des Wächters.

Obwohl zwei Häuserreihen den Unteren Markt vom Seeufer trennten, pfiff der eiskalte Wind durch die engen Gassen und trieb ein paar eisige Flocken vor sich her. Aufwendig gearbeitete Steinhäuser säumten hier die Gasse, deren Fenster aus bunten bleigefassten Butzenscheiben bestanden oder das Leben eines Heiligen darstellten. Hohe Staffelgiebel, Zinnen und schmucke Erker zeugten vom Wohlstand derer, die hier wohnten.

Obwohl die Steinmetze, Maurer und Zimmerleute gerade erst zum zweiten Morgen riefen, waren die Gassen bereits von

Fuhrwerken verstopft. Auf einem Karren vor der Marktkirche saßen ein paar Handwerker beieinander. Allesamt waren sie in dicke Kittel gehüllt und ließen sich das mitgebrachte Dünnbier und den Speck schmecken, bevor sie ihre Arbeit in Sankt Nikolaus wieder aufnahmen.

Luzia spürte die begehrlichen Blicke der Männer auf sich ruhen. Auch vereinzelte Pfiffe, die aus einer tief ins Gesicht gezogenen Gugel ertönten, entgingen ihr nicht. Das Frausein hatte sie wieder, denn in der Kleidung eines Mannes wäre ihr das niemals passiert. Und schon gar nicht im Talar eines Gelehrten.

Wendelin lenkte den Wagen nicht ohne Murren durch den Unteren Markt. Auf der schmalen Straße prügelten sich ein paar junge Burschen um den besten Platz für ihr Fuhrwerk. Bald waren sie von Schaulustigen umringt, und der Wagenverkehr kam gänzlich zum Erliegen. »Diese Hornochsen!«, schimpfte Wendelin leise vor sich hin. Ganz allmählich löste sich der Stau ein wenig, und bald darauf stellte der Pater den Braunen nahe der Gred am Ufer des Sees ab.

Die Gred war ein Warenhaus mit direktem Seezugang und der bedeutendste Kornmarkt des gesamten Bodensees. An einem Markttag wie heute beschäftigte das Kornlager weit über 100 Männer. Über dem Durcheinander der ankommenden und abfahrenden Karren erklangen die Befehle des Gredmeisters, der für Ordnung sorgte und die Arbeitskräfte einteilte. Das Wasser des Sees reichte bis weit in den Bauch des Warenhauses hinein, denn die Gred stand auf mächtigen Stelzen. Auf diese Weise konnten die Lädinen, die Lastensegler, die rund 90 Fuß maßen, bequem mit Korn, Salz und Weinfässern beladen werden, um die Güter anschließend in das gegenüberliegende Land der Eidgenossen oder nach Österreich zu verschiffen.

Weiter vorne am Ufer war gerade das Kutteltörlein geöffnet, sodass der Kesselbach und mit ihm die Schlachtabfälle aus der Metzgerei in den See gelangen konnten. Hier am Kutteltörlein fischten die Kinder der Tagelöhner und manchmal auch die Bettler nach einem Schweinskopf oder etwas anderem Essbarem. Bei diesem Wellengang gestaltete sich die Fischerei allerdings äußerst gefährlich, denn das graue eiskalte Wasser spritzte bereits bis weit ins Land hinein.

Luzia beschirmte die Augen und folgte den Blicken zahlreicher anderer, die auf das bebende Wasser hinaussahen. Zu ihrem Entsetzen bemerkte sie, dass ein auslaufender Lastensegler ganz offensichtlich in Seenot geraten war. Neben den ersten Weinfässern, die bereits über Bord gegangen waren, gerieten nun auch die Kornsäcke ins Rutschen. Doch Luzias Herz setzte aus, als sie erkannte, dass sich zwei Frauen als Reisegäste mit auf dem Schiff befanden, eine davon beinahe noch ein Kind. Zum Schutz vor dem Wetter hatten sie ihre Hauben weit ins Gesicht gezogen und ihre Wolltücher vor der Brust zusammengerafft. Nun klammerten sie sich, von Furcht ergriffen, an der schwankenden Bordwand fest und riefen dem Bootsführer etwas zu. Die jüngere der beiden trug ein Bündel bei sich, das sie dicht an ihren Leib presste.

Mittlerweile hatten die kurzen Wellen einen Seegang erreicht, dessen Tücke allzu oft unterschätzt wurde. Der Mannschaft gelang es nicht einmal, das Segel zu setzen, und so trieben die heranbrandenden Wellen das schwankende Boot an die Kaimauer, wo ihm mit jeder neuen Welle der Untergang drohte. Ein einzelner Mann war damit beschäftigt, die restlichen umherrollenden Weinfässer über Bord zu schieben, weil sie einer tödlichen Gefahr glichen, während ein anderer versuchte, die Kontrolle über die Lädine zu erlangen.

Luzia und Pater Wendelin verfolgten starr vor Schreck, wie

das brodelnde Wasser die Bootsplanken mit aller Macht gegen die Mauer warf. Dazu heulte der Wind böse und ungehalten und machte Luzia Angst. Wie nur konnte den Unglücklichen geholfen werden? Ihr Schicksal schien von Augenblick zu Augenblick unausweichlicher. Ein Raunen ging durch die Menschenmenge, als auch das letzte Fass über Bord ging und im Wasser versank.

»So tut doch endlich etwas!«, rief eine ältere Frau hinter Luzia. »Seht nur, eines der Weiber hat ein Kind dabei!«

Ein Kind!, dachte Luzia und fuhr erschrocken auf. Tatsächlich erkannte sie in dem Bündel einen Säugling. Jetzt sah Luzia sogar den zum Schrei geöffneten Mund des Kleinen, nur sein Weinen konnte sie im Fauchen des Sturms nicht hören. Um es vor der spritzenden Gischt zu schützen, presste die Frau das hilflose kleine Bündel wieder dichter an ihren Leib. Das blanke Entsetzen stand ihr in den Augen, denn auch sie wusste, dass es nur eine Frage der Zeit war, bis sie im brodelnden See den Tod finden würde.

»Rasch! Bringt lange Stangen! Bewegung, Leute, sonst ersaufen die Weiber und die Besatzung ebenso!«, rief einer der Arbeiter, der mit erhobenen Händen aus der Gred stürzte. In seinen Augen erkannte Luzia endlich Entschlossenheit. »Wir brauchen ein Seil!«, schrie ein weiterer, der wild gestikulierend heraneilte. »Kann nicht einer ins Wasser gehen, um sie da herauszuholen?«, kam es aus einer anderen Ecke.

»Ich würde es ja machen, aber ich kann nun mal nicht schwimmen«, rief ein junger Mann, dem die Fassungslosigkeit im Gesicht stand. »Kann von euch jemand schwimmen?«, rief er in die Menge.

»Schwimmen kann hier niemand! Sind wir etwa Fische?«, brüllte ein anderer zurück.

»Schwimmen? Bei diesem Wellengang ist das der sichere

Untergang!«, entgegnete ein weiterer Mann, dessen pelzverbrämter Mantel auf eine gut gefüllte Geldkatze schließen ließ.

»He, Ihr da, wollt Ihr etwa die Lädine mit Mann und Maus ersaufen lassen?«, rief eine Frau, deren fadenscheiniger Mantel bereits feucht von der Gischt war. Die Frage galt dem Gredmeister, der mit einer abgewetzten Lederschürze bekleidet aus dem Warenhaus rannte und nun selbst sehen wollte, weshalb die Leute so unflätig brüllten.

Luzia sah in die bleichen Gesichter und die vor Entsetzen geweiteten Augen der Umstehenden. Sie verrieten ihr, was sie längst wusste: Niemand war des Schwimmens mächtig. Das Grauen grinste ihr unverschämt ins Gesicht. Sieh her!, schien es zu sagen, obgleich die Rettung in Sichtweite ist, kannst du überhaupt nichts tun! »Unsinn!«, flüsterte Luzia mehr zu sich selbst, bevor sie rief: »Ich, ich kann schwimmen!«

»Für die kommt ohnehin jede Hilfe zu spät!«, rief der Mann im pelzverbrämten Mantel über die Köpfe der Leute hinweg.

Luzia drehte sich zu ihm um und funkelte ihn böse an.

»Ihr bringt Euch nur selbst in Gefahr! Sie ersaufen sowieso.«

Die Vorstellung, dass das in Seenot geratene Schiff bereits aufgegeben war, raubte Luzia fast den Verstand. Was für eine unaussprechliche Grausamkeit! Als Luzia in Pater Wendelins Gesicht sah, erkannte sie, dass er still betete.

Ein Aufschrei ging durch die Menge, als der Bootsführer in die eisigen Fluten sprang. Ein weiterer Schiffer folgte. Lange Zeit wurden sie von den wütenden Wellen verschluckt, dann tauchten sie plötzlich wieder auf und versanken erneut. Einige Männer warfen ihnen vom Ufer aus Seile zu und reichten ihnen Stangen. Und so gelang es ihnen letztlich, sich zu retten.

Inzwischen knackte das Holz des Seglers gefährlich. Wenig später schlug der Sturm seine Zähne erneut mit wütender Kraft in das Holz. Bereits mit der nächsten Welle zersplitterten die ersten Planken. Inzwischen schrien die Leute wild durcheinander. Einige streckten den Frauen auf dem sinkenden Kahn lange Stangen entgegen, obwohl es völlig aussichtslos erschien. Andere begannen zu weinen oder beteten zum Heiligen Nikolaus, welcher als Schutzpatron der Seefahrer und Fischer schon manches Wunder gewirkt hatte.

Luzia war über die kleine Rampe, die den Passagieren das Einsteigen erleichterte, zum Wasser hinuntergelaufen. Dort stand sie nun neben ein paar helfenden Männern, die versuchten, den Frauen ein Tau zuzuwerfen. Mittlerweile hatte sich der gewaltige Rumpf des Seglers auf die Seite gedreht, und die beiden Frauen klammerten sich an der oben liegenden Bordwand fest. Die Schreie des Kindes gellten nun zwischen dem Pfeifen der Windsbräute.

Luzia biss sich auf die Unterlippe und rang mit sich. Große Mutter, so hilf uns doch!, dachte sie und sah sich Hilfe suchend um. Sie konnte doch nicht einfach hier am Ufer stehen und zusehen, wie die drei elendiglich ertranken! Schließlich warf sie ihre Schuhe und den schweren Umhang aus Wolltuch von sich und rannte ins Wasser. Eisig schloss es sich um ihre Beine und verschlang sie bis zur Hüfte.

Ein Raunen ging durch die Menge.

»Um Himmels willen, so haltet doch das lebensmüde Weib auf!«, rief einer.

»Wer weiß, vielleicht will sie ja mit den anderen dort draußen ersaufen!«, erwiderte ein anderer.

Luzia achtete nicht darauf. Die bleigrauen Wellen verbeugten sich vor ihr und baten sie zum Tanz. Mit der Wucht eines Riesen schlugen die tosenden Fluten über ihrem Kopf zusammen und zogen sie augenblicklich in die Tiefe. Luzia ruderte mit den Armen, doch die Wut des Wassers schien übermächtig. Sie spürte, wie ihr bereits nach wenigen Augenblicken alle Kraft aus den Armen wich und ihre Glieder taub wurden. Die Kälte hatte Gevatter Tod gerufen, und dieser schärfte bereits seine Sense.

Aber niemand sonst kann die Frauen retten!, schoss es ihr durch den Kopf. Große Mutter, sei uns gnädig! Mittlerweile hatte Luzia ein wenig Luft geschöpft, bevor das schäumende Wasser sie erneut unter die Oberfläche drückte und ihr die Luft aus den Lungen presste. Das rasende Wasser stieß ihr in Mund und Nase und trieb sie an einen Abgrund, der sich dunkel und gähnend vor ihr auftat. Stille umfing sie, während helle Lichtblitze vor ihren Augen tanzten. Sie ließ sich von ihnen in die Tiefe tragen. Leicht. Plötzlich schien alles leicht und still …

Dann fühlte sie, wie starke Arme nach ihr griffen und sie jäh nach oben rissen. Dorthin, wo das Leben stattfand und ihre Lungen den Atem wie einen seltenen Gast empfingen.

Als Luzia vorsichtig die Augen öffnete, glaubte sie zunächst, dass sie ertrunken wäre, genau wie Jakob und Elisabeth. Wenigstens hatte es der Allmächtige gut mit ihr gemeint, denn neben ihr auf den mit Seilen umwundenen Brettern kniete Johannes! Gott hatte sie für würdig genug befunden, um ihr im Tod den wunderbarsten aller Menschen an die Seite zu stellen. Angetan mit dem tiefschwarzen Talar der Johanniter, auf welchem das weiße Kreuz wie ein rettender Stern leuchtete, umklammerte er ihre Arme. Wenn Johannes bei ihr war, hatte sie der Himmel nicht verschmäht, denn für ihn würde es nie einen anderen Platz geben … Oder befanden sie sich hier im Fegefeuer, und die Prediger hatten keine Ahnung, dass die Hölle in Wahrheit kalt wie Eis und nass wie Cerberus' Speichel war?

»Luzia!«, brüllte Johannes sie über das fauchende Wasser hinweg an. »Du musst dich festhalten. Hörst du, halt dich gut fest.« Er reichte ihr das dicke Ende eines Taus. »Wir versuchen nun, die Mädchen und das Kind zu retten.«

Jemand nickte für sie. Bewegte ihren Kopf, ohne dass sie etwas dazutat. Johannes!, dachte sie.

Er schrie gegen den Sturm zu den beiden verängstigten Frauen hinauf. Nur zögernd reichten sie ihm das brüllende Kind. Rasch legte er das kleine Bündel in Luzias Arme und wandte sich abermals den Frauen zu. Noch waren sie nicht in Sicherheit, und die Hoffnung, dass dieses notdürftig zusammengebundene Floß seine kostbare Last noch lange trug, schwand von Augenblick zu Augenblick. Entsetzt stellte Johannes fest, dass sich die ersten Taue bereits lösten. Rasch schlang er eines der Tauenden ein paarmal um Luzias Mitte und drückte es ihr in die Hand. »Was auch geschieht«, schrie er, »du wirst dieses Tau nicht loslassen! Hörst du?« Gischt spritzte ihnen in Augen und Mund, und das Kind wand sich unter Luzias eisernem Griff wie ein Fisch am Haken. »Und nun ihr!«, befahl er den beiden Frauen streng.

In ihren Gesichtern spiegelte sich Todesangst, während sie sich langsam und nacheinander entlang der Bordwand ins Wasser gleiten ließen, wo Johannes sie mit aller Kraft auf das glitschige Floß zerrte. Am Ufer blies ein Arbeiter endlich das Sturmhorn. Es klang wie ein ängstliches Jammern.

Allmählich kehrten Luzias Sinne zurück. Mit vereinten Kräften schafften sie es, sich von dem sinkenden Boot abzustoßen. Aber das Wasser dachte nicht daran, die erbeuteten Seelen kampflos ziehen zu lassen. Donnernd rollte die nächste Welle heran und überspülte das schwankende Floß mit dem ganzen Zorn der Unterwelt.

Ächzend umklammerten sie die seifigen Bretter. Luzia spürte, wie sich ein spitzer Holzspan unter ihren Fingernagel bohrte. Der scharfe Schmerz ließ sie zusammenzucken, und der Schreck schoss ihr so heftig durch die tauben Glieder, dass ihr beinahe das Kind entglitt. Mit letzter Kraft riss sie den protestierenden Säugling an ihre Brust und wagte kaum noch zu atmen.

Im darauffolgenden Wellental trieb eine Planke heran. Johannes ergriff sie und wartete, bis das Floß mit dem nächsten Wellenberg hochgerissen wurde, um sich abermals von dem sinkenden Segler abzustoßen. Zuerst paddelte er ein wenig auf den See hinaus, um das Floß schließlich in einem spitzen Winkel Richtung Ufer zu bringen.

Längst spürte Johannes seine Arme nicht mehr. Sie waren zu Stein geworden oder erfroren. Keuchend kämpfte er weiter und durchpflügte das bleigraue Wasser mit seinen Armen, als wären es mächtige Schaufelräder. Schließlich warfen ihnen die am Ufer stehenden Männer Taue zu, mit deren Hilfe es ihnen endlich gelang, sich ans rettende Ufer zu ziehen.

Kräftige Hände griffen nach ihnen, stützten sie und brachten sie die kleine Rampe hinauf. Andere Hände nahmen ihr das Kind ab. Trösteten, streichelten und drückten sie gegen ihre warmen Leiber. Luzia spürte zahlreiche Hände, die an ihren nassen Röcken zerrten.

Sie sah zu Johannes hinüber. Und konnte noch immer nicht glauben, dass er hier war. Hier bei ihr! Obwohl sie den Schmetterling spürte, der in diesem Augenblick seine zarten Flügel in ihrem Inneren ausbreitete, misstraute sie ihrem Gefühl. Sie konnte ihren Blick nicht von Johannes wenden. Irgendwann trafen sich ihre Augen. Luzia glaubte, in dem tiefen Grau zu versinken. Trotz der Kälte fror sie nicht. Sie fühlte nichts außer dem Erstaunen, das seine Augen ihr schickten.

Noch immer standen sie einige Armlängen voneinander entfernt, weil die Helfer sie in dicke Pferdedecken gehüllt hatten, um sie vor der Kälte zu bewahren. Ein erleichtertes Schluchzen drang an Luzias Ohr. Es kam aus dem Mund des geretteten Mädchens, das sein Kind gegen die Brust presste. Lobesworte folgten von jenen, die gerne geholfen hätten, hätten sie nur gekonnt. Luzia wollte sie jetzt nicht hören, sie wollte endlich zu Johannes. Sein warmer Blick legte sich schützend um sie. Sein flüchtiges Nicken zeugte davon, dass er all seine Geduld aufbot, sich noch immer den Händen der Helfer zu überlassen. Luzia erkannte neben der Hoffnung im grauen Samt seiner Augen auch allerlei Befürchtungen und Zweifel.

Schließlich trennten sie nur noch ein paar Schritte. Luzia lief ihm entgegen, ihr Herz flog weit voraus. Und Johannes fing sie auf: ihr Herz, das sich so lange nach diesem Augenblick gesehnt und ihn gleichzeitig gefürchtet hatte, und ihren nassen und zitternden Leib, der sich in die Innigkeit seiner schützenden Umarmung fallen ließ.

Stürmisch riss er sie in seine Arme. Fast ein wenig Grobheit lag in der Umarmung, die sich nach der Länge der brachgelegenen Jahre bemaß. Luzia spürte, wie ihr die Luft aus den Lungen wich und ihr Herz aussetzte. Einmal, zweimal. Dann folgte es einem neuen, wilden Rhythmus, in dessen Klang alles andere farblos und unwichtig erschien.

»Luzia, Liebes!«, presste Johannes hervor und barg ihr Gesicht an seiner Brust. Wassertropfen rannen aus seinem Haar, netzten seine Augen. Oder waren es Tränen? Luzia spürte die glatten, festen Muskeln seiner Brust, die sich mit jedem Atemzug spannten. Mit einer einzigen Umarmung überwanden sie die Ferne der Länder und die Jahre der Einsamkeit, die sie getrennt hatten.

Nach und nach legte sich der Tumult ein wenig. Einige räusperten sich auffällig, doch ansonsten schenkten ihnen die Überlinger nur neugierige Blicke. Man hielt gebührenden Abstand zu dem seltsamen Paar, das in der Mitte des Platzes stand und sich ansah, als gäbe es auf dieser Welt nur sie beide. Erst als ein Knecht die beiden aufforderte, den warmen Wein zu trinken, den der Gredmeister eilig über der Feuerstelle im Warenhaus bereitet hatte, stießen Johannes und Luzia die Tür ins Hier und Jetzt wieder auf.

Nun erst erkannte Luzia, dass das klappernde Geräusch, welches unablässig an ihr Ohr drang, von ihren eigenen Zähnen kam. »Trink!«, forderte Johannes Luzia auf. »Du bist eiskalt, und deine Lippen sind ganz blau. Du holst dir noch den Tod!« Geschickt lotste er sie in die Nähe des Feuers, das neben der Gred in einem großen Eisenkorb brannte.

Die Wärme der rot glühenden Holzscheite war wunderbar. Luzia nickte und nahm einen Schluck des warmen Weins. Begierig streckte sie ihre Finger zu den knisternden Flammen. Die Wärme breitete sich in ihrem Leib aus und besänftigte die nagende Kälte in ihren Knochen.

Der Schiffsführer und sein Matrose soffen bereits mit einem Kameraden um die Wette und schenkten den vorwurfsvollen Blicken der Umstehenden keinerlei Aufmerksamkeit mehr. Wie es schien, waren sich die Männer auch keiner Schuld bewusst, dass sie zwei Frauen und einen Säugling auf dem sinkenden Schiff sich selbst überlassen hatten. Mit zotigen Liedern auf den Lippen hoben sie die Becher und prosteten sich laut grölend zu.

Als Luzia in weitem Abstand an ihm und seinen Saufkumpanen vorüberging, glotzte er sie aus glasigen Augen an und zeigte ein lückenhaftes Gebiss. »Na, Püppchen, hattest Glück, sonst wärst du elendig ersoffen und die beiden schiefmäuligen Weiber ebenfalls!«, sagte der Schiffsführer und grinste blöde.

Obwohl Luzias Zorn heiße Funken schlug, würdigte sie ihn keines Blickes, sondern schenkte den geretteten Frauen, die gerade auf sie zusteuerten, ein Lächeln.

»Bitte entschuldigt!«, erklärte die jüngere der beiden, die Luzia allenfalls auf 14 schätzte, mit leiser Stimme. Sie presste ihr Kind fest an die Brust, um es vor dem Wind zu schützen, der noch immer seinen eisigen Atem über den Landungsplatz sandte. Die Hände der Helfenden hatten auch sie und den Säugling in dicke graue Pferdedecken gehüllt, die ihr bis zu den nassen Rocksäumen reichten. »Habt Dank, ohne Euch wären wir ertrunken«, sagte sie und lächelte schüchtern. Die ältere der beiden, die höchstens 20 Sommer zählte, bedankte sich mit einem Knicks.

»Mir allein wäre es sicher nicht gelungen, Euch zu retten«, entgegnete Luzia freundlich. Bevor sie weitersprach, warf sie den Schiffsleuten einen scharfen Blick zu. »Wahrscheinlich wären wir wirklich ertrunken. Doch all das wäre erst gar nicht passiert, wenn diese beiden ihre Arbeit getan hätten und nicht feige geflohen wären, als es brenzlig wurde!«

Die Schiffer reckten die Hälse. Ohne Zweifel hatten sie Luzias Worte gehört, denn nun zeigte das grobe Gesicht des Schiffsführers eine gefährliche Zornesröte, und die dicke Ader über seiner Schläfe pulsierte bedrohlich. »Weg da!«, brüllte er schließlich und drängte sich zwischen sie. Die beiden Frauen taumelten rückwärts, und die ältere der beiden fiel zu Boden. »Was hast du da eben gesagt?«, fragte der Schiffsführer drohend und funkelte Luzia böse an. »Das wiederholst du besser nicht noch einmal, sonst gnade dir Gott!«

Luzia wusste selbst nicht, was in sie gefahren war, aber ihre Lippen formten die Worte von ganz allein. »Ihr seid ein elender Feigling, und Ihr allein tragt Schuld an diesem Unglück! Nie hättet Ihr die Gred bei diesem Wellengang verlassen dürfen! Jeder weiß, wie tückisch ein rasender Wintersturm sein kann! Doch zu allem Überfluss wart Ihr nicht einmal Manns genug, Eure Passagiere zu retten, als die Lädine kenterte. Ist Euch Euer erbärmliches kleines Leben …«

Der unerwartete Hieb riss Luzia fast von den Füßen. Winzige Lichter blitzten vor ihren Augen, und ihr Gesicht brannte, als hätte sie ihren Kopf in Feuer getaucht. Der Boden schwankte gefährlich, doch als sie ein paarmal tief Atem geschöpft hatte, blieb sie auf den Beinen. Als der Schiffer ein zweites Mal ausholte, schrie sie laut auf.

Ein paar Männer stürzten herbei, und Johannes rannte mit großen Schritten vom Eingang der Gred über den Landungsplatz. Die Umstehenden hielten den Atem an, und jene, die bereits mit hochgestellten Krägen und ins Gesicht gezogenen Gugeln und Kappen der Wärme ihrer Häuser entgegengestrebt waren, kehrten nochmals um.

Der Matrose, dessen rote Nase wie eine unförmige Mohrrübe in der Mitte seines Gesichts prangte, wandte sich zu Johannes um. »He, Ihr da, was wollt Ihr von meinem Kapitän?«, fragte der fette Mann barsch und schleuderte den Trinkbecher auf das Fass, das ihnen bis vor Kurzem als Tisch gedient hatte. Der andere Matrose glotzte mit offenem Mund, während er mit der Klinge seines Taschenmessers in seinen Zähnen herumstocherte.

Bevor der verdutzte Kapitän wusste, wie ihm geschah, hatten ihn die umstehenden Männer gepackt, und als ihm Johannes die Arme auf den Rücken riss, brüllte er vor Zorn und Schmerz auf.

»Mach, dass du fortkommst, sonst vergesse ich mich!«, zischte Johannes ungehalten und stieß den Kapitän über den Platz davon. Heißer Ingrimm riss an seinen sonst so besonnenen Gedanken, und er spürte den Zorn, der sich wild und unbeherrscht einen gefährlichen Weg aus seinem Kopf in seine Hand bahnte. Rasch ballte er die Hand zur Faust, bis sie schmerzte. »Wahrhaftig, Ihr seid der ehrloseste Kerl, der mir je begegnet ist. Macht, dass Ihr fortkommt!«

Ein paar Schaulustige spendeten Beifall und johlten vor Begeisterung. »So ist es recht!«, brüllte einer und hob drohend die Faust.

Johannes war bereits auf dem Weg zu Luzia, als er die Hand des Schiffers auf seiner Schulter spürte.

»Nun gibt es was auf die Fresse, Medicus!«, krakeelte der bärtige Schiffsführer. »Wenigstens kannst du dich hinterher selbst zusammenflicken! Oder wir lassen gleich den Sargtischler kommen, um das Aufmaß zu nehmen!«

Geschickt drehte sich Johannes unter der Hand des Kapitäns weg und fuhr ihm an die Gurgel. Während seiner Ausbildung zum Ritter hatte er nicht nur eine gründliche Unterweisung in der Fechtkunst erhalten, sondern war auch in den waffenlosen Kampfkünsten unterrichtet worden. Deshalb stand dem Bootsführer bereits nach wenigen Augenblicken die Überraschung im Gesicht geschrieben, und er hatte alle Mühe, nicht zu stolpern, als Johannes ihn rückwärts gegen die massive Steinwand der Gred drängte. »Haltet Euer loses Maul, sonst lernt Ihr mich kennen! Euer Glück ist es, dass bei Eurem armseligen Handeln niemand zu Tode gekommen ist, sonst müsstet Ihr Euch vor Gericht verantworten!« Johannes wusste, dass die umstehenden Männer nur darauf warteten, dass eine Keilerei begann.

Doch der Kapitän gab sich geschlagen. Mit flackernden Augen wandte er sich an Johannes. »Glaub mir, Quacksalber, dass du den Eggi vorgeführt hast, wird dir noch leidtun!«, brüllte er und spie auf den Boden. »Und deine rote Blume solltest du nach Einbruch der Dunkelheit besser nicht allein durch die Gassen gehen lassen!«

Die beiden geretteten Frauen hatten Luzia in ihre Mitte genommen und kamen auf ihn zu. »Er ist es nicht wert, dass du ihn verprügelst«, flüsterte Luzia, als Johannes ihr den Arm um die Schulter legte. Obwohl ihm Unbesonnenheit fernlag, fiel es Johannes schwer, seinen Zorn zu zügeln. Doch er besann sich und half den Frauen auf den Wagen.

Der Innenhof des Sankt-Gallus-Hospitals, in den der Wagen bald darauf einfuhr, erinnerte Luzia an einen stattlichen Landsitz. Inmitten seiner steinernen Umfriedung thronte das weiß getünchte Gebäude wehrhaft über der Stadt. Während sich rechts neben dem lang gestreckten Hospitalgebäude Scheunen und Lagerräume befanden, erkannte Luzia links den weitläufig angelegten Kräutergarten. Freilich war er jetzt mit Schnee bedeckt, aber die niedrige Buchsbaumhecke ließ erahnen, wo sich die einzelnen Beete befanden.

Der Fuhrknecht, ein freundlicher junger Mann mit blauem Umhang und schwarzer Kappe, half den durchnässten und vor Kälte zitternden Fahrgästen beim Absteigen. Dann lenkte er sein Pferdchen zum Unteren Markt zurück.

Eine der Hausmägde hatte im Hühnerstall hinter der Scheune Eier eingesammelt. Angesichts der völlig durchnässten Leute ließ sie jedoch den Korb fallen und rannte ins Hospitalgebäude zurück.

Bereits wenige Augenblicke später erschien eine junge, ausnehmend hübsche Frau unter dem Portal. Ihr Haar hatte die Farbe von reifem Sommerweizen, und ihre großen blauen Augen wirkten klar. »Johannes! Um Gottes willen!«, rief sie und stürzte auf ihn zu. Der Gruppe schenkte sie keinerlei Beachtung.

Als sie Johannes stürmisch umarmte, spürte Luzia einen scharfen Stich in ihrer Brust. Das war die Frau aus ihren Träumen!

»Ottilia!«, entgegnete Johannes verstört, löste mit Nachdruck ihre Hände, die sich wie Kletten um seinen Hals geschlungen hatten, und trat rasch einen Schritt zurück.

»Geht es Euch gut? Gab es ein Unglück? Euch ist doch hoffentlich nichts geschehen?«, plapperte sie drauflos.

»Eins nach dem anderen!«, sagte Johannes so ruhig wie möglich. Während er dem großen Portal zustrebte, umriss er in knappen Worten, was sich unten bei der Gred ereignet hatte. »Mir geht es gut!«, bekräftigte er mit ernster Miene und nickte Ottilia zu. »Aber bitte geht und kümmert Euch nun um die beiden Frauen und das Kind. Sie benötigen dringend Eure Hilfe. Seht zu, dass sie trockene Kleidung, warme Decken und einen Platz am Feuer in der Küche bekommen. Danach soll ein Knecht sie nach Hause bringen.«

»Aber Ihr!«, rief Ottilia besorgt und berührte Johannes' Arm.

In welcher Beziehung Johannes wohl zu der Blonden stand?, überlegte Luzia. Ruhelos rieb sie ihre blau gefrorenen Hände und versuchte, ihnen wieder Leben einzuhauchen. Als Johannes unerwartet neben sie trat und ihre kalten Hände in den seinen barg, sah sie den Missmut der anderen. Es war nur ein winziger Augenblick, doch er genügte, um sich mahnend in ihr Herz zu bohren.

Wie eine steife Holzpuppe, deren Fäden durchtrennt worden waren, hing sie an Johannes' Arm. Ohne seine Hilfe wäre sie jetzt wahrscheinlich gestürzt. Das Verhalten der Fremden war für Luzia schwer zu deuten. Neben ihrer kindlich naiven Art, mit welcher sie Johannes zu umgarnen suchte, erkannte sie das beharrliche und tiefe Begehren, welches auf Johannes gerichtet war.

»Wollt Ihr mich mit der Dame in Eurem Arm nicht bekannt machen?«, forderte die Frau mit dem honigfarbenen Haar schärfer, als Luzia erwartet hatte.

Johannes blieb ihr die Antwort schuldig.

»Ich dachte nur«, sagte Ottilia mit einem dünnen Lächeln,

das ihre Augen nicht erreichte, »wenn sie sich schon in Euren Arm schmiegt ...«

Luzia glaubte dem arglosen Lächeln nicht. Selbst wenn die fremde Frau wie ein kleines Mädchen wirkte, dem keiner jemals etwas nachtrug, wusste Luzia, dass sie auf der Hut sein musste. Der Wolf verbirgt sich allzu oft unter dem Vlies eines Schafes, dachte sie, während sie Ottilias kühles Lächeln erwiderte.

12

Bald darauf fand sich Luzia in den Händen einer älteren Frau im schwarz-weißen Habit wieder. Ihr Lächeln wirkte freundlich und gütig, und sie sah sie aus ehrlichen und teilnahmsvollen Augen an.

»Ihr habt Glück«, sagte die Ordensfrau mit einem Augenzwinkern, als sie Luzia den breiten Flur entlangführte. »Heute ist unser Waschtag, und gleich stecke ich Euch bis zur Nasenspitze in warmes Wasser, sonst holt Ihr Euch am Ende noch den Tod.«

»Danke, Schwester Ansgard, ohne Euch wären wir verloren!«, sagte Johannes und nickte verbindlich, bevor er sich abermals der blonden jungen Frau zuwandte, die nun wieder dicht neben ihm stand. Viel zu dicht, wie Luzia fand.

Obwohl sie gern weiterhin der Unterhaltung zwischen Johannes und der Unbekannten gelauscht hätte, leistete sie keinen Widerstand, als sie von warmen Händen in das kleine Waschhaus geschoben wurde, das am Ende des großen Hauptganges an das Hospitalgebäude angrenzte. Nur wenige Öllampen beleuchteten den niedrigen Raum. Dichter Dampf und der Geruch von Aschenlauge und Fett stachen ihr in die Nase und nahmen ihr im ersten Augenblick fast den Atem. Aber Luzia wäre jede Kammer recht gewesen, solang sie nur endlich nicht mehr fror. Mit einem erleichterten Seufzen ließ sie sich auf einem Schemel nieder und kämpfte gegen die zunehmende Erschöpfung.

In der Dämmerung des Raums erkannte sie verschmutzte Wäsche, die, zu Bergen aufgetürmt, auf ihre Reinigung wartete. Neben dem Zuber lagen allerlei Bürsten und Seife in Blöcken bereit. Der Rest des Waschhauses versank im Dunkeln, sodass Luzia bestenfalls Umrisse von endlos langen Leinenbinden und anderem Verbandmaterial erkannte, die auf gespannten Wäscheleinen trockneten. Im Zwielicht wirkten sie wie lange weiße Finger oder der Bart eines Riesen.

Nur wenig später vernahm Luzia abermals die schrille Stimme der fremden Frau durch die Tür. Sie hatte etwas Durchdringendes und erinnerte an das unangenehme Geräusch von Kratzen auf Metall. Aufmerksam lauschte Luzia dem unentwegten Gerede, mit welchem die Fremde Johannes noch immer überhäufte.

»Es liegt mir fern, mich einzumischen …«

»Dann tut es nicht!«, vernahm Luzia Johannes' aufgebrachte Stimme.

»Dennoch will ich Euch sagen …«

»Schluss jetzt! Euer Benehmen entbehrt jeglicher Schicklichkeit …«

»Wie ist Euer Name?«, unterbrach die Ordensfrau Luzias neugieriges Lauschen.

»Luzia Gassner«, antwortete sie einsilbig.

»Und ich bin Mutter Ansgard«, entgegnete die kleine Frau mit den runden Wangen. Eine lange schwarze Schleierhaube bedeckte ihr Haar. Die weiße Tunika und das schwarze Skapulier wiesen Mutter Ansgard als eine Ordensfrau der Zisterzienserinnen zu Wald aus.

Der dichte Nebel, der dem gefüllten Waschzuber sowie dem befeuerten Kessel entstieg, erfüllte mittlerweile den ganzen Raum. Ein paar graue Strähnen hatten sich aus der eng anliegenden Schleierhaube gelöst und lugten nun vorwitzig in Ansgards Gesicht.

»Was ist denn geschehen?«, fragte die Schwester, während sie Luzia rasch von ihren nassen Röcken befreite. Luzia spürte kräftige Hände, die sie sanft, aber bestimmt in den Zuber schoben, der mit einem weißen Laken ausgelegt war.

Das Wasser umschloss Luzias zitternden Leib wie ein wärmender Mantel. Süße Mattigkeit griff nach ihr und zog sie hinab in den schaukelnden Teich des Vergessens. Doch bevor sie sich der Behaglichkeit hingab, spitzte Luzia erneut die Ohren. Sie wollte auf keinen Fall die Unterhaltung vor der Tür versäumen.

»Ist Euch diese Frau überhaupt bekannt? Ihrem Äußeren nach zu urteilen ...«

»Das Badewasser ist Euch doch nicht etwa zu heiß?« Ansgard eilte bereits mit einem Holzeimer herbei, der mit kaltem Wasser gefüllt war.

Luzia schüttelte den Kopf. »Nein, bitte bemüht Euch nicht! Endlich spüre ich meine Zehen wieder.«

»... ist Medica, und sie wird uns, so Gott will, schon sehr bald hier im Hospital unterstützen.«

»Und was halten Vater und Bader Achmüller davon?«

»Nun, es gibt nicht viel darüber zu sagen«, antwortete Johannes etwas ruhiger. »Weil Bader Achmüller außer dem Purgieren und dem Aderlass nicht allzu viel von der Medizin versteht und diese beiden Heilverfahren sowieso nur jenen angedeihen lässt, die mit klingender Münze dafür bezahlen, benötigt das Hospital dringend einen weiteren Medicus!«

Haltloses Schluchzen drang durch die Tür, und Luzia fragte sich, was der Grund dafür war. Aus den Augenwinkeln sah sie, wie Mutter Ansgard die Augen rollte.

»Warum solltet ... Ihr in diesem Fall ... auch anders reagieren«, presste die andere mühsam hervor. »Ihr seid ... wie immer undankbar!«

»So nehmt doch Vernunft an, Ottilia! Ihr wisst ebenso gut wie ich, dass mir die Zahl der Kranken schon lange über den Kopf wächst!«

»Dann solltet Ihr zuerst die Alten und Siechen dorthin bringen lassen, wo sie hingehören ...«

»So, genug geweicht.« Ansgards Stimme riss Luzia aus ihrem angestrengten Lauschen. »Jetzt wird geschrubbt!«

Nicht nur die Hitze des Badewassers bewirkte, dass Luzias Leib bald kribbelte, als zwickten sie 1.000 Ameisen. Die Neugierde tat ein Übriges. Bald konnte sie zusehen, wie ihre weiße Haut die Farbe eines gekochten Flusskrebses annahm. Erst als Luzia spürte, wie das raue Leinen in Mutter Ansgards Händen über ihren starren Rücken glitt, entspannte sie sich ein wenig. Mit kundigen Händen bearbeitete die Ordensfrau jeden harten Muskelstrang.

Plötzlich hielt Ansgard in ihren Bewegungen inne. Hörbar entließ sie Luft aus ihren Lungen und berührte vorsichtig die harten weißen Narben, welche die Inquisition auf Luzias Leib hinterlassen hatte. Luzia ahnte, dass Mutter Ansgard allein durch ihre Arbeit die Spuren der hochnotpeinlichen Befragung kannte, und rüstete sich für die Fragen, die nun kommen würden. Doch die Ordensfrau schluckte ihre Neugierde hinunter, und Luzia atmete erleichtert auf.

Nach einer langen Stille räusperte sich Mutter Ansgard. »Wie kam es denn nun zu diesem Unglück, und welche Umstände haben Euch darin verwickelt?«

Mit knappen Worten erzählte Luzia, was sich unten am Landungsplatz zugetragen hatte. Sie hätte dem Gespräch zwischen Johannes und dieser Ottilia gerne weiter gelauscht, doch die Stimmen hatten sich entfernt.

Luzia schaufelte sich das dampfende Wasser ins Gesicht und tauchte zuletzt den Kopf ganz unter die Wasseroberfläche. Endlose Fragen und nicht eine einzige Antwort. In ihrem Kopf drehte sich alles, oder war es der Zuber, der plötzlich schwankte? Prustend tauchte sie wieder auf. Furcht und

Schwäche eroberten ihr Herz und nährten eine dunkle Ahnung. War sie doch zu spät gekommen?

»Ist sie immer so, so … einnehmend?«, fragte Luzia nach einer Weile.

Mutter Ansgard betrachtete sie lächelnd und nickte. »Ja, Jungfer Allgaier ist stets so einnehmend.« Und manchmal täte ihr eine Ohrfeige wohl!, dachte sie im Stillen.

Sie kannte Ottilia schon seit vielen Jahren. Anfangs hatte sie noch Mitleid mit der jungen Frau empfunden, weil sie ihre Mutter nie gekannt hatte. Das hatte ihr über lange Zeit die Augen für Ottilias wahres Wesen verschlossen. Doch nachdem sie ein paar Jahre neben ihr gearbeitet hatte, wusste Ansgard, dass Ottilia von äußerst berechnendem Wesen war. Leider ließ sich besonders die Männerwelt gerne von ihr um den Finger wickeln, was sich Ottilia stets zunutze machte. Um ihre selbstsüchtigen Ziele zu erreichen, schreckte die junge Allgaierin vor nichts zurück. Genau wie Annelie, die Köchin, hatte Ansgard die Jungfer längst durchschaut.

Freilich war Ottilia die wohlhabendste Frau der ganzen Stadt, und so war es nicht weiter verwunderlich, dass sich die Heiratskandidaten von Woche zu Woche mehrten. Solang sie ihr von Nutzen waren, spannte Ottilia sie als Lakaien ein. Wenn sie ihrer jedoch überdrüssig wurde, fielen sie wie Soldaten in einer verlorenen Schlacht. Lediglich Herr von der Wehr hatte bislang all ihren Eroberungsversuchen widerstanden. Ansgard dachte an die Liebesamulette, die sie in Ottilias Hand gesehen hatte. Wahrlich, der Allgaierin war nichts zu billig, um die Liebe des Medicus zu gewinnen.

»Arbeitet Ihr eigentlich schon lange hier im Hospital?«, fragte Luzia.

Ansgard nickte. Sie fand nur langsam in die Waschküche

zurück. »Schon seit der Eröffnung, aber erst mit Herrn von der Wehr wurde dieses Haus zu einem wirklichen Hospital. Er tut diesen Mauern gut.«

Luzia nickte. »Ja, das kann ich mir vorstellen!«

»Und Ihr, wie lange seid Ihr schon mit Herrn von der Wehr bekannt?«, fragte Ansgard, nachdem sie heißes Wasser aus einem Eimer über Luzias Rücken gegossen hatte.

Luzia fühlte sich so wohl, dass sie den Waschzuber am liebsten nicht mehr verlassen hätte. Die Ordensfrau war eindeutig die gute Seele des Hospitals und hatte ein goldenes Herz. Luzia hatte die Schwester bereits lieb gewonnen, und so erzählte sie ihr, unter welchen Umständen sie Johannes bereits vor Jahren in Ravensburg kennengelernt hatte. Sie sprach über die aufkeimende Liebe zu dem jungen Medicus und fühlte sich durch ihre eigenen Worte seltsam berührt.

»Und die schrecklichen Verletzungen auf Eurem Leib?«, fragte Ansgard vorsichtig.

Luzia schloss die Augen. An Heinrich Kramers Grausamkeiten wollte sie jetzt gewiss nicht denken! Keine Menschenseele durfte je erfahren, dass der Inquisitor den Stab über sie gebrochen hatte und sie als Hexe bei lebendigem Leib hatte verbrennen wollen. Deshalb erzählte sie, bevor Mutter Ansgard weitere Fragen stellen konnte, von Montpellier und der Medizinschule.

Ansgards Augen weiteten sich vor Begeisterung. »Ihr seid Medica?«, fragte sie ungläubig.

Luzia nickte zögernd.

»Nun, wenn Ihr Medica seid, habt Ihr bereits eine neue Stelle gefunden! Und die hat es gewiss in sich. Langeweile und Trübsal werden Euch hier wahrlich nicht begegnen«, entgegnete sie leidenschaftlich und legte die Hände auf die Hüften. »Ihr müsst wissen, dass wir schon eine halbe Ewigkeit nach einem weiteren Medicus suchen. Bader Achmüller unterstützt uns bisweilen, aber es ist nicht immer leicht mit ihm. Und seine guten Verbindungen zum Hause Allgaier erleichtern die Sache nicht gerade.«

Luzia nickte. »Was hat dieser Urban Allgaier eigentlich mit dem Hospital zu tun? Und was verbindet ihn mit dem Bader?«, fragte Luzia ohne Umschweife und lehnte sich in der Wanne zurück.

»Nun, das ist ganz einfach«, begann Ansgard. »Ohne Urbans Kredit von vielen 100 Goldgulden wäre die Freie Reichsstadt Überlingen selbst in 100 Jahren nicht in der Lage gewesen, dieses Hospital zu errichten. Daneben bekleidet Urban Allgaier im Rat nicht nur das einflussreichste Amt der Rebleute, er ist auch mit Abstand der reichste Mann Überlingens. Die Allgaiers besitzen viele Tagwerk Land, auf dessen Äckern Korn angebaut wird. Daneben zählen die ertragreichsten Weingärten und die Wälder der Umgebung zu ihrem Besitz. Die Leute sagen, dass sich das Allgaier'sche Vermögen auf viele 1.000 Goldgulden belaufe. Sein Anwesen am Graden Berg gleicht eher einem Schloss als einem Bürgerhaus.«

Luzia nickte verstehend. »Und was ist mit Wenzel Achmüller?«

»Nun, er ist ein guter Freund von Urban Allgaier und rein zufällig ebenfalls einer der wohlhabendsten Männer der ganzen Stadt.«

Luzia musste an die Worte ihres verstorbenen Onkels Jakob denken, dass der Teufel immer auf den größten Haufen scheiße.

»Könntet Ihr Euch denn vorstellen, uns hier im Hospital zu unterstützen?«

Luzia hob die Schultern. Sie hatte nicht die geringste Lust, sich vor Urban Allgaier und seiner Tochter zu rechtfertigen, schon gar nicht in medizinischen Fragen. »Dann verdingen sich all die Menschen, die im Hospital arbeiten, im Grunde bei diesem Urban Allgaier?«, fragte sie und betrachtete die Haut ihrer Hände. Durch das warme Wasser glichen ihre Fingerspitzen getrockneten Korinthen.

Ansgard schüttelte den Kopf. »Das nicht, aber weder der Bürgermeister noch der Stadtrat werden sich jemals gegen ihren mächtigsten und freigiebigsten Finanzier aussprechen. Sollte Urban die Rückzahlung seiner Kredite frühzeitig fordern, weil das Geld nicht in seinem Sinne ausgegeben wird, müssen wir das Hospital wieder schließen. Oder zumindest so hohe Preise für die Behandlungen ansetzen, dass sich ein Großteil der Bevölkerung die Versorgung nicht mehr leisten kann.«

Luzia biss sich auf die Unterlippe. Nach allem, was sie bisher von diesem Haus gesehen hatte, ahnte sie, dass es genau wie das Hospital zu Montpellier ein Segen war. Bei ihrem Gang durch den Hauptkorridor zum Waschhaus war ihr neben der überaus großen Reinlichkeit auch die Ordnung ins Auge gesprungen. Hier und da hatte sie einen raschen Blick durch die geöffneten Türen in die Krankensäle geworfen. Jeder Patient verfügte über einen eigenen Bettkasten und über eine eigene Matratze. Allein das galt als absoluter Luxus, zumindest in Hospitälern, die einem Kloster angehörten. Dort war es keine Seltenheit, dass sich vier und mehr Patienten eine Schlafstatt teilten. Beim Anblick der hellen, sauberen Stuben hatte sie Freude empfunden. Selbst Professor Ibn Faris wäre zufrieden.

»Und Jungfer Allgaier? Welche Aufgabe erfüllt sie in diesen Mauern? Ist sie am Ende selbst Medica oder Wehmutter?«

Schwester Ansgard schüttelte den Kopf. »Ottilia besitzt die Schlüsselgewalt über dieses Haus. Leider steckt sie ihre Nase dabei in allerlei Bereiche, von denen sie nicht die geringste Ahnung hat«, entgegnete die Ordensfrau mit einem dünnen Lächeln.

Was so ziemlich alles ist!, dachte sie. Doch dann hielt sie inne. In ihrem Ingrimm über Ottilias Verhalten und die Macht der Allgaiers hatte sie sich für einen Augenblick vergessen und ihren Gefühlen freien Lauf gelassen. Fast bereute sie nun, ihr Herz auf der Zunge getragen zu haben. Andererseits, wenn sie die junge Frau ansah, wusste sie, dass es ihre christliche Pflicht war, sie vor Ottilia Allgaiers Intrigen zu bewahren. Denn solchen war sie bereits zum Opfer gefallen. Das bezeugten die Narben auf der Brust und dem Rücken der Medica. Die helle, zarte Haut trug eindeutige Zeichen einer grausamen Folter. Ansgard vermutete, dass die Inquisition sie ihr zugefügt hatte. Wenn auch die Scheiterhaufen bislang einen weiten Bogen um Überlingen gemacht hatten, loderten sie doch in der gesamten Diözese Konstanz, und der Funke des Hasses konnte allzu leicht überspringen. Zudem ahnte die Ordensfrau bereits, dass Jungfer Gassner und Herrn von der Wehr mehr verband, als ihr die Medica erzählen wollte.

Mit einer entschuldigenden Geste wandte sie sich wieder an Luzia. »Bitte verzeiht, es war nicht meine Absicht, Euch zu ängstigen.«

»Oh, das habt Ihr nicht.« Eine Weile schien die junge Frau ihren Gedanken nachzuhängen, dann fragte sie sichtlich besorgt: »Johannes ist aber nicht … oder doch?«

»Verlobt? Oder gar vermählt?«, vervollständigte Ansgard Luzias Frage. »Nein«, entgegnete sie mit einem Lächeln. Ihr Gefühl hatte sie also nicht getäuscht. »Bislang habe ich den Medicus noch nie an der Seite einer Frau gesehen.«

»Ach, Wenzel, mein Guter«, schnurrte Ottilia und leckte sich mit der Zunge über die vollen Lippen. »Wollt Ihr mir nicht einen Gefallen tun?« Wie zufällig streifte Ottilias Hand den Arm des Baders.

Jedes seiner struppigen Haare richtete sich in wohliger Weise unter seinem samtroten Talar auf. Selten war ihm Jungfer Allgaier so nahegekommen, deshalb sah er sich nun ein wenig Hilfe suchend in seiner Stube um. Der Duft, welcher ihrem wohlgeformten Leib und ihrem langen Haar entströmte, machte ihn beinahe trunken. Um sich zu beruhigen, atmete er tief ein und ließ seinen Blick ein wenig schweifen.

Sie saßen in Wenzel Achmüllers Badestube, in deren Abgeschiedenheit und Ruhe er seine Patienten zu behandeln pflegte, denn der Gestank der Kranken war ihm zutiefst zuwider. Beim Anblick seines mächtigen Schreibtisches, den das Wappen Überlingens mit dem Reichsadler als feine Intarsienarbeit zierte, blieb ihm vor Besitzerstolz beinahe wieder das Herz stehen. Ja, er war ein mächtiger Mann! Die Scherenstühle, welche mit roten Brokatkissen für die Bequemlichkeit eines jeden hohen Gastes sorgten, waren ebenso kostbar wie die geschnitzte Truhe aus feinstem Birnbaum, die der Ravensburger Bildschnitzer Rueß eigens für ihn gefertigt hatte. Vielleicht war dies die Stunde des Heils, und Jungfer Allgaier war nun doch geneigt, sein Werben zu erhören.

»Um welchen Gefallen Ihr mich auch bittet, ich werde ihn nicht abschlagen. Ihr wisst, dass Ihr alles von mir verlangen könnt, und ich in Euren Händen zu Wachs werde.« Die letzten Worte waren fast ein Flüstern. Erst als er sich abermals ins Gedächtnis rief, was für ein mächtiger Mann er war, straffte er den Rücken. Und wenn er erst die schöne Ottilia als Frau an seiner Seite wüsste, wäre ihrer beider Vermögen unübertrefflich!

»Habt Ihr schon von den Plänen des Herrn von der Wehr bezüglich dieses rothaarigen Weibes gehört?«

»Sicher habe ich davon gehört. Schließlich hat sie ihre Ernennung bereits vor geraumer Zeit dem Rat vorgelegt und um eine Anstellung im Hospital gebeten.«

Ottilia legte ihren Zeigefinger gegen die Lippen und überlegte. So war das also. Nicht einmal ihr Herr Vater hatte sie von dieser Unglaublichkeit unterrichtet. Nun, sie würde sehen. Es gab immer Mittel und Wege, einen Störenfried beiseitezuschaffen. Über Lakaien verfügte sie in ausreichender Zahl, und alles andere würde ihr noch zu gegebener Zeit einfallen. Zuerst musste sie allerdings verhindern, dass diese Weibsperson nicht täglich Gelegenheit bekam, Johannes über den Weg zu laufen. »Ich weiß, Ihr seid ein kluger Mann, deshalb frage ich Euch persönlich: Was haltet Ihr von dieser selbst ernannten Medica?«

Der Bader zog die Schultern unmerklich in die Höhe. Es erfüllte ihn mit Stolz, dass Ottilia ihn um Rat fragte. »Selbst ernannt ist sie leider nicht, sondern im Besitz einer entsprechenden Urkunde. Aber Gott bewahre«, er legte die Hand auf die Brust, »es ist nicht die beste Aussicht, dass wir sie schon bald in unserer Mitte haben werden.«

Ottilia nickte mit einem vielsagenden Lächeln. »Ich danke Euch!«, flötete sie leichthin und legte ihre Hand auf die seine. »Es ist schön zu wissen, dass Ihr dafür sorgen werdet, dass diese Person erst gar nicht ihre Sachen auspackt, wenn sie zu Martini ihre Arbeit im Hospital aufzunehmen gedenkt.«

In Gedanken weilte Luzia bereits bei Johannes, als sie der Ordensfrau nach ihrem ausgiebigen Bad durch die weitläufigen Gänge folgte. Ihr Weg führte sie an der großen Küche vorbei und über eine breite Stiege in den ersten Stock hinauf.

»Hier in Überlingen leiden die Menschen vor allem unter den Blattern, der Ruhr und dem Aussatz. Ab und an sind wir auch gezwungen, gegen das Antoniusfeuer zu kämpfen. Gottlob hat uns bislang wenigstens die Pest verschont«, erklärte Mutter Ansgard und faltete die Hände vor der Brust.

Luzia nickte. »Auch in Montpellier war das nicht anders. Dazu gesellten sich noch all jene, die sich während der Verrichtung ihres Tagwerks schwer verletzt hatten.«

Die Ordensfrau nickte. »Beinahe täglich fällt einer der Handwerker beim Kirchenbau von einem der wackeligen Gerüste, oder sie hauen sich mit Äxten und Stechbeiteln in Arme und Beine. Und nicht zu reden von den starken Verbrennungen, die das Pechkochen verursacht. Diese finde ich fast am schlimmsten. Das Pech lässt sich oft nur mit einer Bürste entfernen, während die Haut darunter schon roh und völlig verbrannt ist.«

Als sie am Saal der Frauen vorbeikamen, bat eine Schwangere um Wasser.

»Die Frau des Kesselflickers kommt hoffentlich bald nieder«, erklärte Ansgard rasch. »Und ich bete, dass diesmal alles gut geht. Beim letzten Mal mussten wir das Kind in ihrem Leib zerschneiden, sonst hätte es sie wie all die anderen armen Frauen, die nicht gebären können, das Leben gekostet.«

Sofort eilte eine der Frauen, die mit einer einfachen dunklen Arbeitstunika bekleidet war, an das Bett der Kesselflickerin und flößte ihr mit Wein vermischtes Wasser ein.

Als sie am Saal der Männer vorbeikamen, erzählte Ansgard von Pankratz, dem Steinmetz. »Er ist bereits über dem Berg, und in ein paar Tagen kann er seine Arbeit an der Nikolauskirche sicher wieder aufnehmen. Er ist ein so geschickter Bursche.« Die Ordensfrau führte Luzia weiter durch den Hauptgang, der mit zahlreichen Öllampen besser erhellt war als die düsteren Gänge im Hospital zu Montpellier.

»Das wünsche ich ihm«, flüsterte Luzia und dachte an die prachtvollen Seitenaltäre der schönen Kirche. Ja, in den Jahren ihrer Abwesenheit hatte sich wirklich so einiges verändert. Neben prächtigen neuen Patrizierhäusern wurde die aufwendig gearbeitete Nikolauskirche mit eindrucksvollen Seitenaltären versehen. Von Wendelin hatte sie erfahren, dass als Vorbild der Umbaumaßnahmen, die mit einzelnen Unterbrechungen bereits seit dem Jahr 1424 andauerten, das Ulmer Münster diente.

Luzias erster guter Eindruck bestätigte sich bei der Sauberkeit und Ordnung, die überall herrschte. Frische Binsen bedeckten die gestampften Lehmböden, und der Dunst menschlicher Ausscheidungen hielt sich in einem erträglichen Maß.

»Suchen die Überlingerinnen denn auch das Hospital auf, um ihre Kinder zu gebären?«, erkundigte sich Luzia bei Ansgard.

»Das ist sehr unterschiedlich«, entgegnete die Ordensfrau. »Die Tagelöhnerinnen und einfachen Handwerkerfrauen kommen bisweilen, wenn es Notlagen gibt. Die wohlhabenden Damen der Gesellschaft ziehen es allerdings vor, zu Hause niederzukommen.«

Luzia nickte. Sie wusste, dass die Tagelöhnerinnen oft schon wenige Stunden nach der Niederkunft wieder schwer tragen und im Schmutzwasser der Gerbereien arbeiten mussten.

»Die Fälle von Fieber, welches die Wöchnerin bisweilen dahinsiechen lässt, sind seit der Öffnung des Hospitals ein wenig zurückgegangen«, bemerkte Ansgard. Dann entrang sich ein tiefes Seufzen ihrer Kehle. »Der Medicus ist ein weiser Mann. Und durch die oft seltsam anmutenden Lehren aus dem Morgenland konnte er bereits einiges bewirken, wenn ihm auch Achmüller stets ins Handwerk pfuscht, weil er den Medicus nicht versteht. Wie wunderbar wäre es, wenn es uns nun noch gelänge, jenen Frauen zu helfen, deren Kinder einfach nicht zur Welt kommen wollen. Ich wünschte manchmal, der Allmächtige hätte unsere Leiber mit ein paar Knöpfen versehen, mit deren Hilfe man uns öffnen und wieder schließen könnte.«

»Ich teile Eure Meinung!«, entgegnete Luzia. Obgleich sie um den Ernst der Sache wusste, stahl sich ein kleines Lächeln über die Wortwahl der Ordensfrau auf ihre Lippen. Luzia empfand Dankbarkeit, denn sie wusste, dass sie in der Zisterzienserin eine neue Freundin gefunden hatte.

Der Wunsch, den Mutterleib zu öffnen und das Kind herauszuheben, hatte Luzia oft bis in ihre Träume verfolgt. Sie zuckte zusammen, als sie ein leises, kaum wahrnehmbares Wispern vernahm, das aus den Tiefen ihres Kopfes aufstieg. Nach und nach wurde eine wohlklingende Altstimme daraus. Seit sie die Werke Trotas studierte, vernahm sie die volle, schöne Stimme immer häufiger. Mitunter raunte sie ihr Seltsames zu. Hatte die berühmte Medica den *Kaiserschnitt*, der seinen Namen bei der Geburt Julius Cäsars erhalten hatte, gewagt? Die Vorstellung rief bei Luzia eine Gänsehaut hervor. Erst Ansgards mütterliche Stimme brachte sie wieder in die Mauern des Sankt-Gallus-Hospitals zurück.

»Darf ich denn, sofern der Rat seine Zustimmung gibt, zukünftig auf Eure werte Mitarbeit hoffen?«, fragte die Ordensfrau.

Luzia schluckte, aber schließlich nickte sie und schenkte der Schwester ein freundschaftliches Lächeln.

»Kommt, ich begleite Euch jetzt zu Herrn von der Wehr. Er wartet sicher bereits auf Euch.«

Beim Gedanken an Johannes fühlte Luzia, wie ihr Mund trocken und ihre Hände feucht wurden. Rasch wischte sie die Handflächen an dem einfachen Kleid ab, welches die Schwester ihr überlassen hatte und das ihr wie ein großer Sack um den Leib schlotterte. Viel schlimmer aber war, dass sie sich nun all ihren Fehlern stellen musste. Jetzt musste sie sich in die Schreibstube wagen und Johannes' Vorwürfe oder gar seinen Zorn ertragen. Und es aushalten, wenn er ihr sagte, er wolle sie nie wieder sehen. Bei diesem Gedanken schmerzte Luzias Herz. Inschallah! Das hätte Professor Ibn Faris angesichts dieser Lage gesagt. So Gott will!, dachte Luzia und schluckte. Aber was um Himmels willen wollte Gott nur?

13

LUZIAS HERZ KLOPFTE ihr bis zum Halse. Sie fühlte sein warmes Pulsieren bis hinauf in ihre Wangen, die sich unter der großen Anspannung bereits in ein Flammenmeer verwandelt hatten.

Bevor Ansgard die Schreibstube still wie ein Geist verließ, schenkte sie Luzia ein aufmunterndes Lächeln.

Als die schwere Eichentür schließlich leise ins Schloss fiel, hielt Luzia den Atem an. Ihr Blick wanderte unstet von einem Winkel der Stube in den anderen.

Im Gegensatz zu den anderen Räumen des Hospitals wirkte Johannes' Schreibstube ein wenig beengt. Was nicht zuletzt an den deckenhohen Regalen lag, die das Mauerwerk der Wände hinter gerollten Zeichnungen, Büchern und allgemeinem Durcheinander verbargen. Die kleinen bleiverglasten Fenster ließen nur spärlich Helligkeit herein, was die Staubschicht und die leichte Unordnung auf dem Schreibtisch in ein gnädiges Licht rückte. Erst als Luzias Blick über Johannes' Gesicht schweifte, entspannte sie sich ein wenig und stieß den Atem aus, der ihre Brust wie ein viel zu enges Korsett gefangen gehalten hatte.

Auch wenn Johannes' Gesicht nach den Strapazen der Rettungsaktion müde und blass wirkte, hatten seine Augen ihren milden Ausdruck behalten. Doch neben dem sanften Grau, welches Luzia immer wie Samt vorgekommen war, entdeckte sie nach all den Jahren noch etwas anderes. Dunkel und leidenschaftlich war sein Blick, er sprach von Entschlossenheit und Begierde, und Luzia ahnte, dass seine Glut auch sie verbrennen würde.

»Komm, Luzia, setz dich zu mir ans Feuer«, forderte Johannes sie auf. Doch bei aller Freundlichkeit lag noch ein anderer leiser Unterton in seiner Stimme. Er nahm seinen Platz erst wieder ein, als sie sich auf der äußersten Kante des Scherenstuhles niedergelassen hatte und die Decke auf ihren Knien lag, die er ihr gereicht hatte.

Unter Johannes' Blick fühlte sich Luzia fast wie ein Kind, das durch sein unartiges Verhalten den Grimm des Vaters heraufbeschworen hatte – und das missfiel ihr ungemein. Viel lieber wäre es ihr gewesen, wenn Johannes mit seinen durchaus berechtigten Vorwürfen endlich begonnen hätte.

»Möchtest du Wein?«, fragte er leise.

Luzia nickte nur, weil sie befürchtete, ihre Stimme könnte sich irgendwo zwischen ihrem Bauch und ihren Knien verirrt haben. Ihre Augen folgten dem blutroten Strom aus der Kanne in die beiden irdenen Trinkgefäße, und als Johannes ihr einen der Becher reichte, berührten sich ihre Finger für einen winzigen Augenblick. Diese plötzliche Nähe durchzuckte sie wie ein Blitz und hinterließ ein kribbelndes Gefühl in ihrem Nacken.

Sie saßen einander gegenüber und schwiegen.

Luzia nahm einen tiefen Schluck, der ihr belebend und süß durch die Kehle rann und ihren Magen wärmte. Plötzlich fühlte sie sich nicht mehr so allein. Doch voller Ungeduld starrte sie nun in den dickwandigen Becher, an dem sich ihre Finger festklammerten, und auf die zarte Dampfwolke, die sich über dem Becherrand kräuselte, bevor sie sich in der Kühle des Raums verlor.

Eigentümlicherweise fehlten ihr in diesem Augenblick, den sie gefürchtet und doch seit langer Zeit so sehr herbeigesehnt hatte, einfach die rechten Worte. Der überschwängliche Rausch und die Unbefangenheit des ersten Wiedersehens waren einer leichten Beklemmung gewichen, die nun durch die Stube kroch und die Temperatur um einige Grad sinken ließ.

»Ich hoffe, Schwester Ansgard hat dir in der Badestube ordentlich eingeheizt, und es geht dir nun wieder besser«, sagte Johannes nach einer gefühlten Ewigkeit und lächelte. Es war ein zaghaftes Lächeln.

Luzia blieb die doppelte Bedeutung seiner Worte nicht verborgen. Dennoch nickte sie und nahm zwei weitere Schlücke aus ihrem Becher. Sie spürte, wie der starke Wein sie ein wenig entspannte. »Ja, sie hat mir eingeheizt. Die meiste Zeit hat sie mir allerdings von diesem Hospital erzählt«, antwortete Luzia beherzter, als ihr zumute war.

»Nun, das freut mich!«, entgegnete Johannes mit einem Nicken. »Wenn du möchtest, führe ich dich durch die Räume und zeige dir alles. Dann hat dir Ansgard sicher auch erzählt, dass wir händeringend nach einem weiteren Arzt suchen.« Johannes sah Luzia lange an. »Aber das weißt du ja alles bereits. Ich habe es dir in meinem Brief mitgeteilt. Möchtest du mir denn darauf eine Antwort geben?«

Luzia nickte und biss sich auf die Unterlippe. Sie fühlte, wie prickelnde Röte ihre Wangen erreichte. Johannes hatte sich über die Jahre kaum verändert. Lediglich sein Haar war nach all den Jahren von silberhellen Strähnen durchwirkt, und unter der Oberfläche seiner ruhigen grauen Augen blitzte ein wildes Feuer, welches Luzia beinahe den Atem raubte.

Auf der Suche nach einem würdigen Anfang ließ sie ihren Blick durch den Raum schweifen. Sie betrachtete den solide gearbeiteten Schreibtisch, dessen dunkles Holz im Feuerschein warm leuchtete, und die übervollen Regale. An der einzigen freien Wand hingen zwei Ölbilder. Sie zeigten den

Tag von Johannes' feierlichem Eintritt in das Sankt-Gallus-Hospital. Neben Johannes, dessen schwarzes Wams mit dem weißen Johanniterkreuz unter dem schwarzen Umhang leuchtete, erkannte Luzia den Bürgermeister mit seiner goldenen Amtskette, die Stadträte sowie die *Herrengesellschaft*, allesamt in feinstem Tuch mit edelsteinverzierten Gürtelschnallen und pelzverbrämten Krägen. »Ein schönes Bild«, flüsterte sie.

Johannes schüttelte den Kopf. »Ein recht unnützes Geschenk Urban Allgaiers. Aber es erfüllt ihn mit Freude, wenn er es in meiner Schreibstube sieht.«

Johannes wollte sich jetzt nicht über diese Zurschaustellung der Macht unterhalten, denn er hatte so lange auf diesen Augenblick gewartet, ihm entgegengefiebert. Nun war er da, und nun vermochte er Luzia nicht zu sagen, dass sie ihm sein Herz herausgerissen hatte. Dass es nach all den Jahren noch immer schmerzte und dass sie sich nach den vielen schlaflosen Nächten, die sie ihm bereitet hatte, am besten zum Teufel scherte. Jetzt sofort!, dachte er grimmig, nahm einen Schluck Wein und setzte den Becher hart auf dem kleinen Tisch ab.

Doch schon bald spürte er, wie ihre Wärme den Raum durchflutete und all seine Sinne berührte. Allein ihre Stimme war Balsam für sein geschundenes Herz. Sie in seiner Nähe zu wissen, erfüllte ihn mit warmem, vollem, tiefem Glück! Seine Hände sehnten sich danach, in den roten weichen Wellen ihres Haars zu versinken. Er wollte ihre weiße weiche Haut spüren, die ihn noch immer an sahnige Milch erinnerte. Er betrachtete ihre Lippen, die ein perfektes Herz formten, und blieb an ihren veilchenblauen Augen hängen, die eine Spur zu frech in die Welt blickten und in deren Tiefe man sich verlieren konnte …

Johannes räusperte sich. »Warum hast du mich eigentlich weggeschickt?« Seine Frage durchbrach die Stille, klang scharf und vorwurfsvoll.

Als Luzia den Schmerz in seinem Gesicht sah, krallte sich die bleischwere Hand der Schuld noch tiefer um ihr Herz. Mit ihrer Selbstsucht hatte sie alles zerstört. Sie schüttelte den Kopf und nahm seine Hand. Seine Gefühle erschütterten sie. Neben seiner Liebe nahm sie auch die Furcht wahr, sie erneut zu verlieren. Und in einer Ecke seines Herzens beherbergte er jenen heißen Zorn, der sich jetzt rot und wild Gehör verschaffte. Luzia spürte den inneren Kampf, den Johannes in einem leidenschaftlichen inneren Monolog ausfocht.

»Ich …«, begann sie zögernd und schüttelte abermals den Kopf, als wollte sie selbst verstehen, was damals geschehen war. »Ich weiß es auch nicht. Anfangs dachte ich, ich ertrage die Nähe nicht«, sagte sie und schluckte schwer.

Johannes' Lippen bildeten eine schmale Linie, und auf seinem Gesicht zeichnete sich neben Enttäuschung auflodernde Wut ab. »Warum hast du meine Nähe nicht ertragen?«, fragte er mit harter Stimme. »Nichts hätte ich lieber getan, als dich zu schützen und dich zu pflegen, bis neben deinem Leib auch deine Seele wieder heil geworden wäre.«

»Und genau das wird nie geschehen!«, fuhr Luzia ihn an. »Ich werde nie wieder heil und ganz und unversehrt sein, verstehst du das denn nicht?«

Johannes nickte, aber Luzia bezweifelte, dass er sie wirklich verstand.

»Im Übrigen war es nicht nur deine Nähe, die ich nicht mehr ertragen konnte. Es war jede Nähe. In manchen Stunden konnte ich mich selbst kaum aushalten. Noch heute träume ich von den grausamen Stunden im Kerker. Heinrich Kramer hat mir die Seele aus dem Leib gerissen und sie an den Teufel verfüttert. In Wahrheit hat er mich dort im Kerker getötet! Was du siehst, ist eine leere, seelenlose Hülle.«

Johannes wusste, dass die Folter sogar abgebrühteste Legionäre für immer verändert hatte. Die Folterknechte hatten ihre Seelen gebrochen. Jetzt sehnte er sich danach, Luzia in die Arme zu nehmen. Er wollte ihr nie mehr fern sein müssen. Obwohl sie nach der stürmischen Umarmung unten am Landungsplatz wieder die schickliche Distanz wahrten, rückte er ein wenig näher. »Ich kann einfach nicht verstehen, weshalb du gegangen bist und mich lediglich mit ein paar wenigen Zeilen zurückgelassen hast. Nicht zu reden davon, dass du mir abverlangt hast, niemals mehr nach Montpellier zurückzukehren!« Johannes spürte, wie seine über viele Jahre angesammelte Wut mit der kühlen Vernunft wetteiferte.

Luzia löste sich aus der Decke, die ihre Beine wärmte, und sprang auf. Ihre Stimme überschlug sich in leidenschaftlichem Zorn. »Ich wusste, dass du nie nach Montpellier gekommen wärst!«, fauchte sie und funkelte ihn wütend an. Obwohl ihre Worte jeder Wahrheit entbehrten, hatten sich ihre Gedanken längst entzündet. Nun gab es kein Zurück mehr. Sie wollte diesen Streit! Sie wollte ihn mit jeder Faser!

»Das ist doch völliger Unsinn!«, protestierte Johannes laut, erhob sich ruckartig und trat vor den Kamin. »Du weißt ebenso gut wie ich, dass ich spätestens nach ein paar Wochen nachgekommen wäre! Stattdessen stellst du mich vor vollendete Tatsachen und erklärst mir, in Montpellier mit einem Medizinstudium beginnen zu wollen.«

Luzias Augen blitzten vor Zorn. Ihr war, als sprühte ihr rotes Haar Funken. »Auch du wurdest in Montpellier zum

Medicus. Es gebe keine bessere Universität auf dieser Welt –
genau das waren deine Worte!«

»Und so meinte ich es auch!«, schnaubte Johannes wütend.

»Oh, du denkst jetzt sicher, dass das ja etwas anderes ist,
weil du schließlich ein Mann bist. Und weil es nur Männern
gestattet ist, die Medizin zu studieren. Lass dir eines sagen«,
Luzia trat so dicht an ihn heran, dass sie jedes einzelne Härchen in seinem Gesicht erkennen konnte, »jahrelang habe ich
wie ein Mann unter Männern gelebt, also erzähl mir nichts
von ihnen und ihrer ungeheuren Macht und ihren eigenwilli-
gen Gedanken. Ich kenne all die angeblichen Wahrheiten über
gebildete Frauen. Glaub mir, läge nur ein Fünkchen Richtig-
keit darin, wäre die Menschheit lange schon ausgestorben.
Aber ihr lasst euch ja nicht von dem aberwitzigen Gedanken
abbringen, die Gebärmutter vertrockne, sobald eine Frau
des Lesens und Schreibens mächtig sei!«, schrie Luzia und
wandte sich ab. Sie begann, wild mit dem Schürhaken in den
Flammen herumzustochern, bis sich ein rot glühender Funkenregen über den Boden ergoss.

»Selbstverständlich kenne ich all diese verrückten Behauptungen, und ich weiß auch, dass sie der landläufigen Meinung
entsprechen. Dennoch sind deine Vorwürfe mir gegenüber
völlig haltlos!«, gab Johannes wütend zurück. »Dass den
Frauen der Zugang zur Medizinschule verwehrt ist, kann
ich nun einmal nicht ändern. Glaub mir, wenn es nach mir
ginge, gäbe es diesen Unterschied zwischen Männern und
Frauen nicht. Es gäbe nur den Unterschied zwischen jenen,
die etwas lernen wollen, und den anderen. Auch die göttliche
Ordnung, wonach die Frau dem Manne unterstellt sei, weil
sie angeblich schwächer und weniger klug geboren wurde,
halte ich, gelinde gesagt, für absoluten Humbug. Aber eigentlich müsstest du all das bereits wissen!« Johannes stapfte

wütend durch den Raum und blieb am Fenster stehen. »Du weißt, dass ich deinen Wunsch nicht nur respektiert, sondern sehr gut verstanden habe. Dennoch konnte ich nicht gutheißen, dass du dich aus freien Stücken in eine derartige Gefahr begibst. Und das jahrelang! Stell dir vor, jemand hätte dein Geheimnis entdeckt! Im besten Fall hätte dein Leben am Strang geendet, im schlimmsten Fall auf dem Scheiterhaufen! Glaubst du etwa, ich habe dich in Ravensburg vor den Flammen der Inquisition gerettet, um dich in Montpellier wegen Betrugs zu verlieren? Glaubst du das wirklich?«

Luzia starrte ihn herausfordernd an. Sie wollte sich mit Johannes streiten und ungerecht sein. Zum Teufel mit den Männern!, dachte sie. Für Männer war das Leben so einfach. Wo sich für Frauen tiefe Gräben auftaten, gab es in der Welt der Männer so gut wie keine Grenzen. Luzia rieb sich die Arme, weil sie plötzlich fröstelte.

Johannes verließ seinen Platz am Fenster und durchmaß den Raum mit großen Schritten, bis er ihr gegenüberstand. »Ich hatte solche Angst um dich! Ist das denn so schwer zu verstehen?«, flüsterte er und sah in die Flammen. Aller Zorn war aus seinem Blick gewichen, und seine Stimme klang wieder ruhig und völlig klar.

Seine offene und ungekünstelte Ehrlichkeit traf Luzia mitten ins Herz.

»Schließlich blieben mir nur die Johanniter. Rudolf von Baden hat mir den Weg gewiesen und mich für einige Jahre auf die Insel Rhodos geschickt, wo ich zum Ritter ausgebildet wurde. Ihm habe ich zu verdanken, was ich heute bin. Nachdem ich dem Heiligen Kreuz auf Rhodos gedient hatte, fühlte ich mich bereit für das Hospital des Heiligen Gallus. Ich habe mich in die Arbeit gestürzt, um nicht Tag und Nacht an dich denken zu müssen.«

Luzia senkte den Kopf. Sein Schmerz tat ihr unendlich weh.

Johannes trat noch näher an sie heran. »Bitte verzeih mir, dass ich deinem absurden Wunsch Folge geleistet habe. Ich habe dich alleingelassen, als du mich vielleicht am dringendsten gebraucht hättest.«

Luzia spürte die Wärme, die sie von allen Seiten umschloss, und nickte. »Und mir tut es leid, dass ich dich in meiner Selbstsucht so sehr verletzt habe. Aber du musst wissen, ich würde diesen Weg wieder gehen. Dieses Mal vielleicht mit dir an meiner Seite, aber ich würde ihn wieder gehen. Obwohl die Jahre lang, hart und entbehrungsreich waren, bereue ich nichts.« Luzia spürte die Wahrheit ihrer eigenen Worte.

Johannes nickte. »Ich weiß!«, sagte er und verschloss ihren Mund mit einem leidenschaftlichen Kuss.

Luzia fühlte sein glühendes Verlangen, als seine Zunge ihre Lippen öffnete und jeden Winkel ihres Mundes erkundete. Der vertraute Duft von Leder und Seife kitzelte ihre Nase, und bald spürte sie den Boden unter ihren Füßen nicht mehr. Luzia wollte diesen Mann. Jetzt, auf der Stelle. Der Gedanke des Verbotenen brachte ihr Blut zum Kochen.

Seine Finger schoben sich in ihr Haar und kneteten die weichen roten Wellen. Wie gern er Luzia hier und jetzt als seine Frau nehmen wollte! Nur ein Kuss!, dachte er. Es ist nur ein Kuss! Langsam ließ er seine Hände über ihren Rücken gleiten. Er spürte ihr Erschaudern, als seine Finger die zarte Linie ihres Halses nachzeichneten, bevor sie ihren Weg über das Schlüsselbein zu ihren Brüsten fanden. Nur ein Kuss!

Selbst die Zeit stand still und lauschte der Zärtlichkeit. Nicht einmal das Feuer wagte zu stören. Es senkte sein Knistern, bis es einem Flüstern glich.

Erst das wiederholte Klopfen an der Tür löste sie voneinander.

Atemlos und mit geröteten Wangen kehrte Luzia mit wackeligen Knien zu ihrem Platz vor dem Kamin zurück, wo sie notdürftig ihr Haar ordnete. Johannes wartete, bis sich sein Atem wieder beruhigt hatte, bevor er missmutig die Tür öffnete.

»Ach«, sagte Ottilia spitz, »hier seid Ihr!« Bereits einen Augenblick später drängte sie sich an Johannes vorbei in die kleine Schreibkammer.

»Ottilia, was wollt Ihr? Ihr wisst ganz genau, dass ich darum gebeten habe, nicht gestört zu werden«, entgegnete Johannes kühl.

»Ich wollte nur sehen, ob Ihr etwas braucht oder ob Schwester Ansgard Euch nun ein Bad bereiten soll. Das Waschhaus ist noch warm.«

Johannes schüttelte den Kopf. »Danke, wir haben alles, was wir brauchen. Wenn ich Euch also bitten darf.« Er wies Ottilia grimmig die Tür.

Luzia sah die Unsicherheit in Ottilias Gesicht aufflackern. Das Lächeln, welches sie sich abrang, erreichte ihre Augen nicht. Die Temperatur sank, und in der Stube wurde es frostig. Selbst die Flammen im Kamin fauchten auf, bevor sie ganz in den gemauerten Feuerraum zurückkehrten.

Bevor Ottilia Johannes' Aufforderung folgte, fühlte Luzia ihren eisigen Blick auf sich ruhen, und sie wusste, dies hier war erst der Anfang.

14

DIE SCHATTEN WURDEN BEREITS LÄNGER, als sich Ottmar von Pflummern nach der wöchentlichen Ratssitzung aus seinem prächtigen samtbezogenen Amtsstuhl erhob. Raschen Schrittes durchmaß er den Ratssaal und öffnete eine der zahlreichen Laden des mit kostbaren Schnitzereien verzierten Schrankes. Als er den Bader plötzlich hinter sich wusste, seufzte der Bürgermeister tief. Der Zunftmeister des Baderhandwerks war neben der Familie Allgaier einer der wohlhabendsten Bürger der ganzen Stadt. Rasch schob von Pflummern die Sitzungsunterlagen in das unterste Fach und genehmigte sich einen Schluck aus der Branntweinflasche.

»Auf ein Wort, Herr Bürgermeister«, eröffnete der Bader das Gespräch, legte eine Hand auf die Schulter des beleibten Mannes mit dem welligen grauen Haar und warf einen raschen Blick über die Schulter.

Von Pflummern stieß den Atem aus, schloss die Lade und verschränkte die Arme hinter dem Rücken. Der Bader war ein schlanker, fast magerer Mann. Seine tief liegenden Augen glichen kleinen dunklen Knöpfen, und sein dünner Hals wirkte, als hätte man ihn in die Länge gezogen. »Was kann ich für Euch tun, Meister Achmüller?«, erkundigte sich von Pflummern, um eine freundliche Miene bemüht. Wäre der Bader nicht ausgerechnet ein außerordentlich guter Freund des wohlhabendsten Gönners der Stadt, könnte ihm der herablassende Mann gestohlen bleiben.

»NUN«, BEGANN ACHMÜLLER mit gewichtiger Miene, »freilich weiß ich, dass Euch bei der vorherigen Abstimmung die Hände gebunden waren.«

Von Pflummern nickte. Auch er hatte einen anderen Ausgang erwartet. Weiber gehörten nun einmal ins Haus. Dort waren sie in seinen Augen unübertroffen. Zufrieden dachte er an seine brave Martha. Ein behagliches Zuhause, ein Stall voller Bälger – was wollte ein Mann mehr? Duldete man der Weiber neugierige Nasen in gewichtigen Dingen, ließ der Ärger nicht lange auf sich warten. Was der Eintritt der Gassnerin in das Sankt-Gallus-Hospital bewies. Andererseits hatte Jungfer Gassner trotz der Vorwürfe, die Achmüller gegen sie vorgebracht hatte, ein Händchen für die Kranken.

»Ich hoffe aber sehr, dass Ihr die getroffene Entscheidung nochmals mit der gebotenen Gründlichkeit überdenkt. Was glaubt Ihr, wird geschehen, wenn die Stadt die Gassnerin weiterhin beschäftigt?«

Der Bürgermeister blieb ihm die Antwort schuldig. Er wusste um die Bedenken des Baders, doch die knappe Mehrheit der Räte hatten sich für den Verbleib der Jungfer Gassner ausgesprochen. Was bedeutete, dass sie auch weiterhin der Stadt verpflichtet bleiben würde.

»Diese Medica!«, spottete Achmüller und rollte die Augen. »Ich habe schon eitrige Zähne gezogen und Wunden mit Gänsemist geheilt, als dieses freche Weibsbild noch nicht einmal gehen konnte! Und ich kann mit Fug und Recht behaupten, dass ich nie etwas Lächerlicheres gehört habe, als es dieses rothaarige Weib vorgetragen hat. Und bei Gott, ich habe schon so manchen Unsinn gehört!« Der Bader stützte sich auf seinen Stock mit dem Silberknauf. »Selbst wenn die Gassnerin etwas anderes behauptet, wisst Ihr im Grunde doch auch, dass Gott allein der Herr über Leben und Tod ist. Wir können lediglich den Leib von innen heraus reinigen, mit dem Aderlass, mit der

Verwendung von Brechmitteln und Klistieren. Freilich verfügen wir mit dem Brennen der Haut und der gezielten Anregung des Wundeiters über Möglichkeiten, so manche Krankheit zu kurieren. Aber der Rest liegt beim Allmächtigen! Und dieser hat das Weib nicht ohne Grund mit einer Vielzahl von dummen und schwächlichen Eigenschaften ausgestattet.«

»Ich bitte Euch«, beschwichtigte von Pflummern mit einer besänftigenden Geste, »echauffiert Euch nicht!«

Wenzel Achmüller trat einen Schritt zurück. »In der Tat ist bereits dieser von der Wehr ein aufgeblasener Wicht. Aber die Kräuterhexe …« Achmüller fuhr ungehalten in die Ärmel seines Mantels. »Dabei haben die beiden diesen ganzen Mist, den sie Heilkunde nennen, im Frankenland von einer Handvoll Ungläubigen gelernt. Von Juden, Persern und wer weiß noch welchem Ungeziefer. Allein die Arzneien, welche dieser Johannes von der Wehr verwendet, könnten dem Rezept eines Gottlosen entstammen! Und Ihr müsstet einmal erleben, mit welcher Vehemenz die Gassnerin meine bewährten Heilmethoden verteufelt.« Erregt schloss Achmüller seinen pelzbesetzten Mantel mit der schweren Silberfibel. Im milchigen Licht der Unschlittlampe funkelte die schwere, edelsteinbesetzte Brosche kostbar und fein. »Wenn Ihr glaubt, dass ich mir von diesem vorlauten Weib weiterhin dreinreden lasse, täuscht Ihr Euch!«

Rasch förderte von Pflummern abermals die Branntweinflasche zutage und füllte zwei Becher. Achmüller nickte und leerte das scharfe Gebräu in einem einzigen Zug. »Niemand verlangt, dass Ihr die Anweisungen der Medici befolgen müsst.« Obgleich es bisweilen sicher nicht schlecht wäre, dachte von Pflummern. »Und nun wünsche ich Euch eine geruhsame Nacht.«

Obwohl die Ratssitzung inzwischen beendet war, standen die Räte noch in kleinen Gruppen beieinander und unterhielten sich. Bislang machten sie keine Anstalten, den Ratssaal zu verlassen. Kein Wunder!, dachte von Pflummern und fuhr sich mit den Fingern durchs Haar. Immerhin war der heutige Beschluss des Rates erst nach anhaltendem Tumult gefällt worden. Nun bedurfte er noch einer besonneneren Nachbesprechung. Darüber hinaus hatte es den ganzen Tag geschneit, und wer tauschte schon gerne eine gut geheizte Amtsstube gegen die jämmerliche Kälte dort draußen? Erst recht nicht, wenn der Hausherr einen Wein kredenzte, als hätte ihn Gott selbst gekeltert. Obendrein hatte der Bürgermeister es sich nicht nehmen lassen, Aalpastetchen und Kürbispudding in Biertunke servieren zu lassen. Aber nun wäre es eigentlich an der Zeit, überlegte er, dass sich die Herren empfahlen.

Rasch nahm er einen letzten Schluck aus der Flasche, stellte sie an ihren angestammten Platz, verschloss die Lade sorgfältig und blickte sich um. Abendliches Licht fiel durch die bleiverglasten Fenster auf das prächtige Wappen Überlingens. Schon beim Betreten strahlte der neu gestaltete Saal Ansehen und Würde der bedeutenden Reichsstadt aus. Der Bildschnitzer Jakob Rueß aus Ravensburg hatte großartige Arbeit geleistet. Seine geschnitzten Figuren stellten die hierarchische Ordnung des Deutschen Reiches dar, vom einfachen Bauern über den Pfalzgrafen bis hin zum Kaiser. Rueß hatte von Pflummern zugesichert, dass er mit seiner Arbeit schon bald fertig sein würde, und dann würde die Freie Reichsstadt Überlingen den wohl prächtigsten Ratssaal im Umkreis von vielen Meilen besitzen.

Im Gegensatz zu seinem Vorgänger hatte von Pflummern einen schweren runden Tisch aus guter Eiche gewählt. Wenn er dort mit seinen Räten tagte, kamen ihm immer die Ritter der Tafelrunde in den Sinn. Seine Frau hatte ihm die Artussage in einem schönen, ledergebundenen Buch aus Mainz mitgebracht. Seither las er immer auf die Nacht hin ein paar Seiten und erfreute sich an den kostbaren Abbildungen, die Martha auf dem Hof zum Gutenberg für ihn erstanden hatte.

Als er zur Fensterreihe trat und auf den Unteren Markt hinausspähte, sah er, dass der Schneefall endlich aufgehört hatte. »Es schneit nicht mehr!«, rief er erleichtert. »Nun aber hinaus, meine Herren! Meinetwegen könnt Ihr das Treffen im *Löwen* fortsetzen, aber mich zieht es nach Hause zu meinem Eheweib.« Von Pflummern verabschiedete seine Räte mit einem Nicken und wünschte ihnen eine geruhsame Nacht.

Nachdenklich blickte er Urban Allgaier nach. Obwohl sich dieser Hund gegen eine Weiterbeschäftigung der neuen Medica ausgesprochen hatte, hatte er vorerst klein beigeben müssen. Eigentlich waren sie sich immer einig gewesen und hatten nach reiflichen Überlegungen stets das Beste für die Stadt entschieden, konnten etwa das erste Hospital weit und breit ihr Eigen nennen. Doch Allgaier, dieser Hornochse, verlangte, dass die Gassnerin zu Lichtmess das Hospital wieder verließ. Angeblich brachte sie Unruhe in die Reihe der Patienten, und jüngst hatte ihr Allgaier sogar den Tod eines Mannes anlasten wollen. Von Pflummern rieb sich die Stirn und schüttelte den Kopf. Der alte Braunwart hatte bereits über 60 Jahre gezählt, bevor er nach einer eitrigen Brusthitze eines Morgens einfach nicht mehr erwacht war. Während Achmüller Wickel aus Öl und Dung verordnet hätte, hatte die Gassnerin Abkochungen aus Kräutern und Weidenrinde veranlasst. Freilich handelte es sich bei Luzia Gassner um eine Weibsperson, und für gewöhnlich traute er den Weiberleuten weitaus weniger zu. Dennoch hatte er ein gutes Gefühl, wenn sie dort oben im Gallushaus tätig war.

Von Pflummern kratzte sich nachdenklich am Kopf. Zumindest hatte diese Medica Mut bewiesen, als sie sich den Fragen seiner Räte und des Baders gestellt hatte. Zum Teil waren ihm die Fragen dreist und manch eine sogar ein klein wenig pikant vorgekommen. Selbst da hatte sich die Medica nicht unterkriegen lassen. Stattdessen war es ihr gelungen, einige Räte für sich zu gewinnen und ihr Wissen wie einen bunten Teppich zu präsentieren.

Müde knetete er seine Nasenwurzel und seufzte erleichtert. Einstweilen hatte er einen Aufschub erwirkt. Er hoffte lediglich, dass Allgaier, der alte Fuchs, die Rahmenbedingungen für den Kredit, welchen er der Stadt für das Hospital gewährte, nicht plötzlich änderte. Dennoch hielt der Bürgermeister diesen Schachzug nicht für ausgeschlossen, zumal Allgaier wusste, dass Überlingen das Darlehen für das Hospital nie und nimmer zurückerstatten konnte. Im Grunde war Urban Allgaier aber kein schlechter Mensch, solang alle nach seiner Pfeife tanzten und seine Tochter keine mögliche Konkurrentin fürchten musste. Man wird sehen, dachte Ottmar von Pflummern und nahm seinen pelzbesetzten Umhang mit den geschnitzten Hornknöpfen vom Haken.

Die Stadt hatte viel erreicht und strebte nach noch höheren Zielen. Bei Gott, und diese rothaarige Medica hatte Visionen, die gewagt und teilweise ein klein wenig verrückt anmuteten – doch genau das gefiel ihm. Im Gegensatz zu Bader Achmüller schien die junge Frau, die bereits als Wehmutter Erfahrungen hatte sammeln können, ganz genau zu wissen, wovon sie sprach. Und Johannes von der Wehr teilte die Meinungen der Medica. Luzia Gassner hatte nun tatsächlich vor, den Gebrechen der Weibspersonen einen ganzen Saal zu widmen. So etwas hatte es noch nie gegeben! Sie hoffte darauf, dass die wohlhabenden Damen der Überlinger Gesellschaft für die Zeit der Niederkunft ins Sankt-Gallus-Hospital kamen. Von Pflummern hatte sich in ganz Europa umgehört, doch bislang war eine derartige Einrichtung gänzlich unbekannt! Im Geiste sah er bereits den Pilgerstrom der Frauen und hörte die Münzen der wohlhabenden Damen im Säckel klimpern.

Dazu war Luzia Gassners Leumund so untadelig, dass er ein Narr gewesen wäre, ihr den Dienst zu kündigen. Immerhin hatte sich Pater Wendelin, Seelsorger der Pfarrkirche Sankt Martin, für die junge Frau verbürgt. Dazu kamen noch ein Steinmetz und dessen Eheweib und, nicht zu vergessen, Johannes von der Wehr selbst. Zu guter Letzt war sogar noch seine Exzellenz, der ehrwürdige Komtur Rudolf von Baden, erschienen und hatte sich für Jungfer Gassner verwendet. Wem diese Ehre zuteil-wurde, konnte nicht schlecht sein. Bislang hatte von Pflummern den Komtur als äußerst scharfsinnigen, aber kühlen Mann ken-nengelernt. Der Bürgermeister dachte an das nicht ganz einfa-che Zusammenleben mit der Johanniterkommende, welche in der Freien Reichsstadt die Gerichtsbarkeit ausübte. Obwohl er selbst in den Johannitern einen wahren Segen sah, fürchte-ten seine Bürger stets einen Übergriff, weil das Bollwerk der Kommende an der östlichen Stadtmauer eher einer Festung glich denn einer Behausung von Rittern. Weil es an drei Seiten in steil abfallenden Mauern endete, galt das Anwesen als unein-nehmbar. Und vor kämpfenden Mönchen in blutroten Waffen-röcken durfte man sich auch ein wenig fürchten.

»Bei Gott, das sind ja ganz neue Sitten, die von Pflummern da einziehen lässt! Ich hätte niemals gedacht, dass sich der Bür-germeister in diesem Maße für die junge Frau einsetzt«, rief Laurenz Beck belustigt. Dabei dachte er an die fast lächerlichen Vorwürfe, die sowohl Allgaier als auch Achmüller vorgebracht hatten. Freilich war es alles andere als alltäglich, eine Medica zu beschäftigen. Dennoch, solang sie sich um die Frauen und Kin-der bemühte, konnte Beck nichts Verwerfliches an der Beschäf-tigung dieses Weibes entdecken.

Urban Allgaier, Ratsmitglied und Zunftmeister der Rebleute, machte ein saures Gesicht. Mürrisch schlüpfte er in seinen kostbaren Mantel aus Zobelpelz und machte sich mit Wenzel Achmüller und ein paar weiteren Ratskollegen auf den Heimweg. Trotz seines Alters besaß er noch immer volles dunkles Haar, welches er über der Stirn zurückkämmte. Das und die kleinen braunen Äuglein, die unter wulstigen Lidern beinahe verschwanden, verliehen ihm ein etwas seifiges Aussehen. Wer Allgaier nicht kannte, würde ihn niemals bei den bedeutenden Rebleuten vermuten und in ihm schon gar nicht den Zunftmeister sehen. Obgleich sein Äußeres stets tadellos war, haftete ihm etwas Schmieriges an.

»So weit ist diese Stadt samt ihrem Bürgermeister also gesunken!«, schimpfte Achmüller und spuckte aus.

Allgaier nickte zu den Worten seines Freundes und klopfte ihm auf die Schulter. »Weise Worte, mein Lieber! Weise Worte!«

Das brachte Laurenz Beck zum Schmunzeln. »Sollen wir etwa künftig unseren Allerwertesten einem Weib entgegenstrecken, wenn uns die Goldadern allzu sehr plagen?«, äffte er Allgaier nach, der dicht neben ihm stand. Der bloße Gedanke daran erheiterte ihn. »Nichts für ungut, alter Freund!«, sagte er und klopfte Allgaier freundschaftlich auf den Rücken.

Urban Allgaier war mit dem Ausgang der Sitzung äußerst unzufrieden. Dennoch wusste er, dass seine Zeit kommen würde, immerhin gab er die Bedingungen des Kredites vor, und wenn von Pflummern nicht spurte … Ein Lächeln umspielte seine fleischigen Lippen. Und schließlich gab es noch Wenzel. Der gute alte Wenzel Achmüller, der sich beinahe täglich über die beiden Medici echauffierte und daneben um die Gunst seiner einzigen Tochter warb.

»Begleitet Ihr mich noch auf einen Becher Wein in den *Löwen*?«, erkundigte sich Beck.

Allgaier nickte abwesend und folgte dem schlanken Ratsbruder mit dem grauen Haar und den wachsamen Augen über den tief verschneiten Kirchplatz am Ölberg vorbei, während sich Achmüller mit einem Niesen verabschiedete. Ihm half wohl nur noch eine Kanne heißen Weins und eine Sonderbehandlung durch eines der jungen Mädchen in seiner Badstube.

Während der Bader in der Dunkelheit verschwand, stapfte Allgaier neben Beck über den Kirchplatz. Das reich verzierte Oktagon, das auf dem Platz vor der Kirche prangte, beheimatete ein vollendetes Sternengewölbe. Die grün glasierten Ziegel seines Spitzdaches trugen bereits eine dicke Schneehaube, die in der Dämmerung geheimnisvoll glitzerte. Bevor sie gemeinsam über die große Freitreppe der Nikolauskirche auf den Unteren Markt gelangten, verharrte Urban einen Augenblick vor der überlebensgroßen Christusfigur und sandte ein Stoßgebet zum Himmel.

»Dauert Eure Zwiesprache mit dem Heiland noch länger?«, wollte Beck mit klappernden Zähnen wissen. »Ich habe wenig Lust, hier festzufrieren, also seid so gut und folgt mir beizeiten in den *Löwen*. Ich halte Euch auch einen Platz am Ofen frei. Heute habt Ihr ja sicher einen guten Grund, dem Wein ordentlich zuzusprechen.« Beck hielt kurz inne. »Zumindest solang Eure Tochter Euch dieses Vergnügen noch gönnt!«, spottete er und balancierte über die schneebedeckte Treppe davon.

»Hütet Eure Zunge, sonst schneide ich sie Euch eigenhändig heraus!«, schimpfte Allgaier. Diesem elenden Beck würde er mit Freuden das vorlaute Maul stopfen.

Die Ratssitzung hatte ihm die Stimmung gründlich verdorben. Was gäbe ich darum, mich recht und ehrlich zu besaufen!, dachte er, während sein Blick auf dem Allmächtigen ruhte. Stattdessen bat er Gott darum, alles zum Guten zu wenden, wenn er jetzt gleich im *Löwen* nur Dünnbier bestellte. Obwohl er sonst große Stücke auf den Bürgermeister hielt, konnte er es beim besten Willen nicht gutheißen, dass die Gassnerin dort oben im Sankt-Gallus-Hospital weiterhin ihren Unsinn praktizierte und sich seiner Tochter in den Weg stellt. Weshalb brachte es der Bürgermeister nicht fertig, ihr den Dienst zu kündigen? Allgaier stieß den Atem in kleinen weißen Wölkchen aus. Immerhin hatte sich Ottilia über Jahre hinweg als alleinige Herrin im Gallushaus fühlen dürfen, bis ihr der Bürgermeister diese Baderin präsentiert hatte ... noch dazu eine rothaarige! Und eine, die nicht einmal einem alten Überlinger Geschlecht entstammte. Was von außerhalb der Stadtmauern kam, war in der Regel unnütz! Schlechtes Blut!, dachte er und bekreuzigte sich. Zum Kuckuck mit diesem Pflummern und dieser gottverdammten Medica!

Zornig versetzte er der Tür zum *Löwen* einen heftigen Tritt. Als er die Gaststube betrat, blieb sein Blick an Rueß, dem Bildschnitzer hängen. Der untersetzte Mann im mittleren Alter wirkte nicht unbedingt wie ein Handwerker. Sein Gesicht besaß nicht jene wettergegerbte Grobheit, welche den Handwerkerstand auswies, seine Züge waren fein geschnitten. Seine Kleidung wirkte aufwendig und verspielt. Er trug ein scharlachrotes Wams aus bestem Samt, darüber einen Mantel aus senfgelbem Tuch. Sein mit kostbaren Silberknöpfen verzierter hoher Biberhut lag neben ihm auf der Bank.

»Luzia Gassner, sagtet Ihr?«, fragte Jakob Rueß und rieb sich nachdenklich den kecken Kinnbart. Kurzerhand hatte Urban Allgaier den Bildschnitzer aus Ravensburg, der noch immer in Überlingen weilte, zu sich an den Tisch gebeten. Er nickte bedächtig. Dieser Name brachte Unglück, niemand erwähnte ihn in Ravensburg. »Weshalb sollte ich diesen Namen kennen?«

Allgaier hob die Schultern. »Nur ein Gefühl, nichts weiter«, erklärte er sichtlich enttäuscht.

Laurenz Beck und einige weitere Räte, die ebenfalls in der Gaststube am Stammtisch saßen, sahen sich an und schüttelten die Köpfe.

Der *Löwe* galt als Überlingens erste Adresse und war stets gut besucht. In der holzgetäfelten Schankstube mit der niedrigen verrußten Decke und dem gemauerten Kachelofen traf sich alles, was in Überlingen Rang und Namen hatte, auch die *Herrengesellschaft*, die sich aus Zunftmeistern und den Mitgliedern des Patriziats zusammensetzte. Hier erfuhr man auch von allen Neuerungen und Änderungen im Stadtgeschehen.

»Was für einen Mumpitz über die Gassnerin wollt Ihr in die Welt setzen?«, wollte Beck wissen. Er hatte nichts gegen die Medica. Im Gegenteil, er fand sie liebenswürdig und durchaus reizvoll.

Melchior Abele, ebenfalls Stadtrat und Zunftmeister der Müller, berichtete, dass man sich bereits erzähle, die Gassnerin habe heilende Hände. Was sie berühre, wende sich zum Guten. »Gott hält sicher seine Hand über sie, andernfalls wäre sie ertrunken, als sie sich todesmutig in den Bodensee gestürzt hat, um die Frauen auf der sinkenden Lädine vor dem Ertrinken zu bewahren.«

»Bei Gott, sie hat mehr Mumm bewiesen als dieser feige Schiffsführer! Wäre sie nicht gewesen, hätte es ein schreckliches Unglück gegeben«, murmelte Beck und bekreuzigte sich rasch. »Und sie ist ein schönes Weib. Vielleicht ein wenig zu mager, aber das könnte sich bei guter Pflege ja noch ändern.« Er grinste fröhlich in die Runde und zwinkerte den anderen zu.

»Vielleicht war es auch Hexerei! Am Ende ist die Gassnerin gar mit dem Teufel im Bunde und wurde allein deshalb nicht von den Wellen verschluckt!« Allgaier musste an das druckfrische Exemplar des *Hexenhammers* denken, das die Stadt Überlingen erst kürzlich aus Speyer erhalten hatte. Irgendwann wollte er sich dieses Werk einmal ansehen, angeblich das furchtbarste aller Bücher. Es hieß, dass man nach der Lektüre kein Auge mehr zubekomme, weil es dem Leser die Abscheulichkeiten der Hexen vor Augen führte. Die Erkenntnisse des *Hexenhammers* galten als weitaus schlimmer als die Sieben Siegel der Offenbarung!

»Sicher hat sich das Wasser geteilt, als die Gassnerin es berührte«, warf Laurenz Beck ein und hielt sich den Bauch vor Lachen, als er in Allgaiers missmutiges Gesicht sah.

»Bei Gott, eines schönen Tages lauert Euch hoffentlich jemand auf und schlägt Euch tot!«, gab Allgaier boshaft zurück.

»Das würde Euch wohl so passen!«, lachte Beck und nahm einen großen Schluck Wein. »Ihr solltet Euch in Acht nehmen und Eure Zunge hüten. Immer häufiger haben es die Hexenrichter auf die großen Vermögen abgesehen.«

Niemand widersprach dem Zunftmeister der Bäcker.

Allgaier schluckte schwer. Sein Vermögen war nun einmal das fetteste der ganzen Stadt. Umso wichtiger war es, dass Ottilia niemals, wirklich niemals in den Verdacht der Hexerei gelangte.

Die anderen Räte starrten in ihre Becher und schwiegen. Außer Beck wollte sich in der Öffentlichkeit niemand über die zahlreichen Hexenprozesse in der Gegend äußern. Er war in der Stadt für seine spitze Zunge bekannt, die sich auch vor unangenehmen Wahrheiten nicht fürchtete.

»Was haltet Ihr eigentlich von den Einwänden des Baders gegen die Gassnerin? Dieser Beutelschneider ruht doch nicht eher, bis er das Hospital in eine zweite Badstube verwandelt hat.«

»Achmüller ist ein tüchtiger Mann!«, warf Allgaier ein und verschränkte die Arme vor der Brust.

»Dann gebt ihm doch Eure Tochter zur Frau. Er geht ohnehin in Eurem Hause ein und aus, wie es ihm beliebt«, hielt Beck dagegen.

Allgaier schenkte ihm ein kühles Lächeln. Eigentlich wollte er diese Freundschaft nicht auf den Marktplatz getragen wissen. »Das geht Euch einen Scheißdreck an!«, antwortete er und breitete die Arme aus.

»Lasst es gut sein, ich wollte Euch nicht verärgern«, lenkte Beck ein. Er kannte seinen Kollegen wohl, und die rote Gesichtsfarbe zeugte nur allzu offenkundig von seinem Zorn. Letztlich waren sie Ratsbrüder, die sich dem Hospital wie auch der Stadt verpflichtet fühlten.

Sie alle empfanden einen gewissen Stolz, denn die Freie Reichsstadt Überlingen war seit der Gründung des Sankt-Gallus-Hospitals in aller Munde und hatte ihr abermals zu weitreichendem Ruhm verholfen. Seit Langem schon profitierte Überlingen von der alten Fernverbindung zwischen Wien und Paris. Zudem war es eine der Stationen auf dem Pilgerweg zum Grab des Apostel Jakobus im fernen Spanien. Durch das Hospital genoss die Stadt neben Konstanz das höchste Ansehen in der Region und zählte zu den wohlhabendsten Städten am Bodensee. Allein ein Blick in die Steuerbücher bestätigte, dass sich die Einnahmen Überlingens höher beliefen als die jeder anderen Stadt im Umkreis von über 60 Meilen.

Als die Schankmagd abermals Becher mit rotem Überlinger Wein brachte, fielen alle in ein frohes Lachen ein und prosteten sich ausgelassen zu.

Allgaier hatte das Versprechen, das er dem Heiland gegeben hatte, nicht gehalten. Neben mehreren Schoppen Wein hatte er auch den Gebrannten nicht zurückgewiesen, zu dem der Wirt die Räte eingeladen hatte. Übermütig klatschte er der drallen Frau auf den ausladenden Hintern.

»Das ist ein Arsch, was?«, fragte Beck augenzwinkernd.

»Ihr solltet Eure Ottilia endlich mit einem wohlhabenden jungen Mann aus der Zunft der Rebleute verheiraten und

Euch selbst wieder etwas gönnen. Sucht Euch endlich wieder eine Frau, die Euch des Nachts das Bett wärmt, und überlasst Eure Tochter einem Jüngeren«, empfahl der Zunftmeister der Schiffsleute amüsiert.

Allgaier zog die Schultern hoch und kniff der Schankmagd genüsslich in die Brust.

Jeder wusste, dass Ottilia Allgaier auf einen Antrag des Medicus wartete. Auch wenn sie sich häufig wie eine unreife Göre aufführte, wusste sie ihre Reize doch gezielt einzusetzen. Zumindest hatte es die kleine Allgaierin geschafft, die Nachfolge der Wirtschafterin im Sankt-Gallus-Hospital anzutreten. Ihr Vater hatte das beim Bürgermeister eingefädelt, nachdem die Wirtschafterin einem schrecklichen Unglück zum Opfer gefallen war. Man hatte die Frau mit zerschlagenem Gesicht und gebrochenen Knochen in der Abortrinne gefunden.

Laurenz Beck amüsierte sich über den recht pikanten und zweideutigen Witz des Zunftmeisters der Schiffsleute, und alle fielen in sein Lachen ein.

Allgaier selbst blieb das Lachen im Halse stecken, als er Ottilia entdeckte, die bereits in der offenen Tür auf ihn wartete. Ihrem Gesichtsausdruck nach zu urteilen, stand sie dort schon eine ganze Weile.

»Vater, warum lässt du zu, dass deine Ratsbrüder derartig derbe Scherze auf meine Kosten machen?«, fauchte Ottilia draußen vor der Tür. »Und warum bist du nach der Ratssitzung nicht gleich heimgekommen, sondern lässt mich allein zu Hause auf glühenden Kohlen sitzen? Nicht einmal das Nachtmahl hat mir geschmeckt! Wie konnte es auch, wenn es um Entscheidungen des Rates geht, die meine Zukunft betreffen«, schimpfte Ottilia weiter, als sie den Schlitten bestiegen, der sie durch den Schnee die Krumme Bergstraße hinaufbrachte.

»Nun weißt du es«, seufzte Allgaier, nachdem er ihr berichtet hatte, dass Luzia Gassner bis auf Weiteres Medica bleiben würde.

»Und Achmüllers Einwände hatten dabei kein Gewicht?«, fragte Ottilia empört.

Allgaier schüttelte den Kopf. »Rudolf von Baden ist als Leumund durch fast niemanden zu überflügeln. Da müsste schon Kaiser Friedrich III. selbst kommen oder zumindest sein Sohn Maximilian, aber das wird höchstwahrscheinlich nicht geschehen. Deswegen sollte sich mein Schäfchen aber keine Sorgen machen«, versicherte Allgaier und legte seiner Tochter beschwichtigend die Hand auf die Schultern.

»Keine Sorgen!«, bellte Ottilia ungehalten. Ihre Augen waren schwarz vor Zorn. Wie hatte Vater diese Entscheidung nur zulassen können? Wenn er ihr schon nicht half, musste sie der zarten Liebesgeschichte, die sich dort oben zwischen der Gassnerin und dem Medicus anbahnte, selbst ein Ende bereiten. Wenn dieses Weib weiterhin jeden Tag im Hospital erschien, würde sie Herrn von der Wehr womöglich auch bald in der Nacht treffen. Abends gab es für Ottilia keinen Grund mehr, im Hospital zu bleiben. Also musste die Gassnerin anderweitig aus dem Weg geschafft werden, überlegte sie fieberhaft und schob sich den Daumen in den Mund.

»Vielleicht solltest du den Herrn von der Wehr auf den Sonntag nach dem Kirchgang einmal zum Mittagsmahl einladen?« Die Stimme des Vaters durchschnitt die weiße Stille der Überlinger Gassen.

»Anhalten, ich will sofort aussteigen!«, befahl Ottilia dem Knecht, der Mühe hatte, das zottige braune Zugpferd zum Stehen zu bringen. »Lass uns das letzte Stück zu Fuß gehen«, verlangte sie ungeduldig und wartete mit gereizter Miene, bis der Vater ebenfalls den Schlitten verlassen hatte.

Als sie wenig später neben ihm den Krummen Berg hinaufstapfte, legte Ottilia den Kopf in den Nacken und betrachtete den sternenfunkelnden Himmel. Der Schnee knirschte unter ihren Füßen, und der halbe Mond tauchte die Welt in ein unwirkliches Licht. »Vielleicht ist der Einfall gar nicht schlecht«, überlegte sie laut. »Dann kannst du dem Ännlie am Sonntag aber nicht freigeben. Denn wer soll sonst das Essen auf den Tisch bringen?«

Allgaier blieb im tiefen Schnee stehen, blickte zurück und seufzte. »Nun, ehrlich gesagt, hatte ich die leise Hoffnung, dass du deinen zukünftigen Ehemann mit Freuden bekochst. Schließlich gehört es zu den Tugenden eines frommen und braven Eheweibes, den Mann bei Tisch zu verwöhnen und ihm in der Nacht Freude zu bereiten.«

»Vater!«, spie Ottilia aus. »Wozu gibt es denn geschickte Köchinnen und willige Mägde?«

Urban setzte den beschwerlichen Weg nur langsam fort. Schließlich gab er sich geschlagen und nickte. »Ich werde sehen, was ich tun kann.«

Ottilia lächelte und schmiegte sich zufrieden an Urbans Arm. »Vielleicht tust du noch ein wenig mehr, wenn …«

»Still jetzt! Oder soll uns die ganze Stadt hören? Die Leute schwatzen ohnehin schon viel zu viel. Allmählich solltest du dich ein wenig sputen. Letztlich ist Johannes von der Wehr auch nur ein Mann, und jeder Mann hat eine Schwäche für schöne Frauen.«

15

D<small>IE</small> N<small>ACHT HATTE</small> ihren schwarzen Vorhang schon seit Stunden vor die Fensterluken gespannt, als Luzia mit der Unschlittlampe durch die Krankensäle eilte. Ihr aufmerksamer Blick schweifte über jeden Bettkasten, und ihre Ohren wachten über die Atemgeräusche der Patienten. Seit zwei Monaten verrichtete sie nun ihren Dienst im Hospital. Selbst Jungfer Allgaier schien sich mittlerweile damit abgefunden zu haben, denn immer häufiger bedachte sie sie mit einem Lächeln. Lediglich die Zusammenarbeit mit dem Bader gestaltete sich nach wie vor mühsam und schwierig. Regelmäßig musste sich Luzia gegen seine unsäglichen Behandlungsmethoden durchsetzen, und nicht selten endeten ihre Meinungsverschiedenheiten in hitzigen Streitereien, aus welchen sie lediglich Johannes retten konnte.

Trotz ihrer Müdigkeit genoss sie nach dem turbulenten Treiben des vergangenen Tages die Stille, die sich über die Krankensäle gelegt hatte. Luzia wusste, dass die Stille täuschte, denn sie spürte bereits jetzt die Anwesenheit des Todes. Wenn die Nacht am finstersten war, in der Stunde, bevor es wieder hell wurde, war die Zeit des dunklen Engels. Dann nahm sie seinen Atem in jedem Winkel des Hospitals wahr. Bereits seit ihrer Kindheit konnte sie sehen, wenn sich ein Leben seinem Ende zuneigte, wie der dunkle Engel die Seele davontrug und den Leib als leere Hülle zurückließ.

Langsam bewegte sich Luzia entlang der 30 Bettkästen. Jedes Bett besaß einen Himmel aus schwerem rotem Tuch und ebensolche Vorhänge, die an allen vier Seiten geschlossen werden konnten. Die beiden Krankensäle endeten in einem Altar, der über die gesamte Breite des Gebäudes verlief. Hier wurde täglich mindestens zweimal die Messe gelesen. Dann durchdrangen die Worte des Pfarrers das gesamte Gebäude. Die bleiverglasten Fenster, die das Leben des Heiligen Gallus und des Lazarus von Bethanien zeigten, spendeten tagsüber ausreichend Licht. Jetzt, in der Dunkelheit, glichen sie gespenstischen Augen, die sich undurchdringlich und schwarz von den weiß gekalkten Wänden abhoben. Aus dem Kamin, der neben dem großen Eingang die halbe Wand einnahm, weil sein Feuerraum eine bequeme Stehhöhe aufwies, kamen ein wenig Licht und angenehme Wärme herein. Zahlreiche Kohlepfannen trugen die Wärme der glimmenden Glut durch den gesamten Raum. Die Säle waren von holzvertäfelten Tonnengewölben überspannt, die wie ein gewaltiger Schiffsrumpf aussahen und die Räume nach oben abschlossen.

Der Saal der Männer war zu allen Zeiten bis auf wenige Betten belegt. Nachdem Luzia einem verunglückten Handwerker rasch die Stirn gekühlt und zu trinken gegeben hatte, gelangte sie über den kurzen Flur in den Frauensaal. Luzias Blick glitt auch hier über die geflickten, aber sauberen Laken und die dicken Wolldecken, unter denen die Patientinnen die nötige Ruhe fanden. Bis auf ein gelegentliches leises Stöhnen und die tiefen, leicht pfeifenden Atemgeräusche lag der Raum in nächtlicher Stille. Da die Barmherzigen Frauen tagsüber fleißig die Nachttöpfe hinaustrugen, hielt sich der Gestank in Grenzen. Um den Odem der Krankheit zu vertreiben, glommen Mastix und Galbanum in den kleinen Kohlebecken, die überall aus der Wand ragten. Das Harz des Pistazienbaumes wie auch das Mutterharz dufteten rein und frisch und vertrieben die faulige Luft aus den Räumen.

Luzia trat an das Bett einer älteren Frau gleich neben der Tür. »Credo in Deum, Patrem omnipotentem, Creatorem caeli et terrae ...« Leise sprach Sigrun, eine der Barmherzigen Frauen, die Worte des Rosenkranzgebetes. Mit einem Nicken bedeutete Luzia ihr, dass sie den Stuhl am Fußende des Bettes für einen Augenblick verlassen durfte. Die groß gewachsene Frau, die Luzia um Haupteslänge überragte, verließ das Zimmer geräuschlos.

Die Barmherzigen Frauen, die an der einfachen blauen Arbeitstunika zu erkennen waren, verrichteten ihren Dienst tagsüber und manchmal auch nachts allein für Gotteslohn. Zumeist handelte es sich um wohlhabende Damen der Überlinger Oberschicht, die um ihres Seelenheils willen ihre Zeit gaben. Die Priester versprachen für den Dienst einen Ablass von 30 Tagen Fegefeuer.

Als Luzia der stöhnenden Frau ein paar warme Steine unter die Decken schob, die sie zuvor aus dem Kamin gefischt hatte, öffnete diese für einen Moment die Augen. Tagelang hatte Luitgard Schöpfle in den Wehen gelegen, doch das Kind lag falsch, und jeder Versuch, es zu drehen, war misslungen. Mittlerweile war das Kind in ihrem geschwollenen Leib tot, denn ihrem Schoß entströmte ein Geruch, der von Verderben und Tod kündete. Johannes, Luzia und Schwester Ansgard hatten alles versucht, um die Geburt voranzubringen, doch nun waren auch sie am Ende eines unendlich langen Weges angelangt.

Luzia ballte die Hände zu Fäusten, bis ihr die Nägel schmerzhaft ins Fleisch schnitten. Es gab nur die Möglichkeit, eine kleine Knochensäge in den Uterus einzuführen und das Ungeborene zu zerteilen. Die anschließende Extraktion der Leichenteile gestaltete sich bei einem voll ausgereiften Kind allerdings sehr schwierig. Dieses Herausschneiden des Ungeborenen war mit das Schaurigste und Grausamste, was Luzia während ihrer langjährigen Tätigkeit als Wehmutter erlebt hatte.

Die Operation ging bis auf Hippokrates von Kos zurück. Selbst wenn es gelang, das Kind vollständig zu bergen, führte dieser Eingriff fast ausnahmslos zum Tod der Mutter. Durch den Einsatz scharfkantiger Haken und allerlei anderer chirurgischer Instrumente verloren die Frauen so viel Blut, dass die wenigsten die Operation überlebten. Luzia hasste den Eingriff und würde auch keinen Hehl daraus machen, falls er in Erwägung gezogen wurde.

Ungeduldig sah Luzia über die Schulter. Bruder Camillus musste jeden Augenblick hier sein, um der Unglücklichen die feierliche Krankensalbung zu spenden und sie von ihren Sünden loszusprechen. Luzia hatte die Wehmutter bereits vor zwei Tagen angehalten, dem Kind die Nottaufe zu spenden. Denn sie konnte den Umstand nicht ertragen, dass ein Geistlicher in der Kammer weilte, wenn mithilfe einer Taufspritze die Geburtswege mit geweihtem Wasser benetzt wurden. Gleich würde sie den Geistlichen bitten, das Ungeborene in seine Gebete einzuschließen.

Als Luzia die schwarzen Schatten an den Wänden sah, die gierig über den mit Binsen bedeckten Boden krochen, wusste sie, dass es keinen Augenblick zu früh gewesen war, nach dem Pfarrer zu schicken. Doch sie empfand gerade dieses Sterben als ungerecht und völlig sinnlos. »Große Mutter, sei ihr gnädig!«, bat sie still und bedachte den dunklen Todesengel, der bereits neben dem Bett stand, mit einem anklagenden Blick. Doch er würde geduldig warten, bis das Herz seinem letzten Schlag entgegenstolperte und die Seele in die Zeitlosigkeit entließ. »Warum?«, flüsterte Luzia. »Warum gibt es keine Möglichkeit, das kleine Geschöpf auf einem anderen Wege herauszuholen?«

Als ihr Blick auf Luitgards Mann Magnus und ihre gemeinsamen 13 Kinder fiel, entwand sich ein Seufzen ihrer Kehle. Seine Gestalt wirkte geschrumpft, sein Gesicht war wie aus Stein. Um ihn herum und am Bett der Mutter standen die Kinder wie Orgelpfeifen und beteten leise. Einige weinten. Selbst das Jüngste, das noch kein Jahr zählte, hatten sie mitgebracht. Es war dicht an den Leib eines der Mädchen gebunden, das beinahe selbst noch ein Kind war, und greinte leise vor sich hin. 13 Kinder, jedes Jahr eines. Eine Unglückszahl, sagten die Priester.

Magnus' Blick traf Luzia und verbrannte sie beinahe. Sie las Verzweiflung darin, aber auch Hass, weil sie es nicht vermocht hatte, seiner Frau zu helfen. Die Schuld liegt allein bei dir!, schienen seine Augen zu sagen. Ja, allein bei dir! Glaube ist ein unbekanntes Meer …

Luzia zuckte zusammen. Ganz deutlich vernahm sie die Altstimme wieder in ihrem Kopf. Wie ein Donnerschlag hallte sie durch ihre Gedanken. Verdammt! Dann sag mir doch endlich, was ich tun soll, oder verschwinde!, dachte sie gereizt und fühlte, wie die Anspannung ihre Wangen rötete.

Luzia rieb sich die müden Augen. Sie wollte die Stimme nicht mehr hören. Sie half ihr ja doch nicht weiter, sondern reichte ihr lediglich den bitteren Trank des Versagens. Und davon hatte sie schon genug gekostet. In den letzten Wochen hatten sie bereits drei Frauen unter der Geburt verloren.

Rasch beugte sie sich über die Sterbende und benetzte die aufgesprungenen Lippen und den Mundraum mit Kamillenabsud. »Ich habe bereits nach Bruder Camillus schicken lassen«, flüsterte sie leise und streichelte ihr tröstend über das verschwitzte Haar. Bitte verzeiht mir, dass ich Euch nicht helfen kann! Wahrscheinlich bin ich schlicht zu dumm oder einfach nur zu feige, dachte Luzia bitter.

Dank einer Mischung aus Bilsenkraut und Alraune litt Luitgard wenigstens keine allzu großen Qualen. Inzwischen dämmerte sie, bis auf wenige lichte Augenblicke, nur noch vor sich hin und weilte bereits die meiste Zeit in der anderen Welt. Ein leises Stöhnen quälte sich über ihre Lippen. Als Luzia das eingefallene Gesicht der Sterbenden streichelte, spürte sie nur noch ein winziges Lebensflämmchen, das sich bereits der Ewigkeit entgegenreckte.

Wenig später erschien endlich der Franziskaner in Begleitung eines jungen Messdieners. Das Hospital selbst verfügte nicht über einen geistlichen Beistand. Aus diesem Grund eilte immer einer der Franziskanerbrüder aus dem Barfüßerkloster wenige Schritte unterhalb des Hospitals herbei, wenn die Zeit nicht mehr reichte, den Priester des Johanniterordens zu rufen.

»Ihr steht immer nur herum! Könnt Ihr Luitgard denn gar nicht mehr helfen?«, fragte Magnus eine Spur zu laut. Seine vorwurfsvolle Stimme durchschnitt das andächtige Gemurmel des Priesters wie eine glühende Lanze.

Luzia schüttelte traurig den Kopf. »Seit Tagen versuchen wir alles, um Eure Frau doch noch zu retten«, erklärte sie leise. »Es tut mir sehr leid.« Im Stillen hoffte sie, Schöpfle würde sich damit zufriedengeben. Dabei fragte sie sich wohl zum 100. Mal, ob sie wirklich alles getan hatte. Die Einsamkeit umfasste ihr Herz mit einem eisigen Band, und sie wünschte sich Johannes an ihre Seite.

Weil er sich kaum noch auf den Beinen hatte halten können, hatte sie um Mitternacht darauf bestanden, dass er sich für einen Augenblick hinlegte. Nun schlief er in der kleinen Kammer zwischen dem Frauensaal und dem der Männer.

»Aber Ihr könnt sie doch nicht einfach krepieren lassen!«, brach es aus Magnus hervor. Verzweifelt krallte er sich an Luzias Talar fest und sah sie eindringlich an. Er wirkte, als laste das Leid der ganzen Welt auf ihm. »Was soll denn aus unseren Kindern werden, wenn Luitgard zu ihrem Schöpfer heimgeht?«

Luzia hätte ihm gerne gesagt, dass alles gut werden und er einen Platz für seine Kinder finden würde, aber sie wusste, dass dem nicht so war. Nicht einmal in ein Kloster konnte er sie bringen, weil der Eintritt eine hohe Mitgift erforderte, welche Schöpfle niemals aufbringen konnte. Magnus war ein einfacher Handwerker, der mit einer kleinen Segelflickerei sein Auskommen mehr schlecht als recht bestritt. Luitgard hatte durch ihre eigenen Flickarbeiten ein paar Kreuzer dazuverdient, die nun ebenfalls wegfielen. Luzia ahnte, dass Schöpfle ein paar seiner Kinder würde verkaufen müssen, weil er nicht alle satt bekam. Die älteren konnte er vielleicht in eine Stellung geben, aber die kleineren waren keinesfalls in der Lage, einem Tagwerk von zehn oder zwölf Stunden, das für gewöhnlich schwer und hart war, nachzugehen.

Luzia sah schweigend zu Boden. Das Bild des trauernden Mannes und seiner Kinder, ihre gramvollen Gesichter reihten sich an die von Trauer geprägten Gesichter jener, denen das gleiche Schicksal widerfahren war. Sie alle waren Luzias ständige Begleiter und hielten ihr stets vor Augen, wie entsetzlich gering ihr Wissen noch immer war.

»Habt am Ende Ihr etwas falsch gemacht? Womöglich liegt es an Eurem Unvermögen«, überlegte Magnus laut. »Zumindest ist mir noch nie ein Weib in der Kleidung eines Mannes begegnet.«

Die älteren Kinder schluchzten, während Luitgards Atem immer seltener ihren eingefallenen Brustkorb hob.

Luzia ertappte sich dabei, froh zu sein, dass Bruder Camillus am Ende der Krankensalbung angelangt war. Sie konnte die Anspannung nicht länger ertragen.

Inzwischen verteilte Camillus das Chrisam mit einem Kreuzzeichen auf Fußsohlen, Händen und Stirn. Nachdem er Luitgard die heilige Wegzehrung in Form einer geweihten Hostie auf die Zunge geschoben hatte, knieten alle nieder. Der Barfüßer mit der grauen Tonsur und dem milden Gesicht betete noch, als Luitgards Leib ein allerletztes Mal den Atem in sich aufnahm, bevor er für immer versiegte.

Den ganzen Christmond hindurch war Luzia gezwungen gewesen, Tag für Tag den Weg von Seefelden nach Überlingen anzutreten und wieder zurück. Oft hatte sie am Hölltor einen Strafzoll entrichten müssen, weil das Tor bei ihrer Ankunft längst geschlossen war. Ohnehin konnte Luzia dem Fahren auf rumpelnden Karren nichts abgewinnen. Nur der Ritt auf einem dieser störrischen, bockenden Reittiere war ihr noch unangenehmer. Inzwischen bewohnte sie jedoch eine kleine Mietkammer in der *Krone* am Unteren Markt.

Da die Barmherzigen Frauen und Bruder Camillus die Totenwache für Luitgard übernahmen, konnte Luzia ein wenig durchatmen. An ihren müden Gliedern bemerkte sie die erschöpfende Arbeit der letzten Tage. Daneben bedrückte sie die Trauer um Luitgard. Hatten sie wirklich etwas falsch gemacht? Nein! Auch Johannes hatte keinen Rat mehr gewusst.

Mit zitternden Knien betrat Luzia die einfache Kammer, in der sie während der Nachtwache ein wenig Ruhe fanden. Neben zwei einfachen Strohmatratzen, die über Eck an den weiß gekalkten Wänden lagen, gab es nur noch eine schwere Eichentruhe, einen wackeligen kleinen Tisch und zwei Stühle mit hohen Lehnen. Obwohl die Stühle nicht gerade bequem waren, ließ Luzia sich bereitwillig auf der harten Sitzfläche nieder.

Johannes ruhte mit geschlossenen Augen auf einem der Nachtlager. Ein ungewöhnliches Fieber und die Rote Ruhr hielten ihn nun schon seit den ersten Herbstwochen auf Trab. Tag und Nacht war er für die Leidenden da gewesen, hatte ihren Schmerz gelindert und ihre Sorgen geteilt, ohne sich selbst eine einzige freie Stunde zu gönnen.

Vorsichtig, als könnte sie seinen Schlummer stören, ließ Luzia ihren Blick über Johannes gleiten. Das flackernde Licht der Unschlittkerze streichelte ihn mit weichen Fingern. Jetzt im Schlaf wirkten seine Züge völlig entspannt, selbst die steile Falte, die sich sonst zwischen seine Augenbrauen grub und ihm einen Ausdruck von Strenge verlieh, hatte sich im Schlaf fast völlig geglättet. Luzia sehnte sich nach seinen Armen, und es kostete sie alle Mühe, ihn nicht zu wecken. Mit seinem klaren Verstand und seinen tröstenden Worten hätte er ihre Einsamkeit gelindert, ihr versichert, dass sie keine Schuld traf. Achtsam strich sie eine verirrte Haarsträhne aus seiner Stirn und betrachtete liebevoll sein herbes Gesicht mit der geraden Nase und den vollen Lippen. Seine schlanken Hände lagen geöffnet neben seinem Leib, und der Schlaf hatte ihn weit in das Tal des Vergessens gezogen.

Seit der stürmischen Umarmung nach ihrer Rettung und dem leidenschaftlichen Kuss hatte er sie nicht mehr berührt. Nur manchmal, wenn sie sich bei der Arbeit sehr nahekamen, streifte er ihr Haar. Dann spürte Luzia sein Verlangen wie ein stürmisches Feuer. Ein leichtes Prickeln bedeckte ihre Haut, als sie daran dachte, wie seine Lippen schmeckten. Ob er sie je wieder küsste …?

Ein lautes Geräusch ließ sie aus ihren Gedanken hochfahren. Rasch öffnete Luzia die Tür und betrat den kurzen Gang, der die beiden Krankensäle miteinander verband.

Im Saal der Frauen hatte eine der Patientinnen einen Becher vom Nachttisch gestoßen. Während Luzia die Scherben aufsammelte, bemerkte sie noch etwas anderes. Etwas Fremdes.

Ein Luftzug berührte sie im Nacken, und alle Härchen richteten sich auf. Als sie durch das Zwielicht starrte, nahm sie ganz am Ende des hohen Saals, dort, wo sich der Altar erhob, eine Bewegung wahr. Rasch griff sie nach der Talgkerze und eilte mit großen Schritten in Richtung des Altars. Wer schlich dort in der Finsternis herum? Zu dieser späten Stunde weilten lediglich Johannes und sie selbst bei den Kranken.

Das Geräusch leiser Schritte drang an Luzias Ohr. Sie kniff die Augen zusammen und versuchte, etwas zu erkennen. Doch noch bevor sie das andere Ende des Krankensaals erreicht hatte, hörte sie, wie die kleine Tür hinter dem geschnitzten Altar mit einem leisen Klacken ins Schloss fiel. Luzia sank der Mut, doch sie wollte unbedingt wissen, wer sich zu dieser Stunde unbefugt durch die Krankensäle stahl. Als beim Öffnen der schmalen Tür ihre Talgkerze erlosch und Luzia einen Augenblick in völliger Finsternis verharrte, griff endgültig die Furcht nach ihr.

Trotz der Kühle draußen brach ihr der Schweiß aus. Der Mond versteckte sich hinter einer dicken Schneewolke, und ein Käuzchen schickte seinen schaurigen Ruf weit in die Nacht hinaus. Einen Moment verharrte Luzia unter der Tür und spitzte die Ohren, lauschte aufmerksam in die Stille des Innenhofs. Die geschlossene Schneedecke verschluckte die fremden Schritte, und als die Wolkendecke für einen Augenblick das Mondlicht freigab, erkannte sie die Abdrücke von Schuhen.

Mit klopfendem Herzen schloss sie die kleine Tür wieder und lehnte sich einen Augenblick dagegen. Sicher waren ihre Sinne völlig überreizt. Aber sie hatte den Eindringling ja selbst gehört, und die Schritte im Schnee bildete sie sich auch nicht ein! Ein wenig Ruhe und ein Schluck Wein!, dachte Luzia, während sie ihre Nasenwurzel zwischen Daumen und Zeigefinger knetete. Er würde ihr nach der Aufregung sicher guttun.

Als sie wenig später die Tür der kleinen Kammer leise schloss und in Johannes' schlafendes Gesicht blickte, pochte ihr Herz noch so laut, dass sie befürchtete, sie könnte ihn wecken. Mit bebenden Händen goss sie verdünnten Wein in den irdenen Becher. Doch noch während sie das Gefäß an die Lippen führte, stach ihr ein eigentümlicher Geruch in die Nase, bitterscharf und durchdringend. Das aufsteigende Aroma erinnerte an Schierling! Luzia tauchte einen Finger in die schillernd rote Flüssigkeit und kostete vorsichtig. Dort, wo der Wein ihre Zunge berührte, breitete sich sofort Taubheit aus.

Voller Entsetzen rannte sie hinüber in den Krankensaal und entleerte den Becher in einen der Nachttöpfe. Mit der Nase über dem Rand des Kruges stellte sie erleichtert fest, dass der Rest des Weines wohl nicht vergiftet war. Dann war das Gift allein für sie bestimmt gewesen? Luzia wusste es nicht, aber die Angst überfiel sie wie eine giftige Spinne. Allmählich drang das Wissen um die tödliche Gefahr, in der sie geschwebt war, in ihre Gedanken ein. Schierling – hochgiftig und innerhalb einer halben Umdrehung des Stundenglases ausnahmslos tödlich! Zuerst wird der Leib von einem kalten Stechen heimgesucht, das bald darauf in eine taube Lähmung übergeht, bis der Vergiftete bei vollem Bewusstsein aufgrund der Atemlähmung einen grausamen Tod findet.

Das Blut rauschte ihr in den Ohren, und ihre Gedanken überschlugen sich. Eine Weile hatte sie sich in den Krankensälen aufgehalten. Von dort konnte man unmöglich in das Ruhekämmerchen blicken – und Johannes hatte tief und fest geschlafen. Wer trachtete ihr also nach dem Leben? Und wer hasste sie so sehr, dass er sogar zum Schierling griff? Einen Augenblick überlegte Luzia, ob sie Johannes davon berichten sollte. Doch sie wollte ihm nicht noch mehr Sorgen bereiten, als er ohnehin schon mit der Ruhr und dem Winterfieber hatte.

Seit ihrem Eintritt in das Sankt-Gallus-Hospital schien ohnehin nichts mehr zu sein wie vorher. Mehrfach waren Tinkturen vertauscht und war falsche Medizin bereitgestellt worden. Lediglich Schwester Ansgards Umsichtigkeit war es zu verdanken, dass die Patienten bisher vor größerem Schaden bewahrt wurden. Kleinere Missgeschicke hatte es indessen schon ausreichend gegeben. So hatte der alte Schiffsbauer aus der Hafenstraße statt Leinöl Rizinusöl bekommen, woraufhin er die halbe Nacht auf dem Nachttopf verbracht hatte. Und die Frau des Hafners bekam versehentlich einen Absud aus Jakobskreuz und nicht, wie besprochen, aus Johanniskraut. Beide Pflanzen sahen sich im getrockneten Zustand zum Verwechseln ähnlich. Allerdings baute sich durch den Genuss von Jakobskreuz nach und nach eine Giftwirkung auf, die zu starker Unruhe und blutigen Durchfällen führte. Laut Schwester Ansgard hatte es derartige Verwechslungen früher nie gegeben. Luzia selbst war das letzte Glied in der Kette, denn sie hatte erst vor wenigen Monaten ihre Arbeit im Hospital aufgenommen.

Luzia zwang sich zur Ruhe, denn sie spürte, wie die Angst ihr Herz zusammenpresste. Durstig nahm sie einen Schluck Wein, der bald wohlig ihren Magen wärmte. Allmählich beruhigte sich ihr gehetzter Atem, und ihr Herz fand zu seinem gewohnten Rhythmus zurück. Sie musste auf der Hut sein. Andernfalls würde sie hier, im Haus der Genesung, ihr Leben verlieren. Langsam wich der Schreck einer finsteren Wut. Wer hatte hier seine Finger im Spiel?

Nach einem weiteren Rundgang, der ohne besondere Vorkommnisse verlaufen war, trat Luzia an die große Eichentruhe unter dem Fenster. Johannes schlief noch immer, und so wollte sie die verbleibende Zeit der Nacht nutzen, um noch

einmal Trotas Werke zu studieren. Tagsüber blieb hierfür nur
wenig Zeit, aber Luzia spürte immer deutlicher, dass hier der
Schlüssel zu all ihren Fragen lag.

Umsichtig hob sie das dicke Buch aus der dunklen Tiefe
und legte es auf den wackeligen Tisch. In der Eichentruhe
bewahrte Johannes ein paar unbezahlbare Originale auf, und
Luzia hatte die *Trotula major* dazugelegt. Sorgfältig schob sie
den einzigen Schlüssel für das schwere Möbelstück hinter den
losen Stein im Mauerwerk und setzte sich vor die Talgkerze.

Schon so manche Stunde hatte sie über der *Trotula* gebrü-
tet. Manchmal war ihr Johannes mit seinem Wissen zur Seite
gestanden, um dem Rätsel, welches sie hinter dem Buch vermutete, auf die Spur zu kommen. Während sie nun abermals
die brüchigen Seiten des 400 Jahre alten Werkes umblätterte,
baute sich wieder das drängende Gefühl auf, welches sie bis
weit in ihre Träume verfolgte und die sonderbare Altstimme in
ihren Kopf rief. Etliches aus dem Buch kannte sie bereits aus
ihrem Medizinstudium, doch manches las sie zum ersten Mal.

Trota berichtete ausführlich über das Missverhältnis zwischen dem kindlichen Kopf und dem Becken der Gebärenden.
Ausdrücklich warnte sie vor dem gefürchteten Wehensturm,
der nur in seltenen Fällen zu beherrschen war.

»In den leider viel zu häufigen Fällen, in welchen eine Abkochung aus *Valeriana*, *Melissa officinalis* und *Alchemilla* keine
Wirkung zeigt, empfehle ich …« Hier hörte der Satz plötzlich auf.

»Ein Wehensturm besitzt die Macht, den Uterus zu zerreißen …«

Mit jeder Zeile, die Luzia las, spürte sie den Geist der großen
Medica deutlicher. Fast war ihr, als vibrierte die Luft über dem
dicken Buch. Wollte ihr Trota etwas mitteilen? Luzia wusste
es nicht. Sie dachte an die Worte des Hakim. Waren auch sie

ein Rätsel? Rasch holte sie eine weitere Kerze aus der Medizinkammer. Hatte Trota geheime Hinweise hinterlassen und dabei eine Geheimschrift benutzt?

Mühsam untersuchte Luzia die Seiten mit der Kerzenflamme. Mit Zitronensaft waren die Antworten auf ihre Fragen sicher nicht verfasst. Danach führte sie ihre Nase dicht am Pergament entlang, aber auf diese Weise stob ihr lediglich der Staub vergangener Jahrhunderte entgegen. Schließlich deckte sie Teile des Geschriebenen ab, um auf diese Weise einem verborgenen Muster auf die Spur zu kommen. Aber all ihre Bemühungen blieben vergebens und brachten sie keinen Schritt weiter.

Wieder und wieder las Luzia, was die Medica aus Salerno über den Kaiserschnitt schrieb und die mögliche Schnittführung bei dieser Operation. Anschließend las Luzia wohl zum 100. Mal sämtliche Warnungen Trotas. Die Gefahr des Verblutens sei äußerst hoch. Mehr noch, Trota warnte ausdrücklich vor diesem gewagten Eingriff und bezeichnete ihn als eine »verbotene Handlung«. Sicher war eine derartige Operation bereits zu Trotas Zeit strengstens verboten gewesen. Vermutlich schwieg sie sich deshalb über entscheidende Hinweise aus und setzte diesen Eingriff in die Natur gar einem Mord gleich, der zur Exkommunikation durch den Papst und zur Todesstrafe führte.

»Unter dieser todbringenden Operation, welche zu Recht als verbotene Handlung bezeichnet wird, bilden sich Gifte, Eiterungen und andere Seuchenherde, die den Leib befallen und ihm alle Kraft entziehen«, las Luzia. »Vor der Schwäche, die den Leib befällt, wird viel Schleim gebildet … Und dieser bringt die Kälte, bevor der Leib im Wundfieber brennt …« In ihrer Studie bezog sich Trota auch auf die Säftelehre des Galenos von Pergamon, eines weisen Arztes und Anatoms des alten Griechenland.

Im Falle einer Schnittentbindung sprach sie von einer gefährlichen Verschiebung der Körpersäfte, vor allem der schwarzen Galle. »Während die gelbe Galle, Blut und Schleim geringer werden, schwillt die schwarze Galle an und tritt über die Ufer. Dies hat zur Folge, dass der Leib trocken und kalt wird und dem Weibe den sicheren Tod bringt!«

Sicher barg diese Art der Entbindung eine Menge Gefahren, aber wenn die Frauen ohnehin dem Tod geweiht waren …? Wenn sich das Kind nicht zu einer Drehung bewegen ließ, hatte es noch nie eine Rettung gegeben. Noch nie! Und manchmal konnte das Kind selbst nach einer erfolgreichen Drehung nicht geboren werden. Luzia dachte an das Missverhältnis von kindlichem Kopf und dem knöchernen Becken der Frau, welches sie in Montpellier zum ersten Mal mit eigenen Augen gesehen hatte. Erschöpft lehnte sie sich in ihrem Stuhl zurück und rieb sich die Augen. Verbarg sich hinter den Zeilen tatsächlich ein Geheimnis? Womöglich lag hier irgendwo eine Erklärung, die die Macht besaß, allen Menschen Heil zu bringen? Der Gedanke ließ sie frösteln.

Als draußen auf der Gasse ein streunender Hund kläffte, fuhr Luzia aus ihren Überlegungen auf. Johannes murmelte etwas Unverständliches im Schlaf. Behutsam berührte sie seine Hand. Unter der Wärme ihrer Haut beruhigte er sich augenblicklich. Luzia fühlte, wie Traumfetzen in ihm aufstiegen, die schon bald mit dunkler Leere wechselten. Noch immer schien seine Erschöpfung übermächtig.

Langsam trat Luzia an das Fenster mit den Butzenscheiben und öffnete es vorsichtig. Erst jetzt spürte sie die Müdigkeit, die ihre Gedanken lähmte, und sog gierig die kühle Nachtluft ein. Während sie sich weit hinausbeugte, belebte die beißende Kälte ihre Sinne. Überall hatte der Schnee eine weiße, flaumige Decke verteilt, die die Welt unter sich begrub und eine fast andächtige Stille verbreitete. Ein Blick zum Nachthimmel zeigte ihr das Wintersechseck in seiner ganzen Schönheit und Pollux, den hellsten Stern im Sternbild der Zwillinge. Auf der Gasse unter ihr zog der Nachtwächter vorüber und sang mit lauter Stimme sein Stundenlied. In seinem bodenlangen Mantel und mit der Hellebarde wirkte er im Schein seiner flackernden Laterne fast wie ein Gespenst. Und einer finsteren Vorahnung gleich, drang der Bass seines Nachtsegens an ihr Ohr.

»Hört, ihr Leut', und lasst euch sagen, unsre Glock' hat zwei geschlagen! Zwei Weg hat der Mensch vor sich. Herr, den rechten führe mich! Menschenwachen kann nichts nützen, Gott muss wachen, Gott muss schützen!«

Luzia nahm ihre Lektüre wieder auf und fragte sich, weshalb ihr auf einigen ausgewählten Seiten des Buches immer wieder schwarze, teilweise verblasste Zeichnungen begegneten. Erschöpft legte sie ihr Gesicht in die Hände und schloss die Augen. Einer inneren Unruhe folgend, trat sie bald erneut ans Fenster und öffnete es. Sie lehnte sich weit hinaus und erkannte in dem Fuhrmann ein weiteres Sternbild am winterlichen Nachthimmel. So helft mir doch, ihr Himmelslaternen!, dachte Luzia müde. Was hatten diese verblassten Illustrationen nur zu bedeuten?

Was stellten die Bildnisse dar? Und vor allem, welches Geheimnis bargen sie? Sie lehnte ihren Kopf gegen das kühle Glas und starrte blicklos in die stille weiße Welt zu ihren Füßen.

Der gespenstische Ruf einer Eule drang an Luzias Ohr. Im dem Schatten, der lautlos über die unberührte Schneedecke glitt, vermutete sie Horatius. Und tatsächlich, nur Augenblicke später beobachtete Luzia, wie der König der Nacht auf dem Dach des gegenüberliegenden Hauses zur Ruhe kam. Sorgfältig legte er seine langen Schwingen an den Leib. Ganz offensichtlich war ihm das Jagdglück hold gewesen, denn bald riss er große Stücke aus seiner Beute und sah nur ab und an in ihre Richtung. In der Dunkelheit leuchteten seine gelben Augen geheimnisvoll.

Einen Augenblick später fiel es Luzia wie Schuppen von den Augen: Die Zeichnungen in Trotas Buch glichen kleinen Vögeln! Und sie hatten eine verblüffende Ähnlichkeit mit Raben ...

Tatsächlich – als sie genauer hinsah und ihre Fingerkuppen über die Miniaturen glitten, erkannte sie darin Rabenvögel. Das Raunen in ihrem Kopf verstärkte sich. Abermals fühlte sie sich mit einem Leben lange vor ihrer Zeit verbunden.

»Du hast recht, es ist die Rabe! Sie ist die Quelle ...«, vernahm sie die bekannte Altstimme in ihrem Kopf.

»Aber warum eine Rabe?«, flüsterte Luzia aufgeregt. Sie überlegte, was Onkel Basilius ihr einst über die römischen Götter erzählt hatte. Dann verließ sie die kleine Kammer und ging den Gang hinunter in die Bibliothek am Ende des Flurs. In dem fensterlosen Raum standen die Regale dicht an dicht und reichten bis zur Decke. Nach langem Suchen fand Luzia eine dicke Pergamentrolle, die den Götterhimmel des alten Griechenland wie den der Römer zeigte. Sie klemmte sich die Rolle unter den Arm und kehrte sie in das Kämmerchen zurück. Ein kurzer Blick sagte ihr, dass Johannes nach wie vor tief und fest schlief. Er hatte sich ein knolliges Kissen unter den Kopf geschoben und lag mittlerweile auf der Seite.

Behutsam deckte ihn Luzia zu und kehrte zum Tisch zurück. Dort entrollte sie das alte Pergament mit großer Achtsamkeit und wurde nach einer Weile tatsächlich fündig. Die römische Göttin Juno war im Altertum für eine glückliche Geburt angerufen worden. Juno wachte über die Frauen und führte die noch Ungeborenen in das Licht der Welt.

Vielleicht ist das ein Hinweis!, dachte Luzia und folgte

mit zitternden Fingern den winzigen Raben in Trotas Buch. Aber warum ausgerechnet Raben? Die Insignien Junos waren eigentlich Ähre, Zepter und Opferschale. Doch halt, eines ihrer Lieblingstiere war neben der Kuh, der Gans und dem Pfau – tatsächlich die Rabe!

Ein Prickeln erfasste ihre Arme und breitete sich über den Nacken bis hinauf in die Kopfhaut aus. Luzia biss sich auf die Unterlippe. Der Boden schien unter ihren Füßen zu schwanken. Mit jeder Faser fühlte sie, dass sie sich nun auf der richtigen Spur befand! Sie schloss die Augen und führte ihre Finger neben eine der ausgebleichten Raben. Vorsichtig, als berührte sie kostbaren Goldstaub, wanderten ihre Finger über das Pergament. Ihre Sinne glichen nun weit geöffneten Toren. Hell wach strebten sie der Auflösung des Rätsels entgegen, welches Luzia seit ihrer Rückkehr aus Montpellier in Atem gehalten hatten. Spürte sie dort nicht kleinste Erhebungen? Waren die Raben vielleicht Hinweise auf unsichtbare Mitteilungen?

Und tatsächlich – Luzias Herz setzte einen Schlag aus – ertastete sie eine Schrift, so klein und filigran, dass sie für das menschliche Auge fast unsichtbar blieb. Verfasst in flüssigem Wachs für jene, die viel Mühe darauf verwendeten, sie zu finden.

»Meine Botschaft ist einzig meinen Töchtern vorbehalten. Jenen, die sich die Mühe machen, meine Gedanken zu entschlüsseln …«, erklang die Altstimme in ihrem Kopf. Die Worte berührten Luzia tief in ihrem Inneren. War es tatsächlich möglich, dass sie das geistige Erbe der Trotula di Ruggiero in sich trug?

Ihre Hände zittern vor Erregung, und sie hatte alle Mühe, nicht in Tränen auszubrechen. Luzia wusste, dass man sie für das Hören fremder Stimmen in den Kerker werfen konnte. Sie rieb sich die Arme. Sie fröstelte.

Nun galt es nur noch, die Schrift sichtbar zu machen! Nur, wie konnte das gelingen? Mit dem Augenglas, welches Johannes von einer Reise nach Ulm mitgebracht hatte war es zwar möglich, einzelne Buchstaben zu erkennen, aber das Lesen war unmöglich. Luzia überlegte. Mutlos schob sie das Buch von sich. Was nützte ihr eine geheime Botschaft, wenn es ihr nicht gelang, sie zu entziffern?

Als der Nachtwächter wenig später mit dem Absingen der vierten Stunde das Ende der Nacht verkündete, wurde Johannes zunehmend unruhiger und erwachte schließlich aus seinem Schlaf.

»Ich wünsche dir einen guten Morgen und hoffe, du hast nicht die ganze Nacht auf diesem Stuhl zugebracht!«, sagte er und erhob sich von seinem Lager.

»Schließe deine Augen!«, forderte Luzia aufgeregt und nahm seine Hand. Sie fühlte Johannes' Wärme vertraut und doch neu. Behutsam führte sie seine Fingerspitzen über die Wachsschrift und spürte, wie ihr die Röte in die Wangen stieg.

»Was ist das?«, wollte Johannes wissen und beugte sich über das Buch. »Ist das etwa Wachs?«

Luzia nickte. »Glaubst du, die Schrift lässt sich auf irgendeine Weise sichtbar machen?«

Johannes ließ seine Fingerspitzen ein weiteres Mal über die winzigen Buchstaben gleiten. Die Muskeln seiner Wange zuckten. »Vielleicht würde sich sehr feiner Sand oder ein anderes dunkles Pulver eignen«, überlegte er laut. »Wenn wir Glück haben, legen sich die Körnchen um die Buchstaben. Und mithilfe der Augengläser sollte es uns gelingen, die Schrift lesbar zu machen!«

Luzia sah ihn begeistert an. Das neue und gleichsam vertraute Gefühl seiner Nähe bereitete ihr eine erregende Gänsehaut. So nah …

Ein Lächeln, und ihre Blicke fanden sich. Luzia erkannte die winzigen grünen Strahlen in seinen grauen Augen. So unglaublich nah …

Sein warmer Atem streifte ihre Wange. Ein Knistern erfüllte die Luft. Es erzählte von Sehnsucht und Liebe. Luzias Herz setzte aus, als Johannes sie in seine Arme zog. In seiner leidenschaftlichen Umarmung lag fast ein wenig Rauheit.

»Aber wenn uns jetzt …« Luzia spürte die Heftigkeit, mit der er ihre Lippen verschloss. Als sie den leidenschaftlichen Kuss erwiderte, fühlte sie, wie die hitzige Glut ihre Haut eroberte.

Ein unduldsames Räuspern kam von der Tür. Es klang nachdrücklich und scharf.

Aufgeschreckt fuhr Luzia herum. Ottilia stand unter der geöffneten Tür. Ihr Blick war frostig und kalt, und er traf sie direkt ins Herz.

»Ottilia, was gibt es denn schon wieder?«, fragte Johannes barsch.

»Schwester Ansgard lässt nach Euch schicken«, flötete Ottilia, während sie wie zufällig seinen Arm berührte. Mit einem koketten Augenaufschlag schob sie ihr Haar aus der Stirn und ließ es durch ihre Finger gleiten.

Obwohl Luzia ihren Rücken straffte und ihr Kinn hob, fühlte sie sich in diesem Augenblick unscheinbar und grau. Sicher zeigte ihr Gesicht die Spuren der Erschöpfung, und Luzia wusste, dass ihr Haar wie eine Kappe aus Fuchsfell auf ihrem Kopf saß.

»Unter den Knechten gibt es ein paar Widrigkeiten, die zu lösen allein Euch obliegt!«

Die Seelenkälte traf Luzia wie ein Schlag ins Gesicht. Sie glaubte zu erfrieren, wenn sie noch lange die Anwesenheit der Allgaierin ertragen musste. Diese Böswilligkeit gab es nicht alle Tage, doch sie hatte sie erst ein einziges Mal gespürt. Noch während Luzia in Ottilias Augen sah, wusste sie, wer den Wein vergiftet hatte.

16

»Setz dich!«, sagte Elouan und schob Luzia einen Hocker zu. Zögernd nahm sie Platz und sah sich um. Die steil abfallenden Kalksteinhöhlen, die Überlingen westlich begrenzten, waren seit jeher geheimnisvoll. Ein weit verzweigtes Röhrensystem führte tief in den Fels hinein, und hier lebte Elouan nun mit Rudwin. Früher hatte Luzia die beiden manchmal in dem kleinen Häuschen zwischen Seefelden und Überlingen besucht, um seltene Pflanzensetzlinge und getrocknete Heilpflanzen für ihre Tante zu besorgen. Dieses Haus war erst vor wenigen Monaten bis auf die Grundmauern abgebrannt, und Elouan und Rudwin hatten sich nur mit knapper Not retten können.

Ein Feuer flackerte in der gemauerten Umfriedung fröhlich vor sich hin. Die Flammen verbreiteten eine behagliche Wärme, die von den zahlreichen Fellen noch verstärkt wurde, welche überall zum Schutz gegen die Kälte hingen. Außer einem kleinen Tisch und zwei wackligen Stühlen gab es nur einige schiefe Regale, die sich an einigen Stellen an den weißen Fels schmiegten. Neben einer Truhe lagen zwei dicke, strohgefüllte Säcke.

Luzia war sicher, dass es Elouan im eigentlichen Sinne an nichts fehlte. Dennoch griff die Furcht nach ihr, wenn sie daran dachte, dass Elouan und Rudwin um ein Haar in ihrem Haus verbrannt wären. Rasch wandte sie sich dem kleinen Tisch zu und entdeckte verschiedene Bündel getrockneter Kräuter. Neben Quecke und Bachbunge erkannte Luzia Ehrenpreis und weitere Pflanzen. Sie alle waren nicht alltäglich, doch

Elouan bevorratete sie und füllte sie in das Leinenbeutelchen, welches Luzia mitgebracht hatte.

»Gefällt dir die Arbeit im Sankt-Gallus-Hospital?«, wollte Elouan wissen.

Luzia nickte verhalten. Gefiel es ihr dort wirklich? Nein, sie durfte nicht ungerecht sein. Johannes so nah zu wissen, war wunderbar! Diese Freude konnte ihr selbst Ottilia nicht vergällen.

Elouans trockener Husten durchbrach das Knacken der Flammen.

»Du solltest besser auf dich achten und eine Zeit lang im Bett bleiben«, schlug Luzia vor. »Wenn du möchtest, nehme ich dich für ein paar Tage mit ins Hospital.« Sie machte sich ernsthafte Sorgen um Elouan. Sie wirkte blass, Schweiß stand auf ihrer Stirn, und ihre Augen schimmerten in jenem Glanz, den allein das Fieber zustande brachte.

Elouan lächelte und schüttelte den Kopf. »Was soll dann aus Rudwin werden?«

»Wo ist er überhaupt?«, fragte Luzia.

»Er wollte sich nicht davon abbringen lassen, sein Anglerglück zu versuchen. Wenn du wieder gehst, könntest du ihn ja herschicken.«

Luzia nickte. »Um Rudwin brauchst du dich nicht zu sorgen. Wir nehmen ihn einfach mit, und zur Not bleibt er bei mir in der *Krone*.«

»Das ist nett!«, entgegnete Elouan.

Luzia erschrak beinahe über die tiefe Dankbarkeit in Elouans Augen. Doch dann fiel ihr ein, wie schwierig es für die beiden war. Jene, die ihnen mit Respekt und Freundlichkeit begegneten, ließen sich an den Fingern einer Hand aufzählen. Alle anderen verspotteten sie im besten Fall, spuckten vor ihnen aus oder gaben ihnen zu verstehen, dass sie nicht willkommen waren. Wenn sie an Markttagen durch die Gassen zogen, wurden sie nicht selten ausgepfiffen. Rudwin sei das Kind des Satans und Elouan eine Teufelsbraut, hieß es.

»Sei ohne Sorge um mich! Aber versprich mir, dass du für Rudwin einen guten Platz findest, wenn ...« Elouan brach ab und sah Luzia lange an.

»Beim Allmächtigen, was redest du da?«

Elouan schüttelte den Kopf. »Bitte versprich es!«

Luzia nickte.

»Bring ihn zu den Barfüßern. Sie nehmen ihn sicher als Knecht in ihrem Kloster auf.«

Das würde Luzia sicher nicht tun. Freilich gebot es die Barmherzigkeit der Brüder, den Jungen aufzunehmen. Aber wenn sich die Pforten erst geschlossen hatten, gab es niemanden mehr, der auf den Buben achtgab.

»Und nun zu dir«, sagte Elouan leise. »Ich spüre etwas Dunkles. Etwas Gefährliches. Sei auf der Hut, die Allgaierin ist keine Gute. Lass sie nicht aus den Augen. Erst kürzlich wollte sie mir ein Alraunenmännchen abschwatzen! Als ob ich solchen Plunder verkaufe!« Elouan schnäuzte sich entrüstet. »Unterschätz die Allgaierin nicht, sie ist wirklich gefährlich!«

Luzia nickte und erzählte Elouan von dem vergifteten Wein.

»Du hast die Wahl«, mahnte diese mit erhobenem Zeigefinger. »Entweder du sagst es Herrn von der Wehr, oder ich werde es tun! Er muss es wissen. Das Beste wäre ohnehin, du würdest seine Frau, dann halten sie dort oben ihre Mäuler.«

Bevor Luzia wieder ging, hatte sie Elouan einen Absud von Quendel und Lungenkraut bereitet und eine Suppe gekocht. Das Nachtlager wurde von ein paar warmen Steine gewärmt, und Feuerholz gab es ausreichend. Rudwin fiel Luzia um den Hals und drückte ihr einen feuchten Kuss auf die Wange. Er hatte zwar keinen Fisch gefangen, dafür trug er ein feines

Tuch aus weißem Batist bei sich. Bei genauerem Betrachten erkannte Luzia die gestickten Initialen »O« und »A«. Ein eisiger Schauer überlief sie.

Bereits im Morgengrauen zog der Ausscheller durch die Gassen. Seine Worte ließen Luzia das Blut in den Adern stocken.

»Hört, ihr Leut'! Festgesetzt wurde heute in den frühen Morgenstunden die Kast Elouan. Sie wurde schwer belastet. Ihr wird vorgeworfen, gestern auf die Nacht eine Freisenkette vergraben zu haben. Und der ehrenwerten Familie Allgaier hat sie gar um die vierte Nachmittagsstunde einen Drudenfuß an den Türstock gemalt. Unter der Türschwelle fand man eine gehäutete Schlange. Augenzeugen sind bereits vorhanden, aber jeder, der etwas vorzubringen hat, soll bis spätestens zu Sankt Julien nach der Vesper beim Ammann vorsprechen. Jeder Überlinger, der schweigt, macht sich gleichfalls schuldig.«

Luzia konnte kaum glauben, was sie von dort unten gehört hatte. Als Johannes wenig später aus der Stadt kam, brachte auch er keine bessere Nachricht.

»Heute Morgen haben sie Elouan in den Turm gesperrt! Die Anklage lautet Hexerei!« Er spie wütend aus, und alle Farbe war aus seinem Gesicht gewichen. Ungehalten schüttelte er den Kopf. »Hört das denn niemals auf? Wie lange wollen die Leute noch an diesen ganzen Hexendreck glauben? Zum Teufel mit diesem …!«

Als Luzia seine Hände nahm, spürte sie seinen unbändigen Zorn. Fast fürchtete sie sich vor dem dunklen Ausdruck in seinen Augen.

»Luzia, du solltest deine Sachen packen und endlich mit mir in die Ordensburg kommen. Heute ist es Elouan – wer weiß, wen die Räte morgen verdächtigen, eine Teufelsbraut zu sein. Jeder Hilfe Suchende findet beim Orden Schutz und Aufnahme.«

Luzia fühlte ihren Brustkorb wie in einem Schraubstock stecken, dessen Backen sich stetig schlossen. Doch dann schleuderte sie die Leinenbinden beiseite und stemmte die Hände in die Hüften. Nein, sie würde sich nicht einschüchtern lassen.

»Eine Flucht kommt nicht infrage!«, entgegnete Luzia entschieden. »Ich werde sofort zum Ammann gehen und ihm sagen, dass es unmöglich Elouan gewesen sein kann, weil ich sie gestern besucht habe und bis nach dem Vespergebet bei ihr geblieben bin. Sie kann nicht gleichzeitig bei den Allgaiers und in den Heidenhöhlen gewesen sein. Zudem fieberte sie und litt unter starkem Husten. Kranke Menschen vergraben weder Hexenketten noch häuten sie Schlangen! Sie malen auch keine Drudenfüße auf die Türstöcke anderer Leute. All das ist kein Beweis. Jeder kann das Pentagramm dort an die Tür gemalt haben.«

Der Zorn trieb Luzia Tränen in die Augen. Gleichzeitig wusste sie, wie wirkungslos ihre Argumente bleiben würden. Hexenrichter ließen sich weder von Krankheit noch durch andere Beweise von ihrem Verdacht gegen eine angebliche Hexe abbringen. Doch auch die Angst kroch in Luzias Herz. Immerhin war sie einst selbst als Hexe zum Tod verurteilt gewesen. Wenn sie als die Verurteilte von damals erkannt wurde, war ihr ebenfalls der Scheiterhaufen sicher. Wie dumm es doch gewesen war, wieder hierher zu kommen! Doch dann fiel ihr ein, dass sie nirgendwo je wieder sicher wäre.

Johannes verstand Luzias Entsetzen wie kein Zweiter. Immerhin hatte er sie aus dieser Hölle befreit. Er kannte aber auch Luzias Starrsinn. »Gut, doch ich werde dich zum Ammann begleiten. Und zuvor packst du deine Sachen und folgst mir in die Kommende!«, sagte er mit Nachdruck. »Was wir vorzubringen haben, wird dem Ammann sicher nicht genügen. Er sucht nach stichhaltigen Beweisen. Wenn Elouan die Nacht hier im Hospital verbracht hätte, könnte ihr niemand etwas anhaben, aber dem war ja nicht so. Aber versuchen müssen wir es auf jeden Fall! Niemand sonst bringt den Mut auf, etwas gegen die Anschuldigungen des Ammanns vorzubringen.«

Luzia hatte in ihrer Angst Johannes' Hand ergriffen. Nun trafen sich ihre Augen, und sie fühlte die tiefe Verbundenheit, aber auch das Grauen von damals. Wie ein Fausthieb kamen all die Erinnerungen zurück. Zögernd entließ sie Johannes' Hand aus ihrer Umklammerung und begann die gebauschte Scharpie zu rollen, die sich auf einem kleinen Tisch auftürmte. »Was der Ammann ihr vorwirft, ist mir völlig gleichgültig. Ich kenne sie nur als wahrhaft guten Menschen, der keiner Fliege etwas zuleide tut.«

Luzia dachte an ihren gestrigen Besuch bei Elouan und daran, dass Elisabeth sie bereits als Kind zu der Kräuterkundigen mitgenommen hatte. Elouan war immer schon eine gute Seele gewesen und hatte sie nie wegen ihres roten Haars angestarrt. Allein deshalb mochte sie sie. »Ich werde unter allen Umständen vorsprechen!«, sagte Luzia.

Die stickige Luft im Ratssaal löste in Luzia ein Gefühl von Übelkeit aus. Sie erinnerte sich an ihre eigenen qualvollen Stunden im Ratssaal zu Ravensburg, bevor Heinrich Kramer sie als Hexe verurteilt hatte. Dass die Klage diesmal von einem weltlichen Gericht erhoben wurde, machte Luzia ein wenig Mut. Vielleicht waren die weltlichen Richter nicht so verstockt wie die Priester?

Der sonst 24-köpfige Rat bestand heute lediglich aus dem Bürgermeister, der Luzia ein wohlwollendes Nicken schenkte, als sie in Johannes' Begleitung den mit Fackeln erhellten Saal betrat, und drei weiteren Männern. Außer dem Ammann, der sie mit ernster Miene musterte, während er sich den gestutzten Kinnbart rieb, saßen noch zwei weitere Räte dabei: Allgaier und der sehr viel jüngere Zunftmeister der Schiffsbauer. Die Männer hatten hinter dem großen runden Tisch, der den Saal beherrschte, Platz genommen. Ein gemauerter Kachelofen in einer Ecke verbreitete stickige Wärme. Die wertvollen Schnitzereien an den Wänden waren durch die Fackeln in ein flackerndes Licht getaucht. Fast glaubte Luzia, die Figuren tanzten über das Holz. Rasch sah sie zum Bürgermeister. Er wirkte besorgt.

»Also, was habt Ihr vorzubringen?«, begann von Pflummern.

Luzia starrte auf das mit zwei leinenüberzogenen Holzdeckeln versehene Buch, welches in Armlänge vor ihr auf dem schweren Eichentisch lag. »Malleus Maleficarum« prangte in großen schwarzen Lettern auf der Deckplatte. Rudolf von Baden hatte das Buch bei ihrer ersten Begegnung dabei gehabt. Aber erst jetzt erkannte Luzia den Namen des Verfassers. Sie krampfte die Hände zusammen und rang um Fassung. »Heinrich Kramer« und, in Klammern, »Institoris« las sie unter dem Titel des Buches. Sie glaubte, in ein Meer aus Schmerz zu fallen, und schlagartig erinnerte sie sich an jede noch so geringe Kleinigkeit. Heinrich Kramer war der schrecklichste Mensch, dem sie jemals begegnet war. Er war selbst der Teufel, den er – bevorzugt unter den Frauen – auszurotten suchte.

Stockend berichtete Luzia, was sie bereits Johannes erzählt hatte. Sie fühlte Johannes' Blick auf sich ruhen, er schenkte ihr Kraft und ein wenig Ruhe, wenn auch ihre Hände zitterten.

Allgaier schlug den *Malleus* auf, und als er endlich die Stelle fand, nach welcher er fiebrig gesucht hatte, fragte er Luzia spitz: »Nun, Jungfer Gassner, wann habt Ihr denn zum ersten Mal bemerkt, dass die Kastin eine Hexe ist?«

Luzia sagte, dass Elouan keine Hexe sei, sondern allenfalls eine Kräuterfrau.

»Immerhin hat sie mit dem Teufel, der sie als Incubus in der Gestalt eines Wolfes besuchte, einen schwachsinnigen Nachkommen gezeugt.«

»Rudwin ist nicht schwachsinnig!«, stieß Luzia zornig hervor und ballte die Hände zu Fäusten. »Gewiss, er ist anders als Ihr und ich, aber er hat ein gutes Herz, und seine Seele ist so rein, wie die unsere wahrscheinlich nicht einmal zur Zeit unserer Geburt war!«, parierte Luzia und trat von einem Bein auf das andere. Einen Stuhl hätten sie uns wenigstens anbieten können!, dachte sie und sah zu Johannes, der neben ihr stand.

Er schenkte ihr ein aufmunterndes Nicken, und sein wachsamer Blick versprach, dass sie nicht allein war. Sanft berührte er ihren Arm, und Luzia spürte bei ihm Furcht und Zorn. Sie wusste, dass auch er an Ravensburg dachte.

»Nun, ein Lebewesen, das zur Hälfte ein Wolf ist, einen Menschen mit gutem Herzen und reiner Seele zu nennen, ist wahrhaft ein wenig …«, Allgaier fuhr sich durch das zurückgekämmte Haar und sah sie warnend an, »… dreist, würde ich sagen!«, beendete er seinen Satz und funkelte sie an. »Wenn Ihr, wie Ihr sagtet, schon seit Eurer Kindheit mit der Kastin verkehrt, könntet Ihr, was Gott verhindern möge, bereits selbst den Keim des Bösen in Euch tragen. Hexerei ist nachgewiesenermaßen erblich und …«

»Schweigt!«, schnitt ihm Johannes mit versteinerter Miene das Wort ab und hieb mit der flachen Hand auf den Tisch. »Bedenkt Eure Worte und redet nicht solch einen Unsinn, andernfalls vergesse ich mich!«

»Allgaier, ich bitte Euch!«, rief nun auch von Pflummern und mahnte zu mehr Sachlichkeit.

Die restliche Anhörung verlief gemäßigter, weil nun der

Ammann die Fragen stellte, und als sie nach einer Umdrehung des Stundenglases das Rathaus wieder verließen, hoffte Luzia, dass ihrer beider Aussagen das Gericht zu weiteren Überlegungen veranlasst hatte. Zumindest hoffte sie, dass die Herren Elouans Fall neu überdachten.

Uneinnehmbar wie ein Adlerhorst thronte die Johanniterburg mächtig und wehrhaft zugleich am östlichen Ende der Stadtmauer, welche die Freie Reichsstadt Überlingen umgab. Während sich die blutrote Fahne mit dem strahlend weißen Kreuz der kecken Brise entgegenwarf, brachen sich ein paar verirrte Sonnenstrahlen auf dem Dach des Sankt Johannturms, der Teil der Ordensburg zu Überlingen war.

Johannes beschirmte seine Augen, denn das Weiß des Schnees verstärkte die Blendkraft der Sonne um ein Vielfaches. Mit dem Beginn des zweiten Monats im Jahre des Herrn 1493 war der Eismond angebrochen, der seinem Namen alle Ehre machte. Noch während der Bruder Pförtner das doppelte Haupttor schloss, schritt Johannes bereits durch das Portal des Hauptgebäudes. Neben dem Haupthaus und dem runden Wohnturm lagen die Wirtschaftsgebäude, die Scheune und die Lagerhäuser für Lebensmittel und Wein. An den hinteren Teil des Haupthauses grenzten die Stallungen, der eckige Turm, welcher als Korn- und Vorratsspeicher genutzt wurde, und das Infirmarium. Die Waffenkammern samt einer kleinen Schmiede, ein Ofenhaus, in welchem auch Bier gebraut wurde, und einige andere Gebäude vervollständigten die Kommende. Daneben verfügten die Ritter über eine eigene Kirche und einen kleinen Friedhof. Die Johanniterkommende zu Überlingen war wie ein eigenes kleines Dorf und agierte auch weitgehend autonom.

»Guten Morgen, Bruder Johannes«, rief Wolfram von

Hohenstein über den großzügigen Innenhof hinweg. Aus dem Haupthaus kommend, schritt ihm der Ordenspriester mit ausgebreiteten Armen entgegen. Auch seine schwarze Soutane trug zum Zeichen seiner Ordenszugehörigkeit das weiße Johanniterkreuz auf der Brust. Seine ebenfalls schwarze Kukulle blähte sich im Wind, als er neben Johannes trat und ihm die Hand reichte. »Schön, dass wir dich auch wieder einmal zu Gesicht bekommen!«

Der schlanke Mann, dessen kantiges Gesicht Strenge erahnen ließ, lachte. Obwohl er viele Jahre älter als Johannes war, besaß der Ritterbruder, der bereits in jungen Jahren auf Rhodos die Priesterweihe erhalten hatte, noch volles Haar. Allerdings waren die braunen Locken mittlerweile einem lichten Grau gewichen, welches an die Eiszapfen erinnerte, die wie Dolche an der Dachtraufe hingen und jeden Augenblick zur Erde stürzen konnten.

»Du bist nicht zufällig hier, um dein Gewissen zu erleichtern?«, wollte Wolfram von Hohenstein wissen.

Johannes bedachte den Ordenspriester und langjährigen Freund mit einem müden Lächeln. Schließlich legte er den Arm um ihn. »Eigentlich nicht, aber wenn ich es mir recht überlege, könntest du mir tatsächlich einen Rat geben.«

Wolfram von Hohenstein nickte. »Benötigst du dazu einen Beichtstuhl?«

Die Kirche mit den bunten Bleiglasfenstern befand sich gerade inmitten einer umfassenden Säuberungsmaßnahme. So war eine Handvoll Ritterbrüder damit beschäftigt, die Vorhalle zu kehren und die Wände vom Ruß der Kerzen zu reinigen, um sie alsdann zu kalken.

»Mir wäre es weitaus lieber, wenn wir uns irgendwo ungestört unterhalten könnten«, entgegnete Johannes. Er dachte an die eisigen Temperaturen, die während der Zeit des Eismondes in der Kirche herrschten. »Und deine Verschwiegenheit setze ich ohnehin voraus.«

»Bruder Gisbert hat noch vor dem Morgengrauen ein Schwein geschlachtet. Bleibst du zum Mittagsmahl?«, fragte Wolfram, obwohl er Johannes' Antwort bereits ahnte. Seit Luzia Gassner neben ihm arbeitete, hatte sich der Confrater verändert. Wenn ihn nicht gerade die aufopfernde Arbeit ermüdete – Johannes betreute neben dem Hospital auch das Infirmarium der Ordensburg –, wirkte er heiter und endlich einmal lebensfroh. Wolfram freute sich für den Bruder.

»Nein, ich kann dem Hospital nicht so lange fernbleiben«, gab Johannes zur Antwort. »Die Masern haben die Stadt im Griff, und die Kinder sterben wie die Fliegen.« Sein Gesicht erhellte sich. »Aber wie ich sehe, sind all meine Brüder wohlauf und bei der Arbeit.«

»Bislang hat uns das gefährliche Fieber verschont. In der Krankenstube findest du lediglich ein paar Brüder, die seit dem Einbruch der Kälte ihre Glieder nicht mehr rühren können.«

Johannes nickte und klopfte dem Priester auf die Schulter.

»Luzia geht es aber gut?«, fragte Wolfram von Hohenstein geradeheraus.

Johannes nickte und rieb sich die Stirn, als könnte er damit die trüben Gedanken aus seinem Kopf vertreiben. »Ich hoffe es zumindest.« Um Johannes' Mundwinkel bildete sich ein gequälter Zug, und die Falte zwischen seinen Augenbrauen wurde tiefer. »Dennoch mache ich mir große Sorgen um sie. Seit dem Beginn der Epidemie in den letzten Herbstmonden lodern wieder überall die Scheiterhaufen. Erst vor ein paar Wochen, am Agnestag, haben sie in Stein am Rhein eine Wehmutter verbrannt, weil sie angeblich mit dem Satan im Bunde war. Du kennst Luzias Geschichte, und sicher weißt du auch, dass die Büttel Elouan geholt haben. Luzia hat sich nicht davon abbringen lassen, beim Ammann vorzusprechen, um sie zu entlasten. Ich habe sie begleitet, doch unsere Aussagen haben ihm nicht genügt. Wer sich einmal in den Fängen der Hexenrichter befindet, ist verloren!« Johannes' letzte Worte klangen härter als beabsichtigt.

Wolfram von Hohensteins Gesicht verdüsterte sich. »Noch vor Tagesanbruch führte mich mein Weg zum Gefängnisturm. Vater Pankratz ist in der Nacht zu seinem Schöpfer heimgegangen, und Bruder Camillus weilte bei euch im Hospital. Da hat der Schultheiß nach mir geschickt.«

Johannes hatte bereits gehört, dass der Priester der Nikolauskirche verstorben war, und er ahnte, weshalb Wolfram in den Gefängnisturm gerufen worden war. »Wegen Elouan, oder?«, fragte er bestürzt.

Wolfram von Hohenstein nickte. »Ja, weil Elouan mit der dritten Mittagsstunde dem Feuer übergeben wird. Ich habe ihr die Beichte abgenommen.« Bevor Wolfram von Hohenstein weitersprach, sah er einen Augenblick zu Boden. »Johannes, wenn Elouan eine Hexe ist, bin ich der Teufel selbst!«, stieß Wolfram in einer Mischung aus Verzweiflung und Zorn hervor. Sein Gesicht wirkte plötzlich grau und eingefallen. »Und ich konnte ihr, außer ihr Trost zuzusprechen, nicht helfen.«

»Ich weiß!«, entgegnete Johannes zornig und trat nach einem Tannenzapfen, den der Wind vor seine Füße gerollt hatte. Nach Luzias Verurteilung in Ravensburg hatte er die völlige Willkür der Obrigkeit und die eigene Machtlosigkeit bereits erlebt. »Niemand kann den Verurteilten wirklich helfen. Und Elouan ist ebenso wenig eine Teufelsbraut, wie es Luzia einst war!«, stieß er gereizt hervor. Offensichtlich hat der Hexenrichter sein Geständnis bekommen!, dachte Johannes zornig. Er selbst war noch vor Kurzem bei Elouan gewesen, weil ihr der Henker mit dem Spanischen Stiefel die Füße zermalmt hatte. Dabei hatte er ihr, ohne zu zögern, große Mengen Alraune verabreicht. »Dieses Pack!«, schnaubte Johannes und trat abermals einen Zapfen beiseite. »Irgendwann gesteht jeder unter der Folter, und die Richter bekommen, was sie hören wollen.«

Wolfram von Hohenstein nickte zustimmend. Seit der Verbreitung des *Malleus Maleficarum* lag die Beweislast bei den Verleumdeten. Mit dem *Hexenhammer* war es Heinrich Kramer gelungen, das Hexenverbrechen, wie er es nannte, zu einem Sonderdelikt zu erklären. Ohne großen Aufwand war es nun jeder Stadt möglich, einen Hexenprozess zu veranstalten. Nicht einmal mehr eines Priesters bedurfte es nun noch. In den meisten Fällen übernahm ein hochgestellter Stadtrat, der Ammann oder der Bürgermeister selbst die Aufgabe des Hexenrichters.

»Sie ist krank«, sagte Wolfram plötzlich. In seinen Augen glomm ein leiser Hoffnungsschimmer. »Vielleicht leidet Elouan bereits am Winterfieber.«

Johannes nickte, aber er wusste, dass die Zeit zu kurz war, als dass Elouan erlöst werden würde. Die Vorstellung, dass die hilfsbereite Frau bereits in wenigen Stunden einen qualvollen Tod sterben sollte, rief einen unbändigen Hass in ihm hervor.

Johannes kannte die aufgepeitschten Menschenmassen, ihre Gier und Sensationslust. Er hatte in ihre Gesichter gesehen, als die beiden Frauen auf dem Marktplatz in Ravensburg verbrannt worden waren. Noch heute klang ihm das Gegröle in den Ohren und stand ihm die wilde Mordgier der Meute vor Augen. War der Damm erst gebrochen, wurden aus Menschen Bluthunde! Und er würde nie die grausamen Bilder aus dem Kerker vergessen können. Damals hatte er geglaubt, Luzia für immer verloren zu haben. Bei diesen Erinnerungen wuchs seine Sorge um sie erneut.

Bald würde die Stadt eine unschuldige Frau als Hexe verbrennen. In diesen Zeiten wirkte ein Bauernopfer wahre Wunder. Es besänftigte die Bevölkerung, weil die Leute ihre ohnmächtige Wut und ihre rasenden Hassgefühle auf die vermeintlich Schuldige richten konnten. Auch hatten die Menschen niemals zuvor eine so übermächtige Angst vor einem nahen Ende der Welt verspürt. Sie bangten um ihr Seelenheil und fürchteten, nach ihrem Tod auf ewig im Fegefeuer zu brennen. Die Priester schürten diese Angst noch und predigten vom Harmagedon, dem Ende aller Tage.

In der Hoffnung auf Seelenheil wechselten haufenweise Ablassbriefe die Besitzer. Die im Auftrag eines Bischofs von Briefmalern angefertigten Indulgenzschreiben waren nicht selten so teuer, dass den Familien ein Kind verhungerte, weil sie für die wenigen Kreuzer, über die sie verfügten, Papier statt Brot in den Händen hielten. Dabei waren die wenigsten der reuigen Sünder überhaupt in der Lage zu lesen, was auf den in Rot und Schwarz gehaltenen Ablässen stand.

Johannes hoffte inständig, dass sich die Zeiten bald ändern würden, sie verlangten förmlich nach einem Umbruch.

Wolfram von Hohenstein räusperte sich. »Weißt du, die Menschen fürchten sich vor Rudwin, obwohl der Junge sanft wie ein Lamm ist. Der ehrwürdige Komtur hat ihn in unsere Mitte genommen, auf dass der Bub bei uns ein neues Zuhause findet. Aber es vergeht kein Tag, an dem nicht ein paar vor der Tür stehen und auch Rudwins Auslieferung fordern. Hexerei soll angeblich erblich sein.«

»Ja, diesen Unsinn habe ich bereits von diesem Schwachkopf Allgaier gehört!«, entfuhr es Johannes wütend.

Wolfram von Hohenstein nickte. »Die Zeiten sind nicht die besten, und ich sage dir, es wird noch schlimmer.«

»Wo ist Rudwin jetzt?«

»Im Moment arbeitet er in den Stallungen. Er mag unsere Pferde, und die Rösser mögen ihn. Selbst Hephaistus wurde unter seinen Händen lammfromm.«

»Das kann ich mir gut vorstellen«, entgegnete Johannes. »Rudwin ist eine gute Seele. Ich sehe später noch nach ihm, er freut sich sicher. Lass ihn ein wenig in den Schnee. Er liebt ihn.« Er dachte daran, wie Rudwin die Flocken mit der Zunge gefangen hatte.

Wenig später saß Johannes mit Rudolf von Baden im Sitzungssaal der Kommende. Das Morgenlicht fiel durch die Butzenscheiben, die stirnseitig den Blick auf den Bodensee freigaben. An den weiß getünchten Wänden hingen prachtvolle Ölgemälde, welche die Städte Akkó und Antiochia im Heiligen Land zeigten. Eine der Wände war aus regelmäßigen Flusssteinen errichtet worden, und mit zahlreichen Bildern der Insel Rhodos geschmückt. Die rohe Bohlenbalkendecke wies über jedem Balken ein geschnitztes Johanniterkreuz auf, welches wie ein Schild über die Besucher wachte und ewigen Schutz versprach.

»Du musst auf Luzia achtgeben!«, sagte Rudolf von Baden ernst, während er mit den Fingern auf den schweren Tisch trommelte.

»Das brauchst du mir nicht zu sagen«, entgegnete Johannes und schob seinen Stuhl zurück. Er schätzte Rudolf von Baden mehr als jeden anderen Freund. Mehr noch, in Rudolf hatte Johannes einen Mentor gefunden, dessen Weitsichtigkeit ihn vor einem großen Fehler bewahrt hatte: die Gelübde abzulegen.

Johannes wusste, dass Rudolf von Baden Luzia in besonderem Maße schätzte. Auch ihr wollte er ein väterlicher Freund sein, was Luzia halb befremdet, halb erfreut zuließ. Mit ihrer Wärme und ihrem couragierten Auftreten eroberte Luzia die Herzen ihrer Mitmenschen im Sturm, und so war es ohne Zweifel auch bei Rudolf gewesen. Manchmal sah Johannes aber noch etwas anderes in Rudolfs Augen, wenn er über Luzia sprach. So als habe er ein geheimes Wissen über sie, welches er aber stets unter Verschluss hielt.

Rudolf von Baden presste die Lippen aufeinander, bis er ein leichtes Stechen verspürte. In den Jahren auf Rhodos und durch die ebenso einfühlsame wie eiserne Hand des Großmeisters Pierre d'Aubusson war der Medicus Johannes von der Wehr zu einem außergewöhnlichen Menschen herangereift: an Körper und Geist erstarkt und zu einem äußerst wertvollen Ordensritter gediehen.

»Das Schicksal hat eure Wege nicht umsonst verkettet«, begann Rudolf. »Gott selbst hat euch abermals zusammengeführt, weil es eine wichtige Aufgabe in eurem Leben gibt. Doch zuvor gilt es, weitere Prüfungen zu bestehen.« Der Komtur erhob sich und trat zum Fenster. »Ein herrlicher Tag!«

Johannes schob seinen Stuhl zurück und folgte Rudolf zum Fenster. Eine Weile sahen sie schweigend auf die glitzernden Wellen hinunter.

Dann blickte Rudolf Johannes mit ernster Miene an. »Bis auf Weiteres sind Gottfried, Bernhard und Jodok von all ihren Pflichten freigestellt. Stattdessen haben sie den Auftrag, die Stadt und ihre Bewohner zu beobachten.«

Johannes nickte. Er hatte verstanden. »Die drei sollen zusehen, dass Luzia ihre Streifzüge nicht bemerkt. Sonst wird sie mir niemals in die Ordensburg folgen. Noch macht sie allerlei Ausflüchte. Sie ist starrköpfiger denn je.« Johannes spürte Rudolfs amüsierten Blick auf sich ruhen.

Manchmal fragte sich Johannes, weshalb Rudolf ihm die Gelübde nicht abgenommen hatte. Noch bevor der Komtur ihn nach Rhodos geschickt hatte, hatte er seine Absichten gründlich erforscht. Johannes erinnerte sich genau, dass er ihn in sämtlichen Gewissens- und Glaubensfragen geprüft hatte.

In allen Prüfungen, die ein angehender Ritter zu meistern hatte, hatte Rudolf die Latte für Johannes so hoch gelegt, dass er ihn damals dafür hasste. Der Komtur hatte ihn sämtliche Karten der Zeit auswendig lernen lassen. Wälder, Seen und Gebirgsketten musste er frei aus dem Gedächtnis zeichnen. Denkaufgaben und Rätsel gehörten zu seinem Tagesablauf ebenso wie die Gebete und das Fasten.

Außerdem hatte Johannes alles über den Einfluss und die Macht der Johanniter erfahren. Wie einst die Templer unterhielten auch sie eigene Flotten und ein weitläufiges Handelsnetz, das von Jahr zu Jahr wuchs. Sie betrieben eine der ersten Banken und nannten Besitztümer aller Art ihr Eigen: Wälder und Ackerland, Fahr- und Ankerrechte in sämtlichen Seehäfen der Erde. Sie besaßen einfache Herbergen für Pilger, Hospitäler und Herrenhäuser, aber auch Ordensburgen und Festungen. Oft wurden ihnen Schenkungen oder andere Zuwendungen zuteil, und so wechselten ganze Grafschaften und Fürstentümer in den Besitz der Johanniter.

Im Gegensatz zu den Templern mehrten die Johanniter ihr gewaltiges Vermögen stets im Verborgenen. Im öffentlichen Leben blieben sie jedoch bescheiden und demütig. Sie trachteten nicht danach, mächtiger und bedeutender zu sein als der Vatikan. Aus diesem Grund war ihnen der Heilige Stuhl stets gewogen.

Rudolf von Baden öffnete das Fenster und füllte seine Lungen mit der kalten, klaren Winterluft. Zu seinen Füßen glitzerte der Bodensee wie eine tiefblaue Perle, während die mächtigen schneebedeckten Gipfel in ihrer erhabenen Stille Würde und Überlegenheit ausstrahlten. Wie das weiße Kreuz, welches auf der Brust der Johanniter prangte.

Rudolf von Baden spürte, dass es an der Zeit war, einen wichtigen Brief zu schreiben.

17

Der scharfe Westwind blies große schwarzgraue Wolken-schiffe über den Himmel, und der Zug der Menschen, die den Schinderkarren begleiteten, riss nicht ab.

»Wetterwind, Teufelswind«, raunten ein paar alte Wei-ber und blickten mürrisch zum Himmel, bevor sie sich dem gewaltigen Lindwurm anschlossen, der sich, unter Hauben und Gugeln versteckt, durch die engen Gassen Überlingens schlängelte. Er nahm seinen Anfang beim *Haus zur Löwen-zunft* am Unteren Markt, wo der Amann unter dem mord-lustigen Geschrei der Leute auf dem kleinen Balkon über der Hofstatt das Urteil über Elouan Kast verhängt hatte. Symbo-lisch brach er einen Buchenstab entzwei und entließ den Auf-marsch, dessen Spitze der Schinderkarren bildete. Das wan-kende Gefährt wurde von einem trägen Ochsen gezogen und steuerte zum Oberen Markt. Überall herrschte lautes Gegröle. Die Menschen standen in dichten Reihen in den Gassen. Faule Eier flogen durch die Luft. Oft genug verpassten die Geschosse ihr längst verstummtes Ziel.

Elouan wirkte wie eine kleine schmächtige Strohpuppe, deren Arme zu beiden Seiten an die Streben des Karrenaufbaus gefesselt waren. Das bodenlange Büßerhemd zeigte bereits nach wenigen Metern gelbe Flecken von Ei und rostrote von verfaulten Äpfeln. Nachdem der Zug das Franziskanertor pas-siert hatte, rollte er am Sankt-Gallus-Hospital vorüber, entlang der Aufkircher Straße bis zum Klotzentor hinauf. Mit dem Passieren des einfachen Tors, dessen Dach für einen Augenblick in dem einzigen Sonnenstrahl glitzerte, der durch die dicke graue Wolkendecke blinzelte, verließ die krakeelende Menge die Stadt. Die schaurige Prozession überquerte die schwere Zugbrücke, die den Stadtgraben überspannte, und erreichte endlich den Malefikantenweg. Von dort aus führte der Weg steil bergan bis zum reichsstädtischen Hochgericht im Galgenbühl, wo neben dem aufgestellten Rad der dreischläfrige Galgen auf einer Bergkuppe weithin sichtbar war.

»Brennt die Hexe!«, skandierte die Menge, als sie den rot und schwarz gekleideten Henker erblickte, der sich ein letztes Mal von der Güte des Scheiterhaufens vergewisserte.

Elouan hatte alle Mühe, sich auf dem rumpelnden Karren einigermaßen zu halten. Die Stricke, mit welchen ihre Hände gebunden waren, schnitten ihr ins rohe Fleisch, und sie zuckte bei jeder Unebenheit des Wegs zusammen. Selbst wenn sie der Henker gebrochen hatte, das letzte Fünkchen Würde hatte er ihr nicht nehmen können, und allein das bewog sie, ihren Rücken zu strecken. Ihre Augen jedoch blieben geschlossen. Von dieser Welt hatte sie genug gesehen. Sie hatte beschlossen, den Weg, der über grüne Auen und einen Birkenhain hinauf zur Richtstatt führte, so in Erinnerung zu bewahren, wie sie ihn das letzte Mal gesehen hatte. Der alles vernichtende Wundschmerz im Unterleib und in den Beinen war auf ein erträgliches Maß zurückgegangen. Wie aus der Ferne schien er ihr zu erzählen, zu welch grausigen Taten Menschen fähig waren. Sie verbannte die Lüsternheit der Henkersknechte aus ihren Gedanken, mit der diese ihr das Hemd vom Leib gerissen hatten, bevor ihr mit dem Nicken des Hexenrichters alle Ehre genommen worden war. Ihr Leben war verwirkt, nun galt Elouans einzige Sorge ihrem Sohn. Aber weil Rudwin ganz und gar aus Sternenstaub bestand, wollte sie darauf hoffen, dass sich der Herr im Himmel seiner annahm. Außerdem hatte sie das Versprechen von Luzia, auf das sie hoffen wollte. Als sie daran dachte, wie Johannes sich mit den Bütteln des Gefängnisses angelegt hatte, um ein letztes Mal zu ihr in den Kerker zu gelangen, füllten sich ihre Augen mit Tränen.

Gleich nachdem ihr das neue Büßerhemd gebracht worden war, hatte Elouan die bitteren Samen unter die Zunge gelegt, die ihr Johannes von der Wehr gegeben hatte.

»Ihr müsst sie zur rechten Zeit nehmen! Nicht zu früh und keinesfalls zu spät!«

Elouan hatte sich längst in ihr Schicksal gefügt, als sie endlich ihre Augen öffnete und des aufgeschichteten Reisighaufens gewahr wurde. Angesichts der Qualen, die sie nun erwarteten, wich ihre Hoffnung auf ein erträgliches Ende allerdings. Ob die Macht des Bilsenkrauts und der Alraune tatsächlich so groß war?

»Ich habe die Samen mit Schlafmohn und Mandragora getränkt und mit Rosenblätter umwickelt«, hatte ihr Johannes erklärt. Also wollte, nein, musste sie darauf hoffen.

»Ich kann Euch nicht versprechen, dass Ihr keinen Schmerz spüren werdet, weil es kaum etwas Quälenderes gibt, als zu verbrennen. Aber ich verspreche Euch, dass die Medizin Euren Leib weniger empfindlich werden lässt. Und die Angst wird ein wenig gemäßigt. Ich weiß, das mag kein wirklicher Trost sein, aber es ist alles, was ich jetzt noch für Euch tun kann.« Selbst ihre Bedenken, dass man sie erwischen könnte, wie sie die Samen unter die Zunge legte, hatte er zerstreut.

Jetzt spürte Elouan die Tränen in ihren Augen. Es waren Tränen der Dankbarkeit, die sie für einen wahrhaft großen Mann vergoss.

Obwohl sie im allgemeinen Geschrei der pöbelnden Menge lediglich ein paar Worte verstehen konnte, stachen ihr diese ins Herz und hinterließen einen wunden Schmerz. Die meisten

Leute, die sich um die Richtstatt versammelt hatten, kannte Elouan vom Markt. Und ebendiese Menschen ließen nun lautstark vernehmen, dass sie sich Elouans Tod wünschten.

Inmitten ihrer gut gekleideten Freundinnen erkannte Elouan schließlich auch Ottilia Allgaier. Die Allgaierin hatte ihre Drohung wahr gemacht. Sie war noch weitaus schlimmer als die Hexenrichter und deren Henkersknechte! Ihr Herz musste schwarz wie der raue Bockpelz des Teufels sein. Oder war sie am Ende der Satan höchstpersönlich?

Für einen Augenblick schwoll Elouans dumpfe Furcht an und tauchte sie in Todesangst. Was, wenn sie den Schmerz nicht aushielt? Jeder hatte sich schon einmal einen Finger oder die Hand verbrannt. Die Qualen mussten grausam sein …

Als sie aber die groben Hände der Büttel spürte, die sie auf den Reisighaufen zerrten und ihre Arme in schwere Eisenketten legten, hätte sie beinahe aufgelacht. Wie sollte sie denn mit ihren zerschundenen Beinen fliehen? Ihr Geständnis kam ihr in den Sinn. Sie hatte den nächtlichen Hexenflug ebenso zugegeben wie den Besuch eines Incubus. Beides hatte ihr der Henker auf Drängen Allgaiers unter endlosen Qualen abgepresst. Auf diese Weise soll ihr der Teufel jahrelang des Nachts seine Besuche abgestattet haben. In der Gestalt eines dunklen Wolfs. Deshalb nannten sie ihren Rudwin auch Catulus, einen jungen Hund …

Während Bruder Camillus den Gekreuzigten an einer langen Stange an ihre Lippen führte, auf dass sie ein letztes Mal ihr Heil im Kreuz fand, fühlte sich Elouan tatsächlich, als flöge sie. Die Samen entfalteten ihre Wirkung nun vollends. Wie Balsam schien sich ein schweres Tuch über sie zu legen.

Inzwischen brannte das Reisig an einigen Stellen. Der Qualm reizte ihre Augen zu Tränen, und während der ohrenbetäubende Lärm um die Richtstatt im Knacken des Feuers unterging, spürte sie die aufsteigende Hitze im ganzen Leib. Rasend schnell fraßen sich die Flammen durch das trockene Reisig und züngelten über ihre Füße. Elouan spürte, wie der Henker fluchend hinter sie trat und ihr etwas um den Hals legte.

Im nächsten Augenblick tanzten helle Lichtblitze vor ihren Augen, und als ihr Leib nach Atem gierte, fanden ihre Lungen kein Leben mehr. Für die Dauer einiger Herzschläge brannte ihre Brust wie das Feuer unter ihren Sohlen. Ihr letzter Gedanke galt ihrem Sohn. Dann schwanden ihr die Sinne.

»Die Kastin hat keinen Mucks von sich gegeben!«, raunte Amalie, die Tochter des Goldschmieds, und bedeckte Mund und Nase mit ihrem Brusttuch. Inzwischen brannte der Scheiterhaufen lichterloh. Die Flammen hatten sich bereits tief ins Fleisch gefressen und Elouan Kast das Gesicht genommen. Schwarz und bis zur Unkenntlichkeit verkohlt, hing ihr Leichnam wie eine Marionette in den Ketten. Die Kraft des Feuers warf ihren Kopf auf grausige Art von einer Seite zur anderen. Gerade so, als lebte die Kastin noch. Der Gestank von verbranntem Fleisch hing in der Luft und grub sich tief in die Lungen der Menschen. Einige pressten die Arme vor Mund und Nase und atmeten nur noch durch den Stoff ihrer Ärmel. Aber auch das zeigte nur wenig Erfolg. Der Gestank wurde unerträglich, und schon bald sahen Ottilia und ihre Freundinnen, wie die ersten Schaulustigen den Richtplatz wieder verließen.

»Sicher hat sie den Henker bestochen, dass er ihr den Hals umdreht, bevor sie elendig verbrennt!«, plapperte Ottilia. Ihre Freundinnen nickten, gleichwohl sie sich nicht vorstellen konnten, dass Elouan über so viele Münzen verfügt hatte.

»Habt ihr die Beine gesehen?«, schob Amalie voller Entsetzen nach, bevor sie sich im Gedenken an das Grauen zweimal bekreuzigte.

»Das war noch lange nicht alles!«, flüsterte Ottilia geheimnisvoll und zog ihren Fuchspelz enger um den Leib. »Ich habe gehört, dass der Henker ihrem unsittlichen Pförtchen ein kochendes Bad bereitet hat, von dem sie sich nicht mehr erholte«, erklärte Ottilia und deutete auf Kathis Schoß. »Schließlich bedurfte es einer angemessenen Strafe für die zahlreichen Schäferstündchen mit dem bösen Wolf«, kicherte sie und genoss den Schauer, den ihr die eigenen Worte bereiteten. Es war herrlich, hier oben auf der Richtstatt zu stehen und sich zu grausen. Vor allem, wenn man sicher sein konnte, dass es einem daheim an nichts fehlte.

Den beiden anderen Frauen wich alle Farbe aus dem Gesicht. Obwohl der Henker wieder einmal für ein überwältigendes Schauspiel gesorgt hatte, empfand Amalie fast ein wenig Mitleid mit der Kastin. Ob die Alte tatsächlich eine Hexe war? Freilich würde sie ihre Zweifel in Ottilias Beisein für sich behalten. Niemand wollte in den Allgaiers einen Feind wissen, so war es besser, sich beizeiten gut mit ihnen zu stellen.

»Wenn der Henker es so gemacht hat, wie ich denke, dann ist es wohl das Schlimmste, was ich jemals gehört habe. Bist du dir sicher?«, meinte Kathi, die Tochter des wohlhabendsten Salzhändlers zu Überlingen, und schlug die Hand vor den Mund. Etwas so Grausiges hatte sie noch nie gehört.

»Worauf du dich verlassen kannst«, raunte Ottilia. »Schließlich ist Vater nicht umsonst der oberste Stadtrat. Er selbst war bei den Befragungen des Henkers zugegen.«

»Aber doch nicht während der Folter?«, erkundigte sich Kathi erbleichend.

»Freilich!«, erwiderte Ottilia und setzte eine wichtigtuerische Miene auf. »Was glaubt ihr denn, woher ich all die schreck-lichen Amtsgeheimnisse weiß? Vater hat sie mir erzählt.«

»Und was sagen die Priester dazu?«, wollte Amalie wissen.

»Nichts! Dieser Prozess hat ohne sie stattgefunden. Bru-der Camillus war lediglich hier auf dem Galgenbühl dabei.« Und Vater Pankratz wurde ohnehin letzte Nacht selbst vom Teufel geholt, fügte Ottilia im Stillen hinzu.

»Wie ist das eigentlich«, fuhr Amalie fort. »Gelangt die Kas-tin nun direkt in den Himmel, ohne in der Hölle zu braten, oder muss sie sich im Fegefeuer gedulden?«

Kathi, die Salzerbin, hob die Schultern, während Ottilia verächtlich schnaubte.

»Was ist?« Kathi blickte erstaunt in die Runde. »Fürchtet ihr euch etwa nicht vor dem Fegefeuer?«

Ottilia schüttelte den Kopf. »Selbst der Teufel ist nur ein Mann, und wo sich die empfindlichste Stelle der Männer befin-det, wissen wir ja hoffentlich alle«, kicherte sie. »Auf eines würde ich allerdings großen Wert legen«, fuhr sie fort, wäh-rend sie eine dicke Korkenzieherlocke ihres goldenen Haars um den Finger wickelte und die Lippen schürzte. »Ich würde mich weigern, seinen Hintern zu küssen! Da gibt es doch wahrlich bessere Stellen«, lachte sie und drehte sich im Kreis. »Rasch, kommt!«, forderte sie ihre Freundinnen dann auf und hakte sich bei ihnen unter. »Wir laufen zu den Garküchen auf die Hofstatt hinunter. Dort hält die alte Mechthild sicher für all jene eine warme Suppe bereit, die nach dieser Vorstellung noch Appetit verspüren.«

Amalie und Kathi sahen sich bestürzt an. Im Augenblick verspürten sie wirklich keinen Hunger.

Obwohl der Gestank von verbranntem Fleisch und ver-sengtem Haar die Luft verpestete, atmete Ottilia tief durch. »Wer zuerst vor dem *Haus zur Löwenzunft* ist, hat gewonnen und muss bezahlen!«, rief Ottilia lachend und stob den Hügel hinab davon.

Der nächste Tag begann windstill und neblig. In dichten Wolken waberten die weißen Schleier durch die engen Gassen der Stadt und sammelten sich an den Dachtraufen. Der undurchdringliche Nebel verwandelte Überlingen in eine unheimliche Waschküche. Als Luzia ihre Mietkammer in der *Krone* verließ, biss ihr noch immer der Gestank von verkohltem Fleisch in die Nase und verursachte ihr Übelkeit. Wenn sich Luzia die ungeheure Menschenmenge ins Gedächtnis rief, die am gestrigen Tag unter lautem Gejohle am Sankt-Gallus-Hospital vorbeigezogen war, drehte sich ihr der Magen um. Luzia blieb stehen und schluckte den bitteren Geschmack im Mund hinunter. Als sie an die schiere Blutlust dachte, die sie in den Augen der Leute gesehen hatte, schauderte sie noch immer. Selbst durch die geschlossenen Fenster war der Lärm der Schaulustigen gedrungen. Johannes hatte ihr verboten, das Hospital zu verlassen, und Luzia hatte sich ausnahmsweise an seine Anweisung gehalten und war den ganzen Tag über bei den Kranken geblieben. Am Abend hatte sie an seiner Seite noch die kleine Hospitalkapelle aufgesucht, um für Elouan eine Kerze zu entzünden und in der Stille unter dem goldenen Netzgewölbe ein Gebet zu sprechen. Selbst jetzt spürte sie, wie ihr die Augen brannten. Gestern wollte der Strom der Tränen überhaupt nicht mehr versiegen. Erst Johannes' Nachtmahl, welches aus viel Wein und wenig Brot bestanden hatte, hatte ihr die nötige Ruhe geschenkt.

Links neben der Häuserreihe nahm Luzia nun die Kronengasse, welche sie auf direktem Weg zur Gred hinunterbrachte. Es dauerte nicht lange, bis sie wieder an Elouan dachte. Seit ihrer Verhaftung war die Angst bei Tag und während der Nacht zu ihrem ständigen Begleiter geworden. Bisweilen nahm ihr die Furcht den Atem. Immer häufiger erschien ihr Heinrich Kramer im Traum. Dann saß er auf einem schwarzen Kastenstuhl und las mit kalter Stimme aus dem *Malleus Maleficarum*.

Allgaier hatte während des Verhörs im Rathaus einige Passagen aus dem unheilvollen Werk laut vorgelesen. Sämtliche Stellen bezogen sich auf Ravensburg, und so hatte Luzia, ohne es zu wollen, der Schilderung ihres eigenen Prozesses gelauscht. Heinrich Kramer hatte sämtliche Ergebnisse seiner Befragungen, die das Bistum Konstanz betrafen, für die Nachwelt erhalten. Akribisch hatte er auch Brigitta Lanzners und Franziska Egolfs Verbrennung notiert. Energisch verschränkte Luzia ihre Arme vor der Brust und schritt weit aus. Sie musste versuchen, gegen ihre Furcht anzukämpfen. Sonst werde ich niemals Ruhe finden, ganz gleich in welch entlegenen Winkel der Erde mich Johannes bringt!, dachte sie entschlossen. Aber zuerst einmal wollte sie Rudolf von Badens Einladung nachkommen und Johannes in die Johanniterkommende folgen. Selbst wenn sie es sich nicht gerne eingestand, in diesem Punkt hatte Johannes sicher recht.

Johannes!, dachte sie und spürte, wie ihre Wangen allein bei dem Gedanken an den gestrigen Abend, an die unglaubliche Nähe prickelten, die sie selbst jetzt noch mit jeder Faser ihres Leibes spürte. Noch immer haftete sein herber Duft an ihrem Haar. Sie drehte eine dicke Strähne um den Finger und vergrub ihre Nase darin. Der Geruch von Sandelholz und Leder streifte sie. Luzia überlegte gerade, ob sie ihr Haar je wieder waschen würde, als plötzlich der grobschlächtige Schiffer Egbert aus dem dichten Nebel auftauchte. Er trug einen schweren Sack aus Hanfleinwand über der Schulter. Als sie auf einer Höhe waren und er sie erkannte, setzte er ihn augenblicklich ab und grinste sie hinterhältig an.

»Na, du kleine Hure«, feixte er und zeigte eine Reihe lückenhafter Zähne, »wie ich sehe, hat dich der Teufel immer noch nicht geholt! Dabei fällt mir gerade ein, dass du mir noch eine Kleinigkeit schuldest!«, grinste er verschlagen und bewegte sein Becken in höchst anzüglicher Weise vor und zurück.

»Ich wüsste nicht, was ich Euch schuldig wäre!«, entgegnete Luzia rasch und ließ ihn stehen. Der Schiffer setzte ihr nach. Bereits nach wenigen Schritten hatte er sie eingeholt und versperrte ihr den Weg. In seinen Augen lag ein gefährliches Glitzern, und sein Atem roch bereits zu dieser frühen Stunde nach Branntwein. »Du hast mich vorgeführt und mich einen feigen Hund genannt, und der feine Pinkel dort oben«, er zeigte Richtung Oberstadt, »hat es dir gleichgetan.« Er ballte die Hand zur Faust und hob sie. »Ich lasse mich aber nicht gern vorführen, und schon gar nicht von einem dreckigen Weib und ihrem Leichenfledderer.«

Luzias Zorn erwachte. Was bildete sich dieser Feigling überhaupt ein? »Im Gegensatz zu Euch bin ich nicht ans Ufer gestürzt und habe meine Passagiere wie räudige Katzen dem Ersaufen preisgegeben! Nicht einmal des Schwimmens seid Ihr mächtig! Ihr seid mir ein schöner Schiffsführer!« Luzia wusste nicht, wie ihr die Worte über die Lippen hatten kommen können, aber nun war es ohnehin zu spät. Mitunter legte ihre Zunge ein Eigenleben an den Tag, das sie eines Tages noch um Kopf und Kragen bringen würde. Sie spürte, wie sein Blick hungrig über ihren Leib glitt. »Spar dir dein Feuer für später. Wenn wir allein sind.«

Mit flinken Fingern verknotete Luzia ihr Wolltuch vor der Brust und reckte ihm zornig das Kinn entgegen.

»Träumt weiter! Geht in die Hafenstraße und erleichtert Euch dort. Dort ist man im Umgang mit Widerlingen geübt!«, spie sie ihm ins Gesicht.

Augenblicklich legte Egbert wieder sein amüsiertes Lachen an den Tag. »Red keinen Unsinn!«, entgegnete er. »Du kommst auf der Stelle mit!« Während er nach ihrem Wolltuch griff, fiel Luzia auf, dass die linke Hand des Schiffers verstümmelt war. Während der kleine Finger gänzlich fehlte, endeten Zeige- und Mittelfinger nach dem zweiten Glied.

In diesem Moment rollte ein junger Arbeiter mit Bart und langem Haar laut dröhnend ein Weinfass vor sich her über den Platz, während wenige Schritte weiter bereits der Kutscher mit der Zunge schnalzte, weil ihm das Verladen nicht schnell genug ging. »Braucht Ihr Hilfe«, fragte er freundlich. Luzia spürte erst jetzt, dass sie schon geraume Zeit den Atem angehalten hatte, während sie auf einen Einfall hoffte, wie sie sich aus der misslichen Lage befreien konnte. Rasch trat sie ein paar Schritte zurück. »Ich glaube, der Herr Schiffsführer wollte gerade gehen.« Wie froh sie war, dass der junge Mann gerade in diesem Augenblick zur Stelle war, wusste Gott allein.

»An deiner Stelle würde ich meinen Kopf nicht so hoch tragen, denn das Spotten wird dir bald vergehen! Spätestens wenn ich dein vorlautes Maul mit meinem Schwanz stopfe!«, knurrte Egbert und spuckte vor ihr auf den Boden, bevor er seinen Leinensack schulterte und zum Ufer hinuntereilte. Einen Augenblick später hatte ihn der Nebel bereits verschluckte.

»Schlaf nicht ein, Bursche, sonst bekommst du die Peitsche zu spüren und die Ochsen bleiben verschont!«, hörte Luzia noch, während sie mit weichen Knien die Gred betrat. Sie erstand für einen Kreuzer ein warmes Wacholderbier und begab sich neben die große Schmalzwaage in eine menschenleere Ecke. Von dort ließ sie ihren Blick durch die Handelshalle schweifen und versuchte, sich zu beruhigen. Ihre Hände zitterten noch immer so sehr, dass ein Teil des Biers auf den Boden schwappte. Sie nahm einen Schluck des schäumenden

Gebräus, das ihr warm und würzig die Kehle hinunterrann und die Glieder wärmte. Egbert, der Schiffer, hatte nach seiner feigen Tat so manchen Hieb einstecken müssen. Selbst heute, acht Wochen später, zerrissen sich die Überlinger in den Kaschemmen noch die Mäuler über ihn. Zornig fragte sich Luzia, was sie mit seiner Feigheit zu schaffen hatte? Sie hatte schon lange nicht mehr an den schmierigen Kerl gedacht. Irgendetwas ließ sie vermuten, dass ihn jemand aufgestachelt hatte. Einem so feigen Menschen müsste doch daran gelegen sein, den Schleier des Vergessens über seine unrühmliche Tat zu breiten. Anderseits!, dachte Luzia, war er nicht gerade der hellste Kopf der Stadt. Vielleicht steckte Ottilia dahinter. »Leichenfledderei«, dieses abscheuliche Wort hatte Luzia oft schon aus deren Mund vernommen. Auf jeden Fall musste sie künftig sehr vorsichtig sein, denn der Schiffer würde seine Drohung wahr machen, wenn er erst Gelegenheit dazu bekäme, dessen war sich Luzia sicher.

Im Inneren des großen Korn- und Warenlagers herrschte noch die Ruhe vor dem Sturm, denn im Speicher durften erst mit dem Ertönen der Gredglocke im Nordgiebel die Geschäfte aufgenommen werden. Neben dem Überlinger Wein, der in Fässern zu mehreren 100 Litern auf seine Verschiffung wartete, lagerte auf dem Zwischenboden das gesamte Korn der Gegend. Die Gred stellte das wichtigste Handelshaus der gesamten Region dar, und der Kornmarkt war einer der größten Märkte im gesamten Bodenseeraum. Daneben wechselten Honig, Schmalz, Wachs, Wolle, Tuche und Garne ihren Besitzer. Mit dem Gebimmel wurde der Handelstag eröffnet, und sogleich begann das geschäftige Treiben der Kornmesser und Unterhändler.

Als sie wenig später vor die Tür trat, hoffte sie, dem Schiffer nicht erneut zu begegnen. Vorsichtig sah sie sich um, bevor sie erleichtert den Weg zum Sankt-Gallus-Hospital nahm. Noch immer war der Nebel so dicht, dass sie die Nähe des Wassers nur erahnen konnte. Lediglich die sanfte Stimme, mit welcher die Wellen an das Ufer der Schiffslände gluckerten, verrieten, wo sie sich befand. Während Luzia in der Gredgasse am prächtigen Anwesen der Familie von der Wehr vorbeikam, dachte sie an Johannes. Fast war ihr, als spürte sie seine sanften Hände in ihrem Nacken. Die zarte Berührung, die wie eine verlockende Versuchung in ihrer Erinnerung aufstieg, sorgte dafür, dass die Angst vor dem Schiffer ein wenig verblasste. Sie kam mit sich überein, dass Johannes von der Begegnung mit Egbert nichts erfahren durfte, ansonsten sorgte er sich nur unnötig und ließ sie womöglich nicht mehr ohne Begleitung auf die Gasse.

Achtsam beschleunigte sie ihren Schritt. Die Gassen waren noch feucht, und früh am Morgen, bevor die Latrinenkehrer unterwegs waren und die Abortrinnen ausgeräumt hatten, lagen noch überall Schmutz und Unrat. Dazu rumpelten etliche Ochsenkarren und Pferdefuhrwerke den Oberen Markt hinauf. Wollte man nicht überfahren werden, musste man Obacht walten lassen. Während Luzia die Marktstraße hinaufeilte, kreuzten etliche finstere Gestalten ihren Weg. Selbst so früh am Morgen drückte sich das Gesindel in den engen Gassen herum. Schmierige Münzen wechselten ihren Besitzer, und gestohlene Ware verschwand unter dreckverkrusteten Umhängen.

Luzia hielt sich dicht an den Häusern und achtete darauf, das lichtscheue Lumpenpack in seinen Geschäften nicht zu stören. Schließlich erreichte sie den Oberen Markt. Während ihr Blick von der Apotheke in Richtung Franziskanertor glitt, entdeckte sie zwischen den vielen Menschen ein bekanntes Gesicht.

»Luzia, du bist es wirklich!«, rief Magdalena überrascht, bevor sie sich in der belebten Gasse zwischen den Karren hindurch ihren Weg zu Luzia bahnte. Die beiden umarmten sich und küssten einander auf die Wange. Luzia spürte die Wiedersehensfreude der Freundin wie warmes, helles Licht, das sie im Inneren berührte. Die Frauen kannten sich noch aus Seefelden, wo auch Magdalena früher gewohnt hatte. Luzia freute sich, die Freundin in Überlingen wieder zu treffen.

»Johannes hat mir bereits erzählt, dass du jetzt in Überlingen wohnst«, sagte Luzia freudig und gab sich alle Mühe, an die ihr eigentlich gebotene Eile nicht zu denken. Sie wollte das Wiedersehen mit Magdalena genießen und ihr einfach ein wenig nah sein.

»Ja, ich bin in der Luziengasse untergekommen. Glaubst du, das ist Zufall?«, meinte Magdalena und lachte fröhlich. »Hans hat beim Umbau des Sankt-Gallus-Hospitals geholfen und seither sind wir Bürger der Stadt.«

»Dann bist du also mit Hans glücklich geworden?«

Magdalena nickte und strich über ihren schwangeren Leib.

»Ich freue mich für euch«, sagte Luzia und legte ihre Hand neben Magdalenas auf die Rundung. »Und wie es aussieht, werdet ihr schon ganz bald zu dritt sein, oder etwa zu viert?«, erkundigte sie sich lachend.

Es war nur für die Länge eines Herzschlags, dennoch entging ihr der finstere Schatten nicht, der Magdalenas Gestalt ungefragt umschlang und gleich wieder davonhuschte. Luzia erschrak. Immer häufiger zeigten sich die Schatten als eine Art Vorahnung, und nicht erst in der Stunde des Todes. War es eine Warnung? Luzia schob das drängende Gefühl beiseite.

»Zu viert. Mariele wird zu Lichtmess drei«, erwiderte Magdalena fröhlich.

»Warst du schon bei einer Wehmutter?«

Magdalena nickte. »Ja, bei Ehrentraut.« Luzia nickte zufrieden, denn Ehrentraut war die Wehmutter des Sankt-Gallus-Hospitals.

»Ehrentraut sagt, dass die Geburt schon bald einsetzen wird, vielleicht schon am Ende der Woche.« Magdalenas Gesicht verdüsterte sich. »Dabei hätte ich so gern ein Frühjahrskind«, brummte sie. »Nun hoffe ich, dass das Kleine wenigstens nicht gerade zu Valentin kommt. Denn das Unglück brauchen wir weiß Gott nicht im Haus!«

Luzia schüttelte den Kopf. »Mach dir keine Sorgen«, beruhigte sie die Freundin. »Ich habe schon so vielen Kindern am 14. des Narrenmondes auf die Welt geholfen. Aber Unglück gab es bislang auch nicht mehr als an allen anderen Tagen.« Luzia kannte die düsteren Geheimnisse, die sich um diesen Tag rankten. So sollte etwa Judas Ischariot an diesem Tag geboren sein. Tiere, die am 14. des Narrenmondes zur Welt kamen, wurden unter keinen Umständen für die Zucht eingesetzt. Und der Glaube, es sterbe einen frühen qualvollen Tod, wer an diesem Tag das Licht der Welt erblickte, hielt sich wie Ruß an den Wänden.

»Sieh es so, wenn dein Kind im Frühjahr zur Welt käme, könntest du dich nach der Niederkunft nicht ausruhen. Aber zur Zeit des Narrenmondes dürfen auch die Steinmetze einmal verschnaufen und ihre Hände in den Schoß legen.«

Magdalena nickte, während sie die Hand der Freundin nahm.

»Willst du mir nicht beistehen, wenn das Kleine kommt?« Luzia hatte nicht mit der Bitte gerechnet und freute sich sehr über das Vertrauen der Freundin. »Außer, wenn es doch zu Valentin kommt. Dann lasse ich die alte Bradlerin holen oder gehe doch zu Ehrentraut ins Sankt-Gallus-Hospital«, überlegte Magdalena laut.

Luzia setzte ein strenges Gesicht auf.

»Ob zu Sankt Valentin oder nicht, Hans soll beizeiten den Wagen einspannen und mich rechtzeitig abholen. Aber nun muss ich weiter, sonst strapaziere ich Johannes' Geduld über die Maßen. Er braucht mich dringend im Hospital. Dort haben wir so viele kleine Patienten, die unter den Masern leiden. Die Kinder sterben oft schon nach wenigen Tagen. Wir wissen gar nicht, wo wir zuerst helfen sollen.«

»Du arbeitest im Hospital?«, fragte Magdalena überrascht.

Luzia nickte. »Ja, als Medica.«

Magdalenas Augen weiteten sich. »Erzähl mir davon!«, bat sie aufgeregt.

»Ein andermal vielleicht, aber nun muss ich wirklich gehen«, vertröstete Luzia ihre Freundin.

»Wenn du ohnehin dort bist«, sagte Magdalena und deutete zum Franziskanertor hinauf, »komme ich auf jeden Fall ins Hospital, wenn es soweit ist.« Die beiden Frauen umarmten einander abermals. »Ich bin sehr gespannt, was du zu erzählen hast.«

Luzia nickte. »Auf bald«, rief sie ihr nach und rannte über den Oberen Markt hinauf, immer darauf bedacht, den Hinterlassenschaften von Mensch und Tier auszuweichen. Johannes und sie achteten stets darauf, dass die Säume ihrer Kleidung nicht schmutzig waren, wenn sie die Krankensäle betraten. Bereits Professor Ibn Faris hatte den Unrat der Gassen als nicht zu unterschätzenden Krankheitsauslöser in Betracht gezogen.

Einige Tage später, am Tag des Heiligen Lazarus, besuchte Luzia in Pater Wendelins Begleitung das Kloster der Barfüßer. Bruder Camillus litt unter Brusthitze und hohem Fieber. Luzia hoffte, dass es sich nicht um die Masern handelte.

»Lass uns zur Marktkirche Sankt Nikolaus gehen, um

gemeinsam für seine Genesung zu beten«, schlug Wendelin nach der Behandlung vor.

Seine Worte erreichten Luzia wie durch einen Schleier hindurch. Ihre Gedanken weilten wie so oft im Hospital und bei Johannes. In den letzten Tagen hatten sie kaum Gelegenheit gefunden, miteinander zu sprechen, denn die Arbeit erforderte all ihre Aufmerksamkeit. Wenn sie sich schließlich doch ein paar Minuten füreinander Zeit nahmen, fühlte sich Luzia ständig von Ottilia gestört. Ihr war, als hielte sich die Allgaierin stets in ihrer Nähe auf. Mittlerweile fühlte Luzia heißen Zorn in ihrer Brust, der ihr beinahe Angst bereitete. Nein, sie wünschte der Allgaierin kein Leid, aber sie verspürte von Tag zu Tag mehr Abscheu für die junge Frau.

Luzia dachte an die zahlreichen Verdächtigungen, deren sie sich aufgrund von Ottilias Behauptungen erwehren musste. Nicht selten verschlechterte sich der Zustand eines Patienten, der sich bereits auf dem Weg der Besserung befunden hatte, plötzlich bedrohlich. Die Todesfälle häuften sich in erschreckender Weise. Freilich grassiert die kleine Pest in Überlingen!, dachte Luzia, aber alles kann man dieser mörderischen Seuche nicht in die Schuhe schieben. Hinter diesen dicken Mauern geschah noch etwas anderes, dessen war sich Luzia sicher. Seit dem Tag, an dem Ottilia sie bei einem Kuss überrascht hatte und kurz darauf der junge Lohgerber aus der Hafengasse gestorben war, war Luzia überzeugt, dass Ottilia an der ganzen Sache nicht unbeteiligt war. Der junge Mann war bereits im Begriff gewesen, das Hospital wieder zu verlassen. Letztlich war der Verdacht auf Luzia gefallen, weil sie kurz zuvor seine Verbände gewechselt hatte. Sie spürte, wie ihr die Knie weich wurden, als weigerten sie sich, die Schwere ihrer leidvollen Gedanken zu tragen.

»Luzia!«, sagte Pater Wendelin. »Kind, träumst du?« Luzia

nickte abwesend, während sich das geschnitzte Hauptportal der Nikolauskirche hinter ihr schloss. Mit leichter Hand schob Pater Wendelin sie in das rechte Seitenschiff. Dort hatte Luzia schon früher vor dem Bildnis der Muttergottes gebetet. Pater Wendelin wusste, dass Luzias Vertrauen zur Heiligen Katholischen Kirche und ihren Priestern auf ewig zerstört war. Er konnte sie gut verstehen, dennoch lag ihm viel daran, ihren Hader mit Gott und mit sich selbst ein wenig zu besänftigen.

Jetzt, unter dem ruhigen Blick der Muttergottes, bat Luzia um mehr Gleichmut und auch darum, dass Ottilia schon bald heiraten möge. Mit einem eigenen Hausstand und einem Kind wäre sie endgültig gezwungen, ihre Rolle als Hausherrin im Hospital aufzugeben. Auch wenn Luzia seit vielen Jahren die Gebete lediglich sprach, ohne den Pfad des Glaubens im Herzen zu spüren, brachte ihr die stille Heilige ein wenig Ruhe.

Sie fuhr zusammen, als sich Pater Wendelin plötzlich an die Brust fasste und sich mit schmerzerfülltem Gesicht von der harten Kniebank erhob. Mühsam wankte er auf die schmale Sitzbank zu, die ihn, nur wenige Schritte entfernt, vor einem Sturz bewahrte. Dort auf der Steinbank sackte er in sich zusammen.

Als Luzia bemerkte, dass sich der alte Mann nicht wohlfühlte, rechnete sie nicht gleich mit dem Schlimmsten.

»Vielleicht ist es nur mein altes müdes Herz?«, flüsterte Wendelin mit leiser Stimme.

»Schsch«, beruhigte Luzia, »Ihr solltet nicht sprechen, bleibt ganz ruhig.« Obwohl sie selbst in heller Aufregung war, hatte sie offenbar die rechten Worte gefunden, denn Wendelin nickte dankbar und schloss die Augen. Luzia tastete nach dem Puls, fand ihn aber zunächst nicht. Großer Gott, so hilf uns doch!, dachte sie. Immerhin befinden wir uns in deinem Haus! Einige Augenblicke später war das wellenförmige Strömen zu spüren.

Der Strom wirkte weich und unregelmäßig. Ein Herzanfall ging fast immer mit einer Unregelmäßigkeit des Pulses einher! Diesen Zustand hatte sie in Montpellier oft gesehen. Sie biss sich auf die Lippen. Das müde Gesicht des Paters wirkte blass, während Luzia auf Stirn und Oberlippe einzelne Schweißperlen entdeckte. Blässe und Schweiß, die ein Herzanfall häufig nach sich zog, kamen in Gefolgschaft mit der Todesangst.

Du musst dich konzentrieren!, mahnte die Stimme Ibn Faris' in ihrem Kopf. Sie schloss die Augen. Fühlte erneut. Tastete mit den sehenden Fingern eines Blinden. Luzia misstraute ihren Sinnen, die sonst so scharf und untrüglich den Weg durch jedes Dunkel fanden.

Stöhnend wischte sich Wendelin mit dem Ärmel seiner Soutane über die Stirn und schloss die Augen. Sein Gesicht wirkte bleich und wächsern, und er klagte über starke Schmerzen in der Brust.

»Ich kann Euch hier weder richtig untersuchen noch kann ich Euch eine lindernde Medizin verabreichen. Das Sankt-Gallus-Hospital ist nicht weit«, flüsterte sie, während Wendelin sich erschöpft an den kalten Stein lehnte. Luzia wollte alles tun oder veranlassen, solang sie Pater Wendelin damit half. Sie liebte ihn wie den Vater, den sie nie gehabt hatte.

»Habt keine Angst«, bat Luzia und drückte die Hand des alten Mannes sanft, »ich sehe nach, ob ich auf dem Kirchplatz einen Wagen oder zumindest einen Tragstuhl für Euch finde.« Wendelin nickte schwach. Während Luzia auf den Platz hinausstürzte und sich dem erstbesten Lastkarren in den Weg stellte, schoss ihr die Angst durch die Adern und verwandelte den ruhigen Strom des Blutes in einen über die Ufer tretenden reißenden Fluss. Große Mutter, dachte sie in ihrer Aufregung, bitte steh uns bei. Du darfst mir den Pater nicht nehmen. Nicht ihn!

18

WENIG SPÄTER ERREICHTEN sie endlich das Portal des Sankt-Gallus-Hospitals. Luzia hämmerte mit aller Kraft gegen die Eichentür, während dem Fuhrknecht fast die Augen überliefen. So viel Tatkraft hätte er dieser zierlichen kleinen Person niemals zugetraut. Endlich schwang das Tor auf, und er lenkte den Wagen in den Innenhof.

Der Pförtner eilte zu Hilfe, und gemeinsam trugen sie den Pater unter Luzias Anweisungen durch den langen Flur in den hellen Untersuchungssaal. Bald lag der Pater auf dem Ruhebett, das vor den hohen bleiverglasten Spitzbogenfenstern stand.

Mit zitternden Händen griff Luzia nach einem kurzen Hörrohr aus Silber, wie es in der arabischen Medizin schon seit Jahrhunderten Verwendung fand. Welch ein Glück, dass sämtliche Instrumente in Reih und Glied auf dem kleinen Tisch neben dem Ruhebett auf ihren Einsatz warteten. Luzia setzte die Vorrichtung mit geübter Hand auf Wendelins Brust und schloss die Augen. Sein Herz schlug schwach und unregelmäßig, und ihre Sorge um einen geliebten Menschen steigerte sich ins Unermessliche.

»Es ist also wahr, der ehrwürdige Pater aus Seefelden ist unser werter Gast«, vernahm Luzia plötzlich Ottilias glockenhelle Stimme. Luzia fuhr herum und hätte beinahe das Gleichgewicht verloren.

»Soll ich nicht lieber nach dem Herrn Medicus rufen lassen?«

»Ja bitte, ruft nach Johannes«, beschied Luzia, die froh war, Ottilia rasch wieder los zu sein.

»Was fehlt ihm denn?«, wollte die Allgaierin wissen. »Ich hoffe, es ist nichts allzu Schlimmes?«

Luzia blieb ihr die Antwort schuldig und widmete indessen ihre gesamte Aufmerksamkeit der Untersuchung. Ottilia lächelte und knickste in tugendhafter Weise vor dem Pater, senkte züchtig den Blick und wartete auf den Segen des Geistlichen.

»Bitte, Ottilia!«, drängte Luzia. »Hat das nicht Zeit, bis es Pater Wendelin wieder besser geht?« Oder bis ich zumindest weiß, wie ich ihm helfen kann, fuhr sie im Stillen erregt fort. Wie konnte sich diese Gans so dumm benehmen, wenn es um Leben und Tod ging?

Obwohl es für Ottilia keinen Grund gab, noch in dem weiß gekalkten Saal zu verweilen, blieb sie zunächst in der Nähe des Bettes und rückte sämtliche Tiegel und Flaschen auf einem Regalbrett zurecht, die der ersten Versorgung dienten. Bald sah Luzia aus dem Augenwinkel, wie sie Kampferspiritus, Calendulatinktur und Weißdornwein schüttelte und zurück auf das rohe Holz stellte.

»Wolltet Ihr nicht nach Johannes schicken?« Luzias Worte klangen gereizt. Ottilia schnaubte auf und eilte mit gebauschten Röcken hinaus.

Endlich war Luzia mit Pater Wendelin allein. Obgleich sie ihre ganze Sorgfalt auf die Untersuchung verwendete, misstraute sie ihrem eigenen Urteil wie nie zuvor. Was sie sonst ohne große Mühe bewerkstelligte, fiel ihr nun unsagbar schwer. Wo bleibt denn nur Johannes?, dachte sie immer wieder und sah sich voller Ungeduld um.

»Ihr mögt Euch gedulden, bis der Herr Medicus selbst Zeit findet, den Patienten zu untersuchen!«, flötete Ottilia in diesem Moment.

Luzia traute ihren Ohren nicht. »Das waren Johannes' Worte?«, wollte sie ungläubig wissen. Neben der Sorge um den Pater überspülte nun eine Welle der Wut ihr ohnehin strapaziertes Gemüt. Wütend platzierte Luzia das silberne Hörrohr erneut auf der Brust des Paters.

»Vielleicht solltet Ihr wirklich warten!«, schlug Ottilia mit einem Lächeln vor. »Immerhin handelt es sich um einen Mann und einen Priester obendrein, und ich glaube nicht, dass er willens ist, sich von einem Weib, wie Ihr es seid, untersuchen zu lassen!«

Luzia war nicht geneigt, Jungfer Allgaiers Worten Beachtung zu schenken. Vielmehr setzte sie ihre Untersuchung fort.

»Ihr zieht doch nicht ernsthaft in Erwägung, die Soutane des Priesters zu öffnen?«, sagte Ottilia schließlich quiekend vor Aufregung, als Luzia den obersten Knopf löste. »Bedenkt nur seine hilflose Lage und das Geschwätz der Leute!«

»Welcher Leute?«, herrschte Luzia Ottilia an. »Außer Euch sehe ich niemanden. Demzufolge müsste ich also Euer Geschwätz fürchten?«

Ottilia schluckte. Bestürzt wich ihr die Farbe aus dem Gesicht. »Was Ihr tut, schickt sich einfach nicht! So wie es sich für ein Weib grundsätzlich nicht schickt, als Medica aufzutreten! Ich werde Vater empfehlen, Euch in die Küche zu versetzen! Dort könnt Ihr dann meinetwegen den Hühnern die Federn ausreißen und den Hasen das Fell über die Ohren ziehen. Vielleicht könnt Ihr Euren Blutdurst damit stillen! Eine züchtige Frau reißt sich nicht darum, ihre Hand in den stinkenden Eingeweiden eines Menschen zu versenken. Euer Verhalten ist einfach ekelhaft!«

Worte des Zorns sammelten sich auf Luzias Zunge. Hastig schluckte sie sie hinunter. Es war nicht der rechte Zeitpunkt für einen Streit. »Haltet endlich Euren Mund und seht zu, dass der Medicus endlich kommt! Ich brauche nämlich ein halbes Lot Erdrauch, gelöst in warmem Wein, und Euch ist es ja nicht einmal möglich, Lavendel von Baldrianwurzel zu unterscheiden!«

Ottilia verschränkte trotzig die Arme vor der Brust. »Wenn Ihr das so seht, werdet Ihr selbst schon bald keinen Schlüssel zur Medizinkammer mehr besitzen!«, keifte sie schließlich und verließ den Saal.

In diesem Augenblick spürte Luzia sehr genau, dass ihr Ottilia das Leben noch sehr schwer machen würde und dass sich ihre Geduld mit der dummen Gans dem Ende zuneigte. Und zum Kuckuck, wo blieb eigentlich Johannes?

Wenige Augenblicke später war es der bekannte Klang leichter Reitstiefel, der Luzia aufhorchen ließ.

»Pater Wendelin!« In Johannes' Stimme schwang neben der Sorge um den alten Mann auch ein wenig Verwunderung mit. Wieso hatte ihm Ottilia nichts von dem neuen Patienten gesagt? »Wie fühlt Ihr Euch?«, erkundigte er sich, während sein Blick über das blasse Gesicht des alten Mannes schweifte.

»Oh, es geht schon wieder! Ich werde eben langsam alt, das ist alles«, entgegnete Wendelin mit tonloser Stimme.

»Hast du ihn schon untersucht?«, fragte er an Luzia gewandt.

Luzia nickte. »Einige Symptome lassen die Brustbräune vermuten. Aber würdest du wohl trotzdem … « Als sie ihm das silberne Instrument reichte, berührten sich ihre Hände für einen Augenblick. Luzia fühlte, wie ihr Herz schneller schlug. »Bitte, ich …«

Luzia wusste, dass sie nichts weiter sagen musste. Johannes verstand sie auch ohne Worte. Nach einer Weile legte er das Hörrohr beiseite und fühlte den Puls. Sein Gesicht wirkte entspannt. »Ich glaube, es handelt sich nur um einen kleinen Schwächeanfall. Immerhin haben wir heute Freitag. Vielleicht hat Pater Wendelin das Gebot des Fastentages allzu genau genommen«, entgegnete Johannes. In seiner Stimme lagen Ruhe und Trost.

Lediglich ein Schwächeanfall! Luzia war sich nicht sicher gewesen, aber mit der Bestätigung ihrer Diagnose spürte sie, wie sich ihre Hände öffneten, die sie die ganze Zeit zur Faust geballt hatte. Nur ein Schwächeanfall! Alle Furcht fiel wie ein Mantel aus Blei von ihr ab.

»Was schlägst du vor?« Seine Stimme klang rau, fast schon ein wenig dunkel. Oder bildete sie sich das nur ein? Sein Blick verwirrte sie über die Maßen … Luzia fühlte, wie ihr der Schweiß ausbrach und sich in einem kitzelnden Film zwischen ihren Brüsten sammelte. Sie räusperte sich.

»Für *Digitalis* gibt es keine Veranlassung. Auch Meerzwiebel und Maiglöckchen scheiden aus, wenn es sich nur um einen Schwächeanfall handelt.«

Johannes nickte zustimmend. Schließlich entschieden sie sich für eine Mischung aus Erdrauch und Weißdorn.

Die Erleichterung darüber, dass Pater Wendelin nicht ernsthaft erkrankt war, und die Hitze, welche Johannes in ihrem Inneren auslöste, wann immer er sie ansah, breiteten sich auf wunderbare Weise in Luzia aus und ließen selbst ihre Wut auf Ottilia unbedeutend werden.

Wenig später ruhte Wendelin im Saal der Männer und schlürfte widerwillig seinen Kräuterabsud. Er fühlte sich schon sehr viel besser. Lediglich das Gesöff, welches ihm Luzia verabreicht hatte, ließ sehr zu wünschen übrig. Seufzend sank er in die Kissen zurück und dachte voller Wehmut an seinen Weinkeller in Seefelden. Dort lagerten die besten Schätze aus vielen Jahren. Neben einem goldenen Überlinger und einem rubinroten Markdorfer hortete er noch ein Fässchen, welches der Gemarkung Hagnau entstammte. Gleichwohl auch diese

Reben den Klöstern zu Salem und dem Hause Allgaier gehörten, schien ihm dieser besondere Tropfen als der beste, den er je gekostet hatte. Wie trostlos und fade dagegen dieses trübe »Blumenwasser« schmeckte, welches sie ihm aufzwangen …

Als Luzia mit einem irdenen Becher voll dampfendem Kräutersud den hohen Saal der Männer betrat, wurde sie von einem schmerzerfüllten Stöhnen aus ihren Gedanken gerissen. Es drang aus der Ecke, wo der Wandschirm die frisch operierten von den anderen Männern trennte.

»Ahh, Ihr tut mir weh!« Die dünne Stimme klang leise und ein wenig ängstlich, und Luzia glaubte, den sehr jungen Bootsbauer zu erkennen. »Ich möchte lieber warten. Bitte wartet auf den Medicus!«

»Nun halt schon den Mund, oder willst du etwa, dass ich dir das Bein abschneide?« Wenzel Achmüller!, schoss es Luzia durch den Kopf, als sie ihren Schritt beschleunigte. Der junge Bootsbauer war beim Pechkochen abgerutscht und hatte sich die linke Hand und den rechten Unterschenkel verbrannt. In mühsamer Kleinarbeit hatten sie das Pech von der Haut gekratzt, und nun glänzte das rohe Fleisch dort, wo einmal Haut gewesen war. Johannes und auch sie selbst hatten alles versucht, so viel Haut wie möglich zu retten. Doch der schwarze kochende Brei, mit dem die Bootsrümpfe abgedichtet wurden, hatte sich tief ins Fleisch gefressen. Der junge Mann hatte Höllenqualen gelitten. Gemäß den Empfehlungen des *Kanons der Medizin* von Avicenna behandelten sie die Wunden mit Auflagen aus Eiche und Calendula. Bis allerdings eine Wirkung eintrat, benötigte die Anwendung Zeit. Bevor nicht noch ein paar Tage vergangen waren, wollte sich Luzia kein Urteil erlauben. Johannes hatte ihre Meinung geteilt und darüber hinaus eine Abkochung aus Weidenrinde empfohlen.

Als Luzia um den Wandschirm herum an das Bett des Mannes trat, dessen Unfall erst wenige Tage zurücklag, glaubte sie ihren Augen nicht zu trauen. Während der Bader eine dunkle stinkende Masse in die Brandwunden strich, biss der junge Bootsbauer die Zähne zusammen, um nicht laut aufzuschreien. Luzia entdeckte in dem tönernen Gefäß Gänsemist, und es lief ihr eiskalt den Rücken hinunter. Gänsemist brachte wie jeder andere Mist auch schlimme Entzünden hervor. Dennoch hielt sich der Glaube an diese Art der Heilung. Dass Eiter die Wunde von bösen Säften reinigte, galt immer noch als unbestritten. Tatsächlich ließ die Eiterung meistens nicht lange auf sich warten – aber der Tod leider auch nicht.

»Ihr seid ja von Sinnen!«, rief Luzia entsetzt. »Mit Eurem Gänsemist tötet Ihr den Jungen noch! Zumindest werden sich die Wunden entzünden!« Nicht einmal die Schärfe in ihrer Stimme bewegte den Bader dazu, seine Behandlung zu unterbrechen. Im Gegenteil, er presste mit den Fingern der anderen Hand einen weiteren Batzen des Breis auf die verbrannte Haut und brummte etwas Unverständliches vor sich hin.

»Schluss jetzt! Es steht Euch nicht zu, an den Wunden zu rühren! Ihr solltet Euch darauf beschränken, die eitrigen Zähne zu ziehen und die Schröpfgläser anzusetzen!« Das Gesicht des Baders zeugte von Zorn, als er sich umdrehte und Luzia unverhohlen musterte.

»Spart Euch Eure Überheblichkeit und seht zu, dass Ihr weiterkommt! In diesem Hospital seid Ihr allenfalls geduldet!«, entgegnete er gereizt und wandte sich abermals dem jungen Mann zu. »Ihr wollt Euch doch auch lieber auf den guten alten Gänsemist verlassen, als Euch den seltsam anmutenden Behandlungen dieser Ungläubigen zu überlassen!«

Obwohl der Bootsbauer verzweifelt seinen Kopf schüttelte und bekundete, er wolle lieber auf den Medicus vertrauen, setzte der Bader seine Behandlung ungerührt fort. Erst als Luzia ihm einen Schlag auf den Rücken versetzte, erhob er sich und trat auf sie zu.

»Was fällt Euch ein?«, fuhr er sie an. »Von einem Weib lasse ich mich sicher nicht belehren. Schließlich habe ich schon Wunden mit Gänsemist versorgt, als Ihr noch gar nicht geboren wart.«

Luzia spürte, wie der Zorn ihre Brust in Flammen setzte. »Wie wollt Ihr mit der Schuld leben, wenn die Wunden nicht heilen? Calendula und Eiche sind hier die geeigneten Mittel«, entgegnete sie ungehalten.

»Alles Humbug! Und aus Eurem Mund klingen diese überaus unnützen Behandlungen noch weitaus ketzerischer. Ihr, die Ihr Euer Wissen von ungläubigen Heiden und schwarzhäutigen Dämonen erhalten habt, solltet lieber froh sein, wenn man Euch nicht die Zunge herausschneidet!«

»Ihr werdet dieses Hospital nun augenblicklich verlassen, oder ich vergesse mich!«

Achmüller trat ein paar Schritte zurück und lachte. Er wollte gar nicht mehr mit Lachen aufhören, und als er klang, als wäre er dem Wahnsinn nahe, packte er Luzia an den Schultern und schüttelte sie. »Was glaubt Ihr, wer Ihr seid?«, fragte er und rückte ihr beängstigend nahe. So nah, dass sie seinen ungesunden Atem riechen konnte. Widerlich und abstoßend kündete er von zahlreichen verfaulten Zähnen. »Ich rate Euch, seid vorsichtig …«

»Frau Medica, braucht Ihr etwas?« Schwester Ansgards Stimme klang so vertraut, dass Luzia beinahe das Gleichgewicht verloren hätte. Sie war sich sicher, dass die Ordensfrau ihre Auseinandersetzung auch diesmal verfolgt hatte. Achmüller machte ihr das Leben schwer, und wann immer es ging, setzte sich der Bader über ihre Anweisungen hinweg, obwohl diese klar und eindeutig waren. Im Auftrag der Stadt durfte der Bader Blutegel ansetzen, bei abnehmendem Mond einen einzigen Aderlass durchführen und Zähne aus der Mundhöhle entfernen. Alles Weitere gehörte nicht zu seinen Aufgaben.

Ein scharfer Westwind blies ein paar freche Schneeflocken vor sich her, während Luzia die wenigen Schritte über den Hof ging. Inmitten des großen umfriedeten Hofes türmten sich überall große Schneehaufen, und sie hatte Mühe, nicht in eines der tiefen Löcher zu treten, die der Frost in die Erde gebissen hatte. In der Abenddämmerung zeichnete sich das Hospitalgebäude zinnenbewehrt vor der hohen Mauer ab. Die wuchtige Scheune und das zweistöckige Wirtschaftsgebäude wirkten unter der Last des Schnees müde und erschöpft. Genau wie die Kapelle, die dicht an der Mauer neben dem Hospitalgarten geduldig wartete, bis ein betwilliger Besucher den Weg in ihr Inneres fand. Die klare Stille des Abends brachte Luzias Gedanken ein wenig zur Ruhe, und so fühlte sie sich nach langer Zeit endlich wieder einmal bereit, das Wort an Gott zu richten. Hier, in der Kapelle des Heiligen Gallus, wollte sie dem Heiland für Pater Wendelins Rettung danken. Leise öffnete sie die niedrige Tür, welche in die hohe Halle führte. Trotz der spärlichen Beleuchtung wirkte das kunstfertig behauene, formvollendete Mauerwerk aus Rohrschacher Sandstein, als wäre es für die Ewigkeit gebaut. Die gerippte Gewölbedecke wurde von ein paar wenigen Rundsäulen getragen. Das letzte Licht des Tages sickerte gedämpft durch die bunten Fenster und tauchte das Innere des stillen Raums in sattes Rot. Luzia blieb vor dem Gemälde des Heiligen Gallus stehen. Ganz ohne Zweifel hatte der Künstler dem Herzschlag der Leinwand gelauscht, bevor er zum Pinsel griff. Der Mönch, der im siebenten Jahrhundert den Bodenseeraum missionierte, wirkte, als hätte er sich eben erst vom Gebet erhoben, um fortan jedem Besucher der Hospitalkapelle seinen Segen zu spenden. Sein stilles Gesicht trug noch immer den zarten Schimmer der Andacht, und seine Augen wirkten gütig und voller Anteilnahme. Unter seinem Blick entzündete Luzia den Docht der kleinen Wachskerze an einem der Lichter, die bereits zu Füßen des Heiligen flackerten. Still richtete sie ihr Gebet an ihn, doch ihre Gedanken schweiften immer wieder ab.

Allein das Flackern der Kerzen verriet ihr, dass ein weiterer Besucher das Bethaus betreten hatte. Luzia wagte nicht, sich umzusehen, denn schon der Klang der Schritte sorgte dafür, dass ihre Hände feucht wurden. Bevor ihr der würzige Duft von Sandelholz und Leder in die Nase stieg, spürte sie bereits Johannes' Wärme, der sich dicht neben ihr auf der kleinen Bank niederließ. Luzia fühlte seinen Blick auf sich ruhen, der trotz der Kühle des Raums ein Feuer in ihr entfachte. Als sie ihre zum Gebet gefalteten Hände löste und in den Schoß gleiten ließ, barg Johannes ihre kalten Finger in der Wärme seiner Hand und hauchte einen Kuss darauf. Ein wohliger Schauer fuhr ihr über den Rücken, und als sie sich wenige Augenblicke später in seinen Armen wiederfand, wünschte sie sich nichts anderes als seine Nähe.

Seine Umarmung zeugte von Leidenschaft und raubte ihr den Atem. Als sich ihre Blicke trafen, sah sie in seinen Augen neben Liebe und Zärtlichkeit auch Verlangen und Begierde. Endlich umschlangen sie einander, und Luzia fühlte sich von Johannes wie getragen. Ihre Lippen fanden sich, und sie kosteten die Wärme und den süßen Geschmack. Und die Welt um sie herum schien sich aufzulösen.

Johannes' Atem hinterließ bald kleine kühle Stellen auf ihrem Hals. Wo er zuvor mit sanften Küssen einen glühenden Pfad gezeichnet hatte, fühlte sie die Gänsehaut. Luzia lehnte sich zurück und gab sich vollkommen seinen Berührungen hin. Ihr Benehmen war im höchsten Maße unsittlich! Küssten sie sich doch tatsächlich vor dem Bildnis eines Heiligen inmitten der Kapelle. Allein diese Vorstellung verstärkte Luzias Gänsehaut noch und verursachte einen wohligen Schauer. Das Gefühl des Verbotenen schoss wie ein Strom aus kochender Lava durch ihre Adern und kitzelte ihre Sinne.

Johannes gab ihre Lippen frei. »Ich möchte dich nicht drängen«, flüsterte er dicht neben ihrem Ohr. Seine Stimme klang rau. Luzia umfasste mit beiden Händen sein Gesicht.

»Glaub mir, du drängst mich zu nichts!«

Seine Augen wirkten dunkel und unergründlich. »Dann lass mich wenigstens alles richtig machen«, raunte er und nahm ihre Hand. Selbst die Stille des heiligen Ortes spürte die Feierlichkeit des Augenblicks und hielt den Atem an. »Ich verspreche dir, dass ich dich an jedem Tag meines Lebens lieben werde. Und möchtest du nun endlich meine Frau werden?«

Seine Worte erfüllten die kühle Luft wie mit kleinen Perlen, die ein unbeschreibliches Gefühl auf Luzias Haut hinterließen. Die knisternde Spannung raubte beiden fast den Atem.

Luzia nickte. »Ja. Ja, ich will dich heiraten!«

Lachend breitete er seine Arme aus, während sich Luzia an seine Brust sinken ließ.

»Verlass mich nie mehr!«, forderte er mit belegter Stimme. »Niemals, hörst du?«

Luzia schüttelte den Kopf. »Diesmal wirst du mich nicht mehr los!«, hauchte sie und küsste ihn mit Leidenschaft.

»Komm!«, sagte Johannes und zog sie mit sich zum Ausgang des kleinen Kirchleins. »Schließlich wollen wir doch nicht, dass der Heilige Gallus noch errötet.«

Die Dunkelheit hatte sich bereits schützend über den schneebedeckten Weg gelegt, der am Nordtor des Hospitals endete, als ihnen Schwester Ansgard mit erhobenen Händen entgegeneilte.

»Gottlob, dass ich Euch gefunden habe!«, wandte sie sich an Luzia. »Rasch, ich fürchte, die Frau des Steinmetzes braucht Euch dringend.«

Magdalena! »Was ist mit ihr?«, fragte Luzia, und sie fühlte, wie die Lava in ihrem Inneren zu kaltem hartem Stein erstarrte.

Johannes bedeutete ihr mit einem Nicken, dass er sie begleiten würde. Auf dem kurzen Weg in den großen Saal erzählte die Ordensfrau, dass Hans, der Steinmetz, seine Frau Magdalena ins Hospital gebracht hatte, weil sie bereits seit zwei Tagen in den Wehen lag.

»Die alte Bradlerin hat sie hergeschickt«, erklärte Ansgard, auf deren Wangen sich bereits hektische rote Flecke bildeten. »Wo ist Ehrentraut?«, fragten Johannes und Luzia wie aus einem Mund.

»Ehrentraud ist bereits bei ihr. Aber auch sie weiß sich keinen Rat mehr. Die Geburt hat einen gefährlichen Stillstand erreicht, der das Schlimmste vermuten lässt.«

»Was ist mit Beifuß und warmen Majorandämpfen?«

»Damit hat bereits die Bradlerin zu helfen versucht. Die Geburtswege sind offen und weich. Eigentlich steht der Niederkunft nichts mehr im Wege«, erklärte Schwester Ansgard, während sie sich Mühe gab, mit Luzia und Johannes Schritt zu halten.

Luzia dachte an all die aussichtslosen Kämpfe, aus denen sie als Verliererin hervorgegangen war. Stunden voller Qual, die dem Verenden eines Tieres gleichkamen, und schließlich der Tod, der einer Erlösung glich. Magdalena! Luzia sah die Freundin vor sich, wie sie sie noch vor wenigen Tagen auf der Gasse getroffen hatte. Das blühende Leben in Person. Und die Freude über das zweite Kind hatte ihr ein inneres Strahlen verliehen.

Luzia eilte neben Johannes den Gang entlang. Die Pechfackeln schmauchten in ihren Halterungen und malten schaurige Schatten auf Boden und Wände. Mit beiden Händen stieß sie die Tür auf und trat an das hochbeinige Bett, auf dem sich Magdalena in ihrem Schmerz wand. Sobald eine Wehe abebbte, dämmerte sie erschöpft und kraftlos vor sich hin. Ihr Gesicht wirkte blass, und ihre Augen lagen in tiefen Höhlen.

Seit Luzia das Hospital betreten hatte, ahnte sie, dass es kein glückliches Ende geben würde. Die düsteren Schatten hatten sie bereits auf dem Gang erwartet. Hier im großen Saal krochen sie über den Boden und erklommen die Wände.

»Magdalena«, flüsterte Luzia voller Sorge, als die Freundin für einen Moment die Augen öffnete.

»Hilf mir! Ich bitte dich, rette das Kind!«, brachte Magdalena mühsam hervor, bevor die nächste Wehe über sie hinwegrollte.

»Jungfer Gassner!«, wandte sich Hans mit sorgenvoller Miene an Luzia. Der Steinmetz rang um Fassung, während er ohne Unterlass seinen wollenen Mantel knetete. Schweißperlen glitzerten auf seiner Stirn, als er endlich weitersprach. »Ich weiß, wir sind viel zu spät gekommen, aber wir dachten ...« Er hielt inne und sah zu Boden. »Wir dachten, immerhin ist es ja bereits das zweite Kind, und Ihr habt seit dem Ausbruch der Masern sicher alle Hände voll zu tun.«

»Ich glaube nicht, dass Ihr Euch Vorwürfe machen solltet«, tröstete Luzia. »Wir kümmern uns um Magdalena. Geht derweil in die Küche. Dort wird Euch Annelie einen Becher Wein einschenken. Hier könnt Ihr ohnehin nichts tun.«

Schwester Ansgard begleitete ihn, und als die Tür geschlossen war, wagt sich Luzia an eine erste Untersuchung und den Austausch mit Ehrentraut. Die schlanke, stille Wehmutter mit den dunklen Augen erklärte rasch, zu welchem Ergebnis sie gelangt war.

»Das Ungeborene befindet sich in der richtigen Lage. Auch die Geburtswege sind offen und weich. Das Kind könnte geboren werden«, sie zögerte. »Aber es kommt nicht! Wir haben bereits alles versucht! Bitte, seht selbst!«, forderte sie Luzia besorgt auf.

Die Beklemmung hatte sich wie eine düstere Gewitterwolke über den hohen Saal gelegt, als Luzia das Ungeborenen durch die Bauchdecke ertastete und Ehrentraut ein Nicken schenkte. Als sie das schmale Silberrohr auf Magdalenas weit vorgewölbten Bauch setzte, sagten ihr die rasch aneinandergereihten Herzschläge, dass auch das Kind noch lebte. Sein Herzchen glich dem ängstlichen Flügelschlag eines kleinen Vogels. Aber es lebte! Nur wie lange noch?, fragte sich Luzia bang.

Wieder kam eine Wehe, und Magdalena schrie in ihrer Verzweiflung und wand sich unter den Schmerzen, die sie an den Rand des Wahnsinns zu bringen schienen. Luzia hatte den Eindruck, dass die Freundin die Marter nicht mehr lange ertrug. Jegliches Zeitgefühl schien einer dumpfen Erschöpfung gewichen, die sie mehr und mehr in ihren dunklen Schlund zog.

Behutsam legte sie ihre Hände auf Magdalenas Bauch, die sich unter der Berührung ein wenig entspannte.

»Ich bitte dich, rette wenigstens mein Kind!«, flehte die Freundin abermals und sah Luzia bittend an. »Mariele braucht doch noch ein Brüderchen!«

Luzia drückte die Hand der Freundin. Aus der Innigkeit des Augenblicks war ein Versprechen erwachsen, das einzulösen nun Luzias Pflicht war. Sie wusste, das Geschenk ihrer Hände brachte lediglich eine kleine Pause, bis der Sturm erneut über die Freundin hereinbrechen würde.

»Bitte hilf mir! Ich kann …« Magdalena geriet ins Stocken.

»Wir werden alles versuchen«, versprach Luzia und strich Magdalena eine Strähne ihres schweißnassen Haares aus der Stirn.

Magdalena nickte und schloss die Augen. Sie wollte darauf vertrauen, dass Gott es gut mit ihr meinte, und setzte alle Hoffnung auf Luzia, die ihr ihr Wort gegeben hatte.

Luzia sah die schwarzen Schatten. Langsam kamen sie näher, krochen über den Boden und leckten mit langen Zungen über die Wände des hohen Saals. Wenn sie nicht bald etwas unternahmen, würde Magdalena sterben und das Kind in ihrem Leib mit ihr. Die Augenblicke rannen ihnen wie Wasser durch die Hände, bevor sie unwiederbringlich in der Ewigkeit verschwanden. Ein kurzer Blick zu Johannes sagte Luzia, dass er ihre Gedanken teilte. Tiefe Falten zerfurchten seine Stirn und ließen ihn älter wirken. Was sollten sie tun? Die Lage schien völlig aussichtslos. Aber hatten sie eine Wahl? Luzia merkte, dass ihr Mund staubtrocken war, während die ungeheure Anspannung ihre Hände zittern ließ.

Ehrentraut und Schwester Ansgard brachten Aufgüsse aus Lein und Weinraute, die sie Magdalena löffelweise einflößten, aber nichts half. Das Kind steckte irgendwo fest und fand den Weg nicht.

»Luzia, wir sollten Bruder Camillus oder Wolfram von Hohenstein rufen lassen«, sagte Johannes nach einer Weile leise. Seine Hand suchte Luzias und drückte sie leicht, und sein Blick sagte mehr als jedes Wort. Er räusperte sich. »Magdalena wird sterben!« Seine Worte, hart und wahr, hallten in Luzias Ohren wider. Und erst jetzt erreichte die Endgültigkeit seiner Botschaft ihren Verstand. Das unabwendbare Ende eines viel zu kurzen Lebens! Luzia fühlte das Leid mit jeder Faser ihres Herzens. Mühsam kämpfte sie die Tränen nieder. »Willst du mir nicht beistehen, wenn das Kleine kommt?«, gab sie zurück. Sie hatte es Magdalena versprochen …

Kurze Zeit später betrat der Johanniter Wolfram von Hohenstein den Saal. Das weiße Johanniterkreuz, welches der Priester auf seiner Brust trug, hob sich wie ein bildgewordener Trost von seiner schwarzen Soutane ab.

»Gelobt sei Jesus Christus.«

»In Ewigkeit, Amen«, murmelten die Anwesenden und nickten zum Gruß.

Sein Blick wirkte aufrichtend, fast wie eine Zusage, als er reihum in die Gesichter der Umstehenden blickte. Vielleicht das Versprechen des ewigen Lebens?, dachte Luzia unwirsch. Darum bitten wir aber noch nicht!, entgegnete ihre innere Stimme mürrisch.

In der gebotenen Eile hatte Johannes sämtliche Instrumente in einen Kasten gelegt und ein sauberes Leinen über den hochbeinigen Tisch gebreitet. Weiß schimmerte es im Schein der Unschlittlampen und Wachskerzen. Weiß wie Schnee oder bleich wie der Tod! Die zuckenden Flammen kämpften verzweifelt gegen die Dunkelheit an, die sich nicht nur über die Kammer gebreitet hatte.

Wolfram von Hohenstein las die Messe und spendete Magdalena die Sterbesakramente.

Während Luzias Mund die bekannten Gebete formten, wanderten ihre Gedanken ruhelos umher. Sie dachte an ihr letztes Examen und an Montpellier. Die schwangere Frau aus dem Hurenhaus kam ihr in den Sinn, und sie fühlte, wie sich ein leises Zittern durch ihre Glieder quälte. Fast wie ein Hilfeschrei, der sie tief in ihrem Inneren berührte.

»Eine Schnittentbindung?«, sagte Johannes leise. Luzia hatte ihm flüsternd den Vorschlag unterbreitet, nachdem von Hohenstein die Tür hinter sich geschlossen hatte. Luzia sah ihm fest in die Augen. Fast fürchtete sie sich vor der Bestimmtheit seines Blickes. Luzia nickte und umfasste Johannes' Schultern.

»Johannes«, sagte sie eindringlich, »ich weiß, die Operation ist verboten, und ich fühle mich schuldig, wenn ich dich nun bitte, mir zu helfen. Allein schaffe ich es einfach nicht, aber ich muss es versuchen. Das bin ich Magdalena schuldig!«, entgegnete Luzia und sah zu Boden. Die letzten Worte waren nur noch ein Flüstern.

Johannes hob ihr Kinn an, bis sich ihre Blicke trafen. Ein winziges Lächeln umspielte seinen Mund. Es nahm ihm die Härte, und das tat gut. »Gut! Dann lass uns keine Zeit mehr verlieren«, sagte er ruhig und nickte. »Und ich kann dir versichern, dass mich die Tatsache, dass die Operation verboten ist, nicht im Geringsten belastet. Du solltest wissen, dass ich die Gefahr liebe«, flüsterte er zurück und streichelte ihre Wange. »Oder hast du die letzte Stunde in der Kapelle etwa vergessen? Allein meine Gedanken waren die pure Sünde, ganz zu schweigen von unseren Lippen. Selbst der Heilige Gallus weiß, dass Beten anders aussieht.«

Luzia nickte. Freilich wusste sie nicht, ob sie es schaffen konnten, aber allein die Zusicherung seiner Hilfe gab ihr Mut.

»Also gut«, befahl Johannes mit lauter Stimme. »Mit Ausnahme von Jungfer Gassner verlassen nun alle den Saal! Schwester Ansgard, bitte schafft alle verfügbaren Lichtquellen herbei und entzündet sie vor dem Silberspiegel.« Seine Worte klangen ruhig und klar und duldeten keinen Widerspruch.

Wenig später befanden sich sämtliche Unschlittlampen, Laternen und die Wachskerzen von der Andacht auf dem schmalen Regal vor der Silbertafel. Johannes hatte sie eigens anfertigen und in Höhe der Liege anbringen lassen. Wann immer eine Operation vonnöten war, vervielfachte der Spiegel das Licht der Flammen und tauchte die Liege in helles Licht.

Magdalenas Gestalt wirkte in dem silbrigen Licht bleich und durchsichtig.

»Wir brauchen Trotas Buch!«, entschied Luzia hastig und eilte zur Tür. Wie hatte sie das nur vergessen können?

»Dann geh und hol es! Unterdessen verabreiche ich Magdalena ein wenig Mohnsaft. Sie wird schlafen, wenn du zurück bist.«

»Johannes, ohne Magdalenas Einverständnis können wir diese Operation nicht durchführen«, gab Luzia zu bedenken.

»Dafür ist es bereits zu spät!«, erwiderte Johannes ohne Umschweife, und Luzia wusste, dass er recht hatte. Magdalena hatte das Bewusstsein verloren. Freilich könnten sie sich Hans' Zustimmung versichern, aber wenn Magdalena unter der Operation sterben würde, war er verdammt, für immer mit dieser Schuld zu leben. Niemand nahm ihnen die Entscheidung ab, die zu den schwersten ihres Lebens gehörte. In diesen Minuten waren sie allein. Mutterseelenallein!

Mit klopfendem Herzen eilte Luzia den Gang entlang. Als sie endlich das Kämmerchen erreichte, in welchem die Truhe stand, zitterten ihre Hände so sehr, dass sie Mühe hatte, den kleinen Schlüssel zu finden. Wieder und wieder tasteten ihre Finger in der Enge des Wandverstecks umher, das sich hinter einem losen Stein befand. Sie presste die Lippen aufeinander. Himmel, hier muss er doch irgendwo sein!, dachte sie. Sie fühlte, wie der Angstschweiß kalt und heiß zugleich aus jeder Pore ihres Körpers drang. Endlich stießen ihre Finger gegen das kühle Metall. Weitere Minuten vergingen, während sie vergeblich versuchte, den Schlüssel in das vorgesehene Schloss zu führen. Allmächtiger!, dachte Luzia, als die Truhe endlich aufsprang. Mit fliegenden Fingern griff sie in die Tiefe des hölzernen Verstecks, doch ihre Hände fanden lediglich das zusammengeknüllte Leinen, in welches sie die kostbaren Werke für gewöhnlich einschlug. Von der *Trotula major* und von allen anderen Büchern fehlte jede Spur! Das blanke Entsetzen fuhr Luzia in die Glieder. Das Herz schlug ihr bis zum Hals. Was sollte sie nur ohne das Buch tun? Bislang war es ihr noch nicht gelungen, Trotas Hinweise, was die Durchführung der Schnittentbindung betraf, vollständig zu entschlüsseln. Und ohne wenigstens über die Notizen der alten Ärztin zu verfügen, konnte ihnen die Operation niemals gelingen! Niemals!, dachte sie. Niemals! Wie gelähmt kniete sie vor der geöffneten Truhe und kämpfte mit den Tränen. Alles war umsonst gewesen. Sie dachte an die nächtelange Arbeit, in welcher sie mit Johannes Teile der Anweisungen unter den Rabenzeichnungen entschlüsselt hatte. Letztlich hatte es sich bei den Hinweisen nicht nur um filigrane Buchstaben gehandelt. Nach und nach entwirrten sie gemeinsam eine komplizierte Spiegelschrift, die ihre Bedeutung nur sehr langsam preisgab. Schluchzend barg Luzia ihr Gesicht in den Händen. Ihr war, als entglitte ihr auch die letzte Hoffnung. Irgendwann erhob sie sich und wankte gefühllos zum Saal am Ende des Gangs zurück. Sie fühlte sich erschöpft, und jeder Schritt erschien ihr wie eine unsinnige Qual. Wer immer dieses Buch entwendet hatte, hatte damit Magdalenas Todesurteil unterschrieben! Als Luzia die massive Tür zum großen Saal aufstieß, begegnete sie für die Länge eines Atemzugs Johannes' Blick. Luzia wusste, dass er sie auch ohne viele Worte verstanden hatte, und sie sah seine wilde Entschlossenheit.

»Lass es uns trotzdem versuchen!« In seiner Stimme schwangen Mut und Furchtlosigkeit. Luzia schüttelte den Kopf. Ohne die *Trotula major* konnten sie die Freundin und das Kind nicht retten.

»Luzia«, sagte Johannes sanft und legte seine Hände auf ihre Schultern. Er fühlte Luzias Zweifel beinahe körperlich.

Die Sorge um Magdalena lastete schwer auf ihr, und er wusste bereits jetzt, dass sie sich dieses Versäumnis niemals verzeihen würde. »Magdalena wird sterben! Lass es uns ohne die *Trotula major* versuchen. Gib ihr und dir diese eine Hoffnung.«

Luzia fühlte ihre Beine nicht mehr, als sie neben Magdalena trat und mit gesenktem Blick ihre fahle Wange berührte. Sie schluckte schwer. Wenn sie Magdalena helfen wollten, war dies tatsächlich ihre einzige Möglichkeit, und sie hoffte, dass sie das Richtige taten.

Luzias Knie waren weich wie das Kerzenwachs, welches an dem eisernen Halter heruntergelaufen war.

Während sich kurze Zeit später eine andächtige Stille über den Saal legte, steckten ihre Arme bis zu den Ellenbogen in einem Holzbottich, den Ansgard gebracht hatte. Mit ihren Gedanken war Luzia in Montpellier. Klar und deutlich vernahm sie die Stimme Ibn Faris'.

»Lernt das Unwichtige vom Wichtigen zu trennen!«, lautete eines der Gebote des Hakims. Luzia fühlte, wie das warme Wasser ihre Hände benetzte, und suchte den Anfang. Den winzigen Moment, der ihrem Herzen Mut versprach, aber er kam nicht. Statt des Lichts, dem Augenblick der Klarheit, fand Luzia lediglich Dunkelheit. Trotzdem senkte sie kurze Zeit später das Messer mit der kurzen scharfen Klinge in Magdalenas Fleisch. Blut sammelte sich in dicken roten Perlen entlang des Schnittes. Ihre Hand zitterte. Verzweifelt versuchte sie sich zu erinnern, was sie in der *Trotula major* gelesen hatte, aber so sehr sie sich auch bemühte, es wollten ihr nur unwichtige Dinge einfallen. Ohne die Anweisungen der weisen Ärztin würde ihr die Operation niemals gelingen! Als ihr schwindelig wurde, schloss Luzia einen Moment die Augen. Ein leichtes Beben wanderte durch ihre Glieder und ließ sie erschaudern. Wie in einer Lichtspiegelung erkannte Luzia nun eine alte sehnige Frau mit sonnengebräunter Haut. Luzia spürte, dass sie Zeugin einer Handlung wurde, die es bis zum heutigen Tag nicht geben durfte. Sie fühlte sich als Betrachterin, als Lernende aus einer anderen Zeit. Luzia wusste, dass sie Trota di Ruggiero, die erste Ärztin der Frauen, sah, wie sie einem Kind auf die Welt half. Wie ein Stern, dessen Licht über Jahrhunderte durch Zeit und Raum reist, durchwanderten Trotas Betrachtungen die Zeit, die ihrer beider Leben trennte, und verband Luzia mit einer uralten Quelle. Die alte Ärztin lud sie ein, Zeuge eines Wunders zu werden. Oder war sie selbst die Wanderin zwischen den Zeiten? Luzia wusste es nicht, aber sie sah, wie Trota das Kind aus dem Leib seiner Mutter hob und die Wunde sorgfältig mit Seidenfäden verschloss.

Überrascht blickte Johannes auf. Luzias Gesicht hatte sich verändert. Nun wirkte es still und andächtig, als lauschte sie einem fernen Herzschlag.

Luzia spürte, wie sie der ungeheure Strom aus Zeit und Wissen im Inneren berührte. Über vier Jahrhunderte war die Tür verschlossen gewesen, die sich in diesem Augenblick für sie öffnete. Der unbekannte Weg breitete sich wie eine uralte Landkarte vor ihr aus und führte sie, während Luzia in den weisen Augen der Medica alles erkannte, wonach sie immer gesucht hatte.

»Alles Leben dreht sich im ewigen Rad der Zeit. Es ist unendlich, und das uralte Wissen, welches ich für meine Töchter bewahrt habe …«

Es war, als blickten die Augen Trotas bis auf den Grund ihrer Seele, und in diesem Moment wusste Luzia, dass sie das Buch nicht benötigte …

Magdalena atmete ruhig. Ihr Gesicht wirkte entspannt und unter der Wirkung des Mohnsaftes schlief sie tief und fest. Luzia hatte bereits die Hautschichten, das Fettgewebe und die rotbraunen Muskeln durchtrennt und mit eisernen Haken auf die Seite gedrängt. Nun lag der zum Bersten gespannte, spiegelglänzende Muskel des Uterus vor ihnen.

»Vorsicht! Wenn du die Plazenta verletzt, verblutet die Frau«, raunte Johannes.

Luzia nickte. Eine kleine Menge Fruchtwasser spritzte ihnen entgegen und benetzte Johannes' Hemd und Luzias Kleid, als sie Gebärmutter und Fruchtblase mit einem kleinen Schnitt öffnete. Das Kind drängte sich ihnen bereits entgegen. In dieser warmen Dunkelheit hatte alles Leben seinen Anfang. Es war, als hielte die Zeit selbst ihren ewigen Atem an, während sich Blut und Wasser zu einem scharlachroten Schleier vermischten, der Nabelschnur und Ungeborenes bedeckte.

»Ich sehe nichts mehr!«, stieß Luzia hervor. Mit Unmengen von Scharpie versuchte Johannes, das Blut aufzusaugen. Er nickte, als Luzia mit beiden Händen den starken Muskel der Gebärmutter auseinanderzog. Das laute Reißen schoss ihr durch Mark und Bein.

Schließlich warfen sie alle Instrumente beiseite, und Johannes griff vorsichtig, aber beherzt in die schützende Hülle, die das Kind umgab. Schweißperlen glänzten auf Luzias Stirn, und sie fühlte ein kleines kitzelndes Rinnsal zwischen ihren Brüsten. Sekunden vergingen, die sich wie Tropfen aneinanderreihten. Lautlose Hoffnung, die in der Stille zur Ewigkeit wurde, sich wie die Perlen eines Rosenkranzgebetes zäh dahinzog und die Zeit maßen – die Zeit, welche sie entweder dem Leben oder dem Tod näherbrachte.

Unter Johannes' Händen erschien zuerst der blutbeschmierte Kopf. Gefolgt von der rechten und der linken Schulter förderte er schließlich das ganze Menschlein aus Magdalenas Leib und legte es in Luzias Arm.

Rasch säuberte sie das Gesicht des Mädchens von Blut und Schleim. Nachdem die Nabelschnur durchtrennt war, schrie das kleine Wesen seinen ganzen Unmut in die Welt hinaus. Lächelnd sah Luzia in das Gesicht, das sich über die plötzliche Kälte und den Lärm lautstark beschwerte.

»Schsch! Alles ist gut, du hast es geschafft!«, tröstete sie mit leiser Stimme, bevor sie das Kind in Windeseile zu Schwester Ansgard hinausbrachte. Als die Ordensfrau das Kind entgegennahm, strahlte ihr Gesicht vor Freude.

Den ersten Teil hatten Johannes und Luzia geschafft. Doch was nun folgte, war nicht weniger prekär. Seit die Nabelschnur durchtrennt war, flossen Unmengen Blut, welches sie mit Bündeln von gerollter Scharpie und sauberem Leinen aufsaugten. Bald glich der Boden um das hochbeinige Bett eher einem Schlachthaus denn einem Hospital.

»Rasch, wir brauchen Mutterkorn! Sonst verblutet sie«, murmelte Luzia und schob Magdalena ein wenig von dem pulverisierten Pilz unter die Zunge. Mit dem kräftigen Zusammenziehen der Gebärmutter löste sich das von Adern reich durchzogene Gewebe der Plazenta. Und endlich nahm auch die Blutung ab.

»Der Baum des Lebens. Gleichsam Wurzel und Geäst«, pulsierte Trotas Weisung in Luzias Kopf. »Er muss vollständig sein! Nicht eine einzige Wurzel darf zurückbleiben. Der Lebensbaum ist erschöpft. Seine Arbeit ist getan, nun bringt er nicht mehr das Leben, sondern den Tod!«

Die große Wunde klaffte ihnen wie ein schwarzes Loch entgegen, während sie sich daranmachten, den Uterus wieder zu verschließen. Schlingen aus Katzendarm und Seidenfäden gaben den nötigen Halt. Schicht für Schicht folgte, bis nach dem Verschließen der obersten Hautschicht nichts als eine hässliche Naht daran erinnerte, welche Mühen ihnen die letzte Stunde bereitet hatten.

In diesem Moment wurde die Tür aufgerissen. Luzia fuhr entsetzt zusammen. Ottilia stand mitten im Saal. Fassungslos starrte die blonde Frau auf Magdalenas Leib. Ekel und Abscheu entstellten ihr Gesicht und verzogen es zu einer gefährlichen Fratze. Ihr schneidender Blick bohrte sich in Magdalenas Leib und heftete sich an die hässliche Naht, bevor er sich in den unzähligen blutgetränkten Tüchern verfing.

»Macht, dass Ihr hinauskommt, Ottilia!«, knurrte Johannes zornig. »Dies ist weder der rechte Ort noch der geeignete Zeitpunkt für Eure Neugierde. Ihr bringt allenfalls Magdalenas Leben in Gefahr!« Sein harter Blick ließ jede Freundlichkeit vermissen.

Ottilia rang um Fassung. »Ich weigere mich zu glauben, was meine Augen sehen!«, fauchte sie entrüstet. »Ihr lasst zu, dass eine solch sündige Tat in diesem Hospital vollbracht wurde? Ich dachte, Ihr übt den Beruf des Medicus aus, und nicht, dass Ihr Euch als Henker versucht!« Dann trat sie dicht an Luzia heran und sah ihr tief in die Augen. »Ihr allein werdet das zu verantworten haben! Ohne Euch und Eure diabolischen Einfälle hätte unser Herr von der Wehr niemals eine derartige Operation gewagt. Wenn die Steinmetzin stirbt, werdet Ihr hängen!« Ottilia spie ihr die Worte geradezu ins Gesicht. Dann rauschte sie hinaus.

Die Freude über das Gelingen zerbrach in 1.000 Scherben, und Luzia fühlte bereits das Blut fließen, wenn die scharfen Schneiden sich durch ihr Herz bohrten.

19

UNWILLIG SCHÜTTELTE OTTILIA ihren Kopf. Dieses Bild würde sich auf ewig in ihre Seele brennen. Wie das Brennglas des Satans hinterließ der Anblick der kleinen Steinmetzfamilie ein dunkles Mal in ihrem Herzen. Bereits vier Wochen nach der Operation hielt die Steinmetzin das Neugeborene lächelnd in ihren Armen. Ottilia sah, wie sie das winzige Bündel herzte und liebkoste. Zwar hatte Vater noch in derselben Nacht sämtliche Ratsmitglieder aus den Betten gescheucht, aber seiner Klage hatten sie nicht nachgegeben. Alles war umsonst gewesen!, dachte Ottilia mit eisiger Miene, während sie die Tür zur Vorratskammer krachend ins Schloss warf. In Windeseile war die Schandtat zu einer wahren Heldentat geworden. Und sie selbst hatte Schuld daran. Hätte sie nicht die ganze Stadt von der verbotenen Operation in Kenntnis gesetzt, wäre die Geburt des Kindes nicht weiter aufgefallen. Schließlich hatte Johannes ihr noch befohlen, Stillschweigen über ihr gewagtes Treiben zu bewahren. Ottilia seufzte schwer. Nun war es zu spät. Mittlerweile hatte sich die frohe Kunde von Magdalenas Überleben in ganz Überlingen verbreitet. Einige sprachen bereits von einem Wunder, welches sich hier auf der Gemarkung Überlingen zugetragen hatte. Bruder Camillus und Wolfram von Hohenstein hatten das Balg bereits am gestrigen Tag unter den Augen der ganzen Stadt getauft und Magdalena wieder eingesegnet. Obwohl dies nach der Geburt einer Tochter erst nach 60 Tagen üblich gewesen wäre. Eigentlich hätte Magdalena keinen Fuß über die Kirchenschwelle setzen dürfen! Ottilia presste die Zähne aufeinander, bis die Kieferknochen schmerzten. Während sie an den strahlend weißen Kastenstuhl dachte, auf welchem Magdalena in der Sankt Nikolauskirche gesessen hatte, stellten sich ihr alle Haare auf. Bruder Camillus hatte die Geburt des kleinen Mädchens in höchsten Tönen gepriesen. Auch er hatte in seiner Predigt von einem Mysterium gesprochen, während Ottilia aus tiefstem Herzen hoffte, dass sich die Gassnerin durch diese verwerfliche Tat selbst eine Schlinge knüpfte. Doch das Gegenteil war eingetreten. Mit einer zornigen Geste trat Ottilia die süßen Latwerge in den Aschehaufen neben dem Herd. Bader Achmüller hatte ihr die Süßigkeit mitgebracht. Ottilia drehte ihre Hand ins Licht. In der Unschlittflamme leuchtete der große goldgefasste Rubin wie ein dicker Blutstropfen. Selbst wenn Vater sie gerne als seine Ehefrau sähe, sie mochte den alten Kerl nicht. Sie empfand sogar eine wenig Ekel, wenn er ihre Hand küsste, denn der Geruch von Tod und Verwesung begleitete ihn bereits. Andererseits, dachte sie mit einem Lächeln auf den Lippen, mochte Achmüller die Gassnerin nicht sonderlich. Gedankenverloren wand sie eine dicke Haarsträhne um ihren Finger und schüttelte den Kopf. Eigentlich verachtete der Bader die Medica. Ja, er hasste sie! Beinahe zärtlich glitten Ottilias Finger über das zu Platten getrocknete Quittenmus. Wer weiß, dachte sie, wenn sie Achmüller tatsächlich so viel bedeutete, wie er ihr bekundet hatte, war er sich für einen kleinen Liebesbeweis zu gegebener Zeit vielleicht auch nicht zu schade …

Tief hängende Schneewolken sorgten dafür, dass sich bereits zur Mittagszeit eine bleigraue Dunkelheit über die Stadt legte. Zahlreiche Buchenscheite knackten im Kamin, und der schwere Duft von dunklem arabischem Weihrauch hing noch in der Luft, als Bruder Camillus das Hospital in der Aufkircher Straße wieder verließ. Der Barfüßer hatte mit den Kranken die Heilige Messe gefeiert, und noch während die Barmherzigen Frauen die leeren Becher und Näpfe einsammelten, legte sich eine träge Mittagsruhe über die Krankensäle.

Pater Wendelin fühlte sich ausgeruht und um Jahre jünger als noch vor wenigen Tagen. Ganz offensichtlich will mich der Allmächtige noch nicht bei sich haben, dachte er. Nach seinem Schwächeanfall 14 Tage zuvor hätte er es nicht für möglich gehalten, jemals wieder so zu Kräften zu kommen. Und seine Augen … nun, es war eine Freude! Dank Johannes' Hilfe konnte er wieder sehen. Der Medicus hatte ihm den Star gestochen und die trüben Linsen seiner alten Augen entfernt. Wie genau Johannes diese Operation bewerkstelligt hatte, wollte Wendelin gar nicht wissen – das Wichtigste war, dass er endlich wieder lesen konnte! Zum wiederholten Male klappte er das Gebetbüchlein auf, um das *Magnificat anima mea Dominum* zu lesen. Der Lobgesang Marias zählte zu Wendelins Lieblingsstellen im Lukasevangelium. In der Tat, dachte er, auch meine Seele preist die Größe des Herrn! Lediglich das untätige Herumliegen stellte seine Geduld auf eine harte Probe.

Wenig später erklärte Pater Wendelin seine Mittagsruhe selbsttätig für beendet. Behände schwang er seine Beine über den Bettkasten, als Ottilia mit einem Lächeln auf den Lippen heraneilte.

»Pater Wendelin, braucht Ihr etwas?«, fragte sie dienstfertig und knickste.

»Liebes Kind, bemüht Euch nicht«, sagte Pater Wendelin freundlich und winkte ab, als sie ihm helfen wollte aufzusitzen. Wendelin hatte bereits tags zuvor verkündet, dass er am heutigen Tag das Hospital unter allen Umständen verlassen werde. Deshalb war er alles andere als erfreut, als Ottilia ihm einen großen Becher mit warmem Wein reichte. Eigentlich wollte er jetzt nach Hause und sich zur Feier des Tages einen guten Hagnauer schmecken lassen. Ein wunderbar goldener Wein, der sogar die Lebensgeister eines Toten geweckt hätte. Stattdessen musste er hier ausharren …

Wendelin verzog bereits nach dem ersten Schluck das Gesicht. »Bei Gott, da hatte ich wahrhaftig schon besseren Wein! Dieser hier schmeckt so bitter wie die Galle eines Ochsen«, maulte er und stellte den Becher auf den kleinen Nachtschrank. »Ich ziehe meinen eigenen Wein vor. Wenn Ihr mich also nun entschuldigen wollt!«

»Wenn Ihr wieder ganz gesund werden möchtet, solltet ihr diesen Becher leer trinken«, flötete sie sanft tadelnd und nickte dem Priester aufmunternd zu. »Ihr wisst doch, Medizin schmeckt immer ein wenig bitter, sonst hilft sie schließlich nicht!«, sagte sie und lächelte.

Wendelin seufzte tief. Nach kurzem Zögern nickte er schließlich. Immerhin schien Jungfer Allgaier ein braves Gotteskind und eine gute Seele zu sein. Er hatte sie in den vergangenen Tagen beinahe ins Herz geschlossen. Jeden Tag hatte sie mit ihm gebetet und vorne auf dem Altar, der von beiden Krankensälen aus zu sehen war, eine echte Wachskerze für das Seelenheil aller Patienten entzündet. »Aber nur, weil Ihr es seid und ganz sicher zum allerletzten Mal!«, brummte er schließlich und nahm eine paar Schlucke des bitteren Gesöffs, obwohl sein Magen bereits mit leichter Übelkeit reagierte.

Ottilia nickte zufrieden. »Ich verspreche Euch hoch und heilig, dass dies der letzte Becher sein wird, mit dem ich Euch quäle.«

»Das ist gut! Ihr müsst wissen, unten vor der Tür steht bereits der Veitner Sepp. Er wird mich endlich zurück nach Seefelden bringen. Schließlich habe ich lange genug untätig herumgelegen.«

»Dann hat es Euch also bei uns nicht gefallen?«, fragte Ottilia und schob schmollend die Unterlippe vor.

Wendelin winkte ab. »Oh, selbstredend hat es mir gefallen, aber nun ist es gut!«, entgegnete er rasch. »Ich fühle mich ganz gestärkt! Und heute zur Nacht lese ich endlich wieder die Messe in meiner Kirche.« Die Vorfreude weitete seine Brust bereits, und bei dem Gedanken an den guten Messwein schluckte er klaglos weitere Tropfen des bitteren Trunks hinunter.

Ottilia nickte anerkennend. »Wenn mir nach der Arbeit noch Zeit bleibt, feiere ich die Abendmesse mit Euch in Seefelden. In der kleinen Martinskirche habe ich mich schon immer wohlgefühlt.«

Wendelin wirkte erfreut, bevor er endlich den letzten Rest des bitteren Weins schluckte.

»So ist es gut!«, lobte Ottilia und nahm den leeren Becher entgegen. »Soll ich Euch zum Ausgang geleiten?«

»Habt Dank für alles, aber das wird nicht nötig sein. Gott segne Euch! Und ich würde mich sehr freuen, wenn Ihr den Weg nach Seefelden fändet.«

Ottilia knickste und ließ sich segnen, bevor sie den Krankensaal mit langen Schritten verließ. Die gleichmäßigen Atemgeräusche verrieten ihr, dass die allermeisten Patienten noch immer ihre Mittagsruhe hielten. Lediglich der Färber, welcher am Ende des Saals in seinem Bett lag, starrte mit geöffneten Augen zur Decke.

Indessen achtete Wendelin nicht auf das taube Gefühl, das sich wie ein bitterer Pelz lähmend über Zunge und Gaumen legte. Er hatte nicht vor, sich noch einmal aufhalten zu lassen. Komme, was da wolle! Selbst einen Gruß zum Abschied wollte er sich nun sparen. Schließlich konnte man nie wissen, was den beiden Medici oder Jungfer Allgaier noch alles in den Sinn kam, um ihn für eine weitere Nacht im Hospital festzuhalten. Mit flinken Fingern zog er die schwarze Soutane über das Hemd und fuhr eilig in Mantel und Schuhe. Noch immer versuchte Wendelin, das taube Gefühl, welches mittlerweile Brust und Arme erfasst hatte, zu ignorieren. Und hinter der plötzlichen Schwäche, die sich in seinen Beinen ausbreitete, vermutete er die miserablen Nächte, die er sich inmitten seiner laut schnarchenden Mitpatienten um die Ohren geschlagen hatte. Nur gut, dass ihm wenigstens Jungfer Allgaier einen Kerzenstummel überlassen hatte. So war es ihm zu seiner Freude immerhin möglich gewesen, in seinem Gebetbüchlein zu lesen. Plötzlich aber schien der Boden unter seinen Füßen gefährlich zu schwanken, und seine Beine versagten.

Schwer atmend ließ er sich wieder auf dem Bettkasten nieder. Wenige Augenblicke später fühlte er neben der Schwäche ein zunehmendes Kribbeln in den Beinen. Großer Gott, was ist das nun wieder für eine Prüfung?, dachte er. Mühsam wischte er sich den Schweiß von der Stirn und schickte ein paar Stoßgebete zum Himmel. Bald hatte er das Gefühl, in einem Ameisenhaufen zu liegen, denn das Beißen und Kratzen erfasste gierig seinen ganzen Leib. Zu allem Überfluss fehlte ihm die Kraft für eine ordentliche Bewegung. Schließlich rollte er auf sein Bett zurück und zog die Decke heran. Eisige Kälte biss ihm von den Füßen aufwärts in den Leib und tauchte ihn gleichzeitig in flüssiges Feuer.

Vielleicht war nun doch die Zeit gekommen, da er um Hilfe rufen sollte? Er öffnete den Mund, doch aus seiner Kehle wollte sich kein Laut lösen. Dafür brannte sein Schlund mittlerweile, als rinne ihm das Badewasser des Satans die Kehle hinunter. Die Lahmheit seiner Glieder hatte, einem giftigen Reptil gleich, schleichend seine Zunge erreicht. Großer Gott, war da denn niemand? Hilflos sah er sich um. Wurde denn niemand gewahr, dass ihn der Teufel heimsuchte, um ihm das Herz aus dem Leib zu reißen? Allein diese Vorstellung genügte, um seine Angst abermals zu schüren. Er spürte den Gefallenen mit jeder Faser seines Seins, und fast war ihm, als höre er sogar sein höhnisches Gelächter. Mit letzter Kraft griff er in die Tasche seiner Soutane und förderte ein silbernes Kreuz zutage. Furchtsam umklammerte er das kalte Metall. Kinder, es ist die letzte Stunde!, dachte er erschöpft. Ihm war, als rieche er sogar den Schwefel, welcher den Fürsten der Dunkelheit umgab.

Als Ottilia eine schiere Ewigkeit später endlich den Saal betrat, fühlte sich Wendelin vom Himmel erhört. Sein Herz jubelte der nahenden Rettung entgegen. Doch während sie quälend langsam dicht an seinem Bett vorüberging, traf ihn lediglich ihr gleichgültiger Blick. Ihre wasserblauen Augen wirkten so kalt, dass Wendelins Herz daran erfror.

»L… Lu…«, presste er mühsam hervor, während er in einer verzweifelten Geste versuchte, den Heiland auf seine Brust zu legen. Warum stand Jungfer Allgaier nur untätig herum und sah zu, wie er sich quälte? Es konnte doch nicht sein, dass ihr seine hilflosen Gesten entgingen! Inzwischen fühlte er, dass seine Zunge sowie sein ganzer Leib vollständig gelähmt waren. Eiskalte Schauer kamen und gingen. Sie fluteten seinen reglosen Leib und marterten ihn, während die immer stärker werdende Enge in der Brust ihm allmählich den Atem raubte. Wendelin glaubte den Teufel vor sich, als es ihm wie Schuppen von den Augen fiel! Dort war er! Der Gefallene! Er stand vor seinem Bett und schenkte ihm ein Lächeln, welches hübscher nicht sein konnte. Als seine Hände endgültig den Dienst versagten und ihm das Kreuz entglitt, verstärkte sich das reizende Lächeln der Allgaierin ein weiteres Mal. Mit einem Tritt beförderte sie den Gekreuzigten weit unter den hochbeinigen Bettkasten und lächelte wie der junge Morgen. Dieser eine Augenblick genügte, um einen Blick auf das Böse selbst zu werfen. Hütet euch aber vor den falschen Propheten, die in Schafskleidern zu euch kommen, inwendig aber reißende Wölfe sind!, dachte Wendelin zitternd.

Sein Herz drohte zu zerspringen, als Jungfer Allgaier unendlich langsam die schweren roten Vorhänge seines Bettes schloss und sich ihre Schritte leise entfernten. Das dunkle Rot schien die Luft wie mit Blut zu tränken. Wendelin fühlte sich von aller Welt verlassen. Wahrlich, Gottes Wege waren unergründlich, aber konnte es wirklich sein, dass es sein Wille war, ihn hier in völliger Einsamkeit sterben zu lassen? Meine Seele ist übervoll an Leid, und mein Leben ist nahe dem Tod. Herr, lass meine Gebete vor dich kommen und neige dein Ohr zu meinen Schreien!, zitierte Wendelin im Geiste einen Psalm. Verzweifelt rang er nach Atem. Fast schon fühlte er sich lebendig begraben. Seine Lungen sehnten sich nach Luft und Leben, während sein Leib wie ein brennendes Schiff ins Verderben segelte …

Stimmengewirr drang an sein Ohr. Plötzlich wurde es unerträglich laut um ihn. Die roten Vorhänge wurden zurückgerissen und er sah in schreckgeweitete Augen. Luzia! Mein Gott, Luzia!, dachte er. Ihre Hände aber fühlte Wendelin nicht, denn sein Leib brannte. Er brannte in den tiefen Fluten eines schwarzen eiskalten Meeres. Aber er hörte, wie sie Soutane und Hemd zerriss. Ein scharfes Reißen – oder kam es am Ende aus seinem Herzen?

»Johannes!«, hörte er Luzias verzweifelte Rufe. »Johannes, Pater Wendelin … er … es geht ihm nicht gut!«

»Vergiftet! Die Blutung hat das Erbrochene bereits schwarz gefärbt«, vernahm Wendelin Luzias Worte, und er spürte die Verzweiflung und Angst, die darin lagen.

»… er muss sich noch einmal übergeben! Der Magen muss sich völlig entleeren.« Das war Johannes' Stimme. »Gib ihm Bezoar!«

Wendelin sah verschwommen, wie Luzia ihm ein dunkles Pulver auf die Zunge streute. Er fühlte sich taub und schwer, während sich das tödliche Gift mit jedem Schlag seines Herzens ein wenig mehr verteilte. Der Schmerz wurde übermächtig. Allmächtiger, hilf!, dachte er, als er aus dem Augenwinkel Ottilias Gesicht neben dem roten Vorhang entdeckte.

»Vergiftet! Gütiger Gott, seid Ihr sicher? Niemand vergiftet einen Geistlichen!« Ottilias Stimme überschlug sich fast, als ihr Mund die verlogenen Worte formten. »Können wir denn gar nichts mehr für ihn tun? Ihr könnt ihn doch nicht einfach sterben lassen! Hier, im Hospital …« Ottilia presste die Hand auf den Mund. »Pater Wendelin ist ein Mann Gottes!«, flüsterte sie, an Johannes gewandt. Ihren Worten folgte ein Schluchzen, bevor sie sich auf den Knien niederließ. Laut erhob sich ihre Stimme. »Pater noster, qui es in caelis …«

»Tu etwas! Tu einfach irgendetwas!«, bat Luzia verzweifelt, während sich ihre Finger in Johannes' Talar gruben.

Er zog sie sanft heran, und als sich ihre Blicke trafen, schüttelte er kaum merklich den Kopf.

»Wir haben alles versucht. Ich vermute, es ist Schierlingsgift. Und gegen Schierling sind wir machtlos. Es ist ausnahmslos und absolut tödlich. Bleib bei ihm. Ich bringe ihm gleich etwas Mohnsaft«, flüsterte er und streichelte ihre Wange. »Jetzt können wir ihm nur noch das Sterben erleichtern.«

Luzia fühlte die Enge in ihrer Brust, während erste Tränen ihre Wangen benetzten. »Pater Wendelin, bitte, geht noch nicht! Ihr dürft noch nicht sterben! Es war doch stets Euer Wunsch, uns zu trauen. Eure Hand und Euer Segen soll uns vor Gott zu Mann und Frau machen!« Vorsichtig ergriff sie die erschlaffte Hand des Paters und streichelte die eiskalte Haut. Der Schmerz drohte ihr die Brust zu sprengen. Warum hatte Gott kein Einsehen? Vor ihren Augen tanzten Erinnerungen an frohe Tage. Ermahnungen, ausgesprochen an Vaters statt, drangen an ihr Ohr, während sie Wendelins Hand hielt. Lob und Stolz, wie sie eine Tochter nur aus dem Mund ihres Vaters empfängt. All das wirbelte wie ein Orkan durch ihren Kopf und benebelte ihre Sinne. Die Tränen nahmen ihr jetzt die Sicht. Der alles durchdringende Schmerz hielt ihr Herz in eisernem Griff …

Wie durch eine glühende Wand aus Schmerz wusste Wendelin, dass Luzia seine Hand nahm. Gab es einen Engel, dessen Haar ganz und gar aus Feuer bestand? Gabriel! Michael!, flüsterte sein Geist. Euer feuriges Schwert wird das Böse vom Guten trennen und den Gefallenen zurück in die Unterwelt verbannen! Er fühlte, wie sein sterbendes Herz ein letztes Mal mehr Raum bekam. Es schlug mit aller Kraft gegen das Gift in seinen Adern. Fast war es Wendelin, als gebe die Angst seine Seele noch einmal frei. Ein letztes Mal sah er zurück, und die Gewissheit, dass Luzia hier neben Johannes stand, gab ihm den Mut, die allerletzte Tür aufzustoßen. Herr, in deine Hände lege ich meinen Geist …

Tagelang dauerte die Untersuchung durch den Ammann, den Bürgermeister und die Richter, aber sie brachte weder neue Erkenntnisse noch förderte sie einen Schuldigen zutage. Keiner der Patienten, die neben Pater Wendelin im Hospital gelegen hatten, konnte eine aufschlussreiche Antwort geben, und niemand hatte etwas Auffälliges gesehen. Laut ihren Aussagen hatte kein Fremder den Krankensaal auch nur betreten.

Als Pater Wendelins Leichnam schon einige Tage auf dem Friedhof in Seefelden unter der alten Eibe ruhte, stellte die

Freie Reichsstadt, insbesondere auf Urban Allgaiers Drängen hin, sämtliche Nachforschungen endgültig ein. Luzias Herz zerbrach schier unter der Last der Trauer. Selbst wenn Pater Wendelin nicht zu ihr zurückkam, litt sie am meisten unter der Tatsache, dass sich die Verantwortliche noch immer auf freiem Fuß befand. Denn sie ahnte, wer die Mörderin gewesen sein könnte. Schierlingsgift, dachte sie. Von diesem Becher hätte auch ich beinahe gekostet.

Mit dem *Schmotzigen Dunschtig* kam der letzte Donnerstag vor der Fastenzeit, die erst mit der Auferstehung Christi am Ostersonntag enden sollte. Der letzte Schlachttag vor Ostern wurde traditionell mit einem zünftigen Fest begangen. Bis am Aschermittwoch die 40 Tage dauernde Fastenzeit eingeläutet wurde, gaben sich die Menschen ganz dem Schmausen und Trinken hin. Alles, was Küche und Keller hergab, kam dabei auf den Tisch. Während der Fastenzeit verboten die Priester Fleisch, Speck und Schmalz auf das Strengste. Selbst Eier, Milch und Käse waren mancherorts nicht gern gesehen. Das Ehebett durften sich die Eheleute in diesen Wochen lediglich wie Bruder und Schwester teilen, und wer dagegen handelte, belastete seine unsterbliche Seele mit einer schweren Sünde.

Allein deshalb war es nicht weiter verwunderlich, dass die Leute so ausgelassen feierten, als gäbe es kein Morgen mehr. Überall spielten Musikanten zum Tanz auf, und ganz Überlingen wurde von Fidel- und Flötenklängen beherrscht. Einige Männer hüllten sich in schwarze Schaffelle oder dunkle Rupfensäcke und zogen sich geschnitzte und dunkel bemalte Larven vors Gesicht. So verkleidet zogen sie als finstere Dämonen durch die Gassen der Stadt und erschreckten die Frauen und Mädchen. Seit 1430 genehmigte der Rat jedes Jahr ein hübsches Sümmchen für eine Handvoll Trommler und Pfeiffer, die lärmend und singend durch die Stadt zogen. In sämtlichen Schenken wurde bis zum Morgengrauen aufgespielt, bis auch der Letzte einen Rausch davontrug. Die morgendlichen Alkoholleichen, welche der Abtrittkehrer aus den Abortrinnen ziehen musste, waren ein deutliches Zeichen dafür, dass die schwäbisch-alemannische Fasnet Überlingen fest im Griff hatte.

Noch hing die nachtblaue Dämmerung des herannahenden Morgens über der Stadt. Die wenigen Wölkchen von der Farbe einer reifen Aprikose wanderten entlang der Bergkette. In Verbindung mit dem schmalen hellen Feenstreif, der den Horizont über den schneebedeckten Alpenkämmen mit Gold und Rot überzog, versprachen sie bereits jetzt einen sonnigen, aber klirrend kalten Wintertag.

»Am Sonntag spielen der Stengele Bonifatius und der Waibel Moritz in der *Krone* zum Tanz auf«, sagte Magdalena übermütig, als sie Luzia zur Tür brachte. »Sollen wir mit Hans und Johannes hingehen?« Luzia lächelte.

»Ach, Magdalena, ich freue mich, dass du wieder gesund bist, aber mit dem Tanzen solltest du schon noch bis zum Osterfeuer warten.« Magdalena legte die Hand auf ihren Bauch und nickte. »Vielleicht hast du recht. Ich freu mich einfach so, dass ich noch lebe!«, erklärte sie mit einem Schulterzucken.

»Das sollst du doch auch!«, entgegnete Luzia und legte die Arme um die Freundin. »Schließlich haben wir das Wagnis nicht auf uns genommen, damit du fortan Trübsal bläst.«

»Ich muss an meine kleine Benedicta denken. Du hast recht. Ich darf das Schicksal nicht unnötig herausfordern.«

»Was hältst du davon, wenn wir uns am Sonntag nach dem Vespergebet im *Roten Ochsen* treffen. Sicher brät der Ochsenwirt vor der Fastenzeit noch mal ein knuspriges Schweinchen«, schlug Luzia vor. Magdalena lächelte und küsste Luzia auf die Wange. »Abgemacht! Also bis Sonntag!«

Mit einem zufriedenen Lächeln schloss Magdalena die Tür. Luzia setzte ihren Weg fort. Hier, in der Luziengasse, standen die Häuser dicht gedrängt. Und in einem besonders hübschen Haus mit geschwärzten Fachwerkbalken wohnte Magdalena mit Hans und den beiden Kindern. Obwohl es Mutter und Kind nach der gewagten Schnittentbindung vor etlichen Wochen schon ganz gut ging, besuchte Luzia die beiden noch oft. Dank der Wundkräuter fühlte sich Magdalena wieder stark und gesund. Luzia seufzte zufrieden. Sie wusste, es hätte auch anders enden können. Nun erinnerte nur noch eine große hässliche Narbe an die dramatischen Stunden von Benedictas Geburt.

»Gott muss unsere Stadt verachten, sonst hätte er diese Abscheulichkeit niemals zugelassen!«, waren die Worte sowohl des Baders als auch von Ottilia Allgaier gewesen, die alles daransetzten, ihre Ränke zu schmieden. Letztlich erreichten die Allgaiers durch ihre Klage aber genau das Gegenteil. Denn der Bürgermeister war schon seit jeher davon beseelt, die größten Errungenschaften innerhalb seiner Stadtmauern zu wissen, und schon bald wurden die beiden Medici gefeiert, als wären sie Heilige. Ottmar von Pflummern sah in der kleinen Benedicta eine Botschaft des nahen Frühjahrs. Er wollte in der geglückten Geburt des Kindes gar ein Zeichen Gottes erkannt haben, der ihnen ein Symbol der Hoffnung sandte, auf dass der kalte und unwirtliche Winter nun bald zu Ende ging. Nach über zehn Jahren des Darbens versprach er ihnen endlich eine Zeit der fruchtbaren Felder und Reben. Oben im Hospital konnten sie sich vor der Flut von Schwangeren kaum noch retten. Selbst die Frauen der Stadträte, die wohlhabenden Kaufmannsfrauen und die hochgestellten Damen aus der Umgebung von Überlingen kamen, um ihre Kinder im Hospital zur Welt zu bringen. Luzia schloss für einen Moment die Augen und atmete die klirrend kalte Winterluft. Von der Luziengasse genoss man eine wunderbare Aussicht auf das gegenüberliegende Ufer des Sees. Sie blieb einen Augenblick stehen und dachte an Pater Wendelin. Stets hatte er den jungen neuen Morgen mit einem Psalter willkommen geheißen. »Ich hebe meine Augen auf zu den Bergen, woher kommt mir Hilfe? Meine Hilfe kommt vom Herrn, der Himmel und Erde gemacht hat«, flüsterte Luzia leise. Erst als ihre Zehen und Finger vor Kälte schmerzten, löste sich ihr Blick von den feinen Nebelschleiern, welche die weißen Alpenkämme mit zarten Fingern berührten. Von der Luziengasse führte das Zitronengässle hinüber zur Krummebergstraße, und von dort war es nur noch ein Katzensprung bis zur Johanniterkommende. Luzias Blick blieb an der wehrhaften Burg hängen, die, weithin sichtbar, aus der Nähe fast übermächtig erschien. Türme und Mauern galten als uneinnehmbar. Schon als Kind hatte sie die wehrhafte Kommende bestaunt, wann immer ihr Weg sie auf den Johannberg führte. Dennoch hatte sie sich bislang gewehrt, das großzügige Angebot Rudolf von Badens anzunehmen und ihre Bleibe in der Ordensburg zu beziehen. Die Leute redeten ohnehin schon über Johannes und sie.

Der Weg zur Schmiede von Meister Oswald führte Luzia ein Stück die Krummebergstraße hinunter. Das Weiß des Schnees war längst einem schmutzigen Grau gewichen. Luzia stapfte an großen Schneehaufen vorüber, als eine hellgraue Katze ihren Weg kreuzte. Während das Kätzchen mit lautem Schnurren um Luzias Beine strich, streichelte sie das Tier. Seidig schmiegte sich das weiche graue Fell an ihre Hand. Ihre Erinnerung flog weit zurück, und sie dachte an Nepomuk. Der schwarze

Kater hatte sie sogar auf ihrer Flucht nach Frankreich begleitet. Nepomuk war ein ganz außergewöhnlicher Kater gewesen, und nach seinem Tod war Luzia ganz allein zurückgeblieben.

Schließlich verabschiedete sich Luzia von der Katze und betrat die kleine Schmiede. Der Geruch von Metall umfing sie wie eine warme Glocke. Meister Oswald fertigte neben Ess- und Fleischermessern auch Speerspitzen und chirurgische Instrumente von ausgesuchter Qualität. Obwohl die Schmiede zu zwei Seiten hin offen war, empfand Luzia die Luft neben der Esse heiß und stickig. Das Feuer verbreitete seine glühende Hitze in der Schmiede, und der metallene Geschmack auf ihrer Zunge erinnerte Luzia fast an Blut.

»Gott zum Gruße, Frau Medica!«, grüßte der Schmied, ein wohlbeleibter Mann mit einem fröhlichen Lächeln, erfreut und wischte sich den Schweiß von der Stirn. Rasch befahl er seinem Lehrburschen, den Blasebalg vorerst ruhen zu lassen. Das Feuer flammte ein letztes Mal auf, bevor es gemütlich vor sich hin schmauchte. Meister Oswald trocknete seine geschwärzten Hände an einem zerrissenen Leinen, welches an seiner braunen Lederschürze hing, und kehrte der Esse den Rücken.

»Es ist ja fast noch dunkel, da erfreut Ihr schon meine Schmiede mit Eurem Glanz. Aber Ihr seid nicht die Erste.« Luzia sah ihn fragend an und folgte dem rotwangigen Mann zu einem Regal am einen Ende der Werkstatt. Dort auf den Brettern entdeckte sie neben gehärteten Klingen, die im Schein der Wandfackel leicht bläulich schimmerten, auch Nadeln in allen Größen und ein paar frisch geschmiedete Speerspitzen.

»Es ist noch keine Stunde her, als ein Vermummter hier war und sich nach den Messern erkundigte. Ich habe ihm gesagt, dass ich die wertvollen Skalpelle nur Euch oder dem Herrn Medicus überlasse.«

»Kanntet Ihr den Mann?«, wollte Luzia wissen.

Der Schmied hob die Schultern und schüttelte den Kopf.

»Seht, ich habe die Messer bereits sorgfältig geölt und für den Transport in Leinen geschlagen!«, verkündete er. Luzia hätte sich gerne noch ein wenig die Finger gewärmt. Aber sie musste weiter, denn im Hospital würde es auch an diesem Tag wieder viel zu tun geben. Schließlich befanden sie sich mitten in der Fastnacht.

»Euch geht die Arbeit wohl auch nicht aus, was?«, erkundigte sich Meister Oswald fürsorglich. »Schließlich saufen die Leute gerade in solch kargen Wintern, bis die Schwarte kracht.«

»Da habt Ihr wohl recht!«, erwiderte Luzia mit einem Nicken und öffnete ihren Lederranzen. Meister Oswald packte die Messer geschickt auf die Flaschen und Beutel. »Seid recht vorsichtig, die Klingen sind höllisch scharf!«, mahnte er noch, während er Luzia zum Eingang der Werkstatt brachte und sich verabschiedete. So eilte Luzia kurze Zeit später über die Krummebergstraße Richtung Stadtkern zurück. Als sie gähnte, spürte sie jede durchwachte Stunde in den Knochen. Obwohl Johannes selbst kaum einmal eine ganze Nacht durchschlief, bestand er darauf, dass sie nachts in ihrem Bett lag, selbst wenn sie während der Stunden kein Auge zubekam. Pater Wendelins Tod tat ihr noch immer weh, und oft lag sie wach, starrte an die finstere Kammerdecke. Warum hatte ihr der Herrgott nicht wenigstens noch ein paar Jahre mit dem Lehrer ihrer Jugendtage geschenkt?, fragte sie sich dann. Es gab noch so viel, was sie nicht wusste und was sie ihn gerne gefragt hätte. In mancher Stunde fehlte ihr der alte Mann so sehr, dass sie kaum atmen konnte. Am schlimmsten hatte Luzia diese völlige Hilflosigkeit empfunden. Oft rief sie sich jene grauenvolle Viertelstunde ins Gedächtnis, in welcher sie lediglich zusehen konnten, wie das Leben, einem flackernden Flämmchen gleich, aus Pater Wendelins Leib entschwunden war. Seit dem furchtbaren Mord fühlte sich Luzia nicht mehr sicher in der Stadt. Schließlich war auch sie dem Schierlingstrunk nur mit knapper Not entgangen. Zum guten Glück wusste Johannes von jener Nacht nichts. Nicht auszudenken, welche Sorgen er sich um ihren Schutz machen würde! Auch von den wertvollen Büchern fehlte noch immer jede Spur. Auf der Suche nach der *Trotula major* hatte sie mit Johannes in der Zwischenzeit das gesamte Hospital auf den Kopf gestellt, angefangen von den Kellerräumen über die Krankensäle, die Küche und die Vorratskammern. Selbst in der Scheune und in den großen Wirtschaftsgebäuden hatten sie nach den Büchern gesucht, doch sie blieben auch weiterhin unauffindbar.

Luzia presste ihr Bündel dicht an den Leib. Sie musste achtgeben, um nicht in die tiefen Fahrspuren zu treten, die schneebedeckt einer tückischen Falle glichen. Ein paar Betrunkene torkelten noch jetzt durch die Gassen und grölten auf ihrem Nachhauseweg ihre Trinklieder in den Morgen.

Im Zitronengässchen wurde Luzia rasch von den hoch aufstrebenden Häusern verschluckt, als ihr ein torkelnder Mann mit dunkler Maske entgegenkam. Luzia hielt sich dicht an der Häuserreihe, denn der Fremde wirkte dämonisch und böse. Kalt lief es ihr über den Rücken, doch das schmale Gässchen war so eng, dass Luzia kaum ausweichen konnte. Zögernd ging sie weiter und hoffte, der Betrunkene möge ihr keine Beachtung schenken. Dennoch spürte sie die leise Gefahr mit jedem Atemzug, und als der Fremde plötzlich stehen blieb, fuhr sie zusammen. Kehr um und lauf!, dachte sie. Einen Atemzug später befand sie sich bereits auf der Flucht. Fast war ihr, als neigten sich die Häuser zu ihr herab, um ein Durchkommen noch zu erschweren. Mit jedem Schritt hoffte Luzia, den Fremden hinter sich zu lassen. Gerade als sie sich ein wenig sicherer fühlte, drang das schwere Keuchen an ihr Ohr, und sie spürte die Faust des Mannes in ihrem Nacken. Er packte den Kragen ihres Mantels und riss sie grob zurück. Luzia erschrak so sehr, dass sie das Bündel mit den Instrumenten fallen ließ und zurückwich. Ein entsetzter Schrei löste sich aus ihrer Kehle. Ohne die chirurgischen Messer, die Johannes beim Schmied in Auftrag gegeben hatte, war es ihr unmöglich, zum Hospital zurückzukehren. Sie hatten eine Unsumme ihrer jährlichen Zuwendung verschlungen. Ohne über ihr Handeln nachzudenken, bückte sie sich und angelte danach, doch der Fremde war schneller. Er stieß den kleinen Lederranzen mit dem Fuß in einen Haufen Abfall. Als der Maskierte dann auf sie zusprang und sie mit dem gegabelten Ast, den er bei sich trug, an die Hauswand drückte, begann sie zu schreien. Das Holz drohte ihr die Luft abzuschnüren. Sie musste husten. Eine furchtbare Angst überkam sie.

»Die Leute schlafen noch. Niemand wird dich hören«, höhnte die schaurige Fratze dicht neben ihrem Ohr. Luzia überlegte, ob es der Teufel höchstpersönlich war, der ihr drohte. »Wir sind deiner überdrüssig, Doktorhure! Also verschwinde endlich aus unserer Stadt, solang du noch kannst!« Übelkeit stieg in ihr auf, als sie der branntweingeschwängerte Atem des Mannes traf.

Noch während Luzia krampfhaft überlegte, wo sie den drohenden Unterton schon einmal gehört hatte, zog er mit flinker Hand ein Messer hervor.

Entsetzt starrte Luzia auf die entstellte linke Hand, und ihr Blick blieb an Fingerstümpfen hängen. Sie spürte ihr Herz nicht mehr schlagen, harrte nun der Schrecken, die Eggi, der Schiffer, für sie bereithielt.

»Und damit du meine Warnung nicht vergisst, verpasse ich dir ein kleines Andenken!«, höhnte er weiter.

Das Lachen!, dachte Luzia voller Angst. Es war sein dreistes

Lachen, das ihr das Blut in den Adern stocken ließ. Sie spürte, wie ihre Knie nachgaben.

»Du hast doch eine Vorliebe für Narben, oder täusche ich mich? Immerhin hast du dich ja auf dem Leib der Steinmetzin verewigt. Da ist es nur recht und billig, wenn ich dir mein Zeichen ins Gesicht schneide«, zischte er und ließ die Klinge scharf durch die Luft sausen. Ein schriller Schrei entwich ihrer Kehle. Entsetzt riss Luzia ihre rechte Hand in die Höhe und suchte die Klinge, die über ihrem Gesicht stand, aufzuhalten. Einen Augenblick später klaffte eine tiefe Wunde an ihrem Handgelenk, und ein scharfer Schmerz durchfuhr sie.

»He, Ruhe da unten!«, drang die verschlafene Stimme einer älteren Frau zu ihnen hinunter. Geräuschvoll kippte sie ihren Nachttopf aus dem Fenster und schlug die Läden mit einem lauten Krachen wieder zu. Luzia strauchelte, und der Boden schien gefährlich zu wanken.

Bevor der Schiffer jedoch ein zweites Mal zustechen konnte, bogen ein paar Johanniter auf ihren stolzen hochbeinigen Kampfrössern in das Zitronengässchen ein. Luzia erkannte den schwarzen Umhang und das Wams mit dem strahlend weißen Kreuz und sank kraftlos auf die Knie.

Während einer der Ritter den Schiffer verfolgte, der die Beine in die Hand genommen hatte und geflüchtet war, kümmerten sich die beiden anderen um Luzia.

»Rasch, hol den Medizinkasten her!«, brüllte Johannes Wolfram von Hohenstein wenig später an. Der Priester, welcher gerade in ein Gebet am Bett eines Ritterbruders vertieft war, sah ihn verwundert an. Das Bild, welches sich ihm bot, würde er nicht mehr vergessen. Ein Meer aus Blut hatte Luzias Mantel getränkt. Und obwohl die Hand mit einem Fetzen ihres Rockes verbunden war, drang das kostbare Rot mit jedem

Herzschlag aus der Wunde. Luzia war weiß wie eine gekalkte Wand und hing schlaff in Jodoks Armen. Wie in Trance rannte Wolfram von Hohenstein in den angrenzenden Raum des Infirmariums, wo ein großer dunkler Schrankkoffer alles beherbergte, was in der Krankenstation gebraucht wurde.

»Schläfst du eigentlich? Nun beeil dich schon!«, brüllte Johannes. Inzwischen lag Luzia auf einem der Betten, und Johannes hatte den Verband gelöst.

Wolfram konnte den Blick nicht von der tiefen schwarzen Wunde nehmen. Luzias Hand war fast von ihrem Arm abgetrennt. Das Blut schoss in Strömen hervor, und er spürte die Übelkeit, welche bereits einen bitteren Geschmack auf seiner Zunge hinterließ. Er fühlte, wie ihm die Knie weich wurden. »Ave Maria, gratia plena«, flüsterte er und legte die Hand über den Mund, um einen Schrei zu unterdrücken.

»Wolfram!« Er vernahm seinen Namen wie aus weiter Ferne.

»Verdammt noch mal, ohnmächtig kannst du ein andermal werden!«, brüllte Johannes laut und versetzte dem Ordenspriester einen unsanften Backenstreich. »Rasch, press die Scharpie so fest du kannst auf die Wunde!«

Ehe sich Wolfram von Hohenstein versah, lagen Bäusche in seinen Händen, mit welchen er, wie ihm Johannes befohlen hatte, dem Blutstrom Einhalt zu bieten versuchte.

»Wir brauchen eine verdammte Aderpresse! Hier oberhalb meiner Hand, rasch, schlaf nicht ein!«, befahl Johannes, als er selbst die Hand auf die Wunde presste, weil der Druck des Priesters viel zu zaghaft blieb.

Wenig später ließ die Blutung allmählich nach. Johannes wusste, dass es bedeutend klüger wäre, die Hand zu amputieren und den Stumpf zu vernähen. Aber er brachte es nicht übers Herz, der Frau, die er liebte, die rechte Hand zu nehmen. Er musste es versuchen! Er würde Luzia sonst nie wieder in die Augen sehen können. Schließlich begann er höchst konzentriert, die durchtrennten Gefäße mit einem Seidenfaden zusammenzunähen. Obwohl er Gottes Stimme noch nie vernommen hatte und sein Verhältnis zum Allmächtigen seit dem Inquisitionsverfahren in Ravensburg empfindlich gestört war, ertappte sich Johannes nun dabei, wie er in seiner Angst einen Gedanken an den Schöpfer richtete. Er hoffte, dass die feinen Nähte hielten, ansonsten wäre Luzia binnen kürzester Zeit verblutet. Er wusste noch nicht einmal, ob es ihm überhaupt möglich war, Luzias Leben zu retten, denn sie hatte schon viel zu viel von dem kostbaren Lebenssaft verloren. In diesem Moment sah er den dicken Nervus medianus elfenbeinfarben schimmern, der völlig durchtrennt war. Eisige Kälte umschloss Johannes' Herz. Blutgefäße zusammenzufügen, war eine Sache. Manchmal gelang dieses gewagte Unterfangen selbst bei großen Blut führenden Gefäßen. Nerven waren jedoch eine ganz andere Sache. Ihnen begegnete Johannes mit größtem Respekt. Sie wieder miteinander zu verbinden, sodass zumindest ein gewisses Maß an Gefühl zurückkehrte, gelang nicht einmal einem großen Meister seines Faches. Aber es blieb ihm nichts anderes übrig. Entschlossen schob er alle Bedenken beiseite und nähte die Nervenenden mit Katzendarm zusammen.

»Schnell, Bruder Blasius soll Wein bringen!«, befahl er erschöpft. »Und dann trinkst du einen Schluck!«, forderte Johannes Wolfram von Hohenstein auf. »Sonst schwinden dir am Ende doch noch die Sinne.«

Johannes wandte sich wieder seiner Arbeit zu. Irgendwo müssen doch diese vermaledeiten Sehnen sein!, dachte er zornig. Schließlich konnten sich die großen Beugesehnen nicht einfach in Luft aufgelöst haben! Als er das Gewebe mit einer feinen Silbersonde nach den Sehnenstümpfen absuchte, schluckte Wolfram abermals. In seinen Augen glich diese Arbeit jener eines Metzgers. Still schloss er die Augen und betete, Johannes möge in dem blutigen Fleisch finden, wonach auch immer er suchte.

Irgendwann erweiterte Johannes den Schnitt und suchte in der Tiefe nach den zähen perlmuttfarbenen Fasern. Als Luzia unruhig wurde, befeuchtete er das Schlafschwämmchen und legte es unter ihre Nase. Augenblicklich erschlaffte ihr Leib wieder.

Nach ein paar groben Worten, welche Wolfram von Hohenstein geflissentlich überhörte, fand Johannes endlich die beiden Stümpfe der großen Beugesehnen. Unter Zuhilfenahme zweier Haken, welche der Priester halten musste, gelang es Johannes, die vier Enden zu verbinden. Endlich konnte er die Wunde von innen heraus verschließen.

»Luzia schläft jetzt«, sagte Johannes leise und schloss die schwere Eichentür, welche das Infirmarium vom kleinen Gemeinschaftsraum trennte. »Ob sie ihre rechte Hand je wieder gebrauchen kann, weiß Gott allein.« Sein Gesicht zeigte dunkle Schatten unter den Augen und tiefe Spuren von Sorge. Die Fleischwunde, die ihr der Dieb zugefügt hatte, war tief und hatte die Hand zerstört. Obschon sich Johannes alle Mühe gegeben hatte, war es ihm nicht wirklich gelungen, die Sehnen wieder richtig zusammenzufügen. Sowohl die chirurgischen Nadeln als auch der Katzendarm waren zu grob, und selbst der feine Seidenfaden konnte die ach so dünnen Faserstränge nicht alle miteinander verbinden. Daneben brachte ihn die Angst um Luzias Leben fast um den Verstand. Unentwegt kreisten seine Gedanken um den Angreifer. Letztlich war es seine eigene Unvorsichtigkeit gewesen, die Luzia um ein Haar das Leben gekostet hätte. Seine Dummheit war es gewesen!, dachte er müde. Seine unverzeihliche Dummheit!

Rudolf von Baden klopfte ihm auf die Schulter und wies auf den Scherenstuhl, der neben dem Kamin stand. »Du solltest nicht gleich das Schlimmste befürchten«, mahnte der Komtur milde und schenkte Wein aus einem Krug in zwei Becher. Er selbst konnte nur mit Mühe seine Erregung verbergen. Denn auch er bangte um Luzias Leben und hoffte auf das Wunder, welches der Allmächtige ihnen hoffentlich schenkte. Immerhin war die Welt im Argen, und das Ungleichgewicht von Schatten und Licht trat mit jedem Tag deutlicher hervor. Alle Mächte schienen sich in einem Aufruhr zu befinden, der das Ende der Welt ankündigte. Selbst wenn er es nur ungern zugab – in diesem einen Punkt hatte Heinrich Kramer doch recht behalten. Dieser predigte bereits seit Langem vom nahen Weltuntergang. Dabei suchte er die Gründe vor allem im wankenden Glauben. Doch am Glauben fehlte es den Menschen nicht, davon war Rudolf von Baden überzeugt. Das Tor der Welt war weit geöffnet und verkündete das Ende der Zeit. Spätestens mit den Offenbarungen des Johannes hatte die Endzeit schon ihren Anfang genommen.

Bereits neun Jahre zuvor, als ihn Heinrich Kramer selbst auf Luzia aufmerksam gemacht hatte, wusste er, dass ihr noch Großes bevorstand. Damals hatte ihn der Inquisitor in einem Brief um seine Mithilfe im Hexenprozess in Ravensburg gebeten. Noch heute erinnerte sich Rudolf an jedes Wort des Dominikaners … Eine rothaarige Hexe, eine gefährliche Lilith, die das Blut ihrer Opfer trinke und in der Art einer Nachtschwalbe Verderben über das Geschlecht der Menschen bringe. Doch erst mit dem Tag, an welchem ihm Johannes von der Wehr seine Aufnahme in den Orden vor die Füße legte, wusste Rudolf von Baden, welchen kostbaren Schatz er behüten und seiner Bestimmung zuführen durfte …

Johannes schüttelte ungehalten den Kopf. »Ein Medicus

mit nur einer brauchbaren Hand gleicht einem Blinden, aber ein Chirurgus, dessen Hand für immer verkrüppelt bleibt, ist tot! Vor allem hier«, sagte er voller Verzweiflung und griff sich an die Brust. Ungeduldig erhob er sich und wanderte auf und ab. Warum nur hatte er sie gebeten, die Skalpelle abzuholen? Er rieb sich über die Stirn, als ließen sich damit seine Selbstvorwürfe vertreiben.

»Hast du wenigstens eine vage Vermutung, wer der Schurke gewesen sein könnte?«

Johannes seufzte, während er sich wieder setzte und mit den Händen durch das Haar fuhr. »Ich weiß es nicht. Aber Luzias Schnittentbindung hat uns auch Neider und Feinde eingebracht, die fest davon überzeugt sind, das Gelingen der Operation sei nicht mit rechten Dingen zugegangen.«

Johannes wusste, dass Ottilia Allgaier diese Meinung ebenfalls vertrat, und Bader Achmüller unterstützte sie darin. Er selbst hatte immer gehofft, Ottilias Werben um ihn möge eines Tages durch ihre gegensätzlichen Ansichten, was die Chirurgie betraf, ein Ende erfahren. Freilich, Ottilia hatte sich ihm gegenüber stets untadelig verhalten. Im Gegenteil – etwas weniger Fürsorge wäre ihm von Anfang an lieber gewesen. Aber er wusste auch, dass sich die Überlinger hinter vorgehaltener Hand erzählten, Ottilia habe Elouan auf dem Gewissen. Allein diese Vorstellung rief Erinnerungen von der schlimmsten Sorte in ihm wach.

Rudolf nickte. »Euer Erfolg gibt euch dennoch recht, und solange ihr von Pflummern auf eurer Seite wisst, wird euch nichts geschehen.«

»Sagt das nicht!«, gab Johannes zu bedenken. »Bader Achmüller unternimmt beinahe täglich Versuche, mir die Aufsicht des Hospitals zu entreißen und meinen Platz einzunehmen.«

»Dann lass sie dort oben in der Wiestorstraße ihre eigene

Suppe kochen und kümmere dich vermehrt um das Infirmarium. Die Leute kommen irgendwann auch hierher.«

Johannes schüttelte den Kopf. »Wir wissen doch alle, dass von Pflummern zwar das Amt des Bürgermeisters innehat. Aber wir wissen auch, dass neben der Zisterzienserabtei zu Salmannsweiler die Familie Allgaier das größte Vermögen an Rebgärten und Pachthöfen hält.«

»Deiner Rede entnehme ich, dass du den Überfall auf Luzia mit den Allgaiers in Verbindung bringst«, entgegnete Rudolf vorsichtig und legte die Fingerspitzen seiner Hand zusammen.

Johannes nickte und nahm einen Schluck Wein. »Selbstredend fehlt mir jeder Beweis, aber du weißt, was sich in Ravensburg zugetragen hat. Letztlich schwebt Luzia in der steten Gefahr, entdeckt zu werden.«

»Mach dir keine Sorgen!«, beschwichtigte der Komtur. »Vielleicht sollte Luzia nun doch eine Weile hier im Schutz der Ritterschaft bleiben. Immerhin reden die Leute bereits von blutenden Brotlaiben und anderem Unsinn.«

Eine dunkle Ahnung stieg in Johannes auf, während er sich wieder erhob und die gesamte Breite der Halle durchmaß. Rudolf hatte recht! Und diesmal würde er selbst dafür Sorge tragen, dass Luzia hier in der Kommende blieb!

20

»Vater, du musst endlich veranlassen, dass diese Medica aus der Stadt verschwindet!«, quengelte Ottilia und schob die Unterlippe vor. »Ich halte dieses Geschwätz nicht mehr länger aus! Kaum dass ich einen Fuß auf die Gasse setze, fragen mich die Leute nach dieser durchtriebenen Gans! Eine Heilige nennt man sie! Tss, eine Heilige, dass ich nicht lache!«

Voller Missgunst presste Ottilia die Hand auf ihr Herz. Sie musste sich noch eine Weile in Geduld üben, denn sie wusste, dass dem Vater nun nicht nach ihrem missmutigen Gesicht war. Allein deshalb besann sie sich rasch und streichelte lächelnd des Vaters Arm. Schläfrig und satt lehnte sich Urban Allgaier in seinem samtbezogenen Scherenstuhl zurück und rieb sich seinen Bauch.

Das Nachtmahl hatte Ottilia heute im kleinen Esszimmer servieren lassen. Während an der schweren Eichentafel des großen Speisesaals mindestens 30 Leute bequem Platz fanden, zeichnete den kleinen Raum eine intime Bequemlichkeit aus. Die Wände waren allesamt mit kostbaren Teppichen aus reiner Seide bespannt. Auf den Böden lagen dicke Brücken in allen Farben, die den weiten Weg aus dem fernen Persien zurückgelegt hatten.

Jetzt, nachdem die dienstbaren Geister das üppige Nachtmahl serviert hatten, wurde der Raum von einem satten schweren Bratenduft erfüllt. Neben Wildbret aus den eigenen Wäldern hatte der Koch geräucherten Aal in Weinsülze, Hechtklößchen auf Birnenkraut, gefüllte Täubchen in Mandelsoße und in Wein gesottene Äpfel mit dickem süßem Rahm gereicht. Im Kamin brannte ein lebhaftes Feuer, welches zur Behaglichkeit des Gemachs ebenfalls beitrug wie das köstliche Mahl. Ottilia hatte die kleine Tafel lange verlassen, um ihrem Herrn Vater jeden Wunsch von den Augen abzulesen. Dieses Nachtmahl hatte sie lange geplant und sämtliche Diener und Knechte in Küche und Keller abkommandiert.

»Vater, ich weiß doch, dass auch du dieses Weibsstück nicht mehr sehen kannst! Genauso wenig, wie du all die Wundertaten, die sie vollbracht haben soll, nicht mehr hören magst. Also lass uns endlich etwas gegen dieses durchtriebene Weib unternehmen.«

Urban Allgaier brummte etwas Unverständliches. Freilich war auch er der ganzen Geschichte überdrüssig, aber gerade jetzt sehnte er sich einfach nach ein wenig Ruhe.

»Hast du nicht selbst gesagt, dass Johannes einmal mich zur Frau nehmen wird?«

»Ja, das habe ich. Aber zu dieser Zeit wusste ich noch nicht, dass Wenzel einmal um deine Hand anhalten wird«, entgegnete Urban mit ernster Miene. Eigentlich wollte er das zufriedene Gefühl von Sattheit, die seine Glieder mit wohliger Trägheit erfüllte, genießen und sich bald zur Ruhe begeben. Nachdem er dem Wein ausgiebig zugesprochen hatte, ließ sich die Einsamkeit in seinem Herzen nun weitaus besser ertragen.

»Bitte, Vater!«, flötete Ottilia mit samtweicher Stimme, während ihre Hände seine Hand fanden.

»Bitte, Ottilia, heute nicht«, entgegnete Urban schwach.

Ein gewinnendes Lächeln umspielte ihre vollen Lippen, während sie aus einer schweren geschliffenen Glaskaraffe leuchtend roten Wein nachschenkte. Das Kerzenlicht brach sich in den zahlreichen Facetten der Gläser und zeichnete rubinrote Muster auf das blütenweiße Tischleinen. Mit einem verführerischen Augenaufschlag raffte sie ihre Röcke, bevor sie sich zwischen den Knien ihres Vaters niederließ und an seinem Hosenlatz nestelte.

»Heute nicht!«, murmelte Allgaier und schob seine Tochter sanft zur Seite.

Ottilias Gesicht war wie versteinert. Und kaum bot sich die Gelegenheit, blaffte sie den grauen Jagdhund ungehalten an. »Verschwinde, du Drecksvieh!«, rief sie und trat mit aller Kraft nach dem Tier, das sich, auf der Suche nach Allgaiers liebkosender Hand, unter dem Tisch hervorgewagt hatte. Schmerzvoll aufjaulend verzog sich der getretene Hund wieder in seinem Versteck. Er wagte nicht einmal zu knurren, als Ottilia mit grober Hand nach seiner Rute griff und ihn ohne jedes Mitgefühl vor die Tür stieß.

»Ottilia, sei so gut und lass deinen Unmut nicht an meinen Hunden aus!«, mahnte Allgaier milde.

»Aber dieses Mistvieh hätte mich um ein Haar gebissen!«, jammerte sie hilflos. Als sich ihre großen blauen Augen mit Tränen füllten, spürte sie endlich die Arme ihres Vaters. »Sonst … hörst du mir ja nicht zu«, schluchzte sie. »Rocco hier, Arco da. Mich hast du über deinen ständigen Jagdausflügen völlig vergessen. Und außerdem muss ich mir dauernd das blöde Gekläffe dieser … dieser stinkenden Bestien anhören. Zur Hölle mit ihnen! Ich hasse sie!«, presste Ottilia zwischen einigen Schluchzern hervor.

Alle Versuche, ihren Vater zu umgarnen, waren heute bereits gescheitert. Auch jetzt wirkte seine Umarmung lediglich tröstend. Und langsam plagte sie die blanke Ungeduld. Selbst ihrem außergewöhnlich tiefen Dekolleté hatte er bislang keinen einzigen Blick geschenkt. Und das, obwohl er für ihre weiblichen Reize im Allgemeinen alles andere als blind war. Schon immer hatte sich Ottilia jede Schwäche ihres Vaters zunutze gemacht. Mit Vorliebe kostete sie auch heute noch die bitteren Früchte seines kalten Ehebettes, indem sie selbst jede Frau binnen weniger Wochen aus dem Haus ekelte. Letztlich war es der Winter in seinem Herzen gewesen, der ihn in ihre Arme und in ihr Bett getrieben hatte, und das nicht nur einmal. Immer wenn ihn aber nach dem Akt die Reue und der Katzenjammer plagten und er der Nikolauskirche eine dicke Wachskerze spendete, hatte sie ihren großen Auftritt. Im Zustand des Schuldbewusstseins und der Bußfertigkeit erfüllte er ihr jeden noch so aberwitzigen Wunsch. 15 Jahre alt war sie gewesen, als sie das erste Mal in sein Bett gestiegen war. Als sie der Vater daraufhin voller Entsetzen für die weitere Erziehung dem Kloster zu Hegne überantworten wollte, gab sie vor, bereits sein Kind unter dem Herzen zu tragen. Ottilia kicherte noch heute, wenn sie daran dachte. Weit über fünf Monate hinweg hatte sie den alten Narren in diesem Glauben gelassen. Seither entschied sie sämtliche Gefechte für sich. Ausnahmslos und immer!

Mit einem koketten Augenaufschlag beugte sie sich nun zu der wertvollen Truhe hinunter und hob den mit zahlreichen Schnitzereien verzierten Deckel. Allgaier lehnte sich im Stuhl zurück und schloss seine Augen.

»Ich bitte dich, so hilf mir doch!«, bat Ottilia mit glockenheller Stimme und warf ihr weizenblondes Haar zurück, welches lediglich durch einen kleinen perlenbesetzten Schleier bedeckt war.

Missmutig erhob sich Urban, ging zur Truhe und holte die zwei in Leder gebundenen Bücher aus den Tiefen des wertvollen Möbels.

»Ich habe sie mitgenommen!«, gluckste Ottilia übermütig, während der Vater zu seinem Sessel zurückkehrte. Mit flinker Hand raffte sie ihre Röcke und setzte sich auf Allgaiers Knie.

»Die Bücher sind der größte Schatz der Gassnerin. Und ich sage dir, mit den Büchern stimmt etwas nicht. Sie sind Teufelswerk. Sieh nur, die Abbildungen. Ich habe Bruder Donatus ins Vertrauen gezogen, und auch er war meiner Meinung. Ein Buch, welches von Christenmenschen für die Brüder und Schwestern verfasst wurde, zeigt nun einmal nicht die unaussprechlichen Teile der Frau. Nackt und unverhüllt. Ich sage dir, die Gassnerin ist eine Hure. Eine Hure des Teufels! Er war es auch, der das Messer geführt hat, sonst hätte die Steinmetzin dieses Gemetzel niemals überlebt.«

Allgaier schüttelte den Kopf. »Nicht die Gassnerin hat die verbotene Operation gewagt, sondern der Herr von der Wehr selbst«, entgegnete er, ein Gähnen unterdrückend. »Deshalb wäre es mir persönlich auch recht, du könntest dich bald dafür begeistern, Wenzels Frau zu werden.«

»Niemals!«, schrie sie. »Vorher gehe ich ins Kloster nach Hegne!«

Allgaier rieb sich die zerfurchte Stirn. Es war nicht immer leicht mit seinem Schäfchen, aber sie hatte ja schon früh die Mutter verloren. Dann sollte sie wenigstens den Ehemann ihrer Wahl bekommen.

Du bist ein alter Narr!, dachte Ottilia wütend. Sobald mir Johannes den Ehering angesteckt hat, wirst du in die Familiengruft der Allgaiers umziehen. Jetzt durfte sie nur die Geduld nicht verlieren, denn nun galt es, das erkaltete Lendenfeuer des Alten zu entfachen und ihm die verbotenen Früchte in den zahnlosen Mund zu stopfen!

»Aber die schwarzen Vögel«, sagte sie und kehrte zum Thema zurück. »Was bedeuten diese rabenschwarzen Vögel? Sicher sind es Hinweise, wie man den Teufel herbeiruft. Und wenn du in den Heidenlöchern nachsiehst, hat die Gassnerin bereits Elouans Nachfolge angetreten und huldigt jede Nacht dem Sohn der Morgenröte. Du weißt, was man sich über solches Treiben erzählt. Inzwischen ist sie es, die den schwarzen Hähnen die Köpfe abschlägt und sich mit ihrem Blut besudelt, bevor sie ...«

»Ottilia!«, entfuhr es Allgaier ein wenig ungehalten. »Es ist kein Geheimnis, dass ich diese Medica nicht sonderlich schätze. Aber derartige Behauptungen müssen bewiesen werden, sonst bist du, ehe du dich's versiehst, bald selbst Mittelpunkt übler Nachrede!«, mahnte Allgaier mit milder Strenge und griff sanft nach Ottilias Arm. Sie war ein Weib, wie nur Gott sie schaffen konnte. Oder war es doch der Teufel, der ihm immer wieder die Sinne vernebelte und ihn die Tür für sein eigen Fleisch und Blut öffnen ließ?

Sie hob die Schultern und schob die Unterlippe vor. »Zumindest sieht man, seit die Gassnerin wieder gehen kann, diesen ... diesen Schwachsinnigen immer in ihrer Nähe. Er folgt ihr wie ein Hündchen und begleitet sie oft auf dem Gang durch die Stadt. Wie es scheint, lässt er sie niemals aus den Augen, seit sie wieder für ein paar wenige Stunden zum Hospital kommt.«

Allgaier nickte. »Seit die Hexenrichter Elouan dem Feuer überantwortet haben, wohnt Rudwin bei den Johannitern. Schließlich waren sie die Einzigen, die dem Trottel Obdach gewährten. Gott allein weiß, was die Meute sonst mit ihm gemacht hätte.«

»Urban«, flüsterte Ottilia plötzlich und fuhr mit der Zunge genüsslich über die Lippe, »was hältst du von einem Hexenprozess, wie ihn die Welt noch nicht gesehen hat? Wir lassen den Verfasser dieses grausigen Buchs anreisen, und du gewährst ihm Gastfreundschaft. Es soll ihm an nichts fehlen!« Und wer weiß, vielleicht ist er ja meinen besonderen Künsten auch nicht abgeneigt!, fuhr Ottilia im Stillen fort.

Allgaier schüttelte den Kopf. »Ich habe gehört, Heinrich Kramer soll ein äußerst gefährlicher Mann sein. Und seit ich den *Malleus Maleficarum* selbst gelesen habe, mag ich diesen Gerüchten gerne glauben. Wenn er erst in die Stadt kommt, durchleuchtet er jeden noch so verborgenen Winkel.«

»Dann musst du eben dafür sorgen, dass die Gassnerin die Stadt verlässt. Andernfalls sorge ich dafür, dass sie schon bald ihr letztes Quartier auf dem Kirchhof bezieht«, flüsterte Ottilia dicht an seinem Ohr. In ihren Augen glitzerte es gefährlich.

»Schon wieder Eggi?«, fragte Urban mit ernster Miene. »Ich rate dir zur Vorsicht! Es hat noch nie gutgetan, das Glück über die Maßen zu strapazieren.« Schon seit dem Überfall auf die Medica hoffte er inständig, dass der Schiffer sein vorlautes Maul auch dann hielt, wenn er des Nachts nach Unmengen von Branntwein durch die Hafengasse nach Hause torkelte.

Ottilia erhob sich und drehte sich lachend im Kreis, bis ihre Röcke flogen. »Weißt du, er tut mir diesen Gefallen gerne«, kicherte Ottilia. »Und beim nächsten Mal werde ich dafür sorgen, dass dieser Einfaltspinsel seinen Auftrag ausführt und ihr gleich den Hals durchschneidet. Schließlich sind ihm diese vermaledeiten Ritter beim letzten Mal in die Quere gekommen.«

»Ottilia!«, seufzte Allgaier schwer und griff nach ihrer Hand. »Du bringst uns beide noch in den Turm und von dort geradewegs auf den Galgenbühl.« Selbstverständlich wusste Allgaier, dass dies niemals geschehen würde.

Ottilia legte ihren Kopf leicht schief. »Sei lieb zu deinem Schäfchen, oder willst du, dass es wieder weinen muss?«

»Ottilia, ich bitte dich, übe dich noch ein wenig in Geduld. Spätestens wenn ich meine monatlichen Zuwendungen für das Sankt-Gallus-Hospital einstelle, wird sich Herr von der Wehr überlegen, wer die richtige Braut ist. Spätestens dann verlässt uns diese Medica von ganz allein«, versicherte Allgaier mit einem Lächeln.

Johannes klopfte bereits zum wiederholten Male an Luzias Kammertür. Nach dem furchtbaren Überfall durch den maskierten Beutelschneider wohnte sie endlich in der Ordensburg. Nun lagen ihre Räume hoch oben im Wohnturm der Johanniterkommende. Dort, unter dem Dach des runden mit vielen Zinnen bewehrten Turms, hatte man eine grandiose Aussicht über den Bodensee. Auch an Behaglichkeit fehlte es Luzias Bleibe nicht, dennoch wurde Johannes das Gefühl nicht los, Luzia vermisse ihre Mietkammer in der *Krone*. Immerhin war sie hier in der Ordensburg nie ganz allein, was eine gewisse Sicherheit gewährleistete, Luzia aber auch lästig war. Den Tag über wimmelte es in der gesamten Kommende von Ordensbrüdern. Selbst das kleine Fleckchen im Hof, welches die Stallungen und das Ofenhaus im Rücken hatten, kannte jeder in der Kommende.

Allmählich wuchs Johannes' Sorge um Luzia. Obwohl er abermals geklopft hatte, und diesmal so kräftig, dass die schwere Eichentür unter seiner Faust erzitterte, erhielt er noch immer keine Antwort. Die Zeit tropfte zäh wie Leim an ihm herab und zog sich endlos und quälend dahin. War ihr am Ende selbst hinter diesen uneinnehmbaren Mauern etwas zugestoßen? Während er der Tür den nächsten Hieb versetzte, zitterten seine Hände vor Sorge. Das abendliche Gespräch war ihnen, wann immer es ihre Zeit einmal zuließ, zu einem lieb gewordenen Ritual geworden, deshalb beschloss er, nicht mehr länger zu warten. Voller Ungeduld setzte er die beiden Becher und den mit Wein gefüllten Krug ab und öffnete leise die Tür, welche ihn noch von Luzias Kammer trennte.

Erleichtert stieß er den Atem aus. Luzia lag beinahe quer in ihrem Bett und schlief selig. In ihrem unversehrten Arm hielt sie eine der zahlreichen Schriftrollen aus der Johanniterbibliothek. Ihr Gesicht wirkte seit langer Zeit wieder einmal

völlig gelöst und von der Angst befreit, die ihr steter Begleiter war, seit sie diesem Überfall nur mit knapper Not entgangen war. Als sein Blick auf die Leinenbinde fiel, die noch
immer ihren Arm bedeckte, ballte er die Hände zu Fäusten.
Selbst Wochen nach dem Angriff war es Luzia noch immer
nicht möglich, ihre rechte Hand so zu gebrauchen, wie es die
Arbeit eines Chirurgus erforderte. Nicht einmal die einfachs-
ten Bewegungen konnte sie ausführen. Es gelang ihr nicht, die
nach unten hängende Hand in eine Linie mit dem Unterarm
zu bringen. Weder war es Luzia möglich, eine Faust zu ballen,
noch die Fingerspitzen aneinander zu führen. Beinahe täglich
fragte sich Johannes, ob er auch wirklich alles getan hatte, als
er Luzias Verletzung versorgte? Obwohl es auf diese Frage
eigentlich nur eine einzige Antwort gab, kostete er den bitteren Becher seines Unvermögens viel zu oft. Wenn er in ihren
Augen die Traurigkeit erkannte, wann immer ihre Hand selbst
an den geringsten Aufgaben scheiterte, litt er Höllenqualen.
Er hoffte inständig, dass sie eines Tages wieder vollends zu
Kräften kommen würde. Nachdem er beim Ammann vorge-
sprochen und Luzias Befürchtung mitgeteilt hatte, wurde der
Schiffer Egbert Schaffner im Rathaus vorgeladen. Aber ausgerechnet der alte Allgaier legte Zeugnis über Egberts Verbleib an diesem Morgen ab. Nach seinem Dafürsprechen war
Schaffner an diesem Tag für seine Tochter unterwegs gewesen,
um einige Besorgungen am anderen Ende der Stadt zu machen.
    Leise trat Johannes näher an Luzias Bett. Das helle Mond-
licht fiel durch die zahlreichen Fenster, welche dem Wohnturm seinen einmaligen Zauber verliehen. Weich und silbern
umschmeichelte es nun Luzias Gestalt und verfing sich in
ihrem roten Haar. Noch immer erinnerte ihre helle Haut an
frische Milch und schimmerte weiß und glatt wie Schnee. Der
tiefe Ausschnitt ihres Hemdes war verrutscht und gab die zarte

Wölbung ihrer Brüste frei. Obwohl es im Zimmer nur mäßig warm war, hatten sich im Tal ihrer Brüste winzige Schweißperlen gebildet. Das Licht zeichnete ein zartes, fast unwirkliches Leuchten auf ihre Haut. Johannes fiel es schwer, sich von ihrem Anblick zu lösen, während er Becher und Krug leise auf den Tisch stellte. Achtsam, auf dass er ihren Schlaf nicht störte, setzte er sich neben Luzia auf den Bettkasten und betrachtete sie still. Als er die Decke heranzog und vorsichtig über ihren Leib breitete, schob sie die Schriftrolle von sich und murmelte etwas Unverständliches.

»Johannes?«, fragte sie dann überrascht und blinzelte, als er schon wieder im Begriff war, ihren Raum zu verlassen.

»Schlaf weiter!«, flüsterte er leise.

»Nein, bitte bleib!«, entgegnete Luzia schlaftrunken und stützte sich auf ihren unversehrten Arm.

Wenige Augenblicke später fanden sich ihre Lippen. Ihre Küsse schmeckten nach Salz, nach Sehnsucht und nach Liebe. Johannes bedeckte ihr Gesicht und ihren Hals bis hinunter zu ihren Brüsten mit unzähligen Küssen. Luzia schloss ihre Augen und gab sich ganz seinen Berührungen hin. Im Mondlicht wirkten seine Augen dunkel vor Verlangen. »Luzia«, flüsterte Johannes rau und nahm ihr Gesicht zwischen seine Hände, »so lange habe ich auf dich gewartet!« Er zog sie in seine Arme, und bald erkundete seine Zunge ihren Mund.

Luzia fühlte sein glühendes Verlangen wie das Auflodern eines Feuers, das durch ihren Leib schoss und auf seinem Weg jeden Zentimeter ihrer Haut mit brennenden Fingern berührte. Der Duft von Leder und Sandelholz kitzelte ihre Nase. Sie sog ihn tief ein und ließ sich von ihm berauschen. Es stimmt!, dachte sie. Sie hatten eine halbe Ewigkeit aufeinander warten müssen, bis sie nun endlich wagten, sich ganz und gar ihrer Leidenschaft hinzugeben.

Luzia bebte unter seinen Händen, die erst langsam über ihren Rücken streichelten, bis sie schließlich den Weg über ihren Bauch zu ihren Brüsten fanden. Sie fühlte seine Sehnsucht fast übermächtig und erschauderte ob der Tiefe ihres eigenen Begehrens. Sehnsüchtig wölbte sie sich ihm entgegen und kostete seinen Duft. Sie wollte ihn jetzt auf der Stelle! Und er wollte sie. Langsam löste Luzia die Bänder seines Hemdes. Im Mondschein wirkte seine Haut glatt und im Kontrast zu der lichten Weiße des Leinens wie dunkler Bernstein. Ein leichtes Stöhnen lag auf seinen Lippen, als Luzia die darunterliegenden Muskeln mit den Fingerspitzen nachzeichnete.

Schließlich befreite Johannes sie mit einer fließenden Bewegung von ihrem dünnen Hemd und warf es achtlos zu Boden. Begierig sog er den warmen Duft von Schlaf ein, der Luzias Haar entströmte. Seine Augen wurden sehnsüchtig, als er sie betrachtete. Nun wurde Luzia endlich seine Frau, und bei Gott, er würde sie lieben, bis sein Herz mit einem letzten Schlag verstummte.

»So schön!«, murmelte er schließlich und wog ihre Brüste in seinen Händen, bevor er sie küsste.

Luzia sog scharf die Luft ein, als er die rosigen Spitzen mit seiner Zunge berührte.

Sanft befreite sie sich aus seiner Umarmung und setzte sich rittlings auf seine Beine. »Es ist Fastenzeit«, flüsterte sie und küsste ihn. »Wir tun schon wieder etwas zutiefst Verbotenes!« Johannes' Lachen klang kehlig, als er eine prickelnde Spur über ihren Nacken zeichnete. »Ganz offensichtlich liegt dir das Verbotene im Blut«, flüsterte er dicht an ihrem Ohr, bevor er die Haut ihres Rückens erkundete und die Gänsehaut fühlte, die sich unter seiner zarten Berührung bildete.

Luzia nickte. »Sehr wahrscheinlich sind die Ohren des Heiligen Gallus noch immer gerötet.«

»Oh, das sind sie gewiss«, flüsterte er leise lachend und küsste sie, bevor er sie ganz auf seine Brust zog. »Wir setzen uns einfach über das kirchliche Verbot hinweg. Alles andere ist viel zu ...«

»Nebensächlich!« Johannes nickte. »Abgesehen von der kleinen Nebensächlichkeit, dass wir keinen priesterlichen Ehesegen vorzuweisen haben, ist das Gebot der Fastenzeit in der Tat nebensächlich«, flüsterte er. Luzia fühlte, wie das dunkle Verlangen durch ihren Leib pulsierte. Nie hatte sie sich so bereit für diesen Mann gefühlt wie in diesem Augenblick! Nie war sie sich einer Sache so sicher gewesen!

»Liebe mich!«, sagte sie leise und umschlang seinen Nacken. Ihre Aufforderung war gleichsam ein Versprechen und der Glaube an die Unsterblichkeit ihrer Liebe. Sie setzten sich über alle Grenzen hinweg, und dann gab es nichts mehr, was zwischen ihnen stand. Blind vertrauten sie einander. Sie hatten alles bezwungen und alles erreicht, und diese Stunden besiegelten ihre Liebe vor Gott dem Allmächtigen! Weit mehr, als es das Wort eines Priesters vermochte, fühlten sie sich für immer verbunden, denn der Herr konnte in ihre Herzen sehen.

21

IN DER MITTE des OSTERMONDES kamen noch einmal Schnee und eisiger Wind über die Gegend. Obgleich Luzia ihre Hand noch immer nicht bewegen konnte, wie es die Arbeit eines Medicus verlangte, verbrachte sie nun wieder mehr Zeit bei den Kranken und machte sich nützlich. Oft saß sie lange am Bett der Patienten, las ihnen aus dem Gebetbuch vor oder tröstete sie allein durch ihre Anwesenheit. Als Luzia an diesem Morgen einen Ritterroman mitbrachte, waren alle Patienten begeistert. Sie hatte den vergilbten Pergamentstapel, der lediglich durch zwei Holzdeckel und eine Kette zusammengehalten wurde, in der Bibliothek der Johanniter aufgestöbert. Die Augen der Leute rundeten sich vor Neugierde, denn lediglich die bessergestellten hatten jemals eine Schule besucht und konnten lesen. Als Schwester Ansgard den Kastenstuhl, auf dem normalerweise der Geistliche während der Fürbitten saß, für Luzia zurechtrückte, ging ein Raunen durch die Reihen. Am Ende des Raums, wo sich die beiden Krankensäle in einem Halbrund trafen, setzte sich Luzia mit dem Buch auf dem Schoß hin. Sie las, während die Patienten ihre Morgensuppe löffelten.

»Jungfer Allgaier, ich würde es begrüßen, wenn Ihr das unnötige Herumgehen auf einen späteren Zeitpunkt verlegen könntet«, bat Luzia so freundlich, wie es ihr angesichts der Anspannung möglich war. »Ihr dürft Euch auch gerne zu mir setzen, und wir lesen abwechselnd.«

»Danke für das Angebot«, entgegnete Ottilia ein wenig zu schnippisch, »aber ich habe weiß Gott anderes zu tun, als Märchen unter das Volk zu bringen. Zudem glaube ich, dass die wenigsten verstehen, was Ihr da lest!«

»Oh, der Roman handelt lediglich von der Minne. Und die Worte der Liebe versteht doch wirklich jeder, oder seid Ihr anderer Meinung?«

»Nun, dann fürchte ich, es geziemt sich nicht, derartig intime Gedanken der Öffentlichkeit preiszugeben, oder was meint Ihr, liebste Luzia?«

Luzia schüttelte den Kopf. »Eure Sorge ist unbegründet, die Minnegesänge des Ritters Siegbert sind völlig harmloser Natur. Der Autor deutet das zarte Pflänzchen der Zuneigung zwischen dem Ritter und seiner Dame lediglich an. Allein Eure Vorstellung macht daraus etwas Verruchtes«, gab Luzia mit einem Lächeln zu bedenken. »Aber ist es nicht immer so? Die Leute sehen, was immer sie sehen wollen, und mit dem Hören verhält es sich nicht anders.« Ottilia ließ Luzias Worte unkommentiert und eilte mit rauschenden Röcken hinaus.

Seit Luzia in der Johanniterkommende wohnte, spürte sie Ottilias Neid deutlich und unverhohlen. Darüber hinaus fühlte sie sich nutzlos wie noch nie in ihrem Leben.

»Glaubt Ihr nicht, es wäre besser, wenn Ihr wieder nach Hause gehen würdet? Eure Hände zittern ja, und Ihr wirkt müde und übernächtigt«, merkte Ottilia mit einem winzigen Lächeln nach der Morgensuppe an. Es stimmte, Luzia fühlte sich müde. Dazu quälte sie seit einiger Zeit eine immer wiederkehrende Übelkeit. Dennoch schüttelte Luzia den Kopf. »Schließlich kann sich Schwester Ansgard nicht um alles kümmern.«

»Eben!«, sagte die Schwester fröhlich und stellte eine Reihe Uringläser auf den schmalen Tisch. Jedes Glas trug eine eigene Ziffer.

»Jungfer Allgaier hat alles vorbildlich zurechtgestellt«, lobte die Ordensfrau.

Luzia griff nach dem ersten Glas und hob es gegen das Licht.

»Habt Ihr Schmerzen?«, erkundigte sich Schwester Ansgard fürsorglich. Luzia schüttelte den Kopf, und die Ordensfrau nickte. Sie wusste, dass Luzia log. Im Laufe der Wochen und Monate hatte sie die junge Medica liebgewonnen. Oft genug staunte sie über die Medizin aus dem Land der Ungläubigen und sie schätzte das Wissen, welches Luzia so bereitwillig mit ihr teilte.

»Schwester Ansgard, habt Ihr schon mit der Köchin gesprochen?«, mischte sich Ottilia ein. »Der Dinkel neigt sich dem Ende entgegen. Vielleicht solltet Ihr einen Fuhrmann in die Gred schicken, bevor Ihr Euch hier zu einer Plauderstunde niederlasst.« Schwester Ansgard ließ sich nicht aus der Ruhe bringen. Sie schüttelte den Kopf und lächelte. »Niemals würde ich es wagen, mich in Eure Aufgaben zu mischen. Schließlich obliegt es allein Euch, über Küche und Keller zu entscheiden. Deshalb ist es an Euch, mit dem Fuhrmann und der Köchin zu sprechen. Aber keine Sorge, die Arbeit geht mir so schnell nicht aus.« Mit diesen Worten zog sie die Tür ins Schloss und ging davon.

»Kann das nicht Herr von der Wehr übernehmen, dann könntet Ihr Euch setzen?«

»Johannes schneidet gerade die schwarzen Zehen des alten Färbers aus der Seegasse ab. Auf dass er sich endgültig zu Tode saufen kann«, erwiderte Luzia kühl und hielt die birnenförmige Matula erneut gegen das Licht, welches durch die Butzenscheibe fiel. Prüfend schwenkte sie das Uringlas und legte sich nach langer Überlegung auf eine Farbe fest. Die 20 verschiedenen Abstufungen, welche die Farbe des Harns unterschied, reichten von kristallklar bis dunkelbraun. Neben der Pulsmessung gehörte die Harnschau zu den wichtigsten Methoden der Krankheitsfindung. Ottilia sortierte indessen mit gereizter Miene saubere Leinentücher in die Regale.

»Wie könnt Ihr nur etwas so Widerliches tun?«, erkundigte sich Ottilia, deren Gesicht den Ekel zeigte, welchen sie angesichts Luzias Tätigkeit empfand. »Für eine Dame schickt es sich nicht, die Hinterlassenschaften eines Fremden zu untersuchen.«

»Nun, ich habe niemals behauptet, eine Dame zu sein«, gab Luzia zurück und achtete auf den Niederschlag, der sich in dem Uringlas absenkte.

Im Raum am Ende des Flurs neben der Medizinkammer wickelten sie gewöhnlich Leinenbinden und bauschten Scharpie. Der kleine Raum diente aber auch der Uroskopie und dem Führen des Tagebuches. Gemäß dem arabischen Vorbild wurden hier die Namen und Berufe der Patienten, ihre Erkrankungen und auch die lindernden Maßnahmen festgehalten. Dazu der Stand des Mondes und das jeweilige Tierkreiszeichen und die Uhrzeit der Eintragung. Unter der niedrigen Decke fiel Luzia das Atmen schwer. Als sie ein leichter Schwindel befiel, setzte sie sich auf den einzigen Hocker und schloss für einen Moment die Augen.

»Und, ist es am Ende tatsächlich der Honigurin, welcher der alten Gürtlerin den Beinfraß bescherte?«, wollte Ottilia neugierig wissen und sah Luzia über die Schulter hinweg an. Für gewöhnlich kümmerte sich die Allgaierin nicht um die Arbeiten in der kleinen Kammer und mied den Raum, wo es ging, weil diese Tätigkeiten für sie weit unter ihrer Würde waren. Deshalb fragte sich Luzia, woher die plötzliche Neugierde rührte? Für einen Augenblick kam ihr Arnaldus de Villanova in den Sinn. Er hatte bereits im 13. Jahrhundert die Medizinschule zu Montpellier besucht und Folgendes in einer seiner Lehrschriften verfasst: »Weißt du bei der Betrachtung des Urins nichts zu finden, so sage, es sei eine Obstruktion der Leber zugegen. Besonders aber gebrauche das Wort ›Obstruktion‹, weil die einfachen Leute es nicht verstehen, und es kommt viel darauf an, dass sie es nicht wissen, was man spricht ...« Obgleich sich Luzia noch niemals an Villanovas Empfehlung gehalten hatte, weil ihr viel daran lag, dass die Menschen nicht nur den Medicus, sondern auch den Pfarrer verstanden, konnte sie sich nun eines Lächelns nicht erwehren. Rasch tauchte sie die Spitze ihres Zeigefingers in die goldgelbe Flüssigkeit und kostete vorsichtig. Auch diese Art der Untersuchung war Teil der Uroskopie. So schmeckte der Harn eines Menschen, der unter Beinfraß und Honigurin litt, in der Regel süßlich.

»Nun?«, fragte Ottilia mit unverhohlener Spannung in der Stimme. Luzia erhob sich und sah sie lange an.

»Jungfer Allgaier, was ich Euch nun auftrage, ist von äußerster Wichtigkeit«, begann Luzia mit ernster Miene. »Ich bitte Euch, geht rasch zur Wehmutter hinüber und bittet sie, im großen Saal alles für eine Niederkunft vorzubereiten.«

»Weshalb denn das?«, entgegnete Ottilia überrascht. Luzia ertappte sich dabei, wie sie Ottilias Unsicherheit genoss.

»Nun, ich fürchte, dort werden wir in Kürze Zeuge eines Wunders werden. Immerhin verrät mir der Urin der Gürtlerin, die bereits das 50. Lebensjahr hinter sich gelassen hat, dass sie noch einmal Mutter sein wird!«

Während sich Ottilias Augen weiteten, bezwang Luzia das kleine Lächeln, das ihre Lippen kräuselte.

»Mutter?«, fragte Ottilia unsicher. »Aber die Gürtlerin ist ja dem Tode näher als dem Leben!«

Luzia nickte. »Es sei denn, jemand hat den Morgenurin der Gürtlerin durch den Harn einer Schwangeren ersetzt.« Ottilia errötete und wand sich rasch ihrer Scharpie zu.

Als Schwester Ansgard ihren Kopf in den kleinen Raum streckte, fiel Ottilia wortgewaltig über die Ordensfrau her und unterstellte ihr, absichtlich die Gläser vertauscht zu haben. »Auf Euch ist kein Verlass mehr!«, giftete Ottilia ungehalten. Zweifelsohne hatte sie das Gespräch belauscht, welches Johannes und sie gestern geführt hatten. Darin hatten sie beide ihre Befürchtung bezüglich der Beingeschwüre der alten Frau geäußert. Nun hoffte Luzia allerdings, dass sich Ottilia wieder beruhigte, denn dass sie Schwester Ansgards zurechtwies, war das Letzte, was Luzia bezwecken wollte.

Als Luzia erwachte, war es bereits hell. Rasch stand sie auf und goss kaltes Wasser in die Waschschüssel, die auf einem kleinen Tisch unweit des Fensters stand. Als das raue Leinen ihre Haut berührte, schloss sie ihre Augen und erinnerte sich an jeden Augenblick der vergangenen Nacht. Sie spürte, wie ihre Wangen glühten. Johannes war bis weit nach dem Ertönen der Mitternachtsglocke bei ihr gewesen und hatte sie geliebt, bis sie in seinen Armen eingeschlafen war. Luzia hatte lediglich am Rande eines Traums vernommen, wie er ihre Kammer bereits vor dem ersten Hahnenschrei wieder verlassen hatte. Selbst jetzt schmeckte sie noch die feuchte Wärme seines Mundes auf ihren Lippen, und ihr war, als brenne ihre Haut noch immer unter den zärtlichen Berührungen seiner Hände. Während das Leinen ihren Schoß berührte, brandete Begehren in die kleine Perle zwischen ihren Beinen und erfüllte sie mit den Erinnerungen der Nacht. Konnte ihre Liebe tatsächlich Sünde sein? Was machte da das Ehegelöbnis für einen Unterschied? Sie dachte an all die Schicksale, die sie im Laufe ihrer Tätigkeit als Wehmutter erlebt hatte. Oft hatten die Frauen in ihrer Gegenwart vor Verzweiflung geweint, weil die Männer rücksichtslos und grausam waren. Wie anders Johannes war, dachte Luzia mit einem Lächeln. Seufzend ließ sie das kalte Wasser über ihre Haut perlen und tränkte es mit der Wärme der Nacht. Während das nasse Leinen über ihre Brüste strich, fuhr sie vor Schmerz zusammen. Nie waren sie ihr empfindlicher vorgekommen, und als sie die kleine Bürste in die Salzdose tauchte und über ihre Zähne rieb, musste sie würgen.

Die Sonne blinzelte seit Tagen zum ersten Mal wieder vom eisgrauen Himmel und nährte die Hoffnung der Menschen auf ein trockenes Frühjahr. Seit dem Osterfest vor zwei Wochen wurden die Tage stetig wärmer, obgleich es dazwischen noch einmal geschneit hatte. Mit der Auferstehung des Erlösers hatten die Überlinger das größte Kirchenfest des ganzen Jahres gefeiert. Auf dem Weg durch die Stadt sah man noch allerorts die geweihten Palmbuschen, die jedes Haus und jeden Stall schmückten und den Segen für das nächste Jahr brachten. Rudwin hatte unter Luzias Aufsicht und mit Ritter Blasius' Hilfe selbst einen Palmbusch gefertigt. Der Bruder Koch, der für das leibliche Wohl der Johanniterkommende Sorge trug, zeigte eine ganz besondere Geduld im Umgang mit Rudwin. Zu Palmsonntag hatte Rudwin das grüne Buchsbündel dann stolz in die Kirche getragen, um ihn der Weihe des Pfarrers zu übergeben.

Was Rudwin betraf, zerrissen sich viele immer noch den Mund. Ein paar unersättliche Tratschweiber machten keinen Hehl daraus, dass sie es am liebsten sähen, wenn der Junge aus der Stadt verschwände. Hinter vorgehaltener Hand munkelten sie, er heule des Nachts mit den Wölfen. Inzwischen hielten sie nicht mehr nur die Heidenhöhlen für einen Ort der Häresie, sondern vermuteten in der Johanniterkommende ebenfalls einen Sündenpfuhl. Nachts saß Rudwin oft stundenlang am Fenster und sang, oder er sah dem vollen Mond dabei zu, wie er auf dem schwarzen See eine Brücke aus Silber malte.

»Nun komm schon, Rudwin!«, mahnte Luzia, als der Junge unter den neugierigen Blicken einiger Bürger auf den Knien liegend ein Nest Schneeglöckchen bewunderte und sich nicht trennen wollte. »Im Garten der Kommende kannst du dir die Blumen in Ruhe ansehen.«

Rudwin nickte knapp, erhob sich rasch und umfasste mit seinen Fingern Luzias Hand. Wobei er sehr darauf bedacht war, ihre rechte Hand sorgfältig zu umschließen. Seitdem seine Mutter durch das Feuer der Hexenrichter zu Tode gekommen war, sprach er so gut wie gar nicht mehr. Auch jetzt deutete er lediglich auf Luzias Arm und sagte mit seiner auffällig vollen Stimme: »Weh?«

Luzia schüttelte den Kopf. »Nein, keine Sorge, du tust mir nicht weh!«, beteuerte sie und strich ihm durch das volle dunkle Haar. Freilich litt sie noch immer unter den Nachwirkungen der tiefen Wunde. Da sie ihre Finger noch immer nicht zu bewegen vermochte, konnte sie die meisten Arbeiten nicht verrichten. Am schlimmsten empfand Luzia die lähmende Taubheit, welche sowohl Handfläche als auch Handgelenk überzog. Mehr noch als ihren Arm betraf diese ihr wehes Herz. Mit jedem Tag, der verging, spürte sie deutlicher, dass sie ihre Hand niemals wieder bewegen würde können. Und wieder einmal fragte sie sich im Stillen, zu welchem Zweck sie all die Jahre des Versteckspielens auf sich genommen hatte, um nun nur wieder untätig herumzusitzen und den anderen zur Last zu fallen! Schnaubend trat sie nach einem kleinen Stein und beförderte ihn quer über die Gasse. Sie atmete ein paarmal tief ein und aus, und allmählich wich ein wenig ihre Bitternis. Während Rudwin ihr nicht von der Seite wich, lenkte Luzia ihren Weg von der Kronengasse über den Unteren Markt zum Kirchplatz hinauf. Der Himmel war grau, nur hier und da blickte ihnen durch eine der Wolkenlücken hindurch unwirkliches Blau entgegen. Darüber war die Kälte der letzten Wochen ein wenig gewichen. Selbst der Wind blies einen milderen Atem durch die Gassen der Stadt.

»Gott zum Gruße, Frau Medica, auch schon so früh auf der Gasse?«, erkundigte sich die dicke Frau des Seilers neugierig und lächelte ergeben. »Wie geht es Euch? Ach, es ist eine Schande, dass der Messerstecher noch immer nicht zur Rechenschaft gezogen wurde«, schnarrte sie und raffte ihren dunkelgrauen Mantel vor dem üppigen Bauch zusammen.

»Nun, dafür sollte er zunächst einmal gefunden werden, oder?«, entgegnete Luzia lahm. Sie verspürte wenig Lust, über dieses aussichtslose Unterfangen zu sprechen, und sah sich nach Rudwin um, der dicht hinter ihr stand.

»Und auf den Blöden da«, die Seilerin deutete auf Rudwin, »müsst Ihr auch noch unentwegt achtgeben. Da bleibt Euch ja kaum noch Zeit zur Genesung.« Rudwin rückte bei den Worten der Seilerin ängstlich an Luzias Seite.

»Rudwin ist alles andere als eine Last, und blöde ist er ganz gewiss nicht. Ganz im Gegenteil, ohne seine Hilfe wäre ich noch weitaus hilfloser.«

Die rotwangige Seilerin, deren feistes Gesicht von einer schmutzigen Haube umrahmt wurde, überhörte Luzias Einwände einfach und führte ihre vor Wissbegier strotzende Rede achtlos fort. »Aber Ihr lasst ihn nie allein, oder?«, fragte sie neugierig.

»Freilich geht Rudwin manchmal allein los. Schließlich kauft er mit Vorliebe bei Bäcker Jörg das Brot für die Ritter«, erwiderte Luzia, während sie das Gefühl beschlich, einen Fehler gemacht zu haben. Künftig würde sie sehr genau darauf achten, wohin Rudwin verschwand, wenn er allein unterwegs war!

»Jaja«, gab die Seilerin gedehnt zurück und rückte ihre

Haube zurecht, »die Leute schwatzen ja so viel, und es liegt mir beileibe fern, Euch auszuhorchen«, beteuerte die Seilerin.

»Dann lasst es einfach bleiben«, riet Luzia ohne Umschweife, aber mit einem Lächeln auf den Lippen, »und lasst die Leute reden, was immer sie wollen!«

Die Seilerin nickte zwar und scharrte mit den Füßen ein wenig Dreck beiseite, bevor sie Luzia wieder ins Gesicht sah. »Wisst Ihr«, flüsterte sie verschwörerisch, »in Überlingen erzählt man sich, dass Ihr nun für immer dort oben in der Kommende wohnt.« Sie machte eine Pause, in welcher sie Rudwin mit einem verächtlichen Blick maß, ehe ihre Augen abermals Luzias Gesicht fanden. »Aber ich habe immer gesagt, das glaube ich erst, wenn die Frau Medica es mir selbst erzählt.«

»Tatsächlich?«, fragte Luzia schmunzelnd. »Nun, dann will ich Euch von der Folter der Unwissenheit befreien. Ihr könnt Euren Freundinnen oder meinetwegen auch der ganzen Stadt erzählen, dass es stimmt, was die Leute so schwatzen. Ich habe dort im Wohnturm der Kommende eine Kammer bezogen, und so Gott will, werde ich nicht so bald wieder ausziehen. Den Rittern obliegt die heilige Pflicht, allen Schutz Suchenden Asyl zu gewähren, und solang der Schuft nicht gefunden wurde, bewohne ich eine Kammer im runden Turm.« Luzia deutete auf den hohen Wohnturm aus Flusssteinen. »Und wisst Ihr was, von dort oben ist die Aussicht einfach grandios! Allein deshalb werde ich die Gastfreundschaft Rudolfs von Baden noch lange in Anspruch nehmen.«

Bei Luzias letzten Worten riss die Seilerin ihre Augen auf. »Ja, dann fürchtet Ihr Euch unter den vielen Mannsbildern dort oben in der Ordensburg gar nicht?«

Luzia blieb ihr die Antwort schuldig und wollte endlich ihren Weg über den Kirchhof fortsetzen. Doch die Seilerin stellte sich ihr in den Weg und lächelte verschlagen. »Freilich gebe ich zu, dass die Johanniter in ihren prachtvollen Gewandungen recht stattlich wirken, aber Ihr selbst seid ja nur ein schwaches Weib, wenn Ihr versteht, was ich meine?«

Luzia verstand recht gut, worauf die Seilerin hinauswollte, und ihr blieb das Wort im Halse stecken. Außer Johannes selbst unterlagen alle Ritter dem Gelübde der Enthaltsamkeit. An und für sich war die Andeutung der Seilerin eine Frechheit. »Ihr scheint mit den Gepflogenheiten der Ritter nicht allzu vertraut zu sein, oder täusche ich mich?«, erwiderte sie. Eigentlich wusste sie nicht, ob sie die frechen Worte erzürnten, oder ob sie die dreiste Dummheit der Seilerin eher belustigen sollte. Als Luzia nach Rudwin sah, saß er auf der kleinen Steinbank an der Friedhofsmauer und häufte Steine zu einem kleinen Turm auf. »Aber ich muss jetzt weiter, wir sind ohnehin schon spät!«, entschuldigte sie sich. Entschieden griff sie nach ihrem Korb.

»Ja, aber was sagt Ihr denn zur Schande der jungen Gertrud Scheffler? Ihre Verurteilung muss einem jeden Weibe doch zu denken geben, oder?«

Luzia dachte an die junge Frau aus den ärmlichen Fischerhäusern am westlichen Ende von Überlingen. Die Halsstrafe hatten die Richter über sie verhängt. Obwohl noch unvermählt hatte Meister Schefflers Tochter einen Buben geboren.

»Grausig zugerichtet hat der Henker die Schefflerin. Ob die das überlebt, bleibt zu hoffen«, gab die Seilerin zu bedenken. »Habt Ihr denn nicht zugesehen, wie der Henker ihr den Strohkranz auf den geschorenen Kopf gedrückt und ihr die Unzucht aus dem sündigen Fleisch getrieben hat?«

Luzia schüttelte abweisend den Kopf. »Nein, wisst Ihr, diesen Dreck möchte ich mir nicht ansehen. Das Leid, welches ich Tag für Tag auf der Gasse und im Hospital sehe, genügt vollauf.« Mit diesen Worten zog sie Rudwin mit sich davon.

Auf dem Kirchplatz nickten ihr die Leute grüßend zu. Dennoch konnte sich Luzia einer Ahnung nicht erwehren, die sie beschlich, seitdem sie und Rudwin dort auf dem Johannberg wohnten. In der Stimmung der Leute hatte sich etwas verändert, oder täuschte sie sich? Mit den leichtfertig geäußerten Vermutungen der Seilerin ergab die veränderte Haltung der Menschen erst einen Sinn. In diesem Augenblick war sich Luzia sicher, wer die schmutzige Fantasie der Überlinger beflügelt hatte. Eine solche Niedertracht traute sie schließlich nur wenigen zu …

Als sie Rudwin sah, wie er einem dicken Regenwurm über die Gasse half, bevor ihn die Räder eines Fuhrwerks zerteilten, schob sie alle trüben Gedanken beiseite. Gespannt folgte sie Rudwins Finger, der an den Himmel zu einer besonderen Wolkenformation zeigte. Was Rudwin in dem aufgetürmten Weiß sah, vermochte Luzia nicht zu sagen. Sie lächelte und nahm Rudwins Hand. Gemeinsam hatten sie die Gred besucht, um Wachs und Zwirn zu kaufen und nun trug er für sie den schweren Korb zur Kommende zurück.

Auf dem Weg über die Krummebergstraße musste Luzia zur Eile mahnen. Noch immer vergällte ihr eine hartnäckige Übelkeit die Tage. Während sie jetzt eine neuerliche Welle niederkämpfte und den sauren Mageninhalt schluckte, überlegte sie, wann sie eigentlich zum letzten Mal geblutet hatte? Abrupt blieb sie stehen und starrte entsetzt in die düstere Häuserschlucht des Zitronengässchens. Rudwin sah sie fragend an. Er mochte das Zitronengässchen nicht sonderlich. Johannes hatte ihm erzählt, wie ein sehr böser Mann dort in der engen Gasse Luzia sehr wehgetan hatte. Rudwin führte Luzias Hand an seinen Mund und drückte einen feuchten Kuss auf die Haut.

Die Nikolauskirche war gut besucht. Als Luzia ihren Platz auf der linken Seite eingenommen hatte, schluckte sie den bitteren Geschmack, welcher sich auf ihren Gaumen gelegt hatte, hinunter. Durch das Geschwätz der Seilerin war Rudwin und ihr keine Zeit mehr geblieben. So hatten sie nur den Korb in der Kommende abgegeben und waren zur Kirche hinuntergeeilt. Wie immer saß Rudwin neben ihr auf der Frauenseite. Sie wagte nicht, ihn ohne Aufsicht auf die Seite der Männer zu lassen.

Noch während sie sich fragte, ob der Geruch von Weihrauch und jener von feuchter Wolle und ungewaschenen Leibern immer diesen Übelkeit erregenden Gestank erzeugte, betrat der beleibte Pfarrer mit einem andächtigen Gesicht die Apsis. Zwar war sein mausgraues Haar recht ordentlich gekämmt, aber seine großen vergilbten Zähne ließ eine gewisse Ähnlichkeit mit einem brüllenden Esel erkennen. Luzia biss sich auf die Unterlippe und sah zu Boden. Wenigstens waren die Gedanken frei! Wenig später lauschte sie dem Geistlichen, während er mit nasaler Stimme und in lateinischer Sprache von Gottes kommenden Gerichten und vom Götzendienst sprach. In düsteren Bildern berichtete er vom Weltuntergang und von einer bevorstehenden Zeitwende.

Luzia unterdrückte ein Gähnen. Noch immer war sie ständig müde, und des Nachts war ihr dennoch der Schlaf versagt. Obwohl sie sich alle Mühe gab, den Worten des Pfarrers zu lauschen, schlich sich immer wieder der Gedanke an eine mögliche Schwangerschaft dazwischen. Eine Schwangerschaft wäre ein Desaster! Sie spürte, wie ihr die Furcht über den Leib kroch. Die Worte der Seilerin kamen ihr wieder in den Sinn. Mit dem Verhängen der Halsstrafe wurde einer schwangeren Frau jede Möglichkeit genommen, ein normales Leben zu führen. Einzig mit einem dünnen Schandkleid angetan, wurde das bedauernswerte Geschöpf auf den Marktplatz getrieben. Diese Prozession war bereits so beschämend, weil die halbe Stadt zusah. Auf dem Marktplatz, unter den Augen der grölenden Menge, begann für die Angeklagte dann mit dem Aufsetzen des Strohkranzes das eigentliche Martyrium. Der trockene goldgelbe Kranz symbolisierte im Gegensatz zum grünen Myrtenkranz die Hurenhochzeit und brandmarkte die Beschuldigte als gefallene Frau. 40 grauenvolle Stockhiebe mussten die Frauen ertragen, bevor der Henkersknecht sie blutig geschlagen aus der Stadt trieb. Das Strafmaß war dem Alten Testament entnommen. Die verzehnfachte Vier stand für Prüfung und den Tod. 40 Kapitel zählte das *Zweite Buch Mose.* 40 Tage dauerte der Regen, bevor Gott die Welt unter der Sintflut begrub, und 40 Wochen dauert für gewöhnlich die Schwangerschaft von der Zeugung bis zur Geburt!

Als Luzia am Sonntag zu Pankratius mit dem ersten Hahnenschrei erwachte, verspürte sie ausnahmsweise einmal keine Übelkeit. Selbst im Stehen gab ihr Magen Ruhe und quälte sie nicht mit saurem Brennen. Grübelnd trat sie zum Fenster und sah hinaus. Dort, im blauen Zwielicht, lag die spiegelglatte Oberfläche des Bodensees. Friedlich und still tauchte er aus dem feinen Nebel, mit dem die Nacht ihn zugedeckt hatte, und wusste nichts von Luzias Nöten. Kurz darauf schwenkte sie das bauchige Uringlas hin und her und hielt das Gefäß in den Schein der Kerzenflamme. Mit klopfendem Herzen ließ sie ihre Zungenspitze über den urinbenetzten Finger geleiten und wusste, was sie längst schon geahnt hatte. Zitternd sank sie auf die Knie und schluckte die Tränen, die hinter ihren Augen brannten, hinunter. Ihr war, als hätte alle Kraft ihren Leib verlassen, und sie fühlte, wie die einsame Kälte ihr Herz erstarren ließ. Freilich galt eine Schwangerschaft erst mit den ersten Kindsbewegungen als gesichert, aber diese würden sicher nicht mehr lange auf sich warten lassen. Was also konnte sie jetzt noch tun? Nach und nach kamen ihr alle abortiven Pflanzen in den Sinn. »Sadebaum!«, flüsterte sie. »Und Eibe!« Nicht umsonst waren Sadebaum und Eibe die besten Freunde der ledigen Weiber, dachte sie müde. Diese Pflanzen konnten vielleicht auch ihr helfen! Mit großen Schritten eilte sie zu dem hohen schmalen Schrank und öffnete die mittlere von drei Laden. Dort, in der hintersten Ecke, hielt sie immer einen kleinen Vorrat der wichtigsten Pflanzen bereit. Freilich gab es in der Medizinkammer des Hospitals recht viel von diesen Giftpflanzen, aber dort hatten die Wände mitunter Augen und Ohren. Rasch barg sie aus den Tiefen eines Leinensäckchens eine Handvoll getrocknete Beeren und Triebspitzen des Stinkwacholders und schluckte sie im Ganzen hinunter. Ein paar wenige Früchte zerkaute sie auch, aber der Geschmack ließ tiefen Ekel in ihr aufsteigen. Bald war ihr, als spürte sie bereits, wie sich das kleine Wesen, das sich so ungefragt in ihrem Leib niedergelassen hatte, mit aller Kraft gegen ihr abscheuliches Tun zur Wehr setzte.

»Verdammt sollt ihr alle sein, ihr Kindsmörderinnen und Schlächterinnen! Ihr Teufelsweiber! Ihr, die ihr den Männern die Söhne vorenthaltet und das eigene Fleisch ohne den Segen der Kirche in die Abgründe der Hölle stoßt!« Die Worte des Pfarrers hallten in ihren Ohren und dröhnten in ihrem Kopf. Wie oft hatte sie all diese Drohungen schon in der Messe gehört? Doch jetzt brannten sie ihr ein Loch in die Seele. Schwer atmend trat sie ans Fenster. Obwohl die Morgenluft mild durch das offene Fenster in die Kammer drang, fröstelte sie.

»Verdammt sollt ihr sein! Ihr, die ihr euer eigen Fleisch und Blut tötet. Verdammt sollt ihr auf ewig sein und kein Licht soll eure Seele mehr durchdringen!« Langsam zog sie den Schemel heran und setzte sich. Klappernd schlugen ihre Zähne aufeinander. Luzia beachtete das Geräusch nicht. Als sie sich über den Sims lehnte und ihr Blick weit hinunter auf den Boden unterhalb des Turms fiel, schwankte der Boden gefährlich. Tränen nahmen ihr die Sicht. »Ein Kind«, flüsterte sie in die Morgenluft. »Wir bekommen ein Kind!«

Wie im Schlaf wanderte Luzia zu ihrem Bett und stürzte sich in die Kissen. Sie rollte sich zusammen, zog die Decke über den Kopf und horchte in sich hinein. Ein Kind, dachte sie, und ertappte sich dabei, wie sich ihre Hand schützend über das neue Leben legte, das in der dunklen Tiefe ihres Leibes heranwuchs. »Nein!«, flüsterte sie, warf die Decke von sich und sprang auf.

Ich kann mir nicht einmal selbst das Haar aufstecken!, dachte sie. Der Messerstecher hat aus mir einen Krüppel gemacht! »Und Krüppel bekommen keine Kinder!«, flüsterte sie der friedlichen Stille des Morgens entgegen. »Sie liegen im Staub und betteln nach der Messe um ein Almosen und hoffen, dass sie nicht irgendwann verhungern oder erfrieren!«

Das Weinen erschütterte ihren Leib wie ein Erdbeben, und erst mit dem leisen Klock, Klock, das vom Sims herüberkam, hielt sie inne und hob ihren Kopf. Ein großer schwarzer Rabe saß im offenen Fenster und krächzte leise. Noch immer fütterte sie die Raben täglich. Entgegen der landläufigen Meinung hatten die schwarzen Gesellen ihr schon immer Glück gebracht. Gedankenverloren erhob sie sich und streute ein paar Brotkrumen, die der nachtschwarze Vogel bedächtig aufpickte. Seine Augen wirkten wie funkelnde Turmaline, als er den Kopf schräg legte und sie lange ansah.

Das kalte Wasser aus dem Waschkrug schmeckte abgestanden und schal. Während sie vorsichtig ihre aufgesprungenen

Lippen berührte, wusste Luzia, was zu tun war, und würgte den gesamten Mageninhalt in den Nachttopf. Zitternd sank sie unter dem Fenster auf die Knie. Diesmal war es weniger die Kühle des herannahenden Tages, als das Entsetzen ob ihrer Tat. Sie konnte nicht fassen, dass sie dieses Gift tatsächlich geschluckt hatte!

Später, als ganz Überlingen seinen Feiertagsstaat ausführte, ging Luzia in Rudwins Begleitung durch die vollen Gassen zum Kirchplatz. Am siebten Tag der Woche ruhten sämtliche Werkstätten in der ganzen Stadt. Wenn die Hämmer in den Schmieden schwiegen und das beständige Klopfen der Kesselflicker und Scherenschleifer verstummt war, hing die Stille beinahe gespenstisch über den Gassen. Doch im Unteren Markt drang lautes Lachen aus dem *Löwen*. Dort hatte sich die *Herrengesellschaft* vor der heiligen Messe eingefunden. Als die Tür aufgerissen wurde, drang der warme Duft von Gebratenem bis auf die Gasse. Lediglich das Gesicht Urban Allgaiers passte nicht in das Bild. Instinktiv drängte sich Rudwin näher an Luzia, als er den Zunftmeister der Rebleute mit saurer Miene aus der Tür treten sah.

»Du musst dich vor Urban Allgaier nicht fürchten«, flüsterte Luzia und schenkte dem Jungen ein aufmunterndes Lächeln.

»Gott zum Gruße«, presste Allgaier knapp hervor.

»Ich wünsche Euch auch einen gesegneten Tag des Herrn«, gab Luzia zur Antwort und nickte.

Allgaier wirkte besorgt, als er sich mit großen Schritten auf den Weg zur Krummebergstraße machte. Schließlich blieb er stehen, fuhr sich mit den Fingern durch das zurückgekämmte Haar und drehte sich abrupt zu Luzia um.

»Könnt Ihr mir sagen, ob Herr von der Wehr bereits im Hospital weilt?«, wollte Allgaier wissen.

Luzia nickte. »Sicher, er ist bereits weit vor Tagesanbruch in die Oberstadt geritten. Über die ganze Arbeit, die er nun allein verrichten muss, ist es ihm kaum noch möglich, eine Nacht zu schlafen!«, gab Luzia mit harter Miene zurück. »Aber Euch scheint das ja nicht zu kümmern, sonst hättet Ihr längst den Verursacher dieser Misere festgesetzt.«

»Was wollt Ihr damit sagen?«, wollte Allgaier wissen. Seine Augen waren dunkel vor Zorn, und in seiner Stimme schwang eine leise Drohung. »Ich rate Euch, haltet Eure Zunge im Zaum! Das Blatt kann sich auch für Euch recht schnell wenden, und dann seid Ihr allenfalls noch eine Quacksalberin!«, zischte er und sah Luzia scharf in die Augen. »Eine bettelnde Quacksalberin!«, fügte er lachend hinzu.

Luzia fühlte, wie sich der herablassende Blick des Stadtrats durch ihr Kleid brannte. Sie verschränkte die Arme vor der Brust und reckte ihr Kinn. Luzia fühlte die Arroganz ihres Gegenübers, und augenblicklich regte sich der Zorn abermals in ihrer Brust. Dennoch beschloss sie, diesmal ihren Ärger hinunterzuschlucken. Immerhin wusste Luzia, dass sie, wenn es nach dem Stadtrat ginge, niemals im Hospital gearbeitet hätte, und das an sich war bereits eine Unverschämtheit! Sie entsann sich der Gerüchte, welche die Stadt wie eine giftige Schlange der üblen Nachrede durchzogen. Geräuschlos und äußerst gefährlich bissen sie sich in den Gedanken der Leute fest. Wenn diese jetzt von ihrer Schwangerschaft erfuhren, würde es kein Halten mehr geben. Hinter vorgehaltener Hand erzählten sich die Leute bereits, dass Luzia den Männern auf dem Sankt Johannberg den Kopf verdrehte.

Bevor Allgaier davonging, verweilte sein Blick einen winzigen Moment auf Luzias Leib. Sie spürte, wie ihr die Farbe aus den Wangen wich, und raffte eilends ihren Mantel vor dem Bauch zusammen.

»In diesem Fall suche ich den Herrn Medicus jetzt gleich auf«, sagte er mehr zu sich selbst. Ein kleines Lächeln umspielte seine wulstigen Lippen. »Für mich wird er sich Zeit nehmen müssen, auch wenn es ihm nicht passt!« Noch während das letzte Wort verklang, rauschte Allgaier an ihr vorbei und über den Unteren Markt davon. Dennoch deutete Luzia in seinem gewohnt impertinenten Verhalten eine gewisse Dringlichkeit. Für wen er wohl Johannes' Hilfe erbat?, fragte sich Luzia einen Augenblick lang. Ottilia konnte es sicher nicht sein. Diese hatte sie heute Morgen bereits auf der Gasse vor ihrem prächtigen Anwesen gesehen. Erst jetzt fiel ihr wieder ein, wie sehr Ottilia in Eile gewesen war.

»Bitte verzeiht die Störung, aber Urban Allgaier wartet bereits seit geraumer Zeit in der Vorhalle. Er lässt sich unter keinen Umständen abwimmeln«, sagte Schwester Ansgard entschuldigend und hob Hilfe suchend ihre Hände. Ihr schwarzer Schleier war verrutscht, und ihre Wangen waren von roten Flecken gezeichnet, so sehr hatte es sie Mühe gekostete, den Zunftmeister davon abzuhalten, selbst den Flur entlang zu stürmen, um sich Gehör zu verschaffen. »Ich habe ihm bereits mehrfach gesagt, dass Ihr zu tun habt«, entschuldigte sich Ansgard nochmals für ihre Störung.

Johannes hob den Blick und sah von den Tagebüchern auf, in welchen er las. Hier stimmte etwas nicht. Weder das Sternbild noch die Qualität des Tages. Gegenwärtig befanden sie sich im Zeichen des Krebses. Dieser bildete mit Skorpion und Fischen das Trigon des Wassers und mit Waage, Steinbock und Widder das Quadrat der Kardinalszeichen.

»Geduldet Euch einen Augenblick, dann bin ich ganz für Euch da«, bedeutete Johannes der Ordensfrau und wandte sich wieder seiner Lektüre zu. Zusätzlich durchwanderte der Mond für die nächsten Stunden den Skorpion. Aderlässe waren somit gänzlich untersagt. Deutlich erkannte er in der Schrift des Baders, dass dieser den Fischer Weißhaupt bereits zur Ader gelassen hatte. Johannes klappte das Buch zu. Den Bader wollte er später zu seinem Halbwissen befragen.

»Was ist denn das Begehr des Stadtrats«, erkundigte er sich endlich von Schwester Ansgard.

»Das wollte mir Urban Allgaier unter keinen Umständen sagen«, seufzte diese. »Doch er klang äußerst ungehalten, und es ist mir nur mit großer Mühe gelungen, ihn davon abzuhalten, selbst in die Krankensäle zu stürmen.«

Johannes nickte. Das hätte ihm gerade noch gefehlt. Aber er wusste um die blasierte Art des Zunftmeisters und hätte ihm auch dieses Verhalten zugetraut. Zunehmend fühlte er Allgaiers Missgunst in jedem seiner Worte.

»Bietet ihm einen Becher Wein an und sagt ihm, er soll sich gedulden.«

Schwester Ansgard trat hinaus und schloss leise die Tür.

»Und was erwartet Ihr nun von mir?«, fragte Johannes kühl und richtete sich kerzengerade in seinem Stuhl auf. Das weiße Leinenhemd klebte ihm am Rücken, als er auf Allgaiers Antwort wartete. Seit Urban Allgaier angefangen hatte, von seiner Nichte zu erzählen, wusste Johannes, dass diese Geschichte kein gutes Ende nehmen würde. Er hatte Allgaier in seine Schreibstube gebeten, wo der Stadtrat bis zu seinem Eintreffen ungefragt in ein paar Büchern geblättert hatte. Allesamt waren es Kopien bedeutender medizinischer Werke gewesen. Johannes bezweifelte, dass der Zunftmeister auch nur eine Winzigkeit verstand, doch es ging um die Dreistigkeit als solche! Nun saßen sich die beiden so ungleichen Männer gegenüber, und die Unverfrorenheit, die Allgaier an den Tag legte, nahm Johannes beinahe die Luft.

Allein dass sich der aufgeblasene Zunftmeister geweigert hatte, auf einem einfachen Scherenstuhl Platz zu nehmen, fand Johannes, gelinde gesagt, unverschämt. Er selbst hatte sich hinter seinen Schreibtisch gesetzt, während Ignaz einen schweren Kastenstuhl hereinschleppen musste, auf welchem Allgaier nun thronte wie ein König über seinem Hofstaat. Anfangs dachte er noch, Allgaier sei tatsächlich aus Sorge um seine Nichte ein wenig bescheidener. Doch dem war ganz und gar nicht so. Stattdessen legte Allgaier seine Beine übereinander und musterte ihn aus zusammengekniffenen Augen.

»Wisst Ihr, selbst der Stuhl, auf dem Ihr sitzt, ist der meine. Wenn man es genau nimmt, gehört Euch nicht einmal die Luft in diesem Raum!«, belehrte ihn Allgaier schmunzelnd. Johannes musste an sich halten, um den bornierten Gecken in seinem burgunderroten Wams und dem aufwendig gearbeiteten Hemd mit den Spitzenmanschetten nicht über den Tisch zu ziehen. Bei Gott, seine Hände zitterten allein bei diesem Gedanken.

»Nun, es ist ganz einfach«, hatte Allgaier schließlich begonnen. »Ihr werdet dieses Balg auf die Welt holen. Und da die alte Bradlerin bereits seit mehr als zwei Tagen mit ihrer Kunst am Ende ist, wird Euch nur der Griff zu Eurem liebsten Instrument bleiben – dem Messer, wie ich meine.«

Johannes schüttelte den Kopf und erhob sich aus seinem Stuhl. »Wisst Ihr, ich frage mich, weshalb Ihr ein nächtliches Untersuchungsgericht heraufbeschworen habt, als wir mit eben dieser Operation der Steinmetzin Magdalena und ihrem Kind das Leben gerettet haben? Damals habt Ihr und Bader Achmüller nichts unversucht gelassen, mich in den Turm zu sperren, und nun erbittet Ihr diese sündige Tat, diese Übertretung der Gesetze Gottes sogar für Eure Nichte?«, fragte Johannes barsch. Wenn er daran dachte, dass Allgaier, Bader Achmüller und ein paar weitere Ratskollegen den Bürgermeister dazu bewegt hatten, ihn und Luzia in derselben Nacht ins Rathaus vorzuladen, überkam ihn noch heute der blanke Zorn. Dort mussten sie unter den Augen aller Räte den Hergang ihres Tuns darlegen. Die Tatsache, dass Magdalena lebte und letztlich alle außer Allgaier und Achmüller die Operation für geglückt hielten, hatte ihm in dieser Nacht den Kerker erspart.

»Ihr irrt Euch, ich trete hier keinesfalls in der Rolle des Bittstellers an Euch heran, ich befehle es Euch! Ihr wisst genauso gut wie ich, dass allein ich die Gelder fließen lasse. Ihr seid nun einmal der Stadt verpflichtet, und die Stadt bin ich! Wenn Ihr also nicht nach meiner Pfeife tanzt, wird der gewährte Kredit bereits zu Martini fällig. Das Hospital ist somit am Ende und wird einer feinen Badstube weichen, in welcher wir sogar Kaiser Friedrich und seinen Sohn Maximilian empfangen können. Eine Badstube für jene, die es sich leisten können, krank zu werden.«

»Spart Euch Eure Drohungen, sie sind mir einerlei!«, entgegnete Johannes so ruhig es angesichts seines Grimms möglich war.

Nun zeigte Urban Allgaier endlich sein wahres Gesicht. »Und schließlich seid Ihr Medicus, und es ist Eure verdammte Pflicht, das Leben eines Menschen zu retten!«, donnerte er weiter. Johannes sah, wie die Muskeln im Gesicht seines Gegenübers zuckten. Der Zunftmeister stand unter einer enormen Anspannung.

»Vielleicht seid Ihr taub oder einfach unbelehrbar«, entgegnete Johannes verärgert. »Wie bereits erwähnt, könnt Ihr Euch Eure Drohungen sparen. Wenn die Stadt oder besser Ihr meine Dienste nicht mehr benötigt, setze ich schon morgen meine Tätigkeit in der Johanniterkommende fort. Ich benötige Eure Gelder nicht.« Johannes hielt einem Moment inne und rieb sich das Gesicht. »Selbst wenn ich wollte, könnt ich Euch nicht helfen. Jungfer Gassner hat das Messer geführt, und zwar allein. Ich habe ihr lediglich assistiert. Doch sie wird, solang sie lebt, kein Skalpell mehr führen«, sagte Johannes leise und trat zum Fenster.

Allgaier drehte sich abrupt um. Dann hatte Ottilia doch die Wahrheit gesprochen, schoss es ihm siedend heiß durch den Kopf. Und er hatte es für eine weibische Bosheit gehalten, als sein Lämmchen behauptete, die Gassnerin habe operiert.

»Nun«, sagte der Zunftmeister, der sich schnell gefangen hatte und sich ebenfalls erhob, »dann wird Euch die Gassnerin eben soufflieren müssen. Ihre Stimme hat sie ja zum Glück während des Überfalls nicht verloren. Macht Euch also gar nicht erst die Mühe, über eine Zuwiderhandlung meiner Aufforderung nachzudenken!« Allgaier stand nun dicht neben Johannes am Fenster, und dieser fand sich im Regen zahlreicher Speicheltröpfchen wieder, während Allgaier drohend die Hand zur Faust ballte. »Andernfalls zerquetsche ich Euch wie eine Fliege, die durch Zufall auf der falschen Scheiße gelandet ist!«

Johannes kehrte zu seinem Stuhl zurück. Selbst wenn er sich nicht von diesem alten Geldsack einschüchtern ließ, was blieb ihm anderes übrig, als zu tun, wonach dieser verlangte? Obwohl Johannes keine Miene verzog, tat ihm das Mädchen leid. Er kannte Anne flüchtig, und dass sie zu ihrer Niederkunft aus Banzenreute nach Überlingen gekommen war, hätte ihr vielleicht das Leben gerettet, wenn Luzias Hand nicht durch die Schuld der Allgaiers verletzt worden wäre. Johannes rieb sich das Kinn. Einen Versuch war es immerhin wert. Vielleicht würde ihm die Operation ja gelingen. Was aber, wenn sie starb? Ja, was, wenn Anne starb? Nun, dann musste er sich wenigstens selbst dem Blutgericht stellen. Allgaier würde Klage erheben, und dem Rat blieb nichts übrig, als ihn zu verurteilen – sein Leben gegen das von Anne. Auge um Auge, Zahn um Zahn! Hängen würde man ihn – im besten Falle durfte er den Tod durch das Schwert empfangen, wie es Usus bei der Hinrichtung eines Adligen oder eines Ritters war. Am Ende hatte Luzias Verletzung doch noch etwas Gutes bewirkt. Aber wenn er jetzt in die verschlagenen Augen von Urban Allgaier blickte, wusste Johannes, dass er sich zuerst um Luzias Sicherheit kümmern musste. Denn wenn er versagte, würden ihn die Büttel vom Hospital geradewegs in den Gefängnisturm schleppen.

»Kruzitürken! Nun tut etwas, oder seid Ihr etwa taub?«, schimpfte Allgaier laut.

Johannes spürte, dass ihm die Felle davonschwammen. Allgaier musterte ihn mit unnachgiebiger Miene, während er gefährlich weit auf seinem Kastenstuhl nach vorne rutschte und sich weit über den Schreibtisch beugte.

Dazu legte er die Fingerkuppen aneinander und betrachtete seine goldgefassten Edelsteine. Eigentlich hatte sich das Blatt bereits zum Guten gewendet. Wenn Ännchen Johannes von der Wehr unter den Händen wegstarb, was er, Allgaier, von ganzem Herzen hoffte und was Gott für ihn richten möge, würde sich alles zu seiner Zufriedenheit fügen. Dann gibt es einen Schauprozess, der in die Historie eingeht!, dachte Allgaier. Wenn Johannes von der Wehr erst zum Tode verurteilt ist, wird sich die Gassnerin freiwillig aus der Stadt schleichen. Vor allem wenn sie von den Maßgaben der Begnadigung erfährt! Die Drecksarbeit wollte er seinen Lakaien überlassen. Der Schiffer wusste, was mit der rothaarigen Quacksalberin zu tun war! Der Rest war dann ein Kinderspiel. Um ein Lächeln zu verhindern, rief er sich nun krampfhaft die schwere Buße ins Gedächtnis, die er sich Jahr um Jahr auferlegte, weil er zu schwach war, sein Lämmchen von der Bettkante zu stoßen.

Johannes schüttelte den Kopf. Eine heiße Welle des Zorns schlug über ihm zusammen und drohte ihn zu ersticken, wenn er diesen dreisten fetten Kerl noch länger in seiner Gegenwart ertragen musste. Johannes hatte das Gefühl, Allgaier verpestete seine Schreibkammer mit jedem weiteren Atemzug. Rasch öffnete er die Schnürung seines Hemdes. Er benötigte dringend Luft. Zur Hölle mit den Allgaiers – selbst der Teufel fürchtete sich vor dieser Brut!

22

AUF DEM RÜCKEN seines Rappen flog Johannes durch Überlingens Gassen. Farben, Geräusche und Gerüche verschwammen und zogen in einem bunten Band an seinen Sinnen vorüber. Er nahm den Weg entlang des Kesselbaches und ritt die Wiestorstraße bis zum Ende der Stadtbefestigung hinauf. Aiolos wusste genau, wohin es ging, und trug seinen Herrn sicher und schnell voran. Am Tor angekommen, setzte Johannes seinen Ritt außerhalb der Stadtmauern fort. Der Weg führte an Dinkelfeldern vorbei. Die Ähren wiegten sich im sanften Sommerwind. Mohnblumen schickten ihr leuchtendes Rot in den Himmel. Noch war die Erde regennass. Einzelne Tropfen leuchteten in der Sonne, und es roch nach feuchtem Gras und warmen Steinen.

Wie ein Hirte wachten die mit Zinnen bewehrten Türme der Johanniterkommende über der freien Reichsstadt. Freilich wäre der Weg durch die Stadt kürzer gewesen. Aber die engen Gassen Überlingens waren stets mit all den Karren verstopft. Außerhalb der Wehranlage dagegen trug ihn der Wind. Bevor Johannes mit der Operation beginnen konnte, musste er unverzüglich mit Rudolf von Baden sprechen. Sollte er scheitern und Anne starb, musste er Rudolf das Gelöbnis abnehmen, dass er Luzia auf Lebenszeit unter den Schutz der Johanniter stellte. Wo auch immer Luzia nach seinem Tod leben wollte. Ordensburgen, Kommenden und Herbergen gab es in ganz Europa, und alle dienten gleichsam dem weißen Kreuz, dem Kreuz des Friedens und der Barmherzigkeit.

Luzia wusste von alldem noch nichts. Als er sie zuletzt gesehen hatte, wollte sie mit Rudwin in die Stadt hinunter. Nun hoffte er, sie möge in der Zwischenzeit in der Kommende eingetroffen sein. Nach seinem Gespräch mit Rudolf würde er Luzia allenfalls das Nötigste erzählen. Mehr als die Tatsache, dass Allgaiers Nichte nicht niederkommen konnte, gab es auch nicht zu erzählen, stellte er erleichtert fest. Über die Drohungen Allgaiers und dass ihm keine andere Wahl blieb, wollte er lieber Stillschweigen bewahren. Solang Luzia nicht wusste, welche Bürde auf seinen Schultern lastete, blieb ihr eine Schuldzuweisung erspart. Wenigstens, dachte er, würde es keinen Grund geben, sie in Gewahrsam zu nehmen. Wenigstens das!

Bevor das Pferd im weitläufigen Hof der Johanniterkommende zum Stehen kam, sprang Johannes schon ab und überließ das schwitzende Kampfross einem verwundert dreinblickenden Knappen.

»Rasch, spann den kleinen Wagen an!« Der junge Bursche im grauen Rock und der Bundmütze war im Begriff, ein paar Schilder in die Waffenkammer zurückzutragen. Er konnte nur noch nicken, da sah er schon, wie Johannes von der Wehr davonrannte.

Johannes durchmaß die hohe Halle mit großen Schritten. Immer zwei Stufen auf einmal nehmend, rannte er die breite Steinstiege hinauf, die zu Rudolfs Gemach führte. Vor der schweren Eichentür, die das geschnitzte Johanniterkreuz trug, blieb er einen Moment stehen, dann trat er ohne zu klopfen ein.

»Johannes, großer Gott, was ist geschehen? Du siehst fürchterlich aus!«, entfuhr es dem Komtur. Unverzüglich erhob er sich aus dem mit rotem Samt bezogenen Scherenstuhl hinter seinem Schreibtisch. Vor wenigen Augenblicken hatte er einen sehr wichtigen Brief beendet. Nun war er im Begriff, das Schreiben zu siegeln, denn der Bote wartete bereits unten in der Halle.

Ohne ihn zu unterbrechen, lauschte er Johannes' Worten. »Selbstredend steht Luzia zeitlebens unter meinem Schutz«, sagte er, als dieser geendet hatte. »Du hast mein Wort! Und nun kehre ins Hospital zurück und gib dein Bestes. Alles andere überlasse mir!«

Rudolf von Baden legte seine Hände auf Johannes' Schultern. Es waren die Hände eines Vaters, und der Rat kam von Gott!

Ottilia drehte den Becher in ihren Händen, bevor sie das zinnerne Trinkgefäß auf den schweren Eichentisch zurückstellte. Das Wappen der Allgaiers – der Rebstock, drei Eicheln und ein Hirschgeweih – zierte den Tisch. Er stand noch immer neben dem Bettkasten, in welchem Anne gelegen hatte, bevor sie die Knechte ihres Vaters zum Hospital brachten.

Tante Hiltrud wusste freilich nicht, dass Anne nie mehr heimkommen würde. Sie hatte ihre Tochter in der Annahme nach Überlingen geschickt, dass sie es im Hause ihrer verstorbenen Schwester bequemer hatte als daheim in Banzenreute.

Gelangweilt sah Ottilia nun zu, wie die Hausmagd das Leinen von der mit Gänsedaunen gefüllten Decke zog und den blutbefleckten Stoff zu Boden warf. Das besudelte Bettzeug zeugte von den leidvollen Tagen, die Anne erdulden hatte müssen. Ottilia lehnte sich zurück und sah durch das gegenüberliegende Fenster. Ein kleines Lächeln umspielte ihre vollen Lippen. Sie selbst hatte Anne das Gebräu aus Eibenspitzen, Wachholder, Weinraute und Petersilie gebracht. Einen Stärkungstrank hatte sie der dummen Gans versprochen, dabei hatte Anne das Gift geschluckt, welches die Frucht ihres Leibes getötet hatte. Das Rezept für die tödliche Mischung war eine Kleinigkeit gewesen. Schließlich befand sich die *Trotula major* noch immer in ihrem Besitz. In der Medizinkammer fanden sich sämtliche Gifte, die sie brauchte, und den Wein hatte Ottilia eigenhändig im Keller gezapft. Eigentlich hatte erst die alte Wehmutter sie auf diesen Gedanken gebracht, als sie nach Annes Untersuchung erklärte, das Kind habe sich noch immer nicht gedreht. Vor der bevorstehenden Geburt hatte die alte Bradlerin gewarnt und Anne geraten, gleich das Hospital aufzusuchen.

Als sie wenige Tage später wieder nach der Alten schickten, weil es Anne sehr schlecht ging und sie fieberte, hatte Ottilia die Wehmutter besonders großzügig entlohnt. Heute, zwei Tage später, spürte Ottilia, dass sich alles zu ihrer Zufriedenheit entwickelte …

»Mach dir keine Sorgen, alles wird gut!«, sagte Luzia knapp und folgte Johannes in den großen Saal. Ihnen blieb keine Zeit für ein langes Gespräch, und so wollte Luzia einfach auf Johannes' Geschick vertrauen. Obwohl sie seine Zweifel übermächtig spürte, vermochte Luzia sein Zögern nicht einzuordnen. Was hatten sie schon zu verlieren? Anne würde sterben, wenn sie es nicht wenigstens versuchten. Genau wie Magdalena gestorben wäre. Anne hatte hohes Fieber und dämmerte nur noch vor sich hin.

Luzia streichelte die eingefallene Wange der jungen Frau und kühlte ihr Gesicht. Sie hätte ihr Leid gerne gelindert. Mittlerweile hatte sie mit Ehrentraut gesprochen, die nach der Untersuchung völlig verstört wirkte. Rasch setzte nun auch Luzia das silberne Hörrohr auf Annes Leib und suchte nach dem Herzschlag. Wo sie das kindliche Herz erwartet hätte, vernahm sie nichts als Stille, nun wusste sie, woher Ehrentrauds Bestürzung rührte. Das Kind in Annes Leib war mit großer Sicherheit tot! Luzia ahnte nur, was die junge Frau ertragen musste, seit die alte Bradlerin das Haus der Allgaiers betreten hatte. Allein Annes jugendlicher Kraft und ihrem gesunden Herzen war es zu verdanken, dass sie überhaupt noch lebte. Vielleicht konnten sie wenigstens ihr Leben noch retten, wenn das Kind schon verloren war. Doch nun zählte jeder Augenblick.

Siegesgewiss hatte Urban Allgaier diesmal ein paar Zeugen ins Hospital gebeten. Neben seiner Tochter Ottilia saßen dort der Bürgermeister, Bader Achmüller und der dicke Zunftmeister der Schiffsbauer. Während Ottilia und Wenzel Achmüller ihren feinsten Zwirn gewählt hatten, trug von Pflummern, genau wie Otto Findeisen, lediglich einen einfachen Rock. Allein die Amtskette erinnerte an die Stellung des Bürgermeisters. Sie alle saßen auf eigens herbeigeholten Scherenstühlen und verfolgten gespannt, wie das Schlafschwämmchen Annes Leib in einen todesähnlichen Zustand versetzte. Allgaier selbst hatte den Platz neben seiner Tochter bezogen, und gemeinsam warteten sie nun auf den Ausgang der Operation. Ottilia reckte ihren Hals, während Johannes Annes Leib öffnete.

Dunkles Fruchtwasser spritzte ihm entgegen und tränkte sein Hemd mit dem Geruch des Todes. Luzia stand auf der anderen Seite des hochbeinigen Bettes und starrte voller Entsetzen auf die junge Frau. Nun wusste auch sie, dass sich ihre schlimmsten Befürchtungen bewahrheitet hatten.

»Er hat Ännchen getötet!«, brüllte Allgaier wie ein Besessener durch den Saal. Längst hatte er seinen Stuhl verlassen und schritt wild gestikulierend vor dem Fenster auf und ab.

»Vater, bitte setz dich!«, bat Ottilia und reichte Urban einen Becher mit heißem Würzwein. »Denk an dein Herz!« Durchdringender Verwesungsgeruch lag über dem Saal. Das Kind war sicher schon seit ein paar Tagen tot.

Während Ottilia und ihr Vater keine Kenntnis davon nahmen, saß von Pflummern mit wächsernem Gesicht auf seinem Stuhl und bedeckte seine Nase mit dem Ärmel seines Hemdes. Otto Findeisen hatte dem Wein bereits kräftig zugesprochen und nickte immer wieder ein. Ihn schien die ganze Situation am wenigsten zu berühren. Dafür stand Bader Achmüller am Fußende des Bettes und bedachte Johannes und Luzia mit allerlei bösen Worten. Er erklärte lautstark, dass der Papst als Kirchenoberhaupt das Schneiden in menschliches Gewebe aufs Strengste verbot und es mit einer schwerwiegenden Sünde gleichsetzte.

»Dieses Gemetzel kann auch niemals gottgewollt sein! Und ich nenne es sogar Mord!«, fauchte er. Sein Gesicht war gerötet, und die Ader an seinem Hals pulsierte gefährlich. »Kein Wunder, dass Ihr und Eure Metze in diesem Schlachten keine Sünde seht! Schließlich hattet ihr selbst lange Jahre die Gelegenheit, im Land der Franken den beschämenden Lehren dieser Ungläubigen zu lauschen! Was wollt Ihr schon von Arabern, von Mohren und von den Mördern Jesus Christus' erwarten? Sie alle besitzen ein schwarzes Herz, und ihre Seelen gehören dem Teufel. Was sie zu meinem tiefsten Bedauern nicht davon abhielt, euch diese Gräueltat zu lehren!«

Ottilia schlug ihre Hände vors Gesicht und schluchzte zu Bader Achmüllers Worten wie ein kleines Mädchen.

»Elende Mörderin!«, kreischte sie schließlich wie von Sinnen und spuckte vor Luzia auf den Boden.

Johannes' Hände zitterten vor Zorn. Seine Stimme bebte. Aus seinem Gesicht war jede Barmherzigkeit gewichen.

»Ihr drei seid noch weitaus gewissenloser, als ich es je für möglich gehalten hätte!«, entgegnete Johannes scharf und deutete in die Richtung der Allgaiers und des Baders. Er selbst stand noch immer mit Luzia auf der anderen Seite des hochbeinigen Bettes, auf dem Anne ihr Leben ausgehaucht hatte. Der lange Bauchschnitt klaffte als ein tiefes schwarzes Loch, als Allgaier abermals auf Johannes zustürmte.

»Haltet doch ein!«, rief Schwester Ansgard dazwischen. »Vielleicht sollten wir dem Herrn Medicus wenigstens gestatten, den Leib der Ärmsten wieder zu verschließen.«

Ihr Vorschlag blieb ungehört, weil Bader Achmüller die Enden des Leinens zusammenraffte und sämtliche Instrumente zu Boden warf. »Ihr rührt nie wieder den Leib eines Menschen an, dafür werde ich sorgen, und wenn es das Letzte in meinem Leben ist«, keifte Achmüller. Sein Verhalten erinnerte an ein wildes Tier.

Weil Anne unter der Operation verstorben war, durfte ihr Leichnam nicht in der Kirche aufgebahrt werden. Jede Frau, die in ihrer Kindsnot starb, musste innerhalb eines Tages zur ewigen Ruhe gebettet werden. Blut, sofern es nicht aus einer Wunde floss, haftete das Stigma der Unreinheit an und durfte die Schwelle der Kirche nicht überschreiten.

»Allgaier, Ihr seid ein Teufel! Wenn wir Anne frühzeitig von ihrem Kind entbunden hätten, würde sie aller Wahrscheinlichkeit nach noch leben. Und das Kind ebenfalls!« Johannes' Stimme zitterte im Zorn, und sein Kiefer mahlte in der Verachtung, die er für den Stadtrat und seine Tochter empfand. »In Wahrheit ist es Euch doch nur darum gegangen, etwas gegen mich vorzubringen! Und Ihr«, Johannes sah Achmüller geradeheraus ins Gesicht, »Ihr seid noch weitaus dümmer, als ich angenommen habe! Wenn Ihr wirklich glaubt, dass Ottilia Euer Gewinsel jemals erhört, bevor Euch die Würmer gefressen haben, täuscht Ihr Euch gewaltig! Bei Gott, Ihr seid der größte Trottel in diesem Drama!«

Ungeachtet der Anfeindungen hob Luzia die Instrumente auf. Neben Katzendarm war eine geeignete chirurgische Nadel vonnöten. Sie legte beides auf den kleinen Tisch neben Annes Leib. »Lass uns unsere Arbeit machen«, bat sie Johannes mit einem Nicken.

Johannes hatte alles versucht, aber Annes Herz hatte einfach aufgehört zu schlagen. Und das Kind in ihrem Leib war, lange bevor er die Bauchhöhle öffnen konnte, tot gewesen. Das Ungeborene war bereits in einen Zustand der Verwesung übergegangen, und somit lag der Verdacht nahe, dass Allgaier seine Nichte ganz bewusst erst so spät zum Hospital gebracht hatte. Leider fehlte ihnen in diesem Fall wieder einmal jeglicher Beweis, denn aller Wahrscheinlichkeit nach hatte die alte Bradlerin ein fürstliches Schweigegeld aus den Allgaier'schen Truhen erhalten. Zu allem Überfluss hatte Allgaier darauf bestanden, das Ungeborene zu sehen. Obwohl Johannes ihm trotz allem den Anblick gerne erspart hätte, ließ sich der Zunftmeister von seinem Vorhaben nicht abbringen.

»Ihr gebt mir die Schuld am Tod meiner eigenen Nichte?«, entrüstete sich Allgaier und trat dicht neben Johannes. »Ihr seid der Mörder, und als dieser werdet Ihr hängen!« Drohend hob er Johannes seine Faust entgegen.

»Haltet Euren Mund, sonst vergesse ich mich!«, gab Johannes zurück und ließ den Zunftmeister stehen.

»Diese beiden da«, schrie Allgaier wieder und stieß den ausgestreckten Finger in Luzias und Johannes' Richtung, »haben Ännchen und ihr Kind getötet! Was Ännchen dort in ihrem Leib getragen hat, ist kein menschliches Wesen. Es gleicht einem Monstrum, einem Dämon oder dem Höllenfürsten selbst!«, brüllte er außer sich vor Zorn. Mit diesem Anblick hatte er trotz seiner berechnenden boshaften Art nicht gerechnet, schoss es Luzia durch den Kopf. Dennoch empfand sie nicht einmal eine Spur von Mitleid für den alten Allgaier und seine Tochter. Johannes hatte gekämpft bis zum Schluss und doch verloren. Und nun wollten sie ihn des zweifachen Mordes anklagen und ins Verlies sperren! Nie und nimmer durfte das geschehen, beschloss sie. Keiner von ihnen würde jemals wieder einen Kerker im Inneren sehen, außer ein Gefangener bedurfte ihrer Hilfe, so viel stand fest! Die Tage und Wochen, die sie im Grünen Turm zu Ravensburg zugebracht hatte, reichten für ihrer beider Leben!

»Büttel, nehmt den Medicus in Gewahrsam und sperrt ihn ins Gefängnis«, befahl Allgaier zwei mit Hellebarden bewaffneten Männern, die in diesem Augenblick den Raum betraten.

Allein die Tatsache, dass die Männer bereitstanden, zeugte davon, dass Allgaier alles eingefädelt hatte. Und dem Bürgermeister wollte dieses Lügengebäude nicht auffallen?

23

»Segne, segne Herr den Orden! Dir zur Ehre will er dienstbar sein. Sei ihm gnädig, hilfreich immer, steh ihm bei im Kampf um Heil. Stärk den Glauben an den Heiland, der zu Ehren das Kreuz gebracht, wehr dem Bösen, hilf zum Guten, dem Schwachen hilf, treu zu sein, dem Schwachen hilf! Herr, höre uns! Amen.«

Als die annähernd 300 Stimmen nach dem Gebet verstummten, erhoben sich die Ritter und senkten ein letztes Mal ihr Haupt, bevor Wolfram von Hohenstein sie mit der Spendung des Segens in ihre Mission entließ. Auch wenn die darauffolgende Stille nur für die Dauer ein paar weniger Herzschläge anhielt, wirkte sie andachtsvoll, ja heilig. Einem Zufall war es zu verdanken, dass sich zum gegenwärtigen Zeitpunkt zahlreiche Ritter aus den Kommenden Heitersheim, Basel und Colmar in Überlingen eingefunden hatten. Sie alle machten für ein paar Tage Rast auf ihrem Weg ins Heilige Land. So war es nun eine ganze Armee, die sich bereit machte, dem Heil zu dienen und den Bruder zu retten. Jeder Handgriff, der von den Rittern bereits viele Hunderte Male verrichtet worden war, glich einem präzisen Uhrwerk. In kürzester Zeit waren die schnaubenden Kampfrösser gesattelt. Selbst das Aufsitzen geschah in völligem Gleichklang. Und es dauerte nicht lange, bis die Ritter vom Sankt Johannberg kommend über den Gradenberg, vorbei an der Hofstatt, den Unteren Markt erreichten.

Das laute Donnern glich einem Erdbeben, und tatsächlich bebte der Boden unter den Hufen der unzähligen Schlachtrösser, als hätte der freien Reichsstadt die letzte Stunde geschlagen. Reiter und Pferde bahnten sich, einer gewaltigen Lawine gleich, einen Weg durch Überlingens Gassen, und bald glich die Stadt einem blutroten Meer. Für den Gottesdienst wählten die Ordensbrüder den schwarzen Habit. Doch nun trugen die Ritter die volle Kriegswehr, und neben dem roten Mantel, auf dem das strahlend weiße Kreuz des Friedens prangte, war jeder von ihnen mit seinem roten Wappenrock angetan. Eine Kettenhaube, der Helm und die Kalotte, die lediglich die Augen freiließ, sowie die Kettenhandschuhe vervollständigten die Kriegstracht des heiligen Ordens. Mit Lanzen, Schildern und dem Schwert bewehrt, nahmen sie den Weg Richtung Hospital. Während sich sämtliche Fenster über ihnen öffneten, wirbelten die breiten Hufe der Kriegsrösser den Staub der Gasse auf, die im versammelten Trab den Oberen Markt ausfüllten. Die Leute reckten neugierig ihre Köpfe, ein paar spielende Jungen stoben auseinander. Karren wurden eilig zur Seite gelenkt. Mütter trieben ihre Kinder ins Haus, und eine Horde Schweine jagte im Galopp in die Steinhausgasse davon. Weit oben, im verhangenen Grau, zog Horatius seine Kreise, bevor er auf dem Dachfirst des Sankt-Gallus-Hospitals zur Ruhe kam.

Nach dem lautstarken Aufmarsch der Stadtwache drängten sich immer mehr Männer in dunklen Umhängen um Johannes. Sie alle warteten auf den letzten Befehl, den sie, wie vereinbart, einzig von Urban Allgaier entgegennehmen sollten. Die Luft war erfüllt von Spannung, und Luzia sah den düsteren Gesellen ihre Absicht bereits an. Sie wusste, es gab kein Entrinnen. Gleichwohl Johannes als Ritter sicher die weitaus bessere Schwertkampftechnik beherrschte, war es auch ihm unmöglich, sich gegen die Übermacht der Büttel, Schulzen und

Wachmänner zu behaupten. Luzias Hände waren schweißnass, und sie wagte kaum noch, Atem zu holen. Johannes und sie waren in eine hinterlistige Falle getappt, die ihnen Urban Allgaier und seine Tochter gestellt hatten. Doch nun war es ohnehin zu spät. Sie dachte an Johannes' Kind, welches sie unter ihrem Herzen trug und von dem er noch immer nichts wusste.

»Ergreift den Medicus!«, befahl Allgaier zufrieden nickend. »Sperrt ihn ins Gefängnis. Bereits morgen wird die Stadt Überlingen das Verfahren eröffnen. Die Anklage lautet: Mord auf die barbarischste Art, welche mir jemals untergekommen ist! Dieser Medicus ist in Wahrheit der Henker des Satans«, brüllte Allgaier. »Andernfalls hätte er meiner Nichte nicht das Kind aus dem Leib geschnitten!«

Auf Allgaiers Befehl hin richteten die Wachen ihre Hellebarden auf Johannes und Luzia. Luzias Herz klopfte so laut, dass sie annehmen musste, jeder im Saal würde es hören. Sie wusste, dass sie verloren hatten.

In diesem Augenblick wurde draußen das laute Hufgetrampel der Pferde hörbar. »Was ist das für ein seltsames Poltern?«, rief Ottilia und eilte zum Fenster. »Die Johanniter!«, setzte sie leiser nach. Alle Farbe wich aus ihrem Gesicht, als sie mit ängstlicher Miene an die Seite ihres Vaters trat und seinen Arm umklammerte. »Sieh nur! Der Hof sieht aus, als wäre er mit Blut getränkt!«

Inzwischen fanden immer mehr Ritter den Weg durch das große Tor, und bald glich der große Innenhof des Hospitals einer einzigen roten Walstatt. Eine Einheit von 30 Rittern saß bereits ab. Es dauerte nur wenige Augenblicke, bis sie den Flur entlang in Richtung des großen Saals eilten. Ihre schweren Schritte und das Klingen ihrer Waffen hallten über die steinerne Stiege durch das gesamte Hospital.

»Halt dich an der Wand!«, flüsterte Johannes in Luzias Richtung. »Und ganz gleich, was nun geschieht, folge meinen Brüdern!«

Luzia konnte sich nicht bewegen. Sie fühlte ihre Glieder nicht mehr. Längst war sie in ihrer Angst erstarrt und unfähig, einen Fuß vor den anderen zu setzen.

Allgaier warf die Tür zu und befahl den Bütteln, rasch eine Barrikade zu errichten. Hastig wurden ein paar Regale gegen die Tür gestellt. Berge von Scharpie und gestapelte Leinentücher fielen achtlos zu Boden.

Mit drei großen Schritten war Johannes in der Ecke. In weiser Voraussicht hatte er sein Schwert unter dem schwarzen Mantel verborgen. Rasch zog er jetzt die Klinge aus der Scheide, welche das achtspitzige Johanniterkreuz trug. Was nun folgte, war ein Kampf auf Leben und Tod. Ein paar Wachen zogen ihre langen und viel zu schweren Schwerter, um sich in roher Streitlust auf Johannes zu stürzen. Sein Anderthalbhänder ließ sich sowohl einhändig als auch mit beiden Händen führen, während die ungelenken Hiebwaffen der Wachleute beide Hände erforderten. Anfangs parierte er jeden Schlag noch mit Leichtigkeit und hielt seine Widersacher mit Hieben und Stichen auf Abstand. Das Aufeinandertreffen der Klingen erzeugte ohrenbetäubenden Lärm, der Luzia unter die Haut ging. Wenn sie doch nur etwas tun könnte! Hilflos blickte sie sich um. Wieder und wieder trafen sich die geschärften Waffen, und in ihrem Aufeinandertreffen erklang das traurige Lied vom Tod. In diesem Moment kam ein junger kräftiger Wachmann in Johannes' Nähe. Wie gebannt starrte Luzia auf den funkelnden Stahl in seiner Hand, und doch konnte sie ihm nicht helfen! »Johannes!«

Jäh wandte er sich um. Ihre Blicke trafen sich, als die gegnerische Klinge in Johannes' Brust eindrang.

Das Entsetzen kroch wie ein wildes, kaltes Ungeheuer über Luzias Rücken und kicherte böse. Sie sah, wie Blut aus Johannes' Brust quoll. Sein Haar hatte sich aus dem schwarzen Lederband gelöst, und Schweißperlen glänzten auf seiner Stirn, als die Kraft aus seinen Armen schwand. Mit jedem Verteidigungsschlag taumelte er ein wenig mehr, und Luzia wusste, dass es lediglich eine Frage der Zeit war, bis er vollends zusammenbrechen würde.

»Ihr dreckigen Bluthunde!«, schrie sie. Ihre Worte gingen im Lärm des Kampfes unter. »Was glaubt ihr, wer euch zusammenflickt, wenn einer von euch einen Medicus braucht?« Während sie krampfhaft überlegte, wie sie Johannes helfen könnte, fiel ihr Blick auf das wuchtige Schwert eines Gefallenen. Ohne zu überlegen, versuchte sie, es mit der linken Hand aufzunehmen, aber so sehr sie sich auch mühte, es wollte ihr nicht gelingen. Die Waffe war einfach zu schwer.

Im nächsten Augenblick gab die Tür unter der Wucht der Ritter nach. Mit erhobenen Waffen stürmten die Johanniter den Saal, der unter ihren schweren Schritten erzitterte. Johannes versetzte dem jüngeren der beiden Männer, die ihn noch bedrängten, einen letzten Hieb auf die Schulter, bevor er selbst in die Knie ging. In den wenigen Schritten, die Luzia noch von Johannes trennten, wagte sie kaum zu atmen. Wie schwer war er tatsächlich verletzt? Er lag auf der Seite. Seine rechte Hand umklammerte noch immer den blutverschmierten Schwertknauf. Noch bevor Luzia ihn erreichte, knieten bereits einige seiner Ritterbrüder bei ihm.

»Mir … geht es gut!«, flüsterte Johannes knapp, »aber Luzia …« Weiter kam er nicht, denn die Sinne schwanden ihm. Luzia fühlte starke Hände, die sich kraftvoll um ihre Arme schlossen, und sie sah, wie Johannes auf ebensolchen Händen durch den weiten Flur davongetragen wurde. »Kommt, Frau

Medica, kommt mit mir«, riss sie einer der Ritter aus ihren Gedanken. Er reichte ihr seinen Arm und führte sie hinaus. Luzia nickte. Ihr Interesse galt nun ausschließlich Johannes. Für ihn wollte sie leben und mit ihm würde sie sterben, wenn es sein musste.

In den nachfolgenden Wochen wich Luzia nicht von Johannes' Lager und bangte zusammen mit Rudolf von Baden um sein Leben.

Die Verletzung, die der Wachmann Johannes beigebracht hatte, zeigte sich als sehr viel schwerer, als sie zunächst angenommen hatte. Zu allem Überfluss entzündete sich die Wunde, die quer über den Brustkorb verlief, und wurde flammend rot.

Luzia betrat das Infirmarium im Erdgeschoss der Johanniterkommende mit zitternden Knien. Der kleine Krankensaal vermochte bis zu 20 kranke Ritter zu beherbergen. Gegenwärtig teilte Johannes das helle, weitläufige Tonnengewölbe allerdings einzig mit Ritter Caspar von Ahn. Obwohl die Hitze der Sommermonate die Kälte aus seinen Knochen vertrieb, plagte den Ritter im fortgeschrittenen Alter die Flusskrankheit. Deshalb zwangen ihn die entzündeten Gelenke beider Knie und der rechten Hüfte in die Bequemlichkeit seiner Bettstatt.

»Ich glaube, es geht ihm ein wenig besser! Zumindest hat er im Schlaf Euren Namen gerufen, und ich finde, er hat ein wenig Farbe bekommen«, empfing sie der Komtur nach einer kurzen Nacht.

Wenn ihr Rudolf von Baden nicht immer wieder eine Ruhepause verordnete, schlief sie überhaupt nicht mehr. Darüber hinaus behinderte sie ihre fortschreitende Schwangerschaft, welche sie unter ihren weitesten Gewändern zu verbergen suchte. Doch auch diese spannten mit jedem Tag ein wenig enger um die Taille. Breite Stoffstreifen, die sie während der nicht enden wollenden Nächte in die Kleider einnähte, retteten sie vor den neugierigen Blicken der Männer.

Die Worte des Komturs nährten die Hoffnung auf Besserung. Als sie an Johannes' Lager trat, konnte sie aber allenfalls die leichte Röte feststellen, welche seine Wangen glühen ließ. Zärtlich strich sie ihm eine verirrte Haarsträhne aus dem Gesicht. »Er fiebert noch immer!«, erklärte sie mit besorgter Miene. »Wir benötigen eine rasche Wende, sonst, fürchte ich, nimmt sein Herz bald Schaden.«

Als sie mit Augustus' Hilfe die Auflage aus gestampftem Beinwell und Honig von Johannes' Brust entfernte, erkannte sie den Eiter. Dick und gelb quoll er aus der Wunde und hatte bereits weite Teile des Gewebes befallen. Augustus vom Walde hatte Johannes im Infirmarium immer unterstützt. Johannes hatte den wissbegierigen schmalen Ritter Vieles gelehrt. Nun stand der freundliche junge Mann mit den sanften Augen Luzia zur Seite und ersetzte ihre rechte Hand, die sie schmerzlicher denn je vermisste. Luzia dachte nach, während Augustus die Wunde reinigte. Dann bat sie ihn, aus der angrenzenden Arbeitskammer, in der es nach Lanolin und Kräutern roch, zwei Bücher zu holen. Hektisch schlug sie verschiedene Rezepturen nach und blätterte sich aufmerksam durch die unterschiedlichsten Verordnungen.

»Was schlagt Ihr vor?«, wollte Augustus schließlich wissen, der ihr Suchen aufmerksam verfolgte. »Was haltet Ihr von Calendulatinktur«, fragte er gespannt und zupfte sein linkes Ohrläppchen.

»Das wäre eine Möglichkeit. Die Wirkung der Ringelblume ist stark reinigend«, bestätigte Luzia leise lächelnd und trat einen Schritt zurück. Endlich drehte sie sich um. »Aber wir wollen unser Glück mit einer Rezeptur versuchen, die auf Abu

Bakr Muhammad Ibn Zakariya ar-Razi zurückgeht. Sicher werdet Ihr ihn als Rhazes kennen.«

In Augustus' Augen blitzte es. Anstelle des fragenden Ausdrucks trat ein tiefes Verstehen auf sein junges Gesicht.

»Bitte notiert«, forderte Luzia den jungen Ritter auf. »Und seht nach, was Ihr in der Medizinkammer findet.« Luzia wartete, bis Augustus Feder und Tinte bereitgestellt hatte. »Wir benötigen jeweils zu gleichen Teilen ungelöschten Kalk, Drachenblut, Gips, Aloe, Weihrauch und Vitriol. Was Ihr nicht findet, besorgt bitte so rasch es Euch möglich ist beim Apotheker in der Stadt.«

Während Augustus davoneilte, rückte Rudolf von Baden zwei Stühle an den Bettkasten heran, und bald saßen sich der Komtur und Luzia gegenüber.

»Wenn wir die schwere Entzündung nicht recht bald niederkämpfen, ist das Schlimmste zu befürchten!«, flüsterte Luzia. Ihre Stimme zitterte ein wenig, und es gelang ihr nur mühsam, die Tränen zurückzuhalten. Der Komtur nickte verständnisvoll. Auch sein Gesicht spiegelte die tiefe Sorge wider, die er über Johannes' Zustand empfand. Das Warten war eine solche Qual! Und zu allem Überfluss bereitete ihm die hitzige Stimmung in der Stadt ein beklemmendes Gefühl. Bereits am Abend des Unglückstags, nachdem Johannes und Luzia in der Obhut seiner Ritter in die Kommende zurückgekehrt waren, hatte Bader Achmüller die Führung im Sankt-Gallus-Hospital übernommen. Während Allgaier keine Gelegenheit ausließ, den Überlingern die Lüge vom Mord an seiner Nichte aufzutischen, nutzte Ottilia jede Gelegenheit, die untröstliche Base zu geben. Beide erzählten von dem vielen Blut und dem Ungeborenen, welches der Medicus aus Annes Leib gerissen hätte. Ottilia ging sogar so weit zu behaupten, Luzia habe

Anne mit dem bösen Blick bedacht. Wie sonst konnte man sich das grauenvolle Aussehen des Kindes erklären? Blau, ja fast schwarz sei es gewesen. In Windeseile hatten sie das verwachsene Geschöpf mit dem viel zu großen Kopf außerhalb des Gottesackers verscharrt. In der Stadt erzählte der Totengräber bereits, dass er das missgestaltete Wesen vorsichtshalber mit dem Gesicht nach unten begraben hätte. Schließlich wollte man keinen Wiedergänger haben.

Rudolf hoffte, seine Befürchtungen würden sich nicht bewahrheiten. Nachdenklich strich er sich über den kurzen grauen Bart. Einstweilen musste er sich zumindest keine Sorgen um Luzias Verbleib machen. Solang Johannes' Genesung nicht voranschritt, blieb sie innerhalb der schützenden Mauern der Komturei.

»Ihr solltet etwas essen«, sagte Rudolf von Baden streng, als er nach dem Abendessen das Infirmarium wieder betrat. Luzia hatte weder den kalten Lammbraten noch das frische Brot oder die gebratenen Äpfel angerührt. »Und Ihr solltet mehr ruhen!«, fuhr er ein wenig sanfter fort. »Am Ende werdet auch Ihr noch krank.«

Luzia schüttelte den Kopf und versuchte, die Enge in ihrer Brust zu vertreiben. Ihre linke Hand zitterte, bis sie sie schützend auf ihren Bauch legte. Unbewusst streichelte sie das Leben, das dort schon sehr viel Platz einnahm. Als sich irgendwann doch eine Träne aus ihrem Augenwinkel stahl, spürte sie von Badens Blick auf sich ruhen. Etwas hatte sich verändert, dessen war sie sich sicher. Nicht zum ersten Mal beschlich Luzia das Gefühl, Rudolf von Baden hege ein Geheimnis, welches sie betraf …

»Weiß er es?«, fragte von Baden leise.

Luzia schüttelte den Kopf.

»Dann sagt es ihm«, empfahl er, während er sich aus seinem

Scherenstuhl erhob und seine Hand auf Luzias Schulter legte. »Ich lasse euch nun allein.«

Mit diesen Worten verließ er die Kammer, und Luzia war endlich mit Johannes allein. Sanft strich sie über Johannes' Haut. Sie wusste, dass die kalten Glieder auf einen weiteren Fieberanstieg deuteten. Ihr Herz wurde noch schwerer, als sie seine eisige Hand an ihre Wange legte. »Johannes, wir bekommen ein Kind!«, flüsterte sie wenig später leise in sein Ohr. »Du musst sehr stark sein und wieder gesund werden! Ich liebe dich und wir brauchen dich!«

Lange hatte sie auf die befreiende Wirkung des Weinens verzichtet, doch nun hielt sie ihren Schmerz nicht länger zurück. Vorsichtig bettete sie ihren Kopf auf Johannes Hand und gab sich ganz den Tränen hin, die ein klein wenig des bedrückenden Kummers von ihrer Seele wuschen.

Wenig später kam Augustus aus der Stadt zurück. Nun fehlten ihnen lediglich noch das Weiße eines Hühnereis und ein paar Spinnweben. Ersteres bekam Augustus in der Küche der Kommende und die Spinnweben gab es im Sommer beinahe in jeder Ecke.

Bald rührte Bruder Augustus unter Luzias Aufsicht eine weiche Paste an, die sie vorsichtig über die Spinnweben verteilten, welche bereits wie ein Gewirk aus Elfenhaar auf der Wunde lagen.

»Nun bleibt uns nichts, als zu warten«, sagte Luzia schließlich. Der junge Ritter nickte.

»Wann rechnet Ihr mit einer Besserung?«, fragte er vorsichtig und löste die Bänder seines weißen Leinenmantels, den er während der Arbeit im Infirmarium trug.

Luzia hob die Schultern. »Wenn es das Schicksal gut mit uns meint, vielleicht schon in einigen Tagen. Ich rechne aber eher mit ein paar Wochen.«

Mit dem neunten Monat im Jahreskreis wurde die Trocken-
heit zur Qual. Die Felder waren ausgedörrt, und die Wiesen verbrannt. An Mariä Geburt, zu Beginn des Holzmondes, näherte sich eine einfache schwarze Kutsche dem Hölltor.
Der alte grauhaarige Kutscher blickte mürrisch drein, während
der Reisende selbst im Verborgenen blieb. Winhold, ein junger Mann mit wachen blauen Augen und glattem Kinn, war
an diesem Tag zur Torwache eingeteilt. Er beugte sich in das
Innere des Wagens, um den Wegezoll zu kassieren, und wich
erschrocken zurück. Obwohl ihm der Reisende, welcher hier
Einlass verlangte, nie zuvor begegnet war, traf ihn der kalte
und unnachgiebige Blick des Fremden ins Mark. Ausgemergelt
und bleich glich sein hageres Gesicht mit den schmalen blutleeren Lippen einem Totenschädel. Sein blütenweißes Ordensgewand mit dem schwarzen Kapuzenmantel wies ihn unver-
kennbar als Bruder des Dominikanerordens aus.

»Gelobt sei Jesus Christus!«, ertönte die kalte Stimme, welche die Macht zu besitzen schien, Wasser in Eis zu verwandeln.

»In Ewigkeit. Amen!«, gab Winhold leise zurück und verbeugte sich leicht. Angesichts des Dominikaners fühlte er sich
wie der Unrat unter den Sohlen seiner Stiefel. Bevor der Mönch
das Wort abermals an ihn richtete, verbarg er seine Hände in
den weiten Ärmeln seines weißen Habits. »Zum Stadthaus der
Dominikaner?«, fragte er knapp.

Winhold räusperte sich. Ihm war, als hätte ihm der harte
Blick des Ordensbruders auf ewig seine Stimme geraubt. Winhold deutete die Gasse entlang. Als der Dominikaner abrupt
nach seiner Hand griff, glaubte sich Winhold in einem Schraubstock aus purem Eis. Er spürte, aus dieser Umklammerung gab
es kein Entkommen!

»Hast du deine Zunge verschluckt, oder warum sprichst du
nicht mit mir?«, vernahm der Wachmann die frostigen Worte.

»Nehmt den Unteren Markt, und dort vorne folgt Ihr der Gradebergstraße. Dann ist es nicht mehr weit. Ihr könnt das prächtige Haus der Dominikaner bereits von Weitem sehen, es ...«

»Schweig!«, fuhr ihn der Mönch an. »Nichts an den Häusern des Dominikanerordens ist jemals prächtig«, belehrte ihn der Fremde mit unbewegter Miene, bevor er grußlos davonfuhr.

Über 14 Tage hinweg hatten sie die Verordnung des Rhazes zweimal täglich erneuert, als sich endlich eine leichte Besserung zeigte. Ein wenig der roten Hitze auf Johannes' Brust war bereits zurückgegangen und das Fieber gesunken. Er schlief, ohne sich beständig auf seinem Lager herumzuwälzen, und seine Augäpfel hinter den geschlossenen Lidern blieben im Gegensatz zu den vergangenen Wochen vollkommen bewegungslos.

Die Sonne stand über den Dächern, als Johannes am Tag des Heiligen Matthei, am 21. des Holzmondes, zum ersten Mal für mehrere Stunden wach blieb. Luzia konnte die Freude über die glückliche Wendung kaum fassen. Wenige Tage später wichen Fieber und Entzündung vollends, und die Wunde begann zu heilen. Rudwin saß jetzt stundenlang an seinem Bett und sang mit seiner klaren und vollen Stimme. Teils blieben die Worte unverständlich, aber die Melodie berührte jeden, der sie hörte. Manchmal saß er auch an Johannes' Bett und hielt nur seine Hand. Freilich wirkte Johannes noch immer sehr geschwächt. Selbst wenn er diese Tatsache gern leugnete, zeugten doch seine hohlen Wangen und die ungewöhnliche Blässe von der schweren Zeit auf dem Krankenlager.

»Komm, leg dich ein wenig zu mir«, bat er schließlich eines Tages mit überraschend kräftiger Stimme, als er aus dem Schlaf erwachte. »Ich sehne mich nach deiner Wärme und nach dem Duft deiner Haut.«

Vorsichtig setzte sich Luzia auf die Kante seines Bettkastens. »Wir sollten noch sehr behutsam sein«, sagte sie streng und küsste ihn verhalten. »Du musst dich noch ein wenig in Geduld üben. Die Wunde auf deiner Brust bedarf noch viele Tage der völligen Ruhe.« Johannes schüttelte den Kopf und lachte. »Glaub mir, du bist die beste Medizin«, flüsterte er und zog sie auf sein Lager.

»Zumindest scheint deine Fantasie bereits genesen zu sein!«, neckte Luzia.

»Das liegt allein an deiner guten Pflege«, gab Johannes zurück.

»Dann hast du sicher vergessen, dass Caspar jeden Augenblick zurück sein kann.« Johannes winkte ab und griff nach ihrer Hand und küsste sie.

»Caspars Augenlicht ist nicht mehr das Beste, und noch ist er nicht zurückgekehrt«, entgegnete er lachend.

Nach all den Wochen des Bangens tat es gut, sein tiefes Lachen zu hören. Wie eine Verheißung klang es in Luzias Ohren. Dennoch wagte sie kaum zu atmen, als sie sich behutsam in seinen Arm legte. Ein Lächeln spielte um seinen Mund. Auch er wusste, dass ihr Verhalten höchst unschicklich war. Zuerst küsste er sie zart, aber bald fanden seine Lippen ihren Mund, und der innige Kuss schmeckte nach Leben und Lachen und nach dem Versprechen einer baldigen Genesung. Sie vergaßen die Welt um sich und tauchten ein in die Wärme ihrer Berührungen. Als Johannes' Hand den Weg auf ihren Leib fand, vergaß Luzia, Atem zu holen. Längst ließ sich ihre Schwangerschaft nicht mehr verbergen. Bis zur Niederkunft dauerte es nach ihrer Berechnung nur noch neun Wochen. Bisweilen strampelte das Kind und trat gegen ihre Bauchdecke, dass es eine helle Freude war. Jetzt weiß er es gleich!, schoss es Luzia durch den Kopf. Ein kurzer Blick in seine grauen Augen bestätigte ihre Befürchtung. Überraschung und Erstaunen lagen darin. Luzia hielt den Atem an.

»Ein Kind!«, flüsterte er.

Luzia nickte. »Dein Kind!«

Johannes richtete sich auf, um den Kopf auf ihren Bauch zu legen, und Luzia spürte, wie das Leben durch ihre Adern floss. Nie würde Luzia das Lächeln vergessen, welches sein Gesicht erhellte.

Mit dem Ende des Holzmondes bekamen die Menschen noch einmal die Hitze des Spätsommers zu spüren. Der Sonntag zu Michaeli begann klar und wolkenlos. Die Zimmerer nahmen ihre Arbeit auf der Hofstatt bereits mit dem ersten Licht des Tages auf. Der Lärm lag wie eine Warnung über der Stadt und bereitete den Überlingern noch mehr Verdruss, als es das viel zu trockene Wetter ohnehin schon tat.

Neben den steigenden Pachten und Mietzinsen, welche sowohl Urban Allgaier als auch das Kloster zu Salmannsweiler für Rebflächen und Felder erhob, stiegen die Getreidepreise immer weiter. Daneben hatte der Allmächtige die Erde erschüttert, sodass Häuser und Scheunen tiefe Risse bekamen. Als wäre das noch nicht genug, erschien an sieben aufeinanderfolgenden Tagen ein eigentümlich heller Stern am Himmel, der den Menschen unheimlich erschien und sie das Fürchten lehrte. In Ensisheim war ein großer Stein mit einem gewaltigen Donnerschlag auf die Erde gekracht. Aus Linz kam die Kunde, dass Kaiser Friedrich III. nach der Amputation seines vom Altersbrand befallenen Beines dem Tod entgegensah. Und im nahen Breisgau und am Oberrhein rotteten sich die aufständischen Bauern zu ersten *Bundschuhbewegungen* zusammen. Es war kein Wunder, dass jede Menge Überlinger auf die Hofstatt strömten, nachdem der wohlhabendste Stadtrat und Zunftmeister der Rebleute, Urban Allgaier, zu einer Kundgabe gerufen hatte. Noch vor der Mittagszeit packten die Holzleute ihre Hämmer und Sägen ein, kehrten die Späne zusammen, welche ihre Stechbeitel und Hobel hinterlassen hatten, und brachten ihre Geschirre nach Hause. Derweil rollten Büttel und Knechte einige Weinfässer herbei. Der Seelenbäcker karrte ein paar Weidenkörbe voller frischgebackener Seelen und Brezeln heran und stellte sie neben den hölzernen Balkon.

Als die Schatten allmählich wieder länger wurden, hatten sich bereits zahlreiche Überlinger auf der Hofstatt eingefunden. Hier, auf dem von eng beieinanderstehenden Häusern flankierten Platz zwischen der Hafengasse und dem Unteren Markt, wurden häufig Gerichtsverhandlungen und Zusammenkünfte jeglicher Art abgehalten. Vielleicht war es die Hitze, die noch immer wie eine schwere Glocke über der Stadt hing. Oder es waren die zahlreichen Humpen Bier oder die ungezählten Krüglein Wein, die die Stimmung der Menschen in einen brodelnden Waschzuber verwandelten. Jedenfalls standen Urban Allgaier und Wenzel Achmüller mit ein paar weiteren Männern der Stadtführung oben auf dem Balkon und hielten mit ihren abenteuerlichen Ausführungen die Stadt in Atem. Jeder von ihnen trug einen leichten Sommermantel aus flandrischem Tuch. Geschmückt wurde diese Pracht aus Zinnoberrot und Royalblau mit schweren edelsteinbesetzten Fibeln aus Gold und Silber. Von Pflummern, der zum Zeichen seiner Amtsmacht die schwere goldene Amtskette trug, hatte seine Meinung bezüglich der bisherigen Gepflogenheiten des Hospitals sorgfältig geprüft. Obwohl er gerade jetzt dort oben auf dem Balkon keinen sehr glücklichen Eindruck machte, wusste er nun doch, wo sein Platz war. Nachdem sich Johannes von der Wehr bereits seit vielen Wochen in der Johanniterkommende versteckt hielt, was einem Schuldeingeständnis gleichkam, war er schließlich gezwungen gewesen, Bader Achmüller die Lenkung des Sankt-Gallus-Hospitals zu überlassen. Seither musste er sich tatsächlich eingestehen, dass die Stadtkasse ihre Einnahmen vermehrt hatte. Freilich waren nun die Armenhäuser heillos überfüllt, und der Blatterngraben glich einem einzigen dreckverkrusteten Lumpen, aber im Säckel klimperten die Gulden. In Gedanken hob von Pflummern seine Schultern. Letztlich war sich ein jeder doch immer selbst der Nächste!

Nach einem gemächlichen Beginn sprach Allgaier die Zins- und Pachterhöhungen an, die er von seinen Bauern für die Ländereien Restlehof, Kogenbach und Hohenlinden verlangte. Auf der anderen Seite erklärte er jammernd, dass die Reichsabtei Salem ihn mit unverfrorenen Abgaben belegt hatte. Obwohl ihm wohl niemand so recht glaubte, dass das wohlhabende Haus Allgaier darunter wirklich litt, schlug er die Leute mit seinem Gezeter in den Bann. Als die Gemüter erst kochten und der Hass hohe Wellen schlug, wagte er sich in seiner Rede weiter vor. Immerhin hatte er Ottilia sein Wort gegeben. »Bürger und Bürgerinnen zu Überlingen«, rief Allgaier in die Menge, während er eine würdige Geste vollführte, die einem König zu Gesicht gestanden wäre. »Neben den kirchenpolitischen Zwängen und Ränkeschmieden, die wir ohnehin nicht zu ändern vermögen, gibt es noch weitere Rechtsbrüche und Freveltaten, deren Wandlung uns durchaus obliegt. Oder glaubt ihr etwa immer noch, dass es mir oder meiner lieben Tochter anzulasten sei, dass meine geliebte Nichte, unser liebes Ännchen, unter der Niederkunft ihres Kindes ihr unschuldiges Leben ausgehaucht hat?«

Ein paar aus der Menge schüttelten den Kopf. Andere sahen sich schulterzuckend um und erhofften sich Entscheidungshilfe durch einen Nachbarn.

»Wenn ihr noch immer an die Unschuld des Medicus glaubt, frage ich euch, weshalb hält sich dieser Quacksalber denn nach wie vor dort oben in der Kommende versteckt?« Nach einer kurzen Pause hob er abermals die Stimme. »Für mich ist das ein klares Eingeständnis seiner Schuld! Wäre er unschuldig, wie er zuletzt behauptet hat, so bräuchte er das hohe Gericht nicht zu fürchten!«

»Ja! Zum Henker, Ihr habt recht!«, antworteten einige auf dem Platz. Allgaier nickte zufrieden.

»Schuld haben dieser studierte Medicus und seine rote Metze!«, krakeelte Eggi, der Schiffer.

»Sicher dauert es nicht allzu lange, bis die Gassnerin einen Braten in der Röhre hat!«, rief eine junge Frau mit verbittertem Gesicht. »Ich sage euch, dieses Weib hat sich längst der Unzucht schuldig gemacht!« Die Bauern vom Kogenbach pflichteten ihr johlend bei. »Und den blöden Rudwin hat sie auch dabei! Hört ihr ihn nicht auch des Nachts den Mond anheulen?«

»Er jault und heult wie ein Wolf!«, antwortete einer vom Restlehof. »Lasst uns endlich die Jagd auf den jungen Wolf und die Ritterhure eröffnen! Lasst sie uns aus ihrem sicheren Adlernest zerren und ihr den Strohkranz aufsetzen!«

»Die elende Metze soll die Birne des Papstes zu spüren bekommen!«, brüllte Eggi, der Schiffer, aufgeregt und stieß die geballte Faust in die Menge.

Johannes, der seinen Platz an der Ecke zur Hafengasse bezogen hatte und die Worte der Stadträte und Zunftmeister von dort aus verfolgte, bekreuzigte sich in Gedanken. Er hatte den schwarzen Mantel der Johanniter gegen einen verschlissenen Umhang getauscht, den er zuvor mit Schweinemist bearbeitet hatte. Auf diese Weise hielt er die Leute auf Abstand. Mit der tief ins Gesicht gezogenen Gugel wirkte er allemal wie ein ärmlicher Tagelöhner, der allein des Freibiers wegen auf der Hofstatt erschienen war. Jodok und Gottfried, die ihn begleiteten, hatten sich ebenfalls in löchrige Umhänge gehüllt und ihre Gesichter mit Kohle geschwärzt.

Die Papstbirne!, dachte Johannes fassungslos. Ungefragt drängte sich ihm das grausamste aller Folterwerkzeuge in den Sinn. Mit der Birne wurde vor allem der Tatbestand der Unzucht bestraft. Diese Folter endete ausnahmslos tödlich.

»Der Tag kommt, und ich sage euch, er ist nicht mehr fern, an dem dieser Dreckskerl mir gehört«, flüsterte Jodok an seine Ritterbrüder gewandt.

»Wenn mir das Schwein beim nächsten Mal über den Weg läuft, schneide ich ihm die Kehle durch!«, erwiderte Gottfried mit grimmiger Miene. Beide Ritter waren noch jung und von überschäumendem Temperament.

»Schhh!«, zischte Johannes ungeduldig. Obgleich ihm ganz ähnliche Gedanken durch den Kopf gingen, wollte er den Reden lauschen. Schließlich war Luzia unter diesen Umständen nicht mehr sicher. Nun wusste er auch, dass es nicht einfach werden würde, aus diesem Hexenkessel zu entkommen.

Achmüller erhob den Becher und prostete in die Menge, bevor er mit seinen ausgestreckten Armen eine einladende Geste vollführte. Grölend erhob die Menge ihre mit Freibier oder Allgaier'schem Wein gefüllten Becher. Mittlerweile hatte jeder eine Seele oder eine Brezel in der Hand und lauschte kauend, was die Herren Stadträte berichteten. Friedbert, Agnes und zahlreiche andere Tagelöhner hatten bereits etliches von dem Gebäck in ihre mitgebrachten Beutel gestopft. Zu ihrer Verwunderung leerten sich die bereitgestellten Körbe dennoch nicht. Selbst der gute Wein floss in Strömen.

»Halt dein Maul!«, grunzte ein junger Mann mit zerlump-tem Kittel und hieb seinem Nachbarn in die Seite. »Jetzt gibt Achmüller seine Meinung zum Besten!«

»Hat sich die Gassnerin nicht bereits schuldig gemacht, als sie uns genau wie Herr von der Wehr mit der Medizin die-ser Ungläubigen vergiftet hat? Statt Gänsemist und Aderlässe finden sich dort oben getrocknete Skorpione und das tödli-che Gift zahlreicher Schlangen. Statt siedendem Öl verordnen sie Verbände und Bäder aus kostbarem Wein, und ihre Hände tauchten sie in Wasser. Dabei weiß doch jedes Kind, dass der Mensch im Dreck geboren ist.«

Achmüller genoss die Wirkung seiner Worte. Letztlich hat-ten sich die Leute vor der befremdlichen Medizin gefürchtet. Die Menge jubelte, und Achmüller dachte, wie leicht es doch war, die Stimmung in einer Stadt zu lenken. Noch vor weni-gen Monaten, gleich nachdem diese Steinmetzin das Öffnen ihres Leibes, durch welchen Zauber auch immer, überlebt hatte, wären die Überlinger für die Medici aus dem Sankt-Gallus-Hospital durch die Flammen gegangen – und heute waren sie nur einen Steinwurf von der Stürmung der Johanniterkom-mende entfernt!

»Habt Ihr Rudwin gesehen?«, fragte Luzia den Stallknecht auf-geregt. Sie selbst hatte ihn mit einem Auftrag für zwei Mes-ser zum Schmied gehen lassen. Freilich befand sich Meister Oswalds Esse lediglich einen Steinwurf von der Kommende entfernt. Doch nun könnte sie sich ohrfeigen, dass sie seinem Drängen so leichtfertig nachgegeben hatte. Über ihre Erregung zitterte ihre Stimme leicht. »Ich kann ihn nirgends finden.«

Eigentlich brachte Rudwin die meiste Zeit des Tages im Stall zu. Dort striegelte er die Kriegsrösser und fütterte sie mit Hafer und Heu. Erst seit er wusste, dass in ihrem Leib ein Kind heranwuchs, verbrachte er viel Zeit bei ihr und half, Calendulasalbe zu kochen und Blutwurztinktur zu destillieren. Abends kauerte er zu ihren Füßen, legte die Hände auf Luzias Bauch und erzählte dem Ungeborenen in seiner eigenen Sprache. Freilich konnte der junge Mann mit dem Geist eines Kindes allein in die Stadt hinuntergehen. Seitdem aber Allgaier die Öffentlichkeit mehr und mehr auf seine Seite gezogen hatte, achtet Luzia darauf, dass auch Rudwin die Kommende nicht mehr ohne Begleitung verließ. Nachdem sie bereits die Wohngebäude und Stallungen sowie das Wirtschaftsgebäude und die Kapelle abgesucht hatte, mehrte sich ihre Sorge. Wäre doch wenigstens Johannes hier!, dachte sie verärgert. Doch dieser befand sich gegenwärtig in der Kommende zum Heiligen Grab zu Mainz. Sehr zu Luzias Überraschung hatte Rudolf von Baden darauf bestanden, dass Johannes ausgerechnet dieser Einladung von Pierre d'Aubusson nach Mainz folgte. Demzufolge erwartete sie Johannes frühestens in 14 Tagen zurück. Als Luzia den Hof überquerte, traf sie schließlich auf Rudolf von Baden.

»Keine Sorge!«, beruhigte dieser Luzia. »Rudwin wird nichts passiert sein. Bedenkt, die Schmiede hat ihn seit jeher magisch angezogen.«

Wenngleich Luzia sich ein wenig beruhigte, tadelte sie ihre Leichtsinnigkeit aufs Neue. Und wenn er doch in die Stadt hinuntergegangen war?

»Ist Euch wohler, wenn ich einen Knappen hinüberschicke?« Der Komtur rief nach seinem Sergeanten, den er zu Meister Oswalds Werkstatt sandte. »Macht Euch keine Gedanken! Auch um Johannes braucht Ihr Euch nicht zu sorgen! Schließlich ist er mit einer Vielzahl seiner Ritterbrüder unterwegs. Und bis zu Eurer Niederkunft wird er längst wieder in Überlingen sein.«

Luzia nickte abwesend.

»Aber nun sagt mir, wie es Euch geht?« Der Komtur setzte die Monate der Schwangerschaft gerne mit einer Art Krankheit gleich und behandelte sie in der Zeit wie ein rohes Ei.

»Danke, es geht mir gut!«, sagte sie rasch.

»Habt Ihr Euch schon Gedanken über eine Wehmutter gemacht?«, fragte er geradeaus.

Eigentlich schickte sich diese Frage für einen Mann nicht, aber in diesem Punkt hatte der Komtur völlig recht. Luzia legte die Hände schützend über ihren Bauch, weil sich das Kind bewegte.

»Ich möchte Ehrentraut dabeihaben und habe ihr bereits einen Brief geschrieben.«

Rudolf von Badens Augen verdunkelten sich ein wenig. Er nickte, aber Luzia erkannte die Zweifel in seinem Gesicht. »Bedenkt, dass die Hebamme noch immer Bedienstete des Sankt-Gallus-Hospitals ist. Vielleicht wäre es besser, eine Wehmutter aus dem Umland zu bestellen.«

Im Grund ihres Herzens wusste Luzia, dass von Baden recht hatte. Wenn Ehrentraut im Hospital weilte, konnte sie ihr nicht beistehen, und überhaupt war es besser, wenn die Nachricht über eine bevorstehende Geburt nicht nach außen drang.

Wenig später kehrte Rudwin in Begleitung des Sergeanten zurück in die Kommende. Luzia fiel ein Stein vom Herzen. Dennoch war sie sich sicher, dass mit dem Jungen etwas nicht stimmte. Etwas oder jemand hatte ihn verstört. Als sie selbst nach längerem Nachfragen zu keiner Erkenntnis gelangte, ließ sie den jungen Mann, wie es seinem Wunsch entsprach, zu den Pferden in den Stall gehen.

»Im Namen des Gesetzes, öffnet sofort das Tor! Oder wir bringen den Rammbock zum Einsatz und stürmen die Kommende!«, erklang die laute Stimme eines Stadtbüttels durch die Nacht. »Wir fordern die Weibsperson, die Ihr in Eurer Burg beherbergt. Namentlich handelt es sich um Luzia Gassner, die sich der schweren Unzucht schuldig gemacht hat! Darüber hinaus fordern wir die Herausgabe des Herrn von der Wehr, der sich wegen des Todes der Anne Stadelmaier zu verantworten hat. Hier stehen die Vertreter der Stadt Überlingen. Namentlich der ehrenwerte Stadtrat und Zunftmeister der Rebleute Urban Allgaier sowie der Stadtrat und Bader Wenzel Achmüller, die beide Klage erhoben haben. Als Nebenkläger treten die ehrenwerte Jungfer Ottilia Allgaier und der Schiffsführer Egbert Schaffner auf!«

Seit Stunden lag Luzia hellwach in ihrem Bett. Seit sich ihr Leib unter quälenden Schmerzen in immer kürzer werdenden Abständen zusammenzog, war an Schlaf nicht mehr zu denken. Obwohl seit ihrem Gespräch mit Rudolf von Baden erst zwei Tage vergangen war, rollten die Wehen unaufhaltsam über sie hinweg. Zunächst hatte sie Ruhe bewahrt und darauf vertraut, der Schmerz werde wieder abebben, doch seitdem die Glocke zur Mitternacht geschlagen hatte, wusste sie, dass die Geburt ihres Kindes bevorstand. Mit jeder neuen Wehe grub sich die Furcht, dass niemand ihr beistehen würde, ein wenig tiefer in ihr Herz. Sie sehnte sich so sehr nach Johannes und verzehrte sich nach seiner Nähe, dass sie bisweilen glaubte, er trete dort durch die niedrige Tür ihrer Kammer. Rasch löschte sie das Wachslicht. Nun waren Schreibtisch und Stuhl, die Kommode und die Truhe unter dem Fenster nur noch schwarze Umrisse. Fast machte es Luzia den Anschein, als bewegten sich die Möbel und schlichen beständig näher um ihr Bett. Während sie vorsichtig über den Fenstersims lugte, ließ ihr die Menge, welche sie dort unten sah, das Blut gefrieren. Etwa 100 Leute hatten sich, mit Mistgabeln und

Spießen bewaffnet, unten vor dem Tor der Kommende eingefunden. Die einfachen Kittel und Bundkappen wiesen sie
als Angehörige des unfreien Bauernstandes aus den umlie-
genden Gehöften aus. Außerdem erkannte Luzia im Licht
der schmauchenden Pechfackeln zahlreiche Lehrlinge des
Rebleutestandes, etliche Tagelöhner und haufenweise Hausierer. Ihre Gesichter wirkten aufgebracht und zornig. Das
Schauspiel, welches sich ihr dort unten bot, wirkte Furcht
einflößend und unheimlich. Luzia spürte ihr Herz bis zum
Halse klopfen. Was sollte sie jetzt tun? Freilich galt die Kommende als uneinnehmbar, dennoch kroch ihr die Furcht wie
ein Ungeheuer über den Rücken.

Schon vor Tagen hatte sie diese eigentümliche Unruhe
erfasst, welche jede Wehmutter als Vorzeichen erkannt hätte.
Sie selbst hatte die Rastlosigkeit ignoriert und auf eine Nachricht von Ehrentraut gehofft. Aber diese war noch immer nicht
eingetroffen.

»Gib doch noch ein wenig Ruhe!«, flüsterte sie und streichelte leicht über ihren Bauch.

»Wir wissen, dass sie dort oben einen Balg ausbrütet!«, rief
der Büttel unter ihrem Fenster. Die Menge johlte. »Raus mit
der Metze!« In der Dunkelheit glichen ihre erzürnten Gesichter bösen Fratzen, und als Luzia den trockenen gelben Strohkranz in Eggis Hand erblickte, zitterte sie vor Angst. Rudwin!, dachte sie. Nun wusste sie, weshalb der Junge vor ein
paar Tagen so verstört gewirkt hatte, als er in die Kommende
zurückgekehrt war. Sie schlug die Hände vors Gesicht und
schluchzte. Tränen brannten hinter ihren Augäpfeln, und die
Furcht ließ ihren Atem stocken. Bereits mit der nächsten Wehe,
die schmerzhaft über ihren Leib hereinbrach, traten ihr die Tränen in die Augen. Im nächsten Augenblick krachte der Rammbock gegen das mächtige Eichenportal der Kommende. Wie, in

Gottes Namen, sollte sie nun zu einer Wehmutter kommen? Angst und Finsternis ließen ihr Herz gefrieren.

Rudolf von Baden öffnete das Fenster, welches sich direkt über dem mächtigen Eichenportal befand. Doch die Menge brüllte nur und ließ ihn nicht zu Wort kommen. Die ersten Steine flogen durch die Luft und landeten krachend auf dem hohen Tor.

»Los, von Baden, gebt uns die rote Hure heraus, dann wird der Kommende nichts geschehen, und wir ziehen wieder ab!«, brüllte Eggi und schwenkte den Strohkranz. »Für die Gassnerin gibt es keinen Ausweg, der junge Wolf hat uns genug erzählt! Also gebt sie uns, auf dass sie ihre Strafe bekommt!«

Der Komtur wirkte beunruhigt, als er seinen Blick über die Menge schweifen ließ. Urban Allgaier hatte die Bauern des Umlandes, welchen er als Gutsherr vorstand, aufgestachelt. Die einfachen Leute waren ihm noch immer zu Frondiensten verpflichtet und mussten sich dem Willen der Allgaiers unterwerfen. Die einfachen Männer legten alles in diesen Kampf, weil ihnen Allgaier das Aussetzen des Blutzehnt für die Dauer eines Jahres zugesichert hatte. Was ihnen ein Mehr an Fleisch und Eiern brachte, sofern der Zunftmeister seinem Versprechen treu blieb. Neben dem nassen Zehnt, der sich auf den gekelterten Wein bezog, hatten sie den Allgaiers auch den Heuzehnt, den Holzzehnt und den Rodezehnt zu entrichten.

Während Allgaier und Bader Achmüller selbst mit dem Bürgermeister und einer ganzen Hand von Räten am gesicherten Ende des Aufmarsches warteten, rückte die aufgepeitschte Menge immer näher zusammen. Viele hatten sich mit Steinen, Äxten oder kurzen Dolchen bewaffnet. In einiger Entfernung schleppten die Allgaier'schen Lakaien bereits Wein und Bier in Kannen herbei, die sie unter den Leuten verteilten. Von Baden erschauerte über die Unverfrorenheit des Zunftmeisters. Allerdings würde ihm selbst diese Zurschaustellung seiner Macht nichts nutzen. Wenn er in wenigen Augenblicken einen Teil seiner Ritter auf den Platz neben dem Krummen Berg entließ, würde es dort zu einem ungleichen Kampf kommen. Noch beteten sie in der Kapelle, doch es sollte nicht mehr lange dauern, bis sie die Kommende unter Einsatz ihres Lebens verteidigten. Der Komtur seufzte. Er hasste das unnötige Blutvergießen und hätte es weiß Gott gerne verhindert, aber die Stadt ließ ihm keine andere Wahl.

»Leute von Überlingen, hört mich an!«, begann Rudolf von Baden, als die Menge einen Augenblick zur Ruhe kam. »Es gibt den Tatbestand nicht, weswegen euch die Herren Allgaier, Achmüller und von Pflummern hierher bestellt haben. Die Herren Stadträte und Zunftmeister haben euch unter falschen Voraussetzungen hierher befohlen. Auf dass ihr alle in den sicheren Tod gehen werdet! Also, kehrt um und geht nach Hause zu euren Frauen und Kindern!«

»Wir kommen wegen der Gassnerin und nicht Euretwegen, also gebt uns, was wir verlangen, und wir ziehen ab!«, brüllte der Arnegger Franz und riss seine Gugel vom Kopf. Auch er hatte einen Strohkranz dabei und warf ihn, an einen langen Stecken gebunden, mehrfach in die Luft. Andere Bauern hieben die Stiele ihrer Mistgabeln und Dreschflegel auf den Boden.

»Luzia Gassner ist das rechtmäßig angetraute Eheweib des Herrn von der Wehr, weshalb es keine Unzucht unter diesem Dach gegeben hat«, log Rudolf von Baden mühelos. »Und nun kehrt um und geht nach Hause.«

»Eine Ehe ist nur gültig, wenn sie unter Zeugen und vor versammelter Stadt geschlossen wird!«

Während der Komtur immer noch auf die Vernunft der Leute setzte, geriet die Menge immer mehr außer Kontrolle. Einige entzündeten mit Pech getränkte Lappen und schleuderten die brennenden Geschosse mithilfe einer Steinschleuder in seine Richtung. Ein paar Brandkugeln landeten auf dem Dach des eckigen Turms.

Längst schon hatte Rudolf von Baden das Fenster wieder geschlossen. Dennoch war sein später Gast eben erst in Begleitung eines Boten durch das schmale Südtor in die Kommende geschlüpft. Aus dem Stadthaus der Dominikaner kommend, war dies die einzige Möglichkeit gewesen, ungesehen hinter die dicken Mauern zu gelangen. Inzwischen saßen sich die beiden Männer gegenüber und sprachen leise miteinander. Mittlerweile senkte die kühle Novembernacht ihren Nebel über die Stadt, während das laute Donnern des Rammbocks mit jedem Schlag gegen das Portal ein wenig drohender klang.

Auch Luzia vernahm jeden Donnerschlag. Das Krachen schürte ihre Angst. Mittlerweile hatten die Wehen sie völlig in ihrer Gewalt, und Luzia fühlte sich wie ein sinkendes Schiff auf offenem Meer. Während sie versuchte, sich von dem Sturm des Schmerzes nicht überwältigen zu lassen, bangte ihr Herz bereits um die Sicherheit ihres Kindes. Sie fühlte sich so einsam wie noch nie zuvor in ihrem Leben. Bald kam jede Wehe einem glühenden Dorn gleich, der mit seinen Flammen das Innere ihres Schoßes entzündete. Der Weg zwischen ihrem Bett und dem Stuhl, auf dessen Lehne sie sich zeitweise stützte, schien endlos. Luzia sehnte sich so sehr nach dem Beistand und den guten Worten einer Wehmutter, dass sie selbst die alte Bradlerin willkommen geheißen hätte. Zwischen zwei Wehen machte sie sich schließlich auf, um nach irgendjemandem zu schicken. Als sie nach schier endloser Zeit die Stiege erreichte, die nach unten führte, spürte sie, wie das Fruchtwasser warm an ihren Beinen hinunterrann. Nun gab es keinen Aufschub mehr, denn mit dem Zerspringen der Fruchtblase kamen die Wehen in noch kürzeren Abständen und ließen ihr bald gar keine Pause mehr. Wie ein wütender Wintersturm tobten die Krämpfe über ihren Leib hinweg und drohten, sie unter ihren hohen Wellen zu begraben.

Schließlich trennten sie nur noch wenige Schritte von der großen Halle. Hier, am Fuß der breiten Steinstufen, sah sie bereits den hellen Feuerschein im Kamin. Fackeln warfen ihr zuckendes Licht an die Wände und auf den Boden aus Sandstein. Als die nächste Wehe sie auf die Knie zwang, setzte sich Luzia auf den kalten Stein und wartete, bis der Schmerz seine Krallen wieder einzog. Dabei presste sie den Ärmel ihres Hemdes über Mund und Nase, denn ihr Atem kam stoßweise und hätte sie in jedem Fall verraten. Wissend, dass sich der Schmerz in ihrem Leib nur kurz zur Ruhe begab, ließ sie ihren Blick schweifen. Dort im Feuerschein vor dem mächtigen Kamin erkannte sie eine Gestalt. Beim Anblick des Mannes im weißen Habit sprang ihr das Entsetzen ins Gesicht. Es war, als würde ihr Eiswasser in die Adern gegossen, als würde ihr Herz gefrieren. Obwohl Luzia bereits für die nächste Wehe Atem schöpfte, spürte sie den Tod. Doch diesmal war es nicht der schöne schwarze Engel, dessen mildes Gesicht Trost schenkte. Heute war es ein Mensch aus Fleisch und Blut, und er saß dort unten über ein zerfleddertes Buch gebeugt und las. Während sein schwarzer Kapuzenmantel über der Lehne eines Scherenstuhls lag, wirkte er in seinem reinweißen Ordensgewand fast wie eine makellose Lichtgestalt. Doch das täuschte! Der Inquisitor Heinrich Kramer war der grausamste Mensch, dem sie je begegnet war. Luzia glaubte, bei seinem Anblick zu verbrennen. Die bleiche Haut umspannte seinen kahlen Schädel wie brüchiges Pergament, und mit seinen schmalen blutleeren Lippen wirkte er wie ein Mensch, dessen Herz lange aufgehört hatte zu schlagen. Luzia war, als atmeten ihre Lungen bereits die alles verzehrende Hitze des Scheiterhaufens, den er einst für sie errichtet hatte. Der Gestank von verkohltem Fleisch und sengendem Haar stach ihr in die Nase. Übelkeit kämpfte sich aus ihrem leeren Magen empor und flutete ihren Mund mit bitterer Galle.

Als Rudolf von Baden den Saal betrat, zitterte Luzia bereits so sehr, dass es ihr nur mühsam gelang, sich an dem geschmiedeten Handlauf des Geländers festzukrallen. Nun war Luzia sicher, dass ihr stilles Flehen erhört worden war. Unter dem Schutz des Komturs wenigstens fühlte sie sich sicher. Stets war er ihr wie ein Vater gewesen! Aber weshalb steuerte Rudolf von Baden nun mit einem Lächeln auf den Lippen geradewegs auf den Inquisitor zu? Entsetzt schüttelte Luzia den Kopf und öffnete ihren Mund zu einem stummen Schrei. Was sie dann jedoch hörte, riss ihr das Herz entzwei.

»Seid ohne Sorge, die Masse beruhigt sich rasch wieder, und die alte Hebamme ist bereits unterwegs. Die Bradlerin soll zusehen, dass dieses Kind auf die Welt kommt, solang sich Johannes noch in Mainz befindet. Sicher kennt die Alte irgendeinen Trank, und dann können wir Luzia Gassner bereits in wenigen Stunden in den Gefängnisturm bringen lassen.«

Als sich Kramer erhob, wichen selbst die Flammen im Kamin zurück und erstarben zu einem Flüstern.

»Setzt Euch!«, forderte ihn der Inquisitor auf. Rudolf von Baden zog einen Scherenstuhl heran, und beide ließen sich vor der Feuerstelle nieder.

»Das Schicksal hat es gewollt«, setzte der Komtur an und räusperte sich, »dass sich die Gassnerin bereits hier in meiner Kommende befindet. Ohne Eurer Schreiben wäre es mir allerdings niemals möglich gewesen, das Netz zu knüpfen, in welchem sich Luzia Gassner nun verfangen hat. Was ihr Treiben vor Jahren in Ravensburg betraf, habt Ihr ja bereits in aller Ausführlichkeit berichtet.«

Kramer schloss das Buch, legte es auf den Tisch und sah Rudolf von Baden lange an. Endlich fühlte er, dass sein Ziel nahte. Luzia Gassner war der Teufel selbst! Sie hatte das Blut unschuldiger Kinder getrunken und deren Seelen der Hölle empfohlen. Für einen Augenblick reichten seine Gedanken weit zurück nach Ravensburg. Ihre Lügen, ihre Taten, ihr ganzes Sein ließen ihm seit Jahren keine Ruhe, verfolgten ihn bei Tag und raubten ihm des Nachts den Schlaf. Sie war die Wurzel allen Übels – die Mutter aller Hexen. Sie war Adams erstes Weib! Sie war Lilith! Wäre sie nicht gewesen, hätte er selbst keine Veranlassung gesehen, den *Malleus Maleficarum* zu verfassen, jenes Traktat, welches einem jeden Bürgermeister, einem jeden Richter, ja selbst den Stadträten die Macht verlieh, die Hexen in seinem Volk aufzuspüren.

»Glaubt mir: ›Es werden Wildkatzen auf Schakale treffen, ein ziegenbehaarter Dämon wird seine Gefährten rufen, und dort wird auch die Lilith verweilen und ihre Behausung finden!‹«, zitierte Heinrich Kramer das *Buch Jesaja*. Bevor er weitersprach, richtete er seine kalten Augen auf das Feuer im Kamin. »Etliche Jahre dachte ich, die Gassnerin sei mir für immer entwischt. Als Ihr mir dann aber von diesem Johannes von der Wehr berichtet, wusste ich, dass es nicht lange dauern würde, bis auch Luzia Gassner ihr Versteck verlässt. Heute fühle ich, dass es Gottes Wille ist, wenn ich diese Hexe ihrer gerechten Strafe zuführe. Immer sind es die Wehmütter und Medici, welche das neugeborene Leben an seiner Quelle berühren. Auf sie müssen die Hexenrichter ihr besonderes Augenmerk legen.«

In der Folge sprachen sie lange über Johannes von der Wehr. »Freilich verliere ich nun auch einen Sohn«, seufzte Rudolf von Baden. »Vielleicht kommt Johannes aber auch zur Vernunft, wenn Luzia Gassner bereits tot ist, bis er aus Mainz heimkehrt.«

Kramer schüttelte den Kopf und barg seine Hände in den weiten Ärmeln seines blütenweißen Habits. »Die Heilige Inquisition fordert ihre Opfer. Daran solltet Ihr Euch allmählich gewöhnt haben! Nicht umsonst bezeichne ich den Hexenflug sowie den Pakt mit dem Teufel als ›crimen atrocissimum‹, als das furchtbarste aller Verbrechen!«

Rudolf von Baden nickte. »Hättet Ihr mir nicht die Augen geöffnet und mich gewarnt – nie hätte ich hinter dieser Medica eine Hexe vermutete.«

Kramer erhob sich und fixierte den Komtur mit eisigem Blick. »Ihr habt keine Ahnung, wovon ich spreche! Luzia Gassner ist keine Hexe. Sie ist der Teufel! Achtet darauf, dass uns auch ihre Teufelsbrut nicht entkommt. Auf dass wir auch ihren Bastard verbrennen.« Mühsam gelang es Luzia, die aufkommende Übelkeit, die ihr Kramers Worte bereitete, zu unterdrücken. Diesmal wollte er nicht nur sie, diesmal hatte er es auch auf ihr Kind abgesehen!

Das Erste, was sie fühlte, als ihre Sinne wieder erwachten, waren raue Hände, die sich grob in ihren Schoß drängten. Als Luzia die Augen öffnete, blickte sie in das verhärmte Gesicht der alten Bradlerin. Dennoch spürte sie das warme Gefühl der Hoffnung, welches sie ein wenig stärkte. Immerhin hatte die Alte schon vielen Kindern auf die Welt geholfen. Wenige Augenblicke später sah Luzia aber in den schreckgeweiteten Augen der Wehmutter etwas zutiefst Bedrohliches.

»Euer Kind liegt falsch! So kann ich Euch niemals entbinden«, murrte die Alte und trocknete die Hände an einem fleckigen Leinen, das sie aus ihrem Beutel zog. Rasch rückte sie ihre Haube zurecht und verbarg die grauen Strähnen, die ihr ins Gesicht fielen. In ihrer Stimme lag etwas Endgültiges. Die Worte hingen wie ein düsteres Mal in der Luft. Machtvoll und dunkel zerbrach die Hoffnung in Luzias Herz in 1.000 Stücke.

Dann kam ihr Heinrich Kramer wieder in den Sinn, und Luzia dachte, dass es vielleicht auch eine Gnade Gottes war, wenn er sie hier zusammen mit ihrem Kind sterben ließ.

»Haltet mir bloß den Blöden da vom Leib«, fauchte die Bradlerin in diesem Moment und rückte ein Stück von Rudwin ab. »Er trägt den Satan in sich.«

Rudwin saß vor Luzias Bett auf dem Boden und wiegte seinen Oberkörper laut summend vor und zurück. Dabei wirkte sein Gesicht wie eine steinerne Maske, glaubte er doch, dass es allein seine Schuld war, wenn Luzia jetzt diese Schmerzen litt.

Aber was hätte er tun sollen? Jungfer Allgaier hatte ihn auf dem Weg zu Meister Oswald aufgehalten. In der engen Gasse hinter der Schmiede war sie furchtbar böse geworden und hatte ihm immer wieder ins Gesicht geschlagen. Gedroht hatte sie ihm und ihn mit ihrer schrillen Stimme angebrüllt. »Wenn du mir nicht die Wahrheit sagst, wirst du Luzia nie wiedersehen, hast du mich verstanden?« Rudwin nickte, das waren Jungfer Allgaiers Worte gewesen, und jetzt lag Luzia dort auf dem Lager, und die alte Frau sagte etwas vom Tod!

Rudwin selbst hatte Luzia auf der Treppe gefunden. Sie war vor ihrer Kammertür zusammengesunken. In seiner Not war er ins Infirmarium gelaufen und hatte Augustus vom Walde geholt.

24

DIE DUNKLE NACHT verschluckte die schwarzen Übermäntel der Ritter. Einzig das helle Kreuz leuchtete hin und wieder im fahlen Mondschein. Bereits mit dem Beginn des vorvergangenen Tages hatten sich Johannes und seine Waffenbrüder auf den Weg zurück nach Überlingen gemacht. Bis auf eine kurze Rast und eine Mahlzeit in der Höhe von Reutlingen waren sie den gesamten Weg durchgeritten. Die Reise hatte sich gleich einem langen Wurm ewig hingezogen und war an jeder Wegkreuzung weiter verzögert worden. Selbst jetzt wollte sie die Torwache zunächst nicht einlassen, doch mit dem Erkennen des Johanniterkreuzes ließ der bewaffnete Wachmann die Gruppe durch das Hölltor in die Stadt einreiten.

»Gebt acht, dort oben vor der Kommende ist die Hölle los!«, riet der ebenfalls dunkel gekleidete Mann und hob seine Hellebarde. Mit einem Nicken entließ sie der Wachmann schließlich auf den Weg ins Ungewisse.

Johannes jagte davon. Er wusste nicht, weshalb ihnen die Vorsehung bereits mit der Abreise aus Mainz nicht mehr gewogen gewesen war, aber nun roch er die Gefahr förmlich. Der Lärm, der wie ein Hausierer durch die Gassen schlich, ließ ihn wissen, dass er nicht eine Stunde zu früh kam. Die letzten Schritte, die ihn und seine Ritterbrüder jetzt noch von der Ordensburg trennte, schien ihm zäh wie altes Leder. Erschöpft trieb er seinen schwarzen Hengst noch ein allerletztes Mal an und gab ihm die Sporen. Nie hatte er sich so sehr danach gesehnt, seine Frau in die Arme zu nehmen und die Nacht an ihrer Seite in einem anständigen Bett zu verbringen.

»Langsam, Gottfried!«, warnte Johannes den Ritter zu seiner Linken, der in seinem jugendlichen Leichtsinn unbedacht voranpreschte. »Wie der Wachmann bereits gesagt hat, stimmt hier etwas ganz und gar nicht!«

Während ihnen ohrenbetäubendes Kampfgeschrei entgegenflog, wurde Johannes von einer inneren Anspannung zerrissen, einer furchtbaren Unruhe, die ihn bereits vor Tagen beschlichen hatte. Als sie ihre Pferde endlich über den Gradenberg auf die Kommende zutrieben, begegneten ihnen im flackernden Licht der Fackeln die ersten Kämpfenden. Es war ein schauriges Bild, das sich Johannes und seinen Brüdern dort oben bot, denn anders als im Gallushaus befanden sich die Ritter noch leicht in der Minderzahl. Zum einen waren etliche Waffenbrüder weitergezogen, um die Pilgerwege ins Heilige Land zu sichern, und zum anderen kehrte erst mit Johannes eine große Zahl an Ordensbrüdern in die Kommende zurück. Freilich waren die Bauern, die Tagelöhner und die einfachen Handwerker den Rittern im Kampf weit unterlegen, aber die Wut war es, die sie zu Bestien werden ließ. Unterstützt wurden sie von den Wachmännern, die mit ihren Schwertern wie besessen auf die Johanniter einschlugen. Die ankommenden Ritter fanden sich einer lärmenden Wand aus Männern gegenüber, die ihre mitgebrachten Mistgabeln, Dreschflegel und angespitzten Stangen mit zornigen Mienen gegen sie erhoben.

»Halt, den nicht!«, brüllte Egbert, der Schiffer, über den Lärm hinweg, als einer der Wachmänner mit erhobenem Schwert auf Johannes zustürmte. »Der Medicus gehört mir! Mir allein!«, bellte er und hieb dem erstaunten Wachmann seine Klinge in die Brust. Erst als Johannes ebenfalls sein Schwert zog, zeigte sich ein hinterhältiges Lachen auf dem groben Gesicht des Schiffsführers. »Wir sind gekommen, Euch zu holen! Und auf Eure rote Hure wartet bereits der Strohkranz!«, feixte er und wischte sich mit dem Ärmel über die blutende Nase. »Wenn wir erst Hurenhochzeit mit ihr gefeiert haben, werden wir schon sehen, ob sie ihr Haupt immer noch so hoch erhoben trägt!«, schnaubte Egbert und spuckte in Johannes' Richtung.

»Drecksack!«, knurrte Johannes, während er sich aus dem Sattel lehnte und den Schiffsführer ein beträchtliches Stück in die Höhe riss, bis diesem die Luft knapp und das Gesicht blau wurde.

»Hurensohn!«, zischte Gottfried, der neben Johannes ritt, und zog streitbar sein Schwert. Doch Johannes hielt seinen sehr viel jüngeren Ritterbruder zurück.

»Lass es gut sein, dieser Bastard ist es nicht wert, dass du dein Gewissen mit einem Mord belastest!«

»Seht her!«, keuchte Egbert, als er wieder zu Atem kam und zeigte mit der Spitze seiner Waffe auf Johannes. »Der feine Herr ist sich zu schade für einen Kampf unter Männern!«

»Der Medicus ist ein elendiger Feigling!«, rief ein junger Hausierer mit lückenhaften Zähnen. Brüllend erhob er seine Mistgabel gegen einen anderen Ritter.

»Und aus seinen Waffenbrüdern will er ebenfalls Weiber machen!«, grinste Egbert verschlagen. »Vielleicht taust du ja ein wenig auf, wenn wir deine Metze auf der Hofstatt mit Ruten streichen und sie dann aus der Stadt jagen!«, grölte er laut. »Aber zuerst reiße ich dir dein elendes Herz heraus und verfüttere es den streunenden Kötern unten in der Hafengasse.«

Obwohl Johannes nach dem langen Ritt vor Müdigkeit und Erschöpfung fror, zog er sein Schwert. Zorn brodelte ihm bis unter die Schädeldecke. Rot und heiß bahnte sich die Wut über

Egbert Schaffners unverschämte Rede eine glühende Schneise vom Kopf bis in die Schwerthand. Als Ritter war es seine Aufgabe, Leben zu schützen und nicht, es zu nehmen! In diesem Augenblick musste er sich das Gelöbnis seiner Schwertleite ins Gedächtnis rufen. Andernfalls hätte er dem Schiffer mit Sicherheit die Zunge herausgerissen.

»Jetzt wissen wir auch, warum deine Metze die Gassen Überlingens gemieden hat wie der Bocksbeinige die Kirche!«, brüllte Ottilia aus dem Hinterhalt. Ihr Gesicht glich einer verzerrten Maske. Wie es ihr gelungen war, sich trotz des Kampfgetümmels am Rand der Ordensburg bis zu Johannes durchzuschlagen, wusste niemand so recht. Jedenfalls baute sie sich in ihrem bodenlangen schwarzen Umhang vor Johannes auf und spuckte ihn an. »Verräter!«, bellte sie. »Falls du es nicht mehr weißt, hast du mir die Ehe versprochen! Und nun besteigst du dieses rote Hurenweib«, brüllte sie wie eine Besessene und schlug mit aller Kraft auf Johannes ein.

»Der Balg, den deine Metze dort oben ausbrütet, ist ohnehin ein Kind des Satans! Am Ende wisst ihr nicht einmal, wer von euch stolzen Rittern denn nun Vater wird«, schrie sie außer sich vor Zorn.

Immer mehr Männer gingen blutüberströmt und taumelnd zu Boden und erlagen einem einsamen Tod. Diese sinnlose Schlacht konnten sie niemals gewinnen. Ein paar Bauern vom Kogenbach hatten sich bereits davongestohlen und hofften, Allgaier würde ihr Verschwinden nicht bemerken.

Am Rande des Getümmels sah Johannes, wie Urban Allgaier auf seine Tochter einredete. Ärger zerfurchte sein Gesicht, als er sie mit aller Mühe vom Schauplatz fortzog. Nachdem sie sich auf halbem Weg von Urban Allgaier losgerissen hatte, verschwand sie in der Menge.

Johannes fuhr herum, als Egbert Schaffner vollkommen unerwartet mit seinem Schwert auf Gottfried einstach und den jungen Ritter tödlich verletzte. Entsetzen stand in Johannes' Gesicht, als er vom Pferd sprang und den jungen Mann an den Rand des Geschehens trug. Schaffners Klinge war zwischen dem Brustschild und dem Schulterpanzer eingedrungen. Johannes konnte nur zusehen, wie der junge Ritter starb. Mit Gottfrieds letztem Herzschlag zog er erneut sein Schwert. Er hatte keine andere Wahl. Der scharfe Stahl seufzte, als Johannes den Kopf des Schiffers mit einem einzigen Hieb vom Leib trennte. Selbst im Tod zeigten die schreckgeweiteten Augen des Kapitäns noch eine tiefe Verwunderung. Johannes empfand kein Bedauern.

Schließlich neigte sich der Kampf langsam seinem Ende zu. Das blutige Morden war fast vorbei, als plötzlich die schmale Tür im großen Portal aufschwang. Rasch schmiegte sich Johannes an den Hals seines Hengstes und trieb das Ross durch die Tür. Dort drückte er einem Knappen die Zügel in die Hand und eilte durch die Hintertür in das Hauptgebäude. Jeder einzelne seiner Gedanken gehörte nun Luzia.

Von Badens Stimme drang durch den langen Korridor leise an sein Ohr. Offenbar unterhielt er sich mit einem Gast, was Johannes äußerst seltsam vorkam. Gewöhnlich kämpfte der Komtur an der Spitze seiner Männer und saß nicht in der großen Halle, um Besuch zu empfangen. Während er mit langen Schritten den Flur Richtung Halle durchmaß, eilte ihm der Komtur bereits mit ausgebreiteten Armen entgegen.

»Johannes!«, rief Rudolf von Baden überschwänglich. »Gut, dass du endlich heimgekehrt bist! Du siehst müde aus. War die Reise so beschwerlich?« Johannes nickte.

»Glaub mir, sonst wären wir bereits früher eingetroffen. Aber was hatte dieses Gemetzel dort draußen zu bedeuten?«

»Urban Allgaier und Bader Achmüller haben eine Armee von Bauern, Handwerkern und Tagelöhnern aufgestellt. Nun, und den Rest hast du ja selbst erlebt«, erklärte der Komtur. Bei Gott!, dachte Johannes, hoffentlich ist Luzia nichts geschehen!

»Ich glaube, Jungfer Allgaier war auch nicht ganz unbeteiligt. Ich habe sie in rasender Wut gesehen.«

Johannes blieb ihm eine Entgegnung schuldig. Sicher hatte auch sie ihre Finger im Spiel, und er konnte sich gut vorstellen, wie Ottilia ihren Vater bekniet hatte, bis er diesen Aufmarsch angezettelt hatte.

»Allgaier hat den Tod der Bauern und Handwerker hingenommen, obwohl er wusste, dass sie den Rittern weit unterlegen waren.«

Von Baden nickte. »Ja, das ist in der Tat sehr bedauerlich. Aber nun ist es vorbei.«

»Und Luzia?«, fragte Johannes vorsichtig. »Ihr geht es doch gut, oder?«

Der Komtur legte ihm die Hände auf die Schultern. »Zweifelst du etwa an meinem Wort?«

Beschämt vertrieb Johannes die Gedanken und schüttelte den Kopf. »Nein, aber lasst uns später reden.«

»Geh hinauf, die Wehmutter ist bereits bei Luzia, es wird nicht mehr lange dauern, bis dein Sohn zur Welt kommt!«

Als Johannes die schwere Eichentür zu Luzias Gemach aufstieß, verwandelte sich die Vorfreude binnen eines einzigen Atemzugs in ein kaltes Meer aus Sorge. Der Anblick, der sich ihm bot, zerriss sein Herz.

»Luzia, Liebes!«, entfuhr es ihm, als er sie in ihrem Schmerz sah. Er hatte sich nicht einmal die Zeit genommen, sich zu waschen, als er neben ihrem Lager auf die Knie fiel.

Luzia öffnete die Augen. »Du bist zurück!«, flüsterte sie erschöpft und versuchte ein Lächeln.

Johannes nickte und strich ihr ein paar Strähnen aus dem Gesicht, bevor er sie vorsichtig küsste.

Gleich darauf verdüsterte sich ihre Miene. »Johannes!«, mahnte sie mit zitternder Stimme. »Heinrich Kramer ist hier! Er sitzt mit Rudolf von Baden unten in der Halle!«

Johannes schüttelte den Kopf und streichelte ihre Wange. »Du brauchst dich nicht zu fürchten. Heinrich Kramer kann dir nichts tun. Er ist weit fort«, versicherte er. Dann wandte er sich an die alte Bradlerin, die ihm erklärte, dass das Kind nicht zu drehen war. »Könnt Ihr denn gar nichts machen?«, stieß er aufgebracht hervor. Er weigerte sich, ihren Ausführungen zu glauben. Luzia war das blühende Leben selbst gewesen, als er die Kommende verlassen hatte, und nun war sie dem Tode nah.

Ärgerlich schüttelte die Wehmutter den Kopf. »Glaubt mir, ich habe alles versucht. Die Wehen bekommen immer mehr Kraft, doch das Kind kann nicht heraus.«

Johannes wusste, dass ein Wehensturm die Macht besaß, die Gebärmutter zu zerreißen, und dann war Luzia nicht einmal durch ein Wunder zu retten. »Alraune und Bilsenkraut! Ein Bad aus Beifuß oder Dämpfe aus Majoran und Frauenmantel!«, brauste er auf und bedachte die Bradlerin mit vorwurfsvollen Blicken. All das hatte Luzia stets versucht, wenn sie einer Gebärenden beigestanden hatte. »Weshalb zum Teufel habt Ihr denn noch nichts unternommen?« Erst als sein Blick auf den mit allerlei Flaschen, Tiegeln und Gläsern überhäuften Tisch fiel, wusste er, dass die Alte alles versucht hatte, was in ihrer Macht stand.

Gereizt stemmte die Bradlerin ihre Hände in die breiten Hüften. Zum Teufel mit der Gassnerin!, dachte sie wütend. Rudolf von Baden hatte ihr mehrfach gesagt, wie wichtig es sei, dass die Gassnerin die Geburt überlebte. Den Gulden bekam sie nur, wenn der Komtur mit ihrer Arbeit zufrieden war, andernfalls ging sie leer aus. Ein ganzer Gulden!, dachte sie und leckte sich die Lippen. Was allerdings auf sie zukam, wenn ihr diese vermaledeite Medica gar unter den Fingern wegstarb, wollte sie gar nicht wissen. Dann musste sie zusehen, dass sie ungesehen die Stadt verließ.

Das Kind lag quer in Luzias Leib, und sie selbst hatte schon lange keine Kraft mehr. Die Wehen hatten sie vollkommen ausgelaugt und sie aller Hoffnung beraubt. Eine fast gespenstische Stille senkte sich über ihr Gesicht. Ihre Augen lagen tief in den Höhlen, und ihre Wangen hatten bereits die Farbe von frisch gefallenem Schnee angenommen.

»Johannes!«, flüsterte Luzia in der kurzen Pause, die ihr der unerträgliche Schmerz gestattete, bevor er seine scharfen Zähne abermals mit unerbittlicher Kraft in ihren Leib trieb. »Heinrich Kramer ist hier«, murmelte Luzia. »Rudolf von Baden hat ihn selbst eingeladen. Sieh nach, wenn du mir nicht glaubst! Versprich mir, dass du unser Kind …« Der Rest ging im Schmerz der nächsten Wehe unter.

Johannes' Gedanken rasten. Heinrich Kramer! Bedenken waren ihm bereits vor der Abreise nach Mainz gekommen. Weshalb nur hatte ihn Rudolf so kurz vor Luzias Niederkunft wegen einer solchen Nichtigkeit fortgeschickt? Johannes schüttelte den Kopf. Er musste sich vergewissern, ob Luzia wirklich recht hatte. Er musste selbst nachsehen.

Johannes öffnete die Tür, doch die Stimmen drangen nicht bis in den Turm herauf. Leise ging er die Stufen hinab und schlich den Korridor entlang. Nun hörte er von Badens Stimme deutlich. Im Schatten der Steinsäulen setzte er vorsichtig einen Fuß vor den anderen, und dann sah er ihn mit eigenen Augen – Heinrich Kramer! Johannes hatte das Gefühl, als bliebe ihm auf der Stelle das Herz stehen, und als er den leisen Worten des Inquisitors lauschte, wusste er, dass Luzia recht hatte! Nun erkannte auch er die dunkle Macht in den Augen Rudolf von Badens. Mit einem Mal war ihm der Mann, der viele Jahre sein Freund und Mentor gewesen war, völlig fremd. Die Gewissheit, dass er sich so sehr in ihm getäuscht hatte, entsetzte ihn. Mordgelüste stahlen sich in seine Gedanken. Rasch nahm er den Weg zur Treppe zurück, als ihn Wolfram von Hohenstein in eine Mauernische zog.

»Schhh!«, sagte er und legte den Zeigefinger über seine Lippen. Johannes folgte dem Ordenspriester über die Treppe in den ersten Stock.

»Du musst mit Luzia fliehen. Sie befindet sich in größter Gefahr! Rudolf von Baden selbst hat den Inquisitor Heinrich ...«

»Ich weiß!«, erwiderte Johannes und nickte. »Aber für eine Flucht ist es zu spät. Luzia liegt in den Wehen, und die Geburt schreitet nicht voran.«

Der Ordenspriester nickte. »Was willst du dann tun?«

»Wir müssen Luzia ins Infirmarium bringen, ich brauche Licht und die Instrumente für eine Schnittentbindung.« Wolfram von Hohenstein wich alle Farbe aus dem Gesicht. Aber er nickte.

Als sich ihre Wege trennten, eilte der Ordenspriester zu Augustus vom Walde, um ihn von Johannes' Vorhaben zu unterrichten.

Augustus vom Walde hatte alles vorbereitet, als Johannes Luzia mit Wolfram von Hohensteins Unterstützung auf das hochbeinige Bett legte. Wachskerzen und Unschlittlichter in großer Zahl erhellten das Bett, die Wände und den kleinen Tisch. Johannes fasste nach Luzias Hand und stellte mit Entsetzen fest, dass sie eiskalt war. »Wir brauchen auf der Stelle

Wärme! Rasch!«, trieb er den Ordenspriester an. »Bring warme Steine und noch mehr Licht!«

Als Wolfram von Hohenstein gegangen war, um das Gewünschte zu holen, mischte Johannes das Viertel eines Fingerhutes von der grünlich schimmernden Alraune mit dem Saft des Schlafmohns in schwerem Wein. Diese Mischung flößte er Luzia löffelweise ein.

Ich kann es nicht!, dachte er. Was, wenn Luzia unter meinen Händen stirbt? Der sinnlose Tod der Anne Stadelmaier kam ihm in den Sinn. Freilich wusste Johannes, dass ihn Allgaier in eine heimtückische Falle gelockt hatte. Aber am Ende stand doch der Tod, und dem war es völlig gleichgültig, weshalb er ein Leben fällte.

Seine Hände zitterten, als er einen Augenblick seinen Kopf auf Luzias Brust legte. Die darauffolgende Stille wurde ihm unerträglich, bis er Luzias Hand auf seinem Haar spürte. Vielleicht waren dies die allerletzten Momente, die er mit ihr verbringen durfte, bevor sie in den ewigen Schlaf sank.

»Ich weiß, dass du es kannst, und ich vertraue dir«, flüsterte Luzia in diesem Moment. Augustus vom Walde und der Ordenspriester nickten. Beide hatten sich bereit erklärt, Johannes zu unterstützen, obwohl Wolfram mit Schrecken an seine letzte Assistenz zurückdachte.

Und die Bradlerin wusste nichts Besseres zu tun, als aufgebracht zu keifen. »Ohne Rudolf von Baden Bescheid zu geben, werde ich Euch auf keinen Fall helfen! Wenn die Gassnerin stirbt, bekomme ich meinen Gulden nicht!«

»Dann setzt Euch in eine Ecke und haltet Euren Mund!«, fuhr Wolfram von Hohenstein die Wehmutter an. »Der Komtur möchte unter keinen Umständen gestört werden, habt Ihr mich verstanden?«

Trotz der späten Stunde herrschte im Infirmarium noch reger

Betrieb, als Luzia das Bewusstsein verlor. Augustus eilte zwischen den Patienten umher und versorgte Wunden, welche die Schlacht hinterlassen hatte. Selbst ein paar Bauern kamen humpelnd und mit hängendem Kopf und baten kleinlaut um Hilfe.

Augustus vom Walde hatte alle Instrumente für die Operation bereitgelegt und mit einem sauberen Leinen zugedeckt.

Wenn Luzia nun stirbt, kann ich sie nicht einmal in meinen Armen halten!, dachte Johannes und schluckte schwer. Er musste alles auf eine einzige Karte setzen, doch seine Hände waren gefühllos und taub. Schließlich griff er nach dem Messer, das der Schmied extra für ihn gefertigt hatte. Die Klinge war scharf und klein. Als er das Messer durch die obersten Hautschichten führte, spürte er Wolfram von Hohensteins Hand auf seiner Schulter. Johannes nickte. Er fühlte, wie das Leben in seine Hände zurückfloss. Nun konnten seine Finger sehen. Rasch waren Fettgewebe und die dunkelrote Muskulatur durchtrennt. Mit bedächtiger Eile öffnete Johannes die Gebärmutter. Ein Rest Fruchtwasser und Blut spritzten ihm entgegen. Es roch nach Salz und Meer. Nach Anfang und Ende. Als er blind in das Meer aus Rot griff, spürte er das Leben, das sich ihm entgegenwölbte und auf ihn vertraute. Schon wenige Herzschläge später war das kleine Mädchen geboren. Wolfram von Hohenstein nahm es entgegen und wickelte das Neugeborene in warme Leinentücher. Die Haut des Kindes schimmerte bläulich, aber seine Schreie klangen gesund und kraftvoll. Sogar die Bradlerin reckte ihren Hals und stierte auf die beiden Männer und das Kind, selbst wenn sie dabei nur an ihren Gulden dachte.

»Beeil dich!«, sagte Johannes, an Wolfram von Hohenstein gewandt. »Ich kann nichts mehr sehen, du musst die Scharpie in die Wunde pressen.« Wolfram von Hohenstein fühlte, wie ihm die Knie weich wurden. Mit zitternden Händen presste er Berge von Leinen und Scharpie in Luzias offenen Leib und suchte den roten Lebensstrom aufzuhalten.

»Was macht Luzias Herz?«, fragte Johannes an Augustus gewandt.

Augustus schüttelte den Kopf, nachdem er das silberne Hörrohr auf Luzias Brust gesetzt hatte. »Ihr Herz schlägt nur noch schwach!«

Ottilia presste das Messer dicht gegen ihren Leib. Sie fühlte das kalte Metall der Klinge durch den Wollstoff ihres schwarzen Umhangs hindurch. In die Kommende zu gelangen, war ein Kinderspiel gewesen. Niemand hatte sie aufgehalten, denn der schwarze Mantel und die Kapuze verliehen ihr das Aussehen eines Bauern. Diesmal wollte sie selbst dafür sorgen, dass Luzia Gassner für immer aus ihrem Leben verschwand.

»Halt, wo wollt Ihr hin?«, rief Rudolf von Baden ihr nach, als sie sich plötzlich in der Halle befand. Rasch eilte sie in den langen Korridor zurück und hoffte, der Komtur möge ihr nicht folgen. Ottilia hatte keine Ahnung, wo sie sich befand. Kopflos rannte sie bis ganz zum Ende des Flurs und nahm die schmale Treppe, die sie über steile Stufen in einen eckigen Turm brachte. Dem dichten Qualm, der wie ein heller Teppich über dem Boden schwebte, schenkte sie keine Beachtung. Ein Gefühl des Triumphs erfüllte sie. Ottilia war sich sicher, dass sich hinter einer dieser Türen Luzia Gassners Kammer befand. Von unten drangen von Badens Stimme und seine Schritte durch den hohen Turm. Rasch schlüpfte sie durch die nächstbeste Tür. Als sich Ottilia umsah, fehlte von Luzia Gassner jede Spur. Hinaus konnte sie nicht mehr, denn vor der Tür wartete bereits der Komtur. Erst jetzt erkannte sie, dass sie sich in einem Vorratsspeicher befand. Ihr Herz klopfte, als sich die Klinke mit einem leisen Quietschen senkte. Rasch steckte sie das Messer in die

Tasche ihres Mantels und griff nach einer der Latten, die zuhauf in der Ecke standen. Sie holte aus, und als die Tür aufschwang, schlug sie zu. Zunächst taumelte der Komtur nur etwas zur Seite. Als Ottilia ein zweites Mal ausholte, verletzte das schwere Holz Rudolf von Badens Schläfe, und er ging zu Boden.

»Einst so mächtig und nun so gering!«, spottete Ottilia. Sie wusste nicht, ob der Komtur ihre Worte noch hörte. Das Gebälk über ihr ächzte, und dichter Rauch drang durch die Decke. Als die ersten brennenden Dielen zu Boden krachten, stürzte Ottilia zur Tür. Große Flammen schlugen durch die Decke, und die Hitze wurde unerträglich. Ein gellender Schrei entfloh ihrer Kehle. Weitere Teile des Gebälks brachen herunter. Der Qualm reizte zum Husten. Das Gesicht des Johanniters zeigte neben einer Platzwunde über der linken Schläfe eine feine Blutspur, die durch den kurzen grauen Bart sickerte.

Voller Entsetzen zog Ottilia das Messer aus ihrer Tasche und hieb die Klinge durch die Luft. Doch bevor der scharfe Stahl sein Ziel erreichte, schloss sich Rudolf von Badens Hand einem Schraubstock gleich um ihren Unterarm.

»Ihr habt Euch zu früh gefreut! Nicht für mich, sondern für Euch fällt heute der Vorhang!«, flüsterte Rudolf von Baden und lachte. »Schon bald werden Euch die Flammen verzehren, und am Ende bleibt nur ein Häufchen Asche zurück.«

Ottilia fühlte, wie sich der kalte Stahl ihres eigenen Messers in ihre Brust bohrte. Während Rudolf von Baden zur Tür wankte und den Speicher verließ, stürzte ein einzelner Balken vom Umfang eines dicken Baums herab und versperrte die Tür. Getreidesäcke folgten, die lichterloh brannten. Das Feuer erfasste Ottilias Umhang und fraß sich in rasender Geschwindigkeit durch den Stoff. Der brennende Schmerz erfasste ihren Leib, und Ottilia spürte, wie der Tod nach ihr griff.

427

Nachdem Johannes endlich auch die letzte Hautschicht auf Luzias Bauch mit Katzendarm verschlossen hatte, hob er seinen Blick zur Decke. Das schwere Netzgewölbe war von dichtem Qualm erfüllt, und wenig später krachten bereits die ersten Steine zu Boden.

»Um Gottes willen, es brennt!«, rief Wolfram von Hohenstein entsetzt und blickte ebenfalls hinauf.

»Es bleibt uns nicht mehr viel Zeit, bis die Decke einstürzt«, mahnte Johannes. Flink bedeckten sie die Wunde und wickelten Leinenbinden um Luzias Leib. Der Verband musste straff sitzen, denn nun galt es, Luzia zum See hinunterzubringen. Johannes' Gesicht zeigte tiefe Sorge um Luzia. Wenn die Schnittentbindung Luzia bereits in Lebensgefahr gebracht hatte, so kamen die schweren Stöße, welche die Flucht mit sich brachte, einem Todesurteil gleich! Selbst wenn sie langsam fuhren, bargen die Fahrt und die Flucht über den Bodensee große Gefahren, und Johannes hegte kaum Hoffnung, dass Luzia überleben würde.

Draußen vor dem Infirmarium wartete bereits der Wagen, welchen Jodok von Quest eingespannt und in der gebotenen Eile mit unzähligen Schaffellen gepolstert hatte. Wenn er in wenigen Augenblicken zur Kapelle zurückkehrte, konnte Johannes das Durcheinander nutzen, welches der Brand mit sich brachte. Wenn erst die Feuerglocke ertönte, achtete niemand mehr auf einen abfahrenden Wagen. Sie alle waren sich einig gewesen, dass Heinrich Kramer nichts Gutes im Schilde führte, und so war es nicht weiter verwunderlich, dass auch Jodok von Quest die Flucht vor dem Inquisitor unterstützte.

Rudwin saß bereits mit einer Decke um die Schultern im Inneren des Wagens und wartete auf Johannes und Luzia. Jodok hatte ihm erklärt, dass er ganz still sein müsse, und als ihm Johannes nun das Kind in die Arme legte, betrachtete er das kleine Wunder stumm. Zaghaft berührte er das schlafende Gesicht, als der Wagen über den steilen schmalen Weg den Berg hinunterfuhr.

Unten am Seeufer, unweit der einfachen Badstube des Melchior Schwarz, gab es eine kleine Anlegestelle, welche vor dem Haus der Fischerzunft lag. Mit Wolfram von Hohensteins und Augustus' Hilfe bettete Johannes die schlafende Luzia in eines der kleinen Fischerboote.

»Willst du uns nicht doch begleiten?«, fragte Johannes hoffnungsvoll.

Der Ordenspriester schüttelte den Kopf. »Irgendjemand muss Rudolf von Baden und dem Vertreter der Heiligen Inquisition doch berichten, dass ihr fünf in den Flammen umgekommen seid.«

Johannes nickte dankbar. »Sei vorsichtig! Heinrich Kramer ist gefährlicher als der Teufel selbst. Ihn solltest du nicht unterschätzen!«

Wolfram von Hohenstein winkte ab. »Keine Sorge, mir wird er sicher nichts tun. Nun aber los! Schließlich weiß man nie, wer euch zu guter Letzt doch noch entdeckt«, mahnte der Ordenspriester und reichte Johannes eine Laterne.

»Hab Dank, mein Freund!«, rief Johannes, während Augustus das Boot auf den spiegelglatten See hinausruderte. Die Schwärze umfing sie, und bald hörte man nur kleine Wellen, die gegen die Planken plätscherten, und das Knarren der Ruder. Als sie ein letztes Mal zurückblickten, lag ein glühend roter Feuerschein über der Stadt. Die Feuerglocke ertönte und schickte ihre warnende Stimme weit über den Bodensee. Sowohl das Infirmarium als auch der Vorratsspeicher waren vollständig in Flammen aufgegangen.

Vorsichtig presste Johannes sein Ohr auf Luzias Herz. Außer einem leichten Flattern vernahm er nichts mehr. Die Angst schoss ihm durch die Glieder und lähmte ihn. Im schwachen Licht der Laterne wirkte Luzias Haut weiß wie das Wachs der geweihten Kerzen. Er berührte ihre Wange – sie war kalt. Kalt wie Schnee. Er fühlte die Grenze. Eine Grenze, so licht wie der Atem im Winter. Dünn wie Eis trennte sie das Helle von der Dunkelheit, das Leben vom Tod ...

»Es wird Zeit!«, vernahm Luzia das sanfte Wispern dicht an ihrem Ohr.

»ICH bin das Wasser, das dich erfrischt und nach dem du dich sehnst, wenn deine Seele dürstet! Ich bin auch die Träne in deinem Auge. Ich bin das sanfte und murmelnde Bächlein. Genau wie das endlose Meer, das alles unter seinen Wellenbergen begräbt. Ich bin der unermüdliche Wanderer, der ewig und ohne Rast seinen Weg vom Himmel zur Erde zurücklegt.« Die Worte strömten wie ein Rauschen durch sie hindurch. Selbst wenn Luzia ihn nicht sah, spürte sie den sanften, kühlen Atem des schwarzen Engels. Viele Leben hatte sie in seinen Armen gehen sehen, wenn er sie auf seinen glänzenden schwarzen Schwingen davontrug. Oder waren es Raben, die in die Weite des blauen Himmels entschwanden?

»Komm!« Luzia fühlte die Worte wie einen zarten Hauch auf ihrer Haut. »ICH bin der Wind, der deine Gedanken über das Meer der Möglichkeiten treibt. Lau und kühl schicke ich dir meinen Atem in einer warmen Sommernacht. Doch ich bin auch der Sturm, der Orkan, der alles hinwegfegt, was sich mir in den Weg stellt. Glaubst du an die Macht der Liebe?« Sacht klang die einfache Frage an Luzias Ohr.

»ICH bin das Feuer, nach dem du dich sehnst, wenn dein Herz friert! Ich bin die Leidenschaft, mit welcher sich Liebende verzehren. Ich bin auch die Sonne und die Glut in deinen Augen.« Luzia spürte die Worte, die rot und glühend unter ihre Haut drangen.

»Bist du bereit zu sterben?«

Ein Beben ging durch Luzias Leib. Berührte ihr Herz und grub sich auf der Suche nach einem letzten Lebensfunken in ihre Seele. Ja, dachte Luzia. Ich bin bereit! In Gedanken breitete sie ihre Arme aus, die sie wie Flügel trugen. Mühelos glitten ihre Gedanken über den glitzernden See, über dunkelgrüne Wälder und blickten von den hohen Gipfeln der zeitlosen Eisriesen in die Täler hinab. Ihr Atem streifte wogende Kornfelder, die im warmen Glanz der Mittagssonne ihre Ähren neigten.

»ICH bin die Erde, deine Mutter«, hörte Luzia dicht neben ihrem Ohr …

Epilog

Am Tag der Sommersonnenwende, im Jahr des Herrn 1496

DER LEICHTE SOMMERWIND trug fröhliches Kinderlachen entlang des Bachs über die blühende Wiese. Wie glitzernde Perlen sprang es der Zweijährigen aus der Kehle, die mit einer blühenden Ringelblume den Hügel hinunterrannte. Mit einem Nicken legte sie das gelbe Sonnenrad zu den bunten Sommerblumen, die bereits in Johannes' Arm lagen. In ihren großen Augen spiegelte sich ungeheure Neugier.

Johannes fing seine Tochter auf und drehte sich mit ihr im Kreis, während sie vor Freude und Ausgelassenheit jauchzte.

»Mama gehen!«, erklärte die Kleine entschieden und presste einen feuchten Kuss auf Johannes' Wange.

»Ja«, entgegnete er lachend, »ich glaube, jetzt haben wir ausreichend Blumen für deinen Sonnwendkranz gefunden. Lass uns heimgehen!«

Als sie wenig später in die abgelegene Gasse am Waldrand einbogen, saß Rudwin unter der Essigrose und legte eine besonders schöne Schneeflocke aus weißen glitzernden Steinchen. Luzia bückte sich und hob eine schwarze seidige Feder auf. Als Johannes sie küsste, schmeckten seine Lippen nach Glück und Seelenfrieden. Lächelnd steckte Luzia ihrer Tochter die blauschwarze Rabenfeder ins Haar und nickte, als die Kleine sie herauszog und mit sanften Fingern streichelte.

»Rabe«, plapperte die Kleine.

Luzia nickte. »Die Raben werden dich für alle Zeiten beschützen«, erklärte sie lächelnd.

Nachwort

Sehr wahrscheinlich war es der Schmelztiegel der arabischen Gelehrtenschulen, der geistigen Antike und der Ordensklöster, welcher im kleinen Montpellier eine sehr besondere Medizinschule erblühen ließ. Zumindest galt die kleine Lehranstalt im 15. Jahrhundert als strahlender Stern am Himmel der medizinischen Wissenschaften. Obwohl die Römische Kurie das Öffnen des menschlichen Leibes zu Lehrzwecken noch immer mit der Strafe der Exkommunikation belegte, durfte die kleine Universität auf eine Ausnahme hoffen. Hatte sie doch in dem Bischof von Tours einen weltoffenen und glühenden Fürsprecher gefunden. Er gestand der Hochschule mehrmals im Jahr den Leichnam eines Hingerichteten zu und schwieg über das weitere Vorgehen.

Die Ärztin Trotula di Ruggiero lebte im 11. Jahrhundert im italienischen Salerno. Gemeinsam mit ihrem Ehemann, Johannes Platearius, der ebenfalls Arzt war, widmete sie ihr Leben der Wissenschaft und der Medizin. Stets war Trota ihrer Zeit weit voraus, was ihre beiden Lehrbücher, *Passionibus Mulierum Curandorum* (*Trotula major*) und *De ornatu mulierum* (*Trotula minor*), beweisen. In ihnen hielt sie ihr Wissen für die Nachwelt fest. Trota betonte in ihren Schriften unter anderem die außerordentliche Wichtigkeit von Hygiene und gesunder Ernährung sowie die Auswirkungen von Stress auf den menschlichen Körper. Ihre Erkenntnisse wurden in sämtlichen medizinischen Fakultäten Europas bis weit ins 16. Jahrhundert hinein als Standard der Gynäkologie und Geburtshilfe gelehrt.

Die erste erfolgreiche Schnittentbindung gelang schließlich Jacob Nufer um das Jahr 1500. Der Tierkastrator lebte im Kanton Thurgau in der Schweiz. Sicher verfügte Nufer schon durch seinen Beruf über anatomische Grundkenntnisse. Nachdem seine Frau über mehrere Tage nicht gebären konnte, rettete er ihr Leben und das seines Kindes durch diese gewagte Operation. Mehr noch, Quellen weisen darauf hin, dass Elisabeth Alespach noch weitere Kinder gebar.

Nachdem Papst Clemens V. im Jahr 1312 den Orden der Tempelritter für erloschen erklärt hatte, benannte er den *Ritterlichen Orden Sankt Johannis vom Spital zu Jerusalem* als deren Erben. Das Kirchenoberhaupt übertrug den Johannitern sämtliche Güter, Fahr-, Handels- und Hafenrechte. Zur Ausweitung der Herrschaft berief der ritterliche Orden allzeit weltliche Personen mit großem Einfluss in ihre Mitte. Diese »Confratres«, lenkten zahlreiche Geschicke des Ordens und dienten ihm in den unterschiedlichsten Bereichen.

Wie im Roman beheimatete Überlingen von 1257 bis 1805 tatsächlich eine Johanniterkommende. Die Überreste sind heute noch erkennbar, insbesondere der runde Turm thront weithin sichtbar wie ein Adlerhorst über der Stadt. Von 1472 bis 1500 ist Rudolf von Baden als Komtur des Johanniterordens in Überlingen verzeichnet. Überliefert ist auch, dass der Dominikaner Heinrich Kramer, der als Inquisitor von ganz Oberdeutschland fungierte, Rudolf von Baden in einem Schreiben bat, er möge ihn bei der Hexenverfolgung unterstützen. Dieser Brief liegt noch heute im Gesamtarchiv Waldburg-Zeil. Laut Kramer hatte der Komtur bereits viele »Hexgen« verbrannt, weil er die Frauen »durch guote selige Wort« zu einem Geständnis bewegte. Und schließlich hat Heinrich Kramer selbst mit dem Verfassen des *Malleus Maleficarum*, des *Hexenhammers*, der Ausdehnung des Hexenglaubens und der

Verfolgung und Vernichtung der »Hexgen« Vorschub geleistet. Der Traktat wurde 1486 zum ersten Mal in Speyer gedruckt und war mit 28 Auflagen bis ins Jahr 1669 zweifellos ein Bestseller der Neuzeit.

Um in den Verdacht der Hexerei zu geraten, bedurfte es damals nicht viel. Dennoch vermutete Kramer den Pakt mit dem Teufel weitaus häufiger beim weiblichen Geschlecht. Frauen, welche den Beruf der Hebamme, der Kräuterfrau oder der Ärztin ausübten, verdächtigte Kramer in besonderem Maße. Dies ist sicher auch der Grund, weshalb er ihnen im *Malleus Maleficarum* zahlreiche Seiten widmete.

Letztlich war es mir ein überaus großes Vergnügen, all diese unterschiedlichen Begebenheiten miteinander zu verflechten und ihnen neues Leben einzuhauchen. Die Bühne der Geschichte bereitete Luzias und Johannes' Liebe einen wunderbaren Hintergrund. Freilich sind ihr abenteuerliches Leben sowie die Ränkeschmiede des Stadtrats Allgaier und seiner Tochter Ottilia vollkommen meiner Fantasie entsprungen.

Mein besonderer Dank gilt Herrn Doktor Heiko Müller für die freundliche Leihgabe seiner Bücher der Rechtsmedizin und der Pathologie, sowie für die Antwort auf unzählige Fragen und die tiefen Einblicke in die Materie.

Ebenfalls bedanken möchte ich mich bei Frau Doktor Elli Mattar, die mir auf ihrer Terrasse bei Kaffee und Kuchen die präzise Anatomie der Hand und die Vorzüge von Fäden aus Naturdarm als Nahtmaterial erklärte.

Ein großes Dankeschön geht wie immer an meine wunderbare Familie. Danke, ihr seid toll!

Cornelia Haller, im Juli 2015

Bibliografie

Behringer, Wolfgang. *Hexen und Hexenprozesse in Deutschland.* München: dtv 1988.

Grundmann, E. *Allgemeine Pathologie.* Gustav Fischer Verlag 1989.

Deck, Hansjörg. *Der Viererbund. Fasnet in Rottweil, Oberndorf, Elzach und Überlingen.* Tübingen: Silberburg Verlag 2002.

Kramer, Heinrich (Institoris). *Der Hexenhammer. Malleus Maleficarum.* Kommentierte Neuübersetzung von Günter Jerouschek, Wolfgang Behringer und Werner Tschacher. 3. revidierte Auflage. München: dtv 2003.

Kruse, Brigitta-Juliane. *Verborgene Heilkünste: Geschichte der Frauenmedizin im Spätmittelalter.* De Gruyter 1995.

Madea, B. *Die ärztliche Leichenschau.* Springer 1999.

Motz, Paul. Überlingen. Eine alte Reichsstadt am Bodensee. Digitaler Reprint Badische Heimat, Band 46 (1966).

Prokop, O., Radam, G. *Atlas der gerichtlichen Medizin.* Karger 1987.

Semmler, Alfons. Überlingen – Bilder aus der Geschichte einer kleinen Reichsstadt. Singen: Oberbadischer Verlag 1949.

Schmauder, Andreas, Hrsg. *Frühe Hexenverfolgung in Ravensburg und am Bodensee.* Konstanz: UVW Verlagsgesellschaft mbH 2001.

Schneider, Alois. *Archäologischer Stadtkataster Baden-Württemberg, Band 34: Überlingen.* Regierungspräsidium Stuttgart, Landesamt für Denkmalpflege. Esslingen am Neckar 2008.

Sarnowsky, Jürgen. *Die Johanniter. Ein geistlicher Ritterorden in Mittelalter und Neuzeit.* München: Verlag C. H. Beck 2011.

Sobotta, J. *Atlas der Anatomie.* Urban & Schwarzenberg 1988.

Schwerd, W. *Rechtsmedizin. Lehrbuch für Rechtsmediziner und Juristen.* DÄV 1992.

Thomas, C. *Makropathologie. Lehrbuch und Atlas für die Kurse der allgemeinen und speziellen Pathologie.* Schattauer 1993.

Vollmuth, Ralf. *Traumatologie und Feldchirurgie an der Wende vom Mittelalter zur Neuzeit.* Exemplarisch dargestellt anhand der *Großen Chirurgie* des Walther Hermann Ryff/Ralf Vollmuth. Stuttgart: Franz Steiner Verlag 2001.

Papst, G. *Köhlers Atlas der Medizinalpflanzen.* Verlag Eugen Köhler 1887.

Weiß, Fritz Rudolf. *Lehrbuch der Phytotherapie.* Stuttgart: Hippokrates Verlag 1990.

Müller-Ebeling, C., Rätsch, Ch., Storl, W. *Hexenmedizin. Die Wiederentdeckung einer verbotenen Heilkunst Schamanische Traditionen in Europa.* Aarau: AT Verlag 1998.
Walker, Barbara *Das geheime Wissen der Frauen.* München: dtv 1997.

Nusser, Brigitte Dr. med. *Naturheilpraxis mit Naturmedizin.* Ausgabe 08/2009 München: Richard Pflaum Verlag

Cornelia Haller
Das Herz der Alraune
Historischer Roman
440 Seiten, 13 x 21 cm,
Premium-Klappenbroschur
ISBN 978-3-8392-2933-0

Hagelunwetter, Hungersnot und Pest: Der Bodenseeraum und Oberschwaben werden im Jahr 1483 vom
Unheil verfolgt. Für den mächtigen Kaplan der Stadt
Ravensburg ist es das Werk des Teufels. Schon bald be-
zichtigt er die junge Stadthebamme Luzia der Hexerei.
Denn anders als ihre Vorgängerin, verlässt sich Luzia
bei ihrer Arbeit nicht nur auf den Beistand Gottes,
sondern steht den Frauen in ihrer schwersten Stunde
mit dem uralten Wissen um Heilpflanzen und der
Kräuterheilkunde bei.

GMEINER SPANNUNG

WWW.GMEINER-VERLAG.DE
Wir machen's spannend

Manfred Bomm
Albtraumhof
Kriminalroman
377 Seiten, 13 x 21 cm,
Premium-Klappenbroschur
ISBN 978-3-8392-0450-4

Vier alte Bauernhöfe – und ein finsteres Geheimnis. Vor
18 Jahren verschwand ein Bauer spurlos und soll nun
für tot erklärt werden. Seine Erbin erhofft sich ein idyl-
lisches Gebäude, doch aus dem Traum auf der Schwäbi-
schen Alb wird ein Albtraum. Denn in dem einsam auf
der Hochfläche stehenden Hof geschehen merkwürdige
Dinge. Die Erbin erlebt dramatische Nächte und zieht
den pensionierten Kriminalisten August Häberle hinzu,
um herauszufinden was mit ihrem vermissten Verwand-
ten geschehen ist.

SPANNUNG

GMEINER

WWW.GMEINER-VERLAG.DE
Wir machen's spannend

Eva Klingler
Alsace, mon amour!
Roman
345 Seiten, 13 x 21 cm,
Premium-Klappenbroschur
ISBN 978-3-8392-0451-1

Mit diesem Erbe hat die aparte Frankfurter Grafikerin
Marian Färber nicht gerechnet. Doch zusammen mit
ihrem Verlobten Jeff lässt sie sich auf das Abenteuer
Eguisheim ein – und entdeckt ein jahrhundertealtes
kulinarisches Geheimnis. Doch bis zur Lösung des
Rätsels muss sie viele Hindernisse überwinden und sich
zum Schluss ihrer wahren Liebe stellen. Doch zunächst
muss Marian die Frage beantworten, wer ihr diese mys-
teriösen Hinweise zukommen lässt. Ist der unheimliche
Schatten, der sie verfolgt, ein Freund oder ein Feind?

GMEINER SPANNUNG

WWW.GMEINER-VERLAG.DE
Wir machen's spannend